DT企劃／編著

附
中日發音
QR Code
線上音檔

◆列舉音讀・訓讀讀法◆
◆注音ㄅㄆㄇㄈ查法◆

笛藤出版

日語漢字讀音字典 / DT企劃編著. -- 四版.
-- 臺北市：笛藤，八方出版股份有限公司，2023.06
面；　公分
袖珍版
ISBN 978-957-710-899-9(平裝)
1.CST: 日語漢字 2.CST: 讀音
803.114　　　　　　　　112008244

◆袖珍版◆
日語漢字(かんじ)
—讀音字典—
附 中日發音 QR Code 線上音檔

四版第2刷　2024年10月4日　定價420元

著　　者｜DT企劃
監　　製｜鍾東明
總 編 輯｜洪季楨
編　　輯｜林雅莉·洪儀庭·徐一巧·陳亭安
封面設計｜王舒玗
編輯企劃｜笛藤出版
發 行 所｜八方出版股份有限公司
發 行 人｜林建仲
地　　址｜新北市新店區寶橋路235巷6弄6號4樓
電　　話｜(02) 2777-3682
傳　　真｜(02) 2777-3672
總 經 銷｜聯合發行股份有限公司
地　　址｜新北市新店區寶橋路235巷6弄6號2樓
電　　話｜(02) 2917-8022 · (02) 2917-8042
製 版 廠｜造極彩色印刷製版股份有限公司
地　　址｜新北市中和區中山路二段380巷7號1樓
電　　話｜(02) 2240-0333 · (02) 2248-3904
印 刷 廠｜皇甫彩藝印刷股份有限公司
地　　址｜新北市中和區中正路988巷10號
電　　話｜(02) 3234-5871
郵撥帳戶｜八方出版股份有限公司
郵撥帳號｜19809050

♪中日發音MP3
請掃描上方QR code或輸入網址收聽：
https://bit.ly/JPkanji
*請注意英文字母大小寫區分

◆日文男聲：須永賢一、平松晉之介
◆日文女聲：奧寺茶茶
◆中文發音：常青

前言

「日語漢字」在我們學習日語的過程中一直都扮演著相當重要的角色。平常已相當熟悉的漢字，可以幫助我們對日語漢字意義上的理解更為得心應手。然而漢字的唸法對學習者來説就不是那麼容易了，為幫助讀者更容易掌握漢字的發音，本書特別請日籍老師為每個漢字與單字錄製中日發聲音檔，不用坐在書桌前，也可以邊聽邊記。讀者可在目次中找到想查的漢字，也可在書末的「音檔索引」中找到該漢字所屬的MP3音檔。在了解漢字音讀、訓讀關係的同時，更補充了大量的單字，降低學習負擔。

通常我們面對不會唸的日語漢字時，翻開日語字典盡是あいうえお的編排順序，不知從何查起常令人感到束手無策，更增加學習上的不便。日語漢字的唸法有音讀、訓讀的分別，在學習上也常常讓人一頭霧水。猜一猜讀音，一次、兩次依然無法順利猜到，索性放棄。

本書為方便讀者查閱，跳脫傳統あいうえお的編排順序，獨樹一格以注音符號ㄅㄆㄇ的順序編排，使用上有如查閱中文字典一般，使讀者能更迅速、方便地查找到不會唸的日語漢字。

本書針對每個漢字，清楚地標示出音讀和訓讀的唸法，並列舉出常用詞彙，使讀者在日語讀音學習上更容易與生活融會貫通，貼心收錄超過**22000個日語常用單字**，以及日本特有的**和製漢字約40字**。

希望本書能對日語學習者有所助益，參加日檢考試者都能順利合格，歡迎不吝指教是幸。

笛藤編輯部

音讀與訓讀

我們在學習日語的過程中，對於日語的「音讀」與「訓讀」並不陌生。但是，日語漢字為什麼會有「音讀」與「訓讀」的分別呢？這就要追溯到西元五世紀，漢字從中國傳入日本的時候了。當時的日本人模仿中國漢字，而原來中國的讀音便發展成為日本的「音讀」。

「音讀」的來源隨著傳入的時代或地點的不同分為：
吳音、漢音、唐音。

吳音：西元五、六世紀約為中國南北朝時期，經由朝鮮半島傳入日本，多用於佛教、律令用語。

漢音：西元七至九世紀隋唐時代，約為日本的奈良時代到平安時代，日本的遣隋使、遣唐使取經中國時傳入日本的發音，多使用於儒家文學。以當時長安、洛陽一代中國北方的發音為主。

唐音：西元十二世紀左右鎌倉時代以後傳入日本，宋元明清時代的南方發音，亦稱為「宋音」。

例：

漢字	京	明
吳音	きょう kyo	みょう myo
漢音	けい kei	めい mei
唐音	きん kin	みん min

音讀大致上分為三種，其中又以漢音對日語的影響最為深遠。為幫助讀者更了解日語漢字的音讀，列舉數例供您參考。

漢字	注　意	電　車	晴　天	先　生
中	ㄓㄨˋ　ㄧˋ	ㄉㄧㄢˋ ㄔㄜ	ㄑㄧㄥˊ ㄊㄧㄢ	ㄒㄧㄢ　ㄕㄥ
日（音讀）	ちゅう　い	でん　しゃ	せい　てん	せん　せい

「**訓讀**」是日本借用中國漢字的字形，參照中國漢字意思，
再以日本固有意義的語音來念這個漢字。

例：

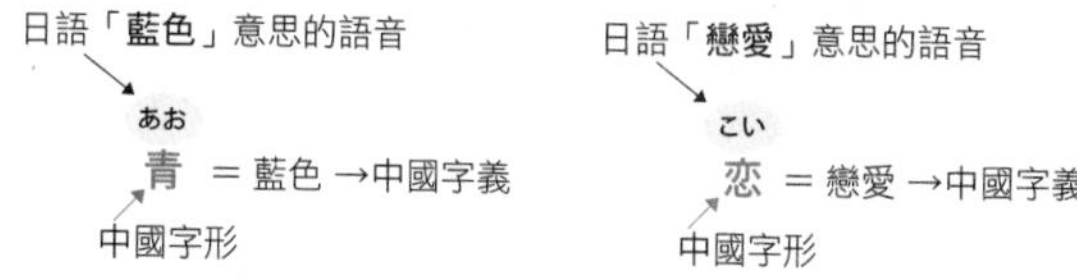

本編輯部為讓學習者對日語漢字的唸法有更深一層的了解，在此對日語漢字的「音讀」與「訓讀」作以上的説明，希望能幫助讀者釐清「音讀」與「訓讀」的差異，使您能輕鬆地掌握日語漢字的讀音。是以為盼。

附註：書中有＊記號者為日語漢字的特殊唸法。

例：八 ＝ 八（よう）日（か）＊→ よう為特殊唸法（內文第23頁）

笛藤編輯部

目次

ㄉ

ㄏ

ㄓ

ㄖ

ㄗ

• 附錄

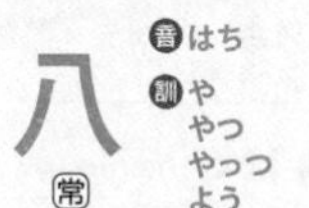

音 はち ha.chi

はち
八 八
ha.chi

はちえん
八円 八日圓
ha.chi.e.n

はちぶ
八分 八成、十分之八
ha.chi.bu

しゃくはち
尺八 〔樂〕簫、尺八
sha.ku.ha.chi

はっけい
八景 八景
ha.k.ke.i

はっぽうびじん
八方美人 八面玲瓏的人
ha.p.po.o.bi.ji.n

訓 や ya

やえ
八重 多層、層層
ya.e

やおちょう
八百長 作假的比賽
ya.o.cho.o

やおや
八百屋 蔬果店
ya.o.ya

や
お八つ 點心
o.ya.tsu

訓 やつ ya.tsu

や
八つ 八、八個
ya.tsu

や あ
八つ当たり 亂發脾氣、遷怒
ya.tsu.a.ta.ri

訓 やっつ ya.t.tsu

やっ
八つ 八、八個
ya.t.tsu

訓 よう yo.o

ようか
八日 * （每月的）八日、八號
yo.o.ka

巴
音 は
訓 ともえ

音 は ha

訓 ともえ to.mo.e

ともえが
巴蛾 巴蛾(前翅有巴字形班紋)
to.mo.e.ga

ともえがも
巴鴨 花臉鴨
to.mo.e.ga.mo

み どもえ
三つ巴 三方互相對立、混戰
mi.tsu.do.mo.e

捌
音 べつ
はつ
はち
訓 さばく

音 べつ be.tsu

音 はつ ha.tsu

音 はち ha.chi

訓 さばく sa.ba.ku

さば
捌く 判斷、審判
sa.ba.ku

芭
音 は
ば

音 は ha

音 ば ba

ばしょう
芭蕉 芭蕉
ba.sho.o

拔
音 ばつ
訓 ぬく
ぬける
ぬかす
ぬかる
常

音 ばつ ba.tsu

せんばつ
選拔 選拔
se.n.ba.tsu

ばっすい
拔粋 (從文章)截取、摘要
ba.s.su.i

ばってき
抜擢 提拔(人材)
ba.t.te.ki

訓 ぬく nu.ku

ぬ
抜く 拔出、挑選；消除
nu.ku

訓 ぬける nu.ke.ru

ぬ
抜ける 脫落、脫離、逃脫
nu.ke.ru

ぬ　だ
抜け出す 脫逃
nu.ke.da.su

訓 ぬかす nu.ka.su

ぬ
抜かす 遺漏、跳過
nu.ka.su

訓 ぬかる nu.ka.ru

ぬ
抜かる 因疏忽大意而失敗
nu.ka.ru

把
音 は
訓 とる
常

音 は ha

はあく
把握 掌握、抓住；充分理解
ha.a.ku

訓 とる to.ru

と　て
把っ手 (物品的)把手
to.t.te

覇
音 は
訓

音 は ha

せいは
制覇 稱霸、奪冠
se.i.ha

罷
音 ひ
訓
常

音 ひ hi

ひぎょう
罷業 罷工
hi.gyo.o

ひめん
罷免 罷免
hi.me.n

剥
音 はく
はげる
訓 はぐ
むく
はがす

音 はく ha.ku

はくだつ
剥奪 剝奪
ha.ku.da.tsu

音 はげる ha.ge.ru

は
剥げる 剝落、退色
ha.ge.ru

訓 はぐ ha.gu

は
剥ぐ 剝下、撕掉；奪取
ha.gu

訓 むく mu.ku

む
剥く 剝下、剝奪
mu.ku

訓 はがす ha.ga.su

は
剥がす 剝下
ha.ga.su

波
音 は
訓 なみ
常

音 は ha

はきゅう
波及 波及
ha.kyu.u

はとば
波止場 碼頭
ha.to.ba

はどう
波動 波動
ha.do.o

はらん
波乱 風波、糾紛；波瀾
ha.ra.n

ふうは
風波 風波
fu.u.ha

しゅうはすう
周波数 (電波…等)頻率
shu.u.ha.su.u

かんぱ
寒波 寒流
ka.n.pa

でんぱ
電波 電波
de.n.pa

訓 **なみ** na.mi

なみ
波 波浪、(皮膚的)皺紋
na.mi

おおなみ
大波 大浪
o.o.na.mi

こなみ
小波 小浪
ko.na.mi

しらなみ
白波 白浪
shi.ra.na.mi

なみかぜ
波風 風浪
na.mi.ka.ze

なみま
波間 波浪之間;不起浪、風平浪靜時
na.mi.ma

鉢
音 はち
訓 はつ
常

音 **はち** ha.chi

はち
鉢 鉢盂、盆
ha.chi

はちうえ
鉢植 盆栽
ha.chi.u.e

訓 **はつ** ha.tsu

たくはつ
托鉢 〔佛〕化緣
ta.ku.ha.tsu

伯
音 はく
訓
常

音 **はく** ha.ku

はくしゃく
伯爵 伯爵
ha.ku.sha.ku

はくちゅう
伯仲 兄弟;伯仲之間
ha.ku.chu.u

おじ
特 **伯父** 伯父、叔父
o.ji

おば
特 **伯母** 伯母、嬸嬸
o.ba

勃
音 ほつ
ぼつ
訓 おこる
にわかに

音 **ほつ** ho.tsu

音 **ぼつ** bo.tsu

ぼっぱつ
勃発 突然爆發
bo.p.pa.tsu

訓 **おこる** o.ko.ru

訓 **にわかに** ni.wa.ka.ni

博
音 はく
ばく
訓 ひろい
常

音 **はく** ha.ku

はくあい
博愛 博愛
ha.ku.a.i

はくがく
博学 博學
ha.ku.ga.ku

はくし
博士 博士
ha.ku.shi

はくしき
博識 博學多聞
ha.ku.shi.ki

はくぶつかん
博物館 博物館
ha.ku.bu.tsu.ka.n

はくらんかい
博覧会 博覽會
ha.ku.ra.n.ka.i

音 **ばく** ba.ku

ばくさい
博才 擅長賭博
ba.ku.sa.i

ばくち
博打 賭博
ba.ku.chi

ばくと
博徒 賭徒
ba.ku.to

とばく
賭博 賭博
to.ba.ku

訓 ひろい hi.ro.i

柏 音 はく 訓 かしわ

音 はく ha.ku

訓 かしわ ka.shi.wa

かしわ
柏 橡樹
ka.shi.wa

泊 音 はく 訓 とまる とめる 常

音 はく ha.ku

しゅくはく
宿泊 住宿
shu.ku.ha.ku

にはく
二泊 二晚
ni.ha.ku

いっぱくふつか
一泊二日 兩天一夜
i.p.pa.ku.fu.tsu.ka

訓 とまる to.ma.ru

と
泊まる 住宿、過夜
to.ma.ru

訓 とめる to.me.ru

と
泊める 留宿、留住
to.me.ru

箔 音 はく 訓

音 はく ha.ku

きんぱく
金箔 金箔
ki.n.pa.ku

舶 音 はく 訓 常

音 はく ha.ku

せんぱく
船舶 船舶、船隻
se.n.pa.ku

薄 音 はく 訓 うすい うすめる うすまる うすらぐ うすれる 常

音 はく ha.ku

はくじゃく
薄弱 薄弱
ha.ku.ja.ku

はくじょう
薄情 薄情
ha.ku.jo.o

はくひょう
薄氷 軟弱、薄弱
ha.ku.hyo.o

けいはく
軽薄 輕薄
ke.i.ha.ku

訓 うすい u.su.i

うす
薄い 薄的、淡的、淺的
u.su.i

うすぐら
薄暗い 微暗的
u.su.gu.ra.i

訓 うすめる u.su.me.ru

うす
薄める 弄稀、弄淡
u.su.me.ru

訓 うすまる u.su.ma.ru

うす
薄まる 稀薄、淡薄
u.su.ma.ru

訓 うすらぐ u.su.ra.gu

うす
薄らぐ 變薄、變淡、減弱
u.su.ra.gu

訓 うすれる u.su.re.ru

うす
薄れる 變薄、變淡、減弱
u.su.re.ru

駁 音 はく ばく 訓

音 はく ha.ku

訓 ばく ba.ku

はんばく
反駁 反駁
ha.n.ba.ku

簸 音 は 訓 ひ

音 は ha

訓 ひ hi

ひ
簸る 用簸箕掃
hi.ru

播 音 は 訓 まく

音 は ha

でんぱ
伝播 宣傳；流傳
de.n.pa

訓 まく ma.ku

ま
播く 播種
ma.ku

白 音 はく びゃく 訓 しろ しら しろい 常

音 はく ha.ku

はくい
白衣 白色衣服
ha.ku.i

はくじょう
白状 坦白、招認
ha.ku.jo.o

はくじん
白人 白種人
ha.ku.ji.n

はくひょう
白票 廢票；(日本國會記名投票)贊成票
ha.ku.hyo.o

はくまい
白米 白米
ha.ku.ma.i

めいはく
明白 明白、明顯
me.i.ha.ku

けっぱく
潔白 潔白
ke.p.pa.ku

音 びゃく bya.ku

びゃくや
白夜 (高緯度地區)永夜
bya.ku.ya

びゃくれん
白蓮 白蓮
bya.ku.re.n

訓 しろ shi.ro

しろ
白 白色
shi.ro

しろはた
白旗 白旗
shi.ro.ha.ta

しろぼし
白星 (相撲中)表示勝利的標誌
shi.ro.bo.shi

訓 しら shi.ra

しらうお
白魚 銀魚
shi.ra.u.o

しらが
白髪 白髮
shi.ra.ga

しらき
白木 (不上油漆的)木頭
shi.ra.ki

しらじ
白地 未染色的布、白紙
shi.ra.ji

訓 しろい shi.ro.i

しろ
白い 白色的
shi.ro.i

百 音 ひゃく 訓 もも 常

音 ひゃく hya.ku

ひゃく
百 百
hya.ku

ひゃくえん
百円 一百日圓
hya.ku.e.n

ひゃくがい
百害 百害
hya.ku.ga.i

ひゃくぶんりつ
百分率 百分比
hya.ku.bu.n.ri.tsu

ひゃくぶん
百聞 博聞
hya.ku.bu.n

ひゃくめんそう
百面相 變換各種表情
hya.ku.me.n.so.o

ひゃくやく
百薬 各種藥、所有的藥
hya.ku.ya.ku

ひゃっか
百貨 百貨、各式各樣的商品
hya.k.ka

ひゃっぱつひゃくちゅう
百発百中 百發百中
hya.p.pa.tsu.hya.ku.chu.u

ひゃっかじてん
百科事典 百科辭典
hya.k.ka.ji.te.n

訓 もも mo.mo

ももとせ
百歳 百年、漫長的歲月
mo.mo.to.se

唄
音 ばい
訓 うた

音 ばい ba.i

ばいき
唄器 （法事）法器、樂器
ba.i.ki

訓 うた u.ta

うた
唄 歌曲
u.ta

拝
音 はい
訓 おがむ
常

音 はい ha.i

はいかんりょう
拝観料 （神社）參觀費
ha.i.ka.n.ryo.o

はいがん
拝顔 拜見、參見
ha.i.ga.n

はいけい
拝啓 （書信用語）敬啟
ha.i.ke.i

はいけん
拝見 瞻仰、看
ha.i.ke.n

はいしゃく
拝借 借（借りる的謙遜語）
ha.i.sha.ku

はいちょう
拝聴 聽（聞く的謙遜語）
ha.i.cho.o

はいでん
拝殿 （神社正殿的）前殿
ha.i.de.n

はいどく
拝読 拜讀（読む的謙遜語）
ha.i.do.ku

はいれい
拝礼 叩拜
ha.i.re.i

れいはいどう
礼拝堂 禮拜堂
re.i.ha.i.do.o

さんぱい
参拝 參拜
sa.n.pa.i

さんぱいきゅうはい
三拝九拝 三拜九叩
sa.n.pa.i.kyu.u.ha.i

訓 おがむ o.ga.mu

おが
拝む 叩拜、拜託、懇求
o.ga.mu

敗
音 はい
訓 やぶれる
常

音 はい ha.i

はいいん
敗因 失敗的原因
ha.i.i.n

はいしゃ
敗者 失敗者、輸家
ha.i.sha

はいそう
敗走 戰敗逃走
ha.i.so.o

はいせん
敗戦 戰敗
ha.i.se.n

はいたい
敗退 敗退、敗北、敗戰
ha.i.ta.i

はいぼく
敗北 敗北、敗仗
ha.i.bo.ku

しっぱい
失敗 失敗
shi.p.pa.i

しょうはい
勝敗 勝敗、勝負
sho.o.ha.i

ぜんぱい
全敗 全敗、全輸
ze.n.pa.i

たいはい
大敗 大敗、慘敗
ta.i.ha.i

訓 やぶれる ya.bu.re.ru

やぶ
敗れる 敗北
ya.bu.re.ru

稗 音 はい 訓 ひえ

音 はい ha.i

訓 ひえ hi.e

ひえめし **稗飯** hi.e.me.shi	米和稗混著一起煮的飯

卑 音 ひ 訓 いやしい いやしむ いやしめる 常

音 ひ hi

ひきょう **卑怯** hi.kyo.o	卑鄙；懦弱、膽怯

訓 いやしい i.ya.shi.i

いや **卑しい** i.ya.shi.i	卑鄙、卑劣、下流

訓 いやしむ i.ya.shi.mu

いや **卑しむ** i.ya.shi.mu	輕視、藐視、蔑視

訓 いやしめる i.ya.shi.me.ru

いや **卑しめる** i.ya.shi.me.ru	輕視、藐視、蔑視

悲 音 ひ 訓 かなしい かなしむ かなしみ 常

音 ひ hi

ひあい **悲哀** hi.a.i	悲哀
ひうん **悲運** hi.u.n	悲慘的命運
ひかん **悲観** hi.ka.n	悲觀
ひき **悲喜** hi.ki	悲和喜
ひきょう **悲境** hi.kyo.o	悲慘的境遇、不幸的遭遇
ひげき **悲劇** hi.ge.ki	悲劇
ひさん **悲惨** hi.sa.n	悲慘
ひつう **悲痛** hi.tsu.u	悲痛
ひほう **悲報** hi.ho.o	噩耗
ひめい **悲鳴** hi.me.i	悲鳴、哀號；(驚恐時的)驚叫聲

訓 かなしい ka.na.shi.i

かな **悲しい** ka.na.shi.i	悲哀、悲痛、悲傷

訓 かなしむ ka.na.shi.mu

かな **悲しむ** ka.na.shi.mu	悲哀、悲痛、可憐

杯 音 はい 訓 さかずき 常

音 はい ha.i

かんぱい **乾杯** ka.n.pa.i	（喝酒）乾杯

訓 さかずき sa.ka.zu.ki

さかずき **杯** sa.ka.zu.ki	酒杯

盃 音 はい 訓 さかずき

音 はい ha.i

訓 さかずき sa.ka.zu.ki

さかずきおや **盃親** sa.ka.zu.ki.o.ya	媒人

碑 音 ひ 訓 いしぶみ 常

音 ひ hi

ひ
碑
hi
碑

ひぶん
碑文
hi.bu.n
碑文

かひ
歌碑
ka.hi
刻有和歌的碑

くひ
句碑
ku.hi
刻有俳句的碑

しひ
詩碑
shi.hi
刻有詩句的碑

ぼひ
墓碑
bo.hi
墓碑

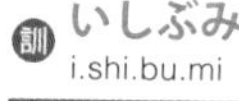

訓 いしぶみ i.shi.bu.mi

北
音 ほく
訓 きた
常

音 ほく ho.ku

ほくおう
北欧
ho.ku.o.o
北歐

ほくしん
北進
ho.ku.shi.n
往北前進

ほくじょう
北上
ho.ku.jo.o
北上

ほくぶ
北部
ho.ku.bu
北部

ほくめん
北面
ho.ku.me.n
朝北、向北

ほくよう
北洋
ho.ku.yo.o
北洋

いほく
以北
i.ho.ku
(以某地為基準)以北

せいほく
西北
se.i.ho.ku
西北

とうほく
東北
to.o.ho.ku
東北

なんぼく
南北
na.n.bo.ku
南北

はいぼく
敗北
ha.i.bo.ku
敗北

ほっきょく
北極
ho.k.kyo.ku
北極

ほっきょくせい
北極星
ho.k.kyo.ku.se.i
北極星

ほっこく
北国
ho.k.ko.ku
北國

ほっぽう
北方
ho.p.po.o
北方

訓 きた ki.ta

きた
北
ki.ta
北

きたぐに
北国
ki.ta.gu.ni
北國

きたかぜ
北風
ki.ta.ka.ze
北風

倍
音 ばい
訓
常

音 ばい ba.i

ばい
倍
ba.i
倍

いちまんばい
一万倍
i.chi.ma.n.ba.i
一萬倍

すうばい
数倍
su.u.ba.i
數倍

せんばい
千倍
se.n.ba.i
千倍

にばい
二倍
ni.ba.i
二倍

ばいか
倍加
ba.i.ka
倍增、大大增加

ばいすう
倍数
ba.i.su.u
倍數

ばいぞう
倍増
ba.i.zo.o
倍增

ばいりつ
倍率
ba.i.ri.tsu
倍率

ひゃくばい
百倍
hya.ku.ba.i
百倍

備
音 び
訓 そなえる
そなわる
常

音 び bi

かんび **完備** ka.n.bi	完備、完善
ぐんび **軍備** gu.n.bi	軍備
けいび **警備** ke.i.bi	警備、戒備
しゅび **守備** shu.bi	完備、完善
じゅんび **準備** ju.n.bi	準備
じょうび **常備** jo.o.bi	常備
せいび **整備** se.i.bi	保養、維修
せつび **設備** se.tsu.bi	設備
ふび **不備** fu.bi	不完備、不齊全
よび **予備** yo.bi	預備、提前準備
びこう **備考** bi.ko.o	參考
びひん **備品** bi.hi.n	用品

訓 そなえる so.na.e.ru

そな **備える** so.na.e.ru	準備、裝置
そな　つ **備え付ける** so.na.e.tsu.ke.ru	置備、預先準備

訓 そなわる so.na.wa.ru

そな **備わる** so.na.wa.ru	具備、備有

狽

音 ばい
訓

音 ばい ba.i

ろうばい **狼狽** ro.o.ba.i	狼狽、驚慌失措

背

常

音 はい
訓 せ せい そむく そむける

音 はい ha.i

はいえい **背泳** ha.i.e.i	(游泳)仰式
はいけい **背景** ha.i.ke.i	背景
はいご **背後** ha.i.go	背後
はいしん **背信** ha.i.shi.n	背信棄義、背叛
はいとく **背徳** ha.i.to.ku	違背道德、不道德
はいめん **背面** ha.i.me.n	背面

訓 せ se

せお **背負う** se.o.u	背、擔負
せすじ **背筋** se.su.ji	脊梁
せなか **背中** se.na.ka	背後
せびろ **背広** se.bi.ro	西裝
せぼね **背骨** se.bo.ne	脊椎骨

訓 せい se.i

うわぜい **上背** u.wa.ze.i	身高；身高很高
せい **背** se.i	身長、身材
せい **背くらべ** se.i.ku.ra.be	比身高

訓 そむく so.mu.ku

そむ **背く** so.mu.ku	背著、違背

訓 そむける so.mu.ke.ru

そむ **背ける** so.mu.ke.ru	(臉、視線)別過去

被

音 ひ
訓 こうむる かぶる
常

音 ひ hi

ひがい
被害 遭受災害、受害
hi.ga.i

ひぎしゃ
被疑者 嫌疑犯
hi.gi.sha

ひこく
被告 被告
hi.ko.ku

ひさい
被災 遭受災害
hi.sa.i

ひばく
被爆 遭受轟炸
hi.ba.ku

ひふく
被服 服裝
hi.fu.ku

訓 こうむる ko.o.mu.ru

こうむ
被る 蒙受、遭到
ko.o.mu.ru

訓 かぶる ka.bu.ru

かぶ
被る 戴上、蓋上
ka.bu.ru

貝

音
訓 かい
常

訓 かい ka.i

かい
貝 貝、貝殼
ka.i

かいがら
貝殻 貝殼
ka.i.ga.ra

かいばしら
貝柱 干貝
ka.i.ba.shi.ra

にまいがい
二枚貝 貝類的總稱
ni.ma.i.ga.i

まきがい
巻貝 螺
ma.ki.ga.i

輩

音 はい
訓
常

音 はい ha.i

はいしゅつ
輩出 輩出
ha.i.shu.tsu

せんぱい
先輩 前輩
se.n.pa.i

包

音 ほう
訓 つつむ
常

音 ほう ho.o

ほうい
包囲 包圍
ho.o.i

ほうよう
包容 包容
ho.o.yo.o

ほうそう
包装 包裝
ho.o.so.o

ほうそうし
包装紙 包裝紙
ho.o.so.o.shi

ほうたい
包帯 繃帶
ho.o.ta.i

ほうちょう
包丁 菜刀
ho.o.cho.o

ないほう
内包 內含、含有
na.i.ho.o

訓 つつむ tsu.tsu.mu

こづつみ
小包 小包裹
ko.zu.tsu.mi

つつ
包む 包、裹、籠罩、包圍
tsu.tsu.mu

つつ
包み 包、包裹
tsu.tsu.mi

胞

音 ほう
訓
常

音 ほう ho.o

ほうし
胞子 〔生〕孢子
ho.o.shi

さいぼう
細胞 〔生〕細胞
sa.i.bo.o

どうほう
同胞 兄弟姐妹；同胞
do.o.ho.o

褒 音 ほう 訓 ほめる 常

音 ほう ho.o

ほうしょう
褒章 獎章、獎牌
ho.o.sho.o

ほうじょう
褒状 獎狀
ho.o.jo.o

ほうび
褒美 獎勵、獎品
ho.o.bi

訓 ほめる ho.me.ru

ほ
褒める 讚美、稱讚
ho.me.ru

鞄 音 ほう はく 訓 かばん

音 ほう ho.o

音 はく ha.ku

訓 かばん ka.ba.n

かばん
鞄 皮包、包包
ka.ba.n

保 音 ほ 訓 たもつ 常

音 ほ ho

ほあん
保安 保安、保護
ho.a.n

ほいく
保育 保育
ho.i.ku

ほおん
保温 保溫
ho.o.n

ほご
保護 保護
ho.go

ほごしょく
保護色 保護色
ho.go.sho.ku

ほかん
保管 保管
ho.ka.n

ほきんしゃ
保菌者 帶原者、帶菌者
ho.ki.n.sha

ほけん
保険 保險
ho.ke.n

ほけん
保健 保健
ho.ke.n

ほしゅ
保守 保守
ho.shu

ほしょう
保障 保障
ho.sho.o

ほしょう
保証 保證
ho.sho.o

ほしん
保身 明哲保身
ho.shi.n

ほぜん
保全 保全
ho.ze.n

ほぞん
保存 保存
ho.zo.n

ほぼ
保母 保母
ho.bo

ほりゅう
保留 保留
ho.ryu.u

ほよう
保養 保養
ho.yo.o

かくほ
確保 確保
ka.ku.ho

たんぽ
担保 抵押(品)、保證(人)
ta.n.po

訓 たもつ ta.mo.tsu

たも
保つ 保住、持續、維持
ta.mo.tsu

宝 音 ほう 訓 たから 常

音 ほう ho.o

ほうこ
宝庫 寶庫
ho.o.ko

ほうせき
宝石 寶石
ho.o.se.ki

ほうとう
宝刀　寶刀
ho.o.to.o

ほうもつ
宝物　寶物
ho.o.mo.tsu

こくほう
国宝　國寶
ko.ku.ho.o

ざいほう
財宝　財寶
za.i.ho.o

訓 たから ta.ka.ra

たから
宝
ta.ka.ra

たから
宝くじ　彩券
ta.ka.ra.ku.ji

たからもの
宝物　寶物
ta.ka.ra.mo.no

こだから
子宝　寶寶、孩子
ko.da.ka.ra

飽

音 ほう
訓 あきる
あかす
常

音 ほう ho.o

ほうしょく
飽食　飽食、吃得很飽
ho.o.sho.ku

ほうまん
飽満　飽食、吃得很飽
ho.o.ma.n

ほうわ
飽和　飽和
ho.o.wa

訓 あきる a.ki.ru

あ
飽きる　飽；夠了、厭煩、膩
a.ki.ru

訓 あかす a.ka.su

あ
飽かす　使滿足、使厭膩
a.ka.su

報

音 ほう
訓 むくいる
常

音 ほう ho.o

ほうおん
報恩　報恩
ho.o.o.n

ほうこく
報告　報告
ho.o.ko.ku

ほう
報じる　報告、報答
ho.o.ji.ru

ほうしゅう
報酬　報酬
ho.o.shu.u

ほうしょう
報奨　獎勵
ho.o.sho.o

ほうしょう
報償　報償
ho.o.sho.o

ほうち
報知　通報、通知
ho.o.chi

ほうどう
報道　報導
ho.o.do.o

ほうとく
報徳　報恩
ho.o.to.ku

ほうどうきかん
報道機関　傳媒組織
ho.o.do.o.ki.ka.n

ほうふく
報復　報復
ho.o.fu.ku

かほう
果報　因果報應、幸福(的人)
ka.ho.o

きゅうほう
急報　緊急通報、通知
kyu.u.ho.o

けいほう
警報　警報
ke.i.ho.o

ごほう
誤報　誤報
go.ho.o

じほう
時報　時報
ji.ho.o

しゅうほう
週報　週報、週刊
shu.u.ho.o

じょうほう
情報　資訊
jo.o.ho.o

そくほう
速報　快報
so.ku.ho.o

つうほう
通報　通報
tsu.u.ho.o

ひほう
悲報　噩耗
hi.ho.o

よほう
予報　預報
yo.ho.o

ろうほう
朗報　喜訊、好消息
ro.o.ho.o

げっぽう
月報 (每月的)報告、月刊
ge.p.po.o

でんぽう
電報 電報
de.n.po.o

にっぽう
日報 (每日的)報導、日報
ni.p.po.o

訓 **むくいる** mu.ku.i.ru

むく
報いる 報答、酬勞、報復
mu.ku.i.ru

抱 常

音 ほう
訓 だく、いだく、かかえる

音 **ほう** ho.o

ほうふ
抱負 抱負
ho.o.fu

ほうふくぜっとう
抱腹絶倒 捧腹大笑
ho.o.fu.ku.ze.t.to.o

ほうよう
抱擁 擁抱、摟抱
ho.o.yo.o

かいほう
介抱 照顧、看護
ka.i.ho.o

しんぼう
辛抱 忍耐、忍受、耐心
shi.n.bo.o

訓 **だく** da.ku

だ
抱く 抱、摟、懷抱
da.ku

だ
抱っこ 「抱」的兒童用語
da.k.ko

訓 **いだく** i.da.ku

いだ
抱く 抱、摟
i.da.ku

訓 **かかえる** ka.ka.e.ru

かか
抱える 抱、夾、承擔
ka.ka.e.ru

暴 常

音 ぼう、ばく
訓 あばく、あばれる

音 **ぼう** bo.o

ぼうかん
暴漢 暴徒、歹徒
bo.o.ka.n

ぼうくん
暴君 暴君
bo.o.ku.n

ぼうげん
暴言 粗話
bo.o.ge.n

ぼうこう
暴行 暴行
bo.o.ko.o

ぼうそう
暴走 魯莽、失控、橫衝直撞
bo.o.so.o

ぼうどう
暴動 暴動
bo.o.do.o

ぼうはつ
暴発 爆發
bo.o.ha.tsu

ぼうふう
暴風 暴風
bo.o.fu.u

ぼうふうう
暴風雨 暴風雨
bo.o.fu.u.u

ぼうり
暴利 暴利
bo.o.ri

ぼうりょく
暴力 暴力
bo.o.ryo.ku

ぼうらく
暴落 暴跌
bo.o.ra.ku

ぼうろん
暴論 謬論、荒唐的言論
bo.o.ro.n

ぼういんぼうしょく
暴飲暴食 暴飲暴食
bo.o.i.n.bo.o.sho.ku

おうぼう
横暴 蠻橫
o.o.bo.o

らんぼう
乱暴 粗暴、粗魯
ra.n.bo.o

音 **ばく** ba.ku

ばくろ
暴露 * 曝露
ba.ku.ro

訓 **あばく** a.ba.ku

あば
暴く 挖、發掘、揭露
a.ba.ku

訓 **あばれる** a.ba.re.ru

あば
暴れる 亂鬧、胡鬧
a.ba.re.ru

爆

音 ばく
訓
常

音 ばく ba.ku

ばくおん
爆音 爆炸聲
ba.ku.o.n

ばくげき
爆撃 轟炸
ba.ku.ge.ki

ばくしょう
爆笑 哄堂大笑、放聲大笑
ba.ku.sho.o

ばくだん
爆弾 炸彈
ba.ku.da.n

ばくは
爆破 爆破、炸毀
ba.ku.ha

ばくはつ
爆発 爆炸、爆發
ba.ku.ha.tsu

ばくやく
爆薬 炸藥
ba.ku.ya.ku

くうばく
空爆 空中轟炸、空襲
ku.u.ba.ku

げんばく
原爆 原子彈
ge.n.ba.ku

ひばく
被爆 遭受轟炸
hi.ba.ku

豹

音 ひょう
訓

音 ひょう hyo.o

くろひょう
黒豹 黑豹
ku.ro.hyo.o

搬

音 はん
訓
常

音 はん ha.n

はんしゅつ
搬出 搬出
ha.n.shu.tsu

はんそう
搬送 搬送
ha.n.so.o

はんにゅう
搬入 搬入
ha.n.nyu.u

うんぱん
運搬 搬運、運輸
u.n.pa.n

班

音 はん
訓
常

音 はん ha.n

はん
班 組、班、班次
ha.n

はんちょう
班長 班長
ha.n.cho.o

はんいん
班員 班上的同學
ha.n.i.n

きゅうごはん
救護班 醫療團隊
kyu.u.go.ha.n

けんきゅうはん
研究班 研究組織
ke.n.kyu.u.ha.n

つうしんはん
通信班 通訊組織
tsu.u.shi.n.ha.n

いっぱん
一班 一班
i.p.pa.n

般

音 はん
訓
常

音 はん ha.n

はんにゃ
般若 〔佛〕般若(明辨是非的智慧)、面貌可怕的女鬼
ha.n.nya

いっぱん
一般 一般、普通；全體
i.p.pa.n

しょはん
諸般 各種、種種
sho.ha.n

せんぱん
先般 前幾天、前些日子
se.n.pa.n

ぜんぱん
全般 全體、全面、整體
ze.n.pa.n

ばんぱん
万般 各個方面、一切
ba.n.pa.n

ひゃっぱん
百般 百般、各方面
hya.p.pa.n

頒

音 はん
訓 わける
常

音 はん ha.n

はんか
頒価 成本、實際費用
ha.n.ka

はんぷ
頒布 頒佈、頒發
ha.n.pu

訓 わける wa.ke.ru

坂

音 はん
訓 さか
常

音 はん ha.n

きゅうはん
急坂 陡坡
kyu.u.ha.n

訓 さか sa.ka

さかみち
坂道 斜坡路、坡道
sa.ka.mi.chi

さか
坂 坡、坡道
sa.ka

くだ ざか
下り坂 下坡路
ku.da.ri.za.ka

のぼ ざか
上り坂 上坡路
no.bo.ri.za.ka

板

音 はん ばん
訓 いた
常

音 はん ha.n

てっぱん
鉄板 鐵板
te.p.pa.n

音 ばん ba.n

ばんきん
板金 板金
ba.n.ki.n

かいらんばん
回覧板 (互相聯絡事項)傳閱板
ka.i.ra.n.ba.n

かんばん
看板 看板、招牌
ka.n.ba.n

けいじばん
掲示板 告示板
ke.i.ji.ba.n

こくばん
黒板 黑板
ko.ku.ba.n

とうばん
登板 (棒球)投手上投手板
to.o.ba.n

どうばん
銅板 銅板
do.o.ba.n

訓 いた i.ta

いた
板 板、木板、石板
i.ta

いた ま
板の間 鋪木板的房間;(澡堂)更衣處
i.ta.no.ma

いたまえ
板前 (多指日本料理的)廚師
i.ta.ma.e

版

音 はん
訓
常

音 はん ha.n

はん
版 (印刷)版、版面
ha.n

はんが
版画 版畫
ha.n.ga

はんけん
版権 版權
ha.n.ke.n

はんもと
版元 (書籍的)出版商、發行所
ha.n.mo.to

さいはん
再版 再版
sa.i.ha.n

しょはん
初版 初版
sho.ha.n

しんぱん
新版 新版
shi.n.pa.n

しゅっぱん
出版 出版
shu.p.pa.n

ぜっぱん
絶版 絕版
ze.p.pa.n

もくはん
木版 木版
mo.ku.ha.n

げんていばん
限定版 限定版
ge.n.te.i.ba.n

せきばん
石版 石版
se.ki.ba.n

どうばん
銅版 銅版印刷
do.o.ba.n

阪 音 はん 訓 さか

音 はん ha.n

けいはん
京阪 （日本）京都與大阪
ke.i.ha.n

訓 さか sa.ka

おおさか
大阪 （日本）大阪
o.o.sa.ka

伴 音 はん ばん 訓 ともなう 常

音 はん ha.n

はんりょ
伴侶 伴侶
ha.n.ryo

どうはん
同伴 同伴、伴侶
do.o.ha.n

音 ばん ba.n

ばんそう
伴奏 伴奏
ba.n.so.o

ばんそう
伴走 陪跑
ba.n.so.o

しょうばん
相伴 作陪、陪伴、陪同
sho.o.ba.n

訓 ともなう to.mo.na.u

ともな
伴う 陪同、伴隨著、帶領
to.mo.na.u

半 音 はん 訓 なかば 常

音 はん ha.n

はん
半 一半
ha.n

はんおん
半音 〔樂〕半音
ha.n.o.n

はんえん
半円 半圓、半圓形
ha.n.e.n

はんかい
半開 半開著
ha.n.ka.i

はんがく
半額 半額
ha.n.ga.ku

はんき
半期 半期、半年
ha.n.ki

はんきゅう
半球 半球
ha.n.kyu.u

はんけい
半径 半徑
ha.n.ke.i

はんげん
半減 減半
ha.n.ge.n

はんじゅく
半熟 半熟
ha.n.ju.ku

はんしん
半身 半身
ha.n.shi.n

はんしんはんぎ
半信半疑 半信半疑
ha.n.shi.n.ha.n.gi

はんすう
半数 半數
ha.n.su.u

はんつき
半月 半個月
ha.n.tsu.ki

はんとう
半島 半島
ha.n.to.o

はんとし
半年 半年
ha.n.to.shi

はんにち
半日 半天
ha.n.ni.chi

はんぱ
半端 不齊全、不徹底
ha.n.pa

はんぶん
半分 一半、二分之一
ha.n.bu.n

はんめん
半面 半邊臉；片面
ha.n.me.n

かはんすう
過半数 過半數
ka.ha.n.su.u

こうはん
後半 後半
ko.o.ha.n

ぜんはん
前半 前半
ze.n.ha.n

たいはん **大半** ta.i.ha.n	過半、大部份
やはん **夜半** ya.ha.n	半夜
ちゅうとはんぱ **中途半端** chu.u.to.ha.n.pa	半途而廢、沒有完成
せっぱん **折半** se.p.pa.n	折半、對半分

訓 **なかば** na.ka.ba

なか **半ば** na.ka.ba	一半

扮
音 ふん
訓

音 **ふん** fu.n

ふんそう **扮装** fu.n.so.o	打扮、裝扮成某人物

奔
音 ほん
訓

音 **ほん** ho.n

ほんそう **奔走** ho.n.so.o	奔走、張羅
ほんぽう **奔放** ho.n.po.o	奔放、無拘束
ほんりゅう **奔流** ho.n.ryu.u	奔流、急流、湍流
きょうほん **狂奔** kyo.o.ho.n	狂奔、(為某事)拼命奔走
しゅっぽん **出奔** shu.p.po.n	出奔、逃跑

本
音 ほん
訓 もと
常

音 **ほん** ho.n

ほん **本** ho.n	書
ほんかく **本格** ho.n.ka.ku	正式、正規、正統
ほんかん **本館** ho.n.ka.n	主樓、正樓
ほんき **本気** ho.n.ki	認真
ほんごく **本国** ho.n.go.ku	本國、祖國
ほんしつ **本質** ho.n.shi.tsu	本質
ほんじつ **本日** ho.n.ji.tsu	今日、今天
ほんしゅう **本州** ho.n.shu.u	(日本地名)本州
ほんしょく **本職** ho.n.sho.ku	主要的職業、本業
ほんしん **本心** ho.n.shi.n	真心
ほんたい **本体** ho.n.ta.i	真相、主體、主機
ほんだな **本棚** ho.n.da.na	書架
ほんとう **本当** ho.n.to.o	真的、真正
ほんにん **本人** ho.n.ni.n	本人
ほんね **本音** ho.n.ne	真心話
ほんねん **本年** ho.n.ne.n	今年
ほんのう **本能** ho.n.no.o	本能
ほんまつ **本末** ho.n.ma.tsu	本末
ほんみょう **本名** ho.n.myo.o	本名
ほんもの **本物** ho.n.mo.no	真品、正品
ほんば **本場** ho.n.ba	原產地、發源地
ほんぶ **本部** ho.n.bu	本部、總部
ほんぶん **本文** ho.n.bu.n	本文
ほんらい **本来** ho.n.ra.i	本來

ほんや
本屋 書店
ho.n.ya

えほん
絵本 繪本
e.ho.n

てほん
手本 習字帖、範例
te.ho.n

ふるほん
古本 舊書
fu.ru.ho.n

みほん
見本 樣本
mi.ho.n

訓 もと mo.to

もと
本 原本、根源
mo.to

はたもと
旗本 大將所在的本營、大將麾下的將士
ha.ta.mo.to

邦

音 ほう
訓 くに
常

音 ほう ho.o

ほうか
邦貨 日本貨幣
ho.o.ka

ほうが
邦画 日本畫
ho.o.ga

ほうがく
邦楽 日本傳統音樂、日本歌曲
ho.o.ga.ku

ほうじん
邦人 日本人、日僑
ho.o.ji.n

ほうぶん
邦文 日文
ho.o.bu.n

いほう
異邦 異國、外國
i.ho.o

ほんぽう
本邦 本國、我國
ho.n.po.o

ゆうほう
友邦 友邦國、邦交國
yu.u.ho.o

れんぽう
連邦 聯邦
re.n.po.o

訓 くに ku.ni

傍

音 ぼう
訓 かたわら
常

音 ぼう bo.o

ぼうかん
傍観 旁觀
bo.o.ka.n

ぼうじゃくぶじん
傍若無人 旁若無人
bo.o.ja.ku.bu.ji.n

ぼうじゅ
傍受 從旁收聽、監聽
bo.o.ju

ぼうちょう
傍聴 旁聽
bo.o.cho.o

ぼうてん
傍点 重點註記
bo.o.te.n

きんぼう
近傍 附近
ki.n.bo.o

ろぼう
路傍 路旁、道旁
ro.bo.o

訓 かたわら ka.ta.wa.ra

かたわ
傍ら 旁邊、身邊；順便
ka.ta.wa.ra

棒

音 ぼう
訓
常

音 ぼう bo.o

ぼうあんき
棒暗記 死記、硬背
bo.o.a.n.ki

ぼうせん
棒線 直線
bo.o.se.n

ぼうたかと
棒高跳び 撐竿跳
bo.o.ta.ka.to.bi

ぼうだ
棒立ち （因驚嚇）呆若木雞
bo.o.da.chi

ぼうび
棒引き 畫一條線、（轉）一筆勾銷
bo.o.bi.ki

あいぼう
相棒 一起共事的人、夥伴
a.i.bo.o

かなぼう
金棒 金棒、鐵棒
ka.na.bo.o

こんぼう
棍棒 棍棒
ko.n.bo.o

へいこうぼう
平行棒 （體）平衡木
he.i.ko.o.bo.o

崩

音 ほう
訓 くずれる
くずす
常

音 ほう ho.o

ほうかい **崩壊** ho.o.ka.i	崩潰、倒塌、衰變
ほうぎょ **崩御** ho.o.gyo	駕崩

訓 くずれる ku.zu.re.ru

くず **崩れる** ku.zu.re.ru	崩潰、倒塌、衰變
やまくず **山崩れ** ya.ma.ku.zu.re	山崩

訓 くずす ku.zu.su

くず **崩す** ku.zu.su	使崩壞、使分崩離析

逼

音 ひつ
ひょく
訓 せまる

音 ひつ hi.tsu

ひっぱく **逼迫** hi.p.pa.ku	緊迫、困窘

音 ひょく hyo.ku

訓 せまる se.ma.ru

鼻

音 び
訓 はな
常

音 び bi

びおん **鼻音** bi.o.n	鼻音(如m、n)
じびいんこうか **耳鼻咽喉科** ji.bi.i.n.ko.o.ka	耳鼻喉科

訓 はな ha.na

はな **鼻** ha.na	鼻子
はないき **鼻息** ha.na.i.ki	鼻息
はなうた **鼻歌** ha.na.u.ta	用鼻子哼歌
はなごえ **鼻声** ha.na.go.e	(感冒、啜泣)鼻音
はなさき **鼻先** ha.na.sa.ki	鼻尖、鼻頭
はなすじ **鼻筋** ha.na.su.ji	鼻樑
はなぢ **鼻血** ha.na.ji	鼻血
めはな **目鼻** me.ha.na	眼睛鼻子、輪廓、五官

彼

音 ひ
訓 かれ
かの
常

音 ひ hi

ひがん **彼岸** hi.ga.n	對岸、日本節氣

訓 かれ ka.re

かれ **彼** ka.re	他
かれし **彼氏** ka.re.shi	男朋友
かれ **彼ら** ka.re.ra	他們

訓 かの ka.no

かのじょ **彼女**＊ ka.no.jo	她、女朋友

比

音 ひ
訓 くらべる
常

音 ひ hi

ひかく **比較** hi.ka.ku	比較
ひじゅう **比重** hi.ju.u	比重

ひりつ
比率 比率
hi.ri.tsu

ひるい
比類 匹敵、相比
hi.ru.i

ひれい
比例 比例
hi.re.i

たいひ
対比 對比
ta.i.hi

とうひ
等比 等比
to.o.hi

むひ
無比 無比
mu.hi

訓 くらべる ku.ra.be.ru

くら
比べる 比較
ku.ra.be.ru

筆

音 ひつ
訓 ふで
常

音 ひつ hi.tsu

ひつじゅつ
筆述 筆述、用文字記述
hi.tsu.ju.tsu

ひつじゅん
筆順 筆劃
hi.tsu.ju.n

ひつだん
筆談 筆談、用筆寫字交談
hi.tsu.da.n

ひつめい
筆名 筆名
hi.tsu.me.i

あくひつ
悪筆 字跡拙劣
a.ku.hi.tsu

じひつ
自筆 親筆
ji.hi.tsu

だいひつ
代筆 代筆
da.i.hi.tsu

とくひつ
特筆 特別寫、值得一寫
to.ku.hi.tsu

まんねんひつ
万年筆 鋼筆
ma.n.ne.n.hi.tsu

もうひつ
毛筆 毛筆
mo.o.hi.tsu

えんぴつ
鉛筆 鉛筆
e.n.pi.tsu

ぜっぴつ
絶筆 絕筆、停筆
ze.p.pi.tsu

たっぴつ
達筆 字跡工整
ta.p.pi.tsu

ぶんぴつ
文筆 文筆
bu.n.pi.tsu

らんぴつ
乱筆 筆跡潦草
ra.n.pi.tsu

ひっき
筆記 筆記
hi.k.ki

ひっしゃ
筆者 筆者、作者
hi.s.sha

訓 ふで fu.de

ふで
筆 毛筆；文章
fu.de

ふでさき
筆先 筆尖、筆頭；文字、文章
fu.de.sa.ki

ふでばこ
筆箱 鉛筆盒
fu.de.ba.ko

ふでぶしょう
筆不精 文筆不好、懶的動筆寫文章的人
fu.de.bu.sho.o

えふで
絵筆 畫筆
e.fu.de

庇

音 ひ
訓 かばう ひさし

音 ひ hi

ひご
庇護 庇護、保護
hi.go

訓 かばう ka.ba.u

かば
庇う 庇護、保護、袒護
ka.ba.u

訓 ひさし hi.sa.shi

ひさし
庇 屋簷；帽緣
hi.sa.shi

辟

音 へき
訓

音 へき he.ki

へきえき
辟易 屈服；為難、束手無策
he.ki.e.ki

璧

音 へき
訓 かべ
常

音 へき he.ki

へきが
壁画 壁畫
he.ki.ga

へきめん
壁面 壁面
he.ki.me.n

がんぺき
岩壁 岩壁
ga.n.pe.ki

しょうへき
障壁 障壁、壁壘、障礙
sho.o.he.ki

じょうへき
城壁 城牆
jo.o.he.ki

ひょうへき
氷壁 冰壁
hyo.o.he.ki

ぼうへき
防壁 防護牆、擋牆、屏障
bo.o.he.ki

ぜっぺき
絶壁 絕壁、峭壁、斷崖、懸崖
ze.p.pe.ki

てっぺき
鉄壁 鐵壁
te.p.pe.ki

訓 かべ ka.be

かべ
壁 牆壁
ka.be

かべがみ
壁紙 壁紙
ka.be.ga.mi

かべしんぶん
壁新聞 大字報、張貼在牆上的宣傳物
ka.be.shi.n.bu.n

幣

音 へい
訓
常

音 へい he.i

かへい
貨幣 貨幣
ka.he.i

しへい
紙幣 紙幣
shi.he.i

ぞうへいきょく
造幣局 造幣局
zo.o.he.i.kyo.ku

弊

音 へい
訓
常

音 へい he.i

へいがい
弊害 弊病
he.i.ga.i

へいしゃ
弊社 敝公司
he.i.sha

へいい
弊衣 破衣
he.i.i

ひへい
疲弊 疲憊
hi.he.i

へいかん
弊館 「本館」的謙稱
he.i.ka.n

あくへい
悪弊 惡習、弊端
a.ku.he.i

きゅうへい
旧弊 舊弊、因循守舊
kyu.u.he.i

ごへい
語弊 語病
go.he.i

弼

音 ひつ
訓

音 ひつ hi.tsu

きょうひつ
匡弼 輔助、矯正
kyo.o.hi.tsu

必

音 ひつ
訓 かならず
常

音 ひつ hi.tsu

ひつじゅ
必需 必需、必要、不可或缺
hi.tsu.ju

ひつじゅひん
必需品 必需品
hi.tsu.ju.hi.n

ひつぜん
必然 必然
hi.tsu.ze.n

ひつどく
必読 必讀
hi.tsu.do.ku

ひつよう
必要 必要
hi.tsu.yo.o

ひっし
必至 必然、一定會
hi.s.shi

ひっし
必死 必死
hi.s.shi

ひっしゅう
必修 必修
hi.s.shu.u

ひっしょう
必勝 必勝
hi.s.sho.o

ひっちゃく
必着 必到、一定到達
hi.c.cha.ku

訓 かならず ka.na.ra.zu

かなら
必ず 一定、務必
ka.na.ra.zu

かなら
必ずしも 不一定
ka.na.ra.zu.shi.mo

畢

音 ひつ
訓 おわる

音 ひつ hi.tsu

ひっせい
畢生 畢生、一生
hi.s.se.i

ひっきょう
畢竟 畢竟、總之
hi.k.kyo.o

訓 おわる o.wa.ru

おわ
畢る 完畢、結束
o.wa.ru

碧

音 へき
訓 あお

音 へき he.ki

へきぎょく
碧玉 碧玉
he.ki.gyo.ku

こんぺき
紺碧 蔚藍、深藍
ko.n.pe.ki

訓 あお a.o

篦

音 へい
訓 へら

音 へい he.i

しっぺい
竹篦 （佛）戒尺、彈擊
shi.p.pe.i

訓 へら he.ra

くつべら
靴篦 鞋拔子
ku.tsu.be.ra

かなべら
金篦 金屬做的刮刀
ka.na.be.ra

蔽

音 へい
訓 おおう

音 へい he.i

いんぺい
隠蔽 隱蔽、掩蔽
i.n.pe.i

訓 おおう o.o.u

おお
蔽う 掩蓋、掩飾
o.o.u

避

音 ひ
訓 さける よける
常

音 ひ hi

ひなん
避難 避難
hi.na.n

ひかん
避寒 避寒
hi.ka.n

ひしょ
避暑 避暑
hi.sho

ひらいしん
避雷針 避雷針
hi.ra.i.shi.n

かいひ
回避 迴避、逃避
ka.i.hi

きひ
忌避 忌避、逃避、迴避
ki.hi

たいひ
退避 退避、疏散、躲避
ta.i.hi

とうひ
逃避 逃避
to.o.hi

ふかひ
不可避 不可避免
fu.ka.hi

訓 さける sa.ke.ru

さ
避ける 躲避、逃避、顧忌
sa.ke.ru

閉 音 へい 訓 とじる とざす しめる しまる 常

音 へい he.i

へいかい
閉会 (會議…等)結束、散會
he.i.ka.i

へいかん
閉館 (圖書館、美術館…等)閉館
he.i.ka.n

へいこう
閉口 閉口
he.i.ko.o

へいこう
閉校 停課；廢校
he.i.ko.o

へいさ
閉鎖 閉鎖、封閉
he.i.sa

へいざん
閉山 封山
he.i.za.n

へいじょう
閉場 散場
he.i.jo.o

へいてん
閉店 打烊
he.i.te.n

へいまく
閉幕 閉幕
he.i.ma.ku

へいもん
閉門 關門
he.i.mo.n

かいへい
開閉 開和關
ka.i.he.i

みっぺい
密閉 密閉
mi.p.pe.i

訓 とじる to.ji.ru

と
閉じる 關閉
to.ji.ru

訓 とざす to.za.su

と
閉ざす 關閉、鎖上、封閉
to.za.su

訓 しめる shi.me.ru

し
閉める 關閉
shi.me.ru

訓 しまる shi.ma.ru

し
閉まる 關閉
shi.ma.ru

陛 音 へい 訓 常

音 へい he.i

へいか
陛下 陛下
he.i.ka

別 音 べつ 訓 わかれる 常

音 べつ be.tsu

べつ
別 另外、區別
be.tsu

べつべつ
別別 分別、區別
be.tsu.be.tsu

べつめい
別名 別名
be.tsu.me.i

べつり
別離 離別
be.tsu.ri

くべつ
区別 區別
ku.be.tsu

こくべつ
告別 告別
ko.ku.be.tsu

こべつ
個別 個別
ko.be.tsu

さべつ
差別 差別
sa.be.tsu

しべつ
死別 死別
shi.be.tsu

しゅべつ
種別 類別、依種類區分
shu.be.tsu

せいべつ
性別 性別
se.i.be.tsu

そうべつかい
送別会 送別會
so.o.be.tsu.ka.i

たいべつ
大別 大致的區分
ta.i.be.tsu

とくべつ
特別 特別
to.ku.be.tsu

べっかく
別格 破例、特別待遇
be.k.ka.ku

べっかん
別館 分館、別館
be.k.ka.n

べっき
別記 別記、附錄
be.k.ki

べっきょ
別居 分居
be.k.kyo

べっこ
別個 另一個
be.k.ko

べっさつ
別冊 別冊
be.s.sa.tsu

べっし
別紙 另一張紙
be.s.shi

べっしつ
別室 另一間房間
be.s.shi.tsu

べっせかい
別世界 另一個世界
be.s.se.ka.i

べっそう
別荘 別墅
be.s.so.o

べったく
別宅 另外一間房子
be.t.ta.ku

べってんち
別天地 另一個世界
be.t.te.n.chi

べっぷう
別封 分別封上；另一封信
be.p.pu.u

訓 **わかれる** wa.ka.re.ru

わか
別れる 分離、離別、分手
wa.ka.re.ru

わか
別れ 離別、分離
wa.ka.re

標

音 ひょう
訓 しるし しるべ
常

音 **ひょう** hyo.o

ひょうき
標記 標記
hyo.o.ki

ひょうご
標語 標語
hyo.o.go

ひょうこう
標高 標高
hyo.o.ko.o

ひょうじ
標示 表示
hyo.o.ji

ひょうしき
標識 標識
hyo.o.shi.ki

ひょうじゅん
標準 標準
hyo.o.ju.n

ひょうだい
標題 標題
hyo.o.da.i

ひょうてき
標的 標的
hyo.o.te.ki

ひょうほん
標本 標本
hyo.o.ho.n

しょうひょう
商標 商標
sho.o.hyo.o

どうひょう
道標 路標
do.o.hyo.o

ぼひょう
墓標 墓碑
bo.hyo.o

もくひょう
目標 目標
mo.ku.hyo.o

訓 **しるし** shi.ru.shi

訓 **しるべ** shi.ru.be

俵

音 ひょう
訓 たわら
常

音 **ひょう** hyo.o

どひょう
土俵 (相撲)摔角場、競技場
do.hyo.o

どひょうい
土俵入り 相撲力士進入摔角場的儀式
do.hyo.o.i.ri

訓 **たわら** ta.wa.ra

こめだわら
米俵 裝米用的草袋、米袋
ko.me.da.wa.ra

表 常 音ひょう 訓おもて あらわす あらわれる

音 ひょう hyo.o

ひょう
表 表
hyo.o

ひょうき
表記 上面所記載的；(用文字、記號)表示
hyo.o.ki

ひょうげん
表現 表現
hyo.o.ge.n

ひょうし
表紙 書皮、封面
hyo.o.shi

ひょうしょう
表彰 表揚
hyo.o.sho.o

ひょうじょう
表情 表情
hyo.o.jo.o

ひょうだい
表題 標題
hyo.o.da.i

ひょうめい
表明 表明
hyo.o.me.i

ひょうめん
表面 表面
hyo.o.me.n

こうひょう
公表 公佈、發表
ko.o.hyo.o

じこくひょう
時刻表
ji.ko.ku.hyo.o

じひょう
辞表 辭呈
ji.hyo.o

ずひょう
図表 圖表
zu.hyo.o

だいひょう
代表 代表
da.i.hyo.o

ねんぴょう
年表 年表
ne.n.pyo.o

はっぴょう
発表 發表
ha.p.pyo.o

訓 おもて o.mo.te

おもて
表 表面
o.mo.te

おもてうら
表裏 表裡
o.mo.te.u.ra

おもてぐち
表口 正門
o.mo.te.gu.chi

おもてむ
表向き 表面上
o.mo.te.mu.ki

訓 あらわす a.ra.wa.su

あらわ
表す 露出、顯露、表現
a.ra.wa.su

訓 あらわれる a.ra.wa.re.ru

あらわ
表れる 出現、顯露、顯現
a.ra.wa.re.ru

編 常 音へん 訓あむ

音 へん he.n

へんきょく
編曲 編曲
he.n.kyo.ku

へんしゅう
編集 編輯
he.n.shu.u

へんしゅう
編修 編修
he.n.shu.u

へんせい
編成 編成
he.n.se.i

へんにゅう
編入 編入、排入
he.n.nyu.u

かいへん
改編 改編
ka.i.he.n

かんけつへん
完結編 完結篇
ka.n.ke.tsu.he.n

きょうへん
共編 合編
kyo.o.he.n

こうへん
後編 後篇
ko.o.he.n

ぞくへん
続編 續集
zo.ku.he.n

ちゅうへん
中編 中篇
chu.u.he.n

ちょうへん
長編 長篇
cho.o.he.n

ぜんぺん
全編 全篇
ze.n.pe.n

ぜんぺん
前編 前篇
ze.n.pe.n

たんぺん
短編　短篇
ta.n.pe.n

訓 あむ a.mu

あ
編む　編、織
a.mu

あ　もの
編み物　織物
a.mi.mo.no

音 へん
訓 あたり
べ
常

音 へん he.n

へん
辺　一帶、附近
he.n

へんきょう
辺境　邊境
he.n.kyo.o

へんち
辺地　偏遠、偏僻地方
he.n.chi

へんど
辺土　偏遠、偏僻地方
he.n.do

うへん
右辺　右邊
u.he.n

さへん
左辺　左邊
sa.he.n

しへんけい
四辺形　四邊形
shi.he.n.ke.i

しゅうへん
周辺　周邊、周圍
shu.u.he.n

ていへん
底辺　（三角形的）底邊
te.i.he.n

へいこうしへんけい
平行四辺形　平行四邊形
he.i.ko.o.shi.he.n.ke.i

いっぺん
一辺　一邊
i.p.pe.n

きんぺん
近辺　附近
ki.n.pe.n

しんぺん
身辺　身邊
shi.n.pe.n

訓 べ be

うみべ
海辺　海邊
u.mi.be

訓 あたり a.ta.ri

あた
辺り　附近、四周、周圍
a.ta.ri

鞭
音 べん
へん
訓 むち

音 べん be.n

べんたつ
鞭撻　鞭策、鼓勵
be.n.ta.tsu

きょうべん
教鞭　教鞭
kyo.o.be.n

音 へん he.n

訓 むち mu.chi

むちう
鞭打ち　鞭打
mu.chi.u.chi

便
音 べん
びん
訓 たより
常

音 べん be.n

べんぎ
便宜　方便、便利
be.n.gi

べんじょ
便所　廁所
be.n.jo

べんつう
便通　大便、排泄
be.n.tsu.u

べんり
便利　便利
be.n.ri

かんべん
簡便　簡便、簡易、方便
ka.n.be.n

だいべん
大便　大便
da.i.be.n

ふべん
不便　不方便
fu.be.n

音 びん bi.n

びん
便　信件；(交通工具)的班次
bi.n

びんじょう
便乗　搭便車
bi.n.jo.o

ゆうびん
郵便 郵件
yu.u.bi.n

ゆうびんきって
郵便切手 郵票
yu.u.bi.n.ki.t.te

ゆうびんきょく
郵便局 郵局
yu.u.bi.n.kyo.ku

ゆうびんちょきん
郵便貯金 郵局儲金
yu.u.bi.n.cho.ki.n

こうくうびん
航空便 航空信
ko.o.ku.u.bi.n

訓 たより ta.yo.ri

たよ
便り 信、音信、消息；方便
ta.yo.ri

変

音 へん
訓 かわる かえる
常

音 へん he.n

へんい
変異 變異
he.n.i

へんか
変化 變化
he.n.ka

へんかく
変革 改革
he.n.ka.ku

へんけい
変形 變形
he.n.ke.i

へんし
変死 (因災難…等)橫死、死於非命
he.n.shi

へんしつ
変質 變質
he.n.shi.tsu

へんしゅ
変種 變種
he.n.shu

へんしょく
変色 變色
he.n.sho.ku

へんしん
変身 變身
he.n.shi.n

へんしん
変心 變心
he.n.shi.n

へんじん
変人 怪人
he.n.ji.n

へんこう
変更 變更
he.n.ko.o

へんせん
変遷 變遷
he.n.se.n

へんそう
変装 變裝
he.n.so.o

へんぞう
変造 偽造、篡改
he.n.zo.o

へんそく
変則 不合規則
he.n.so.ku

へんそくき
変速機 變速機
he.n.so.ku.ki

へんたい
変態 變態
he.n.ta.i

へんてん
変転 轉變
he.n.te.n

へんどう
変動 變動
he.n.do.o

へん ちょうちょう
変ホ長調 (音)降E大調
he.n.ho.cho.o.cho.o

いへん
異変 異常變化
i.he.n

じへん
事変 (天災、騷動)事變、變故
ji.he.n

たいへん
大変 辛苦、嚴重
ta.i.he.n

ふへん
不変 不變
fu.he.n

てんぺんちい
天変地異 天地變異
te.n.pe.n.chi.i

訓 かわる ka.wa.ru

か
変わる 改變、變化
ka.wa.ru

訓 かえる ka.e.ru

か
変える 改變、變更、變動
ka.e.ru

弁

音 べん
訓 わきまえる
常

音 べん be.n

べんかい
弁解 辯解
be.n.ka.i

べんご
弁護 辯護
be.n.go

べんごし
弁護士　律師
be.n.go.shi

べんさい
弁済　償還
be.n.sa.i

べんし
弁士　演講者
be.n.shi

べんしょう
弁証　辯證
be.n.sho.o

べんしょう
弁償　賠償
be.n.sho.o

べんぜつ
弁舌　口才、口齒
be.n.ze.tsu

べんとう
弁当　便當
be.n.to.o

べんめい
弁明　辯明、解釋
be.n.me.i

べんりし
弁理士　代書
be.n.ri.shi

べんろん
弁論　辯論
be.n.ro.n

えきべん
駅弁　鐵路便當
e.ki.be.n

かべん
花弁　花瓣
ka.be.n

たべん
多弁　能言善道
ta.be.n

ねつべん
熱弁　熱烈的辯論
ne.tsu.be.n

のうべん
能弁　能言善道
no.o.be.n

訓 **わきまえる**
wa.ki.ma.e.ru

わきま
弁える　辨別、識別
wa.ki.ma.e.ru

遍
音 へん
訓
常

音 **へん** he.n

へんざい
遍在　普遍存在
he.n.za.i

へんれき
遍歴　周遊
he.n.re.ki

ふへん
普遍　普遍
fu.he.n

いっぺん
一遍　一遍、一次
i.p.pe.n

音 **ひん** hi.n

ひんぴん
彬彬　內外兼俱
hi.n.pi.n

音 **ひん** hi.n

賓
音 ひん
訓
常

音 **ひん** hi.n

ひんきゃく
賓客　賓客、來賓
hi.n.kya.ku

きひん
貴賓　貴賓、貴客
ki.hi.n

こくひん
国賓　國賓
ko.ku.hi.n

しゅひん
主賓　主要的客人、主賓
shu.hi.n

らいひん
来賓　來賓
ra.i.hi.n

浜
音 ひん
訓 はま
常

音 **ひん** hi.n

かいひん
海浜　海濱
ka.i.hi.n

訓 **はま** ha.ma

はま
浜　海濱、海邊
ha.ma

はまかぜ
浜風 海風
ha.ma.ka.ze

はまべ
浜辺 海邊、湖邊
ha.ma.be

すなはま
砂浜 海灘
su.na.ha.ma

兵
音 へい ひょう
訓 つわもの
常

音 へい he.i

へいえい
兵営
he.i.e.i

へいえき
兵役 兵役
he.i.e.ki

へいき
兵器 兵器
he.i.ki

へいし
兵士 士兵
he.i.shi

へいそつ
兵卒 士兵、士卒
he.i.so.tsu

へいたい
兵隊 軍隊
he.i.ta.i

へいほう
兵法 兵法
he.i.ho.o

へいりょく
兵力 兵力、軍力、戰鬥力
he.i.ryo.ku

すいへい
水兵 海軍士兵
su.i.he.i

にとうへい
二等兵 二等兵
ni.to.o.he.i

しゅっぺい
出兵 出兵
shu.p.pe.i

ばんぺい
番兵 哨兵
ba.n.pe.i

音 ひょう hyo.o

ひょうろう
兵糧
hyo.o.ro.o

訓 つわもの tsu.wa.mo.no

氷
音 ひょう
訓 こおり ひ
常

音 ひょう hyo.o

ひょうが
氷河 冰河
hyo.o.ga

ひょうかい
氷解 冰溶解、誤會冰釋
hyo.o.ka.i

ひょうけつ
氷結 結冰
hyo.o.ke.tsu

ひょうげん
氷原 冰原
hyo.o.ge.n

ひょうじょう
氷上 冰上
hyo.o.jo.o

ひょうざん
氷山 冰山
hyo.o.za.n

ひょうせつ
氷雪 冰雪
hyo.o.se.tsu

ひょうてん
氷点 冰點
hyo.o.te.n

ひょうちゅう
氷柱 冰柱
hyo.o.chu.u

ひょうへき
氷壁 冰壁
hyo.o.he.ki

じゅひょう
樹氷 樹冰
ju.hyo.o

はくひょう
薄氷 薄冰
ha.ku.hyo.o

りゅうひょう
流氷 浮冰、流冰
ryu.u.hyo.o

訓 こおり ko.o.ri

こおり
氷 冰
ko.o.ri

こおりみず
氷水 冰水
ko.o.ri.mi.zu

訓 ひ hi

ひさめ
氷雨 冰雹
hi.sa.me

ひむろ
氷室 冰窖、冰室
hi.mu.ro

丙
音 へい
訓 ひのえ
常

音 へい he.i

へいしゅ
丙種 丙種
he.i.shu

訓 ひのえ hi.no.e

ひのえうま
丙午 丙午(干支其中之一)
hi.no.e.u.ma

柄

音 へい
訓 がら
え
常

音 へい he.i

わへい
話柄 話柄、話題
wa.he.i

訓 がら ga.ra

がら
柄 身材、人品
ga.ra

いえがら
家柄 門第、家世
i.e.ga.ra

てがら
手柄 功績、功勞
te.ga.ra

はながら
花柄 花樣
ha.na.ga.ra

訓 え e

ながえ
長柄 長柄
na.ga.e

餅

音 へい
訓 もち
もちい

音 へい he.i

げっぺい
月餅 月餅
ge.p.pei

せんべい
煎餅 米菓、仙貝
se.n.be.i

訓 もち mo.chi

もち
餅 年糕
mo.chi

かがみもち
鏡餅 (正月供神用的)年糕
ka.ga.mi.mo.chi

訓 もちい mo.chi.i

もちい
餅 年糕
mo.chi.i

並

音 へい
訓 なみ
ならべる
ならぶ
ならびに
常

音 へい he.i

へいこう
並行 並行
he.i.ko.o

へいち
並置 附設
he.i.chi

へいりつ
並立 並立
he.i.ri.tsu

へいれつ
並列 並列
he.i.re.tsu

訓 なみ na.mi

なみ
並 並列、排列
na.mi

なみき
並木 行道樹
na.mi.ki

なみせい
並製 普通的作法、一般產品
na.mi.se.i

なみたいてい
並大抵 普通、一般
na.mi.ta.i.te.i

いえなみ
家並 家家戶戶
i.e.na.mi

つきなみ
月並 每月例行的事
tsu.ki.na.mi

のきなみ
軒並 屋簷櫛比、家家戶戶
no.ki.na.mi

ひとなみ
人並 普通、平常(人)
hi.to.na.mi

訓 ならべる na.ra.be.ru

なら
並べる 排列、陳列；列舉
na.ra.be.ru

訓 ならぶ na.ra.bu

なら
並ぶ 成行、排成列
na.ra.bu

訓 ならびに na.ra.bi.ni

なら
並びに 及、和、與
na.ra.bi.ni

併
音 へい
訓 あわせる
常

音 へい he.i

へいがん
併願 申請一所以上的學校
he.i.ga.n

へいき
併記 併記
he.i.ki

へいごう
併合 合併
he.i.go.o

へいさつ
併殺 雙殺
he.i.sa.tsu

へいせつ
併設 併設、同時設置
he.i.se.tsu

へいどく
併読 同時閱讀兩種以上的作品
he.i.do.ku

へいはつ
併発 併發
he.i.ha.tsu

へいよう
併用 並用
he.i.yo.o

訓 あわせる a.wa.se.ru

あわ
併せる 把…合在一起、使…一致
a.wa.se.ru

病
音 びょう
へい
訓 やむ
やまい
常

音 びょう byo.o

びょういん
病院 醫院
byo.o.i.n

びょうき
病気 疾病
byo.o.ki

びょうげんきん
病原菌 病原(菌)
byo.o.ge.n.ki.n

びょうご
病後 病後、病剛好
byo.o.go

びょうこん
病根 病因；(惡習的)根源
byo.o.ko.n

びょうし
病死 病死
byo.o.shi

びょうじゃく
病弱 體弱多病
byo.o.ja.ku

びょうじょう
病状 病狀、病情、病況
byo.o.jo.o

びょうしん
病身 體弱多病(的身體)
byo.o.shi.n

びょうにん
病人 病人
byo.o.ni.n

びょうめい
病名 病名
byo.o.me.i

かんびょう
看病 照顧、看護(病人)
ka.n.byo.o

きゅうびょう
急病 急病
kyu.u.byo.o

けびょう
仮病 裝病
ke.byo.o

じゅうびょう
重病 重病
ju.u.byo.o

しょうびょう
傷病 傷病
sho.o.byo.o

しんぞうびょう
心臓病 心臟病
shi.n.zo.o.byo.o

せいしんびょう
精神病 精神病
se.i.shi.n.byo.o

はいびょう
肺病 肺病
ha.i.byo.o

音 へい he.i

しっぺい
疾病 * 疾病
shi.p.pe.i

訓 やむ ya.mu

や
病む 生病；擔心
ya.mu

訓 やまい ya.ma.i

やまい
病 病、毛病、壞習慣
ya.ma.i

卜
音 ぼく
訓 うらなう
うらない

音 ぼく bo.ku

ぼくせん
卜占 bo.ku.se.n 占卜

訓 うらなう u.ra.na.u

訓 うらない u.ra.na.i

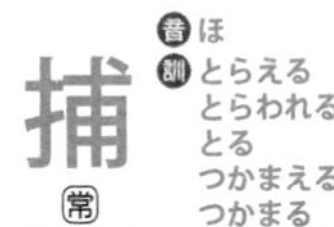
捕 常 音 ほ 訓 とらえる とらわれる とる つかまえる つかまる

音 ほ ho

ほかく
捕獲 ho.ka.ku 捕獲

ほきゅう
捕球 ho.kyu.u 接球

ほげい
捕鯨 ho.ge.i 捕鯨

ほしょく
捕食 ho.sho.ku 捕食

ほりょ
捕虜 ho.ryo 俘虜

訓 とらえる to.ra.e.ru

と
捕らえる to.ra.e.ru 捕、捉；把握、掌握

訓 とらわれる to.ra.wa.re.ru

と
捕らわれる to.ra.wa.re.ru 被逮住、被捕、被抓住

訓 とる to.ru

と
捕る to.ru 捕、逮、抓、捉

訓 つかまえる tsu.ka.ma.e.ru

つか
捕まえる tsu.ka.ma.e.ru 抓住、揪住、捕捉

訓 つかまる tsu.ka.ma.ru

つか
捕まる tsu.ka.ma.ru 被捉拿、被捕

補 常 音 ほ 訓 おぎなう

音 ほ ho

ほきゅう
補給 ho.kyu.u 補給

ほきょう
補強 ho.kyo.o 補強、加強

ほけつ
補欠 ho.ke.tsu 補足、補缺；候補

ほさ
補佐 ho.sa 輔佐、協助

ほしゅう
補習 ho.shu.u 補習

ほしゅう
補修 ho.shu.u 修補

ほじゅう
補充 ho.ju.u 補充

ほじょ
補助 ho.jo 補助

ほしょう
補償 ho.sho.o 補償

ほしょく
補色 ho.sho.ku 互補色

ほせい
補正 ho.se.i 補足修正

ほそく
補足 ho.so.ku 補足

ほどう
補導 ho.do.o 輔導

こうほ
候補 ko.o.ho 候補、候選

りっこうほ
立候補 ri.k.ko.o.ho 提名為候選人

訓 おぎなう o.gi.na.u

おぎな
補う o.gi.na.u 補充

不 常 音 ふ ぶ 訓

音 ふ fu

ふ **不** fu	不
ふあん **不安** fu.a.n	不安
ふあんてい **不安定** fu.a.n.te.i	不安定
ふい **不意** fu.i	意外
ふいっち **不一致** fu.i.c.chi	不一致
ふうん **不運** fu.u.n	運氣不好
ふかい **不快** fu.ka.i	不愉快
ふか **不可** fu.ka	不可以
ふかけつ **不可欠** fu.ka.ke.tsu	不可或缺
ふかのう **不可能** fu.ka.no.o	不可能
ふきそく **不規則** fu.ki.so.ku	不規則
ふきつ **不吉** fu.ki.tsu	不吉
ふきょう **不況** fu.kyo.o	不景氣、蕭條
ふけいき **不景気** fu.ke.i.ki	不景氣
ふけいざい **不経済** fu.ke.i.za.i	浪費、不划算、沒有效率
ふけつ **不潔** fu.ke.tsu	不乾淨
ふけんこう **不健康** fu.ke.n.ko.o	不健康
ふくつ **不屈** fu.ku.tsu	不屈服
ふこう **不幸** fu.ko.o	不幸
ふごうり **不合理** fu.go.o.ri	不合理
ふざい **不在** fu.za.i	不在家
ふさく **不作** fu.sa.ku	（農作物）收成不好
ふしぎ **不思議** fu.shi.gi	不可思議
ふしぜん **不自然** fu.shi.ze.n	不自然
ふしん **不振** fu.shi.n	形勢不好、蕭條
ふしん **不審** fu.shi.n	疑惑、懷疑
ふじゆう **不自由** fu.ji.yu.u	不自由
ふじゅうぶん **不十分** fu.ju.u.bu.n	不充分、不完全
ふじゅん **不順** fu.ju.n	不順、不調
ふせい **不正** fu.se.i	不正當、不正確
ふせいこう **不成功** fu.se.i.ko.o	不成功
ふそく **不足** fu.so.ku	不足
ふちゅうい **不注意** fu.chu.u.i	沒有注意、疏忽
ふちょう **不調** fu.cho.o	失敗、不成功
ふつう **不通** fu.tsu.u	不通、不來往、不交際
ふとう **不当** fu.to.o	不正當、不合道理
ふどうさん **不動産** fu.do.o.sa.n	不動產
ふひょう **不評** fu.hyo.o	聲譽不佳
ふふく **不服** fu.fu.ku	不服、異議
ふへい **不平** fu.he.i	不滿意、牢騷
ふべん **不便** fu.be.n	不便、不方便
ふまん **不満** fu.ma.n	不滿
ふめい **不明** fu.me.i	不明、不詳
ふり **不利** fu.ri	不利
ふりょう **不良** fu.ryo.o	不良、不好

ふりょう
不漁 fu.ryo.o 漁獲量不好

ふよう
不要 fu.yo.o 不需要、不必要

音 ぶ bu

ぶきみ
不気味 bu.ki.mi 令人害怕、令人生懼

ぶざま
不様 bu.za.ma 難看、不像樣、笨拙

ぶようじん
不用心 bu.yo.o.ji.n 警惕不夠、粗心大意

埠
音 ふ
訓

音 ふ fu

ふとう
埠頭 fu.to.o 碼頭

布
音 ふ
訓 ぬの
常

音 ふ fu

ふきょう
布教 fu.kyo.o 傳道

ふきん
布巾 fu.ki.n 抹布

ふこく
布告 fu.ko.ku 布告、宣告、宣布

ふせき
布石 fu.se.ki (圍棋)佈局；(為將來)準備

ふたつ
布達 fu.ta.tsu (國家、行政機關)通知

ふち
布置 fu.chi 佈置、配置

ふとん
布団 fu.to.n 棉被

がふ
画布 ga.fu 畫布

こうふ
公布 ko.o.fu 公佈

しきふ
敷布 shi.ki.fu 墊布

るふ
流布 ru.fu (在社會上)廣泛流傳

さんぷ
散布 sa.n.pu 散佈

はっぷ
発布 ha.p.pu 發布

ぶんぷ
分布 bu.n.pu 分布

めんぷ
綿布 me.n.pu 棉布

もうふ
毛布 mo.o.fu 毛毯

訓 ぬの nu.no

ぬの
布 nu.no 布、織物

ぬのじ
布地 nu.no.ji 布料、衣料

ぬのめ
布目 nu.no.me 布的紋路

怖
音 ふ
訓 こわい
常

音 ふ fu

いふ
畏怖 i.fu 畏懼

きょうふ
恐怖 kyo.o.fu 恐怖、恐懼、害怕

訓 こわい ko.wa.i

こわ
怖い ko.wa.i 害怕、恐怖

歩
音 ほ
ぶ
ふ
訓 あるく
あゆむ
常

音 ほ ho

ほこう
歩行 ho.ko.o 步行

ほそく
歩測 ho.so.ku 步測

ほちょう
歩調 步調
ho.cho.o

ほどう
歩道 步道
ho.do.o

とほ
徒歩 徒步
to.ho

さんぽ
散歩 散步
sa.n.po

しょほ
初歩 (學問、技藝)初學、入門
sho.ho

しんぽ
進歩 進步
shi.n.po

たいほ
退歩 退步
ta.i.ho

音 ぶ bu

ぶあい
歩合 比率、百分比
bu.a.i

音 ふ fu

ふひょう
歩兵 * 步兵
fu.hyo.o

訓 あるく a.ru.ku

ある
歩く 走路、步行
a.ru.ku

訓 あゆむ a.yu.mu

あゆ
歩む 走路、步行、進展、前進
a.yu.mu

あゆ
歩み 步行
a.yu.mi

簿

音 ぼ
訓
常

音 ぼ bo

ぼき
簿記 記帳簿
bo.ki

かけいぼ
家計簿 家庭用的帳簿
ka.ke.i.bo

せいせきぼ
成績簿 成績簿
se.i.se.ki.bo

ちょうぼ
帳簿 記帳簿
cho.o.bo

つうしんぼ
通信簿 聯絡簿
tsu.u.shi.n.bo

めいぼ
名簿 名冊
me.i.bo

部

音 ぶ
訓
常

音 ぶ bu

ぶ
部 部分
bu

ぶいん
部員 部員、職員
bu.i.n

ぶか
部下 下屬
bu.ka

ぶかい
部会 部門會議
bu.ka.i

ぶしゅ
部首 (字的)部首
bu.shu

ぶすう
部数 冊數
bu.su.u

ぶぞく
部族 部族、民族
bu.zo.ku

ぶたい
部隊 部隊
bu.ta.i

ぶちょう
部長 部長
bu.cho.o

ぶない
部内 (公司、機關的)內部
bu.na.i

ぶひん
部品 用品、零件
bu.hi.n

ぶぶん
部分 部分
bu.bu.n

ぶもん
部門 部門
bu.mo.n

ぶらく
部落 部落
bu.ra.ku

ぶるい
部類 種類
bu.ru.i

かぶ
下部 下部
ka.bu

こうぶ
後部 後部
ko.o.bu

ㄅㄨˋ

じょうぶ **上部** jo.o.bu	上部
ぜんぶ **全部** ze.n.bu	全部
へや 特 **部屋** he.ya	房間

音 は ha

琶
音 は わ
訓

音 は ha

音 わ wa

びわ 琵琶 bi.wa 〔樂〕琵琶

音 ば ba

とうば 塔婆 to.o.ba 舍利塔、塔、墓

ろうば 老婆 ro.o.ba 老太婆

破
音 は
訓 やぶる やぶれる
常

音 は ha

はかい 破壊 ha.ka.i 破壞

はかい 破戒 ha.ka.i 破戒

はかく 破格 ha.ka.ku 破格、破例、特別

はき 破棄 ha.ki 廢棄、撕毀；毀約

はきょく 破局 ha.kyo.ku 悲慘的結局

はさん 破産 ha.sa.n 破產

はそん 破損 ha.so.n 破損

はへん 破片 ha.he.n 碎片

はれつ 破裂 ha.re.tsu 破裂

そうは 走破 so.o.ha 跑完（預定的距離）

たいは 大破 ta.i.ha 嚴重損壞

だは 打破 da.ha 打破、破除；除去(惡習)

どくは 読破 do.ku.ha 全部讀完

なんぱ 難破 na.n.pa (因風浪)船隻翻覆

訓 やぶる ya.bu.ru

やぶ 破る ya.bu.ru 弄破、破壞、違反

訓 やぶれる ya.bu.re.ru

やぶ 破れる ya.bu.re.ru 被弄破、破碎、破裂

迫
音 はく
訓 せまる
常

音 はく ha.ku

はくがい 迫害 ha.ku.ga.i 迫害、虐待

はくしん 迫真 ha.ku.shi.n 逼真

はくりょく 迫力 ha.ku.ryo.ku 動人、激勵人心的力量

きはく 気迫 ki.ha.ku 氣魄、氣概

きゅうはく 急迫 kyu.u.ha.ku 急迫、緊迫、緊急

きゅうはく 窮迫 kyu.u.ha.ku 窮困、困窘、窘迫

きょうはく 脅迫 kyo.o.ha.ku 脅迫、威脅、恐嚇

せっぱく 切迫 se.p.pa.ku 迫切、逼近、緊迫

にくはく
肉迫 肉搏、逼近、逼問
ni.ku.ha.ku

あっぱく
圧迫 壓迫
a.p.pa.ku

訓 せまる se.ma.ru

せま
迫る 迫近、窘迫、急迫
se.ma.ru

音 はく ひょう
訓
常

音 はく ha.ku

はくしゅ
拍手 拍手、鼓掌
ha.ku.shu

はくしゃ
拍車 馬刺；加速、加快
ha.ku.sha

音 ひょう hyo.o

ひょうし
拍子 拍子、節拍；情況
hyo.o.shi

ひょうしぎ
拍子木 打拍子用的梆子
hyo.o.shi.gi

俳

音 はい
訓
常

音 はい ha.i

はいく
俳句 俳句
ha.i.ku

はいごう
俳号 俳句詩人的筆名、雅號
ha.i.go.o

はいじん
俳人 俳句詩人
ha.i.ji.n

はいだん
俳壇 俳句界、俳壇
ha.i.da.n

はいぶん
俳文 具有俳句特色的散文
ha.i.bu.n

はいゆう
俳優 演員
ha.i.yu.u

排

音 はい
訓
常

音 はい ha.i

はいき
排気 排氣
ha.i.ki

はいげき
排撃 抨擊、排擠
ha.i.ge.ki

はいしゅつ
排出 排出
ha.i.shu.tsu

はいじょ
排除 排除
ha.i.jo

はいすい
排水 排水
ha.i.su.i

はいせき
排斥 排斥
ha.i.se.ki

はいせつ
排泄 排泄
ha.i.se.tsu

はいたてき
排他的 排他的、排外的
ha.i.ta.te.ki

はいべん
排便 排便
ha.i.be.n

音 は
訓
常

音 は ha

はけん
派遣 派遣
ha.ke.n

はで
派手 華麗、花俏
ha.de

はへい
派兵 派兵
ha.he.i

うは
右派 右派、保守黨派
u.ha

がくは
学派 學派
ga.ku.ha

さは
左派 左派、改革、激進黨派
sa.ha

しゅりゅうは
主流派 主流派
shu.ryu.u.ha

しょは
諸派 各派
sho.ha

とうは
党派 黨派
to.o.ha

とくはいん
特派員 特派員
to.ku.ha.i.n

りゅうは
流派 流派
ryu.u.ha

いっぱ
一派 一派、一個流派
i.p.pa

ぶんぱ
分派 分派
bu.n.pa

培

音 ばい
訓 つちかう
常

音 **ばい** ba.i

ばいよう
培養 培養、培育、增強
ba.i.yo.o

さいばい
栽培 栽培、種植
sa.i.ba.i

訓 **つちかう** tsu.chi.ka.u

つちか
培う 培植、栽培、培養
tsu.chi.ka.u

賠

音 ばい
訓
常

音 **ばい** ba.i

ばいしょう
賠償 賠償
ba.i.sho.o

陪

音 ばい
訓
常

音 **ばい** ba.i

ばいしん
陪審 陪審
ba.i.shi.n

ばいせき
陪席 陪座、陪席
ba.i.se.ki

轡

音 ひ
訓 くつわ

音 **ひ** hi

訓 **くつわ** ku.tsu.wa

くつわ
轡 馬口鉗
ku.tsu.wa

配

音 はい
訓 くばる
常

音 **はい** ha.i

はいきゅう
配給 配給
ha.i.kyu.u

はいぐうしゃ
配偶者 配偶
ha.i.gu.u.sha

はいごう
配合 配合
ha.i.go.o

はいしょく
配色 配色
ha.i.sho.ku

はいせん
配線 電器迴路、導線
ha.i.se.n

はいぞく
配属 (人員的)分配
ha.i.zo.ku

はいたつ
配達 遞送
ha.i.ta.tsu

はいち
配置 配置
ha.i.chi

はいれつ
配列 排列
ha.i.re.tsu

はいふ
配布 分發、散發
ha.i.fu

はいぶん
配分 分配
ha.i.bu.n

はいりょ
配慮 關懷、關照
ha.i.ryo

はいやく
配役 分配角色
ha.i.ya.ku

しはい
支配 支配
shi.ha.i

てはい
手配 籌備、安排、部署
te.ha.i

しゅうはい
集配 (貨物…等)集中遞送
shu.u.ha.i

しんぱい
心配 擔心
shi.n.pa.i

ねんぱい
年配 大概的年齡；中年以上的人
ne.n.pa.i

ぶんぱい
分配 分配
bu.n.pa.i

訓 くばる ku.ba.ru

くば
配る 分配、發送
ku.ba.ru

き くば
気配り 關照、細心照顧
ki.ku.ba.ri

泡
音 ほう
訓 あわ
常

音 ほう ho.o

ほうまつ
泡沫 泡沫
ho.o.ma.tsu

すいほう
水泡 水泡
su.i.ho.o

き ほう
気泡 氣泡
ki.ho.o

訓 あわ a.wa

あわ
泡 泡沫
a.wa

砲
音 ほう
訓
常

音 ほう ho.o

ほう か
砲火 砲火
ho.o.ka

ほうがん
砲丸 砲彈、鉛球
ho.o.ga.n

ほうげき
砲撃 砲擊、砲轟
ho.o.ge.ki

ほうじゅつ
砲術 砲術
ho.o.ju.tsu

ほうせい
砲声 砲聲
ho.o.se.i

ほうだい
砲台 砲台
ho.o.da.i

ほうだん
砲弾 砲彈
ho.o.da.n

剖
音 ぼう
訓
常

音 ぼう bo.o

かいぼう
解剖 解剖
ka.i.bo.o

盤
音 ばん
訓
常

音 ばん ba.n

ばんせき
盤石 磐石
ba.n.se.ki

ばんめん
盤面 棋盤上勝負的形勢
ba.n.me.n

えんばん
円盤 圓盤
e.n.ba.n

き ばん
基盤 基礎、底座
ki.ba.n

きゅうばん
吸盤 吸盤
kyu.u.ba.n

ぎんばん
銀盤 銀盤
gi.n.ba.n

こつばん
骨盤 骨盤
ko.tsu.ba.n

じ ばん
地盤 地基、勢力範圍
ji.ba.n

そろばん
算盤 算盤
so.ro.ba.n

磐
音 はん
ばん
訓 いわ

音 はん ha.n

音 ばん ba.n

ばんせき
磐石 磐石、堅固
ba.n.se.ki

じょうばんせん
常磐線 日本JR的路線名稱
jo.o.ba.n.se.n

訓 いわ i.wa

いわたし
磐田市 日本靜岡縣的地名
i.wa.ta.shi

判 音 はん ばん 訓 常

音 はん ha.n

はん
判 判斷、裁定；印章
ha.n

はんけつ
判決 判決
ha.n.ke.tsu

はんけい
判型 書本規格、紙張大小
ha.n.ke.i

はんこ
判子 圖章、印鑑
ha.n.ko

はんじ
判事 審判官
ha.n.ji

はんぜん
判然 顯然、明顯
ha.n.ze.n

はんだん
判断 判斷
ha.n.da.n

はんてい
判定 判定
ha.n.te.i

はんべつ
判別 判別
ha.n.be.tsu

はんめい
判明 判明、清楚
ha.n.me.i

はんれい
判例 判決先例
ha.n.re.i

ひはん
批判 批判
hi.ha.n

こばん
小判 (江戶時代)橢圓形金幣
ko.ba.n

さいばん
裁判 裁判、判決
sa.i.ba.n

しんぱん
審判 審判
shi.n.pa.n

音 ばん ba.n

ひょうばん
評判 評判
hyo.o.ba.n

叛 音 はん ほん 訓 そむく

音 はん ha.n

はんぷく
叛服 背叛與服從
ha.n.pu.ku

はいはん
背叛 背叛
ha.i.ha.n

音 ほん ho.n

むほん
謀叛 謀反、叛變
mu.ho.n

訓 そむく so.mu.ku

そむ
叛く 違背、背叛
so.mu.ku

畔 音 はん 訓 常

音 はん ha.n

こはん
湖畔 湖畔
ko.ha.n

かはん
河畔 河畔
ka.ha.n

噴 音 ふん 訓 ふく 常

音 ふん fu.n

ふんえん
噴煙 噴煙、冒煙
fu.n.e.n

ふんか
噴火 噴火、冒火
fu.n.ka

ふんしゅつ
噴出 噴出、冒出
fu.n.shu.tsu

ふんすい
噴水 噴水
fu.n.su.i

ふんむき
噴霧器 噴霧器
fu.n.mu.ki

訓 ふく fu.ku

ふ
噴く 噴
fu.ku

盆
音 ぼん
訓
常

音 ぼん bo.n

ぼん
盆 盆
bo.n

ぼんさい
盆栽 盆栽
bo.n.sa.i

ぼんち
盆地 盆地
bo.n.chi

うらぼん
盂蘭盆 盂蘭盆節
u.ra.bo.n

彷
音 ほう
訓 さまよう
常

音 ほう ho.o

ほうこう
彷徨 彷徨、徘徊
ho.o.ko.o

ほうふつ
彷彿 聯想；模糊；相似
ho.o.fu.tsu

訓 さまよう sa.ma.yo.u

さまよ
彷徨う 彷徨、徘徊；猶豫不決
sa.ma.yo.u

傍
音 ぼう
訓 かたわら
常

音 ぼう bo.o

ぼうかん
傍観 旁觀
bo.o.ka.n

ぼうじゃくぶじん
傍若無人 旁若無人
bo.o.ja.ku.bu.ji.n

ぼうじゅ
傍受 從旁收聽、監聽
bo.o.ju

ぼうちょう
傍聴 旁聽
bo.o.cho.o

ぼうてん
傍点 在旁標記重點
bo.o.te.n

きんぼう
近傍 近旁、附近
ki.n.bo.o

ろぼう
路傍 路旁、路邊
ro.bo.o

訓 かたわら ka.ta.wa.ra

かたわ
傍ら 旁邊、身邊；順便
ka.ta.wa.ra

朋
音 ほう
訓

音 ほう ho.o

ほうばい
朋輩 朋輩、朋友、師兄弟
ho.o.ba.i

ほうゆう
朋友 朋友
ho.o.yu.u

棚
音
訓 たな
常

訓 たな ta.na

たな
棚 架子、擱板
ta.na

たなだ
棚田 梯田
ta.na.da

あみだな
網棚 網架
a.mi.da.na

しょだな
書棚 書架、書櫃
sho.da.na

とだな
戸棚 櫥櫃
to.da.na

ほんだな
本棚 書櫃
ho.n.da.na

膨
音 ぼう
訓 ふくらむ ふくれる
常

音 ぼう bo.o

ぼうだい
膨大 膨大、腫大
bo.o.da.i

ぼうちょう
膨脹 膨脹、增大、擴大
bo.o.cho.o

訓 ふくらむ
fu.ku.ra.mu

ふく
膨らむ 膨脹、鼓起
fu.ku.ra.mu

訓 ふくれる
fu.ku.re.ru

ふく
膨れる 腫、脹、鼓起
fu.ku.re.ru

蓬
音 ほう
訓 よもぎ

音 ほう ho.o

ほうおく
蓬屋 茅屋
ho.o.o.ku

訓 よもぎ yo.mo.gi

よもぎ
蓬 艾、艾蒿
yo.mo.gi

鵬
音 ほう
訓

音 ほう ho.o

ほうてい
鵬程 鵬程
ho.o.te.i

捧
音 ほう
訓 ささげる

音 ほう ho.o

ほうじ
捧持 捧持
ho.o.ji

訓 ささげる
sa.sa.ge.ru

ささ
捧げる 雙手擎舉、捧舉
sa.sa.ge.ru

匹
音 ひつ
訓 ひき
常

音 ひつ hi.tsu

ひってき
匹敵 匹敵、比的上
hi.t.te.ki

ひっぷ ゆう
匹夫の勇 匹夫之勇
hi.p.pu.no.yu.u

ばひつ
馬匹 馬匹
ba.hi.tsu

訓 ひき hi.ki

ひき
匹 匹、頭、隻
hi.ki

いっぴき
一匹 一隻
i.p.pi.ki

批
音 ひ
訓
常

音 ひ hi

ひじゅん
批准 批准(條約)
hi.ju.n

ひはん
批判 批判
hi.ha.n

ひはんてき
批判的 批判的
hi.ha.n.te.ki

ひひょう
批評 評論
hi.hyo.o

ひひょうか
批評家 評論家
hi.hyo.o.ka

披
音 ひ
訓
常

音 ひ hi

ひろう
披露 宣佈、公佈
hi.ro.o

ひろうえん
披露宴 婚禮喜宴
hi.ro.o.e.n

枇
音 び
ひ
訓

音 び bi

びわ
枇杷 枇杷
bi.wa

音 ひ hi

琵
音 ひ び
訓

音 ひ hi

音 び bi

びわ
琵琶 〔樂〕琵琶
bi.wa

疲
常
音 ひ
訓 つかれる つからす

音 ひ hi

ひへい
疲弊 疲憊
hi.he.i

ひろう
疲労 疲勞、疲累
hi.ro.o

訓 つかれる tsu.ka.re.ru

つか
疲れる 疲累、疲憊
tsu.ka.re.ru

つか
疲れ 疲累
re.ka.re

訓 つからす tsu.ka.ra.su

つか
疲らす 弄的疲勞、使疲勞
tsu.ka.ra.su

皮
常
音 ひ
訓 かわ

音 ひ

ひか
皮下 皮下
hi.ka

ひかく
皮革 皮革
hi.ka.ku

ひにく
皮肉 挖苦
hi.ni.ku

ひふ
皮膚 皮膚
hi.fu

かひ
果皮 果皮
ka.hi

じゅひ
樹皮 樹皮
ju.hi

ひょうひ
表皮 表皮
hyo.o.hi

訓 かわ ka.wa

かわ
皮 皮
ka.wa

かわざんよう
皮算用 打如意算盤
ka.wa.za.n.yo.o

けがわ
毛皮 毛皮
ke.ga.wa

疋
音 ひつ しょ そ が
訓 ひき

音 ひつ hi.tsu

音 しょ sho

音 そ so

音 が ga

訓 ひき hi.ki

癖
常
音 へき
訓 くせ

音 へき he.ki

あくへき
悪癖 不好的習性
a.ku.he.ki

きへき
奇癖 怪癖
ki.he.ki

とうへき
盗癖 偷竊癖
to.o.he.ki

けっぺき
潔癖 潔癖
ke.p.pe.ki

訓 **くせ** ku.se

くせ
癖 癖好
ku.se

なんくせ
難癖 缺點、毛病
na.n.ku.se

ひとくせ
一癖 一種習性、毛病
hi.to.ku.se

くちぐせ
口癖 口頭禪
ku.chi.gu.se

さけぐせ
酒癖 酒品、酒癖
sa.ke.gu.se

ねぐせ
寝癖 睡醒時的頭髮、睡癖
ne.gu.se

僻
音 へき、ひ
訓 ひがむ

音 **へき** he.ki

へきえん
僻遠 偏遠
he.ki.e.n

へきけん
僻見 偏見
he.ki.ke.n

へきち
僻地 偏僻地方
he.ki.chi

音 **ひ** hi

訓 **ひがむ** hi.ga.mu

ひが
僻む 乖僻、懷有偏見、屈解
hi.ga.mu

瞥
音 へつ、べつ
訓

音 **へつ** he.tsu

音 **べつ** be.tsu

べっけん
瞥見 瞥見、看了一眼
be.k.ke.n

漂 常
音 ひょう
訓 ただよう

音 **ひょう** hyo.o

ひょうちゃく
漂着 漂流到
hyo.o.cha.ku

ひょうはく
漂白 漂白
hyo.o.ha.ku

ひょうはく
漂泊 漂泊、漂流、流浪
hyo.o.ha.ku

ひょうりゅう
漂流 漂流、漂泊、流浪
hyo.o.ryu.u

訓 **ただよう** ta.da.yo.u

ただよ
漂う 漂流；洋溢；充滿
ta.da.yo.u

瓢
音 ひょう
訓 ひさご、ふくべ

音 **ひょう** hyo.o

ひょうたん
瓢箪 葫蘆
hyo.o.o.ta.n

訓 **ひさご** hi.sa.go

訓 **ふくべ** fu.ku.be

票 常
音 ひょう
訓

音 **ひょう** hyo.o

ひょう
票 票
hyo.o

ひょうすう
票数 票數
hyo.o.su.u

ひょうけつ
票決 用票數來決定
hyo.o.ke.tsu

ひょうでん
票田 （選舉）票倉
hyo.o.de.n

かいひょう
開票 開票
ka.i.hyo.o

とうひょう
投票 投票
to.o.hyo.o

とくひょう
得票 得票
to.ku.hyo.o

でんぴょう
伝票 傳票
de.n.pyo.o

偏
音 へん
訓 かたよる
常

音 へん he.n

へんきょう
偏狭 度量小；狹小
he.n.kyo.o

へんくつ
偏屈 乖僻、頑固、古怪
he.n.ku.tsu

へんけん
偏見 偏見、偏執
he.n.ke.n

へんこう
偏向 偏向
he.n.ko.o

へんざい
偏在 分佈不均
he.n.za.i

へんさち
偏差値 偏差值
he.n.sa.chi

へんしゅう
偏執 偏執、偏見、固執
he.n.shu.u

へんしょく
偏食 偏食
he.n.sho.ku

へんちょう
偏重 偏重
he.n.cho.o

訓 かたよる ka.ta.yo.ru

かたよ
偏る 偏頗、不公平
ka.ta.yo.ru

篇
音 へん
訓

音 へん he.n

片
音 へん
訓 かた
常

音 へん he.n

へんげん
片言 片面之詞
he.n.ge.n

しへん
紙片 紙片
shi.he.n

はへん
破片 碎片
ha.he.n

もくへん
木片 木片
mo.ku.he.n

いっぺん
一片 一片
i.p.pe.n

だんぺん
断片 片斷的、部份的
da.n.pe.n

訓 かた ka.ta

かたあし
片足 單腳
ka.ta.a.shi

かたうで
片腕 單手
ka.ta.u.de

かたおも
片思い 單相思、單戀
ka.ta.o.mo.i

かたおや
片親 單親
ka.ta.o.ya

かたがわ
片側 單邊
ka.ta.ga.wa

かたこと
片言 一面之詞
ka.ta.ko.to

かたづ
片付け 整理、收拾
ka.ta.zu.ke

かたづ
片付ける 整理、收拾
ka.ta.zu.ke.ru

かたてま
片手間 業餘的時間
ka.ta.te.ma

かたとき
片時 片刻、一瞬間
ka.ta.to.ki

かたほう
片方 一邊、旁邊、一部份
ka.ta.ho.o

かたぼう
片棒 轎夫
ka.ta.bo.o

かたみ
片身 （魚…等的）半邊身體
ka.ta.mi

かたみち
片道 單程
ka.ta.mi.chi

かためん
片面 片面
ka.ta.me.n

かたよ
片寄る 偏一邊、傾一邊
ka.ta.yo.ru

瀕
音 ひん
訓

音 ひん hi.n

ひんし
瀕死 瀕死、致命
hi.n.shi

貧
音 ひん びん
訓 まずしい
常

音 ひん hi.n

ひんか
貧家 貧窮人家
hi.n.ka

ひんきゅう
貧窮 貧窮
hi.n.kyu.u

ひんく
貧苦 貧苦
hi.n.ku

ひんけつ
貧血 貧血
hi.n.ke.tsu

ひんこん
貧困 貧困
hi.n.ko.n

ひんじゃく
貧弱 瘦弱、單薄、窮酸
hi.n.ja.ku

ひんそう
貧相 窮酸樣
hi.n.so.o

ひんのう
貧農 貧農
hi.n.no.o

ひんぷ
貧富 貧富
hi.n.pu

ひんみん
貧民 貧民
hi.n.mi.n

せいひん
清貧 清貧
se.i.hi.n

音 びん bi.n

びんぼう
貧乏 貧窮
bi.n.bo.o

訓 まずしい ma.zu.shi.i

まず
貧しい 貧窮的、貧乏
ma.zu.shi.i

頻
音 ひん
訓
常

音 ひん hi.n

ひんしゅつ
頻出 屢次發生、層出不窮
hi.n.shu.tsu

ひんど
頻度 頻率
hi.n.do

ひんぱつ
頻発 頻頻發生
hi.n.pa.tsu

ひんぱん
頻繁 頻繁
hi.n.pa.n

ひんぴん
頻々 頻頻、屢次
hi.n.pi.n

品
音 ひん
訓 しな
常

音 ひん hi.n

ひん
品 品格、品行
hi.n

ひんい
品位 品格
hi.n.i

ひんかく
品格 品格、人格、風度
hi.n.ka.ku

ひんこう
品行 品行
hi.n.ko.o

ひんしつ
品質 品質
hi.n.shi.tsu

ひんしゅ
品種 品種
hi.n.shu

ひんせい
品性 品行
hi.n.se.i

ひんぴょう
品評 品評、評判
hi.n.pyo.o

ひんめい
品名 品名、物品名稱
hi.n.me.i

ひんもく
品目 品種
hi.n.mo.ku

がくようひん
学用品 學生用品（文具…等）
ga.ku.yo.o.hi.n

きひん
気品 有品格、高尚
ki.hi.n

さくひん
作品 作品
sa.ku.hi.n

しょうひん
商品 商品
sho.o.hi.n

じょうひん
上品 有氣質、高尚
jo.o.hi.n

せいひん
製品 製品
se.i.hi.n

にちようひん
日用品 日常生活用品
ni.chi.yo.o.hi.n

ぶっぴん
物品 物品
bu.p.pi.n

やくひん
薬品 醫藥品
ya.ku.hi.n

訓 しな shi.na

しな
品 物品、東西
shi.na

しなさだ
品定め 評定(質量、優劣)
shi.na.sa.da.me

しなぎ
品切れ 賣光、已售完
shi.na.gi.re

しなもの
品物 物品、商品
shi.na.mo.no

牝

音 ひん
訓 めす

音 ひん hi.n

ひんば
牝馬 母馬
hi.n.ba

訓 めす me.su

坪

音
訓 つぼ
常

訓 つぼ tsu.bo

つぼ
坪 坪(土地面積單位)
tsu.bo

平

音 へい
ひょう
びょう
訓 ひら
たいら
常

音 へい he.i

へいあんじだい
平安時代 (日本)平安時代
he.i.a.n.ji.da.i

へいき
平気 不當一回事、不介意
he.i.ki

へいきん
平均 平均
he.i.ki.n

へいけものがたり
平家物語 平家物語
he.i.ke.mo.no.ga.ta.ri

へいこう
平行 平行
he.i.ko.o

へいじつ
平日 平日
he.i.ji.tsu

へいじょう
平常 平常
he.i.jo.o

へいせい
平静 平靜
he.i.se.i

へいち
平地 平地
he.i.chi

へいてい
平定 平定
he.i.te.i

へいほう
平方 平方
he.i.ho.o

へいぼん
平凡 平凡
he.i.bo.n

へいめん
平面 平面
he.i.me.n

へいや
平野 寬廣的平原
he.i.ya

へいわ
平和 和平
he.i.wa

こうへい
公平 公平
ko.o.he.i

すいへい
水平 水平
su.i.he.i

たいへいよう
太平洋 太平洋
ta.i.he.i.yo.o

ちへいせん
地平線 地平線
chi.he.i.se.n

ふへい
不平 不平
fu.he.i

わへい
和平 和睦
wa.he.i

音 ひょう hyo.o

音 びょう byo.o

びょうどう
平等 平等
byo.o.do.o

訓 ひら hi.ra

ひらがな
平仮名 平假名
hi.ra.ga.na

ひらしゃいん
平社員 一般職員、普通職員
hi.ra.sha.i.n

ひら
平たい 扁平的、平坦的
hi.ra.ta.i

訓 たいら ta.i.ra

たい
平ら 平坦、平靜、平穩
ta.i.ra

瓶
音 びん へい
訓
常

音 びん bi.n

びん
瓶 瓶
bi.n

かびん
花瓶 花瓶
ka.bi.n

てつびん
鉄瓶 鐵壺
te.tsu.bi.n

どびん
土瓶 茶壺、水壺
do.bi.n

音 へい he.i

へいか
瓶花 瓶花
he.i.ka

評
音 ひょう
訓
常

音 ひょう hyo.o

ひょうか
評価 評價
hyo.o.ka

ひょうぎ
評議 商議、討論
hyo.o.gi

ひょうてい
評定 評定
hyo.o.te.i

ひょうてん
評点 評分
hyo.o.te.n

ひょうでん
評伝 帶評論性的傳記
hyo.o.de.n

ひょうばん
評判 評判
hyo.o.ba.n

ひょうろん
評論 評論
hyo.o.ro.n

あくひょう
悪評 不好的評論
a.ku.hyo.o

こうひょう
好評 好評
ko.o.hyo.o

しょひょう
書評 書評
sho.hyo.o

ていひょう
定評 公認
te.i.hyo.o

ひひょう
批評 批評
hi.hyo.o

せんぴょう
選評 評選
se.n.pyo.o

ひんぴょう
品評 品評、評判、評比
hi.n.pyo.o

ふひょう
不評 名聲壞、聲譽不佳
fu.hyo.o

ろんぴょう
論評 評論(的文章)
ro.n.pyo.o

撲
音 ぼく
訓
常

音 ぼく bo.ku

ぼくさつ
撲殺 撲殺、打死
bo.ku.sa.tsu

ぼくめつ
撲滅 撲滅、消滅
bo.ku.me.tsu

だぼく
打撲 打、撲打、碰撞
da.bo.ku

特 すもう
相撲 相撲
su.mo.o

舗

音 ほ
訓
常

音 ほ ho

ほそう
舗装 鋪修、鋪路
ho.so.o

ほどう
舗道 鋪過的道路
ho.do.o

てんぽ
店舗 店鋪
te.n.po

ほんぽ
本舗 本店、本舖
ho.n.po

ろうほ
老舗 老店、老舖
ro.o.ho

僕

音 ぼく
訓 しもべ
常

音 ぼく bo.ku

ぼく
僕 (男性自稱詞)我
bo.ku

げぼく
下僕 (男)僕人、僕役
ge.bo.ku

こうぼく
公僕 公僕、公務人員
ko.o.bo.ku

じゅうぼく
従僕 僕從、男僕
ju.u.bo.ku

訓 しもべ shi.mo.be

朴

音 ぼく
訓 ほお
常

音 ぼく bo.ku

ぼくとつ
朴訥 木訥、質樸寡言
bo.ku.to.tsu

ぼくねんじん
朴念仁 木頭人、不懂情理的人
bo.ku.ne.n.ji.n

じゅんぼく
純朴 純樸
ju.n.bo.ku

そぼく
素朴 樸素、質樸
so.bo.ku

訓 ほお ho.o

菩

音 ぼ
訓 ほ

音 ぼ bo

ぼさつ
菩薩 菩薩
bo.sa.tsu

ぼだいじゅ
菩提樹 菩提樹
bo.da.i.ju

訓 ほ ho

蒲

音 ほ
ふ
ぶ
訓 がま
かま

音 ほ ho

ほりゅう
蒲柳 楊柳；體質弱
ho.ryu.u

音 ふ fu

ふとん
蒲団 用蒲葉編的圓坐墊
fu.to.n

音 ぶ bu

しょうぶ
菖蒲 菖蒲
sho.o.bu

訓 がま ga.ma

がま
蒲 蒲、香蒲
ga.ma

訓 かま ka.ma

かまぼこ
蒲鉾 魚板
ka.ma.bo.ko

圃

音 ほ
訓

音 ほ ho

でんぽ
田圃 田圃、田地
de.n.po

普
音 ふ
訓 あまねし
常

音 ふ fu

ふきゅう
普及 普及
fu.kyu.u

ふだん
普段 平常、平素
fu.da.n

ふつう
普通 一般、普通、平常
fu.tsu.u

ふへん
普遍 普遍
fu.he.n

訓 あまねし a.ma.ne.shi

浦
音 ほ
訓 うら
常

音 ほ ho

きょくほ
曲浦 海岸邊彎曲的海、曲濱
kyo.ku.ho

訓 うら u.ra

うらざと
浦里 漁村、海邊附近的村莊
u.ra.za.to

つつうらうら
津々浦々 全國各地
tsu.tsu.u.ra.u.ra

譜
音 ふ
訓

音 ふ fu

ふだい
譜代 世襲、世代相傳；族譜
fu.da.i

かふ
家譜 家譜
ka.fu

がくふ
楽譜 樂譜
ga.ku.fu

けいふ
系譜 家系族譜
ke.i.fu

しんぷ
新譜 新曲譜、新歌
shi.n.pu

ずふ
図譜 畫譜、圖譜
zu.fu

ねんぷ
年譜 年譜
ne.n.pu

曝
音 ばく
訓 さらす

音 ばく ba.ku

ばくりょう
曝涼 曬（書、衣服）
ba.ku.ryo.o

訓 さらす sa.ra.su

さら
曝す 曬、曝
sa.ra.su

鋪
音 ほ
訓

音 ほ ho

麻

音 ま
訓 あさ
常

音 ま ma

ますい 麻酔 ma.su.i	麻醉
まひ 麻痺 ma.hi	麻痺
まやく 麻薬 ma.ya.ku	麻藥
ごま 胡麻 go.ma	芝麻

訓 あさ a.sa

あさ 麻 a.sa	麻
あさいと 麻糸 a.sa.i.to	麻線
あさぬの 麻布 a.sa.nu.no	麻布

馬

音 ば め
訓 うま ま
常

音 ば ba

ばか 馬鹿 ba.ka	愚蠢、呆傻
ばきゃく 馬脚 ba.kya.ku	馬腳
ばしゃ 馬車 ba.sha	馬車
ばじゅつ 馬術 ba.ju.tsu	馬術
ばじょう 馬上 ba.jo.o	騎在馬上
あいば 愛馬 a.i.ba	愛馬
けいば 競馬 ke.i.ba	賽馬
しゅつば 出馬 shu.tsu.ba	上陣
じょうば 乗馬 jo.o.ba	騎馬
ちくば 竹馬 chi.ku.ba	高蹺
めいば 名馬 me.i.ba	名馬
もくば 木馬 mo.ku.ba	木馬
らくば 落馬 ra.ku.ba	落馬

音 め me

訓 うま u.ma

うま 馬 u.ma	馬
たけうま 竹馬 ta.ke.u.ma	高蹺
たねうま 種馬 ta.ne.u.ma	種馬

訓 ま ma

まご 馬子 * ma.go	馬車夫
えま 絵馬 * e.ma	(神社寺院的)祈願牌

罵

音 ば
訓 ののしる

音 ば ba

ばとう 罵倒 ba.to.o	大罵特罵、痛罵

訓 ののしる no.no.shi.ru

ののし 罵る no.no.shi.ru	大聲吵嚷、大聲叱責

摩

音 ま
訓
常

音 ま ma

まさつ 摩擦 ma.sa.tsu	摩擦

まてんろう
摩天楼 摩天大樓、摩天大廈
ma.te.n.ro.o

まめつ
摩滅 磨滅、磨損
ma.me.tsu

模
音 も ぼ
訓

音 も mo

もけい
模型 模型
mo.ke.i

もこ
模糊 模糊無法看清
mo.ko

もさく
模作 仿造品
mo.sa.ku

もさく
模索 摸索
mo.sa.ku

もぞう
模造 仿造品、仿製品
mo.zo.o

もはん
模範 模範、榜樣、典型
mo.ha.n

もほう
模倣 模仿
mo.ho.o

もよう
模様 模樣
mo.yo.o

音 ぼ bo

きぼ
規模 規模
ki.bo

磨
音 ま
訓 みがく
常

音 ま ma

まめつ
磨滅 磨滅、磨損
ma.me.tsu

まもう
磨耗 磨耗、磨損
ma.mo.o

たくま
琢磨 琢磨、鑽研
ta.ku.ma

れんま
練磨 磨練、鍛鍊
re.n.ma

訓 みがく mi.ga.ku

みが
磨く 刷、擦；琢磨、磨練
mi.ga.ku

膜
音 まく
訓
常

音 まく ma.ku

まく
膜 膜
ma.ku

おうかくまく
横隔膜 橫隔膜
o.o.ka.ku.ma.ku

かくまく
角膜 角膜
ka.ku.ma.ku

こまく
鼓膜 鼓膜
ko.ma.ku

ねんまく
粘膜 黏膜
ne.n.ma.ku

ひまく
被膜 覆蓋膜、包膜
hi.ma.ku

ふくまく
腹膜 腹膜
fu.ku.ma.ku

もうまく
網膜 網膜
mo.o.ma.ku

ろくまく
肋膜 肋膜、胸膜
ro.ku.ma.ku

魔
音 ま
訓
常

音 ま ma

まおう
魔王 魔王
ma.o.o

ましゅ
魔手 魔爪、魔掌
ma.shu

まじゅつ
魔術 魔術
ma.ju.tsu

まじょ
魔女 魔女
ma.jo

まほう
魔法 魔法
ma.ho.o

まもの
魔物 魔物
ma.mo.no

まりょく
魔力 魔力
ma.ryo.ku

じゃま
邪魔 打擾、妨礙、累贅
ja.ma

すいま
睡魔 睡魔
su.i.ma

だんまつま
断末魔 臨終
da.n.ma.tsu.ma

びょうま
病魔 病魔
byo.o.ma

抹
音 まつ
訓
常

音 まつ ma.tsu

とまつ
塗抹 塗抹
to.ma.tsu

まっこう
抹香 沉香粉
ma.k.ko.o

まっさつ
抹殺 勾銷、抹掉、抹殺
ma.s.sa.tsu

まっしょう
抹消 抹掉、勾銷
ma.s.sho.o

まっちゃ
抹茶 抹茶
ma.c.cha

墨
音 ぼく
訓 すみ
常

音 ぼく bo.ku

ぼくしゅ
墨守 墨守、固守、守舊
bo.ku.shu

ぼくじゅう
墨汁 墨汁
bo.ku.ju.u

すいぼく
水墨 水墨
su.i.bo.ku

せきぼく
石墨 石墨
se.ki.bo.ku

はくぼく
白墨 粉筆
ha.ku.bo.ku

訓 すみ su.mi

すみ
墨 墨
su.mi

すみえ
墨絵 水墨畫
su.mi.e

しゅずみ
朱墨 朱墨
shu.zu.mi

末
音 まつ
ばつ
訓 すえ
常

音 まつ ma.tsu

まつ
末 末、底
ma.tsu

まつざ
末座 最後的座位
ma.tsu.za

まつじつ
末日 末日
ma.tsu.ji.tsu

まつび
末尾 末尾
ma.tsu.bi

まつろ
末路 末路
ma.tsu.ro

まつよ
末代 末代
ma.tsu.yo

かんまつ
巻末 卷末
ka.n.ma.tsu

きまつ
期末 期末
ki.ma.tsu

けつまつ
結末 結局
ke.tsu.ma.tsu

げつまつ
月末 月底
ge.tsu.ma.tsu

しまつ
始末 始末
shi.ma.tsu

しゅうまつ
週末 週末
shu.u.ma.tsu

しゅうまつ
終末 結局
shu.u.ma.tsu

ねんまつ
年末 年底
ne.n.ma.tsu

ねんまつねんし
年末年始 年底年初
ne.n.ma.tsu.ne.n.shi

ばくまつ
幕末 幕府末期
ba.ku.ma.tsu

ふんまつ
粉末 粉末
fu.n.ma.tsu

ほんまつ
本末 事情的始末
ho.n.ma.tsu

まっき
末期 末期
ma.k.ki

まっし
末子 老么
ma.s.shi

まっせ
末世 末世、道德敗壞的世道
ma.s.se

まっせつ
末節 枝節、末節
ma.s.se.tsu

まったん
末端 末端
ma.t.ta.n

音 ばつ ba.tsu

ばっし
末子 么子
ba.s.shi

訓 すえ su.e

すえ
末 末尾
su.e

すえ　こ
末っ子 么子
su.e.k.ko

ばすえ
場末 近郊、偏僻地區
ba.su.e

沫
音 まつ ばつ
訓

音 まつ ma.tsu

ひまつ
飛沫 飛沫、飛濺的水沫
hi.ma.tsu

ほうまつ
泡沫 泡沫
ho.o.ma.tsu

音 ばつ ba.tsu

漠
音 ばく
訓
常

音 ばく ba.ku

ばくぜん
漠然 籠統、曖昧、不明確
ba.ku.ze.n

こうばく
広漠 廣漠、遼闊
ko.o.ba.ku

さばく
砂漠 沙漠
sa.ba.ku

莫
音 ばく も まく ぼ
訓

音 ばく ba.ku

ばくだい
莫大 莫大
ba.ku.da.i

せきばく
寂莫 寂寞
se.ki.ba.ku

音 も mo

音 まく ma.ku

音 ぼ bo

黙
音 もく
訓 だまる
常

音 もく mo.ku

もくさつ
黙殺 不理、不聽
mo.ku.sa.tsu

もくし
黙視 默視、坐視
mo.ku.shi

もくそう
黙想 沉思
mo.ku.so.o

もくどく
黙読 默讀
mo.ku.do.ku

もくにん
黙認 默認
mo.ku.ni.n

もくぜん
黙然 默然
mo.ku.ze.n

もくひ
黙秘 緘默（權）
mo.ku.hi

もくもく
黙々 默默、不聲不響
mo.ku.mo.ku

もくれい
黙礼 默默點頭行禮
mo.ku.re.i

あんもく
暗黙 默不作聲、沉默不語
a.n.mo.ku

かもく
寡黙 沉默寡言
ka.mo.ku

もっこう
黙考 默想、沉思
mo.k.ko.o

訓 だまる da.ma.ru

だま
黙る 沉默、不說話
da.ma.ru

埋
音 まい
訓 うめる うまる うもれる
常

音 まい ma.i

まいせつ
埋設 埋設
ma.i.se.tsu

まいそう
埋葬 埋葬
ma.i.so.o

まいぞう
埋蔵 埋藏
ma.i.zo.o

まいぼつ
埋没 埋沒
ma.i.bo.tsu

訓 うめる u.me.ru

う
埋める 埋、佔滿、彌補
u.me.ru

う こ
埋め込む 埋入
u.me.ko.mu

訓 うまる u.ma.ru

う
埋まる 埋上、佔滿、填補
u.ma.ru

訓 うもれる u.mo.re.ru

う
埋もれる 掩埋
u.mo.re.ru

買
音 ばい
訓 かう
常

音 ばい ba.i

ばいしゅう
買収 買收
ba.i.shu.u

ばいばい
売買 買賣
ba.i.ba.i

ふばい
不買 不買
fu.ba.i

訓 かう ka.u

か
買う 購買
ka.u

か こ
買い込む (大量)買入
ka.i.ko.mu

か て
買い手 買方
ka.i.te

かいぬし
買主 買主
ka.i.nu.shi

かいね
買値 買價、進貨價
ka.i.ne

か もの
買い物 購物、買東西
ka.i.mo.no

か あお
買い煽る 競標
ka.i.a.o.ru

麦
音 ばく
訓 むぎ
常

音 ばく ba.ku

ばくが
麦芽 麥芽
ba.ku.ga

訓 むぎ mu.gi

むぎちゃ
麦茶 麥茶
mu.gi.cha

むぎばたけ
麦畑 麥田
mu.gi.ba.ta.ke

むぎめし
麦飯 麥飯
mu.gi.me.shi

むぎぶえ
麦笛 麥稈笛
mu.gi.bu.e

おおむぎ
大麦 大麥
o.o.mu.gi

こむぎ
小麦 小麥
ko.mu.gi

脈
音 みゃく
訓
常

音 みゃく mya.ku

みゃく
脈 脈、血管
mya.ku

みゃくはく
脈拍 脈搏
mya.ku.ha.ku

いちみゃく
一脈 一脈；些許、一點點
i.chi.mya.ku

かざんみゃく
火山脈 火山脈、火山帶
ka.za.n.mya.ku

けつみゃく
血脈 血脈
ke.tsu.mya.ku

こうみゃく
鉱脈 礦脈
ko.o.mya.ku

さんみゃく
山脈 山脈
sa.n.mya.ku

じょうみゃく
静脈 靜脈
jo.o.mya.ku

すいみゃく
水脈 水脈
su.i.mya.ku

どうみゃく
動脈 動脈
do.o.mya.ku

ぶんみゃく
文脈 文脈
bu.n.mya.ku

らんみゃく
乱脈 沒有秩序、混亂
ra.n.mya.ku

売

音 ばい
訓 うる
うれる
常

音 ばい ba.i

ばいか
売価 售價
ba.i.ka

ばいてん
売店 販賣店
ba.i.te.n

ばいばい
売買 買賣
ba.i.ba.i

ばいひん
売品 出售品
ba.i.hi.n

ばいめい
売名 沽名釣譽
ba.i.me.i

ばいやくず
売約済み 已授權
ba.i.ya.ku.zu.mi

ばいやく
売薬 成藥、賣藥
ba.i.ya.ku

きょうばい
競売 拍賣
kyo.o.ba.i

しょうばい
商売 商業買賣、生意
sho.o.ba.i

せんばい
専売 專賣
se.n.ba.i

てんばい
転売 轉賣
te.n.ba.i

とくばい
特売 特賣
to.ku.ba.i

はつばい
発売 發售、出售
ha.tsu.ba.i

ひばい
非売 非賣
hi.ba.i

訓 うる u.ru

う
売る 販賣、露(臉)、背叛
u.ru

う あ
売り上げ 銷售額
u.ri.a.ge

う き
売り切れ 售完
u.ri.ki.re

う き
売り切れる 售完
u.ri.ki.re.ru

う だ
売り出し 開始銷售、減價銷售
u.ri.da.shi

う だ
売り出す 開始出售、減價銷售
u.ri.da.su

う ば
売り場 賣場
u.ri.ba

訓 うれる u.re.ru

う
売れる 行銷、銷售
u.re.ru

う ゆ
売れ行き 銷售情況
u.re.yu.ki

媒

音 ばい
訓
常

音 ばい ba.i

ばいかい
媒介 媒介
ba.i.ka.i

ばいしゃく
媒酌　媒人、做媒
ba.i.sha.ku

ばいたい
媒体　媒體
ba.i.ta.i

しょくばい
触媒　觸媒、催化(劑)
sho.ku.ba.i

ちゅうばい
虫媒　蟲媒花
chu.u.ba.i

ふうばい
風媒　風媒
fu.u.ba.i

ようばい
溶媒　溶劑
yo.o.ba.i

れいばい
霊媒　靈媒
re.i.ba.i

音 **ばい** ba.i

ばいきん
黴菌　黴菌
ba.i.ki.n

訓 **かび** ka.bi

あおかび
青黴　青黴
a.o.ka.bi

訓 **かびる** ka.bi.ru

か
黴びる　發霉
ka.bi.ru

枚
音 まい
訓
常

音 **まい** ma.i

まいすう
枚数　枚數
ma.i.su.u

まいきょ
枚挙　枚舉
ma.i.kyo

いちまい
一枚　一枚
i.chi.ma.i

梅
音 ばい
訓 うめ
常

音 **ばい** ba.i

ばいう
梅雨　梅雨
ba.i.u

ばいえん
梅園　梅園
ba.i.e.n

ばいりん
梅林　梅林
ba.i.ri.n

かんばい
寒梅　寒梅
ka.n.ba.i

かんばい
観梅　賞梅
ka.n.ba.i

しょうちく ばい
松竹梅　松竹梅
sho.o.chi.ku.ba.i

こうばい
紅梅　〔植〕紅梅
ko.o.ba.i

にゅうばい
入梅　進入梅雨季節
nyu.u.ba.i

訓 **うめ** u.me

うめ
梅　梅
u.me

うめしゅ
梅酒　梅酒
u.me.shu

うめぼし
梅干　酸梅、梅乾
u.me.bo.shi

あおうめ
青梅　青梅、(未成熟的)梅子
a.o.u.me

しらうめ
白梅　〔植〕白梅
shi.ra.u.me

特　つゆ
梅雨　梅雨
tsu.yu

楳
音 ばい
訓 うめ

音 **ばい** ba.i

訓 **うめ** u.me

音 ぼつ bo.tsu

ぼつが
没我 忘我、無私
bo.tsu.ga

ぼつにゅう
没入 沒入、沉入
bo.tsu.nyu.u

ぼっしゅう
没収 沒收
bo.s.shu.u

ぼっとう
没頭 埋頭、專心致志
bo.t.to.o

ぼつねん
没年 死時的年齡、歿年
bo.tsu.ne.n

ぼつらく
没落 沒落、衰落
bo.tsu.ra.ku

かんぼつ
陥没 塌陷、下陷、凹陷
ka.n.bo.tsu

しゅつぼつ
出没 出沒
shu.tsu.bo.tsu

すいぼつ
水没 水淹、淹沒
su.i.bo.tsu

ちんぼつ
沈没 沉沒、沉入
chi.n.bo.tsu

まいぼつ
埋没 埋沒、埋入
ma.i.bo.tsu

煤
音 ばい
訓 すす

音 ばい ba.i

ばいえん
煤煙 煤煙
ba.i.e.n

訓 すす su.su

すす
煤 煤
su.su

眉
音 び
み
訓 まゆ

音 び bi

びもく
眉目 眉目
bi.mo.ku

びもくしゅうれい
眉目秀麗 眉清目秀
bi.mo.ku.shu.u.re.i

しゅうび
愁眉 愁眉
shu.u.bi

はくび
白眉 白眉
ha.ku.bi

りゅうび
柳眉 柳葉眉、柳眉
ryu.u.bi

音 み mi

みけん
眉間 眉間
mi.ke.n

訓 まゆ ma.yu

まゆ
眉 眉、眉毛
ma.yu

まゆげ
眉毛 眉毛
ma.yu.ge

毎
音 まい
訓 ごと
常

音 まい ma.i

まいあさ
毎朝 每天早上
ma.i.a.sa

まいき
毎期 每期
ma.i.ki

まいげつ
毎月 。每個月
ma.i.ge.tsu

まいごう
毎号 每號
ma.i.go.o

まいじ
毎時 每個小時
ma.i.ji

まいじ
毎次 每次
ma.i.ji

まいしゅう
毎週 每週
ma.i.shu.u

まいど
毎度 每次
ma.i.do

まいとし
毎年 每年
ma.i.to.shi

まいにち
毎日 每日
ma.i.ni.chi

まいばん
毎晩 每晚
ma.i.ba.n

まいびょう
毎秒 每秒
ma.i.byo.o

まいゆう
毎夕 每晚
ma.i.yu.u

まいよ
毎夜 每夜
ma.i.yo

訓 ごと go.to

美 音 び み 訓 うつくしい 常

音 び bi

び
美 美
bi

びか
美化 美化
bi.ka

びかん
美観 美觀
bi.ka.n

びかん
美感 美感
bi.ka.n

びしゅ
美酒 美酒
bi.shu

びじゅつ
美術 美術
bi.ju.tsu

びじゅつかん
美術館 美術館
bi.ju.tsu.ka.n

びじょ
美女 美女
bi.jo

びしょく
美食 美食
bi.sho.ku

びじん
美人 美人
bi.ji.n

びせい
美声 美聲
bi.se.i

びだん
美談 美談、佳話
bi.da.n

びてき
美的 美的、美麗的
bi.te.ki

びてん
美点 優點、長處
bi.te.n

びとく
美徳 美德
bi.to.ku

びみ
美味 美味
bi.mi

びめい
美名 美名
bi.me.i

びよう
美容 美容
bi.yo.o

さんび
賛美 讚美
sa.n.bi

しぜんび
自然美 自然美
shi.ze.n.bi

ゆうび
優美 優美
yu.u.bi

訓 み mi

訓 うつくしい u.tsu.ku.shi.i

うつく
美しい 優美、柔美
u.tsu.ku.shi.i

妹 音 まい 訓 いもうと 常

音 まい ma.i

ぎまい
義妹 小姑、小姨子；乾妹妹
gi.ma.i

じつまい
実妹 親妹妹
ji.tsu.ma.i

しまい
姉妹 姐妹
shi.ma.i

ていまい
弟妹 弟弟和妹妹
te.i.ma.i

訓 いもうと i.mo.o.to

いもうと
妹 妹妹
i.mo.o.to

いもうとご
妹御 尊稱別人的妹妹
i.mo.o.to.go

いもうとむこ
妹婿 妹婿
i.mo.o.to.mu.ko

昧 音 まい ばい 訓

音 まい ma.i

あいまい
曖昧 曖昧、不明確
a.i.ma.i

さんまい
三昧 聚精會神、專心致志
sa.n.ma.i

音 ばい ba.i

魅
音 み
訓
常

音 み mi

みりょう
魅了 魅力
mi.ryo.o

みりょく
魅力 魅力
mi.ryo.ku

みわく
魅惑 魅惑
mi.wa.ku

猫
音 びょう
訓 ねこ
常

音 びょう byo.o

あいびょうか
愛猫家 愛貓的人
a.i.byo.o.ka

訓 ねこ ne.ko

ねこ
猫 貓
ne.ko

ねこじた
猫舌 怕燙的人
ne.ko.ji.ta

ねこぜ
猫背 駝背
ne.ko.ze

のらねこ
野良猫 流浪貓
no.ra.ne.ko

毛
音 もう
訓 け
常

音 もう mo.o

もうこん
毛根 (頭髮的)皮下組織
mo.o.ko.n

もうさいけっかん
毛細血管 微血管
mo.o.sa.i.ke.k.ka.n

もうひつ
毛筆 毛筆
mo.o.hi.tsu

もうふ
毛布 毛毯
mo.o.fu

うもう
羽毛 羽毛
u.mo.o

じゅんもう
純毛 純毛(製品)
ju.n.mo.o

ふもう
不毛 不毛(之地)、無收成
fu.mo.o

ようもう
羊毛 羊毛
yo.o.mo.o

訓 け ke

け
毛 毛
ke

けいと
毛糸 毛線
ke.i.to

けいろ
毛色 毛色
ke.i.ro

けおりもの
毛織物 毛線織物
ke.o.ri.mo.no

けがわ
毛皮 毛皮
ke.ga.wa

けむし
毛虫 毛毛蟲
ke.mu.shi

矛
音 む
訓 ほこ
常

音 む mu

むじゅん
矛盾 矛盾
mu.ju.n

訓 ほこ ho.ko

ほこさき
矛先 矛鋒、槍尖；攻擊方向
ho.ko.sa.ki

茅
音 ぼう
訓 かや、ち

音 ぼう bo.o

ぼうおく
茅屋 茅草屋
bo.o.o.ku

訓 かや ka.ya

訓 ち chi

錨

音 びょう
訓 いかり

音 びょう byo.o

びょうしょう
錨床 放錨的地方
byo.o.sho.o

訓 いかり i.ka.ri

いかり
錨 錨
i.ka.ri

卯

音 ぼう
訓 う

音 ぼう bo.o

訓 う u

う づき
卯月 農曆四月
u.zu.ki

う だ
卯建ち 梁上的短柱；防火牆
u.da.chi

冒

音 ぼう
訓 おかす
常

音 ぼう bo.o

ぼうけん
冒険 冒險
bo.o.ke.n

ぼうとう
冒頭 起首、開頭
bo.o.to.o

かんぼう
感冒 感冒、傷風
ka.n.bo.o

音 おかす o.ka.su

おか
冒す 冒犯、不顧
o.ka.su

帽

音 ぼう
訓
常

音 ぼう bo.o

ぼう し
帽子 帽子
bo.o.shi

ぼうしょう
帽章 帽徽
bo.o.sho.o

あかぼう
赤帽 紅帽
a.ka.bo.o

かくぼう
角帽 學士帽
ka.ku.bo.o

がくぼう
学帽 學生帽、學校制服帽
ga.ku.bo.o

だつぼう
脱帽 脫帽
da.tsu.bo.o

茂

音 も
訓 しげる
常

音 も mo

はん も
繁茂 繁茂
ha.n.mo

訓 しげる shi.ge.ru

しげ
茂る 茂盛、繁茂
shi.ge.ru

貌

音 ぼう
訓

音 ぼう bo.o

ぜんぼう
全貌 全貌、整個情況
ze.n.bo.o

び ぼう
美貌 美貌
bi.bo.o

ふうぼう
風貌 風采、容貌
fu.u.bo.o

へんぼう
変貌 變貌
he.n.bo.o

音 ぼう bo.o

ぼうえき
貿易 貿易
bo.o.e.ki

ぼうえきこう
貿易港 貿易港
bo.o.e.ki.ko.o

ぼう えきしょう
貿易商 貿易商
bo.o.e.ki.sho.o

ぼうえきせん
貿易船 貿易船
bo.o.e.ki.se.n

牟

音 む ぼう
訓

音 む mu

む ろ
牟婁 和歌山縣西部、田邊市一帶
mu.ro

音 ぼう bo.o

謀

音 ぼう む
訓 はかる
常

音 ぼう bo.o

ぼう ぎ
謀議 同謀、合謀
bo.o.gi

ぼうりゃく
謀略 謀略、計謀
bo.o.rya.ku

えんぼう
遠謀 遠謀、深謀
e.n.bo.o

きょうぼう
共謀 共謀
kyo.o.bo.o

さくぼう
策謀 策略、策劃
sa.ku.bo.o

さんぼう
参謀 参謀
sa.n.bo.o

しゅぼう
首謀 主謀、首惡
shu.bo.o

む ぼう
無謀 輕率、魯莽、冒失
mu.bo.o

音 む mu

む ほん
謀反 * 謀反、造反、叛變
mu.ha.n

訓 はかる ha.ka.ru

はか
謀る 圖謀、策劃
ha.ka.ru

某

音 ぼう
訓 それがし
常

音 ぼう bo.o

ぼう し
某氏 某人
bo.o.shi

ぼうしょ
某所 某地、某處
bo.o.sho

ぼうじつ
某日 某日、某天
bo.o.ji.tsu

訓 それがし so.re.ga.shi

蛮

音 ばん
訓
常

音 ばん ba.n

ばんじん
蛮人 野蠻人、蠻人
ba.n.ji.n

ばんせい
蛮声 聲音粗野、大聲
ba.n.se.i

ばんゆう
蛮勇 無謀之勇
ba.n.yu.u

や ばん
野蛮 野蠻
ya.ba.n

鰻

音 まん ばん
訓 うなぎ

音 まん ma.n

音 ばん ba.n

訓 うなぎ u.na.gi

うなぎ
鰻 鰻魚
u.na.gi

満
音 まん
訓 みちる みたす
常

音 まん ma.n

まんいん
満員 額滿、客滿
ma.n.i.n

まんかい
満開 盛開、全部綻放
ma.n.ka.i

まんき
満期 期滿、到期
ma.n.ki

まんげつ
満月 滿月
ma.n.ge.tsu

まんさく
満作 (農作物)豐收
ma.n.sa.ku

まんじょう
満場 (會場)高朋滿座、全場
ma.n.jo.o

まんしん
満身 全身
ma.n.shi.n

まんすい
満水 水滿
ma.n.su.i

まんぞく
満足 滿足
ma.n.zo.ku

まんちょう
満潮 滿潮
ma.n.cho.o

まんてん
満点 滿分
ma.n.te.n

まんぷく
満腹 滿腹、飽腹
ma.n.pu.ku

まんまん
満々 充滿、滿滿的
ma.n.ma.n

まんめん
満面 滿面、滿臉
ma.n.me.n

えんまん
円満 圓滿
e.n.ma.n

ふまん
不満 不滿
fu.ma.n

訓 みちる mi.chi.ru

み
満ちる 充滿
mi.chi.ru

み しお
満ち潮 滿潮
mi.chi.shi.o

訓 みたす mi.ta.su

み
満たす 裝滿、充滿、填滿
mi.ta.su

慢
音 まん
訓
常

音 まん ma.n

まんしん
慢心 自滿、自大
ma.n.shi.n

まんせい
慢性 慢性
ma.n.se.i

がまん
我慢 忍耐
ga.ma.n

かんまん
緩慢 緩慢
ka.n.ma.n

こうまん
高慢 傲慢、高傲
ko.o.ma.n

漫
音 まん
訓
常

音 まん ma.n

まんが
漫画 漫畫
ma.n.ga

まんざい
漫才 相聲
ma.n.za.i

まんぜん
漫然 雜亂、不得要領、漫不經心、無心
ma.n.ze.n

まんだん
漫談 漫談、單口相聲
ma.n.da.n

まんゆう
漫遊 漫遊
ma.n.yu.u

さんまん
散漫 鬆懈、散漫、馬虎
sa.n.ma.n

ほうまん
放漫 散漫、鬆懈、馬虎、隨便、不負責任
ho.o.ma.n

らんまん
爛漫 爛漫
ra.n.ma.n

蔓

音 まん ばん
訓 つる

音 まん ma.n

まんえん
蔓延 蔓延、流行
ma.n.e.n

音 ばん ba.n

訓 つる tsu.ru

つる
蔓 藤蔓
tsu.ru

悶

音 もん
訓 もだえる

音 もん mo.n

もんぜつ
悶絶 窒息、苦悶而死
mo.n.ze.tsu

もんちゃく
悶着 爭執、糾紛
mo.n.cha.ku

くもん
苦悶 苦悶
ku.mo.n

訓 もだえる mo.da.e.ru

もだ
悶える 苦悶、苦惱
mo.da.e.ru

門

音 もん
訓 かど
常

音 もん mo.n

もん
門 門
mo.n

もんか
門下 門下弟子、門生
mo.n.ka

もんがいかん
門外漢 門外漢
mo.n.ga.i.ka.n

もんげん
門限 門禁
mo.n.ge.n

もんぜん
門前 門前
mo.n.ze.n

もんてい
門弟 門下弟子
mo.n.te.i

もんばん
門番 看門的人
mo.n.ba.n

かいもん
開門 開門
ka.i.mo.n

こうもん
校門 校門
ko.o.mo.n

じょうもん
城門 城門
jo.o.mo.n

せいもん
正門 正門
se.i.mo.n

せんもん
専門 專門
se.n.mo.n

にゅうもん
入門 入門
nyu.u.mo.n

ぶもん
部門 部門
bu.mo.n

ぶつもん
仏門 佛門
bu.tsu.mo.n

めいもん
名門 名門
me.i.mo.n

訓 かど ka.do

かどぐち
門口 門口
ka.do.gu.chi

かどで
門出 (從家裡)出發、離家
ka.do.de

かどまつ
門松 (新年在門前裝飾的)門松
ka.do.ma.tsu

忙

音 ぼう
訓 いそがしい
常

音 ぼう bo.o

ぼうさつ
忙殺 非常忙
bo.o.sa.tsu

たぼう
多忙 百忙、繁忙、忙碌
ta.bo.o

はんぼう
繁忙 繁忙
ha.n.bo.o

訓 いそがしい i.so.ga.shi.i

いそが
忙しい 忙碌的
i.so.ga.shi.i

盲
音 もう
訓
常

音 もう mo.o

もうあい
盲愛 溺愛
mo.o.a.i

もうじゅう
盲従 盲從
mo.o.ju.u

もうしん
盲信 盲目相信、輕信
mo.o.shi.n

もうじん
盲人 盲人
mo.o.ji.n

もうちょう
盲腸 盲腸
mo.o.cho.o

もうてん
盲点 盲點
mo.o.te.n

もうどうけん
盲導犬 導盲犬
mo.o.do.o.ke.n

もうもく
盲目 盲目
mo.o.mo.ku

盟
音 めい
訓
常

音 めい me.i

めいしゅ
盟主 盟主
me.i.shu

めいやく
盟約 盟約
me.i.ya.ku

めいゆう
盟友 盟友
me.i.yu.u

かめい
加盟 加盟
ka.me.i

れんめい
連盟 聯盟
re.n.me.i

萌
音 ほう ぼう
訓 もえる

音 ほう ho.o

ほうが
萌芽 萌芽
ho.o.ga

音 ぼう bo.o

訓 もえる mo.e.ru

も
萌える 萌芽、發芽
mo.e.ru

蒙
音 もう ぼう
訓 こうむる

音 もう mo.o

もうまい
蒙昧 愚昧、愚蠢
mo.o.ma.i

音 ぼう bo.o

訓 こうむる ko.o.mu.ru

こうむ
蒙る 蒙受、遭受
ko.o.mu.ru

猛
音 もう
訓 たけし
常

音 もう mo.o

もうい
猛威 來勢兇猛
mo.o.i

もうか
猛火 烈火
mo.o.ka

もうけん
猛犬 惡猛的狗
mo.o.ke.n

もうこう
猛攻 猛攻
mo.o.ko.o

もうじゅう
猛獣 猛獸
mo.o.ju.u

もうしょ
猛暑 酷暑、酷熱、炎熱
mo.o.sho

もうせい
猛省 深刻反省、重新思考
mo.o.se.i

もうぜん
猛然 猛然、猛烈
mo.o.ze.n

もうだ
猛打 猛打、猛烈打擊
mo.o.da

もうどく
猛毒 劇毒
mo.o.do.ku

もうれつ
猛烈 猛烈
mo.o.re.tsu

訓 たけし ta.ke.shi

夢

音 む
訓 ゆめ
常

音 む mu

むげん
夢幻 夢幻
mu.ge.n

むそう
夢想 幻想、空想
mu.so.o

むちゅう
夢中 夢中；熱中、著迷
mu.chu.u

あくむ
悪夢 惡夢
a.ku.mu

訓 ゆめ yu.me

ゆめ
夢 夢、夢想
yu.me

ゆめうらな
夢占い 占夢
yu.me.u.ra.na.i

ゆめごこち
夢心地 宛如在夢裡一般
yu.me.go.ko.chi

ゆめじ
夢路 夢中、做夢
yu.me.ji

ゆめはんだん
夢判断 解夢
yu.me.ha.n.da.n

ゆめびと
夢人 夢中出現的人
yu.me.bi.to

ゆめものがたり
夢物語 夢話
yu.me.mo.no.ga.ta.ri

はつゆめ
初夢 正月初一或初二所作的夢
ha.tsu.yu.me

まさゆめ
正夢 與事實吻合的夢
ma.sa.yu.me

孟

音 もう
訓

音 もう mo.o

もうしゅん
孟春 初春
mo.o.shu.n

もうか
孟夏 初夏
mo.o.ka

もうしゅう
孟秋 初秋
mo.o.shu.u

もうとう
孟冬 初冬
mo.o.to.o

弥

音 び
み
訓 や
いや

音 び bi

びきゅう
弥久 經過長時間
bi.kyu.u

音 み mi

あみだ
阿弥陀 阿彌陀佛
a.mi.da

訓 や ya

訓 いや i.ya

謎

音 めい
訓 なぞ

音 めい me.i

めいご
謎語 謎語
me.i.go

訓 なぞ na.zo

なぞ
謎 謎、暗示、指點
na.zo

なぞなぞ
謎謎 謎
na.zo.na.zo

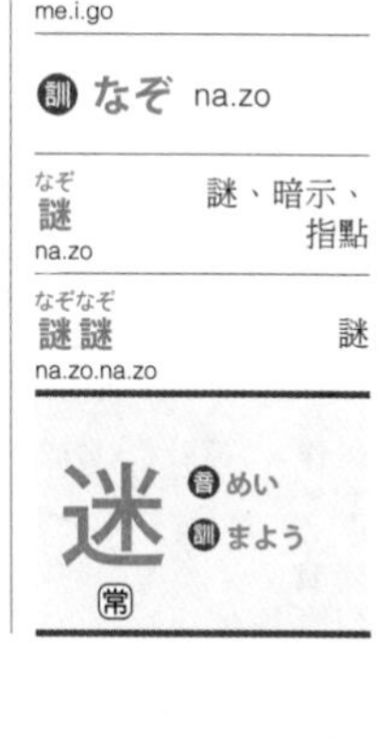

迷

音 めい
訓 まよう
常

音 めい me.i

めいきゅう
迷宮 迷宮
me.i.kyu.u

めいしん
迷信 迷信
me.i.shi.n

めいろ
迷路 迷路
me.i.ro

めいわく
迷惑 迷惑
me.i.wa.ku

訓 まよう ma.yo.u

まよ
迷う 迷惑、迷失
ma.yo.u

特 まいご
迷子 迷路的小孩、走失的小孩
ma.i.go

米

音 べい まい
訓 こめ
常

音 べい be.i

べいこく
米穀 糧穀
be.i.ko.ku

べいこく
米国 美國
be.i.ko.ku

べいさく
米作 種稻米、收成
be.i.sa.ku

べいしょく
米食 米食
be.i.sho.ku

なんべい
南米 南美
na.n.be.i

にちべい
日米 日本與美國
ni.chi.be.i

ほうべい
訪米 訪美
ho.o.be.i

ほくべい
北米 北美
ho.ku.be.i

音 まい ma.i

がいまい
外米 進口的米
ga.i.ma.i

げんまい
玄米 玄米
ge.n.ma.i

こまい
古米 老米
ko.ma.i

しんまい
新米 新米
shi.n.ma.i

せいまい
精米 精米
se.i.ma.i

はくまい
白米 白米
ha.ku.ma.i

訓 こめ ko.me

こめ
米 米
ko.me

こめだわら
米俵 米袋
ko.me.da.wa.ra

こめどころ
米所 出產好米的地區
ko.me.do.ko.ro

密

音 みつ
訓 ひそか
常

音 みつ mi.tsu

みっこく
密告 告密、告發
mi.k.ko.ku

みっしつ
密室 密室
mi.s.shi.tsu

みっしゅう
密集 密集
mi.s.shu.u

みっせい
密生 (草木)叢生
mi.s.se.i

みっせつ
密接 緊接
mi.s.se.tsu

みつぞう
密造 秘密製造、私製
mi.tsu.zo.o

みつだん
密談 密談
mi.tsu.da.n

みっちゃく
密着 貼緊
mi.c.cha.ku

みつど
密度 密度
mi.tsu.do

みつばい
密売 私賣、偷偷販售
mi.tsu.ba.i

みっぺい
密閉 密閉
mi.p.pe.i

みつやく
密約 秘密條約
mi.tsu.ya.ku

みつ ゆ
密輸 走私
mi.tsu.yu

みつりん
密林 叢林
mi.tsu.ri.n

げんみつ
厳密 嚴密、縝密
ge.n.mi.tsu

さいみつ
細密 細密
sa.i.mi.tsu

しんみつ
親密 親密
shi.n.mi.tsu

せいみつ
精密 精密
se.i.mi.tsu

ひ みつ
秘密 秘密
hi.mi.tsu

訓 ひそか hi.so.ka

ひそ
密か 秘密、暗中
hi.so.ka

泌

音 ひ ひつ
訓
常

音 ひ hi

ひ にょう き
泌尿器 泌尿器官
hi.nyo.o.ki

音 ひつ hi.tsu

ぶんぴつ
分泌 分泌
bu.n.pi.tsu

秘

音 ひ
訓 ひめる
常

音 ひ hi

ひ きょう
秘境 祕境
hi.kyo.o

ひ さく
秘策 秘密策略、祕招、祕計
hi.sa.ku

ひ し
秘史 祕史
hi.shi

ひ じ
秘事 秘密的事
hi.ji

ひ じゅつ
秘術 絕技、絕招
hi.ju.tsu

ひ しょ
秘書 秘書
hi.sho

ひ ぞう
秘蔵 珍藏
hi.zo.u

ひ でん
秘伝 祕傳
hi.de.n

ひ ほう
秘宝 秘密寶藏
hi.ho.o

ひ ほう
秘法 祕法
hi.ho.o

ひ みつ
秘密 祕密
hi.mi.tsu

ひ やく
秘薬 祕方、靈丹妙藥
hi.ya.ku

ひ ろく
秘録 祕錄、祕密記錄
hi.ro.ku

ひ わ
秘話 祕聞
hi.wa

ごく ひ
極秘 機密
go.ku.hi

しん ぴ
神秘 神秘
shi.n.pi

訓 ひめる hi.me.ru

ひ
秘める 隱密、隱藏
hi.me.ru

糸

音 し
訓 いと
常

音 し shi

いっ し
一糸 一根線
i.s.shi

せい し
製糸 紡紗
se.i.shi

めん し
綿糸 棉線
me.n.shi

訓 いと i.to

いと
糸 線、絲
i.to

いとぐち
糸口 線頭
i.to.gu.chi

いとぐるま
糸車 紡紗車
i.to.gu.ru.ma

いとやなぎ
糸柳 垂柳
i.to.ya.na.gi

あさいと
麻糸 麻線
a.sa.i.to

きいと
生糸 生絲
ki.i.to

きぬいと
絹糸 絹絲
ki.nu.i.to

けいと
毛糸 毛線
ke.i.to

ことい と
琴糸 琴線
ko.to.i.to

もめんいと
木綿糸 棉紗、棉線
mo.me.n.i.to

蜜 音 みつ びつ 訓

音 みつ mi.tsu

みつ
蜜 蜜
mi.tsu

はちみつ
蜂蜜 蜂蜜
ha.chi.mi.tsu

きみつ
生蜜 剛採擷下來未精製的蜜
ki.mi.tsu

音 びつ bi.tsu

滅 音 めつ 訓 ほろびる ほろぼす 常

音 めつ me.tsu

ぜんめつ
全滅 完全消滅
ze.n.me.tsu

てんめつ
点滅 忽明忽暗
te.n.me.tsu

めつぼう
滅亡 滅亡
me.tsu.bo.o

いんめつ
隠滅 湮滅、消滅、銷毀
i.n.me.tsu

かいめつ
壊滅 毀滅、殲滅
ka.i.me.tsu

げきめつ
撃滅 擊滅
ge.ki.me.tsu

げんめつ
幻滅 幻滅
ge.n.me.tsu

しめつ
死滅 死滅、死絕
shi.me.tsu

じめつ
自滅 自取滅亡
ji.me.tsu

しょうめつ
消滅 消滅
sho.o.me.tsu

ぜつめつ
絶滅 絕滅
ze.tsu.me.tsu

はめつ
破滅 破滅
ha.me.tsu

ふめつ
不滅 不滅、不朽
fu.me.tsu

ぼくめつ
撲滅 撲滅
bo.ku.me.tsu

まめつ
摩滅 磨滅、磨損
ma.me.tsu

めいめつ
明滅 一明一滅、忽亮忽暗
me.i.me.tsu

めっきゃく
滅却 消滅
me.k.kya.ku

めっきん
滅菌 滅菌、殺菌
me.k.ki.n

めっそう
滅相 (佛)滅相、死亡
me.s.so.o

めった
滅多 胡亂、魯莽
me.t.ta

訓 ほろびる ho.ro.bi.ru

ほろ
滅びる 滅亡
ho.ro.bi.ru

訓 ほろぼす ho.ro.bo.su

ほろ
滅ぼす 使…滅亡
ho.ro.bo.su

描 音 びょう 訓 えがく 常

音 びょう byo.o

びょうしゃ
描写 描寫
byo.o.sha

そびょう
素描 素描
so.byo.o

訓 えがく e.ga.ku

えが
描く 畫、繪；(心中)想像
e.ga.ku

苗
音 びょう
訓 なえ なわ
常

音 びょう byo.o

しゅびょう
種苗 種(花草、農作物)的苗
shu.byo.o

訓 なえ na.e

なえ
苗 苗
na.e

なえぎ
苗木 樹苗
na.e.gi

なえどこ
苗床 秧圃
na.e.do.ko

さなえ
早苗 秧苗、稻秧
sa.na.e

訓 なわ na.wa

なわしろ
苗代 * 秧田
na.wa.shi.ro

杳
音 よう
訓

音 よう yo.o

ようぜん
杳然 遙遠
yo.o.ze.n

秒
音 びょう
訓 たえ
常

音 びょう byo.o

びょう
秒 秒
byo.o

びょうしん
秒針 秒針
byo.o.shi.n

びょうそく
秒速 秒速
byo.o.so.ku

びょうよ
秒読み 讀秒
byo.o.yo.mi

すんびょう
寸秒 極短的時間
su.n.byo.o

ふんびょう
分秒 分秒
fu.n.byo.o

妙
音 みょう
訓 たえ
常

音 みょう myo.o

みょう
妙 奇怪、奇異
myo.o

みょうあん
妙案 好主意、妙策、妙計
myo.o.a.n

みょうぎ
妙技 妙技、絕技
myo.o.gi

みょうみ
妙味 妙處、妙趣
myo.o.mi

みょうやく
妙薬 特效藥、靈丹妙藥
myo.o.ya.ku

みょうれい
妙齢 豆蔻年華
myo.o.re.i

けいみょう
軽妙 輕鬆有趣
ke.i.myo.o

こうみょう
巧妙 巧妙
ko.o.myo.o

ぜつみょう
絶妙 絕妙
ze.tsu.myo.o

ちんみょう
珍妙 稀奇古怪、奇異
chi.n.myo.o

びみょう
微妙 微妙
bi.myo.o

訓 たえ ta.e

廟
音 びょう
訓 たまや

音 びょう byo.o

れいびょう
霊廟　祭祀先人或偉人的宮
re.i.byo.o

訓 たまや ta.ma.ya

眠　音 みん　訓 ねむる ねむい　常

音 みん mi.n

あんみん
安眠　安眠
a.n.mi.n

えいみん
永眠　永眠、長眠、逝世
e.i.mi.n

すいみん
睡眠　睡眠
su.i.mi.n

かみん
仮眠　小睡
ka.mi.n

さいみん
催眠　催眠
sa.i.mi.n

しゅうみん
就眠　就寢、入睡
shu.u.mi.n

しゅんみん
春眠　春眠
shu.n.mi.n

とうみん
冬眠　冬眠
to.o.mi.n

ふみん
不眠　不睡；睡不著
fu.mi.n

訓 ねむる ne.mu.ru

ねむ
眠る　睡覺、睡眠
ne.mu.ru

ねむ　ぐすり
眠り薬　安眠藥
ne.mu.ri.gu.su.ri

訓 ねむい ne.mu.i

ねむ
眠い　想睡、睏
ne.mu.i

ねむけ
眠気　睡意、睏、睏倦
ne.mu.ke

棉　音 めん　訓 わた

音 めん me.n

訓 わた wa.ta

綿　音 めん　訓 わた　常

音 めん me.n

めん
綿　棉
me.n

めんおりもの
綿織物　棉織物
me.n.o.ri.mo.no

めんか
綿花　棉花
me.n.ka

めんし
綿糸　棉線
me.n.shi

めんせいひん
綿製品　棉製品
me.n.se.i.hi.n

めんぷ
綿布　棉布
me.n.pu

めんみつ
綿密　綿密
me.n.mi.tsu

じゅんめん
純綿　純棉
ju.n.me.n

もめん
木綿　木棉
mo.me.n

訓 わた wa.ta

わた
綿　棉
wa.ta

わたぐも
綿雲　捲積雲
wa.ta.gu.mo

まわた
真綿　絲綿
ma.wa.ta

免　音 めん　訓 まぬがれる　常

音 めん me.n

めんえき
免疫　免疫
me.n.e.ki

めんかん
免官 免官、免職、罷官
me.n.ka.n

めんきょ
免許 批准、許可、許可證
me.n.kyo

めんじょ
免除 免除
me.n.jo

めんじょう
免状 許可證、執照、畢業證書、赦免證
me.n.jo.o

めんしょく
免職 免職
me.n.sho.ku

めんぜい
免税 免稅
me.n.ze.i

にんめん
任免 任命和罷免
ni.n.me.n

ひめん
罷免 罷免
hi.me.n

訓 **まぬがれる**
ma.nu.ga.re.ru

まぬが
免れる 免、避免、逃出、逃避、推卸
ma.nu.ga.re.ru

勉 音 べん 訓 つとめる 常

音 **べん** be.n

べんがく
勉学 勤學、學習、用功
be.n.ga.ku

べんきょう
勉強 學習
be.n.kyo.o

べんれい
勉励 勉勵
be.n.re.i

きんべん
勤勉 勤勉
ki.n.be.n

訓 **つとめる**
tsu.to.me.ru

娩 音 べん 訓

音 **べん** be.n

ぶんべん
分娩 分娩
bu.n.be.n

緬 音 めん 訓

音 **めん** me.n

ちりめん
縮緬 表面微皺的絲綢
chi.ri.me.n

面 音 めん 訓 おも おもて つら 常

音 **めん** me.n

めん
面 面
me.n

めんかい
面会 面會
me.n.ka.i

めん
面する 朝向、面向
me.n.su.ru

めんせき
面積 面積
me.n.se.ki

めんせつ
面接 面試
me.n.se.tsu

めんぜん
面前 眼前
me.n.ze.n

めんそう
面相 面貌
me.n.so.o

めんだん
面談 面談
me.n.da.n

めんどう
面倒 費事、照顧
me.n.do.o

めんどうくさ
面倒臭い 非常麻煩、極其費事
me.n.do.o.ku.sa

めんもく
面目 面目、容貌
me.n.mo.ku

めんぼく
面目 面目、樣子
me.n.bo.ku

かいめん
海面 海面
ka.i.me.n

がいめん
外面 外面
ga.i.me.n

がんめん
顔面 顏面、臉
ga.n.me.n

げつめん
月面 月球表面
ge.tsu.me.n

じめん
地面 地面
ji.me.n

しょうめん
正面 正面
sho.o.me.n

すいめん
水面 水面
su.i.me.n

ぜんめん
前面 前面
ze.n.me.n

ないめん
内面 內部、裡面、內側
na.i.me.n

ひょうめん
表面 表面
hyo.o.me.n

へいめん
平面 平面
he.i.me.n

ほうめん
方面 方面
ho.o.me.n

訓 おも o.mo

おもかげ
面影 面貌、面容；身影
o.mo.ka.ge

訓 おもて o.mo.te

ほそおもて
細面 瘦長臉
ho.so.o.mo.te

やおもて
矢面 箭正面射來的方向、成為質疑責難的對象
ya.o.mo.te

訓 つら tsu.ra

つらだましい
面魂 神氣、神色、相貌
tsu.ra.da.ma.shi.i

はなづら
鼻面 鼻頭、鼻尖
ha.na.zu.ra

ぶっちょうづら
仏頂面 哭喪臉、繃著臉、板著臉
bo.c.cho.o.zu.ra

民

音 みん
訓 たみ
常

音 みん mi.n

みんえい
民営 民營
mi.n.e.i

みんか
民家 民家、老百姓的家
mi.n.ka

みんかん
民間 民間
mi.n.ka.n

みんげいひん
民芸品 民俗藝品
mi.n.ge.i.hi.n

みんけん
民権 民權
mi.n.ke.n

みんじ
民事 民事
mi.n.ji

みんしゅう
民衆 民眾
mi.n.shu.u

みんしゅしゅぎ
民主主義 民主主義
mi.n.shu.shu.gi

みんしゅく
民宿 民宿
mi.n.shu.ku

みんせい
民生 民生
mi.n.se.i

みんぞく
民俗 民俗
mi.n.zo.ku

みんぞく
民族 民族
mi.n.zo.ku

みんぽう
民放 民營廣播
mi.n.po.o

みんゆう
民有 民有、人民所有
mi.n.yu.u

みんよう
民謡 民謠
mi.n.yo.o

みんわ
民話 民間傳說
mi.n.wa

いみん
移民 移民
i.mi.n

けんみん
県民 縣民
ke.n.mi.n

こうみん
公民 公民
ko.o.mi.n

こくみん
国民 國民
ko.ku.mi.n

しみん
市民 市民
shi.mi.n

じんみん
人民 人民
ji.n.mi.n

そんみん
村民 村民
so.n.mi.n

ちょうみん
町民 鎮上的居民
cho.o.mi.n

なんみん
難民 難民
na.n.mi.n

のうみん
農民 農民
no.o.mi.n

へいみん
平民 平民
he.i.mi.n

訓 たみ ta.mi

たみ
民 國民、人民
ta.mi

敏
音 びん
訓 さとい
常

音 びん bi.n

びんかつ
敏活 敏捷、靈活
bi.n.ka.tsu

びんかん
敏感 敏感、敏銳、靈敏
bi.n.ka.n

びんしょう
敏捷 敏捷、機敏、靈敏
bi.n.sho.o

びんわん
敏腕 精明強幹、幹練能幹
bi.n.wa.n

かびん
過敏 過敏
ka.bi.n

しゅんびん
俊敏 機敏、精明能幹
shu.n.bi.n

めいびん
明敏 聰敏、靈敏
me.i.bi.n

訓 さとい sa.to.i

皿
音
訓 さら
常

訓 さら sa.ra

さら
お皿 盤子
o.sa.ra

う　ざら
受け皿 托盤
u.ke.za.ra

か し ざら
菓子皿 放糖果餅乾的盤子
ka.shi.za.ra

こ ざら
小皿 小盤子
ko.za.ra

はいざら
灰皿 煙灰缸
ha.i.za.ra

さらまわ
皿回し （雜技）轉盤子
sa.ra.ma.wa.shi

冥
音 めい
みょう
訓

音 めい me.i

めいど
冥土 冥府、陰間
me.i.do

音 みょう myo.o

みょうり
冥利 (神佛)暗中保佑、(無形中的)好處
myo.o.ri

名
音 めい
みょう
訓 な
常

音 めい me.i

めいあん
名案 好主意
me.i.a.n

めいげつ
名月 中秋明月
me.i.ge.tsu

めいげん
名言 名言
me.i.ge.n

めいさく
名作 名作
me.i.sa.ku

めいさん
名産 名產
me.i.sa.n

めい し
名刺 名片
me.i.shi

めい し
名詞 名詞
me.i.shi

めいじつ
名実 名實、名目與實際
me.i.ji.tsu

めいしゅ
名手 名手、名人
me.i.shu

めいしょ
名所 有名的觀光景點
me.i.sho

めいしょう
名勝 名勝
me.i.sho.o

めいしょう
名称 名稱
me.i.sho.o

めいじん
名人 名人
me.i.ji.n

めいせい
名声 名聲
me.i.se.i

めいちょ
名著 名著
me.i.cho

めいひん
名品 名品
me.i.hi.n

めいぶつ
名物 名產
me.i.bu.tsu

めいぶん
名文 有名的文章
me.i.bu.n

めいぼ
名簿 名單、名冊
me.i.bo

めいもく
名目 名目
me.i.mo.ku

めいもん
名門 名門
me.i.mo.n

めいやく
名訳 有名的翻譯作品
me.i.ya.ku

めいよ
名誉 名譽
me.i.yo

きめい
記名 記名
ki.me.i

しょめい
書名 書名
sho.me.i

じんめい
人名 人名
ji.n.me.i

せいめい
姓名 姓名
se.i.me.i

だいめい
題名 題名、題目
da.i.me.i

ゆうめい
有名 有名
yu.u.me.i

音 みょう myo.o

みょうじ
名字 名字
myo.o.ji

だいみょう
大名 (日本封建時代時的)領主、諸侯
da.i.myo.o

ほんみょう
本名 本名
ho.n.myo.o

訓 な na

な
名 名字、名稱
na

なごり
名残 餘韻、餘音；紀念；惜別
na.go.ri

なだか
名高い 有名的、著名的
na.da.ka.i

なづ
名付ける 命名、稱為
na.zu.ke.ru

なふだ
名札 名牌
na.fu.da

なまえ
名前 名字
na.ma.e

明 常

音 めい・みょう
訓 あかり・あかるい・あかるむ・あからむ・あきらか・あける・あく・あくる・あかす

音 めい me.i

めいあん
明暗 明暗
me.i.a.n

めいかい
明快 明快
me.i.ka.i

めいかく
明確 明確
me.i.ka.ku

めいき
明記 清楚的寫上、載明
me.i.ki

めいげん
明言 明確地說、肯定地說
me.i.ge.n

めいさい
明細 明細
me.i.sa.i

めいはく
明白 明白
me.i.ha.ku

めいりょう
明瞭 明瞭
me.i.ryo.o

めいろう
明朗 明朗
me.i.ro.o

せつめい
説明 說明
se.tsu.me.i

はつめい
発明 發明
ha.tsu.me.i

ぶんめい
文明 文明
bu.n.me.i

音 みょう myo.o

みょうごにち
明後日 後天
myo.o.go.ni.chi

みょうじょう
明星　〔天〕金星；明星
myo.o.jo.o

みょうちょう
明朝　明早
myo.o.cho.o

みょうにち
明日　明天
myo.o.ni.chi

みょうねん
明年　明年
myo.o.ne.n

こうみょう
光明　光明
ko.o.myo.o

訓 **あかり** a.ka.ri

あ
明かり　光、亮、燈、(清白的)證據
a.ka.ri

訓 **あかるい** a.ka.ru.i

あか
明るい　明亮、明朗的、開朗的
a.ka.ru.i

訓 **あかるむ** a.ka.ru.mu

あか
明るむ　(天)亮起來、(心情)明朗、快活起來
a.ka.ru.mu

訓 **あからむ** a.ka.ra.mu

あか
明らむ　天亮
a.ka.ra.mu

訓 **あきらか** a.ki.ra.ka

あき
明らか　明亮、明顯、明確
a.ki.ra.ka

訓 **あける** a.ke.ru

あ
明ける　天亮、過（年）
a.ke.ru

あ　がた
明け方　拂曉、黎明
a.ke.ga.ta

よ　あ
夜明け　拂曉、黎明
yo.a.ke

訓 **あく** a.ku

あ
明く　開、開始(營業等)
a.ku

訓 **あくる** a.ku.ru

あ
明くる　下一…、明…、第二…
a.ku.ru

訓 **あかす** a.ka.su

あ
明かす　揭露、說出；徹夜
a.ka.su

あさって
特 **明後日**　後天
a.sa.t.te

あす
特 **明日**　明天
a.su

銘

音 めい
訓
常

音 **めい** me.i

めいか
銘菓　著名的糕點
me.i.ka

めいがら
銘柄　商品名稱、商標、名牌
me.i.ga.ra

めいとう
銘刀　刻有製刀人姓名的刀
me.i.to.o

めいめい
銘銘　各自、各各
me.i.me.i

かんめい
感銘　銘記在心、感銘
ka.n.me.i

ひめい
碑銘　碑銘、碑文
hi.me.i

ぼしめい
墓誌銘　墓誌銘、墓碑銘
bo.shi.me.i

鳴

音 めい
訓 なく　なる　ならす
常

音 **めい** me.i

きょうめい
共鳴　共鳴
kyo.o.me.i

ひめい
悲鳴　悲鳴
hi.me.i

らいめい
雷鳴　雷鳴
ra.i.me.i

訓 **なく** na.ku

な
鳴く　(鳥、獸、蟲)鳴叫
na.ku

なごえ
鳴き声 鳴叫聲
na.ki.go.e

訓 なる na.ru

な
鳴る 響、鳴；著名、聞名
na.ru

訓 ならす na.ra.su

な
鳴らす 鳴、弄出聲音
na.ra.su

命

音 めい、みょう
訓 いのち
常

音 めい me.i

めい
命じる 命令、吩咐
me.i.ji.ru

めいちゅう
命中 命中
me.i.chu.u

めいにち
命日 忌辰
me.i.ni.chi

めいめい
命名 命名
me.i.me.i

めいれい
命令 命令
me.i.re.i

うんめい
運命 命運
u.n.me.i

かくめい
革命 革命
ka.ku.me.i

きゅうめいぐ
救命具 救生器材(救生艇…等)
kyu.u.me.i.gu

しめい
使命 使命
shi.me.i

しゅくめい
宿命 宿命
shu.ku.me.i

じんめい
人命 人命
ji.n.me.i

せいめい
生命 生命
se.i.me.i

せいめいほけん
生命保険 壽險
se.i.me.i.ho.ke.n

ちょうめい
長命 長命、長壽
cho.o.me.i

てんめい
天命 天命、宿命
te.n.me.i

にんめい
任命 任命
ni.n.me.i

はいめい
拝命 受命、接受任命
ha.i.me.i

ぼうめい
亡命 亡命
bo.o.me.i

音 みょう myo.o

じゅみょう
寿命 壽命
ju.myo.o

訓 いのち i.no.chi

いのち
命 人命
i.no.chi

いのちづな
命綱 安全索
i.no.chi.zu.na

いのちが
命懸け 拼命
i.no.chi.ga.ke

いのちと
命取り 要命、致命
i.no.chi.to.ri

いのちびろ
命拾い 撿了一條命、倖免
i.no.chi.bi.ro.i

母

音 ぼ
訓 はは
常

音 ぼ bo

ぼいん
母音 母音
bo.i.n

ぼけい
母系 母系
bo.ke.i

ぼこう
母校 母校
bo.ko.o

ぼこく
母国 祖國
bo.ko.ku

ぼし
母子 母子
bo.shi

ぼせん
母船 母船
bo.se.n

ぼたい
母体 母體
bo.ta.i

ぼにゅう
母乳 母乳
bo.nyu.u

じつぼ
実母 親生母親、生母
ji.tsu.bo

せいぼ
聖母 聖母
se.i.bo

そぼ
祖母 祖母
so.bo

ぶんぼ
分母 分母
bu.n.bo

ほぼ
保母 保母
ho.bo

ようぼ
養母 養母
yo.o.bo

音 はは ha.ha

はは
母 母親
ha.ha

ははおや
母親 母親
ha.ha.o.ya

特 **お母さん**（かあ） 媽媽
o.ka.a.sa.n

牡
音 ぼ、ぼう
訓 おす

音 ぼ bo

ぼたん
牡丹 牡丹花
bo.ta.n

音 ぼう bo.o

訓 おす o.su

畝
音 ほ
訓 うね、せ
常

音 ほ ho

でんぽ
田畝 田畝
de.n.bo

訓 うね u.ne

うねおり
畝織 像田畝那樣有高有低的編織物
u.ne.o.ri

ひらうね
平畝 耕作時整地的器具
hi.ra.u.ne

訓 せ se

せぶ
畝歩 古時計算土地面積的單位
se.bu

募
音 ぼ
訓 つのる
常

音 ぼ bo

ぼきん
募金 募款
bo.ki.n

ぼしゅう
募集 募集、徵募、招募
bo.shu.u

おうぼ
応募 徵人啟事、招募
o.o.bo

きゅうぼ
急募 急募
kyu.u.bo

こうぼ
公募 公開招募、公開募集
ko.o.bo

訓 つのる tsu.no.ru

つの
募る 越來越厲害；招募、募集
tsu.no.ru

墓
音 ぼ
訓 はか
常

音 ぼ bo

ぼけつ
墓穴 墓穴
bo.ke.tsu

ぼさん
墓参 掃墓
bo.sa.n

ぼしょ
墓所 墓地
bo.sho

ぼせき
墓石 墓石、墓碑
bo.se.ki

ぼぜん
墓前 墓前
bo.ze.n

ぼち
墓地 墓地
bo.chi

ぼひ
墓碑 墓碑
bo.hi

ぼひょう
墓標 墓碑
bo.hyo.o

訓 はか ha.ka

はか
墓 墓
ha.ka

はかいし
墓石 墓石、墓碑
ha.ka.i.shi

はかば
墓場 墓場、墓地
ha.ka.ba

幕
音 まく ばく
訓
常

音 まく ma.ku

まく
幕 幕
ma.ku

まくあい
幕間 〔劇場〕幕間
ma.ku.a.i

まくうち
幕内 〔相撲〕一級力士
ma.ku.u.chi

まくぎ
幕切れ 〔劇〕一幕的閉幕
ma.ku.gi.re

まくした
幕下 〔相撲〕二級力士
ma.ku.shi.ta

あんまく
暗幕 遮光用的布簾
a.n.ma.ku

かいまく
開幕 開幕
ka.i.ma.ku

くろまく
黒幕 黑幕
ku.ro.ma.ku

じまく
字幕 字幕
ji.ma.ku

てんまく
天幕 天幕
te.n.ma.ku

へいまく
閉幕 閉幕
he.i.ma.ku

音 ばく ba.ku

ばくしん
幕臣 臣子、家臣
ba.ku.shi.n

ばくせい
幕政 幕府的政治
ba.ku.se.i

ばくふ
幕府 幕府
ba.ku.fu

ばくまつ
幕末 幕府末期
ba.ku.ma.tsu

ばくりょう
幕僚 幕僚
ba.ku.ryo.o

とうばく
討幕 攻打、討伐(幕府)
to.o.ba.ku

ばくはんたいせい
幕藩体制 幕府體制
ba.ku.ha.n.ta.i.se.i

慕
音 ぼ
訓 したう
常

音 ぼ bo

ぼじょう
慕情 戀慕之情
bo.jo.o

けいぼ
敬慕 敬慕、久仰
ke.i.bo

しぼ
思慕 思慕
shi.bo

訓 したう shi.ta.u

した
慕う 思慕、懷念、景仰
shi.ta.u

暮
音 ぼ
訓 くれる くらす
常

音 ぼ bo

ぼしゅん
暮春 晚春
bo.shu.n

ぼしょく
暮色 暮色
bo.sho.ku

ぼや
暮夜 夜晚
bo.ya

せいぼ
歳暮 歲末、年終
se.i.bo

やぼ
野暮 俗氣、庸俗；不合時宜
ya.bo

訓 くれる ku.re.ru

く
暮れる 日暮、天黑、歲暮
ku.re.ru

く
暮れ 日暮、黃昏
ku.re

ひ ぐ
日暮れ 黃昏、傍晚
hi.gu.re

訓 くらす ku.ra.su

く
暮らす 生活、度日
ku.ra.su

く
暮らし 生活、度日
ku.ra.shi

木
音 ぼく もく
訓 き こ
常

音 もく mo.ku

もくざい
木材 木材
mo.ku.za.i

もくせい
木星 木星
mo.ku.se.i

もくせい
木製 木製
mo.ku.se.i

もくぞう
木像 木雕像
mo.ku.zo.o

もくぞう
木造 木造
mo.ku.zo.o

もくたん
木炭 木炭
mo.ku.ta.n

もく ば
木馬 木馬
mo.ku.ba

もくはん が
木版画 木版畫
mo.ku.ha.n.ga

もく め
木目 木紋
mo.ku.me

もくよう び
木曜日 星期四
mo.ku.yo.o.bi

じゅ もく
樹木 樹木
ju.mo.ku

音 ぼく bo.ku

ぼくとう
木刀 （劍道練習用）木劍
bo.ku.to.o

たい ぼく
大木 大樹
ta.i.bo.ku

ど ぼく
土木 土木
do.bo.ku

訓 き ki

き
木 木
ki

き
木こり 樵夫
ki.ko.ri

くさ き
草木 草木
ku.sa.ki

にわ き
庭木 庭園樹木
ni.wa.ki

訓 こ ko

こ かげ
木陰 * 樹蔭
ko.ka.ge

こ だち
木立 * 樹叢
ko.da.chi

も めん
特 **木綿** 棉花、棉紗
mo.me.n

牧
音 ぼく
訓 まき
常

音 ぼく bo.ku

ぼくぎゅう
牧牛 牧牛
bo.ku.gyu.u

ぼく し
牧師 牧師
bo.ku.shi

ぼくしゃ
牧舍 畜舍
bo.ku.sha

ぼくじょう
牧場 牧場
bo.ku.jo.o

ぼくそう
牧草 牧草
bo.ku.so.o

ぼくちく
牧畜 畜牧
bo.ku.chi.ku

ぼくよう
牧羊 牧羊
bo.ku.yo.o

ほうぼく
放牧 放牧
ho.o.bo.ku

ゆうぼく
遊牧 游牧
yu.u.bo.ku

訓 まき ma.ki

まきの
牧野 ma.ki.no　(姓氏)牧野

まきば
牧場 ma.ki.ba　牧場

目　常
音 もく／ぼく　訓 め／ま

音 もく mo.ku

もくさん
目算 mo.ku.sa.n　估算

もくじ
目次 mo.ku.ji　目次

もくぜん
目前 mo.ku.ze.n　眼前

もくそく
目測 mo.ku.so.ku　目測

もくてき
目的 mo.ku.te.ki　目的

もくひょう
目標 mo.ku.hyo.o　目標

もくれい
目礼 mo.ku.re.i　注目禮

もくろく
目録 mo.ku.ro.ku　目錄

もくろみ
目論見 mo.ku.ro.mi　計畫、策劃

かもく
科目 ka.mo.ku　科目

こうもく
項目 ko.o.mo.ku　項目

しゅもく
種目 shu.mo.ku　項目

ちゅうもく
注目 chu.u.mo.ku　注目

音 ぼく bo.ku

めんぼく
面目 * me.n.bo.ku　面目、臉面、名譽、體面

訓 め me

め
目 me　眼睛

めうえ
目上 me.u.e　上司、長輩

めかた
目方 me.ka.ta　(物品的)重量

めざ
目指す me.za.su　目標

めざま
目覚しい me.za.ma.shi.i　驚人的、異常的

めざめ
目覚める me.za.me.ru　睡醒、覺醒

めした
目下 me.shi.ta　部下、晚輩

めじるし
目印 me.ji.ru.shi　目標、記號

めだ
目立つ me.da.tsu　顯眼、引人注意

めつ
目付き me.tsu.ki　眼神

めど
目途 me.do　目標

めはな
目鼻 me.ha.na　眼睛和鼻子、輪廓、五官

めも
目盛り me.mo.ri　計器的度數、刻度

めやす
目安 me.ya.su　大方向、目標

めか
お目に掛かる o.me.ni.ka.ka.ru　看見

やくめ
役目 ya.ku.me　職務

訓 ま ma

まぶか
目深 * ma.bu.ka　(帽子)遮住眼睛

睦
音 ぼく　訓 むつ／むつむ

音 ぼく bo.ku

しんぼく
親睦 shi.n.bo.ku　親睦、和睦、親密、友好

わぼく
和睦 wa.bo.ku　和睦、和解、和好

訓 むつ mu.tsu

むつ
睦まじい　（尤指男女之間）感情和睦
mu.tsu.ma.shi.i

訓 **むつむ**
mu.tsu.mu

むつ
睦む　關係和睦
mu.tsu.mu

穆
音 ぼく
もく
訓 やわらぐ

音 **ぼく** bo.ku

せいぼく
清穆　清澈、純情
se.i.bo.ku

音 **もく** mo.ku

訓 **やわらぐ**
ya.wa.ra.gu

やわ
穆らぐ　緩和
ya.wa.ra.gu

発

音 はつ ほつ
訓 たつ
常

音 はつ ha.tsu

はつあん
発案 計畫出來、提案、提議
ha.tsu.a.n

はついく
発育 發育
ha.tsu.i.ku

はつおん
発音 發音
ha.tsu.o.n

はつが
発芽 發芽
ha.tsu.ga

はつげん
発言 發言
ha.tsu.ge.n

はつでん
発電 發電
ha.tsu.de.n

はつねつ
発熱 發熱
ha.tsu.ne.tsu

はつばい
発売 發售、出售
ha.tsu.ba.i

はつびょう
発病 發病
ha.tsu.byo.o

はつめい
発明 發明
ha.tsu.me.i

かっぱつ
活発 活潑
ka.p.pa.tsu

しゅっぱつ
出発 出發
shu.p.pa.tsu

はっか
発火 發火、開火
ha.k.ka

はっき
発揮 發揮、施展
ha.k.ki

はっくつ
発掘 發掘、挖掘
ha.k.ku.tsu

はっけん
発見 發現
ha.k.ke.n

はっこう
発行 (書籍、報紙)發行
ha.k.ko.o

はっしゃ
発射 發射
ha.s.sha

はっしゃ
発車 發車
ha.s.sha

はっしん
発信 發信
ha.s.shi.n

はっせい
発生 發生
ha.s.se.i

はっせい
発声 發聲
ha.s.se.i

はっそう
発想 構想
ha.s.so.o

はっそう
発送 發送
ha.s.so.o

はったつ
発達 發展
ha.t.ta.tsu

はっちゃく
発着 出發和到達
ha.c.cha.ku

はってん
発展 發展
ha.t.te.n

はっぴょう
発表 發表
ha.p.pyo.o

はつれい
発令 發布法令、警報…等
ha.tsu.re.i

音 ほつ ho.tsu

ほっさ
発作 (疾病)發作
ho.s.sa

ほっそく
発足 出發、動身
ho.s.so.ku

ほったん
発端 發端、開端
ho.t.ta.n

訓 たつ ta.tsu

た
発つ 出發
ta.tsu

醗

音 はつ
訓

音 はつ ha.tsu

乏

音 ぼう
訓 とぼしい
常

音 ぼう bo.o

びんぼう
貧乏 貧窮
bi.n.bo.o

けつぼう
欠乏 缺乏、欠缺
ke.tsu.bo.o

きゅうぼう
窮乏 貧窮、窮困
kyu.u.bo.o

たいぼう
耐乏 忍耐清貧、艱苦樸素
ta.i.bo.o

訓 とぼしい to.bo.shi.i

とぼ
乏しい 貧乏、缺乏；貧困
to.bo.shi.i

伐
音 ばつ
訓
常

音 ばつ ba.tsu

ばっさい
伐採 採伐、砍伐
ba.s.sa.i

さつばつ
殺伐 殺氣騰騰、充滿殺氣
sa.tsu.ba.tsu

せいばつ
征伐 討伐、驅除、消滅
se.i.ba.tsu

とうばつ
討伐 討伐
to.o.ba.tsu

らんばつ
乱伐 濫伐
ra.n.ba.tsu

筏
音 ばつ はつ
訓 いかだ

音 ばつ ba.tsu

音 はつ ha.tsu

訓 いかだ i.ka.da

いかだ
筏 木伐、竹筏
i.ka.da

罰
音 ばつ ばち
訓
常

音 ばつ ba.tsu

ばつ
罰 罰、處罰
ba.tsu

けいばつ
刑罰 刑罰
ke.i.ba.tsu

げんばつ
厳罰 嚴罰、嚴懲
ge.n.ba.tsu

しょうばつ
賞罰 賞罰
sho.o.ba.tsu

ひつばつ
必罰 必罰
hi.tsu.ba.tsu

しんばつ
神罰 神罰、天譴
shi.n.ba.tsu

たいばつ
体罰 體罰
ta.i.ba.tsu

ちょうばつ
懲罰 懲罰
cho.o.ba.tsu

てんばつ
天罰 天遣
te.n.ba.tsu

ばっきん
罰金 罰金、罰款
ba.k.ki.n

ばっ
罰する 責罰、處罰
ba.s.su.ru

ばっそく
罰則 罰則
ba.s.so.ku

訓 ばち ba.chi

ばち
罰 懲罰、報應
ba.chi

閥
音 ばつ
訓
常

音 ばつ ba.tsu

はばつ
派閥 派系、派閥
ha.ba.tsu

がくばつ
学閥 學校派系
ga.ku.ba.tsu

ざいばつ
財閥 財閥
za.i.ba.tsu

もんばつ
門閥 家世、門第、門閥
mo.n.ba.tsu

法
音 はっ ほう ほっ
訓
常

音 はっ ha

はっと
法度* ha.t.to 法令、法律

音 ほう ho.o

ほう
法 ho.o 法

ほうあん
法案 ho.o.a.n 法案

ほうがく
法学 ho.o.ga.ku 法學

ほうし
法師 ho.o.shi 法師

ほうじ
法事 ho.o.ji 法事

ほうそく
法則 ho.o.so.ku 法則

ほうてい
法廷 ho.o.te.i 法庭

ほうてん
法典 ho.o.te.n 法典

ほうぶん
法文 ho.o.bu.n 法律條文；法學院和文學院

ほうむしょう
法務省 ho.o.mu.sho.o 法務部

ほうりつ
法律 ho.o.ri.tsu 法律

ほうれい
法令 ho.o.re.i 法令

あくほう
悪法 a.ku.ho.o (對人民無益的)法律

かほう
加法 ka.ho.o 〔數〕加法

さほう
作法 sa.ho.o 作法

しほう
司法 shi.ho.o 司法

せいほう
製法 se.i.ho.o 製法

ほうほう
方法 ho.o.ho.o 方法

けんぽう
憲法 ke.n.po.o 憲法

せんぽう
戦法 se.n.po.o 戰術

ぶっぽう
仏法 bu.p.po.o 佛法

音 ほっ ho

ほっけ
法華* ho.k.ke 法華經

髪

音 はつ
訓 かみ
常

音 はつ ha.tsu

せいはつ
整髪 se.i.ha.tsu 理髮、整理髮型

ちょうはつ
長髪 cho.o.ha.tsu 長髮

ちょうはつ
調髪 cho.o.ha.tsu 梳頭、理髮、燙髮

もうはつ
毛髪 mo.o.ha.tsu 毛髮

りはつ
理髪 ri.ha.tsu 理髮

かんいっぱつ
間一髪 ka.n.i.p.pa.tsu 間不容髮、毫釐之差

ききいっぱつ
危機一髪 ki.ki.i.p.pa.tsu 危在旦夕、非常危險

きんぱつ
金髪 ki.n.pa.tsu 金髮

さんぱつ
散髪 sa.n.pa.tsu 剪髮；披散著頭髮

せんぱつ
洗髪 se.n.pa.tsu 洗髮

たんぱつ
短髪 ta.n.pa.tsu 短髮

訓 かみ ka.mi

かみ
髪 ka.mi 頭髮

かみがた
髪型 ka.mi.ga.ta 髮型

かみのけ
髪の毛 ka.mi.no.ke 頭髮

くろかみ
黒髪 ku.ro.ka.mi 黑髮

にほんがみ 日本髪 ni.ho.n.ga.mi 日本髮型

まえがみ 前髪 ma.e.ga.mi 瀏海

仏
音 ぶつ
訓 ほとけ
常

音 ぶつ bu.tsu

ぶつが 仏画 bu.tsu.ga 神佛的畫像

ぶつぜん 仏前 bu.tsu.ze.n 佛前

ぶつぞう 仏像 bu.tsu.zo.o 佛像

ぶつだん 仏壇 bu.tsu.da.n 佛壇

しんぶつ 神仏 shi.n.bu.tsu 神和佛

せきぶつ 石仏 se.ki.bu.tsu 石佛

だいぶつ 大仏 da.i.bu.tsu 大佛

だいぶつでん 大仏殿 da.i.bu.tsu.de.n 大佛殿

ねんぶつ 念仏 ne.n.bu.tsu 唸佛

ぶっきょう 仏教 bu.k.kyo.o 佛教

ぶっし 仏師 bu.s.shi 製作佛像的工匠

ぶっしき 仏式 bu.s.shi.ki 佛教的（婚禮、喪禮）儀式

ぶっしん 仏心 bu.s.shi.n 佛心、慈悲心

ぶっぽう 仏法 bu.p.po.o 佛法

ぶっぽうそう 仏法僧 bu.p.po.o.so.o 佛法僧、三寶

訓 ほとけ ho.to.ke

ほとけ 仏 ho.to.ke 佛

ほとけごころ 仏心 ho.to.ke.go.ko.ro 佛心、慈悲心

妃
音 ひ
訓 きさき
常

音 ひ hi

ひでんか 妃殿下 hi.de.n.ka 妃子殿下

おうひ 王妃 o.o.hi 王妃

こうたいしひ 皇太子妃 ko.o.ta.i.shi.hi 皇太子妃

こうひ 后妃 ko.o.hi 后妃

訓 きさき ki.sa.ki

きさき 妃 ki.sa.ki 皇妃；天皇後宮的妃子

扉
音 ひ
訓 とびら
常

音 ひ hi

かいひ 開扉 ka.i.hi 開門

もんぴ 門扉 mo.n.pi 門扉、兩扇門

訓 とびら to.bi.ra

とびら 扉 to.bi.ra 門、門扇

緋
音 ひ
訓 あか

音 ひ hi

ひごい 緋鯉 hi.go.i 紅鯉魚

ひいろ 緋色 hi.i.ro 火紅色、金紅色

訓 あか a.ka

非

音 ひ
訓 あらず
常

音 ひ hi

ひこう
非行 不良的行為
hi.ko.o

ひこうかい
非公開 非公開
hi.ko.o.ka.i

ひこうしき
非公式 非正式
hi.ko.o.shi.ki

ひじょう
非常 緊急
hi.jo.o

ひじょうしき
非常識 沒有常識
hi.jo.o.si.ki

ひじょうじ
非常時 緊急狀況時
hi.jo.o.ji

ひじょう
非常に 緊急的、非常的
hi.jo.o.ni

ひどう
非道 殘忍、暴戾
hi.do.o

ひなん
非難 責備
hi.na.n

ひばいひん
非売品 非賣品
hi.ba.i.hi.n

ひばん
非番 休班、不值班
hi.ba.n

ひぼん
非凡 非凡、特別
hi.bo.n

ぜひ
是非 是非；一定、非要
ze.hi

訓 あらず a.ra.zu

あら
非ず 不是、非
a.ra.zu

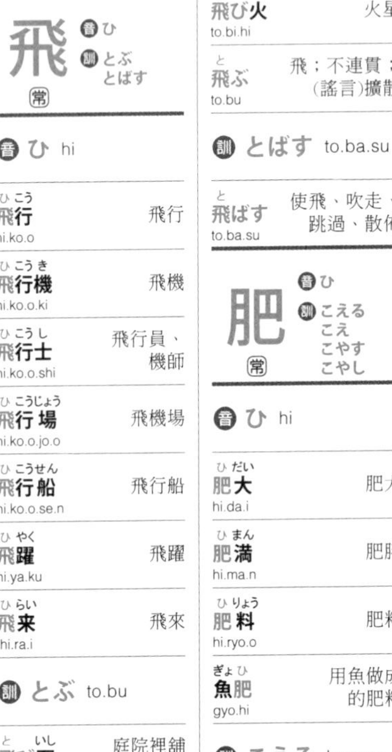

飛

音 ひ
訓 とぶ とばす
常

音 ひ hi

ひこう
飛行 飛行
hi.ko.o

ひこうき
飛行機 飛機
hi.ko.o.ki

ひこうし
飛行士 飛行員、機師
hi.ko.o.shi

ひこうじょう
飛行場 飛機場
hi.ko.o.jo.o

ひこうせん
飛行船 飛行船
hi.ko.o.se.n

ひやく
飛躍 飛躍
hi.ya.ku

ひらい
飛来 飛來
hi.ra.i

訓 とぶ to.bu

と いし
飛び石 庭院裡舖的踏腳石
to.bi.i.shi

と こ
飛び込み 飛入
to.bi.ko.mi

と こ
飛び込む 跳入、跳進
to.bi.ko.mu

と だ
飛び出す 跳出、冒出；留然離去
to.bi.da.su

と ひ
飛び火 火星
to.bi.hi

と
飛ぶ 飛；不連貫；(謠言)擴散
to.bu

訓 とばす to.ba.su

と
飛ばす 使飛、吹走、跳過、散佈
to.ba.su

肥

音 ひ
訓 こえる こえ こやす こやし
常

音 ひ hi

ひだい
肥大 肥大
hi.da.i

ひまん
肥満 肥胖
hi.ma.n

ひりょう
肥料 肥料
hi.ryo.o

ぎょひ
魚肥 用魚做成的肥料
gyo.hi

訓 こえる ko.e.ru

こ
肥える 肥、胖
ko.e.ru

訓 こえ ko.e

こえ ぎ
肥切れ 〔農〕(作物感熟期的)缺肥
ko.e.gi.re

こえ
肥だめ 糞坑、貯糞池
ko.e.da.me

訓 こやす ko.ya.su

こ
肥やす 使(土地)肥沃、肥胖
ko.ya.su

訓 こやし ko.ya.shi

こ
肥やし 糞、肥料
ko.ya.shi

匪
音 ひ
訓

音 ひ hi

ひ ぞく
匪賊 土匪、強盜
hi.zo.ku

斐
音 ひ
訓

音 ひ hi

ひ い がわ
斐伊川 斐伊川（日本河名）
hi.i.ga.wa

ひ し
斐紙 雁皮紙的古名(古代的和紙)
hi.shi

誹
音 ひ
び
訓 そしる

音 ひ hi

ひ ぼう
誹謗 誹謗
hi.bo.o

音 び bi

訓 そしる so.shi.ru

そし
誹る 毀謗、誹謗
so.shi.ru

吠
音 はい
ばい
訓 ほえる

音 はい ha.i

音 ばい ba.i

訓 ほえる ho.e.ru

ほ
吠える 吠、叫
ho.e.ru

廢
音 はい
訓 すたれる
すたる
常

音 はい ha.i

はいあん
廃案 未被採用的提案
ha.i.a.n

はいえき
廃液 廢水、廢液
ha.i.e.ki

はいおく
廃屋 荒廢的空屋
ha.i.o.ku

はいかん
廃刊 停刊
ha.i.ka.n

はい き
廃棄 廢棄
ha.i.ki

はいきょ
廃墟 廢墟
ha.i.kyo

はいぎょう
廃業 停業、歇業
ha.i.gyo.o

はいこう
廃校 廢校
ha.i.ko.o

はい し
廃止 廢止
ha.i.shi

はいしゃ
廃車 報廢的車
ha.i.sha

はいすい
廃水 廢水
ha.i.su.i

はいぜつ
廃絶 廢除、滅絕
ha.i.ze.tsu

はいひん
廃品 報廢品
ha.i.hi.n

はいぶつ
廃物 廢物、不能使用的物品
ha.i.bu.tsu

はいゆ
廃油 廢油
ha.i.yu

かいはい
改廃 修改廢除、改革、調整
ka.i.ha.i

こうはい
荒廃 荒廢、荒蕪
ko.o.ha.i

こうはい
興廃 興衰、興亡
ko.o.ha.i

ぜんぱい
全廃 完全廢除
ze.n.pa.i

そんぱい
存廃 存廢
so.n.pa.i

てっぱい
撤廃 撤銷、撤廢、裁廢
te.p.pa.i

訓 すたれる su.ta.re.ru

すた
廃れる 廢除、過時、衰落
su.ta.re.ru

訓 すたる su.ta.ru

すた
廃る (文)成為廢物、過時、衰落
su.ta.ru

沸
音 ふつ
訓 わく わかす
常

音 ふつ fu.tsu

しゃふつ
煮沸 煮沸
sha.fu.tsu

ふってん
沸点 沸點
fu.t.te.n

ふっとう
沸騰 沸騰
fu.t.to.o

訓 わく wa.ku

わ
沸く 煮沸、沸騰
wa.ku

訓 わかす wa.ka.su

わ
沸かす 使發生、使湧現
wa.ka.su

肺
音 はい
訓
常

音 はい ha.i

はい
肺 肺臟
ha.i

はいかつりょう
肺活量 肺活量
ha.i.ka.tsu.ryo.o

はいけっかく
肺結核 肺結核
ha.i.ke.k.ka.ku

はいぞう
肺臓 肺臟
ha.i.zo.o

はいびょう
肺病 肺病
ha.i.byo.o

費
音 ひ
訓 ついやす ついえる
常

音 ひ hi

ひよう
費用 費用
hi.yo.o

かいひ
会費 會費
ka.i.hi

がくひ
学費 學費
ga.ku.hi

けいひ
経費 經費
ke.i.hi

こうひ
公費 公費
ko.o.hi

こうさいひ
交際費 交際費
ko.o.sa.i.hi

こくひ
国費 國家經費
ko.ku.hi

しひ
私費 自費
shi.hi

しょうひ
消費 消費
sho.o.hi

しょくひ
食費 伙食費
sho.ku.hi

せいかつひ
生活費 生活費
se.i.ka.tsu.hi

かんぴ
官費 公費
ka.n.pi

ざっぴ
雑費 雜費
za.p.pi

しゅっぴ
出費 花費
shu.p.pi

りょひ
旅費 旅費
ryo.hi

訓 **ついやす** tsu.i.ya.su

つい
費やす 花費、使用、耗費
tsu.i.ya.su

訓 **ついえる** tsu.i.e.ru

つい
費える 消耗、減少、耗費
tsu.i.e.ru

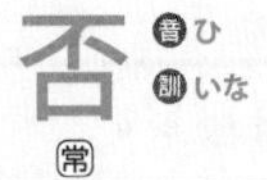

音 **ひ** hi

ひけつ
否決 否決
hi.ke.tsu

ひてい
否定 否定
hi.te.i

ひにん
否認 否認
hi.ni.n

かひ
可否 可否、贊成與否
ka.hi

きょひ
拒否 拒絕、否決
kyo.hi

せいひ
成否 成敗與否
se.i.hi

せいひ
正否 正確與否、正與不正
se.i.hi

とうひ
当否 合理與否
to.o.hi

てきひ
適否 適合與否
te.ki.hi

あんぴ
安否 安好、安全與否
a.n.pi

しんぴ
真否 真假與否
shi.n.pi

そんぴ
存否 存在與否
so.n.pi

訓 **いな** i.na

いな
否 否、不然、不同意
i.na

缶
音 かん
訓
常

音 **かん** ka.n

かん
缶 罐子
ka.n

かんづめ
缶詰 罐頭、集中
ka.n.zu.me

あ　かん
空き缶 空罐、空盒
a.ki.ka.n

せいかん
製缶 製造鐵罐、玻璃罐
se.i.ka.n

せきゆかん
石油缶 汽油罐
se.ki.yu.ka.n

やかん
薬缶 開水壺
ya.ka.n

幡
音 はん ほん
訓

音 **はん** ha.n

どうばん
幢幡 裝飾佛堂的旗子
do.o.ba.n

音 **ほん** ho.n

番
音 ばん
訓
常

音 **ばん** ba.n

ばん
番 輪班、次序、號
ba.n

ばんがい
番外 餘興節目；例外、特別
ba.n.ga.i

ばんぐみ
番組 節目、節目表
ba.n.gu.mi

ばんけん 番犬 ba.n.ke.n	看門狗、看家犬
ばんごう 番号 ba.n.go.o	號碼
ばんち 番地 ba.n.chi	門牌號碼
ばんちゃ 番茶 ba.n.cha	粗茶、新沏的茶
ばんにん 番人 ba.n.ni.n	值班的人、守衛
せばんごう 背番号 se.ba.n.go.o	(棒球選手…等的)背號
いちばん 一番 i.chi.ba.n	第一
こうばん 交番 ko.o.ba.n	派出所
しゅうばん 週番 shu.u.ba.n	(每週輪流的)值班
じゅんばん 順番 ju.n.ba.n	順序
とうばん 当番 to.o.ba.n	值勤、值班
もんばん 門番 mo.n.ba.n	看門的人、守衛

翻

音 ほん
訓 ひるがえる ひるがえす
常

音 ほん ho.n

ほんあん 翻案 ho.n.a.n	(文學作品等)改編
ほんい 翻意 ho.n.i	改變主意、改變原來的決心
ほんぜん 翻然 ho.n.ze.n	突然；飄然
ほんやく 翻訳 ho.n.ya.ku	翻譯
ほんろう 翻弄 ho.n.ro.o	撥弄、玩弄、愚弄

訓 ひるがえる hi.ru.ga.e.ru

ひるがえ 翻る hi.ru.ga.e.ru	飄動、改變、跳躍

訓 ひるがえす hi.ru.ga.e.su

ひるがえ 翻す hi.ru.ga.e.su	翻轉、改變、推翻

凡

音 ぼん はん
訓 およそ
常

音 ぼん bo.n

ぼんさく 凡作 bo.n.sa.ku	平庸的作品
ぼんじん 凡人 bo.n.ji.n	普通人、平凡的人
ぼんぞく 凡俗 bo.n.zo.ku	庸俗的(人)
ぼんたい 凡退 bo.n.ta.i	(棒球)三振
ひぼん 非凡 hi.bo.n	非凡、出眾、卓越
へいぼん 平凡 he.i.bo.n	平凡、平庸

音 はん ha.n

はんれい 凡例* ha.n.re.i	導讀

訓 およそ o.yo.so

およ 凡そ o.yo.so	事物的大概、概要

帆

音 はん
訓 ほ
常

音 はん ha.n

はんせん 帆船 ha.n.se.n	帆船
はんそう 帆走 ha.n.so.o	揚帆行駛
きはん 帰帆 ki.ha.n	歸航、歸國
しゅっぱん 出帆 shu.p.pa.n	出航、出港

訓 ほ ho

ほばしら
帆柱 桅杆
ho.ba.shi.ra

ほまえせん
帆前船 帆船
ho.ma.e.se.n

しらほ
白帆 白帆
shi.ra.ho

煩
音 はん ぼん
訓 わずらう わずらわす
常

音 はん ha.n

はんざつ
煩雑 麻煩、煩雜
ha.n.za.tsu

はんもん
煩悶 煩悶
ha.n.mo.n

音 ぼん bo.n

ぼんのう
煩悩 * 煩惱
bo.n.no.o

訓 わずらう wa.zu.ra.u

わずら
煩う 煩惱、苦惱、難以…
wa.zu.ra.u

訓 わずらわす wa.zu.ra.wa.su

わずら
煩わす 使煩惱、苦於…、麻煩
wa.zu.ra.wa.su

わずら
煩わしい 心煩、繁瑣
wa.zu.ra.wa.shi.i

繁
音 はん
訓 しげる
常

音 はん ha.n

はんえい
繁栄 繁榮、興旺
ha.n.e.i

はんか
繁華 繁華
ha.n.ka

はんざつ
繁雑 繁雜、複雜
ha.n.za.tsu

はんじょう
繁盛 繁榮昌盛、興隆
ha.n.jo.o

はんしょく
繁殖 繁殖、滋生
ha.n.sho.ku

はんぼう
繁忙 繁忙、多忙
ha.n.bo.o

はんも
繁茂 繁茂、茂盛
ha.n.mo

訓 しげる shi.ge.ru

しげ
繁る 草木繁盛
shi.ge.ru

蕃
音 ばん はん
訓

音 ばん ba.n

ばんぞく
蕃俗 野蠻人的習俗
ba.n.zo.ku

音 はん ha.n

はんそく
蕃息 繁殖
ha.n.so.ku

藩
音 はん
訓
常

音 はん ha.n

はんし
藩士 江戶時代的家臣
ha.n.shi

はんしゅ
藩主 藩主、諸侯
ha.n.shu

はいはん
廃藩 廢藩制度
ha.i.ha.n

しんぱん
親藩 江戶時代將軍的近親諸侯
shi.n.pa.n

だっぱん
脱藩 脫離藩籍
da.p.pa.n

反
音 はん ほん たん
訓 そる そらす
常

音 はん ha.n

はんえい
反映 反映
ha.n.e.i

はんかん
反感　反感
ha.n.ka.n

はんき
反旗　叛旗
ha.n.ki

はんぎゃく
反逆　叛逆、謀反
ha.n.gya.ku

はんきょう
反響　迴響、回聲
ha.n.kyo.o

はんげき
反撃　反擊
ha.n.ge.ki

はんこう
反抗　反抗
ha.n.ko.o

はんご
反語　說反話(譏諷)
ha.n.go

はんさよう
反作用　反作用
ha.n.sa.yo.o

はんしゃ
反射　反射
ha.n.sha

はん
反する　反對、相反
ha.n.su.ru

はんせい
反省　反省
ha.n.se.i

はんせん
反戦　反戰、反對戰爭
ha.n.se.n

はんそく
反則　違反規則
ha.n.so.ku

はんたい
反対　相反
ha.n.ta.i

はんてん
反転　反轉
ha.n.te.n

はんどう
反動　反動
ha.n.do.o

はんのう
反応　反應
ha.n.no.o

はんぱつ
反発　回跳、彈回、反彈
ha.n.pa.tsu

はんぴれい
反比例　成反比
ha.n.pi.re.i

はんぷく
反復　反覆
ha.n.pu.ku

はんめん
反面　反面
ha.n.me.n

はんもく
反目　反目
ha.n.mo.ku

はんもん
反問　反問
ha.n.mo.n

はんらん
反乱　叛亂
ha.n.ra.n

はんろん
反論　反論
ha.n.ro.n

音 ほん ho.n

むほん
謀反 *　謀反、叛變
mu.ho.n

音 たん ta.n

たんもの
反物 *　成套的和服衣料、綢緞
ta.n.mo.no

げんたん
減反 *　減少耕作面積
ge.n.ta.n

訓 そる so.ru

そ
反る　(向後)挺身、翹曲
so.ru

訓 そらす so.ra.su

そ
反らす　把…弄彎
so.ra.su

返

常

音 へん

訓 かえす
かえる

音 へん he.n

へんかん
返還　返還、歸還
he.n.ka.n

へんきゃく
返却　歸還、退還
he.n.kya.ku

へんさい
返済　還清、還債
he.n.sa.i

へんきん
返金　退錢、還錢
he.n.ki.n

へんじ
返事　回覆
he.n.ji

へんじょう
返上　奉還、歸還
he.n.jo.o

へんしん
返信　回信
he.n.shi.n

へんそう
返送　送還
he.n.so.o

へんでん
返電 回電
he.n.de.n

へんとう
返答 回答
he.n.to.o

へんぴん
返品 退貨
he.n.pi.n

へんぽん
返本 退書
he.n.po.n

へんれい
返礼 回禮
he.n.re.i

訓 かえす ka.e.su

かえ
返す 送回、歸還、退還
ka.e.su

訓 かえる ka.e.ru

かえ
返る 恢復、還原、返回
ka.e.ru

氾 音 はん 訓

音 はん ha.n

はんらん
氾濫 氾濫、充斥
ha.n.ra.n

汎 音 はん 訓

音 はん ha.n

はんよう
汎用 廣泛應用
ha.n.yo.o

犯 音 はん 訓 おかす 常

音 はん ha.n

はんい
犯意 犯罪意圖、犯罪意識
ha.n.i

はんこう
犯行 罪行
ha.n.ko.o

はんざい
犯罪 犯罪
ha.n.za.i

はんにん
犯人 犯人
ha.n.ni.n

きょうはん
共犯 共犯
kyo.o.ha.n

けいはん
軽犯 輕犯
ke.i.ha.n

げんこうはん
現行犯 現行犯
ge.n.ko.o.ha.n

さいはん
再犯 再犯
sa.i.ha.n

しゅはん
主犯 主犯
shu.ha.n

じゅうはん
重犯 重犯、重犯者
ju.u.ha.n

しょはん
初犯 初犯
sho.ha.n

じょうしゅうはん
常習犯 慣犯
jo.o.shu.u.ha.n

ぼうはん
防犯 防止犯罪、防盜
bo.o.ha.n

訓 おかす o.ka.su

おか
犯す 犯(罪)、違抗、冒犯
o.ka.su

範 音 はん 訓 常

音 はん ha.n

はんい
範囲 範圍、界限
ha.n.i

きはん
規範 規範、基準
ki.ha.n

こうはん
広範 廣泛、普遍
ko.o.ha.n

しはん
師範 榜樣、師表、師父
shi.ha.n

すいはん
垂範 示範
su.i.ha.n

てんぱん
典範 典範、模範
te.n.pa.n

販 常

音 はん
訓

音 はん ha.n

はんばい
販売 ha.n.ba.i 販賣、販售

はんろ
販路 ha.n.ro 銷售通路、銷路

飯 常

音 はん
訓 めし

音 はん ha.n

はんてん
飯店 ha.n.te.n 飯店

はんば
飯場 ha.n.ba 工人宿舍、工寮

あさはん
朝飯 a.sa.ha.n 早飯

せきはん
赤飯 se.ki.ha.n 紅豆飯

ゆうはん
夕飯 yu.u.ha.n 晚飯

ざんぱん
残飯 za.n.pa.n 剩飯

訓 めし me.shi

めし
飯 me.shi 飯

めしだい
飯代 me.shi.da.i 伙食費

あさめし
朝飯 a.sa.me.shi 早飯

ひるめし
昼飯 hi.ru.me.shi 午飯

分 常

音 ぶん ふん ぶ
訓 わける わかれる わかる わかつ

音 ぶん bu.n

ぶん
分 bu.n 分、部分

ぶんかい
分解 bu.n.ka.i 分解

ぶんぎょう
分業 bu.n.gyo.o 分工

ぶんけ
分家 bu.n.ke 分家

ぶんけん
分権 bu.n.ke.n 分權

ぶんこう
分校 bu.n.ko.o 分校

ぶんさつ
分冊 bu.n.sa.tsu 分冊

ぶんさん
分散 bu.n.sa.n 分散

ぶんし
分子 bu.n.shi 分子

ぶんしん
分身 bu.n.shi.n 分身

ぶんすう
分数 bu.n.su.u 分數

ぶんせき
分析 bu.n.se.ki 分析

ぶんたん
分担 bu.n.ta.n 分擔

ぶんぱい
分配 bu.n.pa.i 分配

ぶんぷ
分布 bu.n.pu 分布

ぶんべつ
分別 bu.n.be.tsu 分別

ぶんぼ
分母 bu.n.bo 分母

ぶんや
分野 bu.n.ya 領域、範圍

ぶんり
分離 bu.n.ri 分離

ぶんりょう
分量 bu.n.ryo.o 份量、數量

ぶんるい
分類 bu.n.ru.i 分類

ぶんれつ
分裂 bu.n.re.tsu 分裂、裂開

きぶん
気分 ki.bu.n 心情、身體狀況

くぶん
区分 ku.bu.n　區分

こぶん
子分 ko.bu.n　乾兒子；手下

じゅうぶん
十分 ju.u.bu.n　充足

てんぶん
天分 te.n.bu.n　天份

はんぶん
半分 ha.n.bu.n　半分

ぶぶん
部分 bu.bu.n　部分

みぶん
身分 mi.bu.n　身分

ようぶん
養分 yo.o.bu.n　養分

音 ふん fu.n

ふんしん
分針 hu.n.si.n　分針

ふんそく
分速 fu.n.so.ku　以一分鐘為單位來表示速度

ふんどう
分銅 fu.n.do.o　砝碼、秤砣

ふんべつ
分別 fu.n.be.tsu　分別、區別

音 ぶ bu

ぶ
分 bu　（優劣、厲害的）程度、形勢

ごぶごぶ
五分五分 go.bu.go.bu　各半、平等、不相上下

訓 わける wa.ke.ru

わ
分ける wa.ke.ru　分開、區分、分類

おいわけ
追分 o.i.wa.ke　岔路口；〔節日〕追分節

訓 わかれる wa.ka.re.ru

わ
分かれる wa.ka.re.ru　分別、分離、離別

訓 わかる wa.ka.ru

わ
分かる wa.ka.ru　了解、懂、明白

訓 わかつ wa.ka.tsu

わ
分かつ wa.ka.tsu　分開、區分、分享

紛

常
音 ふん
訓 まぎれる
まぎらす
まぎらわす
まぎらわしい

音 ふん fu.n

ふんうん
紛紜 fu.n.u.n　混亂、混雜

ふんきゅう
紛糾 fu.n.kyu.u　糾紛、紛亂

ふんしつ
紛失 fu.n.shi.tsu　遺失、散失

ふんそう
紛争 fu.n.so.o　紛爭

ないふん
内紛 na.i.fu.n

訓 まぎれる ma.gi.re.ru

まぎ
紛れる ma.gi.re.ru　混淆、混進、心情轉移

訓 まぎらす ma.gi.ra.su

まぎ
紛らす ma.gi.ra.su　粉飾、蒙混過去、掩蓋過去

訓 まぎらわす ma.gi.ra.wa.su

まぎ
紛らわす ma.gi.ra.wa.su　粉飾、蒙混過去、掩蓋過去

訓 まぎらわしい ma.gi.ra.wa.shi.i

まぎ
紛らわしい ma.gi.ra.wa.shi.i　容易混淆、不易分辨的

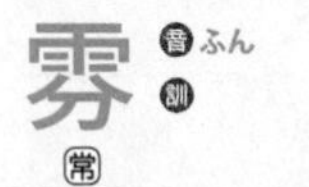

音 ふん fu.n

ふんいき
雰囲気 fu.n.i.ki　空氣、氣氛

墳
音 ふん
訓
常

音 ふん fu.n

ふんぼ
墳墓 墳墓、塚
fu.n.bo

こふん
古墳 古墳、古塚
ko.fu.n

えんぷん
円墳 圓墳、圓塚
e.n.pu.n

音 ふん
訓 たく

音 ふん fu.n

ふんけい
焚刑 火刑
fu.n.ke.i

訓 たく ta.ku

た
焚く 燒
ta.ku

たきび
焚火 爐火、竈火
ta.ki.bi

粉
音 ふん
訓 こ
こな
常

音 ふん fu.n

ふんさい
粉砕 粉碎
fu.n.sa.i

ふんしょく
粉食 麵食
fu.n.sho.ku

ふんにゅう
粉乳 奶粉
fu.n.nyu.u

ふんまつ
粉末 粉末
fu.n.ma.tsu

かふん
花粉 花粉
ka.fu.n

ぎょふん
魚粉 （當成肥料的）魚粉
gyo.fu.n

せいふん
製粉 研磨成粉
se.i.fu.n

訓 こ ko

こむぎこ
小麦粉 小麥粉
ko.mu.gi.ko

訓 こな ko.na

こな
粉 粉末
ko.na

こなぐすり
粉薬 藥粉
ko.na.gu.su.ri

こなごな
粉粉 粉碎、碎末
ko.na.go.na

こなゆき
粉雪 細雪
ko.na.yu.ki

奮
音 ふん
訓 ふるう
常

音 ふん fu.n

ふんき
奮起 奮起
fu.n.ki

ふんせん
奮戦 奮戰
fu.n.se.n

ふんとう
奮闘 奮鬥
fu.n.to.o

ふんぱつ
奮発 奮發
fu.n.pa.tsu

ふんれい
奮励 奮勉
fu.n.re.i

こうふん
興奮 興奮
ko.o.fu.n

はっぷん
発奮 發憤
ha.p.pu.n

訓 ふるう fu.ru.u

ふる
奮う 振作、興旺、旺盛
fu.ru.u

憤
音 ふん
訓 いきどおる
常

音 ふん fu.n

ふんぜん
憤然 憤怒、忿然
fu.n.ze.n

ふんど
憤怒 憤怒
fu.n.do

訓 いきどおる
i.ki.do.o.ru

いきどお
憤る 憤怒、憤慨
i.ki.do.o.ru

糞

音 ふん
訓 くそ

音 ふん fu.n

ふんべん
糞便 糞便
fu.n.be.n

訓 くそ ku.so

はなくそ
鼻糞 鼻屎、鼻垢
ha.na.ku.so

坊

音 ぼう ぼっ
訓
常

音 ぼう bo.o

ぼう
坊さん 和尚
bo.o.sa.n

ぼうず
坊主 和尚、僧；光頭
bo.o.zu

あか ぼう
赤ん坊 嬰兒
a.ka.n.bo.o

しゅくぼう
宿坊 僧房
shu.ku.bo.o

ねぼう
寝坊 賴床、貪睡、睡過頭
ne.bo.o

音 ぼっ bo

ぼっ
坊ちゃん * 少爺；小弟弟
bo.c.cha.n

方

音 ほう
訓 かた
常

音 ほう ho.o

ほう
方 方向；方形；方面
ho.o

ほうい
方位 方位
ho.o.i

ほうえん
方円 方圓
ho.o.e.n

ほうがく
方角 方位
ho.o.ga.ku

ほうがんし
方眼紙 方格紙
ho.o.ga.n.shi

ほうけい
方形 方形
ho.o.ke.i

ほうげん
方言 方言
ho.n.ge.n

ほうこう
方向 方向
ho.o.ko.o

ほうさく
方策 對策、方法
ho.o.sa.ku

ほうしき
方式 方式
ho.o.shi.ki

ほうしん
方針 方針
ho.o.shi.n

ほうせい
方正 方正
ho.o.se.i

ほうていしき
方程式 方程式
ho.o.te.i.shi.ki

ほうべん
方便 方便
ho.o.be.n

ほうほう
方法 方法
ho.o.ho.o

ほうぼう
方方 各處、到處
ho.o.bo.o

ほうめん
方面 方面
ho.o.me.n

しほう
四方 四方
shi.ho.o

しょほう
処方 處方
sho.ho.o

たほう
他方 其他方面、另一方
ta.ho.o

ちほう
地方 地方、地區
chi.ho.o

りょうほう
両方 雙方
ryo.o.ho.o

いっぽう
一方 另一方面
i.p.po.o

えんぽう
遠方 遠方
e.n.po.o

せんぽう
先方 對方
se.n.po.o

とうほう
当方 我方、自己這邊
to.o.ho.o

はっぽう
八方 四面八方、各方面
ha.p.po.o

へいほう
平方 平方
he.i.ho.o

訓 かた ka.ta

かた
方 方向、人的敬稱
ka.ta

かたがた
方方 (敬)人們
ka.ta.ga.ta

か　かた
書き方 寫法
ka.ki.ka.ta

み かた
味方 我方、同伴、夥伴
mi.ka.ta

め かた
目方 (物品的)重量
me.ka.ta

ゆうがた
夕方 黃昏
yu.u.ga.ta

芳
音 ほう
訓 かんばしい
常

音 ほう ho.o

ほうこう
芳香 芳香
ho.o.ko.o

ほうめい
芳名 芳名、大名
ho.o.me.i

訓 かんばしい ka.n.ba.shi.i

かんば
芳しい 芳香、芬芳
ka.n.ba.shi.i

妨
音 ぼう
訓 さまたげる
常

音 ぼう bo.o

ぼうがい
妨害 妨礙、阻礙、干擾
bo.o.ga.i

訓 さまたげる sa.ma.ta.ge.ru

さまた
妨げる 妨礙、阻礙、阻擾
sa.ma.ta.ge.ru

房
音 ぼう
訓 ふさ
常

音 ぼう bo.o

かんぼう
官房 辦公廳、內閣
ka.n.bo.o

こうぼう
工房 工作室
ko.o.bo.o

さ ぼう
茶房 茶室
sa.bo.o

しんぼう
心房 心房
shi.n.bo.o

そうぼう
僧房 僧房
so.o.bo.o

にゅうぼう
乳房 乳房
nyu.u.bo.o

どくぼう
独房 單獨牢房
do.ku.bo.o

にょうぼう
女房 (文)老婆、妻子
nyo.o.bo.o

れいぼう
冷房 冷氣房
re.i.bo.o

訓 ふさ fu.sa

はなぶさ
花房 花萼
ha.na.bu.sa

ふさざきえき
房前駅 房前電車（日本香川縣電車名）
fu.sa.za.ki.e.ki

肪
音 ぼう
訓
常

音 ぼう bo.o

し ぼう
脂肪 脂肪
shi.bo.o

防

音 ぼう
訓 ふせぐ
常

音 ぼう bo.o

ぼうえい
防衛 防衛
bo.o.e.i

ぼうえき
防疫 疫情防範
bo.o.e.ki

ぼうおん
防音 隔音
bo.o.o.n

ぼうか
防火 防火
bo.o.ka

ぼうかん
防寒 禦寒
bo.o.ka.n

ぼうぎょ
防御 防禦
bo.o.gyo

ぼうくう
防空 防空
bo.o.ku.u

ぼうご
防護 防護
bo.o.go

ぼうさい
防災 防災
bo.o.sa.i

ぼうし
防止 防止
bo.o.shi

ぼうすい
防水 防水
bo.o.su.i

ぼうせん
防戦 防禦戰
bo.o.se.n

ぼうどく
防毒 防毒
bo.o.do.ku

ぼうはん
防犯 防犯
bo.o.ha.n

ぼうび
防備 防備
bo.o.bi

けいぼう
警防 警戒與防衛
ke.i.bo.o

こくぼう
国防 國防
ko.ku.bo.o

しょうぼう
消防 消防
sho.o.bo.o

よぼう
予防 預防
yo.bo.o

訓 ふせぐ fu.se.gu

ふせ
防ぐ 防禦、防守
fu.se.gu

倣

音 ほう
訓 ならう
常

音 ほう ho.o

もほう
模倣 模仿、仿效
mo.ho.o

訓 ならう na.ra.u

なら
倣う 模仿、仿效、仿照
na.ra.u

紡

音 ぼう
訓 つむぐ
常

音 ぼう bo.o

ぼうしょく
紡織 紡織
bo.o.sho.ku

ぼうせき
紡績 紡織、紡紗
bo.o.se.ki

訓 つむぐ tsu.mu.gu

つむ
紡ぐ 紡(紗)
tsu.mu.gu

訪

音 ほう
訓 おとずれる たずねる
常

音 ほう ho.o

ほうおう
訪欧 訪歐
ho.o.o.o

ほうちゅう
訪中 造訪中國
ho.o.chu.u

ほうにち
訪日 訪日
ho.o.ni.chi

ほうべい
訪米 訪美
ho.o.be.i

ほうもん
訪問 訪問
ho.o.mo.n

らいほう **来訪** ra.i.ho.o　來訪

れきほう **歴訪** re.ki.ho.o　歷訪、遍訪

たんぼう **探訪** ta.n.bo.o　探訪

訓 おとずれる o.to.zu.re.ru

おとず **訪れる** o.to.zu.re.ru　訪問、來訪

訓 たずねる ta.zu.ne.ru

たず **訪ねる** ta.zu.ne.ru　訪問

放

音 ほう
訓 はなす はなつ はなれる
常

音 ほう ho.o

ほうかご **放課後** ho.o.ka.go　下課後、放學後

ほうき **放棄** ho.o.ki　放棄

ほうしゃ **放射** ho.o.sha　放射

ほうしゃのう **放射能** ho.o.sha.no.o　放射能

ほうしゅつ **放出** ho.o.shu.tsu　放出

ほうすい **放水** ho.o.su.i　洩洪

ほうそう **放送** ho.o.so.o　廣播

ほうち **放置** ho.o.chi　放置

ほうでん **放電** ho.o.de.n　放電

ほうにん **放任** ho.o.ni.n　放任

ほうぼく **放牧** ho.o.bo.ku　放牧

ほう こ **放り込む** ho.o.ri.ko.mu　丟入、投入

ほう だ **放り出す** ho.o.ri.da.su　拋出去、扔出去

ほう **放る** ho.o.ru　拋、扔

かいほう **開放** ka.i.ho.o　開放

かいほう **解放** ka.i.ho.o　解放

しゃくほう **釈放** sha.ku.ho.o　釋放

ついほう **追放** tsu.i.ho.o　趕出、驅逐、流放

訓 はなす ha.na.su

はな **放す** ha.na.su　放開、拋棄、放棄

訓 はなつ ha.na.tsu

はな **放つ** ha.na.tsu　放、流放、驅逐

訓 はなれる ha.na.re.ru

はな **放れる** ha.na.re.ru　解開、放開、掙脫

音 ふう fu.u

ふう **封** fu.u　封上

ふういん **封印** fu.u.i.n　封印、在封口上蓋印

ふうさ **封鎖** fu.u.sa　封鎖、凍結、關閉

ふうとう **封筒** fu.u.to.o　信封

おびふう **帯封** o.bi.fu.u　封帶、紙帶

かいふう **開封** ka.i.fu.u　開封、開啟

どうふう **同封** do.o.fu.u　附在信內

かんぷう **完封** ka.n.pu.u　密封;(棒球)不讓對方得分

みっぷう
密封 密封
mi.p.pu.u

音 ほう ho.o

ほうけん
封建 封建
ho.o.ke.n

ほうけんじだい
封建時代 封建時代
ho.o.ke.n.ji.da.i

ほうけんせいど
封建制度 封建制度
ho.o.ke.n.se.i.do

ほうけんてき
封建的 封建的
ho.o.ke.n.te.ki

峯
音 ほう
訓 みね

音 ほう ho.o

訓 みね mi.ne

峰
音 ほう
訓 みね
常

音 ほう ho.o

めいほう
名峰 名山
me.i.ho.o

れんぽう
連峰 連峰、山巒
re.n.po.o

訓 みね mi.ne

みね
峰 峰、山峰
mi.ne

楓
音 ふう
訓 かえで

音 ふう fu.u

かんぷう
観楓 觀賞楓葉
ka.n.pu.u

訓 かえで ka.e.de

かえで
楓 楓樹
ka.e.de

蜂
音 ほう
訓 はち

音 ほう ho.o

ほうき
蜂起 紛紛起義
ho.o.ki

ようほう
養蜂 養蜂
yo.o.ho.o

訓 はち ha.chi

はちみつ
蜂蜜 蜂蜜
ha.chi.mi.tsu

みつばち
蜜蜂 蜜蜂
mi.tsu.ba.chi

豊
音 ほう
訓 ゆたか
常

音 ほう ho.o

ほうさく
豊作 農作物豐收
ho.o.sa.ku

ほうねん
豊年 豐收年
ho.o.ne.n

ほうふ
豊富 豐富
ho.o.fu

ほうまん
豊満 豐滿
ho.o.ma.n

ほうりょう
豊漁 漁獲豐收
ho.o.ryo.o

訓 ゆたか yu.ta.ka

ゆた
豊か 豐富的
yu.ta.ka

鋒
音 ほう
訓 ほこ

音 ほう ho.o

せんぽう
先鋒 先鋒
se.n.po.o

訓 ほこ ho.ko

風
常
音 ふう ふ
訓 かぜ かざ

音 ふう fu.u

ふうあつ 風圧 fu.u.a.tsu 風壓

ふうう 風雨 fu.u.u 風雨

ふううん 風雲 fu.u.u.n 風雲

ふうか 風化 fu.u.ka 風化

ふうかく 風格 fu.u.ka.ku 風格

ふうき 風紀 fu.u.ki 風紀

ふうけい 風景 fu.u.ke.i 風景

ふうこう 風光 fu.u.ko.o 風光

ふうし 風刺 fu.u.shi 諷刺

ふうしゃ 風車 fu.u.sha 風車

ふうしゅう 風習 fu.u.shu.u 風俗習慣

ふうせつ 風雪 fu.u.se.tsu 風雪

ふうせん 風船 fu.u.se.n 氣球

ふうそく 風速 fu.u.so.ku 風速

ふうぞく 風俗 fu.u.zo.ku 風俗、服裝

ふうど 風土 fu.u.do 風土

ふうは 風波 fu.u.ha 風波

ふうぶつ 風物 fu.u.bu.tsu 風景、(季節、地方)特有的東西

ふうりょく 風力 fu.u.ryo.ku 風力

きょうふう 強風 kyo.o.fu.u 強風

こふう 古風 ko.fu.u 傳統、古式

たいふう 台風 ta.i.fu.u 颱風

ぼうふうう 暴風雨 bo.o.fu.u.u 暴風雨

音 ふ fu

ふぜい 風情 * fu.ze.i 風趣、趣味、情況

訓 かぜ ka.ze

かぜ 風 ka.ze 風

きたかぜ 北風 ki.ta.ka.ze 北風

特 かぜ 風邪 ka.ze 感冒

訓 かざ ka.za

かざかみ 風上 ka.za.ka.mi 上風

かざしも 風下 ka.za.shi.mo 下風

かざぐるま 風車 ka.za.gu.ru.ma 風車

縫
常
音 ほう
訓 ぬう

音 ほう ho.o

ほうごう 縫合 ho.o.go.o 縫合

ほうせい 縫製 ho.o.se.i 縫製

さいほう 裁縫 sa.i.ho.o 裁縫

訓 ぬう nu.u

ぬ 縫う nu.u 縫

音 ほう ho.o

ほうきゅう **俸給** ho.o.kyu.u　薪水、薪資

げっぽう **月俸** ge.p.po.o　月薪

げんぽう **減俸** ge.n.po.o　減薪、降薪

ねんぽう **年俸** ne.n.po.o　年薪

ほんぽう **本俸** ho.n.po.o　底薪

奉
音 ほう、ぶ　訓 たてまつる　常

音 ほう ho.o

ほうこう **奉公** ho.o.ko.o　(為國)效勞、服務

ほうし **奉仕** ho.o.shi　服務、效勞、效力

ほうしゅく **奉祝** ho.o.shu.ku　慶祝、祝賀

ほうしょく **奉職** ho.o.sho.ku　任職

ほうのう **奉納** ho.o.no.o　(對神佛)供獻、獻納

音 ぶ bu

ぶぎょう **奉行** * bu.gyo.o　(江戶時代)幕府下分某一部門的官職

訓 たてまつる ta.te.ma.tsu.ru

鳳
音 ほう　訓

音 ほう ho.o

ほうおう **鳳凰** ho.o.o.o　鳳凰

夫
音 ふ、ふう　訓 おっと　常

音 ふ fu

ふじん **夫人** fu.ji.n　夫人

ふさい **夫妻** fu.sa.i　夫妻

ぎょふ **漁夫** gyo.fu　漁夫

すいふ **水夫** su.i.fu　水手、船夫

のうふ **農夫** no.o.fu　農夫

いっぷ **一夫** i.p.pu　一夫

音 ふう fu.u

ふうし **夫子** * fu.u.shi　夫子

ふうふ **夫婦** * fu.u.fu　夫婦

くふう **工夫** * ku.fu.u　動腦筋、想辦法；方法

訓 おっと o.t.to

おっと **夫** o.t.to　丈夫

敷
音 ふ　訓 しく　常

音 ふ fu

ふせつ **敷設** fu.se.tsu　鋪設、架設

訓 しく shi.ku

しく **敷く** shi.ku　鋪上、墊上;壓制;頒佈

しきい **敷居** shi.ki.i　席地而坐的蓆子

しきいし
敷石 鋪路石
shi.ki.i.shi

しききん
敷金 押金、保證金
shi.ki.ki.n

しきち
敷地 地基、建築用地
shi.ki.chi

さじき
桟敷 (劇場、相撲場中的)看台
sa.ji.ki

ざしき
座敷 舖塌塌米的房間、客廳
za.shi.ki

したじき
下敷き 墊在底下、壓在底下、墊子
shi.ta.ji.ki

やしき
屋敷 房子、宅邸
ya.shi.ki

膚
音 ふ
訓
常

音 ふ fu

ひふ
皮膚 皮膚
hi.fu

伏
音 ふく
訓 ふせる ふす
常

音 ふく fu.ku

ふくせん
伏線 伏筆
fu.ku.se.n

ふくへい
伏兵 埋伏士兵
fu.ku.he.i

くっぷく
屈伏 屈服
ku.p.pu.ku

せんぷく
潜伏 潛伏
se.n.pu.ku

訓 ふせる fu.se.ru

ふ
伏せる 隱藏、向下、橫臥
fu.se.ru

訓 ふす fu.su

ふ
伏す 藏、伏臥、躺、臥
fu.su

幅
音 ふく
訓 はば
常

音 ふく fu.ku

ふくいん
幅員 (道路船等的)寬幅
fu.ku.i.n

ぞうふく
増幅 增幅、放大
zo.o.fu.ku

ぜんぷく
全幅 全幅、整幅；完全
ze.n.pu.ku

訓 はば ha.ba

はば
幅 寬度、幅度、範圍
ha.ba

はばひろ
幅広 範圍廣大
ha.ba.hi.ro

おおはば
大幅 寬幅、大幅度
o.o.ha.ba

かたはば
肩幅 肩寬
ka.ta.ha.ba

はんはば
半幅 半幅
ha.n.ha.ba

ほはば
歩幅 步伐
ho.ha.ba

弗
音 ふつ
訓 どる

音 ふつ fu.tsu

ふっそ
弗素 氟
fu.s.so

訓 どる do.ru

どるばこ
弗箱 錢櫃、金庫
do.ru.ba.ko

扶
音 ふ
訓
常

音 ふ fu

ふじょ
扶助 扶助、幫助
fu.jo

ふよう
扶養 扶養
fu.yo.o

払
音 ふつ
訓 はらう
常

音 ふつ fu.tsu

ふっしょく
払拭 拂拭、打掃乾淨
fu.s.sho.ku

ふってい
払底 缺乏
fu.t.te.i

訓 はらう ha.ra.u

はら
払う 拂；支付；驅趕
ha.ra.u

はら こ
払い込む 繳納
ha.ra.i.ko.mu

はら もど
払い戻す 退還、返還
ha.ra.i.mo.do.su

し はら
支払い 支付、付款
shi.ha.ra.i

まえばら
前払い 預付
ma.e.ba.ra.i

服
音 ふく
訓
常

音 ふく fu.ku

ふくえき
服役 服役
fu.ku.e.ki

ふくじ
服地 西服料子
fu.ku.ji

ふくじゅう
服従 服從
fu.ku.ju.u

ふくそう
服装 服裝
fu.ku.so.o

ふくどく
服毒 服毒
fu.ku.do.ku

ふくむ
服務 服務
fu.ku.mu

ふくやく
服薬 服藥
fu.ku.ya.ku

ふくよう
服用 服用
fu.ku.yo.o

い ふく
衣服 衣服
i.fu.ku

しきふく
式服 禮服
shi.ki.fu.ku

しょうふく
承服 心悅誠服
sho.o.fu.ku

せいふく
制服 制服
se.i.fu.ku

ないふく
内服 〔醫〕內服
na.i.fu.ku

ふ ふく
不服 不服
fu.fu.ku

ようふく
洋服 西服
yo.o.fu.ku

わ ふく
和服 和服
wa.fu.ku

いっぷく
一服 一支(菸)、一杯(茶)；休息一下
i.p.pu.ku

浮
音 ふ
訓 うく
うかれる
うかぶ
うかべる
常

音 ふ fu

ふ じょう
浮上 浮上
fu.jo.o

ふ ちん
浮沈 浮沉、(人生的)盛衰
fu.chi.n

ふ どう
浮動 浮動、(喻)不定
fu.do.o

ふ ひょう
浮標 浮標、浮子
fu.hyo.o

ふ ゆう
浮遊 浮游
fu.yu.u

ふ りょく
浮力 浮力
fu.ryo.ku

ふ ろう
浮浪 流浪
fu.ro.o

訓 うく u.ku

う
浮く 浮、漂
u.ku

う くさ
浮き草 浮萍、(喻)不穩定
u.ki.ku.sa

うぐも
浮き雲 浮雲
u.ki.gu.mo

うぶくろ
浮き袋 魚鰾；游泳圈
u.ki.bu.ku.ro

うぼ
浮き彫り 浮雕
u.ki.bo.ri

うきよえ
浮世絵 浮世繪
u.ki.yo.e

訓 **うかれる**
u.ka.re.ru

う
浮かれる 興致勃勃、焦躁、不耐煩
u.ka.re.ru

訓 **うかぶ** u.ka.bu

う
浮かぶ 浮、漂；湧上心頭
u.ka.bu

訓 **うかべる**
u.ka.be.ru

う
浮かべる 使漂浮、浮現；想起
u.ka.be.ru

特 うわき
浮気 花心、外遇、對愛情不專
u.wa.ki

福
音 ふく
訓
常

音 **ふく** fu.ku

ふく
福 福
fu.ku

ふくいん
福音 福音
fu.ku.i.n

ふくうん
福運 福運
fu.ku.u.n

ふくし
福祉 福祉
fu.ku.shi

ふくとく
福徳 福氣與功德
fu.ku.to.ku

ふくび
福引き 抽獎
fu.ku.bi.ki

ふくり
福利 福利
fu.ku.ri

こうふく
幸福 幸福
ko.o.fu.ku

しゅくふく
祝福 祝福
shu.ku.fu.ku

たふく
多福 有福氣、多福
ta.fu.ku

符
音 ふ
訓
常

音 **ふ** fu

ふごう
符号 符號、記號
fu.go.o

ふごう
符合 符合、吻合、一致
fu.go.o

きゅうしふ
休止符 休止符
kyu.u.shi.fu

おんぷ
音符 音符
o.n.pu

縛
音 ばく
訓 しばる
常

音 **ばく** ba.ku

そくばく
束縛 束縛、約束、限制
so.ku.ba.ku

じばく
自縛 自縛
ji.ba.ku

じゅばく
呪縛 用咒語控制人的行動
ju.ba.ku

訓 **しばる** shi.ba.ru

しば
縛る 綁、捆、束縛
shi.ba.ru

芙
音 ふ
訓

音 **ふ** fu

ふよう
芙蓉 芙蓉花
fu.yo.o

俯
音 ふ
訓

音 ふ fu

ふかん
俯瞰 俯瞰
fu.ka.n

府
音 ふ
訓
常

音 ふ fu

ふぎ
府議 府議會議員
fu.gi

ふりつ
府立 府立
fu.ri.tsu

おおさかふ
大阪府 大阪府
o.o.sa.ka.fu

がくふ
学府 學府
ga.ku.fu

きょうとふ
京都府 京都府
kyo.o.to.fu

こくふ
国府 國府
ko.ku.fu

しゅふ
首府 首府、首都
shu.fu

せいふ
政府 政府
se.i.fu

そうりふ
総理府 總理府
so.o.ri.fu

ばくふ
幕府 幕府
ba.ku.fu

撫
音 ぶ ふ
訓 なでる

音 ぶ bu

あいぶ
愛撫 愛撫
a.i.bu

音 ふ fu

訓 なでる na.de.ru

な
撫でる 撫摸
na.de.ru

斧
音 ふ
訓 おの

音 ふ fu

ふきん
斧斤 斧子
fu.ki.n

訓 おの o.no

おの
斧 斧子
o.no

甫
音 ふ ほ
訓

音 ふ fu

音 ほ ho

ねんぽ
年甫 年初、年始、正月
ne.n.po

腐
音 ふ
訓 くさる くされる くさらす
常

音 ふ fu

ふしゅう
腐臭 腐臭
fu.shu.u

ふしょく
腐食 腐蝕
fu.sho.ku

ふしん
腐心 絞盡腦汁、煞費苦心
fu.shi.n

ふはい
腐敗 腐敗
fu.ha.i

ふらん
腐乱 腐爛
fu.ra.n

とうふ
豆腐 豆腐
to.o.fu

ぼうふ
防腐 防腐
bo.o.fu

訓 くさる ku.sa.ru

くさ
腐る 腐壞、腐敗、墮落
ku.sa.ru

訓 くされる ku.sa.re.ru

くさ
腐れる　腐敗、腐爛
ku.sa.re.ru

訓 くさらす ku.sa.ra.su

くさ
腐らす　弄爛、使腐爛
ku.sa.ra.su

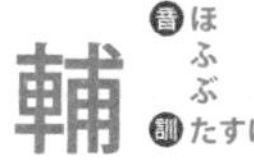

音 ほ ふ ぶ
訓 たすける

音 ほ ho

ほしゃ
輔車　有利害關係
ho.sha

音 ふ fu

音 ぶ bu

訓 たすける ta.su.ke.ru

音 ふ
訓 かま

音 ふ fu

ふちゅう
釜中　鍋中
fu.chu.u

訓 かま ka.ma

かま
釜　鍋
ka.ma

かまめし
釜飯　(一人份的)小鍋燴飯
ka.ma.me.shi

ちゃがま
茶釜　(日本茶道用的)燒水的鍋
cha.ga.ma

常

音 ふ
訓 つける つく

音 ふ fu

ふか
付加　附加
fu.ka

ふき
付記　附記、附註
fu.ki

ふきん
付近　附近
fu.ki.n

ふそく
付則　附加的規則
fu.so.ku

ふぞく
付属　附屬
fu.zo.ku

ふちゃく
付着　附著
fu.cha.ku

ふひょう
付表　附表
fu.hyo.o

ふろく
付録　附錄
fu.ro.ku

ふわらいどう
付和雷同　隨聲附和
fu.wa.ra.i.do.o

こうふ
交付　交付
ko.o.fu

そうふ
送付　送交
so.o.fu

訓 つける tsu.ke.ru

つ
付ける　掛上、寫上
tsu.ke.ru

つ　くわ
付け加える　補充、添加
tsu.ke.ku.wa.e.ru

うけつけ
受付　櫃檯、受理
u.ke.tsu.ke

訓 つく tsu.ku

つ
付く　附有、跟隨、陪同
tsu.ku

つ　あ
付き合い　交往、陪伴
tus.ki.a.i

つ　あ
付き合う　來往、陪伴
tsu.ki.a.u

常

音 ふく
訓 そえる

音 ふく fu.ku

ふくいん
副因　次要原因
fu.ku.i.n

ふくぎょう
副業 副業
fu.ku.gyo.o

ふくさよう
副作用 副作用
fu.ku.sa.yo.o

ふくさんぶつ
副産物 副產物
fu.ku.sa.n.bu.tsu

ふくし
副詞 副詞
fu.ku.shi

ふくじてき
副次的 次要的
fu.ku.ji.te.ki

ふくしゅ
副手 助手、助理
fu.ku.shu

ふくしょう
副将 副將
fu.ku.sho.o

ふくしょう
副賞 附獎
fu.ku.sho.o

ふくだい
副題 副標題
fu.ku.da.i

ふくどくほん
副読本 (教科書之外的)輔助教材
fu.ku.do.ku.ho.n

ふくほん
副本 副本
fu.ku.ho.n

訓 そえる so.e.ru

そ
副える 支持、輔助；補充
so.e.ru

婦
音 ふ
訓
常

音 ふ fu

ふけい
婦警 女警
fu.ke.i

ふじょ
婦女 婦女
fu.jo

ふじょし
婦女子 婦女、女子
fu.jo.shi

ふじん
婦人 婦人
fu.ji.n

ふちょう
婦長 護士長
fu.cho.o

かせいふ
家政婦 管家
ka.se.i.fu

かんごふ
看護婦 護士
ka.n.go.fu

しゅふ
主婦 主婦
shu.fu

ほけんふ
保健婦 女性保健師的舊稱
ho.ke.n.fu

いっぷいっぷ
一夫一婦 一夫一妻
i.p.pu.i.p.pu

さんぷ
産婦 產婦
sa.n.pu

しんぷ
新婦 新娘
shi.n.pu

富
音 ふ
ふう
訓 とむ
とみ
常

音 ふ fu

ふきょう
富強 富強
fu.kyo.o

ふごう
富豪 富豪
fu.go.o

ふじさん
富士山 富士山
fu.ji.sa.n

ふしゃ
富者 富有的人、有錢人
fu.sha

ふゆう
富裕 富裕
fu.yu.u

こくふ
国富 國家財力
ko.ku.fu

ひんぷ
貧富 貧富
hi.n.pu

音 ふう fu.u

ふうき
富貴 * 富貴
fu.u.ki

訓 とむ to.mu

と
富む 富裕、富有、豐富
to.mu

訓 とみ to.mi

とみ
富 財產、資產、財富
to.mi

とみくじ
富籤 江戶時代寺院舉辦抽獎活動，獎金作為寺院收入
to.mi.ku.ji

復

音 ふく
訓
常

音 ふく fu.ku

ふくがく
復学 復學
fu.ku.ga.ku

ふくげん
復元 復原
fu.ku.ge.n

ふくしゅう
復習 復習
fu.ku.shu.u

ふくしょう
復唱 覆誦
fu.ku.sho.o

ふくしょく
復職 復職
fu.ku.sho.ku

ふくろ
復路 歸途、回去的路
fu.ku.ro

おうふく
往復 往返
o.o.fu.ku

かいふく
回復 回復
ka.i.fu.ku

かいふく
快復 康復
ka.i.fu.ku

はんぷく
反復 反覆
ha.n.pu.ku

ふっかつ
復活 復活、恢復
fu.k.ka.tsu

ふっきゅう
復旧 恢復原狀、修復
fu.k.kyu.u

ふっこう
復興 復興
fu.k.ko.o

父

音 ふ
訓 ちち
常

音 ふ fu

ふけい
父兄 父兄
fu.ke.i

ふけい
父系 父系
fu.ke.i

ふぼ
父母 父母
fu.bo

ふろう
父老 父老
fu.ro.o

そふ
祖父 祖父
so.fu

ぼうふ
亡父 亡父
bo.o.fu

じっぷ
実父 親生父親、生父
ji.p.pu

しんぷ
神父 神父
shi.n.pu

訓 ちち chi.chi

ちち
父 父親
chi.chi

ちちおや
父親 父親
chi.chi.o.ya

ちちかた
父方 父方的親戚
chi.chi.ka.ta

ちちぎみ
父君 〔文〕(父親的尊稱)父君
chi.chi.gi.mi

とう
特 お父さん 父親
o.to.o.sa.n

腹

音 ふく
訓 はら
常

音 ふく fu.ku

ふくあん
腹案 腹案
fu.ku.a.n

ふくぞう
腹蔵 隱藏
fu.ku.zo.o

ふくつう
腹痛 腹痛
fu.ku.tsu.u

ふくぶ
腹部 腹部
fu.ku.bu

くうふく
空腹 空腹
ku.u.fu.ku

ちゅうふく
中腹 山腰
chu.u.fu.ku

さんぷく
山腹 山腰
sa.n.pu.ku

せっぷく
切腹 切腹
se.p.pu.ku

せんぷく
船腹 船腹
se.n.pu.ku

まんぷく
満腹 吃飽
ma.n.pu.ku

りっぷく
立腹 生氣
ri.p.pu.ku

訓 **はら** ha.ra

はら
腹 肚子、內心
ha.ra

はらぐろ
腹黒い 壞心腸、陰險
ha.ra.gu.ro.i

はらだ
腹立ち 生氣
ha.ra.da.chi

はらはちぶ
腹八分 八分飽
ha.ra.ha.chi.bu

複

音 ふく
訓
常

音 **ふく** fu.ku

ふくがん
複眼 (節枝動物由許多小眼構成的)複眼；多角度觀察
fu.ku.ga.n

ふくごう
複合 複合
fu.ku.go.o

ふくざつ
複雑 複雜
fu.ku.za.tsu

ふくしき
複式 複式
fu.ku.shi.ki

ふくしゃ
複写 複寫
fu.ku.sha

ふくすう
複数 複數
fu.ku.su.u

ふくせい
複製 複製
fu.ku.se.i

ふくせん
複線 雙軌
fu.ku.se.n

ふくふくせん
複々線 (鐵路)雙複線、並列複線
fu.ku.fu.ku.se.n

じゅうふく
重複 重複
ju.u.fu.ku

ちょうふく
重複 重複
cho.o.fu.ku

覆

音 ふく
訓 おおう
くつがえす
くつがえる
常

音 **ふく** fu.ku

ふくめん
覆面 覆面、蒙上臉、不出面、不露臉
fu.ku.me.n

てんぷく
転覆 顛覆、推翻、傾覆
te.n.pu.ku

訓 **おおう** o.o.u

おお
覆う 覆蓋、遮蓋、蓋上、掩蓋、掩飾
o.o.u

訓 **くつがえす** ku.tsu.ga.e.su

くつがえ
覆す 弄翻、打翻、推翻、打倒
ku.tsu.ga.e.su

訓 **くつがえる** ku.tsu.ga.e.ru

くつがえ
覆る 翻覆、打翻、推翻、打倒、轉
ku.tsu.ga.e.ru

負

音 ふ
訓 まける
まかす
おう
常

音 **ふ** fu

ふか
負荷 負荷
fu.ka

ふさい
負債 負債
fu.sa.i

ふしょう
負傷 負傷
fu.sho.o

ふすう
負数 〔數〕負數
hu.su.u

ふたん
負担 負擔
fu.ta.n

ふでんき
負電気 負電
fu.de.n.ki

じふ
自負 自負
ji.fu

しょうぶ
勝負 勝負
sho.o.bu

せいふ
正負 正負
se.i.fu

訓 **まける** ma.ke.ru

ま
負ける 輸、敗；減價、損失
ma.ke.ru

ま
負け 輸、減價
ma.ke

訓 **まかす** ma.ka.su

ま
負かす 打敗、減價
ma.ka.su

訓 **おう** o.u

お
負う 背負、承擔、蒙受
o.u

音 ふ
訓
常

音 **ふ** fu

ふ えき
賦役 賦役
fu.e.ki

ふ か
賦課 賦課、徵收
fu.ka

ふ よ
賦与 賦予、給予
fu.yo

かっ ぷ
割賦 分期付款
ka.p.pu

てん ぷ
天賦 天賦
te.n.pu

げっ ぷ
月賦 按月償付
ge.p.pu

ねん ぷ
年賦 分年償付
ne.n.pu

赴

音 ふ
訓 おもむく
常

音 **ふ** fu

ふ えん
赴援 前往援助
hu.e.n

ふ にん
赴任 赴任、上任
fu.ni.n

訓 **おもむく** o.mo.mu.ku

おもむ
赴く 赴、前往、趨向
o.mo.mu.ku

音 ふ
訓

音 **ふ** fu

ぎ ふ
岐阜 （日本地名）岐阜
gi.fu

附

音 ふ
訓
常

音 **ふ** fu

ふ ぞく
附属 附屬
fu.zo.ku

ふ きん
附近 附近
fu.ki.n

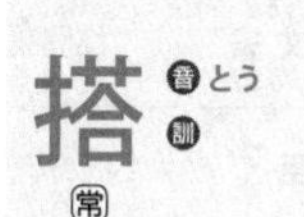

音 とう to.o

とうさい
搭載 搭載
to.o.sa.i

とうじょう
搭乗 搭乘
to.o.jo.o

答

音 とう
訓 こたえる
こたえ
常

音 とう to.o

とうあん
答案 答案
to.o.a.n

とうしん
答申 回答(上級的)諮詢
to.o.shi.n

とうべん
答弁 答辯
to.o.be.n

おうとう
応答 應答
o.o.to.o

かいとう
解答 解答
ka.i.to.o

かいとう
回答 回答
ka.i.to.o

かくとう
確答 明確回答、肯定答覆
ka.ku.to.o

こうとう
口答 口頭回答
ko.o.to.o

そくとう
速答 迅速回答
so.ku.to.o

へんとう
返答 回答
he.n.to.o

めいとう
名答 高明、確切的答覆
me.i.to.o

もんどう
問答 問答
mo.n.do.o

訓 こたえる ko.ta.e.ru

こた
答える 回答、答覆
ko.ta.e.ru

こた
答え 回答、答覆、答案
ko.ta.e

達

音 たつ
訓
常

音 たつ ta.tsu

たつじん
達人 高手
ta.tsu.ji.n

じゅくたつ
熟達 熟練
ju.ku.ta.tsu

じょうたつ
上達 進步
jo.o.ta.tsu

せんだつ
先達 前輩
se.n.da.tsu

そくたつ
速達 快遞
so.ku.ta.tsu

ちょうたつ
調達 籌措(金錢)、供應(貨品)
cho.o.ta.tsu

つうたつ
通達 通知、傳達
tsu.u.ta.tsu

でんたつ
伝達 傳達
de.n.ta.tsu

とうたつ
到達 到達
to.o.ta.tsu

はいたつ
配達 配送
ha.i.ta.tsu

はったつ
発達 發達
ha.t.ta.tsu

たっかん
達観 看的開、達觀
ta.k.ka.n

たっしゃ
達者 精通的人、高手
ta.s.sha

たっ
達する 到達、達到
ta.s.su.ru

たっせい
達成 達成
ta.s.se.i

たっぴつ
達筆 字寫得漂亮、善於寫文章
ta.p.pi.tsu

打

音 だ
訓 うつ
常

音 だ da

だかい
打開 打開
da.ka.i

だがっき
打楽器 打擊樂器
da.ga.k.ki

だきゅう
打球 打球
da.kyu.u

だげき
打撃 打擊
da.ge.ki

ださん
打算 打算
da.sa.n

だしゃ
打者 打者
da.sha

だじゅん
打順 (棒球)上場打擊順序
da.ju.n

だとう
打倒 打倒
da.to.o

だりつ
打率 棒球打擊率
da.ri.tsu

だりょく
打力 (棒球)擊球的力量
da.ryo.ku

あんだ
安打 (棒球)安打
a.n.da

きょうだ
強打 強打
kyo.o.da

訓 うつ u.tsu

う
打つ 打、敲、擊
u.tsu

う あ
打ち明ける 坦率說出、坦白
u.chi.a.ke.ru

う あ
打ち合わせ 磋商
u.chi.a.wa.se

う あ
打ち合わせる 磋商
u.chi.a.wa.se.ru

う き
打ち切る 停止、砍
u.chi.ki.ru

う け
打ち消し 否定、取消
u.chi.ke.shi

う け
打ち消す 否定、取消
u.chi.ke.su

う こ
打ち込む 打進、砸進；投入某事
u.chi.ko.mu

大

常

音 だい、たい

訓 おお、おおきい、おおいに

音 だい da.i

だい
大 大、很
da.i

だいがく
大学 大學
da.i.ga.ku

だいがくいん
大学院 研究所
da.i.ga.ku.i.n

だいがくせい
大学生 大學生
da.i.ga.ku.se.i

だいく
大工 木匠、木工
da.i.ku

だいじ
大事 大事；重要、寶貴
da.i.ji

だいじょうぶ
大丈夫 沒問題
da.i.jo.o.bu

だいじん
大臣 大臣、部長
da.i.ji.n

だいす
大好き 非常喜歡
da.i.su.ki

だいたい
大体 大概、差不多
da.i.ta.i

だいたん
大胆 大膽、勇敢
da.i.ta.n

だいしょう
大小 大小
da.i.sho.o

だいち
大地 大地
da.i.chi

だいとうりょう
大統領 總統
da.i.to.o.ryo.o

だいぶ
大部 大部分
da.i.bu

だいぶぶん
大部分 大部分
da.i.bu.bu.n

だいべん
大便 大便、屎
da.i.be.n

じゅうだい
重大 重大
ju.u.da.i

音 たい ta.i

たいい
大意 大意
ta.i.i

たいか
大家 大房子、大門第
ta.i.ka

たいがい
大概 大部分、大概
ta.i.ga.i

たいかい
大会 大會
ta.i.ka.i

たいき
大気 大氣、空氣
ta.i.ki

たいきん
大金 鉅款
ta.i.ki.n

たいこく
大国 大國
ta.i.ko.ku

たいし
大使 大使
ta.i.shi

たいしかん
大使館 大使館
ta.i.shi.ka.n

たいしゅう
大衆 大眾
ta.i.shu.u

たい
大して (下接否定)並不那麼
ta.i.shi.te

たい
大した 了不起的
ta.i.shi.ta

たいせつ
大切 重要、珍惜
ta.i.se.tsu

たいせん
大戦 大戰
ta.i.se.n

たいそう
大層 很、非常
ta.i.so.o

たいてい
大抵 大抵、大概
ta.i.te.i

たいはん
大半 大半、過半
ta.i.ha.n

たいぼく
大木 大樹、巨木
ta.i.bo.ku

たいりく
大陸 大陸
ta.i.ri.ku

たいりょう
大量 大量
ta.i.ryo.o

たいりょう
大漁 漁獲量豐收
ta.i.ryo.o

訓 おお o.o

おおあめ
大雨 大雨
o.o.a.me

おおかた
大方 一般、大部分
o.o.ka.ta

おおがた
大型 大型
o.o.ga.ta

おおがら
大柄 (個頭)大、魁偉
o.o.ga.ra

おお
大きな 大的
o.o.ki.na

おおごえ
大声 大聲
o.o.go.e

おおすじ
大筋 內容提要
o.o.su.ji

おおぜい
大勢 許多人、眾多
o.o.ze.i

おおぞら
大空 寬廣的天空
o.o.zo.ra

おおどお
大通り 大街
o.o.do.o.ri

おおはば
大幅 大幅度
o.o.ha.ba

おおみず
大水 洪水
o.o.mi.zu

おおや
大家 房東
o.o.ya

おおよそ
大凡 大概、概要
o.o.yo.so

特 おとな
大人 成年人、大人、老成
o.to.na

訓 おおきい o.o.ki.i

おお
大きい 大的
o.o.ki.i

訓 おおいに o.o.i.ni

おお
大いに 很、甚、多
o.o.i.ni

得

音 とく
訓 える うる
常

音 とく to.ku

とく
得 得到、利益
to.ku

とくい
得意 得意；拿手、擅長
to.ku.i

とくさく
得策 良策
to.ku.sa.ku

とくしつ
得失 得失
to.ku.shi.tsu

とくてん
得点 (比賽、考試)得分
to.ku.te.n

え とく
会得 理解
e.to.ku

しゅとく
取得 取得
shu.to.ku

しゅうとく
習得 學會
shu.u.to.ku

しゅうとく
収得 得到、到手
shu.u.to.ku

しゅうとく
拾得 撿到
shu.u.to.ku

しょとく
所得 所得
sho.to.ku

せっとく
説得 說服、勸導
se.t.to.ku

そんとく
損得 損益、得失
so.n.to.ku

なっとく
納得 接受
na.t.to.ku

り とく
利得 收益、利益、獲利
ri.to.ku

訓 える e.ru

え
得る 取得、得到、領會、理解
e.ru

訓 うる u.ru

う
得る 得到、(接動詞連用形)表示可能
u.ru

徳

音 とく
訓
常

音 とく to.ku

とくぎ
徳義 道義、道德
to.ku.gi

とくぼう
徳望 德望
to.ku.bo.o

とくよう
徳用 經濟實惠、物美價廉
to.ku.yo.o

あくとく
悪徳 失德
a.ku.to.ku

こうとく
公徳 公德心、公共道德
ko.o.to.ku

こうとく
高徳 德高望重
ko.o.to.ku

じんとく
人徳 品德
ji.n.to.ku

どうとく
道徳 道德
do.o.to.ku

び とく
美徳 美德
bi.to.ku

く どく
功徳 功德
ku.do.ku

とっこう
徳行 德行
to.k.ko.o

的

音 てき
訓 まと
常

音 てき te.ki

てきかく
的確 的確
te.ki.ka.ku

てきちゅう
的中 正中、命中
te.ki.chu.u

がいてき
外的 外在、外面的；客觀的
ga.i.te.ki

くうそうてき
空想的 空想的
ku.u.so.o.te.ki

けいしきてき
形式的 形式的
ke.i.shi.ki.te.ki

げきてき
劇的
ge.ki.te.ki

じっしつてき
実質的 實質的
ji.s.shi.tsu.te.ki

しゃてき
射的 打靶
sha.te.ki

しんぽてき
進歩的
shi.n.po.te.ki

せいしんてき
精神的 精神上的
se.i.shi.n.te.ki

ないてき
内的 內在的
na.i.te.ki

び てき
美的 美的、與美有關的事物
bi.te.ki

びょうてき **病的** byo.o.te.ki	病態、不正常、不健全
ぶってき **物的** bu.t.te.ki	物質的
もくてき **目的** mo.ku.te.ki	目的
みんしゅてき **民主的** mi.n.shu.te.ki	民主的
りそうてき **理想的** ri.so.o.te.ki	理想的

訓 まと ma.to

まとはず **的外れ** ma.to.ha.zu.re	偏離重點

呆

音 ほう ぼう
訓 あきれる

音 ほう ho.o

あほう **阿呆** a.ho.o	傻瓜
ちほう **痴呆** chi.ho.o	癡呆

音 ぼう bo.o

ぼうぜん **呆然** bo.o.ze.n	茫然

訓 あきれる a.ki.re.ru

あき **呆れる** a.ki.re.ru	（因事出意外）嚇呆

代

音 だい たい
訓 かわる かえる よ しろ
常

音 だい da.i

だいあん **代案** da.i.a.n	替代方案
だいかん **代官** da.i.ka.n	代理官職的人
だいきん **代金** da.i.ki.n	貸款；價款
だいこう **代行** da.i.ko.o	代理
だいしょ **代書** da.i.sho	代筆；代書
だいひつ **代筆** da.i.hi.tsu	代筆
だいひょう **代表** da.i.hyo.o	代表
だいべん **代弁** da.i.be.n	替人賠償；代人辦理事務
だいめいし **代名詞** da.i.me.i.shi	代名詞
だいやく **代役** da.i.ya.ku	替代（職務、角色）
だいよう **代用** da.i.yo.o	代用
だいり **代理** da.i.ri	代理
げんだい **現代** ge.n.da.i	現代
こうだい **後代** ko.o.da.i	
こだい **古代** ko.da.i	古代
じだい **時代** ji.da.i	時代
ぜんだい **前代** ze.n.da.i	前代
とうだい **当代** to.o.da.i	當代
ねんだい **年代** ne.n.da.i	年代
れきだい **歴代** re.ki.da.i	歷代

音 たい ta.i

たいしゃ **代謝** ta.i.sha	代謝
こうたい **交代** ko.o.ta.i	交替、輪流

訓 かわる ka.wa.ru

か **代わりに** ka.wa.ri.ni	替代、代理
か **お代わり** o.ka.wa.ri	再盛一碗（飯、菜等）

訓 かえる ka.e.ru

か
代える　代替、更換、交換
ka.e.ru

訓 よ yo

ち よ
千代　千年、萬年
chi.yo

訓 しろ shi.ro

みのしろきん
身代金　賣身錢、贖身錢
mi.no.shi.ro.ki.n

しろもの
代物　商品、物品、東西
shi.ro.mo.no

岱

音 たい
訓

音 たい ta.i

帯

音 たい
訓 おびる
おび
常

音 たい ta.i

たいとう
帯刀　佩刀
ta.i.to.o

たいでん
帯電　〔理〕帶電
ta.i.de.n

いったい
一帯　一帶
i.t.ta.i

おんたい
温帯　溫帶
o.n.ta.i

けいたい
携帯　攜帶；手機
ke.i.ta.i

さいたい
妻帯　娶妻、已有妻子(的人)
sa.i.ta.i

しょたい
所帯　家計、財產
sho.ta.i

せ たい
世帯　家、家庭
se.ta.i

ち たい
地帯　地帶
chi.ta.i

ねったい
熱帯　熱帶
ne.t.ta.i

ほうたい
包帯　繃帶
ho.o.ta.i

れんたい
連帯　連帶
re.n.ta.i

訓 おびる o.bi.ru

お
帯びる　攜帶、佩戴、帶有
o.bi.ru

訓 おび o.bi

おび
帯　帶子
o.bi

おびじょう
帯状　帶狀
o.bi.jo.o

待

音 たい
訓 まつ
常

音 たい ta.i

たいき
待機　待機、待命
ta.i.ki

たいぐう
待遇　待遇、款待
ta.i.gu.u

たいぼう
待望　等待、期待
ta.i.bo.o

たいめい
待命　待命
ta.i.me.i

かんたい
歓待　款待、招待
ka.n.ta.i

き たい
期待　期待
ki.ta.i

しょうたい
招待　招待
sho.o.ta.i

せったい
接待　接待
se.t.ta.i

ゆうたい
優待　優待
yu.u.ta.i

音 まつ ma.tsu

ま
待つ　等待
ma.tsu

まちあいしつ
待合室　等候室
ma.chi.a.i.shi.tsu

まちあ
待ち合わせ 集合
ma.chi.a.wa.se

まちあ
待ち合わせる 約好時間地點等候對方
ma.chi.a.wa.se.ru

ま どお
待ち遠しい 久候、久待
ma.chi.do.o.shi.i

ま のぞ
待ち望む 盼望
ma.chi.no.zo.mu

怠 音たい 訓おこたる なまける 常

音 たい ta.i

たいだ
怠惰 怠惰、懶惰
ta.i.da

たいまん
怠慢 怠慢
ta.i.ma.n

きんたい
勤怠 勤勉和怠惰
ki.n.ta.i

けんたい
倦怠 倦怠、疲倦、厭倦
ke.n.ta.i

訓 おこたる o.ko.ta.ru

おこた
怠る 怠惰、倦怠、懈怠
o.ko.ta.ru

訓 なまける na.ma.ke.ru

なま
怠ける 懶惰、怠惰
na.ma.ke.ru

殆 音たい 訓ほとんど

音 たい ta.i

きたい
危殆 危險
ki.ta.i

訓 ほとんど ho.to.n.do

ほとん
殆ど 幾乎、差一點
ho.to.n.do

袋 音たい 訓ふくろ 常

音 たい ta.i

ふうたい
風袋 (秤重時)袋、箱；外表、外觀
fu.u.ta.i

訓 ふくろ fu.ku.ro

ふくろ
袋 袋子
fu.ku.ro

ふくろこうじ
袋小路 死胡同、死路
fu.ku.ro.ko.o.ji

ふくろもの
袋物 袋裝物品
fu.ku.ro.mo.no

う ぶくろ
浮き袋 救生圈、游泳圈
u.ki.bu.ku.ro

かみぶくろ
紙袋 紙袋
ka.mi.bu.ku.ro

て ぶくろ
手袋 手套
te.bu.ku.ro

貸 音たい 訓かす 常

音 たい ta.i

たいしゃく
貸借 借貸
ta.i.sha.ku

たいよ
貸与 出借、借給、貸予
ta.i.yo

ちんたい
賃貸 出租、租賃
chi.n.ta.i

訓 かす ka.su

か
貸す 貸出、借出
ka.su

か
貸し 貸與
ka.shi

かししつ
貸室 出租的房間
ka.shi.shi.tsu

か だ
貸し出し 放款、借出
ka.shi.da.shi

かしま
貸間 出租的房間
ka.shi.ma

かしほん
貸本 出租的書籍
ka.shi.ho.n

かしや
貸家 出租的房屋
ka.shi.ya

逮
音 たい
訓
常

音 たい ta.i

たいほ
逮捕 逮捕、捉拿
ta.i.ho

黛

音 たい
訓 まゆずみ

音 たい ta.i

ふんたい
粉黛 美人；化妝
fu.n.ta.i

訓 まゆずみ ma.yu.zu.mi

まゆずみ
黛 黛、描眉的墨
ma.yu.zu.mi

刀
音 とう
訓 かたな
常

音 とう to.o

とうけん
刀剣 刀劍
to.o.ke.n

とうこう
刀工 刀工
to.o.ko.o

しょうとう
小刀 短刀
sho.o.to.o

だいとう
大刀 大刀
da.i.to.o

たいとう
帯刀 佩刀
ta.i.to.o

たんとう
短刀 短刀
ta.n.to.o

ちょうこくとう
彫刻刀 雕刻刀
cho.o.ko.ku.to.o

ほうとう
宝刀 寶刀
ho.o.to.o

ぼくとう
木刀 木刀
bo.ku.to.o

めいとう
名刀 名刀
me.i.to.o

訓 かたな ka.ta.na

かたな
刀 刀
ka.ta.na

倒
音 とう
訓 たおれる たおす
常

音 とう to.o

とうかい
倒壊 倒塌、坍塌
to.o.ka.i

とうさん
倒産 破產、倒閉；(分娩)倒產
to.o.sa.n

とうちほう
倒置法 倒裝法
to.o.chi.ho.o

とうばく
倒幕 推翻幕府運動
to.o.ba.ku

とうりつ
倒立 倒立
to.o.ri.tsu

あっとう
圧倒 壓倒
a.t.to.o

けいとう
傾倒 傾倒
ke.i.to.o

そっとう
卒倒 暈倒、昏倒
so.t.to.o

訓 たおれる ta.o.re.ru

たお
倒れる 倒塌；倒閉；病倒
ta.o.re.ru

訓 たおす ta.o.su

たお
倒す 弄倒、打倒、推翻
ta.o.su

導
音 どう
訓 みちびく
常

音 どう do.o

どうかせん
導火線 導火線
do.o.ka.se.n

どうし
導師 導師
do.o.shi

どうにゅう
導入 導入
do.o.nyu.u

いんどう
引導 引導
i.n.do.o

くんどう
訓導 訓導
ku.n.do.o

しどう
指導 指導
shi.do.o

せんどう
先導 嚮導、帶路
se.n.do.o

ぜんどう
善導 善導
ze.n.do.o

でんどう
伝導 傳導
de.n.do.o

ほどう
補導 輔導
ho.do.o

ゆうどう
誘導 誘導
yu.u.do.o

訓 みちびく mi.chi.bi.ku

みちび
導く 領路、指導；導致
mi.chi.bi.ku

島
音 とう
訓 しま
常

音 とう to.o

ぐんとう
群島 群島
gu.n.to.o

しょとう
諸島 諸島
sho.to.o

とうみん
島民 島民
to.o.mi.n

はんとう
半島 半島
ha.n.to.o

むじんとう
無人島 無人島
mu.ji.n.to.o

りとう
離島 離島
ri.to.o

れっとう
列島 列島
re.t.to.o

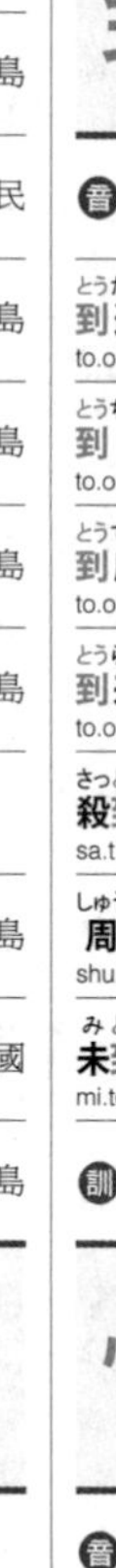

訓 しま shi.ma

しま
島 島
shi.ma

しまぐに
島国 島國
shi.ma.gu.ni

こじま
小島 小島
ko.ji.ma

祷
音 とう
訓

音 とう to.o

きとう
祈祷 祈禱
ki.to.o

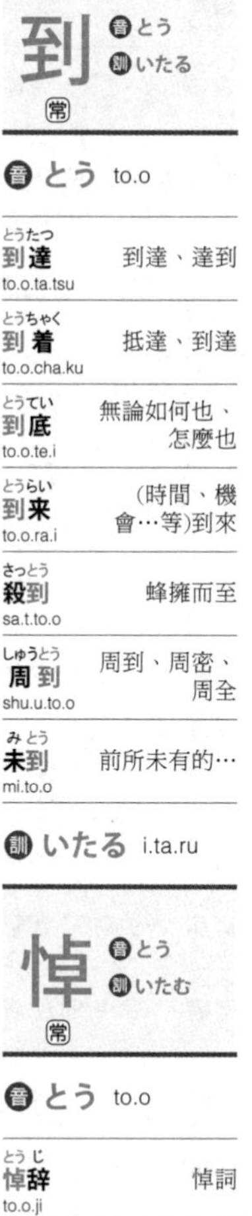

到
音 とう
訓 いたる
常

音 とう to.o

とうたつ
到達 到達、達到
to.o.ta.tsu

とうちゃく
到着 抵達、到達
to.o.cha.ku

とうてい
到底 無論如何也、怎麼也
to.o.te.i

とうらい
到来 (時間、機會…等)到來
to.o.ra.i

さっとう
殺到 蜂擁而至
sa.t.to.o

しゅうとう
周到 周到、周密、周全
shu.u.to.o

みとう
未到 前所未有的…
mi.to.o

訓 いたる i.ta.ru

悼
音 とう
訓 いたむ
常

音 とう to.o

とうじ
悼辞 悼詞
to.o.ji

ㄉ

ついとう
追悼 追悼
tsu.i.to.o

あいとう
哀悼 哀悼
a.i.to.o

訓 いたむ i.ta.mu

いた
悼む 哀悼
i.ta.mu

盗
音 とう
訓 ぬすむ
常

音 とう to.o

とうさく
盗作 剽竊(作品…等)
to.o.sa.ku

とうぞく
盗賊 盜賊、竊賊
to.o.zo.ku

とうちょう
盗聴 盜聽、竊聽
to.o.cho.o

とうなん
盗難 遭竊、失盜、被盜
to.o.na.n

とうひん
盗品 失竊品、贓物
to.o.hi.n

とうへき
盗癖 偷東西的毛病
to.o.he.ki

とうよう
盗用 盜用
to.o.yo.o

とうるい
盗塁 盜壘
to.o.ru.i

ごうとう
強盗 小偷
go.o.to.o

せっとう
窃盗 偷竊、盜竊、偷盜
se.t.to.o

訓 ぬすむ nu.su.mu

ぬす
盗む 偷盜、盜竊；掩人耳目
nu.su.mu

ぬすびと
盗人 盜賊、小偷
nu.su.bi.to

ぬす
盗み 盜竊、偷盜
nu.su.mi

稲
音 とう
訓 いね いな
常

音 とう to.o

ばんとう
晩稲 晚稻
ba.n.to.o

すいとう
水稲 水稻
su.i.to.o

訓 いね i.ne

いね
稲 稻子
i.ne

訓 いな i.na

いなさく
稲作* 種水稻、水稻收成
i.na.sa.ku

いなずま
稲妻 * 閃電；(行動)敏捷
i.na.zu.ma

いなだ
稲田 * 稻田
i.na.da

いなびかり
稲光 * 閃光
i.na.bi.ka.ri

いなほ
稲穂 * 稻穗
i.na.ho

道
音 どう とう
訓 みち
常

音 どう do.o

どうぐ
道具 道具
do.o.gu

どうじょう
道場 修行的地方
do.o.jo.o

どうとく
道徳 道德
do.o.to.ku

どうらく
道楽 愛好、嗜好；不務正業
do.o.ra.ku

どうり
道理 道理
do.o.ri

どうりつ
道立 北海道政府設立
do.o.ri.tsu

どうろ
道路 道路
do.o.ro

けんどう
県道 縣道
ke.n.do.o

けんどう
剣道 劍道
ke.n.do.o

こくどう
国道 國道
ko.ku.do.o

しゃどう
車道 車道
sha.do.o

じゅうどう
柔道 柔道
ju.u.do.o

しょどう
書道 書法
sho.do.o

じんどう
人道 人道
ji.n.do.o

すいどう
水道 自來水、水道
su.i.do.o

せきどう
赤道 赤道
se.ki.do.o

てつどう
鉄道 鐵路
te.tsu.do.o

ほどう
歩道 人行道
ho.do.o

音 とう to.o

しんとう
神道 * (宗)神道、唯神之道
shi.n.to.o

訓 みち mi.chi

みちくさ
道草 路旁的草、在途中耽擱
mi.chi.ku.sa

みちじゅん
道順 路線
mi.chi.ju.n

みちばた
道端 路旁、道旁
mi.chi.ba.ta

さかみち
坂道 坡道
sa.ka.mi.chi

兜
音 とう
と
訓 かぶと

音 とう to.o

音 と to

訓 かぶと ka.bu.to

かぶと
兜 盔、頭盔
ka.bu.to

都 常
音 と
つ
訓 みやこ

音 と to

と
都 京都、京城
to

とか
都下 首都內
to.ka

とかい
都会 都會
to.ka.i

とぎ
都議 東京都議會
to.gi

とし
都市 都市
to.shi

としん
都心 市中心
to.shi.n

とせい
都政 東京都市政
to.se.i

とちじ
都知事 東京都市長
to.chi.ji

とない
都内 (東京)都內
to.na.i

とみん
都民 (東京都的)居民
to.mi.n

とりつ
都立 (東京)都立
to.ri.tsu

きょうと
京都 京都
kyo.o.to

こと
古都 古都
ko.to

しゅと
首都 首都
shu.to

せんと
遷都 遷都
se.n.to

音 つ tsu

つごう
都合 情況；方便；合適與否
tsu.go.o

つど
都度 每回、每次、每逢
tsu.do

音 みやこ mi.ya.ko

みやこ
都 首都、繁華的都市
mi.ya.ko

斗
音 と
訓
常

音 と to

としゅ
斗酒 很多酒
to.shu

ろうと
漏斗 漏斗
ro.o.to

痘
音 とう
訓
常

音 とう to.o

しゅとう
種痘 〔醫〕種痘、接種牛痘
shu.to.o

てんねんとう
天然痘 〔醫〕天花
te.n.ne.n.to.o

豆
音 とう ず
訓 まめ
常

音 とう to.o

とうふ
豆腐 豆腐
to.o.fu

なっとう
納豆 納豆
na.t.to.o

音 ず zu

だいず
大豆 * 大豆
da.i.zu

訓 まめ ma.me

まめ
豆 豆子
ma.me

まめたん
豆炭 煤球
ma.me.ta.n

まめでっぽう
豆鉄砲 用豆子當子彈的竹槍
ma.me.de.p.po.o

まめでんきゅう
豆電球 小電燈泡
ma.me.de.n.kyu.u

まめほん
豆本 袖珍本
ma.me.ho.n

えだまめ
枝豆 毛豆
e.da.ma.me

くろまめ
黒豆 黑豆
ku.ro.ma.me

そらまめ
空豆 蠶豆
so.ra.ma.me

逗
音 とう
訓 ず

音 とう to.o

とうりゅう
逗留 逗留、暫時停留
to.o.ryu.u

訓 ず zu

ずし
逗子 日本神奈川縣東南部地名
zu.shi

闘
音 とう
訓 たたかう
常

音 とう to.o

とうぎゅう
闘牛 鬥牛
to.o.gyu.u

とうこん
闘魂 鬥志、格鬥精神
to.o.ko.n

とうし
闘志 鬥志
to.o.shi

とうそう
闘争 鬥爭
to.o.so.o

とうびょう
闘病 與疾病奮戰
to.o.byo.o

かんとう
敢闘 勇敢鬥爭、英勇奮鬥
ka.n.to.o

くとう
苦闘 艱苦奮鬥、苦戰
ku.to.o

けっとう
決闘 決鬥
ke.t.to.o

けんとう
拳闘 拳擊
ke.n.to.o

しとう
死闘 奮戰、決死戰
shi.to.o

せんとう
戦闘 戰鬥
se.n.to.o

ふんとう
奮闘 奮鬥、奮戰
fu.n.to.o

らんとう
乱闘 扭打
ra.n.to.o

訓 たたかう
ta.ta.ka.u

たたか
闘う 戰鬥、比賽、鬥爭
ta.ta.ka.u

丹
音 たん
訓
常

音 たん ta.n

たんせい
丹精 用心、精心
ta.n.se.i

たんねん
丹念 精心、細心
ta.n.ne.n

単
音 たん
訓
常

音 たん ta.n

たんい
単位 單位；學分
ta.n.i

たんいつ
単一 單一
ta.n.i.tsu

たんか
単価 單價
ta.n.ka

たんげん
単元 單元
ta.n.ge.n

たんご
単語 單字
ta.n.go

たんこう
単行 單獨行動
ta.n.ko.o

たんこうぼん
単行本 單行本
ta.n.ko.o.bo.n

たんさく
単作 農地裡，僅栽種一種農作物
ta.n.sa.ku

たんじゅん
単純 單純
ta.n.ju.n

たんしょく
単色 單色
ta.n.sho.ku

たんしん
単身 單身
ta.n.shi.n

たんしんふにん
単身赴任 獨自赴遠地工作
ta.n.shi.n.fu.ni.n

たんすう
単数 單數
ta.n.su.u

たんせん
単線 單線、一條線
ta.n.se.n

たんちょう
単調 單調
ta.n.cho.o

たんとうちょくにゅう
単刀直入 單刀直入
ta.n.to.o.cho.ku.nyu.u

たんどく
単独 單獨
ta.n.do.ku

たん
単なる 僅、只
ta.n.na.ru

たん
単に 僅、單
ta.n.ni

かんたん
簡単 簡單
ka.n.ta.n

担
音 たん
訓 かつぐ
になう
常

音 たん ta.n

たんか
担架 擔架
ta.n.ka

たんとう
担当 負責
ta.n.to.o

たんにん
担任 擔任；級任老師
ta.n.ni.n

たんぽ
担保 擔保
ta.n.po

かたん
加担 參與、參加；背負（行李、重物）
ka.ta.n

ふたん
負担 負擔
fu.ta.n

ぶんたん
分担 分擔
bu.n.ta.n

訓 かつぐ ka.tsu.gu

かつ
担ぐ　扛、挑、背
ka.tsu.gu

訓 になう ni.na.u

にな
担う　擔、挑、承擔、擔負
ni.na.u

箪
音 たん
訓

音 たん ta.n

たんす
箪笥　衣櫥
ta.n.su

耽
音 たん
訓 ふける

音 たん ta.n

たんび
耽美　唯美
ta.n.bi

訓 ふける fu.ke.ru

ふけ
耽る　沉溺於
fu.ke.ru

胆
音 たん
訓
常

音 たん ta.n

たんじゅう
胆汁　膽汁
ta.n.ju.u

たんせき
胆石　膽結石
ta.n.se.ki

たんりょく
胆力　膽力
ta.n.ryo.ku

かんたん
肝胆　肝膽、赤誠(的心)
ka.n.ta.n

だいたん
大胆　大膽、勇敢；厚顏無恥
da.i.ta.n

らくたん
落胆　灰心、氣餒、沮喪
ra.ku.ta.n

但
音
訓 ただし
常

訓 ただし ta.da.shi

ただ
但し　但是
ta.da.shi

ただ　が
但し書き　(法律、貿易)但書、條款
ta.da.shi.ga.ki

旦
音 たん
訓

音 たん ta.n

がんたん
元旦　元旦
ga.n.ta.n

げったん
月旦　每月的初一
ge.t.ta.n

だんな
特 **旦那**　丈夫
da.n.na

淡
音 たん
訓 あわ
常

音 たん ta.n

たんさい
淡彩　淡彩色
ta.n.sa.i

たんすい
淡水　淡水
ta.n.su.i

たんぱく
淡泊　淡薄；坦率；淡然
ta.n.pa.ku

こたん
枯淡　(心境或詩風)淡泊
ko.ta.n

のうたん
濃淡　濃淡
no.o.ta.n

れいたん
冷淡　冷淡、冷漠
re.i.ta.n

訓 あわ a.wa

あわゆき
淡雪　薄雪、微雪
a.wa.yu.ki

あわうみ
淡海　湖
a.wa.u.mi

蛋

音 たん
訓

音 **たん** ta.n

たんぱくしつ
蛋白質 蛋白質
ta.n.pa.ku.shi.tsu

誕

音 たん
訓
常

音 **たん** ta.n

たんじょう
誕生 誕生
ta.n.jo.o

たんじょうび
誕生日 生日
ta.n.jo.o.bi

こうたん
降誕 （聖人、帝王）誕生
ko.o.ta.n

せいたん
生誕 生日
se.i.ta.n

当

音 とう
訓 あたる
あてる
常

音 **とう** to.o

とうきょく
当局 當局
to.o.kyo.ku

とうけ
当家 本家、我家
to.o.ke

とうげつ
当月 當月
to.o.ge.tsu

とうじ
当時 當時
to.o.ji

とうじつ
当日 當天
to.o.ji.tsu

とうしょ
当初 當初
to.o.sho

とうせん
当選 當選
to.o.se.n

とうぜん
当然 當然
to.o.ze.n

とうだい
当代 當代
to.o.da.i

とうち
当地 當地
to.o.chi

とうにん
当人 當事人
to.o.ni.n

とうねん
当年 當年
to.o.ne.n

とうばん
当番 值班、當班
to.o.ba.n

とうぶん
当分 目前、暫時
to.o.bu.n

とうほう
当方 我方、我們
to.o.ho.o

とうや
当夜 當夜
to.o.ya

とうようかんじ
当用漢字 當代使用漢字
to.o.yo.o.ka.n.ji

とうらく
当落 當選與落選
to.o.ra.ku

けんとう
見当 估計、推測
ke.n.to.o

そうとう
相当 相當
so.o.to.o

てきとう
適当 適當
te.ki.to.o

訓 **あたる** a.ta.ru

あ
当たる 碰上、接觸、遇見
a.ta.ru

訓 **あてる** a.te.ru

あ
当てる 把…打（碰）到、猜測
a.te.ru

あ
当て 目標、目的
a.te

あじ
当て字 假借字、借用字
a.te.ji

党

音 とう
訓
常

音 **とう** to.o

とう
党 黨、政黨
to.o

とうしゅ
党首 黨揆
to.o.shu

とうじん
党人 黨員
to.o.ji.n

とうは
党派 黨派
to.o.ha

あくとう
悪党 惡黨
a.ku.to.o

ざんとう
残党 餘黨
za.n.to.o

せいとう
政党 政黨
se.i.to.o

ととう
徒党 黨徒
to.to.o

にゅうとう
入党 入黨
nyu.u.to.o

ほしゅとう
保守党 保守黨
ho.shu.to.o

やとう
野党 在野黨
ya.to.o

よとう
与党 執政黨
yo.to.o

ろうどうとう
労働党 勞動黨
ro.o.do.o.to.o

宕

音 とう
訓

音 とう to.o

ごうとう
豪宕 豪爽、豪放
go.o.to.o

蕩

音 とう
訓

音 とう to.o

ほうとう
放蕩 放蕩、浪蕩
ho.o.to.o

灯

音 とう
訓 ひ
常

音 とう to.o

とうか
灯火 燈火
to.o.ka

とうかした
灯火親しむ 適合燈下夜讀的秋涼季節
to.o.ka.shi.ta.shi.mu

とうだい
灯台 燈台
to.o.da.i

とうゆ
灯油 燈油
to.o.yu

がいとう
街灯 街燈
ga.i.to.o

でんとう
電灯 電燈
de.n.to.o

訓 ひ hi

ひ
灯 火、燈火
hi

燈

音 とう
訓 ひ
常

音 とう to.o

訓 ひ hi

登

音 とう
　 と
訓 のぼる
常

音 とう to.o

とういん
登院 (議員)出席議會
to.o.i.n

とうき
登記 登記
to.o.ki

とうこう
登校 上學
to.o.ko.o

とうじょう
登場 登場
to.o.jo.o

とうちょう
登頂 登頂
to.o.cho.o

とうばん
登板 (棒球)投手登場
to.o.ba.n

とうろく
登録 登錄
to.o.ro.ku

音 と to

とじょう
登城 登城
to.jo.o

とざん
登山 登山
to.za.n

訓 のぼる no.bo.ru

のぼ
登る 登上、攀上、爬上
no.bo.ru

等
常
音 とう
訓 ひとしい など ら

音 とう to.o

とうか
等価 等價
to.o.ka

とうきゅう
等級 等級
to.o.kyu.u

とうごう
等号 等號
to.o.go.o

とうこうせん
等高線 等高線
to.o.ko.o.se.n

とうしん
等身 等身、和真人同樣大小
to.o.shi.n

とうぶん
等分 等分
to.o.bu.n

とうりょう
等量 等量
to.o.ryo.o

いっとう
一等 一等
i.t.to.o

かとう
下等 下等
ka.to.o

きんとう
均等 均等
ki.n.to.o

こうとう
高等 高等
ko.o.to.o

しょとう
初等 初等
sho.to.o

じょうとう
上等 上等
jo.o.to.o

たいとう
対等 對等
ta.i.to.o

ちゅうとう
中等 中等
chu.u.to.o

どうとう
同等 同等
do.o.to.o

とくとう
特等 特等
to.ku.to.o

ゆうとう
優等 優等
yu.u.to.o

びょうどう
平等 平等
byo.o.do.o

訓 ひとしい hi.to.shi.i

ひと
等しい 相等、相同、同樣
hi.to.shi.i

訓 など na.do

など
等 等(用於列舉事務)
na.do

訓 ら ra

蹬
音 とう
訓 いしだん

音 とう to.o

訓 いしだん i.shi.da.n

低
常
音 てい
訓 ひくい ひくめる ひくまる

音 てい te.i

ていおん
低音 低音
te.i.o.n

ていおん
低温 低溫
te.i.o.n

ていか
低下 低下
te.i.ka

ていがくねん
低学年 低學年
te.i.ga.ku.ne.n

ていきあつ
低気圧 低氣壓
te.i.ki.a.tsu

ていきゅう
低級 低級
te.i.kyu.u

ㄉ

ていくう
低空 低空
te.i.ku.u

ていぞく
低俗 低俗
te.i.zo.ku

ていち
低地 低地
te.i.chi

ていとう
低頭 低頭
te.i.to.o

ていりつ
低率 機率低
te.i.ri.tsu

訓 ひくい hi.ku.i

ひく
低い 低的、矮的
hi.ku.i

訓 ひくめる hi.ku.me.ru

ひく
低める 使低、降低
hi.ku.me.ru

訓 ひくまる hi.ku.ma.ru

ひく
低まる 變低、低下、降低
hi.ku.ma.ru

滴
音 てき
訓 しずく したたる
常

音 てき te.ki

てきか
滴下 滴下
te.ki.ka

うてき
雨滴 雨滴
u.te.ki

すうてき
数滴 數滴
su.u.te.ki

てんてき
点滴 點滴
te.n.te.ki

訓 しずく shi.zu.ku

しずく
滴 水點、水滴、點滴
shi.zu.ku

訓 したたる shi.ta.ta.ru

したた
滴る 滴；水淋淋
shi.ta.ta.ru

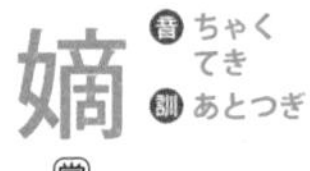

嫡
音 ちゃく てき
訓 あとつぎ
常

音 ちゃく cha.ku

ちゃくし
嫡子 長子、繼承者
cha.ku.shi

ちゃくなん
嫡男 長子
cha.ku.na.n

ちゃくりゅう
嫡流 正統直系血親
cha.ku.ryu.u

音 てき te.ki

訓 あとつぎ a.to.tsu.gi

敵
音 てき
訓 かたき
常

音 てき te.ki

てき
敵 敵人
te.ki

てきい
敵意 敵意
te.ki.i

てきぐん
敵軍 敵軍
te.ki.gu.n

てきこく
敵国 敵國
te.ki.ko.ku

てきし
敵視 敵視
te.ki.shi

てきしょう
敵将 敵軍將領
te.ki.sho.o

てきぜん
敵前 大敵在前
te.ki.ze.n

てきたい
敵対 敵對
te.ki.ta.i

てきち
敵地 敵人的地盤
te.ki.chi

がいてき
外敵 外敵
ga.i.te.ki

きょうてき
強敵 強敵
kyo.o.te.ki

たいてき
大敵 大敵
ta.i.te.ki

むてき
無敵 無敵
mu.te.ki

訓 かたき ka.ta.ki

かたきやく
敵役 敵人
ka.ta.ki.ya.ku

笛 音てき 訓ふえ 常

音 てき te.ki

きてき
汽笛 汽笛
ki.te.ki

けいてき
警笛 警笛
ke.i.te.ki

こてき
鼓笛 太鼓和笛子
ko.te.ki

むてき
霧笛 霧中警笛（防止意外）
mu.te.ki

訓 ふえ fu.e

ふえ
笛 笛子
fu.e

くさぶえ
草笛 草笛
ku.sa.bu.e

くちぶえ
口笛 口哨
ku.chi.bu.e

たてぶえ
縦笛 直笛
ta.te.bu.e

つのぶえ
角笛 角笛
tsu.no.bu.e

よこぶえ
横笛 橫笛
yo.ko.bu.e

荻 音てき 訓おぎ

音 てき te.ki

訓 おぎ o.gi

おぎ
荻 （植）荻
o.gi

鏑 音てき 訓かぶら

音 てき te.ki

訓 かぶら ka.bu.ra

かぶらや
鏑矢 哨箭（打信號用）
ka.bu.ra.ya

底 音てい 訓そこ 常

音 てい te.i

ていへん
底辺 〔數〕(三角形的)底邊
te.i.he.n

ていほん
底本 底本、藍本
te.i.ho.n

ていめん
底面 底面
te.i.me.n

ていりゅう
底流 暗中的情勢
te.i.ryu.u

かいてい
海底 海底
ka.i.te.i

こてい
湖底 湖底
ko.te.i

こんてい
根底 根底
ko.n.te.i

すいてい
水底 水底
su.i.te.i

ちてい
地底 地底
chi.te.i

訓 そこ so.ko

そこ
底 底部
so.ko

そこいじ
底意地 內心的主意
so.ko.i.ji

そこぢから
底力 潛力
so.ko.ji.ka.ra

おくそこ
奥底 內心深處
o.ku.so.ko

たにそこ
谷底 谷底
ta.ni.so.ko

抵

音 てい
訓
常

音 てい te.i

ていこう
抵抗 te.i.ko.o 抵抗、反抗、抗拒

ていしょく
抵触 te.i.sho.ku 牴觸、違反

ていとう
抵当 te.i.to.o 抵押、擔保、抵押品

砥

音 と
訓

音 と to

といし
砥石 to.i.shi 砥石、磨刀石

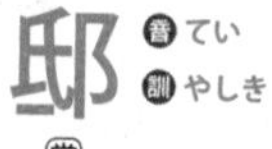

音 てい
訓 やしき
常

音 てい te.i

ていたく
邸宅 te.i.ta.ku 宅邸、公館

きゅうてい
旧邸 kyu.u.te.i 舊邸、舊家

こうてい
公邸 ko.o.te.i 官邸、公館

してい
私邸 shi.te.i 私人宅邸

べってい
別邸 be.t.te.i 別宅、別墅

訓 やしき ya.shi.ki

やしき
邸 ya.shi.ki 宅邸

地

音 ち じ
訓
常

音 ち chi

ち
地 chi 地

ちい
地位 chi.i 地位

ちいき
地域 chi.i.ki 區域

ちか
地下 chi.ka 地下

ちかすい
地下水 chi.ka.su.i 地下水

ちかてつ
地下鉄 chi.ka.te.tsu 地下鐵

ちきゅう
地球 chi.kyu.u 地球

ちく
地区 chi.ku 地區

ちけい
地形 chi.ke.i 地形

ちしつ
地質 chi.shi.tsu 地質

ちじょう
地上 chi.jo.o 地上

ちず
地図 chi.zu 地圖

ちたい
地帯 chi.ta.i 地帶

ちてい
地底 chi.te.i 地底

ちてん
地点 chi.te.n 地點

ちひょう
地表 chi.hyo.o 地表

ちへいせん
地平線 chi.he.i.se.n 地平線

ちほ
地歩 chi.ho 地步

ちほう
地方 chi.ho.o 地方

ちめい
地名 chi.me.i 地名

ちり
地理 chi.ri 地理

こうち
高地 ko.o.chi 高地

だいち
大地 大地
da.i.chi

とち
土地 土地
to.chi

のうち
農地 農地
no.o.chi

音 じ ji

じぐち
地口 詼諧語、雙關語
ji.gu.chi

じごく
地獄 地獄
ji.go.ku

じしょ
地所 土地、地皮
ji.sho

じしん
地震 地震
ji.shi.n

じぬし
地主 地主
ji.nu.shi

じばん
地盤 地盤
ji.ba.n

じみ
地味 樸素、保守
ji.mi

じめん
地面 地面
ji.me.n

じもと
地元 當地、本地
ji.mo.to

したじ
下地 底子、基礎
shi.ta.ji

ぬのじ
布地 布料
nu.no.ji

帝
音 てい
訓 みかど
常

音 てい te.i

ていおう
帝王 帝王、皇帝
te.i.o.o

ていこく
帝国 帝國
te.i.ko.ku

ていせい
帝政 帝政
te.i.se.i

じょてい
女帝 女帝、女皇
jo.te.i

たいてい
大帝 天、大帝
ta.i.te.i

てんてい
天帝 天帝、上帝
te.n.te.i

訓 みかど mi.ka.do

みかど
帝 皇宮大門；皇宮；朝廷；天皇
mi.ka.do

弟
音 てい だい で
訓 おとうと
常

音 てい te.i

ていまい
弟妹 弟妹
te.i.ma.i

ぎてい
義弟 乾弟弟、小叔、妹夫
gi.te.i

こうてい
高弟 優秀的門生
ko.o.te.i

してい
師弟 師弟
shi.te.i

してい
子弟 兒子或弟弟；年輕人
shi.te.i

じってい
実弟 親弟弟
ji.t.te.i

しゃてい
舎弟 舍弟
sha.te.i

じゅうてい
従弟 表弟、堂弟
ju.u.te.i

とてい
徒弟 徒弟
to.te.i

もんてい
門弟 門人、弟子
mo.n.te.i

音 だい da.i

きょうだい
兄弟 * 兄弟姊妹
kyo.o.da.i

音 で de

でし
弟子 * 弟子
de.shi

訓 おとうと o.to.o.to

おとうと
弟 弟弟
o.to.o.to

第

音 だい
訓
常

音 だい da.i

だいいちいんしょう
第一印象 第一印象
da.i.i.chi.i.n.sho.o

だいいちにんしゃ
第一人者 第一人
da.i.i.chi.ni.n.sha

だいいっせん
第一線 第一線
da.i.i.s.se.n

だいいっぽ
第一歩 第一步
da.i.i.p.po

だいさんしゃ
第三者 第三者
da.i.sa.n.sha

だいろっかん
第六感 第六感
da.i.ro.k.ka.n

締

音 てい
訓 しまる
しめる
常

音 てい te.i

ていけつ
締結 締結、簽訂
te.i.ke.tsu

訓 しまる shi.ma.ru

し
締まる 關閉、緊閉；約束
shi.ma.ru

しま
締り 緊湊；管束；節制
shi.ma.ri

訓 しめる shi.me.ru

し
締める 勒緊、關閉；管束
shi.me.ru

し き
締め切り 封閉；截止、屆滿
shi.me.ki.ri

し き
締め切る 封閉；截止、屆滿
shi.me.ki.ru

諦

音 てい
たい
訓 あきらめる

音 てい te.i

ていねん
諦念 領悟、達觀
te.i.ne.n

音 たい ta.i

訓 あきらめる a.ki.ra.me.ru

あきら
諦める 斷念、死心、放棄
a.ki.ra.me.ru

あきら
諦め 放棄
a.ki.ra.me

逓

音 てい
訓
常

音 てい te.i

ていげん
逓減 遞減
te.i.ge.n

ていぞう
逓増 遞增
te.i.zo.o

喋

音 ちょう
訓 しゃべる
しゃべり

音 ちょう cho.o

訓 しゃべる sha.be.ru

しゃべ
喋る 說、講
sha.be.ru

訓 しゃべり sha.be.ri

しゃべ
お喋り 聊天、說、講
o.sha.be.ri

牒

音 ちょう
じょう
訓

音 ちょう cho.o

ちょうそう
牒送 通牒
cho.o.so.o

音 じょう jo.o

畳 音 じょう 訓 たたむ たたみ 常

音 じょう jo.o

じょうご 畳語 jo.o.go	疊字
ちょうじょう 重畳 cho.o.jo.o	重疊
はちじょう 八畳 ha.chi.jo.o	四坪

訓 たたむ ta.ta.mu

たた 畳む ta.ta.mu	疊、摺；關閉

訓 たたみ ta.ta.mi

たたみ 畳 ta.ta.mi	榻榻米
たたみおもて 畳表 ta.ta.mi.o.mo.te	榻榻米的草蓆面
いしだたみ 石畳 i.shi.da.ta.mi	鋪石的路
いわだたみ 岩畳 i.wa.da.ta.mi	層層岩石堆砌(的地方)

蝶 音 ちょう 訓

音 ちょう cho.o

ちょう 蝶 cho.o	蝴蝶
ちょうむすび 蝶結び cho.o.mu.su.bi	蝴蝶結、蝴蝶扣
こちょう 胡蝶 ko.cho.o	蝴蝶

諜 音 ちょう 訓

音 ちょう cho.o

ちょうじゃ 諜者 cho.o.ja	間諜、密探
ちょうほう 諜報 cho.o.ho.o	諜報、情報

迭 音 てつ 訓 常

音 てつ te.tsu

こうてつ 更迭 ko.o.te.tsu	更換、(人事)調動

凋 音 ちょう 訓 しぼむ

音 ちょう cho.o

ちょうらく 凋落 cho.o.ra.ku	凋落

訓 しぼむ shi.bo.mu

しぼ 凋む shi.bo.mu	枯萎、凋零

彫 音 ちょう 訓 ほる 常

音 ちょう cho.o

ちょうきん 彫金 cho.o.ki.n	雕金、鏤金
ちょうこく 彫刻 cho.o.ko.ku	雕刻
ちょうぞう 彫像 cho.o.zo.o	雕像
ちょうそ 彫塑 cho.o.so	雕塑
もくちょう 木彫 mo.ku.cho.o	木雕

訓 ほる ho.ru

ほる 彫る ho.ru	雕刻；紋身、刺青
う ぼ 浮き彫り u.ki.bo.ri	浮雕

ㄉ

きぼ
木彫り 木雕
ki.bo.ri

す ぼ
透かし彫り 鏤雕
su.ka.shi.bo.ri

音 ちょう cho.o

訓 たい ta.i

たい
鯛 鯛魚
ta.i

音 ちょう cho.o

訓 つる tsu.ru

つ
吊る 吊、掛、懸、抽筋
tsu.ru

つ かわ
吊り革 吊環、拉手
tsu.ri.ka.wa

音 ちょう cho.o

ちょうじ
弔辞 弔辭、悼辭
cho.o.ji

ちょうもん
弔問 弔唁、弔慰
cho.o.mo.n

けいちょう
慶弔 婚喪喜慶
ke.i.cho.o

訓 とむらう to.mu.ra.u

とむら
弔う 弔喪、弔唁、弔慰
to.mu.ra.u

調
常
音 ちょう
訓 しらべる ととのう ととのえる

音 ちょう cho.o

ちょういん
調印 簽字、蓋印
cho.o.i.n

ちょうごう
調合 混合、調劑、配藥
cho.o.go.o

ちょうさ
調査 調查
cho.o.sa

ちょうし
調子 調子
cho.o.shi

ちょうせい
調整 調整
cho.o.se.i

ちょうせつ
調節 調節
cho.o.se.tsu

ちょうたつ
調達 籌措(金錢)
cho.o.ta.tsu

ちょうてい
調停 調停
cho.o.te.i

ちょうみ
調味 調味
cho.o.mi

ちょうみりょう
調味料 調味料
cho.o.mi.ryo.o

ちょうり
調理 調理
cho.o.ri

ちょうわ
調和 調和
cho.o.wa

かいちょう
快調 順利
ka.i.cho.o

かくちょう
格調 格調
ka.ku.cho.o

きちょう
基調 基本方針
ki.cho.o

きょうちょう
強調 強調
kyo.o.cho.o

くちょう
口調 語調
ku.cho.o

こうちょう
好調 狀況佳、順利
ko.o.cho.o

じゅんちょう
順調 順利
ju.n.cho.o

たんちょう
単調 單調
ta.n.cho.o

ちょうちょう
長調 長調
cho.o.cho.o

ていちょう
低調 低調
te.i.cho.o

どうちょう
同調 同一步調、贊成
do.o.cho.o

ふちょう
不調 不順利
fu.cho.o

訓 しらべる shi.ra.be.ru

しら
調べる 調查、審查、研究
shi.ra.be.ru

しら
調べ 調查
shi.ra.be

訓 ととのう to.to.no.u

ととの
調う 談妥、齊全、妥當
to.to.no.u

訓 ととのえる to.to.no.e.ru

ととの
調える 使整齊、調整、使諧和
to.to.no.e.ru

釣
音 ちょう
訓 つる
常

音 ちょう cho.o

ちょうか
釣果 釣魚的成果、漁獲量
cho.o.ka

ちょうぎょ
釣魚 釣魚；當餌的魚
cho.o.gyo

訓 つる tsu.ru

つ
釣る 釣（魚）勾引、引誘、騙
tsu.ru

つるべ
釣瓶 吊水桶、吊桶
tsu.ru.be

つ
釣り 釣魚；找的錢
tsu.ri

つ いと
釣り糸 釣魚線；吊東西的繩子
tsu.ri.i.to

つ あ
釣り合う 平衡、協調
tsu.ri.a.u

つ がね
釣り鐘 吊鐘、大鐘
tsu.ri.ga.ne

つ ざお
釣り竿 釣竿
tsu.ri.za.o

つ せん
釣り銭 找回的錢
tsu.ri.se.n

つ ばり
釣り針 釣魚勾
tsu.ri.ba.ri

顛
音 てん
訓

音 てん te.n

てんぱい
顛沛 顛沛流離、受挫；瞬間
te.n.pa.i

てんまつ
顛末 （事情的）始末
te.n.ma.tsu

典
音 てん
訓 のり
常

音 てん te.n

てんけい
典型 典型
te.n.ke.i

がくてん
楽典 音樂基礎知識的課本
ga.ku.te.n

きょうてん
経典 經典
kyo.o.te.n

こてん
古典 古典
ko.te.n

さいてん
祭典 祭典
sa.i.te.n

しきてん
式典 儀式
shi.ki.te.n

しゅってん
出典 （文章…等的）出處
shu.t.te.n

じてん
辞典 辭典
ji.te.n

じてん
事典 百科全書
ji.te.n

せいてん
聖典 聖典
se.i.te.n

ぶってん
仏典 佛經典籍
bu.t.te.n

ほうてん
法典 法典
ho.o.te.n

訓 のり no.ri

点
音 てん
訓 つける
常

音 てん te.n

てん
点 點、分數
te.n

てんか
点火 點火
te.n.ka

てんがん
点眼 眼藥水
te.n.ga.n

てんけん
点検 點檢、檢查
te.n.ke.n

てんこ
点呼 點名
te.n.ko

てんざい
点在 散布
te.n.za.i

てんじ
点字 （盲人用的）點字
te.n.ji

てんすう
点数 點數、分數
te.n.su.u

てんせん
点線 點線
te.n.se.n

てんてん
点点 點點滴滴
te.n.te.n

てんとう
点灯 點燈
te.n.to.o

きてん
起点 起點
ki.te.n

くとうてん
句読点 標點符號
ku.to.o.te.n

くてん
句点 句點
ku.te.n

けっしょうてん
決勝点 決勝點
ke.s.sho.o.te.n

けってん
欠点 缺點
ke.t.te.n

こくてん
黒点 (太陽)黑子
ko.ku.te.n

さいてん
採点 記分
sa.i.te.n

しゅうてん
終点 終點
shu.u.te.n

じゅうてん
重点 重點
ju.u.te.n

しゅっぱつてん
出発点 出發點
shu.p.pa.tsu.te.n

そうてん
争点 爭議點、爭論點
so.o.te.n

ちゅうしんてん
中心点 中心點
chu.u.shi.n.te.n

どうてん
同点 同分
do.o.te.n

とくてん
得点 （比賽、考試）得分
to.ku.te.n

びてん
美点 優點、長處
bi.te.n

まんてん
満点 滿分
ma.n.te.n

もんだいてん
問題点 問題點
mo.n.da.i.te.n

ようてん
要点 要點
yo.o.te.n

訓 つける tsu.ke.ru

つ
点ける 點燃；打開（電燈）
tsu.ke.ru

佃
音 てん
でん
訓 つくだ

音 てん te.n

音 でん de.n

訓 つくだ tsu.ku.da

つくだに
佃煮 鹹烹海味
tsu.ku.da.ni

店
音 てん
訓 みせ
常

音 てん te.n

てんいん
店員 店員
te.n.i.n

てんしゅ
店主 店家
te.n.shu

てんとう
店頭 商店的門前
te.n.to.o

いんしょくてん
飲食店 餐飲店
i.n.sho.ku.te.n

かいてん
開店 開店
ka.i.te.n

してん
支店 分店
shi.te.n

しょうてん
商店 商店
sho.o.te.n

しょてん
書店 書店
sho.te.n

ばいてん
売店 (遊樂園、劇場附設的)商店
ba.i.te.n

ひゃっかてん
百貨店 百貨公司
hya.k.ka.te.n

ほんてん
本店 總店、本店
ho.n.te.n

訓 みせ mi.se

みせ
店 店舗、商店
mi.se

みせさき
店先 商店的門前
mi.se.sa.ki

みせばん
店番 售貨員
mi.se.ba.n

みせや
店屋 商店
mi.se.ya

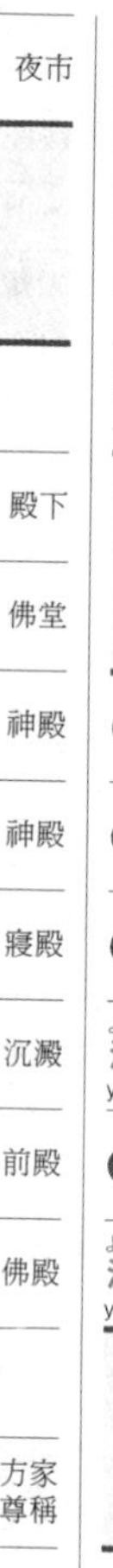

よみせ
夜店 夜市
yo.mi.se

殿 音 でん てん 訓 との どの 常

音 でん de.n

でんか
殿下 殿下
de.n.ka

でんどう
殿堂 殿堂、佛堂
de.n.do.o

しゃでん
社殿 神殿
sha.de.n

しんでん
神殿 神殿
shi.n.de.n

しんでん
寝殿 寢殿
shi.n.de.n

ちんでん
沈殿 沉澱
chi.n.de.n

はいでん
拝殿 前殿
ha.i.de.n

ぶつでん
仏殿 佛殿
bu.tsu.de.n

音 てん te.n

ごてん
御殿 對對方家的尊稱
go.te.n

訓 との to.no

とのがた
殿方 (敬)男士們
to.no.ga.ta

とのさま
殿様 (敬)老爺、大人
to.no.sa.ma

訓 どの do.no

ゆどの
湯殿 洗澡間
yu.do.no

音 でん de.n

音 てん te.n

訓 よどむ yo.do.mu

よど
淀む 淤塞、阻塞、不流暢
yo.do.mu

訓 よど yo.do

よど
淀 淤塞、阻塞的地方
yo.do

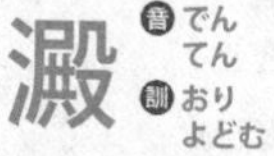

音 でん de.n

ㄉ

でんぷん
澱粉 澱粉
de.n.pu.n

音 てん te.n

訓 おり o.ri

おり
澱 沉澱物
o.ri

訓 よどむ yo.do.mu

よど
澱む 沉澱；停滯；躊躇
yo.do.mu

電
音 でん
訓
常

音 でん de.n

でんか
電化 電氣化
de.n.ka

でんき
電気 電燈、電器
de.n.ki

でんきゅう
電球 電燈泡
de.n.kyu.u

でんげん
電源 電源
de.n.ge.n

でんこうせっか
電光石火 迅雷不及掩耳
de.ko.o.se.k.ka

でんし
電子 電子
de.n.shi

でんしゃ
電車 電車
de.n.sha

でんたく
電卓 電算機
de.n.ta.ku

でんせん
電線 電線
de.n.se.n

でんち
電池 電池
de.n.chi

でんちゅう
電柱 電線杆
de.n.chu.u

でんとう
電灯 電燈
de.n.to.o

でんねつき
電熱器 電熱器
de.n.ne.tsu.ki

でんぱ
電波 電波
de.n.pa

でんぶん
電文 電報裡的文字
de.n.bu.n

でんぽう
電報 電報
de.n.po.o

でんりょく
電力 電力
de.n.ryo.ku

でんりゅう
電流 電流
de.n.ryu.u

でんわ
電話 電話
de.n.wa

かんでん
感電 觸電
ka.n.de.n

こくでん
国電 國有鐵路電車
ko.ku.de.n

しでん
市電 市營電車
shi.de.n

ていでん
停電 停電
te.i.de.n

はつでん
発電 發電
ha.tsu.de.n

むでん
無電 (無線電話、電信的)簡稱、略稱
mu.de.n

丁
音 ちょう
てい
訓
常

音 ちょう cho.o

らくちょう
落丁 書籍缺頁
ra.ku.cho.o

らんちょう
乱丁 裝訂錯頁
ra.n.cho.o

よこちょう
横丁 胡同、小巷
yo.ko.cho.o

音 てい te.i

ていねい
丁寧 很有禮貌、小心謹慎
te.i.ne.i

えんてい
園丁 園丁
e.n.te.i

釘
音 てい
訓 くぎ

音 てい te.i

音 くぎ ku.gi

くぎ
釘 ku.gi 釘子

頂 音 ちょう 訓 いただき いただく 常

音 ちょう cho.o

ちょうじょう
頂上 cho.o.jo.o 頂峰

ちょうてん
頂点 cho.o.te.n 頂點

さんちょう
山頂 sa.n.cho.o 山頂

ぜっちょう
絶頂 ze.c.cho.o 山頂、頂點、最高點

とうちょう
登頂 to.o.cho.o 攻頂

訓 いただき i.ta.da.ki

いただき
頂 i.ta.da.ki (頭)頂、(山)顛、頂端

訓 いただく i.ta.da.ku

いただ
頂く i.ta.da.ku 領受、承蒙；吃喝的謙遜語

鼎 音 てい 訓 かなえ

音 てい te.i

ていだん
鼎談 te.i.da.n 三個人一起交談

訓 かなえ ka.na.e

かなえ
鼎 ka.na.e 鼎；王位與權位的象徵

定 音 てい じょう 訓 さだめる さだまる さだか 常

音 てい te.i

ていいん
定員 te.i.i.n 規定人數

ていか
定価 te.i.ka 定價

ていき
定期 te.i.ki 定期

ていぎ
定義 te.i.gi 定義

ていきけん
定期券 te.i.ki.ke.n 定期票

ていきゅうび
定休日 te.i.kyu.u.bi 公休日

ていこく
定刻 te.i.ko.ku 固定的時段

ていじ
定時 te.i.ji 定時

ていしょく
定食 te.i.sho.ku 套餐

ていせつ
定説 te.i.se.tsu 定論

ていひょう
定評 te.i.hyo.o 公認

ていねん
定年 te.i.ne.n 退休年齡

ていり
定理 te.i.ri 定理

ていれい
定例 te.i.re.i 慣例、常規

いってい
一定 i.t.te.i 一定

あんてい
安定 a.n.te.i 安定

かくてい
確定 ka.ku.te.i 確定

きてい
規定 ki.te.i 規定

きょうてい
協定 kyo.o.te.i 協定

けってい
決定 ke.t.te.i 決定

けんてい
検定 ke.n.te.i 檢定

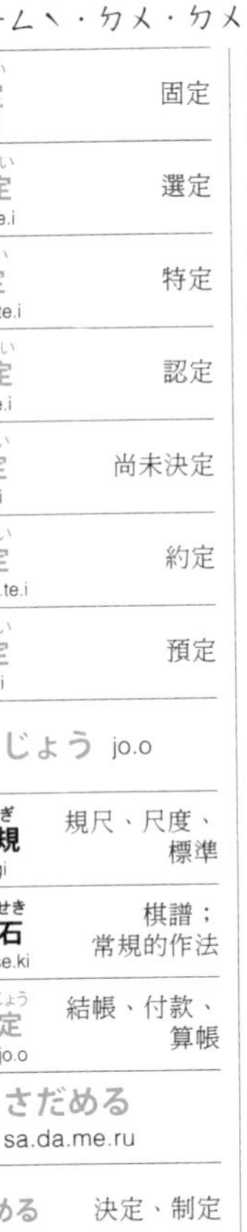
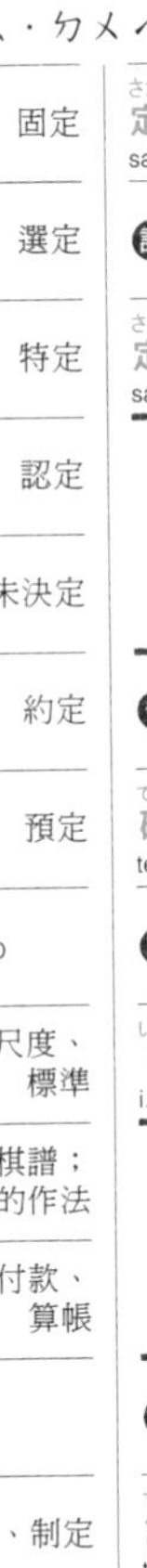

こてい
固定　固定
ko.te.i

せんてい
選定　選定
se.n.te.i

とくてい
特定　特定
to.ku.te.i

にんてい
認定　認定
ni.n.te.i

みてい
未定　尚未決定
mi.te.i

やくてい
約定　約定
ya.ku.te.i

よてい
予定　預定
yo.te.i

音 じょう jo.o

じょうぎ
定規　規尺、尺度、標準
jo.o.gi

じょうせき
定石　棋譜；常規的作法
jo.o.se.ki

かんじょう
勘定　結帳、付款、算帳
ka.n.jo.o

訓 さだめる sa.da.me.ru

さだ
定める　決定、制定
sa.da.me.ru

しなさだ
品定め　品質評定
shi.na.sa.da.me

訓 さだまる sa.da.ma.ru

さだ
定まる　決定；穩定、安定
sa.da.ma.ru

訓 さだか sa.da.ka

さだ
定か　清楚、明確、確實
sa.da.ka

碇

音 てい
訓 いかり

音 てい te.i

ていはく
碇泊　停泊
te.i.ha.ku

訓 いかり i.ka.ri

いかり
碇　錨
i.ka.ri

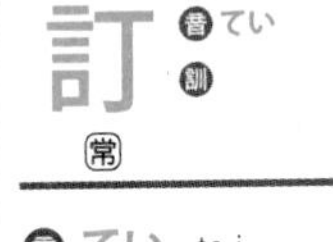

訂

音 てい
訓
常

音 てい te.i

ていせい
訂正　訂正、改正
te.i.se.i

かいてい
改訂　改訂、重新規定
ka.i.te.i

こうてい
校訂　校訂、審定
ko.o.te.i

錠

音 じょう
訓
常

音 じょう jo.o

じょうざい
錠剤　藥片、藥劑
jo.o.za.i

じょうまえ
錠前　鎖
jo.o.ma.e

てじょう
手錠　手銬
te.jo.o

督

音 とく
訓
常

音 とく to.ku

とくそく
督促　督促、催促
to.ku.so.ku

とくれい
督励　督促鼓勵
to.ku.re.i

そうとく
総督　總督
so.o.to.ku

ていとく
提督　艦隊司令長、提督
te.i.to.ku

毒

音 どく
訓
常

音 どく do.ku

どく
毒 毒
do.ku

どくけ
毒気 毒氣
do.ku.ke

どくさつ
毒殺 毒害
do.ku.sa.tsu

どくぜつ
毒舌 毒舌、尖酸刻薄的話
do.ku.ze.tsu

どくそ
毒素 毒素
do.ku.so

どくむし
毒虫 毒蟲
do.ku.mu.shi

どくや
毒矢 毒箭
do.ku.ya

どくやく
毒薬 毒藥
do.ku.ya.ku

がいどく
害毒 有害毒物
ga.i.do.ku

げどく
解毒 解毒
ge.do.ku

こうどく
鉱毒 採礦過程所產生的毒物
ko.o.do.ku

しょうどく
消毒 消毒
sho.o.do.ku

ちゅうどく
中毒 中毒
chu.u.do.ku

びょうどく
病毒 病毒
byo.o.do.ku

ふくどく
服毒 服毒
fu.ku.do.ku

ぼうどく
防毒 防毒
bo.o.do.ku

むどく
無毒 無毒
mu.do.ku

ゆうどく
有毒 有毒
yu.u.do.ku

瀆

音 とく とう
訓

音 とく to.ku

ぼうとく
冒瀆 冒瀆、褻瀆
bo.o.to.ku

音 どう to.o

独

音 どく
訓 ひとり
常

音 どく do.ku

どくえん
独演 獨自表演（技藝、演講）
do.ku.e.n

どくがく
独学 自學
do.ku.ga.ku

どくご
独語 自言自語；德語
do.ku.go

どくさい
独裁 獨裁
do.ku.sa.i

どくしん
独身 單身
do.ku.shi.n

どくじ
独自 獨自
do.ku.ji

どくしゅう
独習 自習、自學
do.ku.shu.u

どくしょう
独唱 獨唱
do.ku.sho.o

どくせん
独占 獨占
do.ku.se.n

どくぜん
独善 獨善其身
do.ku.ze.n

どくそう
独走 獨自走
do.ku.so.o

どくそう
独奏 獨奏
do.ku.so.o

どくそう
独創 獨創
do.ku.so.o

どくだん
独断 獨斷
do.ku.da.n

どくとく
独特 獨特
do.ku.to.ku

どくぶん
独文 德文、德國文學
do.ku.bu.n

どくぶんがく
独文学 德國文學
do.ku.bu.n.ga.ku

どくりつ
独立 獨立
do.ku.ri.tsu

どくりょく
独力 自己的力量
do.ku.ryo.ku

こどく
孤独 孤獨
ko.do.ku

たんどく
単独 單獨
ta.n.do.ku

にちどく
日独 日本與德國
ni.chi.do.ku

訓 ひとり hi.to.ri

ひと
独り 一個人
hi.to.ri

ひと　ごと
独り言 自言自語
hi.to.ri.go.to

ひと　ずもう
独り相撲 唱獨角戲
hi.to.ri.zu.mo.o

ひと　ぶたい
独り舞台 獨角戲、一個人表演
hi.to.ri.bu.ta.i

読

音 とく どく とう
訓 よむ
常

音 とく to.ku

とくほん
読本 讀本、教科書、課本
to.ku.ho.n

音 どく do.ku

どくしょ
読書 讀書
do.ku.sho

どくしゃ
読者 讀者
do.ku.sha

どくは
読破 讀完(難理解或長篇的書)
do.ku.ha

どくほん
読本 讀本
do.ku.ho.n

あいどく
愛読 喜愛閱讀的書
a.i.do.ku

いちどく
一読 看一遍
i.chi.do.ku

こうどく
講読 講解
ko.o.do.ku

じゅくどく
熟読 熟讀
ju.ku.do.ku

せいどく
精読 精讀
se.i.do.ku

つうどく
通読 從頭到尾讀一遍
tsu.u.do.ku

ひつどく
必読 必讀
hi.tsu.do.ku

らんどく
乱読 讀各類的書籍
ra.n.do.ku

ろうどく
朗読 朗讀
ro.o.do.ku

音 とう to.o

とうてん
読点 * 標點符號
to.o.te.n

訓 よむ yo.mu

よ
読む 讀、朗讀
yo.mu

よ
読み 讀、唸
yo.mi

よ　あ
読み上げる 朗讀、宣讀
yo.mi.a.ge.ru

おんよ
音読み 音讀
o.n.yo.mi

くんよ
訓読み 訓讀
ku.n.yo.mi

堵

音 と
訓

音 と to

あんど
安堵 安心、放心
a.n.do

篤

音 とく
訓 あつい
常

音 とく to.ku

とくがく
篤学 篤學、好學
to.ku.ga.ku

とくしか
篤志家 熱心助人的善心人士
to.ku.shi.ka

とくじつ
篤実 篤實、忠誠老實
to.ku.ji.tsu

きとく
危篤 病危
ki.to.ku

訓 あつい a.tsu.i

賭
音 と
訓 かける

音 と to

とばく
賭博 賭博
to.ba.ku

訓 かける ka.ke.ru

か
賭ける 賭、打賭
ka.ke.ru

か
賭け 打賭；賭注
ka.ke

妬
音 と
訓 ねたむ

音 と to

しっと
嫉妬 忌妒
shi.t.to

訓 ねたむ ne.ta.mu

ねた
妬む 忌妒、吃醋
ne.ta.mu

度
常
音 と ど
訓 たく たび

音 と to

はっと
法度 * （封建時代）法令、法律
ha.t.to

音 ど do

ど
度 尺度；回、次
do

どすう
度数 度數
do.su.u

どわす
度忘れ 一時想不起來
do.wa.su.re

おんど
温度 溫度
o.n.do

げんど
限度 限度
ge.n.do

こうど
高度 高度
ko.o.do

こんど
今度 下次；此次
ko.n.do

さいど
再度 再度
sa.i.do

しゃくど
尺度 尺度
sha.ku.do

しんど
深度 深度
shi.n.do

せつど
節度 規則、標準
se.tsu.do

そくど
速度 速度
so.ku.do

たいど
態度 態度
ta.i.do

ていど
程度 程度
te.i.do

てきど
適度 適度
te.ki.do

ねんど
年度 年度
ne.n.do

まいど
毎度 每次
ma.i.do

訓 たく ta.ku

したく
支度 準備
shi.ta.ku

訓 たび ta.bi

たび
度 每次、每回
ta.bi

たびたび
度々 屢次、再三、屢屢
ta.bi.ta.bi

渡
常
音 と
訓 わたる わたす

音 と to

とこう
渡航 出國、去海外
to.ko.o

とせい
渡世 度日；度世；生計
to.se.i

とせん
渡船 渡船
to.se.n

とべい
渡米 到美國去
to.be.i

とらい
渡来 舶來
to.ra.i

じょうと
譲渡 轉讓
jo.o.to

訓 わたる wa.ta.ru

わた
渡る 經過、橫過、穿過
wa.ta.ru

わた どり
渡り鳥 候鳥
wa.ta.ri.do.ri

よわた
世渡り 生活、生計；處世
yo.wa.ta.ri

訓 わたす wa.ta.su

わた
渡す 渡過；交付、給
wa.ta.su

わた ぶね
渡し船 渡船
wa.ta.shi.bu.ne

鍍
音 と
訓

音 と to

ときん
鍍金 鍍金
to.ki.n

多
音 た
訓 おおい
常

音 た ta

たかくけいえい
多角経営 多方經營
ta.ka.ku.ke.i.e.i

たかん
多感 容易動感情
ta.ka.n

たさい
多才 多才多藝
ta.sa.i

たすうけつ
多数決 多數決
ta.su.u.ke.tsu

たしょう
多少 多少
ta.sho.o

たすう
多数 多數
ta.su.u

たぜい
多勢 多數人
ta.ze.i

ただい
多大 多大
ta.da.i

たなん
多難 多難
ta.na.n

たびょう
多病 多病
ta.byo.o

たぶん
多分 大概、或許
ta.bu.n

たべん
多弁 能言善道
ta.be.n

たぼう
多忙 繁忙
ta.bo.o

たりょう
多量 多量
ta.ryo.o

たよう
多用 事情很多；用途多元
ta.yo.o

たよう
多様 多樣
ta.yo.o

かた
過多 過多
ka.ta

ざった
雑多 各式各樣
za.t.ta

訓 おおい o.o.i

おお
多い 多的
o.o.i

奪
音 だつ
訓 うばう

音 だつ da.tsu

ごうだつ
強奪 強奪、掠奪
go.o.da.tsu

そうだつ
争奪 爭奪
so.o.da.tsu

だっかい
奪回 奪回
da.k.ka.i

だっかん
奪還 奪回
da.k.ka.n

訓 うばう u.ba.u

うば
奪う 搶奪、爭奪；吸引（目光）
u.ba.u

鐸
音 たく
訓

音 たく ta.ku

どうたく
銅鐸 彌生時代的青銅祭祀用具
do.o.ta.ku

堕 常
音 だ
訓

音 だ da

だらく
堕落 墮落
da.ra.ku

惰 常
音 だ
訓

音 だ da

だせい
惰性 慣性、習慣
da.se.i

たいだ
怠惰 怠惰、懶惰
ta.i.da

だりょく
惰力 慣性、惰性
da.ryo.ku

柁
音 た だ
訓

音 た ta

音 だ da

舵
音 た だ
訓 かじ

音 た ta

音 だ da

だしゅ
舵手 舵手
da.shu

そうだ
操舵 掌舵
so.o.da

訓 かじ ka.ji

おもかじ
面舵 向右轉舵
o.mo.ka.ji

堆
音 たい つい
訓 うずたかい

音 たい ta.i

たいせき
堆積 堆積
ta.i.se.ki

たいひ
堆肥 堆肥
ta.i.hi

音 つい tsu.i

ついこう
堆紅 紅漆（雕漆的一種）
tsu.i.ko.o

訓 うずたかい u.zu.ta.ka.i

うずたか
堆い 堆得很高
u.zu.ta.ka.i.

対 常
音 たい つい
訓

音 たい ta.i

たい
対 相反的東西；同等、對等
ta.i

たいおう
対応 對應；應付
ta.i.o.o

たいがん
対岸 對岸
ta.i.ga.n

たいけつ
対決　對質；對決
ta.i.ke.tsu

たいこう
対抗　對抗
ta.i.ko.o

たいさく
対策　對策
ta.i.sa.ku

たいしょ
対処　處理、應付
ta.i.sho

たいしょう
対照　對照、對比
tai.sho.o

たいしょう
対象　對象
ta.i.sho.o

たいしょう
対称　對稱
ta.i.sho.o

たいじん
対人　待人
ta.i.ji.n

たい
対する　面對、對於
ta.i.su.ru

たいせん
対戦　對戰
ta.i.se.n

たいだん
対談　對談
ta.i.da.n

たいとう
対等　對等
ta.i.to.o

たいひ
対比　對比
ta.i.hi

たいめん
対面　對面
ta.i.me.n

たいりつ
対立　對立
ta.i.ri.tsu

たいわ
対話　對話、對談
ta.i.wa

おうたい
応対　應對
o.o.ta.i

ぜったい
絶対　絕對
ze.t.ta.i

はんたい
反対　反對
ha.n.ta.i

音 つい

つい
対　成對、成雙
tsu.i

ついく
対句　對句
tsu.i.ku

いっつい
一対　一對
i.t.tsu.i

碓

音 たい
訓

音 たい　ta.i

隊

音 たい
訓
常

音 たい　ta.i

たい
隊　軍隊、部隊
ta.i

たいいん
隊員　隊員
ta.i.i.n

たいしょう
隊商　（沙漠地區的）商隊
ta.i.sho.o

たいちょう
隊長　隊長
ta.i.cho.o

たいれつ
隊列　隊伍
ta.i.re.tsu

たんけんたい
探検隊　探險隊
ta.n.ke.n.ta.i

がくたい
楽隊　樂隊
ga.ku.ta.i

ぐんたい
軍隊　軍隊
gu.n.ta.i

けっしたい
決死隊　敢死隊
ke.s.shi.ta.i

しょうたい
小隊　小隊
sho.o.ta.i

じょたい
除隊　退伍
jo.ta.i

だいたい
大隊　（軍隊）大隊、營
da.i.ta.i

ちゅうたい
中隊　中隊
chu.u.ta.i

にゅうたい
入隊　入伍
nyu.u.ta.i

ぶたい
部隊　部隊
bu.ta.i

ぶんたい
分隊　分隊
bu.n.ta.i

へいたい
兵隊 兵隊
he.i.ta.i

へんたい
編隊 （飛機）編隊飛行
he.n.ta.i

れんたい
連隊 (軍隊)連隊、團
re.n.ta.i

端
音 たん
訓 はし　は　はた
常

音 たん ta.n

たんご
端午 端午節
ta.n.go

たんし
端子 接頭；隨身碟
ta.n.shi

たんしょ
端緒 頭緒、線索、開頭
ta.n.sho

たんせい
端正 端正、端方、端莊
ta.n.se.i

たんまつ
端末 終端部分、終端設備
ta.n.ma.tsu

たんれい
端麗 端麗
ta.n.re.i

いたん
異端 異端、邪說
i.ta.n

いったん
一端 一端、一頭、一部份
i.t.ta.n

きょくたん
極端 極端
kyo.ku.ta.n

じょうたん
上端 上端
jo.o.ta.n

せんたん
戦端 戰端
se.n.ta.n

とたん
途端 恰好…時候、剛好…時候；突然
to.ta.n

ばんたん
万端 一切、萬般
ba.n.ta.n

まったん
末端 末端、尖端；底層
ma.t.ta.n

りょうたん
両端 兩端、兩頭
ryo.o.ta.n

訓 はし ha.shi

はし
端 端、邊、緣
ha.shi

かたはし
片端 一端、一邊、一方
ka.ta.ha.shi

訓 は ha

はすう
端数 零數、尾數
ha.su.u

ちゅうとはんぱ
中途半端 半途而廢
chu.u.to.ha.n.pa

訓 はた ha.ta

かわばた
川端 河邊
ka.wa.ba.ta

みちばた
道端 路邊、路旁、道旁
mi.chi.ba.ta

ろばた
炉端 爐邊
ro.ba.ta

短
音 たん
訓 みじかい
常

音 たん ta.n

たんか
短歌 短歌
ta.n.ka

たんき
短期 短期
ta.n.ki

たんき
短気 沒耐性
ta.n.ki

たんしゅく
短縮 縮短
ta.n.shu.ku

たんしょ
短所 缺點
ta.n.sho

たんしん
短針 (時鐘)短針
ta.n.shi.n

たんだい
短大 短期大學
ta.n.da.i

たんとう
短刀 短刀
ta.n.to.o

たんぱ
短波 短波
ta.n.pa

たんぴょう
短評 短評
ta.n.pyo.o

たんぶん
短文 短文
ta.n.bu.n

ㄉ

たんぺん
短編 短篇
ta.n.pe.n

たんめい
短命 短命
ta.n.me.i

さいたん
最短 最短
sa.i.ta.n

ちょうたん
長短 長短
cho.o.ta.n

訓 みじかい mi.ji.ka.i

みじか
短い 短的
mi.ji.ka.i

断
音 だん
訓 たつ ことわる
常

音 だん da.n

だんげん
断言 斷言、斷定
da.n.ge.n

だんこ
断固 斷然、果斷
da.n.ko

だんじき
断食 斷食
da.n.ji.ki

だんすい
断水 斷水
da.n.su.i

だんぜつ
断絶 斷絕
da.n.ze.tsu

だんぜん
断然 斷然
da.n.ze.n

だんそう
断層 斷層
da.n.so.o

だんぞく
断続 斷斷續續
da.n.zo.ku

だんてい
断定 斷定、判斷
da.n.te.i

だんねん
断念 斷念
da.n.ne.n

だんめん
断面 剖面
da.n.me.n

だんぺん
断片 片段
da.n.pe.n

おうだん
横断 橫切；橫越(馬路)
o.o.da.n

せつだん
切断 切斷
se.tsu.da.n

訓 たつ ta.tsu

た
断つ 切斷、斷絕、剷除
ta.tsu

訓 ことわる ko.to.wa.ru

ことわ
断る 拒絕、謝絕
ko.to.wa.ru

椴
音 だん たん
訓 とど もろ

音 だん da.n

音 たん ta.n

訓 とど to.do

とどまつ
椴松 冷杉
to.do.ma.tsu

訓 もろ mo.ro

段
音 だん
訓
常

音 だん da.n

だん
段 層、格、階梯
da.n

だんかい
段階 階段
da.n.ka.i

だんだんばたけ
段々畑 梯田
da.n.da.n.ba.ta.ke

だんらく
段落 段落
da.n.ra.ku

いしだん
石段 石階
i.shi.da.n

いちだん
一段 一段
i.chi.da.n

かいだん
階段 階梯
ka.i.da.n

かくだん
格段 格外、顯著、特別
ka.ku.da.n

げだん
下段 下段
ge.da.n

しゅだん
手段 手段
shu.da.n

しょだん
初段 初級
sho.da.n

じょうだん
上段 上段
jo.o.da.n

ちゅうだん
中段 中段
chu.u.da.n

ねだん
値段 價格
ne.da.n

ぶんだん
分段 分段、段落
bu.n.da.n

べつだん
別段 別段
be.tsu.da.n

音 **たん** ta.n

たんれん
鍛錬 鍛鍊、鍛造
ta.n.re.n

たんぞう
鍛造 鍛造
ta.n.zo.o

音 **きたえる**
ki.ta.e.ru

きた
鍛える 錘鍊、鍛鍊
ki.ta.e.ru

惇
音 じゅん
とん
訓

音 **じゅん** ju.n

音 **とん** to.n

敦
音 とん
訓

音 **とん** to.n

とんこう
敦厚 敦厚
to.n.ko.o

音 **とん** to.n

音 **とん** to.n

こんとん
混沌 混沌、混亂
ko.n.to.n

音 **じゅん** ju.n

むじゅん
矛盾 矛盾
mu.ju.n

訓 **たて** ta.te

たて
盾 盾
ta.te

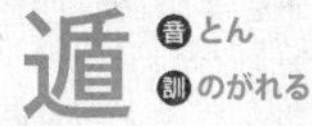

音 **とん** to.n

とんそう
遁走 逃跑、逃竄
to.n.so.o

いんとん
隠遁 隱遁、隱居
i.n.to.n

訓 **のがれる**
no.ga.re.ru

のが
遁れる 逃跑、逃遁
no.ga.re.ru

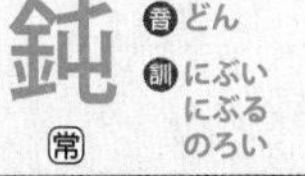

音 どん do.n

どんかく
鈍角 〔數〕鈍角
do.n.ka.ku

どんかん
鈍感 遲鈍
do.n.ka.n

どんき
鈍器 鈍器、不鋒利的刃具
do.n.ki

どんこう
鈍行 慢車、普通列車
do.n.ko.o

どんさい
鈍才 蠢材、資質駑鈍
do.n.sa.i

どんじゅう
鈍重 笨、笨拙
do.n.ju.u

どんそく
鈍足 蹣跚
do.n.so.ku

どんつう
鈍痛 隱痛、隱隱作痛
do.n.tsu.u

訓 にぶい ni.bu.i

にぶ
鈍い 鈍的、遲鈍的
ni.bu.i

訓 にぶる ni.bu.ru

にぶ
鈍る 鈍、不快
ni.bu.ru

訓 のろい no.ro.i

のろ
鈍い 慢、遲緩
no.ro.i

頓

音 とん とつ
訓

音 とん to.n

とんざ
頓挫 （中途）突然受挫、停頓
to.n.za

せいとん
整頓 整頓、整理
se.i.to.n

音 とつ to.tsu

冬

音 とう
訓 ふゆ
常

音 とう to.o

とうじ
冬至 冬至
to.o.ji

とうみん
冬眠 冬眠
to.o.mi.n

げんとう
厳冬 嚴冬
ge.n.to.o

しょとう
初冬 初冬
sho.to.o

だんとう
暖冬 暖冬
da.n.to.o

りっとう
立冬 立冬
ri.t.to.o

訓 ふゆ fu.yu

ふゆ
冬 冬天
fu.yu

ふゆがた
冬型 冬季型
fu.yu.ga.ta

ふゆげしき
冬景色 冬天的景色
fu.yu.ge.shi.ki

ふゆしょうぐん
冬将軍 嚴冬
fu.yu.sho.o.gu.n

ふゆどり
冬鳥 冬鳥
fu.yu.do.ri

ふゆもの
冬物 冬天用的（布料、衣服）
fu.yu.mo.no

ふゆやす
冬休み 寒假
fu.yu.ya.su.mi

東

音 とう
訓 ひがし
常

音 とう to.o

とうきょう
東京 東京
to.o.kyo.o

とうけい
東経 〔地〕東經
to.o.ke.i

とうごく
東国 東方之國
to.o.go.ku

とうざい
東西 東西
to.o.za.i

とうじょう
東上 前往東京
to.o.jo.o

とうと
東都 東都；東京
to.o.to

とうなんとう
東南東 （方位）東南東
to.o.na.n.to.o

とうほくちほう
東北地方 東北地方
to.o.ho.ku.chi.ho.o

とうほくとう
東北東 （方位）東北東
to.o.ho.ku.to.o

とうよう
東洋 東洋
to.o.yo.o

かんとうちほう
関東地方 關東地方
ka.n.to.o.chi.ho.o

きょくとう
極東 遠東
kyo.ku.to.o

ちゅうきんとう
中近東 中近東
chu.u.ki.n.to.o

なんとう
南東 東南
na.n.to.o

ほくとう
北東 東北
ho.ku.to.o

訓 ひがし hi.ga.shi

ひがし
東 東
hi.ga.shi

ひがしはんきゅう
東半球 東半球
hi.ga.shi.ha.n.kyu.u

特 こち
東風 東風；春風
ko.chi

董

音 とう
訓

音 とう to.o

こっとう
骨董 古董
ko.t.to.o

凍

音 とう
訓 こおる　こごえる
常

音 とう to.o

とうけつ
凍結 結冰、凍結
to.o.ke.tsu

とうし
凍死 凍死
to.o.shi

とうしょう
凍傷 凍傷
to.o.sho.o

かいとう
解凍 解凍
ka.i.to.o

れいとう
冷凍 冷凍
re.i.to.o

訓 こおる ko.o.ru

こお
凍る 結冰、結凍
ko.o.ru

訓 こごえる ko.go.e.ru

こご
凍える 凍僵
ko.go.e.ru

動

音 どう
訓 うごく　うごかす
常

音 どう do.o

どういん
動員 （戰爭）動員、調動
do.o.i.n

どうき
動機 動機
do.o.ki

どうぎ
動議 臨時動議
do.o.gi

どうこう
動向 動向
do.o.ko.o

どうさ
動作 動作
do.o.sa

どうてき
動的 動的、動態的
do.o.te.ki

どうし
動詞 動詞
do.o.shi

どうぶつえん
動物園 動物園
do.o.bu.tsu.e.n

どうぶつ
動物 動物
do.o.bu.tsu

どうよう
動揺 動搖
do.o.yo.o

どうらん
動乱 動亂
do.o.ra.n

どうりょく
動力 動力
do.o.ryo.ku

いどう
移動 移動
i.do.o

うんどう
運動 運動
u.n.do.o

かつどう
活動 活動
ka.tsu.do.o

かんどう
感動 感動
ka.n.do.o

げんどう
言動 言行
ge.n.do.o

こうどう
行動 行動
ko.o.do.o

じどう
自動 自動
ji.do.o

しゅつどう
出動 出動
shu.tsu.do.o

ちどうせつ
地動説 〔天〕地動說
chi.do.o.se.tsu

てんどうせつ
天動説 〔天〕天動說
te.n.do.o.se.tsu

はつどう
発動 發動
ha.tsu.do.o

はんどう
反動 〔理〕反動、反作用
ha.n.do.o

ふどう
不動 不動
fu.do.o

へんどう
変動 變動
he.n.do.o

りゅうどう
流動 流動
ryu.u.do.o

訓 うごく u.go.ku

うご
動く 動、移動；動搖
u.go.ku

うご
動き 動、活動
u.go.ki

訓 うごかす u.go.ka.su

うご
動かす 挪動、移動；打動
u.go.ka.su

働

音 どう
訓 はたらく
常

音 どう do.o

じつどう
実働 實際工作
ji.tsu.do.o

じゅうろうどう
重労働 重體力勞動
ju.u.ro.o.do.o

ろうどう
労働 勞動
ro.o.do.o

ろうどうくみあい
労働組合 勞工公會
ro.o.do.o.ku.mi.a.i

ろうどうじかん
労働時間 工作時間
ro.o.do.o.ji.ka.n

訓 はたらく ha.ta.ra.ku

はたら
働く 工作、勞動
ha.ta.ra.ku

はたら
働き 工作
ha.ta.ra.ki

はたら　もの
働き者 勤勞的人、有工作能力的人
ha.ta.ra.ki.mo.no

はたら　ざか
働き盛り 壯年時期
ha.ta.ra.ki.za.ka.ri

棟

音 とう
訓 むね
むな
常

音 とう to.o

とう
棟 樑
to.o

とうりょう
棟梁 棟樑、統帥者
to.o.ryo.o

じょうとう
上棟 上樑
jo.o.to.o

訓 むね mu.ne

むねあげさい
棟上祭 （日本的）上樑儀式
mu.ne.a.ge.sa.i

べつむね
別棟 另外一棟
be.tsu.mu.ne

訓 むな mu.na

むなぎ
棟木 * 棟樑
mu.na.gi

洞

音 どう
訓 ほら
常

音 どう do.o

どうくつ **洞窟** do.o.ku.tsu	洞窟、洞穴
どうさつ **洞察** do.o.sa.tsu	洞察
しょうにゅうどう **鍾乳洞** sho.o.nyu.u.do.o	鐘乳石洞

訓 ほら ho.ra

ほらあな **洞穴** ho.ra.a.na	洞穴
ほら　とうげ **洞ヶ峠** ho.ra.ga.to.o.ge	看風使舵、觀望

胴

音 どう
訓
常

音 どう do.o

どう **胴** do.o	軀幹
どうたい **胴体** do.o.ta.i	軀體、軀幹、主體、本體
どうらん **胴乱** do.o.ra.n	植物標本採集筒
ずんどう **寸胴** zu.n.do.o	從上到下一樣的胖、特別是指從腰到臀部

他 音 た 訓 ほか 常

音 た ta

た
他 ta 別的、另外的

たい
他意 ta.i 其他的意思

たかい
他界 ta.ka.i 去世、逝世；死後的世界

たこく
他国 ta.ko.ku 他國

たさつ
他殺 ta.sa.tsu 他殺

たじ
他事 ta.ji 其他的事

たじつ
他日 ta.ji.tsu 他日

たにん
他人 ta.ni.n 他人

たせつ
他説 ta.se.tsu 其他的說法

たどうし
他動詞 ta.do.o.shi 他動詞

たほう
他方 ta.ho.o 他方

ためん
他面 ta.me.n 另一方面、其他方面

たりき
他力 ta.ri.ki 外力

たりきほんがん
他力本願 ta.ri.ki.ho.n.ga.n (自己不努力)借助他人之力

たりゅうじあい
他流試合 ta.ryu.u.ji.a.i 和別派比武

た
その他 so.no.ta 其他

訓 ほか ho.ka

ほか
他 ho.ka 其他

塔 音 とう 訓 常

音 とう to.o

とう
塔 to.o 塔

きんじとう
金字塔 ki.n.ji.to.o 金字塔

せきとう
石塔 se.ki.to.o 石塔

踏 音 とう 訓 ふむ ふまえる 常

音 とう to.o

とうさ
踏査 to.o.sa 勘查、探勘、實地調查

とうしゅう
踏襲 to.o.shu.u 承襲、沿襲、因襲

とうは
踏破 to.o.ha 走遍

ざっとう
雑踏 za.t.to.o 人多擁擠

じんせきみとう
人跡未踏 ji.n.se.ki.mi.to.o 人跡未到之處

ぶとう
舞踏 bu.to.o 舞蹈

訓 ふむ fu.mu

ふ
踏む fu.mu 踩、踏、踏入

ふ き
踏み切り fu.mi.ki.ri 平交道

ふ こ
踏み込む fu.mi.ko.mu 踏進、闖入

訓 ふまえる fu.ma.e.ru

ふ
踏まえる fu.ma.e.ru 踏、踩、用力踏

特 音 とく 訓 常

音 とく to.ku

とくい
特異 與眾不同的；卓越
to.ku.i

とくぎ
特技 特技
to.ku.gi

とくさん
特産 特產
to.ku.sa.n

とくしつ
特質 特質
to.ku.shi.tsu

とくしゅ
特殊 特殊、特別
to.ku.shu

とくしゅう
特集 特集
to.ku.shu.u

とくしょう
特賞 特獎
to.ku.sho.o

とくしょく
特色 特色
to.ku.sho.ku

とくせい
特製 特製
to.ku.se.i

とくせい
特性 特性
to.ku.se.i

とくせつ
特設 特別設置
to.ku.se.tsu

とくせん
特選 特選
to.ku.se.n

とくだい
特大 特大
to.ku.da.i

とくてい
特定 特定
to.ku.te.i

とくてん
特典 特典
to.ku.te.n

とくとう
特等 特等
to.ku.to.o

とく
特に 特別是
to.ku.ni

とくは
特派 特別派遣
to.ku.ha

とくはいん
特派員 特派員
to.ku.ha.i.n

とくばい
特売 特賣
to.ku.ba.i

とくべつ
特別 特別
to.ku.be.tsu

とくゆう
特有 特有
to.ku.yu.u

とくれい
特例 特例
to.ku.re.i

どくとく
独特 獨特
do.ku.to.ku

とっか
特価 特價
to.k.ka

とっきゅう
特急 特別要緊的急事；特快車
to.k.kyu.u

とっきゅう
特級 特級
to.k.kyu.u

とっきょ
特許 特別許可
to.k.kyo

とっけん
特権 特權
to.k.ke.n

とっこう
特効 特效
to.k.ko.o

音 たい ta.i

たいじ
胎児 胎兒
ta.i.ji

たいせい
胎生 胎生
ta.i.se.i

たいどう
胎動 胎動
ta.i.do.o

かいたい
懐胎 懷胎
ka.i.ta.i

じゅたい
受胎 受孕
ju.ta.i

音 たい ta.i

たいとう
台頭 抬頭、勢力增強
ta.i.to.o

たいふう
台風 颱風
ta.i.fu.u

ぶたい
舞台 舞台
bu.ta.i

音 だい da.i

だい
台 置物用的檯子、桌子
da.i

だいけい
台形 梯形
da.i.ke.i

だいざ
台座 (物品、佛像的)台座
da.i.za

だいし
台紙 (相片、圖畫下的)硬板紙
da.i.shi

だいち
台地 台地、高地
da.i.chi

だいちょう
台帳 (商家的)總帳、帳簿
da.i.cho.o

だいどころ
台所 廚房
da.i.do.ko.ro

だいな
台無し 弄壞、糟蹋
da.i.na.shi

だいほん
台本 腳本、劇本
da.i.ho.n

きょうだい
鏡台 鏡台
kyo.o.da.i

たかだい
高台 高地、台地；高台
ta.ka.da.i

とうだい
燈台 燈塔、燈臺
to.o.da.i

どだい
土台 用土築的台
do.da.i

ばんだい
番台 (澡堂入口處的)櫃台
ba.n.da.i

ふみだい
踏み台 凳子；墊腳石
fu.mi.da.i

特 せりふ
台詞 台詞
se.ri.fu

音 たい ta.i

せいたい
青苔 青苔
se.i.ta.i

訓 こけ ko.ke

こけ
苔 地衣、苔
ko.ke

太

音 たい、た
訓 ふとい、ふとる

音 たい ta.i

たいこ
太古 太古、上古
ta.i.ko

たいこ
太鼓 太鼓
ta.i.ko

たいへい
太平 太平
ta.i.he.i

たいへいよう
太平洋 太平洋
ta.i.he.i.yo.o

たいよう
太陽 太陽
ta.i.yo.o

たいようけい
太陽系 太陽系
ta.i.yo.o.ke.i

こうたいし
皇太子 皇太子
ko.o.ta.i.shi

しょうとくたいし
聖徳太子 聖德太子
sho.o.to.ku.ta.i.shi

音 た ta

まるた
丸太 圓木
ma.ru.ta

訓 ふとい fu.to.i

ふと
太い 胖的
fu.to.i

訓 ふとる fu.to.ru

ふと
太る 胖、肥
fu.to.ru

態

音 たい
訓
常

音 たい ta.i

たいせい
態勢 態勢
ta.i.se.i

たいど
態度 態度
ta.i.do

あくたい
悪態 〔古〕罵
a.ku.ta.i

ぎたいご
擬態語 擬態語
gi.ta.i.go

きゅうたい
旧態 原樣
kyu.u.ta.i

けいたい
形態 形態
ke.i.ta.i

したい
姿態 姿態
shi.ta.i

じったい
実態 實態
ji.t.ta.i

じょうたい
状態 狀態
jo.o.ta.i

せいたい
生態 生態
se.i.ta.i

せいたい
静態 靜態
se.i.ta.i

どうたい
動態 動態
do.o.ta.i

へんたい
変態 變態
he.n.ta.i

汰
音 た
訓

音 **た** ta

とうた
淘汰 淘汰、排除
to.o.ta

さた
沙汰 淘汰、區分；處分；通知、消息
sa.ta

泰
音 たい
訓
常

音 **たい** ta.i

たいせい
泰西 西洋
ta.i.se.i

たいぜん
泰然 泰然
ta.i.ze.n

たいと
泰斗 泰斗、權威
ta.i.to

たいへい
泰平 太平；（俗）寬心話、信口開河
ta.i.he.i

掏
音 とう
訓 する

音 **とう** to.o

訓 **する** su.ru

す
掏る 扒竊
su.ru

桃
音 とう
訓 もも
常

音 **とう** to.o

とうげんきょう
桃源郷 世外桃源
to.o.ge.n.kyo.o

はくとう
白桃 白桃
ha.ku.to.o

おうとう
桜桃 櫻桃
o.o.to.o

訓 **もも** mo.mo

もも
桃 桃子
mo.mo

ももいろ
桃色 桃色
mo.mo.i.ro

淘
音 とう
訓 よなげる

音 **とう** to.o

とうた
淘汰 淘汰
to.o.ta

訓 **よなげる** yo.na.ge.ru

よな
淘げる 淘米、淘洗
yo.na.ge.ru

萄
音 とう どう
訓

音 **とう** to.o

音 どう do.o

ぶどう
葡萄 bu.do.o 葡萄

逃

音 とう
訓 にげる にがす のがす のがれる
常

音 とう to.o

とうそう
逃走 to.o.so.o 逃走、逃掉、逃跑

とうひ
逃避 to.o.hi 逃避

とうぼう
逃亡 to.o.bo.o 逃亡

訓 にげる ni.ge.ru

に
逃げる ni.ge.ru 逃走、逃跑、逃避、躲避

に ごし
逃げ腰 ni.ge.go.shi 想要逃脫

に だ
逃げ出す ni.ge.da.su 逃出、溜出

に みち
逃げ道 ni.ge.mi.chi 脫逃的路、逃脫路徑

く に
食い逃げ ku.i.ni.ge 吃霸王餐(的人)

よ に
夜逃げ yo.ni.ge 趁夜逃跑

訓 にがす ni.ga.su

に
逃がす ni.ga.su 使…脫逃；錯過

訓 のがす no.ga.su

のが
逃す no.ga.su 使…脫逃；錯過

訓 のがれる no.ga.re.ru

のが
逃れる no.ga.re.ru 逃跑、逃脫、逃避

陶

音 とう
訓
常

音 とう to.o

とうき
陶器 to.o.ki 陶器

とうげい
陶芸 to.o.ge.i 陶藝

とうこう
陶工 to.o.ko.o 陶瓷工、陶瓷匠

とうじき
陶磁器 to.o.ji.ki 陶瓷器

とうすい
陶酔 to.o.su.i 陶醉

とうぜん
陶然 to.o.ze.n 陶然、令人神往

討

音 とう
訓 うつ
常

音 とう to.o

とうぎ
討議 to.o.gi 討論

とうろん
討論 to.o.ro.n 討論

けんとう
検討 ke.n.to.o 檢討

せいとう
征討 se.i.to.o 征討

たんとう
探討 ta.n.to.o 探討

ついとう
追討 tsu.i.to.o 追討

訓 うつ u.tsu

う
討つ u.tsu 攻擊、攻打、討伐

套

音 とう
訓

音 とう to.o

がいとう
外套 ga.i.to.o 外套、西服大衣

じょうとうく
常套句 常用句
jo.o.to.o.ku

投 音 とう 訓 なげる 常

音 とう to.o

とうか
投下 投下
to.o.ka

とうきゅう
投球 投球
to.o.kyu.u

とうこう
投稿 投稿
to.o.ko.o

とうごう
投合 意氣相投
to.o.go.o

とうし
投資 投資
to.o.shi

とうしゅ
投手 投手
to.o.shu

とうしょ
投書 投書(表示不滿、抱怨);投稿
to.o.sho

とうしん
投身 (從高處)跳下
to.o.shi.n

とうせき
投石 投石
to.o.se.ki

とうにゅう
投入 投入
to.o.nyu.u

とうひょう
投票 投票
to.o.hyo.o

とうやく
投薬 〔醫〕給藥
to.o.ya.ku

かんとう
完投 (投手)投到最後
ka.n.to.o

こうとう
好投 (棒球)好球
ko.o.to.o

りきとう
力投 用盡全力投擲
ri.ki.to.o

訓 なげる na.ge.ru

な
投げる 投、擲、扔、拋
na.ge.ru

な だ
投げ出す 拋出、投出、豁出去
na.ge.da.su

頭 音 とう ず と 訓 あたま かしら 常

音 とう to.o

とうかく
頭角 動物頭上的角;才華
to.o.ka.ku

とうすう
頭数 (動物的)隻數、頭數
to.o.su.u

とうどり
頭取 首領、(銀行…等)總裁
to.o.do.ri

えきとう
駅頭 車站前、車站附近
e.ki.to.o

かいとう
会頭 會長
ka.i.to.o

がいとう
街頭 街頭
ga.i.to.o

こうとう
口頭 口頭
ko.o.to.o

しゅっとう
出頭 自首;立身處世
shu.t.to.o

しょとう
初頭 開始、起初
sho.to.o

せんとう
先頭 排頭、最前面
se.n.to.o

てんとう
店頭 商店的門前
te.n.to.o

ねんとう
年頭 年頭
ne.n.to.o

音 ず zu

ずじょう
頭上 頭上
zu.jo.o

ずつう
頭痛 頭痛
zu.tsu.u

ずのう
頭脳 頭腦
zu.no.o

音 と to

おんど
音頭 * 領唱的人;集體歌舞
o.n.do

訓 かしら ka.shi.ra

かしら
頭 頭、物的頂端
ka.shi.ra

かしらもじ
頭文字 英文名字的字首
ka.shi.ra.mo.ji

訓 あたま

あたま
頭 頭、頭腦
a.ta.ma

あたまきん
頭金 訂金
a.ta.ma.ki.n

透 常
音 とう
訓 すく すかす すける

音 とう to.o

とうか
透過 透過、穿透、透射
to.o.ka

とうし
透視 透視、看穿
to.o.shi

とうてつ
透徹 透徹
to.o.te.tsu

とうめい
透明 透明
to.o.me.i

訓 すく

す
透く 透過；有空隙
su.ku

す とお
透き通る 透過去、清澈
su.ki.to.o.ru

す ま
透き間 縫隙、間隙
su.ki.ma

訓 すかす su.ka.su

す ぼ
透かし彫り 鏤刻
su.ka.shi.bo.ri

訓 すける su.ke.ru

す
透ける 透過…可以看見
su.ke.ru

壇 常
音 だん たん
訓

音 だん da.n

だんじょう
壇上 壇上、臺上
da.n.jo.o

えんだん
演壇 演講臺
e.n.da.n

かだん
花壇 花圃
ka.da.n

がだん
画壇 畫壇
ga.da.n

きょうだん
教壇 講台；教職
kyo.o.da.n

さいだん
祭壇 祭壇
sa.i.da.n

ぶつだん
仏壇 佛壇
bu.tsu.da.n

音 たん ta.n

どたんば
土壇場 刑場、(轉)*千鈞一髮之際
do.ta.n.ba

弾 常
音 だん
訓 ひく はずむ たま

音 だん da.n

だんあつ
弾圧 鎮壓、壓制
da.n.a.tsu

だんがん
弾丸 (彈弓的)彈丸、槍彈
da.n.ga.n

だんせい
弾性 彈性、彈力
da.n.se.i

だんやく
弾薬 彈藥
da.n.ya.ku

だんりょく
弾力 彈力、彈性
da.n.ryo.ku

きゅうだん
糾弾 彈劾、譴責、抨擊
kyu.u.da.n

しだん
指弾 責難、嫌惡、排斥
shi.da.n

じつだん
実弾 實彈
ji.tsu.da.n

じゅうだん
銃弾 槍彈
ju.u.da.n

ばくだん
爆弾 炸彈
ba.ku.da.n

ほうだん
砲弾 砲彈
ho.o.da.n

ぼうだん
防弾 防彈
bo.o.da.n

訓 **ひく** hi.ku

ひ
弾く 彈奏(琴、吉他)
hi.ku

訓 **はずむ** ha.zu.mu

はず
弾む 跳、反彈；起勁
ha.zu.mu

訓 **たま** ta.ma

たま
弾 子彈
ta.ma

曇
音 どん
訓 くもる
常

音 **どん** do.n

どんてん
曇天 陰天
do.n.te.n

せいどん
晴曇 晴天和陰天；陰晴
se.i.do.n

訓 **くもる** ku.mo.ru

くも
曇る 陰天；變模糊；憂愁
ku.mo.ru

くも
曇り 陰天；模糊不明；憂愁
ku.mo.ri

檀
音 たん
だん
訓 まゆみ

音 **たん** ta.n

したん
紫檀 （樹）紫檀
shi.ta.n

音 **だん** da.n

びゃくだん
白檀 （樹）白檀
bya.ku.da.n

訓 **まゆみ** ma.yu.mi

談
音 だん
訓
常

音 **だん** da.n

だんごう
談合 商量、協商
da.n.go.o

だんしょう
談笑 談笑
da.n.sho.o

だんぱん
談判 談判
da.n.pa.n

だんわ
談話 談話
da.n.wa

かいだん
会談 會談
ka.i.da.n

かんだん
歓談 暢談
ka.n.da.n

こうだん
講談 講解
ko.o.da.n

ざだん
座談 座談
za.da.n

ざつだん
雑談 閒談、閒聊
za.tsu.da.n

そうだん
相談 商量
so.o.da.n

たいだん
対談 對談
ta.i.da.n

びだん
美談 美談
bi.da.n

ひつだん
筆談 筆談、用文字溝通
hi.tsu.da.n

みつだん
密談 密談
mi.tsu.da.n

めんだん
面談 面談
me.n.da.n

よだん
余談 題外話
yo.da.n

坦
音 たん
訓

音 **たん** ta.n

へいたん
平坦 平坦
he.i.ta.n

嘆

常

音 たん
訓 なげく
なげかわしい

音 たん ta.n

たんがん 嘆願 ta.n.ga.n	請求、請願、懇求
たんせい 嘆声 ta.n.se.i	嘆息聲、讚嘆聲
たんそく 嘆息 ta.n.so.ku	嘆息
かんたん 感嘆 ka.n.ta.n	感嘆、讚嘆
きょうたん 驚嘆 kyo.o.ta.n	驚嘆
さたん 嗟嘆 sa.ta.n	慨嘆；感嘆、讚嘆
ちょうたん 長嘆 cho.o.ta.n	長嘆
ひたん 悲嘆 hi.ta.n	悲嘆

訓 なげく na.ge.ku

なげ 嘆く na.ge.ku	嘆息、嘆氣；憤慨

訓 なげかわしい na.ge.ka.wa.shi.i

なげ 嘆かわしい na.ge.ka.wa.shi.i	可歎的

探

常

音 たん
訓 さぐる
さがす

音 たん ta.n

たんきゅう 探究 ta.n.kyu.u	探究
たんきゅう 探求 ta.n.kyu.u	探求
たんけん 探検 ta.n.ke.n	探險
たんさ 探査 ta.n.sa	探查
たんさく 探索 ta.n.sa.ku	探索
たんち 探知 ta.n.chi	探知
たんぼう 探訪 ta.n.bo.o	探訪

訓 さぐる sa.gu.ru

さぐ 探る sa.gu.ru	探、尋找、查探
てさぐ 手探り te.sa.gu.ri	摸索

訓 さがす sa.ga.su

さが 探す sa.ga.su	尋找、尋求

歎

音 たん
訓 なげく

音 たん ta.n

訓 なげく na.ge.ku

炭

常

音 たん
訓 すみ

音 たん ta.n

たんこう 炭鉱 ta.n.ko.o	煤礦
たんこう 炭坑 ta.n.ko.o	煤坑
たんさん 炭酸 ta.n.sa.n	碳酸
たんそ 炭素 ta.n.so	炭
たんそう 炭層 ta.n.so.o	煤層
たんでん 炭田 ta.n.de.n	煤田
こくたん 黒炭 ko.ku.ta.n	黑炭
もくたん 木炭 mo.ku.ta.n	木炭

訓 すみ su.mi

すみだわら
炭俵 裝炭的草袋
su.mi.da.wa.ra

すみび
炭火 炭火
su.mi.bi

湯
音 とう
訓 ゆ
常

音 とう to.o

とうやく
湯薬 湯藥、煎藥
to.o.ya.ku

せんとう
銭湯 公共澡堂
se.n.to.o

にゅうとう
入湯 入浴
nyu.u.to.o

ねっとう
熱湯 滾燙的水
ne.t.to.o

訓 ゆ yu

ゆ
湯 熱水、溫泉
yu

ゆあが
湯上り 剛洗完澡
yu.a.ga.ri

ゆげ
湯気 澡堂裡的水蒸氣
yu.ge

ゆちゃ
湯茶 茶水
yu.cha

ゆの
湯飲み 茶碗、茶杯
yu.no.mi

おもゆ
重湯 (嬰兒或病人吃的流質食品)米湯
o.mo.yu

唐
音 とう
訓 から
常

音 とう to.o

とうがらし
唐辛子 辣椒
to.o.ga.ra.shi

とうど
唐土 (日本古時的稱呼)中國
to.o.do

とうとつ
唐突 突然、意外、冷不防
to.o.to.tsu

訓 から ka.ra

からかさ
唐傘 紙傘
ka.ra.ka.sa

からかみ
唐紙 花紙
ka.ra.ka.mi

堂
音 どう
訓
常

音 どう do.o

どうどう
堂堂 堂堂正正、光明磊落
do.o.do.o

ぎじどう
議事堂 國會議事堂
gi.ji.do.o

こうかいどう
公会堂 公眾集會廳
ko.o.ka.i.do.o

こうどう
講堂 講堂
ko.o.do.o

せいどう
聖堂 孔廟；教堂
se.i.do.o

ぶつどう
仏堂 佛堂
bu.tsu.do.o

ほんどう
本堂 〔佛〕正殿
ho.n.do.o

れいはいどう
礼拝堂 禮拜堂
re.i.ha.i.do.o

塘
音 とう
訓

音 とう to.o

ていとう
堤塘 堤防
te.i.to.o

糖
音 とう
訓
常

音 とう to.o

とうぶん
糖分 糖分
to.o.bu.n

かとう
果糖 果糖
ka.to.o

さとう
砂糖 砂糖
sa.to.o

せいとう
製糖 製糖
se.i.to.o

せいとう
精糖 精製糖
se.i.to.o

にゅうとう
乳糖 乳糖
nyu.u.to.o

ばくがとう
麦芽糖 麥芽糖
ba.ku.ga.to.o

藤
音 とう
訓 ふじ

音 とう to.o

かっとう
葛藤 糾葛、糾紛；心中的矛盾
ka.t.to.o

訓 ふじ fu.ji

ふじだな
藤棚 藤棚
fu.ji.da.na

謄
音 とう
訓
常

音 とう to.o

とうしゃばん
謄写版 油印版
to.o.sha.ba.n

とうほん
謄本 副本、抄本、謄錄本
to.o.ho.n

騰
音 とう
訓
常

音 とう to.o

とうき
騰貴 (物價)飛漲
to.o.ki

きゅうとう
急騰 急漲、暴漲
kyu.u.to.o

ふっとう
沸騰 沸騰、〔理〕沸點
fu.t.to.o

ぼうとう
暴騰 猛漲、暴漲
bo.o.to.o

梯
音 てい
訓 はしご

音 てい te.i

うんてい
雲梯 中國古代攻城時用的長梯、體育設施的一種
u.n.te.i

訓 はしご ha.shi.go

はしご
梯子 梯子
ha.shi.go

堤
音 てい
訓 つつみ
常

音 てい te.i

ていぼう
堤防 堤防
te.i.bo.o

とってい
突堤 突出海中(河中)的堰堤
to.t.te.i

ぼうはてい
防波堤 防波堤
bo.o.ha.te.i

訓 つつみ tsu.tsu.mi

つつみ
堤 堤、壩、蓄水池
tsu.tsu.mi

提
音 てい
訓 さげる
常

音 てい te.i

ていあん
提案 提案
te.i.a.n

ていき
提起 提起、提出
te.i.ki

ていぎ
提議 提議
te.i.gi

ていきょう
提供 提供
te.i.kyo.o

ていけい
提携 提拔
te.i.ke.i

ていげん
提言 建議
te.i.ge.n

ていしゅつ
提出 提出
te.i.shu.tsu

ていじ
提示 提示
te.i.ji

ていそ
提訴 提出訴訟、控訴
te.i.so

ていとく
提督 提督
te.i.to.ku

ぜんてい
前提 前提
ze.n.te.i

訓 **さげる** sa.ge.ru

さ
提げる 提
sa.ge.ru

蹄
音 てい
訓 ひづめ

音 **てい** te.i

ていてつ
蹄鉄 馬蹄鐵
te.i.te.tsu

ばてい
馬蹄 馬蹄
ba.te.i

訓 **ひづめ** hi.zu.me

ひづめ
蹄 動物的蹄
hi.zu.me

醍
音 だい
訓

音 **だい** da.i

だいごみ
醍醐味 （醍醐般）的妙味
da.i.go.mi

題
音 だい
訓
常

音 **だい** da.i

だい
題 題目、問題
da.i

だい
題する 提名、命題
da.i.su.ru

だいじ
題字 題字
da.i.ji

だいめい
題名 標題
da.i.me.i

だいもく
題目 題目
da.i.mo.ku

かだい
課題 問題
ka.da.i

ぎだい
議題 議題
gi.da.i

しゅくだい
宿題 作業
shu.ku.da.i

しゅだい
主題 主題
shu.da.i

しゅつだい
出題 出題
shi.tsu.da.i

なんだい
難題 難題
na.n.da.i

ほんだい
本題 正題
ho.n.da.i

もんだい
問題 問題
mo.n.da.i

れいだい
例題 例題
re.i.da.i

わだい
話題 話題
wa.da.i

鵜
音 てい
訓 う

音 **てい** te.i

訓 **う** u

う
鵜 魚鷹，鸕鷀科水鳥的總稱
u

うか
鵜飼い 用魚鷹捕魚（的漁夫）
u.ka.i

うの
鵜呑み 整個吞下、囫圇嚥下
u.no.mi

体

音 たい てい
訓 からだ
常

音 たい ta.i

たいいく
体育 體育
ta.i.i.ku

たいおん
体温 體溫
ta.i.o.n

たいかく
体格 體格
ta.i.ka.ku

たいけい
体系 體系、系統
ta.i.ke.i

たいけん
体験 體驗
ta.i.ke.n

たいじゅう
体重 體重
ta.i.ju.u

たいせい
体制 體制
ta.i.se.i

たいせき
体積 體積
ta.i.se.ki

たいそう
体操 體操
ta.i.so.o

たいめん
体面 體面、面子
ta.i.me.n

たいりょく
体力 體力
ta.i.ryo.ku

きたい
気体 氣體
ki.ta.i

ぐたいてき
具体的 具體的
gu.ta.i.te.ki

こくたい
国体 國體
ko.ku.ta.i

じたい
字体 字體
zi.ta.i

しんたいけんさ
身体検査 身體檢查
shi.n.ta.i.ke.n.sa

じんたい
人体 人體
ji.n.ta.i

てんたい
天体 (天文物體的總稱)天體
te.n.ta.i

にくたい
肉体 肉體
ni.ku.ta.i

ぶったい
物体 物體
bu.t.ta.i

ぶんたい
文体 文體
bu.n.ta.i

りったい
立体 立體
ri.t.ta.i

音 てい te.i

ていさい
体裁 體裁
te.i.sa.i

訓 からだ ka.ra.da

からだ
体 身體
ka.ra.da

からだつ
体付き 體態、體格
ka.ra.da.tsu.ki

剃

音 てい
訓 そる

音 てい te.i

ていとう
剃頭 剃頭
te.i.to.o

ていはつ
剃髪 削髮、落髮
te.i.ha.tsu

訓 そる so.ru

そ
剃る 剃(頭)
so.ru

特 かみそり
剃刀 剃頭刀、刮臉刀
ka.mi.so.ri

悌

音 てい
訓

音 てい te.i

ゆうてい
友悌 疼愛弟弟
yu.u.te.i

替

音 たい
訓 かえる かわる
常

音 たい ta.i

こうたい
交替 交替、替換、輪流
ko.o.ta.i

だいたい
代替 代替、替代
da.i.ta.i

訓 かえる ka.e.ru

か
替える 換、更換、改換
ka.e.ru

か　だま
替え玉 冒名頂替的人、替身
ka.e.da.ma

りょうがえ
両替 換錢、兌換
ryo.o.ga.e

訓 かわる ka.wa.ru

か
替わる 更換、更替
ka.wa.ru

薙
音 てい、ち
訓 なぐ

音 てい te.i

音 ち chi

ち はつ
薙髪 剃髮、落髮
chi.ha.tsu

訓 なぐ na.gu

な　たお
薙ぎ倒す 橫著砍倒；一一擊敗
na.gi.ta.o.su

貼
音 ちょう、てん
訓 はる

音 ちょう cho.o

ちょう ふ
貼付 黏貼、貼上
cho.o.fu

ちょうよう
貼用 貼用
cho.o.yo.o

音 てん te.n

てん ぷ
貼付 黏貼、貼上
te.n.pu

訓 はる ha.ru

は
貼る 貼、糊
ha.ru

帖
音 じょう、ちょう
訓

音 じょう jo.o

が じょう
画帖 畫集
ga.jo.o

音 ちょう cho.o

て ちょう
手帖 小筆記本
te.cho.o

鉄
音 てつ
訓
常

音 てつ te.tsu

てつ
鉄 鐵
te.tsu

てつざい
鉄材 (建築、土木用的)鐵材
te.tsu.za.i

てつどう
鉄道 鐵道
te.tsu.do.o

てつぼう
鉄棒 鐵棒
te.tsu.bo.o

こうてつ
鋼鉄 鋼鐵
ko.o.te.tsu

こくてつ
国鉄 國鐵
ko.ku.te.tsu

し てつ
私鉄 私鐵
shi.te.tsu

せいてつ
製鉄 製鐵
se.i.te.tsu

ち か てつ
地下鉄 地下鐵
chi.ka.te.tsu

てっかん
鉄管 鐵管
te.k.ka.n

てっ き
鉄器 鐵器
te.k.ki

てっきょう
鉄橋 鐵橋
te.k.kyo.o

てっきん
鉄筋 鋼筋
te.k.ki.n

てっこう
鉄鋼 鋼鐵
te.k.ko.o

てっこう
鉄鉱 鐵礦
te.k.ko.o

てっこう
鉄工 鐵工
te.k.ko.o

てっこつ
鉄骨 鋼鐵構架、鋼骨
te.k.ko.tsu

てっせい
鉄製 鐵製
te.s.se.i

てっそく
鉄則 不可動搖的規則
te.s.so.ku

てっぽう
鉄砲 鐵砲
te.p.po.o

挑
音 ちょう
訓 いどむ
常

音 ちょう cho.o

ちょうせん
挑戦 挑戰
cho.o.se.n

ちょうはつ
挑発 挑釁、挑撥、挑起
cho.o.ha.tsu

訓 いどむ i.do.mu

いど
挑む 挑戰；挑逗、調情
i.do.mu

条
音 じょう
訓
常

音 じょう jo.o

じょうけん
条件 條件
jo.o.ke.n

じょうこう
条項 條款
jo.o.ko.o

じょうぶん
条文 條文
jo.o.bu.n

じょうやく
条約 條約
jo.o.ya.ku

じょうり
条理 條理
jo.o.ri

じょうれい
条令 條令
jo.o.re.i

じょうれい
条例 條例
jo.o.re.i

しんじょう
信条 信條
shi.n.jo.o

べつじょう
別条 變化
be.tsu.jo.o

眺
音 ちょう
訓 ながめる
常

音 ちょう cho.o

ちょうぼう
眺望 眺望、展望、瞭望
cho.o.bo.o

訓 ながめる na.ga.me.ru

なが
眺める 凝視、遠眺
na.ga.me.ru

なが
眺め 眺望風景
na.ga.me

跳
音 ちょう
訓 はねる とぶ
常

音 ちょう cho.o

ちょうば
跳馬 (體操項目)跳馬
cho.o.ba

ちょうりょう
跳梁 猖獗、囂張；奔跑跳躍
cho.o.ryu.o

ちょうやく
跳躍 跳躍
cho.o.ya.ku

訓 はねる ha.ne.ru

は
跳ねる 躍起、跳
ha.ne.ru

訓 とぶ to.bu

と
跳ぶ 跳、蹦、跳過
to.bu

と　ばこ
跳び箱 跳箱
to.bi.ba.ko

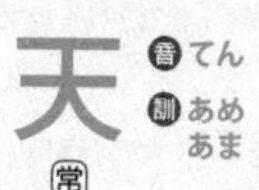

天 音 てん 訓 あめ あま 常

音 てん te.n

てん
天 天
te.n

てんか
天下 天下
te.n.ka

てんき
天気 天氣
te.n.ki

てんきよほう
天気予報 氣象預報
te.n.ki.yo.ho.o

てんくう
天空 天空
te.n.ku.u

てんこう
天候 天候
te.n.ko.o

てんごく
天国 天堂、天國
te.n.go.ku

てんさい
天災 天災
te.n.sa.i

てんさい
天才 天才
te.n.sa.i

てんし
天使 天使
te.n.shi

てんしゅかく
天守閣 天守閣（城中央的望樓）
te.n.shu.ka.ku

てんじょう
天井 天花板
te.n.jo.o

てんすい
天水 雨水
te.n.su.i

てんせい
天性 天性
te.n.se.i

てんたい
天体 天體
te.n.ta.i

てんち
天地 天地
te.n.chi

てんねんしょく
天然色 天然的顏色
te.n.ne.n.sho.ku

てんねん
天然 天然
te.n.ne.n

てんのう
天皇 天皇
te.n.no.o

てんぶん
天分 天份
te.n.bu.n

てんめい
天命 天命
te.n.me.i

てんもんがく
天文学 天文學
te.n.mo.n.ga.ku

てんもんだい
天文台 天文台
te.n.mo.n.da.i

うちょうてん
有頂天 歡天喜地、欣喜若狂
u.cho.o.te.n

こうてん
後天 後天
ko.o.te.n

せんてん
先天 先天
se.n.te.n

訓 あめ a.me

訓 あま a.ma

あまくだ
天下り *，指官員卸任後，在民營企業擔任高層幹部
a.ma.ku.da.ri

あま がわ
天の川 * 銀河
a.ma.no.ga.wa

あま じゃく
天の邪鬼 * 性情乖僻的人
a.ma.no.ja.ku

添 音 てん 訓 そえる そう 常

音 てん te.n

てんか
添加 添加
te.n.ka

てんかぶつ
添加物 添加物
te.n.ka.bu.tsu

てんさく
添削 增刪、修改
te.n.sa.ku

てんぷ
添付 添附、添上、附上
te.n.pu

訓 そえる so.e.ru

そ
添える 添、加、配上；使陪伴、使跟隨
so.e.ru

かいぞ
介添え 照顧、服侍的人；伴娘
ka.i.zo.e

ま ぞ
巻き添え 牽連、連累
ma.ki.zo.e

訓 そう so.u

そ **添う** so.u	跟隨、陪伴；添上
つ そ **付き添い** tsu.ki.so.i	照料、服侍、護理的人

音 てん
訓

音 てん te.n

そうてん **装填** so.o.te.n	裝填
ほ てん **補填** ho.te.n	補填、填充

音 てん
訓

音 てん te.n

てんさい **甜菜** te.n.sa.i	甜菜

田
音 でん
訓 た
常

音 でん

でんえん **田園** de.n.e.n	田園
えんでん **塩田** e.n.de.n	鹽田
すいでん **水田** su.i.de.n	水田
たんでん **炭田** ta.n.de.n	煤田
ゆ でん **油田** yu.de.n	油田

訓 た ta

た **田** ta	田
た う **田植え** ta.u.e	種田
た はた **田畑** ta.ha.ta	田地
あお た **青田** a.o.ta	綠油油的稻田
やま だ **山田** ya.ma.da	(姓氏)山田
特 いなか **田舎** i.na.ka	鄉下

音 ちょう
訓
常

音 ちょう cho.o

ちょうしゃ **庁舎** cho.o.sha	官署的建築物
ちょうない **庁内** cho.o.na.i	政府機關內
かんちょう **官庁** ka.n.cho.o	政府機關
けんちょう **県庁** ke.n.cho.o	縣政府
し ちょう **支庁** shi.cho.o	地方政府機關
たいちょう **退庁** ta.i.cho.o	(從政府機關)下班
と ちょう **都庁** to.cho.o	(政府機關)東京都廳
とうちょう **登庁** to.o.cho.o	(到政府機關)上班
どうちょう **道庁** do.o.cho.o	(政府機關)北海道廳
ふ ちょう **府庁** fu.cho.o	(政府機關)大阪府、京都府廳

音 ちょう
訓 きく
常

音 ちょう cho.o

ちょうかく **聴覚** cho.o.ka.ku	聽覺
ちょうこう **聴講** cho.o.ko.o	聽講

ちょうし
聴視 聽看
cho.o.shi

ちょうしゅ
聴取 聽取
cho.o.shu

ちょうしゅう
聴衆 聽眾
cho.o.shu.u

ちょうしんき
聴診器 聽診器
cho.o.shi.n.ki

ちょうもんかい
聴聞会 聽證會
cho.o.mo.n.ka.i

ちょうりょく
聴力 聽力
cho.o.ryo.ku

けいちょう
傾聴 傾聽
ke.i.cho.o

せいちょう
清聴 (敬)聽
se.i.cho.o

とうちょう
盗聴 竊聽、盜聽、偷聽
to.o.cho.o

なんちょう
難聴 聽力衰退、耳背
na.n.cho.o

はいちょう
拝聴 (謙遜語)聽
ha.i.cho.o

ふいちょう
吹聴 吹噓、宣傳
fu.i.cho.o

ぼうちょう
傍聴 旁聽
bo.o.cho.o

訓 きく ki.ku

き
聴く 聽
ki.ku

亭

音 てい
訓
常

音 てい te.i

ていしゅ
亭主 主人、老闆；丈夫
te.i.shu

りょてい
旅亭 旅館
ryo.te.i

りょうてい
料亭 日式飯館
ryo.o.te.i

停

音 てい
訓 とどまる
とまる
とめる
常

音 てい te.i

ていがく
停学 休學
te.i.ga.ku

ていし
停止 停止
te.i.shi

ていしゃ
停車 停車
te.i.sha

ていしょく
停職 停職
te.i.sho.ku

ていせん
停戦 停戰
te.i.se.n

ていたい
停滞 停滯
te.i.ta.i

ていでん
停電 停電
te.i.de.n

ていねん
停年 退休年齡
te.i.ne.n

ていはく
停泊 停泊
te.i.ha.ku

ていりゅうじょ
停留所 (公車)車站
te.i.ryu.u.jo

いちじていし
一時停止 暫時停止
i.chi.ji.te.i.shi

ちょうてい
調停 調停
cho.o.te.i

訓 とどまる to.do.ma.ru

とど
停まる 停止
to.do.ma.ru

訓 とまる to.ma.ru

と
停まる 停止
to.me.ru

訓 とめる to.me.ru

と
停める 停止；止（痛）
to.me.ru

庭

音 てい
訓 にわ
常

音 てい te.i

ていえん
庭園 庭園
te.i.e.n

かてい
家庭 家庭
ka.te.i

こうてい
校庭 校園
ko.o.te.i

訓 にわ ni.wa

にわ
庭 庭院
ni.wa

にわいし
庭石 庭園造景石
ni.wa.i.shi

にわき
庭木 庭園草木
ni.wa.ki

にわさき
庭先 庭園前
ni.wa.sa.ki

にわし
庭師 園藝師
ni.wa.shi

うらにわ
裏庭 後庭園
u.ra.ni.wa

廷
音 てい
訓
常

音 てい te.i

ていしん
廷臣 朝臣
te.i.shi.n

きゅうてい
宮廷 宮廷
kyu.u.te.i

しゅってい
出廷 出庭、到庭
shu.t.te.i

たいてい
退廷 退庭；退朝
ta.i.te.i

へいてい
閉廷 休庭
he.i.te.i

挺
音 てい ちょう
訓

音 てい te.i

ていぜん
挺然 出類拔萃
te.i.ze.n

ていしん
挺身 挺身
te.i.shi.n

音 ちょう cho.o

町
音 ちょう
訓 まち
常

音 ちょう cho.o

ちょうかい
町会 鎮議會、地方上的集會
cho.o.ka.i

ちょうない
町内 鄉鎮內
cho.o.na.i

訓 まち ma.chi

まち
町 城鎮、町
ma.chi

まちな
町並み 街道上房屋排列的樣子
ma.chi.na.mi

したまち
下町 (都市)低窪地區、商埠地
shi.ta.ma.chi

艇
音 てい
訓
常

音 てい te.i

かんてい
艦艇 艦艇、大船和小艇
ka.n.te.i

きょうてい
競艇 汽艇競賽
kyo.o.te.i

せんこうてい
潜航艇 潛水艇
se.n.ko.o.te.i

ひこうてい
飛行艇 水上飛機
hi.ko.o.te.i

禿
音 とく
訓 はげ

音 とく to.ku

とくとう
禿頭 禿頭
to.ku.to.o

訓 はげ ha.ge

はげ
禿 禿、禿頭(的人)
ha.ge

凸 常
音 とつ
訓 でこ

音 とつ to.tsu

とつめんきょう
凸面鏡 凸面鏡
to.tsu.me.n.kyo.o

訓 でこ de.ko

でこぼこ
凸凹 凹凸不平、坑凹不平
de.ko.bo.ko

図 常
音 ず
と
訓 はかる

音 ず zu

ず
図 圖
zu

ずあん
図案 圖案
zu.a.n

ずが
図画 圖畫
zu.ga

ずかい
図解 圖解
zu.ka.i

ずかん
図鑑 圖鑑
zu.ka.n

ずけい
図形 圖形
zu.ke.i

ずこう
図工 (小學的)勞作課
zu.ko.o

ずし
図示 圖示
zu.shi

ずしき
図式 圖的樣式
zu.shi.ki

ずせつ
図説 圖解說明
zu.se.tsu

ずひょう
図表 圖表
zu.hyo.o

ずぼし
図星 要害；猜中
zu.bo.shi

ずめん
図面 設計圖、工程圖
zu.me.n

えず
絵図 繪圖
e.zu

かいず
海図 航海用的地圖、海洋地圖
ka.i.zu

けいず
系図 家譜
ke.i.zu

さくず
作図 繪圖；〔數〕作圖
sa.ku.zu

せいず
製図 製圖
se.i.zu

せっけいず
設計図 設計圖
se.k.ke.i.zu

ちず
地図 地圖
chi.zu

てんきず
天気図 氣象圖
te.n.ki.zu

りゃくず
略図 略圖
rya.ku.zu

音 と to

としょ
図書 圖書
to.sho

としょかん
図書館 圖書館
to.sho.ka.n

いと
意図 意圖
i.to

ゆうと
雄図 宏圖、遠大的計畫
yu.u.to

訓 はかる ha.ka.ru

はか
図る 圖謀、策劃、商談
ha.ka.ru

塗 常
音 と
訓 ぬる

音 と to

とそう
塗装 塗、漆、塗飾
to.so.o

とりょう
塗料 塗料
to.ryo.o

訓 ぬる nu.ru

ㄊ

ぬ
塗る 塗抹
nu.ru

屠 音と 訓

音 と to

とさつ
屠殺 屠殺
to.sa.tsu

とそ
屠蘇 屠蘇酒、新年喝的酒
to.so

徒 音と 訓いたずら 常

音 と to

ときょうそう
徒競走 賽跑
to.kyo.o.so.o

としゅ
徒手 空手、徒手
to.shu

とてい
徒弟 徒弟
to.te.i

ととう
徒党 (因某目的而組織的)黨徒
to.to.o

とほ
徒歩 徒步
to.ho

とろう
徒労 徒勞
to.ro.o

がくと
学徒 學徒
ga.ku.to

しんと
信徒 信徒
shi.n.to

せいと
生徒 學生
se.i.to

ぶっきょうと
仏教徒 佛教徒
bu.k.kyo.o.to

訓 いたずら i.ta.zu.ra

いたずら
徒 徒勞無功
i.ta.zu.ra

突 音とつ 訓つく 常

音 とつ to.tsu

とつげき
突撃 突擊、衝鋒
to.tsu.ge.ki

とつじょ
突如 突然
to.tsu.jo

とつぜん
突然 突然、忽然
to.tsu.ze.n

とつにゅう
突入 突入、衝入
to.tsu.nyu.u

とっしん
突進 突進、猛進
to.s.shi.n

とっかんこうじ
突貫工事 速成工程
to.k.ka.n.ko.o.ji

とっき
突起 突起、凸起、隆起
to.k.ki

とっしゅつ
突出 突出、顯眼
to.s.shu.tsu

とったん
突端 頂端、尖端
to.t.ta.n

とっぱ
突破 突破、衝破、打破
to.p.pa

とっぱつ
突発 突發、突然發生
to.p.pa.tsu

とっぴ
突飛 出人意料、離奇、古怪
to.p.pi

とっぷう
突風 突然刮起的狂風
to.p.pu.u

えんとつ
煙突 煙囪
e.n.to.tsu

げきとつ
激突 猛撞、激烈衝撞
ge.ki.to.tsu

ついとつ
追突 追撞、衝撞
tsu.i.to.tsu

とうとつ
唐突 突然、意外
to.o.to.tsu

訓 つく tsu.ku

つ
突く 頂住
tsu.ku

つ あ
突き当たり 碰上；道路盡頭
tsu.ki.a.ta.ri

つ あ
突き当たる 碰上、遇上
tsu.ki.a.ta.ru

突指（つきゆび） tsu.ki.yu.bi　受傷的手指

玉突き（たまつ） ta.ma.tsu.ki　撞球；汽車追撞

突っ込む（つこ） tsu.k.ko.mu　闖進、深入；戳破對方弱點

突っ張り（つぱ） tsu.p.pa.ri　頂住、支柱

突っ張る（つぱ） tsu.p.pa.ru　頂住；虛張聲勢

途

音 と　ず
訓 みち
常

音 と to

途上（とじょう） to.jo.o　道上、途中

途絶（とぜつ） to.ze.tsu　(交通、通訊等)斷絕、中斷

途絶える（とだ） to.da.e.ru　斷絕、中斷

音 ず zu

訓 みち mi.chi

途端（とたん） to.ta.n　恰好…時

途中（とちゅう） to.chu.u　途中、半途

途方（とほう） to.ho.o　手段、辦法、方法

一途（いっと） i.t.to　一條路、同道、一致

使途（しと） shi.to　(金錢的)用途、開銷

前途（ぜんと） ze.n.to　前途

別途（べっと） be.t.to　另一途徑、另一方法

用途（ようと） yo.o.to　用途

吐

音 と
訓 はく
常

音 と to

吐息（といき） to.i.ki　嘆氣

吐血（とけつ） to.ke.tsu　吐血

吐露（とろ） to.ro　吐露

訓 はく ha.ku

吐く（は） ha.ku　吐出、說出、吐露、冒出、噴出

吐き気（はけ） ha.ki.ke　噁心

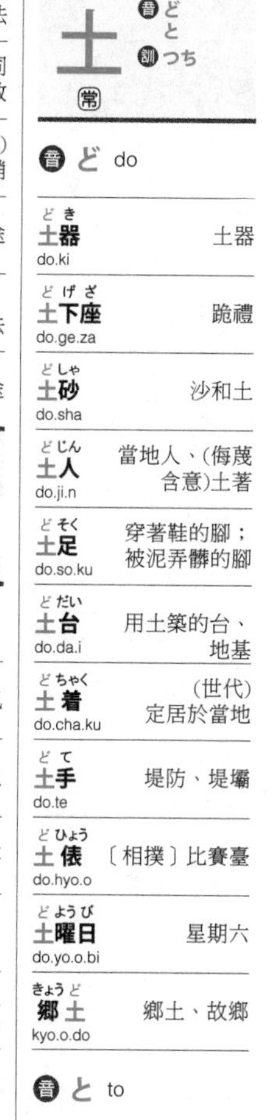

土

音 ど　と
訓 つち
常

音 ど do

土器（どき） do.ki　土器

土下座（どげざ） do.ge.za　跪禮

土砂（どしゃ） do.sha　沙和土

土人（どじん） do.ji.n　當地人、(侮蔑含意)土著

土足（どそく） do.so.ku　穿著鞋的腳；被泥弄髒的腳

土台（どだい） do.da.i　用土築的台、地基

土着（どちゃく） do.cha.ku　(世代)定居於當地

土手（どて） do.te　堤防、堤壩

土俵（どひょう） do.hyo.o　〔相撲〕比賽臺

土曜日（どようび） do.yo.o.bi　星期六

郷土（きょうど） kyo.o.do　鄉土、故鄉

音 と to

とち
土地 土地
to.chi

訓 つち tsu.chi

つち
土 土地、大地、泥土
tsu.chi

つちけむり
土煙 飛塵
tsu.chi.ke.mu.ri

みやげ
特 **お土産** 土產、紀念品
o.mi.ya.ge

兎
音 と
訓 うさぎ

音 と to

だっと
脱兎 脫兔、（喻）非常快
da.t.to

訓 うさぎ u.sa.gi

うさぎ
兎 兔子
u.sa.gi

菟
音 と
訓 (うさぎ)

音 と to

訓 (うさぎ) u.sa.gi

托
音 たく
訓

音 たく ta.ku

たくしょう
托生 寄生
ta.ku.sho.o

たくはつ
托鉢 託鉢、化緣
ta.ku.ha.tsu

ちゃたく
茶托 茶托
cha.ta.ku

脱
音 だつ
訓 ぬぐ ぬげる
常

音 だつ da.tsu

だつい
脱衣 脫衣服
da.tsu.i

だつじ
脱字 漏字、掉字
da.tsu.ji

だつぼう
脱帽 脫帽
da.tsu.bo.o

だつもう
脱毛 脫毛、除毛
da.tsu.mo.o

だつらく
脱落 脫落、脫隊、脫離
da.tsu.ra.ku

だつりょく
脱力 四肢無力
da.tsu.ryo.ku

いつだつ
逸脱 脫離、越軌、漏掉
i.tsu.da.tsu

きょだつ
虚脱 失神、呆然；虛脫
kyo.da.tsu

げだつ
解脱 〔佛〕解脫
ge.da.tsu

だっかい
脱会 退(出)會
da.k.ka.i

だっきゃく
脱却 （從不好的狀態中）逃出、擺脫
da.k.kya.ku

だっきゅう
脱臼 脫臼
da.k.kyu.u

だっしめん
脱脂綿 脫脂棉
da.s.shi.me.n

だっしゅう
脱臭 脫臭、除臭
da.s.shu.u

だっしゅつ
脱出 逃出、逃脫
da.s.shu.tsu

だっしょく
脱色 〔化〕脫色、漂白
da.s.sho.ku

だっすい
脱水 脫水
da.s.su.i

だっ
脱する 逃出、脫離
da.s.su.ru

だつぜい
脱税 逃稅
da.tsu.ze.i

だっせん
脱線 出軌、脫軌
da.s.se.n

だっそう
脱走 逃走、逃亡、逃跑
da.s.so.o

だったい
脱退 脫離、退出
da.t.ta.i

だっぴ
脱皮 脫皮、脫殼；脫胎換骨
da.p.pi

訓 ぬぐ nu.gu

ぬ
脱ぐ 脫去
nu.gu

訓 ぬげる nu.ge.ru

ぬ
脱げる 脫掉
nu.ge.ru

託
音 たく
訓
常

音 たく ta.ku

たくじしょ
託児所 托兒所
ta.ku.ji.sho

いたく
委託 委託、託付
i.ta.ku

きたく
寄託 寄託、委託保管
ki.ta.ku

けったく
結託 勾結、串通、共謀
ke.t.ta.ku

じゅたく
受託 受託
ju.ta.ku

しょくたく
嘱託 委託、受委託人
sho.ku.ta.ku

しんたく
信託 信託、委託、託管
shi.n.ta.ku

しんたく
神託 神的啟示、神諭
shi.n.ta.ku

ふたく
付託 託付、委託
fu.ta.ku

陀
音 だ
訓

音 だ da

まんだら
曼陀羅 (佛)曼陀羅；鮮豔的花
ma.n.da.ra

駄
音 だ
た
訓
常

音 だ da

だがし
駄菓子 (粗糖、雜穀製的)點心
da.ga.shi

ださく
駄作 拙劣、沒有價值的作品
da.sa.ku

だちん
駄賃 運費；給小孩的零用錢
da.chi.n

だめ
駄目 不行、不可以；沒用處
da.me

むだ
無駄 徒勞、白費、浪費
mu.da

音 た ta

げた
下駄 木屐
ge.ta

せった
雪駄 竹皮草屨內鋪著皮革的鞋子
se.t.ta

妥
音 だ
訓
常

音 だ da

だきょう
妥協 妥協、和解
da.kyo.o

だけつ
妥結 妥協、協商好
da.ke.tsu

だとう
妥当 妥當、妥善
da.to.o

楕
音 だ
訓

音 だ da

だえん
楕円 橢圓
da.e.n

橢
音 だ
訓

音 だ da

唾

音 だ
訓 つば
つばき

音 だ da

だえき
唾液 唾液
da.e.ki

訓 つば tsu.ba

つば
唾 唾液
tsu.ba

つばき
唾 唾液
tsu.ba.ki

拓

音 たく
訓
常

音 たく ta.ku

たくしょく
拓殖 開墾殖民地
ta.ku.sho.ku

かいたく
開拓 開拓、開墾、開闢
ka.i.ta.ku

かんたく
干拓 排水開墾
ka.n.ta.ku

ぎょたく
魚拓 魚的拓本
gyo.ta.ku

推

音 すい
訓 おす
常

音 すい su.i

すいい
推移 推移、變遷
su.i.i

すいきょ
推挙 推舉
su.i.kyo

すいけい
推計 推計
su.i.ke.i

すいさつ
推察 推察、猜想；體諒
su.i.sa.tsu

すいしょう
推奨 推薦…(給人)
su.i.sho.o

すいしん
推進 推進
su.i.shi.n

すいせん
推薦 推薦、推選(人)
su.i.se.n

すいそく
推測 推測
su.i.so.ku

すいてい
推定 推定
su.i.te.i

すいりょう
推量 推量
su.i.ryo.o

すいり
推理 推理
su.i.ri

すいろん
推論 推論
su.i.ro.n

るいすい
類推 類推
ru.i.su.i

訓 おす o.su

お
推す 推薦、推選、推舉
o.su

腿

音 たい
訓 もも

音 たい ta.i

だいたい
大腿 大腿
da.i.ta.i

訓 もも mo.mo

もも
腿 大腿
mo.mo

退

音 たい
訓 しりぞく
しりぞける
常

音 たい ta.i

たいいん
退院 出院
ta.i.i.n

たいか
退化 退化
ta.i.ka

たいがく
退学 退學
ta.i.ga.ku

たいかん
退官 辭官
ta.i.ka.n

たいきょ
退去 離開、離去
ta.i.kyo

たいくつ
退屈 無聊、寂寞
ta.i.ku.tsu

たいさん
退散 退散、紛紛逃走
ta.i.sa.n

たいじ
退治 征服、討伐
ta.i.ji

たいしゃ
退社 辭職、退休；下班
ta.i.sha

たいしゅつ
退出 退出
ta.i.shu.tsu

たいじょう
退場 退場
ta.i.jo.o

たいしょく
退職 辭職、退休
ta.i.sho.ku

たいせき
退席 退席
ta.i.se.ki

たいだん
退団 退團
ta.i.da.n

たいほ
退歩 退步
ta.i.ho

いんたい
引退 引退
i.n.ta.i

こうたい
後退 後退
ko.o.ta.i

じたい
辞退 辭退
ji.ta.i

そうたい
早退 早退
so.o.ta.i

はいたい
敗退 （比賽…等）敗退、敗北
ha.i.ta.i

訓 **しりぞく** shi.ri.zo.ku

しりぞ
退く 後退；退出；退職
shi.ri.zo.ku

訓 **しりぞける** shi.ri.zo.ke.ru

しりぞ
退ける 擊退、趕回；拒絕
shi.ri.zo.ke.ru

団

音 だん とん

訓

常

音 だん da.n

だんいん
団員 團員
da.n.i.n

だんかいせだい
団塊世代 指在西元1947－1949年戰後嬰兒潮出生的人們
da.n.ka.i.se.da.i

だんけつ
団結 團結
da.n.ke.tsu

だんご
団子 丸子
da.n.go

だんたい
団体 團體
da.n.ta.i

だんち
団地 （住宅、工業）區
da.n.chi

だんちょう
団長 團長
da.n.cho.o

いちだん
一団 一團
i.chi.da.n

がくだん
楽団 樂團
ga.ku.da.n

ぐんだん
軍団 軍團
gu.n.da.n

ざいだん
財団 財團
za.i.da.n

しさつだん
視察団 考察團
shi.sa.tsu.da.n

しせつだん
使節団 使節團
shi.se.tsu.da.n

しゅうだん
集団 集團
shu.u.da.n

しょうねんだん
少年団 童子軍
sho.o.ne.n.da.n

にゅうだん
入団 入團
nyu.u.da.n

ぼうりょくだん
暴力団 暴力組織、黑道
bo.o.ryo.ku.da.n

りょこうだん
旅行団 旅行團
ryo.ko.o.da.n

音 とん to.n

ふとん
布団 * 棉被
fu.to.n

うちわ
特 **団扇** 團扇
u.chi.wa

呑 音 どん 訓 のむ

音 どん do.n

へいどん
併呑 吞併
he.i.do.n

訓 のむ no.mu

の
呑む 吞
no.mu

のんき
特 呑気 悠閒、滿不在乎
no.n.ki

屯 音 とん 訓 たむろ 常

音 とん to.n

ちゅうとん
駐屯 駐屯、駐紮
chu.u.to.n

訓 たむろ ta.mu.ro

たむろ
屯 集合（處）、兵營
ta.mu.ro

豚 音 とん 訓 ぶた 常

音 とん to.n

とんしゃ
豚舎 豬舍
to.n.sha

訓 ぶた bu.ta

ぶたにく
豚肉 豬肉
bu.ta.ni.ku

通 音 つう つ 訓 とおる とおす かよう 常

音 つう tsu.u

つういん
通院 （定期或經常）回診、治療
tsu.u.i.n

つううん
通運 運輸
tsu.u.u.n

つうか
通過 通過
tsu.u.ka

つうか
通貨 通貨、貨幣
tsu.u.ka

つうがく
通学 通勤上學
tsu.u.ga.ku

つうきん
通勤 通勤
tsu.u.ki.n

つうこう
通行 通行
tsu.u.ko.o

つうさん
通算 合算、總計
tsu.u.sa.n

つうしょう
通商 通商
tsu.u.sho.o

つう
通じる 通曉、領會；（電話）通
tsu.u.ji.ru

つうじょう
通常 通常
tsu.u.jo.o

つうしん
通信 通信、通訊
tsu.u.shi.n

つうち
通知 通知
tsu.u.chi

つうちょう
通帳 帳本
tsu.u.cho.o

つうどく
通読 從頭到尾讀一遍
tsu.u.do.ku

つうやく
通訳 口譯
tsu.u.ya.ku

つうよう
通用 通用
tsu.u.yo.o

つうれい
通例 慣例
tsu.u.re.i

つうろ
通路 通路
tsu.u.ro

いっつう
一通 一份、一封(文件、信件…等)
i.t.tsu.u

かいつう
開通 開通
ka.i.tsu.u

きょうつう
共通 共通
kyo.o.tsu.u

こうつう
交通 交通
ko.o.tsu.u

ぶんつう
文通 通信、書信聯絡
bu.n.tsu.u

音 つ tsu

つや
通夜 * (在靈前)守夜；徹夜祈福
tsu.ya

訓 とおる to.o.ru

とお
通る 通行、通過
to.o.ru

とお
通り 大街、馬路
to.o.ri

とお かか
通り掛る 路過、走過
to.o.ri.ka.ka.ru

とお す
通り過ぎる 通過某個地方朝著對面前進
to.o.ri.su.gi.ru

おおどお
大通り 大馬路
o.o.do.o.ri

訓 とおす to.o.su

とお
通す 穿通、通過；連貫
to.o.su

訓 かよう ka.yo.u

かよ
通う 往來、來往、通行
ka.yo.u

同

音 どう
訓 おなじ
常

音 どう do.o

どうい
同意 同意
do.o.i

どういつ
同一 同様
do.o.i.tsu

どうかく
同格 (地位、資格…等)同等
do.o.ka.ku

どうかん
同感 同感
do.o.ka.n

どうき
同期 同期
do.o.ki

どうきゅう
同級 同等級、同級生
do.o.kyu.u

どうきょ
同居 同住
do.o.kyo

どうこう
同行 同行
do.o.ko.o

どうし
同士 同伴、夥伴
do.o.shi

どうし
同志 夥伴、同伴
do.o.shi

どうじ
同時 同時
do.o.ji

どうしつ
同室 同室
do.o.shi.tsu

どうしつ
同質 同質
do.o.shi.tsu

どうじょう
同乗 共乘(車子…等)
do.o.jo.o

どうじょう
同情 同情
do.o.jo.o

どうしょく
同色 同色
do.o.sho.ku

どうせい
同姓 同姓
do.o.se.i

どうぞく
同族 同族
do.o.zo.ku

どうちょう
同調 同步調；贊成
do.o.cho.o

どうてん
同点 共同點
do.o.te.n

どうとう
同等 同等
do.o.to.o

どうねん
同年 同年
do.o.ne.n

どうふう
同封 附在信內
do.o.fu.u

どうめい
同盟 同盟、締結聯盟
do.o.me.i

どうよう
同様 同樣、一樣
do.o.yo.o

どうりょう
同僚 同事
do.o.ryo.o

どうれつ
同列 同列、同排；同等地位
do.o.re.tsu

いちどう
一同 一同
i.chi.do.o

きょうどう
協同 協同
kyo.o.do.o

きょうどう
共同 共同
kyo.o.do.o

訓 おなじ o.na.ji

おな
同じ 一樣、相同
o.na.ji

桐
音 とう
訓 きり

音 とう to.o

訓 きり ki.ri

きり
桐 （植）梧桐
ki.ri

童
音 どう
訓 わらべ
常

音 どう do.o

どうがん
童顔 童顏
do.o.ga.n

どうしん
童心 童心
do.o.shi.n

どうよう
童謡 童謠
do.o.yo.o

どうわ
童話 童話
do.o.wa

あくどう
悪童 頑皮的小孩
a.ku.do.o

がくどう
学童 學童
ga.ku.do.o

じどう
児童 兒童
ji.do.o

しんどう
神童 神童
shi.n.do.o

訓 わらべ wa.ra.be

わらべうた
童歌 童謠
wa.ra.be.u.ta

瞳
音 どう
訓 ひとみ

音 どう do.o

どうこう
瞳孔 瞳孔
do.o.ko.o

訓 ひとみ hi.to.mi

ひとみ
瞳 瞳孔
hi.to.mi

銅
音 どう
訓
常

音 どう do.o

どう
銅 銅
do.o

どうか
銅貨 銅錢
do.o.ka

どうき
銅器 銅器
do.o.ki

どうざん
銅山 出產銅礦的山
do.o.za.n

どうせん
銅線 銅線
do.o.se.n

どうぞう
銅像 銅像
do.o.zo.o

どうばん
銅板 銅板
do.o.ba.n

おうどう
黄銅 黃銅
o.o.do.o

しゃくどう
赤銅 紅銅
sha.ku.do.o

せいどう
青銅 青銅
se.i.do.o

筒
音 とう
訓 つつ
常

音 とう to.o

すいとう
水筒 水壺
su.i.to.o

ふうとう
封筒 信封
fu.u.to.o

訓 つつ tsu.tsu

つつ
筒 筒、筒狀物
tsu.tsu

つつぐち
筒口 筒口、槍口、砲口
tsu.tsu.gu.chi

ちゃづつ
茶筒 茶葉筒
cha.zu.tsu

桶
音 とう
訓 おけ

音 とう to.o

ゆとう
湯桶 漆木水壺
yu.to.o

訓 おけ o.ke

かんおけ
棺桶 棺材
ka.n.o.ke

ておけ
手桶 提桶
te.o.ke

統
音 とう
訓 すべる
常

音 とう to.o

とういつ
統一 統一
to.o.i.tsu

とうけい
統計 統計
to.o.ke.i

とうごう
統合 統合
to.o.go.o

とうせい
統制 統制
to.o.se.i

とうそつ
統率 統率
to.o.so.tsu

とうち
統治 統治
to.o.chi

いっとう
一統 一統
i.t.to.o

けいとう
系統 系統
ke.i.to.o

けっとう
血統 血統
ke.t.to.o

せいとう
正統 正統
se.i.to.o

でんとう
伝統 傳統
de.n.to.o

訓 すべる su.be.ru

す
統べる 總括、概括、統率
su.be.ru

痛
音 つう
訓 いたい
いたむ
いためる
常

音 つう tsu.u

つうかい
痛快 痛快
tsu.u.ka.i

つうかん
痛感 感觸很深
tsu.u.ka.n

つうせつ
痛切 痛切、深切
tsu.u.se.tsu

つうれつ
痛烈 猛烈
tsu.u.re.tsu

くつう
苦痛 苦痛
ku.tsu.u

しんつう
心痛 心痛
shi.n.tsu.u

ずつう
頭痛 頭痛
zu.tsu.u

ひつう
悲痛 悲痛
hi.tsu.u

ふくつう
腹痛 腹痛
fu.ku.tsu.u

むつう
無痛 無痛
mu.tsu.u

訓 いたい i.ta.i

いた
痛い 痛的
i.ta.i

訓 いたむ i.ta.mu

いた
痛む 疼痛、痛苦、悲痛
i.ta.mu

いた
痛み 疼痛
i.ta.mi

ㄊㄨㄥˋ

訓 いためる
i.ta.me.ru

痛(いた)める i.ta.me.ru	使疼痛、使苦惱

捺

音 なつ
訓

音 なつ na.tsu

なついん
捺印 蓋章
na.tsu.i.n

おうなつ
押捺 蓋章
o.o.na.tsu

納 (常)

音 のう、なっ、な、なん、とう
訓 おさめる、おさまる

音 のう no.o

のうき
納期 交貨、付款期限
no.o.ki

のうぜい
納税 納稅
no.o.ze.i

のうにゅう
納入 繳納
no.o.nyu.u

のうひん
納品 交(的)貨
no.o.hi.n

のうふ
納付 (向政府機關)繳納
no.o.fu

のうりょう
納涼 納涼、乘涼
no.o.ryo.o

えんのう
延納 過期繳納
e.n.no.o

かんのう
完納 繳完
ka.n.no.o

しゅうのう
収納 收納
shu.u.no.o

ぜんのう
前納 預付、提前繳納
ze.n.no.o

ぶんのう
分納 分期繳納
bu.n.no.o

へんのう
返納 繳回、奉還
he.n.no.o

ほうのう
奉納 (對神佛)供獻
ho.o.no.o

みのう
未納 未繳
mi.no.o

音 なっ na

なっとく
納得 * 理解、認可
na.t.to.ku

なっとう
納豆 * 納豆
na.t.to.o

音 な na

なや
納屋 * 倉庫、儲藏室
na.ya

音 なん na.n

なんど
納戸 * 儲藏室、藏衣室
na.n.do

音 とう to.o

すいとう
出納 * 出納
su.i.to.o

訓 おさめる o.sa.me.ru

おさ
納める 交納、放進、收下
o.sa.me.ru

訓 おさまる o.sa.ma.ru

おさ
納まる 收進、納入；平息
o.sa.ma.ru

那

音 な
訓

音 な na

せつな
刹那 剎那、瞬間、頃刻
se.tsu.na

だんな
旦那 丈夫
da.n.na

乃

音 だい、ない
訓 の、なんじ、すなわち

音 だい da.i

だいふ
乃父 父親對兒子稱自己
da.i.fu

音 ない na.i

ないし
乃至 乃至、或是
na.i.shi

訓 の no

訓 なんじ na.n.ji

訓 すなわち su.na.wa.chi

すなわ
乃ち 也就是說…
su.na.wa.chi

廼
音 だい
訓 の

音 だい da.i

訓 の no

奈
音 な
訓

音 な na

ならく
奈落 地獄、無底深淵
na.ra.ku

耐
音 たい
訓 たえる
常

音 たい ta.i

たいか
耐火 耐火
ta.i.ka

たいかん
耐寒 耐寒
ta.i.ka.n

たいきゅうりょく
耐久力 耐久力、持久力
ta.i.kyu.u.ryo.ku

たいしん
耐震 耐震
ta.i.shi.n

たいすい
耐水 耐水
ta.i.su.i

たいねつ
耐熱 耐熱
ta.i.ne.tsu

たいぼう
耐乏 忍耐清貧、艱苦樸素
ta.i.bo.o

訓 たえる ta.e.ru

た
耐える 忍耐；勝任；值得
ta.e.ru

内
音 ない だい
訓 うち
常

音 ない na.i

ないか
内科 內科
na.i.ka

ないかく
内閣 內閣
na.i.ka.ku

ないしょ
内緒 秘密
na.i.sho

ないしょく
内職 業餘、副業
na.i.sho.ku

ないしゅっけつ
内出血 內出血
na.i.shu.k.ke.tsu

ないしん
内心 內心
na.i.shi.n

ないせい
内政 內政
na.i.se.i

ないせん
内線 內線
na.i.se.n

ないせん
内戦 內戰
na.i.se.n

ないぞう
内臓 內臟
na.i.zo.o

ないぶ
内部 內部
na.i.bu

ないみつ
内密 秘密
na.i.mi.tsu

ないめん
内面 裡面
na.i.me.n

ないよう
内容 內容
na.i.yo.o

ないらん
内乱 內亂
na.i.ra.n

ないりく
内陸 內陸
na.i.ri.ku

あんない
案内 說明、介紹
a.n.na.i

いない
以内 以內
i.na.i

こくない
国内 國內
ko.ku.na.i

たいない
体内 體內
ta.i.na.i

ちょうない
町内 町內
cho.o.na.i

音 だい da.i

だいり
内裏 * 皇宮的舊稱
da.i.ri

けいだい
境内 * 境內；(神社、寺院)院內
ke.i.da.i

訓 うち u.chi

うち
内 內、心中
u.chi

うちき
内気 靦腆、內向
u.chi.ki

うちわけ
内訳 (金額…等的)明細、清單
u.chi.wa.ke

音 のう no.o

くのう
苦悩 苦惱、苦悶
ku.no.o

ぼんのう
煩悩 煩腦
bo.n.no.o

訓 なやむ na.ya.mu

なや
悩む 煩惱、憂愁、苦惱
na.ya.mu

なや
悩ましい 難過的、惱人的
na.ya.ma.shi.i

訓 なやます na.ya.ma.su

なや
悩ます 使煩惱、使苦惱、折磨
na.ya.ma.su

なや
悩み 煩惱、苦惱
na.ya.mi

脳 音 のう 訓 常

音 のう no.o

のう
脳 腦
no.o

かんのう
間脳 (位於大腦與中腦之間)間腦
ka.n.no.o

のうてん
脳天 頭頂
no.o.te.n

のうは
脳波 腦波
no.o.ha

のうびょう
脳病 腦的疾病
no.o.byo.o

のうひんけつ
脳貧血 腦貧血
no.o.hi.n.ke.tsu

のうり
脳裏 腦海裡、心裡
no.o.ri

しゅのう
首脳 首腦
shu.no.o

しょうのう
小脳 小腦
sho.o.no.o

ずのう
頭脳 頭腦
zu.no.o

だいのう
大脳 大腦
da.i.no.o

ちゅうのう
中脳 中腦
chu.u.no.o

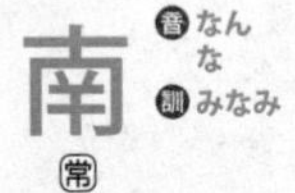

音 なん na.n

なんか
南下 南下
na.n.ka

なんかい
南海 南方的海
na.n.ka.i

なんきょく
南極 南極
na.n.kyo.ku

なんごく
南国 南國
na.n.go.ku

なんとう
南東 東南方
na.n.to.o

なんべい
南米 南美
na.n.be.i

なんぽう
南方 南方
na.n.po.o

なんぼく
南北 南北
na.n.bo.ku

なんよう
南洋 南洋
na.n.yo.o

こなん
湖南 （中國）湖南省
ko.na.n

せいなん
西南 西南方
se.i.na.n

とうなん
東南 東南方
to.o.na.n

なんぷう
南風 南風
na.n.pu.u

音 な na

なむあみだぶつ
南無阿弥陀仏 * 南無阿彌陀佛
na.mu.a.mi.da.bu.tsu

訓 みなみ mi.na.mi

みなみ
南 南方、南邊
mi.na.mi

みなみはんきゅう
南半球 南半球
mi.na.mi.ha.n.kyu.u

なんなんせい
南南西 南南西
na.n.na.n.se.i

なんなんとう
南南東 南南東
na.n.na.n.to.o

なんぶ
南部 南部
na.n.bu

楠

音 なん
訓 くす
くすのき

音 なん na.n

訓 くす ku.su

くす
楠 樹名
ku.su

訓 くすのき ku.su.no.ki

くすのき
楠 樹名
ku.su.no.ki

常

音 だん
なん
訓 おとこ

だんし
男子 男子
da.n.shi

だんじ
男児 男兒
da.n.ji

だんせい
男性 男性
da.n.se.i

だんそう
男装 男裝
da.n.so.o

だんゆう
男優 男演員
da.n.yu.u

音 なん na.n

げなん
下男 男僕
ge.na.n

さんなん
三男 三男
sa.n.na.n

じなん
次男 次男
ji.na.n

ちょうなん
長男 長男
cho.o.na.n

訓 おとこ o.to.ko

おとこ
男 男子、男性
o.to.ko

おとここ
男の子 男孩
o.to.ko.no.ko

おとこひと
男の人 男人
o.to.ko.no.hi.to

おおおとこ
大男 彪形大漢
o.o.o.to.ko

さくおとこ
作男 （雇來耕作的）長工
sa.ku.o.to.ko

やまおとこ
山男 深山裡的（男）妖怪；登山迷
ya.ma.o.to.ko

難

常

音 なん
訓 かたい
むずかしい

音 なん na.n

なん
難 災難、缺點
na.n

なん い
難易 難易
na.n.i

なんかい
難解 難解
na.n.ka.i

なんかん
難関 難關
na.n.ka.n

なんぎょう
難行 難進行
na.n.gyo.o

なん じ
難字 難懂的字
na.n.ji

なんしょく
難色 不認同的表情
na.n.sho.ku

なんだい
難題 難題
na.n.da.i

なんてん
難点 難處
na.n.te.n

なんどく
難読 難讀
na.n.do.ku

なんびょう
難病 難醫治的病
na.n.byo.o

なんみん
難民 難民
na.n.mi.n

なんもん
難問 難題、難回答的問題
na.n.mo.n

く なん
苦難 苦難
ku.na.n

こんなん
困難 困難
ko.n.na.n

さいなん
災難 災難
sa.i.na.n

だいなん
大難 大災難
da.i.na.n

た なん
多難 多災多難
ta.na.n

ばんなん
万難 萬難
ba.n.na.n

ひ なん
非難 責備
hi.na.n

ぶ なん
無難 無災無難、平安；無缺點
bu.na.n

訓 かたい ka.ta.i

かた
難い 難以…
ka.ta.i

訓 むずかしい mu.zu.ka.shi.i

むずか
難しい 困難的、難理解的
mu.zu.ka.shi.i

嚢

音 のう
訓

音 のう no.o

こうのう
膠嚢 膠囊
ko.o.no.o

ど のう
土嚢 土袋、沙袋
do.no.o

能

音 のう
訓
常

音 のう no.o

のう
能 能力、技能
no.o

のうがく
能楽 (日本傳統藝術)能樂
no.o.ga.ku

のうどうてき
能動的 能動的、主動的
no.o.do.o.te.ki

のうぶん
能文 擅長寫文章
no.o.bu.n

のうべん
能弁 能言善道
no.o.be.n

のうりつ
能率 效率
no.o.ri.tsu

のうりょく
能力 能力
no.o.ryo.ku

か のう
可能 可能
ka.no.o

き のう
機能 機能
ki.no.o

ぎ のう
技能 技能
gi.no.o

こうのう
効能 效能
ko.o.no.o

さいのう
才能 才能
sa.i.no.o

ちのう
知能 智慧、智能
chi.no.o

ていのう
低能 低能
te.i.no.o

ばんのう
万能 萬能
ba.n.no.o

ふかのう
不可能 不可能
fu.ka.no.o

ふのう
不能 無法、不能
fu.no.o

ほうしゃのう
放射能 放射能
ho.o.sha.no.o

ほんのう
本能 本能
ho.n.no.o

むのう
無能 無能、無用
mu.no.o

ゆうのう
有能 有能力
yu.u.no.o

尼
音 に
訓 あま
常

音 に ni

にそう
尼僧 尼僧
ni.so.o

訓 あま a.ma

あまでら
尼寺 尼姑庵、修道院
a.ma.de.ra

泥
音 でい
訓 どろ
常

音 でい de.i

でいど
泥土 泥土、稀泥
de.i.do

でいたん
泥炭 泥炭
de.i.ta.n

おでい
汚泥 污泥；惡劣環境
o.de.i

こうでい
拘泥 拘泥、固執、計較
ko.o.de.i

訓 どろ do.ro

どろ
泥 泥土
do.ro

どろうみ
泥海 水渾濁的海、泥海、爛泥坑
do.ro.u.mi

どろじあい
泥仕合 互相揭短、暴露醜聞
do.ro.ji.a.i

どろぬま
泥沼 泥沼；(喻)墮落的處境
do.ro.nu.ma

どろぼう
泥棒 小偷
do.ro.bo.o

擬
音 ぎ
訓
常

音 ぎ gi

ぎおん
擬音 擬聲；音響效果
gi.o.n

ぎじ
擬似 疑似、近似
gi.ji

ぎじんほう
擬人法 擬人法
gi.ji.n.ho.o

ぎせいご
擬声語 擬聲語
gi.se.i.go

ぎそう
擬装 偽裝、掩飾
gi.so.o

ぎたいご
擬態語 擬態語
gi.ta.i.go

禰
音 ね
でい
ない
訓

音 ね ne

音 でい de.i

音 ない na.i

匿
音 とく
訓
常

音 とく to.ku

とくめい
匿名 匿名
to.ku.me.i

いんとく
隠匿 隱匿、隱藏
i.n.to.ku

ひとく
秘匿 隱匿、密藏
hi.to.ku

溺
音 でき
訓 おぼれる

音 でき de.ki

できあい
溺愛 溺愛
de.ki.a.i

できし
溺死 溺死
de.ki.shi

訓 おぼれる o.bo.re.ru

おぼ
溺れる 淹、溺；沉溺、迷戀
o.bo.re.ru

逆 常
音 ぎゃく げき
訓 さか さからう

音 ぎゃく gya.ku

ぎゃく
逆 相反、逆
gya.ku

ぎゃくさん
逆算 倒過來算、[數]逆運算
gya.ku.sa.n

ぎゃくじょう
逆上 (怒氣、悲傷)怒髮衝冠、沖昏了頭
gya.ku.jo.o

ぎゃくせつ
逆説 反論、異說
gya.ku.se.tsu

ぎゃくてん
逆転 逆轉
gya.ku.te.n

ぎゃくふう
逆風 逆風
gya.ku.fu.u

ぎゃくゆにゅう
逆輸入 (出口後)又再進口
gya.ku.yu.nyu.u

ぎゃくよう
逆用 反過來利用
gya.ku.yo.o

ぎゃくりゅう
逆流 逆流
gya.ku.ryu.u

はんぎゃく
反逆 叛逆
ha.n.gya.ku

音 げき ge.ki

訓 さか sa.ka

さか
逆さ 逆、顛倒
sa.ka.sa

さかゆめ
逆夢 與現實相反的夢
sa.ka.yu.me

さかうら
逆恨み 反被怨恨；好心反成惡意
sa.ka.u.ra.mi

さかさま
逆様 逆、顛倒、相反
sa.ka.sa.ma

さかだ
逆立ち 倒立、本末倒置；(下接否定)不管怎麼努力也…
sa.ka.da.chi

訓 さからう sa.ka.ra.u

さか
逆らう 違背、違逆、反抗
sa.ka.ra.u

睨
音 げい
訓 にらむ ねめる

音 げい ge.i

へいげい
睥睨 睥睨、斜眼看
he.i.ge.i

訓 にらむ ni.ra.mu

にら
睨む 瞪眼、注視
ni.ra.mu

訓 ねめる ne.me.ru

ね
睨める 同「睨む」，瞪眼、注視
ne.me.ru

囁
音 しょう
訓 ささやく

音 しょう sho.o

訓 ささやく sa.sa.ya.ku

ささや
囁く 耳語、私語
sa.sa.ya.ku

ㄋ

鳥

音 ちょう
訓 とり
常

音 ちょう cho.o

あいちょう
愛鳥 愛鳥
a.i.cho.o

えきちょう
益鳥 (一般指食蟲性的鳥)益鳥
e.ki.cho.o

がいちょう
害鳥 害鳥
ga.i.cho.o

ちょうるい
鳥類 鳥類
cho.o.ru.i

はくちょう
白鳥 天鵝
ha.ku.cho.o

やちょう
野鳥 野鳥
ya.cho.o

訓 とり to.ri

とり
鳥 鳥
to.ri

とりにく
鳥肉 雞肉
to.ri.ni.ku

とりめ
鳥目 夜盲症
to.ri.me

ことり
小鳥 小鳥
ko.to.ri

みずとり
水鳥 水鳥
mi.zu.to.ri

うみどり
海鳥 海鷗
u.mi.do.ri

なつどり
夏鳥 (春夏季飛到某地繁殖)夏候鳥
na.tsu.do.ri

やまどり
山鳥 山裡的鳥
ya.ma.do.ri

わたりどり
渡り鳥 候鳥
wa.ta.ri.do.ri

尿

音 にょう
訓
常

音 にょう nyo.o

にょう
尿 尿
nyo.o

にょうい
尿意 尿意
nyo.o.i

にょうそ
尿素 尿素
nyo.o.so

けんにょう
検尿 尿液檢查
ke.n.nyo.o

はいにょう
排尿 排尿
ha.i.nyo.o

牛

音 ぎゅう ご
訓 うし
常

音 ぎゅう gyu.u

ぎゅうしゃ
牛舎 牛舍
gyu.u.sha

ぎゅうにく
牛肉 牛肉
gyu.u.ni.ku

ぎゅうにゅう
牛乳 牛乳
gyu.u.nyu.u

ぎゅうば
牛馬 牛馬
gyu.u.ba

ぎゅうほ
牛歩 慢步、慢吞吞
gyu.u.ho

えきぎゅう
役牛 (用來耕作、搬運…等)牛
e.ki.gyu.u

すいぎゅう
水牛 水牛
su.i.gyu.u

とうぎゅう
闘牛 鬥牛
to.o.gyu.u

にくぎゅう
肉牛 食用牛
ni.ku.gyu.u

にゅうぎゅう
乳牛 乳牛
nyu.u.gyu.u

やぎゅう
野牛 野牛
ya.gyu.u

音 ご go

ごぼう
牛蒡 牛蒡
go.bo.o

訓 うし u.shi

うし
牛 牛
u.shi

こうし
子牛 小牛
ko.u.shi

紐 音 ちゅう じゅう 訓 ひも

音 **ちゅう** chu.u

ちゅうたい
紐帯 （兩者的）連繫、連接
chu.u.ta.i

音 **じゅう** ju.u

訓 **ひも** hi.mo

ひも
紐 繩子、帶子
hi.mo

くつひも
靴紐 鞋帶
ku.tsu.hi.mo

年 音 ねん 訓 とし 常

音 **ねん** ne.n

ねんが
年賀 賀年、拜年
ne.n.ga

ねんかん
年間 一年的(時間)、年代
ne.n.ka.n

ねんかん
年鑑 年鑑
ne.n.ka.n

ねんきん
年金 老人年金、養老金
ne.n.ki.n

ねんげつ
年月 年月
ne.n.ge.tsu

ねんごう
年号 年號
ne.n.go.o

ねんさん
年産 年產量
ne.n.sa. n

ねんし
年始 年初
ne.n.shi

ねんじ
年次 年次
ne.n.ji

ねんじゅう
年中 年中
ne.n.ju.u

ねんしょう
年少 年少
ne.n.sho.o

ねんだい
年代 年代
ne.n.da.i

ねんちょう
年長 年長、年歲大
ne.n.cho.o

ねんど
年度 年度
ne.n.do

ねんない
年内 一年內
ne.n.na.i

ねんぱい
年配 大約的年齡；中年以上
ne.n.pa.i

ねんぴょう
年表 年表
ne.n.pyo.o

ねんまつ
年末 年尾
ne.n.ma.tsu

ねんらい
年来 數年來、長年
ne.n.ra.i

ねんりん
年輪 年輪
ne.n.ri.n

いちねん
一年 一年
i.chi.ne.n

しょうねん
少年 少年
sho.o.ne.n

しんねん
新年 新年
shi.n.ne.n

とうねん
当年 當年
to.o.ne.n

訓 **とし** to.shi

とし
年 年、年齡
to.shi

としごろ
年頃 大約的年齡、年齡程度
to.shi.go.ro

としうえ
年上 年長、長輩
to.shi.u.e

としつき
年月 年和月
to.shi.tsu.ki

としした
年下 年輕、晚輩
to.shi.shi.ta

としよ
年寄り 老人
to.shi.yo.ri

粘 音 ねん 訓 ねばる 常

音 ねん ne.n

ねんえき 粘液 ne.n.e.ki	黏液、黏汁
ねんちゃく 粘着 ne.n.cha.ku	黏著、堅忍力、毅力
ねんちゅう 粘稠 ne.n.chu.u	黏稠
ねんまく 粘膜 ne.n.ma.ku	黏膜

訓 ねばる ne.ba.ru

ねば 粘る ne.ba.ru	發黏；堅持、有耐性
ねば 粘り ne.ba.ri	黏、黏度

捻

音 ねん じょう
訓 ひねる

音 ねん ne.n

ねんざ 捻挫 ne.n.za	扭傷、挫傷
ねんしゅつ 捻出 ne.n.shu.tsu	擠出、想出

音 じょう jo.o

訓 ひねる hi.ne.ru

ひね 捻る hi.ne.ru	擰、扭

撚

音 ねん
訓 より よる

音 ねん ne.n

ねんし 撚糸 ne.n.shi	捻紗、捻線

訓 より yo.ri

訓 よる yo.ru

念

音 ねん
訓
常

音 ねん ne.n

ねん 念 ne.n	念頭、心情
ねんがん 念願 ne.n.ga.n	心願、願望
ねんとう 念頭 ne.n.to.o	念頭
ねんぶつ 念仏 ne.n.bu.tsu	念佛
いちねん 一念 i.chi.ne.n	一心
かんねん 観念 ka.n.ne.n	觀念
きねん 記念 ki.ne.n	紀念
ぎねん 疑念 gi.ne.n	疑心、懷疑
ざんねん 残念 za.n.ne.n	遺憾、可惜
しんねん 信念 shi.n.ne.n	信念
せんねん 専念 se.n.ne.n	專心
だんねん 断念 da.n.ne.n	死心
にゅうねん 入念 nyu.u.ne.n	細心、仔細謹慎
むねん 無念 mu.ne.n	什麼都不想；懊悔

娘

音
訓 むすめ
常

訓 むすめ mu.su.me

むすめ 娘 mu.su.me	女兒
むすめごころ 娘心 mu.su.me.go.ko.ro	女兒心
むすめむこ 娘婿 mu.su.me.mu.ko	女婿

こむすめ
小娘 小姑娘
ko.mu.su.me

はこい　むすめ
箱入り娘 大家閨秀
ha.ko.i.ri.mu.su.me

まごむすめ
孫娘 孫女
ma.go.mu.su.me

嬢
音 じょう
訓
常

音 じょう jo.o

じょう
お嬢さん 令媛；(稱未婚女性)小姐
o.jo.o.sa.n

れいじょう
令嬢 令媛、令千金
re.i.jo.o

醸
音 じょう
訓 かもす
常

音 じょう jo.o

じょうせい
醸成 釀造、釀成、造成
jo.o.se.i

じょうぞう
醸造 釀造、釀製
jo.o.zo.o

訓 かもす ka.mo.su

かも
醸す 釀造、釀成、造成
ka.mo.su

凝
音 ぎょう
訓 こる　こらす
常

音 ぎょう gyo.o

ぎょうけつ
凝血 凝血
gyo.o.ke.tsu

ぎょうけつ
凝結 凝結、凝固
gyo.o.ke.tsu

ぎょうこ
凝固 凝固、凝結
gyo.o.ko

ぎょうし
凝視 凝視、注視
gyo.o.shi

訓 こる ko.ru

こ
凝る 凝固；痠疼；熱衷
ko.ru

訓 こらす ko.ra.su

こ
凝らす 凝集、集中
ko.ra.su

寧
音 ねい
訓 むしろ
常

音 ねい ne.i

あんねい
安寧 安寧
a.n.ne.i

ていねい
丁寧 禮貌、謙恭；謹慎
te.i.ne.i

ねいじつ
寧日 平穩安定的日子
ne.i.ji.tsu

訓 むしろ mu.shi.ro

むし
寧ろ 寧願
mu.shi.ro

奴
音 ど
訓 やつ　やっこ
常

音 ど do

どれい
奴隷 奴隸、奴僕
do.re.i

しゅせんど
守銭奴 守財奴
shu.se.n.do

のうど
農奴 農奴
no.o.do

訓 やつ ya.tsu

やつ
奴 傢伙
ya.tsu

訓 やっこ ya.k.ko

やっこ
奴 （江戶時代）身分卑下的僕人
ya.k.ko

努 音 ど 訓 つとめる 常

音 ど do

(どりょく) 努力 do.ryo.ku	努力
(どりょくか) 努力家 do.ryo.ku.ka	努力、勤奮的人

訓 つとめる tsu.to.me.ru

(つと) 努める tsu.to.me.ru	努力、盡力；(為…)效勞
(つと) 努めて tsu.to.me.te	盡量、努力

怒 音 ど 訓 いかる おこる 常

音 ど do

(どき) 怒気 do.ki	怒氣
(どごう) 怒号 do.go.o	怒號、怒吼
(どせい) 怒声 do.se.i	怒聲
(どとう) 怒濤 do.to.o	怒濤、大浪
(きど) 喜怒 ki.do	喜怒
(ふんど) 憤怒 fu.n.do	憤怒

訓 いかる i.ka.ru

(いか) 怒る i.ka.ru	生氣、發怒
(いか) 怒り i.ka.ri	憤怒、生氣

訓 おこる o.ko.ru

(おこ) 怒る o.ko.ru	生氣、惱怒、責備

諾 音 だく 訓 常

音 だく da.ku

(だくひ) 諾否 da.ku.hi	答應與否
(きょだく) 許諾 kyo.da.ku	許諾、允諾
(じゅだく) 受諾 ju.da.ku	承諾、接受、承擔
(しょうだく) 承諾 sho.o.da.ku	接受、承認、許可
(ないだく) 内諾 na.i.da.ku	私下答應、非正式允許

暖 音 だん 訓 あたたか あたたかい あたたまる あたためる 常

音 だん da.n

(だんとう) 暖冬 da.n.to.o	暖冬
(だんぼう) 暖房 da.n.bo.o	使(房間)暖和、暖氣設備
(だんりゅう) 暖流 da.n.ryu.u	暖流
(だんろ) 暖炉 da.n.ro	火爐、壁爐
(おんだん) 温暖 o.n.da.n	溫暖
(かんだんけい) 寒暖計 ka.n.da.n.ke.i	溫度計

訓 あたたか a.ta.ta.ka

(あたた) 暖か a.ta.ta.ka	暖和；美滿、富足

訓 あたたかい a.ta.ta.ka.i

(あたた) 暖かい a.ta.ta.ka.i	溫暖的

訓 あたたまる a.ta.ta.ma.ru

(あたた) 暖まる a.ta.ta.ma.ru	溫暖、暖和起來；富裕

訓 あたためる a.ta.ta.me.ru

あたた
暖める 溫、重溫、使溫飽
a.ta.ta.me.ru

濃 音 のう 訓 こい 常

音 のう no.o

のうこう
濃厚 濃厚
no.o.ko.o

のうど
濃度 濃度
no.o.do

のうみつ
濃密 濃密
no.o.mi.tsu

訓 こい ko.i

こ
濃い 濃的
ko.i

膿 音 のう どう 訓 うみ うむ

音 のう no.o

かのう
化膿 化膿
ka.no.o

しそうのうろう
歯槽膿漏 齒槽組織發炎發膿
shi.so.o.no.o.ro.o

音 どう do.o

訓 うみ u.mi

うみ
膿 膿
u.mi

訓 うむ u.mu

う
膿む 化膿
u.mu

農 音 のう 訓 常

音 のう no.o

のうえん
農園 農園
no.o.e.n

のうか
農家 農家
no.o.ka

のうぎょう
農業 農業
no.o.gyo.o

のうぐ
農具 農具
no.o.gu

のうげい
農芸 農藝
no.o.ge.i

のうこう
農耕 農耕
no.o.ko.o

のうさくぶつ
農作物 農作物
no.o.sa.ku.bu.tsu

のうさんぶつ
農産物 農產物
no.o.sa.n.bu.tsu

のうすいしょう
農水相 (日本)農林水產大臣
no.o.su.i.sho.o

のうじょう
農場 農場
no.o.jo.o

のうそん
農村 農村
no.o.so.n

のうち
農地 農地
no.o.chi

のうふ
農婦 農婦
no.o.fu

のうみん
農民 農民
no.o.mi.n

のうやく
農薬 農藥
no.o.ya.ku

のうりん
農林 農林
no.o.ri.n

弄 音 ろう 訓 もてあそぶ

音 ろう ro.o

ぐろう
愚弄 愚弄
gu.ro.o

ほんろう
翻弄 玩弄、翻弄
ho.n.ro.o

訓 もてあそぶ mo.te.a.so.bu

もてあそ
弄ぶ 玩耍、玩弄、擺弄
mo.te.a.so.bu

女 常
音 じょ にょ にょう
訓 おんな め

音 **じょ** jo

じょい
女医 女醫生
jo.i

じょおう
女王 女王
jo.o.o

じょかん
女官 (宮中的)女官
jo.ka.n

じょこう
女工 女工
jo.ko.o

じょし
女子 女子
jo.shi

じょし
女史 女士
jo.shi

じょせい
女性 女性
jo.se.i

じょちゅう
女中 〔古〕女傭人
jo.chu.u

じょゆう
女優 女演員
jo.yu.u

じょりゅう
女流 女性(藝術家、作家…等)
jo.ryu.u

おうじょ
王女 公主
o.o.jo

しょうじょ
少女 少女
sho.o.jo

ちょうじょ
長女 長女
cho.o.jo

びじょ
美女 美女
bi.jo

ふじょ
婦女 婦女
fu.jo

ようじょ
幼女 幼女
yo.o.jo

音 **にょ** nyo

てんにょ
天女 仙女
te.n.nyo

音 **にょう** nyo.o

にょうぼう
女房 * 妻子、老婆
nyo.o.bo.o

訓 **おんな** o.n.na

おんな
女 女性、女人
o.n.na

おんな こ
女の子 女孩
o.n.na.no.ko

おんな ひと
女の人 女人
o.n.na.no.hi.to

訓 **め** me

おとめ
乙女 少女、處女
o.to.me

めがみ
特 **女神** 女神
me.ga.mi

音 **ぎゃく** gya.ku

ぎゃくさつ
虐殺 虐殺、慘殺
gya.ku.sa.tsu

ぎゃくたい
虐待 虐待
gya.ku.ta.i

ざんぎゃく
残虐 殘忍、殘酷
za.n.gya.ku

ぼうぎゃく
暴虐 暴虐
bo.o.gya.ku

訓 **しいたげる** shi.i.ta.ge.ru

しいた
虐げる 虐待、欺凌、摧殘
shi.i.ta.ge.ru

蝋 音ろう 訓

音 ろう ro.o

ろうそく
蝋燭 蠟燭
ro.o.so.ku

勅 音ちょく 訓 常

音 ちょく cho.ku

ちょくご
勅語 詔勅、詔書
cho.ku.go

ちょくめい
勅命 敕命、聖旨
cho.ku.me.i

楽 音がく らく 訓たのしい たのしむ 常

音 らく ra.ku

らく
楽 快樂、輕鬆
ra.ku

らくえん
楽園 樂園、天堂
ra.ku.e.n

らくしょう
楽勝 輕鬆得勝
ra.ku.sho.o

らくてん
楽天 樂天
ra.ku.te.n

らっかん
楽観 樂觀
ra.k.ka.n

あんらく
安楽 安樂
a.n.ra.ku

かいらく
快楽 快樂
ka.i.ra.ku

きらく
気楽 輕鬆、無憂無慮
ki.ra.ku

くらく
苦楽 苦樂
ku.ra.ku

こうらく
行楽 出遊、旅遊
ko.o.ra.ku

音 がく ga.ku

がくたい
楽隊 樂隊
ga.ku.ta.i

がくだん
楽団 樂團
ga.ku.da.n

がくや
楽屋 後台、休息室
ga.ku.ya

おんがく
音楽 音樂
o.n.ga.ku

がっき
楽器 樂器
ga.k.ki

がっきょく
楽曲 樂曲
ga.k.kyo.ku

訓 たのしい ta.no.shi.i

たの
楽しい 開心、快樂
ta.no.shi.i

訓 たのしむ ta.no.shi.mu

たの
楽しむ 快樂、享受；期待
ta.no.shi.mu

たの
楽しみ 愉快、樂趣
ta.no.shi.mi

了 音りょう 訓 常

音 りょう ryo.o

りょうかい
了解 了解、理解
ryo.o.ka.i

りょうしょう
了承 知道、答應、應允
ryo.o.sho.o

来 音らい 訓くる きたる きたす 常

音 らい ra.i

らいきゃく
来客 客人
ra.i.kya.ku

らいげつ
来月 下個月
ra.i.ge.tsu

らいしゅう
来週 下週
ra.i.shu.u

らいしゅん
来春 明年春天
ra.i.shu.n

らいじょう
来場 到場、出席
ra.i.jo.o

らいてん
来店 來店、光臨
ra.i.te.n

らいねん
来年 明年
ra.i.ne.n

らいにち
来日 來到日本
ra.i.ni.chi

らいほう
来訪 來訪
ra.i.ho.o

らいれき
来歴 來歷
ra.i.re.ki

いらい
以来 …以來
i.ra.i

がいらいご
外来語 外來語
ga.i.ra.i.go

がんらい
元来 本來、原來
ga.n.ra.i

こらい
古来 自古以來
ko.ra.i

しょうらい
将来 將來
sho.o.ra.i

でんらい
伝来 (從…)傳來、傳入
de.n.ra.i

ほんらい
本来 本來
ho.n.ra.i

みらい
未来 未來
mi.ra.i

訓 くる ku.ru

く
来る 來、到來
ku.ru

訓 きたる ki.ta.ru

きた
来る 來、到來；引起、發生
ki.ta.ru

訓 きたす ki.ta.su

きた
来す 招來、招致
ki.ta.su

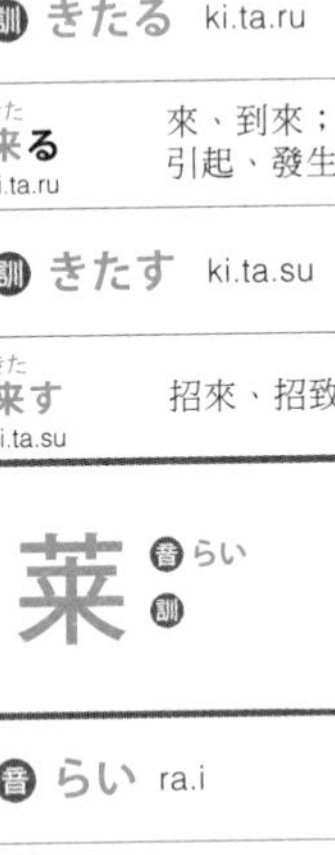

莱
音 らい
訓

音 らい ra.i

そうらい
草莱 雜草叢生；荒地
so.o.ra.i

瀬
常
音
訓 せ

訓 せ se

せとぎわ
瀬戸際 (小海峽與海的)交界處；緊要關頭
se.to.gi.wa

せともの
瀬戸物 陶瓷、陶器、瓷器
se.to.mo.no

おうせ
逢瀬 相見時、私會的機會
o.o.se

はやせ
早瀬 急流
ha.ya.se

頼
常
音 らい
訓 たのむ たのもしい たよる

音 らい ra.i

いらい
依頼 委託、依賴、依靠
i.ra.i

しんらい
信頼 信賴、可靠
shi.n.ra.i

ぶらい
無頼 惡棍、無賴
bu.ra.i

訓 たのむ ta.no.mu

たの
頼む 請求、懇求、委託
ta.no.mu

たの
頼み 請求、信賴
ta.no.mi

訓 たのもしい ta.no.mo.shi.i

たの
頼もしい 可靠、靠得住、有出息
ta.no.mo.shi.i

訓 たよる ta.yo.ru

たよ
頼る 依靠、仰賴、投靠
ta.yo.ru

雷 音 らい 訓 かみなり 常

音 らい ra.i

らいう
雷雨 雷雨
ra.i.u

らいうん
雷雲 雷雨時的烏雲
ra.i.u.n

らいどう
雷同 雷同、附和
ra.i.do.o

らいめい
雷名 大名、盛名
ra.i.me.i

らいめい
雷鳴 雷鳴、雷聲
ra.i.me.i

えんらい
遠雷 遠雷、遠處雷鳴
e.n.ra.i

しゅんらい
春雷 春雷
shu.n.ra.i

じらい
地雷 地雷
ji.ra.i

ばんらい
万雷 萬雷
ba.n.ra.i

らくらい
落雷 雷擊、放電現象
ra.ku.ra.i

訓 かみなり ka.mi.na.ri

かみなり
雷 雷
ka.mi.na.ri

蕾 音 らい 訓 つぼみ

音 らい ra.i

てきらい
摘蕾 摘除多餘的蓓蕾
te.ki.ra.i

訓 つぼみ tsu.bo.mi

つぼみ
蕾 花苞
tsu.bo.mi

塁 音 るい 訓 常

音 るい ru.i

るいしん
塁審 擔任壘裁判員
ru.i.shi.n

こるい
孤塁 孤立無援的狀態
ko.ru.i

しゅつるい
出塁 (棒球)因安打而上一壘
shu.tsu.ru.i

しんるい
進塁 (棒球)上壘
shi.n.ru.i

そうるい
走塁 (棒球)跑壘
so.o.ru.i

とうるい
盗塁 (棒球)盜壘
to.o.ru.i

まんるい
満塁 (棒球)滿壘
ma.n.ru.i

涙 音 るい 訓 なみだ 常

音 るい ru.i

るいせん
涙腺 淚腺
ru.i.se.n

かんるい
感涙 感激的眼淚、感動的眼淚
ka.n.ru.i

けつるい
血涙 血淚、辛酸淚
ke.tsu.ru.i

訓 なみだ na.mi.da

なみだ
涙 眼淚
na.mi.da

なみだごえ
涙声 含淚欲哭的聲音
na.mi.da.go.e

累 音 るい 訓 常

音 るい ru.i

るいけい
累計 累計、總計
ru.i.ke.i

るいしん
累進 晉升、累進、遞增
ru.i.shi.n

るいせき
累積 累積、積累、積壓
ru.i.se.ki

るいだい
累代 世世代代
ru.i.da.i

類
音 るい
訓 たぐい
常

音 るい ru.i

るい
類 同類、種類
ru.i

るいじ
類似 類似
ru.i.ji

るいけい
類型 類型
ru.i.ke.i

るいご
類語 類語
ru.i.go

るいしょ
類書 同類的書
ru.i.sho

るいすい
類推 類推
ru.i.su.i

いるい
衣類 衣服
i.ru.i

ぎょるい
魚類 魚類
gyo.ru.i

しゅるい
種類 種類
shu.ru.i

しょるい
書類 文件
sho.ru.i

しんるい
親類 親戚
shi.n.ru.i

じんるい
人類 人類
ji.n.ru.i

ちょうるい
鳥類 鳥類
cho.o.ru.i

どうるい
同類 同類
do.o.ru.i

ぶるい
部類 部類、種類
bu.ru.i

ぶんるい
分類 分類
bu.n.ru.i

訓 たぐい ta.gu.i

たぐ
類いない 無以匹敵
ta.gu.i.na.i

労
音 ろう
訓 いたわる
常

音 ろう ro.o

ろうえき
労役 勞役、苦工
ro.o.e.ki

ろうく
労苦 勞苦、辛勞、努力
ro.o.ku

ろうさいほけん
労災保険 勞工災害保險
ro.o.sa.i.ho.ke.n

ろうし
労使 勞資雙方
ro.o.shi

ろうし
労資 勞資雙方
ro.o.shi

ろうどう
労働 體力勞動、勞動力
ro.o.do.o

ろうどうくみあい
労働組合 勞工福利委員會
ro.o.do.o.ku.mi.a.i

ろうどうさいがい
労働災害 勞動災害
ro.o.do.o.sa.i.ga.i

ろうむ
労務 勞動
ro.o.mu

ろうりょく
労力 勞力
ro.o.ryo.ku

いろう
慰労 慰勞、犒賞
i.ro.o

かろう
過労 疲勞過度
ka.ro.o

きんろう
勤労 勤勞、勤勉、辛勞、勞動
ki.n.ro.o

くろう
苦労 辛苦、操心、擔心
ku.ro.o

こうろう
功労 功勞、功績
ko.o.ro.o

しゅうろう
就労 工作、上工
shu.u.ro.o

しんろう
心労 操心、勞心、惦念
shi.n.ro.o

そくろう
足労 勞煩專程跑一趟
so.ku.ro.o

とろう
徒労 徒勞、白費力
to.ro.o

訓 いたわる i.ta.wa.ru

いた
労わる 體恤、慰勞
i.ta.wa.ru

牢
音 ろう
訓

音 ろう ro.o

ろうごく
牢獄 牢獄、監牢
ro.o.go.ku

けんろう
堅牢 堅牢、堅固
ke.n.ro.o

姥
音 ぼ
も
訓 うば

音 ぼ bo

音 も mo

訓 うば u.ba

うばざくら
姥桜 緋櫻；(喻)半老徐娘
u.ba.za.ku.ra

老
音 ろう
訓 おいる
ふける
常

音 ろう ro.o

ろうか
老化 老化
ro.o.ka

ろうがん
老眼 老花眼
ro.o.ga.n

ろうこつ
老骨 老骨頭
ro.o.ko.tsu

ろうすい
老衰 衰老
ro.o.su.i

ろうじゅ
老樹 老樹
ro.o.ju

ろうじん
老人 老人
ro.o.ji.n

ろうにゃく
老若 老少
ro.o.nya.ku

ろうれん
老練 老練
ro.o.re.n

けいろう
敬老 敬老
ke.i.ro.o

ちょうろう
長老 長老
cho.o.ro.o

訓 おいる o.i.ru

お
老いる 老、上了年紀
o.i.ru

訓 ふける fu.ke.ru

ふ
老ける 老、上了年紀
fu.ke.ru

婁
音 る
ろう
訓

音 る ru

音 ろう ro.o

楼
音 ろう
訓
常

音 ろう ro.o

ろうかく
楼閣 (文)樓閣
ro.o.ka.ku

ろうもん
楼門 (文)樓門、城門
ro.o.mo.n

こうろう
高楼 高樓
ko.o.ro.o

ぎょくろう
玉楼 裝飾華麗的高樓
gyo.ku.ro.o

しょうろう
鐘楼 鐘樓
sho.o.ro.o

しんきろう
蜃気楼 海市蜃樓
shi.n.ki.ro.o

ぼうろう
望楼 望樓、瞭望台
bo.o.ro.o

まてんろう
摩天楼 摩天樓
ma.te.n.ro.o

漏 音 ろう 訓 もる もれる もらす 常

音 ろう ro.o

ろうえい
漏洩 ro.o.e.i 洩漏

ろうすい
漏水 ro.o.su.i 漏水

ろうでん
漏電 ro.o.de.n 漏電

ろうと
漏斗 ro.o.to 漏斗

訓 もる mo.ru

も
漏る mo.ru 漏

訓 もれる mo.re.ru

も
漏れる mo.re.ru 漏出、洩漏

訓 もらす mo.ra.su

も
漏らす mo.ra.su 漏、洩漏

嵐 音 らん 訓 あらし

音 らん ra.n

せいらん
青嵐 se.i.ra.n 風吹拂著青葉

訓 あらし a.ra.shi

あらし
嵐 a.ra.shi 暴風、暴風雨；巨變

欄 音 らん 訓

音 らん ra.n

らん
欄 ra.n 欄杆；專欄

らんがい
欄外 ra.n.ga.i （書籍刊物等）欄外、欄杆外

らんかん
欄干 ra.n.ka.n 欄杆、扶手

藍 音 らん 訓 あい

音 らん ra.n

らんぺき
藍碧 ra.n.pe.ki 碧藍色

訓 あい a.i

あいいろ
藍色 a.i.i.ro 藍色

あいぞめ
藍染 a.i.zo.me 藍染

蘭 音 らん 訓

音 らん ra.n

らん
蘭 ra.n （植）蘭花、蘭草

らんがく
蘭学 ra.n.ga.ku 荷蘭傳入的西洋學術、蘭學

覧 音 らん 訓 常

音 らん ra.n

いちらん
一覧 i.chi.ra.n 瀏覽

かいらん
回覧 ka.i.ra.n 傳閱

かんらん
観覧 ka.n.ra.n 觀賞、參觀

しゃくらん
借覧 sha.ku.ra.n 借閱

てんらん
展覧 te.n.ra.n 展覽

つうらん
通覧 綜觀
tsu.u.ra.n

はくらん
博覧 博覽
ha.ku.ra.n

べんらん
便覧 導覽、手冊
be.n.ra.n

ゆうらん
遊覧 遊覽
yu.u.ra.n

濫
音 らん
訓 みだり

音 らん ra.n

らんばつ
濫伐 濫伐(樹木)
ra.n.ba.tsu

らんぴ
濫費 浪費、揮霍
ra.n.pi

らんよう
濫用 濫用
ra.n.yo.o

はんらん
氾濫 氾濫
ha.n.ra.n

訓 みだり mi.da.ri

みだ
濫り 胡亂、隨便
mi.da.ri

廊
音 ろう
訓
常

音 ろう ro.o

ろうか
廊下 走廊、廊下
ro.o.ka

かいろう
回廊 迴廊
ka.i.ro.o

がろう
画廊 畫廊
ga.ro.o

榔
音 ろう
訓

音 ろう ro.o

びんろう
檳榔 檳榔
bi.n.ro.o

狼
音 ろう
訓 おおかみ

音 ろう ro.o

ろうぜき
狼藉 狼藉、亂七八糟
ro.o.ze.ki

ろうばい
狼狽 狼狽
ro.o.ba.i

訓 おおかみ o.o.ka.mi

おおかみ
狼 狼
o.o.ka.mi

郎
音 ろう
訓
常

音 ろう ro.o

ろうとう
郎等 隨從、僕人
ro.o.to.o

ろうとう
郎党 隨從、僕人
ro.o.to.o

げろう
下郎 傭人、身分低下的人
ge.ro.o

しんろう
新郎 新郎
shi.n.ro.o

やろう
野郎 小子、(輕蔑)男子
ya.ro.o

朗
音 ろう
訓 ほがらか
常

音 ろう ro.o

ろうほう
朗報 好消息
ro.o.ho.o

ろうどく
朗読 朗讀
ro.o.do.ku

せいろう
晴朗 晴朗
se.i.ro.o

めいろう
明朗 明朗
me.i.ro.o

訓 ほがらか
ho.ga.ra.ka

ほが
朗らか (天氣、性格)晴朗、開朗、(聲音)響亮
ho.ga.ra.ka

浪
音 ろう
訓 なみ
常

音 ろう ro.o

ろうし
浪士 流浪的武士
ro.o.shi

ろうにん
浪人 流浪的人；重考生
ro.o.ni.n

ろうひ
浪費 浪費
ro.o.hi

ろうまん
浪漫 浪漫
ro.o.ma.n

ふうろう
風浪 風浪
fu.u.ro.o

ふろう
浮浪 流浪、流浪者
fu.ro.o

るろう
流浪 流浪
ru.ro.o

訓 なみ na.mi

なみ
浪 海浪
na.mi

つなみ
津浪 海嘯
tsu.na.mi

稜
音 りょう
訓

音 りょう ryo.o

りょうせん
稜線 山脊的稜線
ryo.o.se.n

冷
音 れい
訓 つめたい・ひえる・ひや・ひやす・ひやかす・さめる・さます
常

音 れい re.i

れいがい
冷害 〔農〕凍災
re.i.ga.i

れいぐう
冷遇 冷淡對待
re.i.gu.u

れいけつ
冷血 冷血
re.i.ke.tsu

れいこく
冷酷 冷酷
re.i.ko.ku

れいしょう
冷笑 冷笑
re.i.sho.o

れいすい
冷水 冷水
re.i.su.i

れいせい
冷静 冷靜
re.i.se.i

れいぞう
冷蔵 冷藏
re.i.zo.o

れいぞうこ
冷蔵庫 冷藏庫、冰箱
re.i.zo.o.ko

れいたん
冷淡 冷淡
re.i.ta.n

れいとう
冷凍 冷凍
re.i.to.o

れいぼう
冷房 冷氣設備
re.i.bo.o

くうれい
空冷 空氣冷卻
ku.u.re.i

しゅうれい
秋冷 秋寒、秋涼
shu.u.re.i

訓 つめたい
tsu.me.ta.i

つめ
冷たい 冷的、涼的；冷淡的
tsu.me.ta.i

訓 ひえる hi.e.ru

ひ
冷える 變涼(冷)、覺得涼(冷淡)
hi.e.ru

ひ しょう
冷え性 怕冷的身體、寒性體質
hi.e.sho.o

訓 ひや hi.ya

ひ あせ
冷や汗 冷汗
hi.ya.a.se

ひ みず
冷や水 冷水、涼水
hi.ya.mi.zu

訓 ひやかす
hi.ya.ka.su

ひ
冷やかす 冰鎮、使冷卻
hi.ya.ka.su

訓 **さめる** sa.me.ru

さ
冷める 冷、涼；(感情)減退
sa.me.ru

訓 **さます** sa.ma.su

さ
冷ます 弄涼、冷卻；降低
sa.ma.su

訓 **ひやす** hi.ya.su

ひ
冷やす 使涼、使心神安靜
hi.ya.su

哩

音 り
訓 まいる

音 **り** ri

訓 **まいる** ma.i.ru

罹

音 り
訓 かかる

音 **り** ri

りかん
罹患 罹患疾病
ri.ka.n

りさい
罹災 遭受災害
ri.sa.i

訓 **かかる** ka.ka.ru

かか
罹る 受災、罹患疾病
ka.ka.ru

厘

音 りん
訓
常

音 **りん** ri.n

くぶくりん
九分九厘 九成九、差不多
ku.bu.ku.ri.n

梨

音 り
訓 なし

音 **り** ri

りえん
梨園 戲劇界
ri.e.n

訓 **なし** na.shi

なし
梨 梨子
na.shi

狸

音 り
訓 たぬき

音 **り** ri

こり
狐狸 狐狸
ko.ri

訓 **たぬき** ta.nu.ki

たぬき
狸 狸貓；(轉)騙子
ta.nu.ki

ふるだぬき
古狸 老狸、狐狸精
fu.ru.da.nu.ki

璃

音 り
訓

音 **り** ri

るり
瑠璃 琉璃
ru.ri

離

音 り
訓 はなれる はなす
常

音 **り** ri

りえん
離縁 離婚；斷絕關係
ri.e.n

りこん
離婚 離婚
ri.ko.n

りさん
離散 離散
ri.sa.n

りしょく
離職 離職、失業
ri.sho.ku

りだつ
離脱 脫離
ri.da.tsu

りちゃくりく
離着陸 (飛機)起飛跟降落
ri.cha.ku.ri.ku

りとう
離島 離島、孤島
ri.to.o

りにゅう
離乳 斷奶、斷乳
ri.nyu.u

りにん
離任 離職、離開任地
ri.ni.n

りはん
離反 叛離
ri.ha.n

りべつ
離別 離別
ri.be.tsu

りりく
離陸 (飛機)起飛
ri.ri.ku

かくり
隔離 隔離
ka.ku.ri

きょり
距離 距離
kyo.ri

べつり
別離 別離
be.tsu.ri

訓 はなれる
ha.na.re.ru

はな
離れる 離開、分離；有距離
ha.na.re.ru

訓 はなす ha.na.su

はな
離す 使…離開；隔離、間隔
ha.na.su

李

音 り
訓 すもも

音 り ri

とうり
桃李 〔文〕桃李、(喻)門生、弟子
to.o.ri

訓 すもも
su.mo.mo

すもも
李 李子；李子樹
su.mo.mo

理

音 り
訓 ことわり
常

音 り ri

りか
理科 理科
ri.ka

りかい
理解 理解
ri.ka.i

りくつ
理屈 道理、理由
ri.ku.tsu

りせい
理性 理性
ri.se.i

りそう
理想 理想
ri.so.o

りゆう
理由 理由
ri.yu.u

りろん
理論 理論
ri.ro.n

かんり
管理 管理
ka.n.ri

ぎり
義理 道理、道義
gi.ri

げんり
原理 原理
ge.n.ri

しんり
心理 心理
shi.n.ri

しんり
真理 真理
shi.n.ri

すいり
推理 推理
su.i.ri

せいり
整理 整理
se.i.ri

そうりだいじん
総理大臣 總理大臣
so.o.ri.da.i.ji.n

だいり
代理 代理
da.i.ri

ちり
地理 地理
chi.ri

むり
無理 無理
mu.ri

りょうり
料理 烹調、菜餚
ryo.o.ri

訓 ことわり
ko.to.wa.ri

ことわり
理 條理、道理；理由；理所當然
ko.to.wa.ri

礼
音 れい らい
訓
常

音 れい re.i

れいぎ
礼儀 禮儀
re.i.gi

れいきん
礼金 禮金
re.i.ki.n

れいじょう
礼状 感謝函
re.i.jo.o

れいせつ
礼節 禮節
re.i.se.tsu

れいそう
礼装 禮服
re.i.so.o

れいはい
礼拝 (基督教)禮拜
re.i.ha.i

れいふく
礼服 禮服
re.i.fu.ku

れい
お礼 道謝、致謝
o.re.i

けいれい
敬礼 敬禮
ke.i.re.i

さいれい
祭礼 祭禮
sa.i.re.i

しつれい
失礼 失禮
shi.tsu.re.i

ちょうれい
朝礼 (公司、學校)早會、朝會
cho.o.re.i

ぶれい
無礼 無禮
bu.re.i

へんれい
返礼 回禮
he.n.re.i

もくれい
目礼 注目禮
mo.ku.re.i

音 らい ra.i

らいさん
礼賛 歌頌、讚美
ra.i.sa.n

らいはい
礼拝 禮拜、拜
ra.i.ha.i

裏
音 り
訓 うら
常

音 り ri

りめん
裏面 裡面
ri.me.n

だいり
内裏 皇宮的舊稱
da.i.ri

のうり
脳裏 腦海裡、心裡
no.o.ri

訓 うら u.ra

うら
裏 裡面、背地
u.ra

うらおもて
裏表 裡外；表裡
u.ra.o.mo.te

うらがえ
裏返し 翻裡作面、反過來
u.ra.ga.e.shi

うらがえ
裏返す 翻裡作面、反過來
u.ra.ga.e.su

うらかた
裏方 後台工作人員
u.ra.ka.ta

うらがわ
裏側 內側、裡面
u.ra.ga.wa

うらぎ
裏切る 背叛
u.ra.gi.ru

うらぐち
裏口 後門
u.ra.gu.chi

うらごえ
裏声 〔樂〕假音
u.ra.go.e

うらじ
裏地 衣服內襯
u.ra.ji

うらて
裏手 (建築物…等的)背後、後面
u.ra.te

うらにわ
裏庭 後院
u.ra.ni.wa

うらはら
裏腹 相反、不一
u.ra.ha.ra

うらまち
裏町 後面的道路、偏僻胡同
u.ra.ma.chi

うらみち
裏道 後面的道路；邪門歪道
u.ra.mi.chi

やねうら
屋根裏 閣樓
ya.ne.u.ra

裡
音 り
訓 うち

音 り ri

訓 うち u.chi

里
音 り
訓 さと
常

音 り ri

いち り
一里 (面積、距離單位)一里
i.chi.ri

きょう り
郷里 故鄉
kyo.o.ri

ばん り
万里 萬里
ba.n.ri

訓 さと sa.to

さといぬ
里犬 家犬
sa.to.i.nu

さとおや
里親 養父母
sa.to.o.ya

さとがえ
里帰り 回娘家
sa.to.ga.e.ri

さとかた
里方 娘家的親戚
sa.to.ka.ta

さとご
里子 給別人寄養的小孩
sa.to.go

さとごころ
里心 (出外人)想家、思鄉
sa.to.go.ko.ro

むらざと
村里 村莊
mu.ra.za.to

やまざと
山里 山村
ya.ma.za.to

鯉
音 り
訓 こい

音 り ri

よう り
養鯉 養殖鯉魚
yo.o.ri

訓 こい ko.i

こい
鯉 鯉魚
ko.i

こい　たきのぼ
鯉の滝登り 魚躍龍門
ko.i.no.ta.ki.no.bo.ri

轢
音 れき
訓 ひく

音 れき re.ki

れきし
轢死 (被車子)輾死
re.ki.shi

あつれき
軋轢 關係不融洽
a.tsu.re.ki

訓 ひく hi.ku

ひ
轢く 壓、輾
hi.ku

例
音 れい
訓 たとえる
常

音 れい re.i

れい
例 例子
re.i

れいかい
例解 舉例說明
re.i.ka.i

れいかい
例会 例行會議
re.i.ka.i

れいがい
例外 例外
re.i.ga.i

れいねん
例年 例年
re.i.ne.n

れい
例の (雙方都知道的)那…、往常的
re.i.no

れいぶん
例文 例句
re.i.bu.n

いちれい
一例 一個例子
i.chi.re.i

いんれい
引例 引用例子
i.n.re.i

かんれい
慣例 慣例
ka.n.re.i

じつれい
実例 實例
ji.tsu.re.i

せんれい
先例 先例
se.n.re.i

ぜんれい
前例 前例
ze.n.re.i

はんぴれい
反比例 成反比
ha.n.pi.re.i

ひれい
比例 比例
hi.re.i

ぶんれい
文例 文例、文章的實例
bu.n.re.i

ようれい
用例 用例、實例、例句
yo.o.re.i

るいれい
類例 類似的例子
ru.i.re.i

訓 たとえる ta.to.e.ru

たと
例える 舉例、比喻、比方
ta.to.e.ru

たと
例え 縱使、縱然
ta.to.e

たと
例えば 例如、比如
ta.to.e.ba

利

音 り
訓 きく
常

音 り ri

りえき
利益 利益
ri.e.ki

りがい
利害 利害
ri.ga.i

りこ
利己 利己
ri.ko

りこしゅぎ
利己主義 利己主義
ri.ko.shu.gi

りこう
利口 聰明、伶俐
ri.ko.o

りし
利子 利息
ri.shi

りじゅん
利潤 利潤
ri.ju.n

りそく
利息 利息
ri.so.ku

りてん
利点 優點、長處
ri.te.n

りはつ
利発 聰明伶俐
ri.ha.tsu

りよう
利用 利用
ri.yo.o

りりつ
利率 利率
ri.ri.tsu

じゃり
砂利 砂石
ja.ri

しょうり
勝利 勝利
sho.o.ri

けんり
権利 權利
ke.n.ri

ふり
不利 不利
fu.ri

ゆうり
有利 有利
yu.u.ri

訓 きく ki.ku

き
利く 機敏；奏效、起作用
ki.ku

力

音 りょく
りき
訓 ちから
常

音 りき ri.ki

りきさく
力作 力作、精心的作品
ri.ki.sa.ku

りきし
力士 〔相撲〕力士
ri.ki.shi

りきせつ
力説 強調、極力主張
ri.ki.se.tsu

りきそう
力走 拚命跑
ri.ki.so.o

りきてん
力点 施力點；著重點
ri.ki.te.n

りきとう
力投 用盡全力投(球)
ri.ki.to.o

だいりき
大力 力大無窮、大力士
da.i.ri.ki

音 りょく ryo.ku

いんりょく
引力 引力
i.n.ryo.ku

かりょく
火力 火力
ka.ryo.ku

きょうりょく
協力 合作、配合
kyo.o.ryo.ku

じつりょく
実力 實力
ji.tsu.ryo.ku

たいりょく
体力 體力
ta.i.ryo.ku

どりょく
努力 努力
do.ryo.ku

ぼうりょく
暴力 暴力
bo.o.ryo.ku

訓 ちから chi.ka.ra

ちから
力 力氣、力量
chi.ka.ra

ちからしごと
力仕事 需要體力的工作
chi.ka.ra.shi.go.to

ちからづよ
力強い 有力
chi.ka.ra.zu.yo.i

音 れい re.i

れいこう
励行 力行、實踐
re.i.ko.o

げきれい
激励 激勵、鼓勵
ge.ki.re.i

せいれい
精励 勤奮、奮勤
se.i.re.i

ふんれい
奮励 奮勉
fu.n.re.i

べんれい
勉励 勤勉
be.n.re.i

訓 はげむ ha.ge.mu

はげ
励む 奮勉、勤勉、努力
ha.ge.mu

訓 はげます ha.ge.ma.su

はげ
励ます 鼓勵、激勵、勉勵
ha.ge.ma.su

音 り ri

かんり
官吏 官吏
ka.n.ri

こくり
酷吏 不顧民間疾苦的官吏
ko.ku.ri

りいん
吏員 吏員、官員、政府機關職員
ri.i.n

戻

音 れい
訓 もどす
もどる
常

音 れい re.i

へんれい
返戻 送回、送還
he.n.re.i

訓 もどす mo.do.su

もど
戻す 返回、送回、歸還
mo.do.su

訓 もどる mo.do.ru

もど
戻る 返回、恢復；回家
mo.do.ru

暦

音 れき
訓 こよみ
常

音 れき re.ki

れきほう
暦法 曆法
re.ki.ho.o

いんれき
陰暦 陰曆、農曆
i.n.re.ki

かんれき
還暦 花甲、滿六十歲
ka.n.re.ki

せいれき
西暦 西曆、公曆、公元年
se.i.re.ki

ようれき
陽暦 陽曆、太陽曆
yo.o.re.ki

訓 こよみ ko.yo.mi

こよみ
暦 曆、曆書；日曆
ko.yo.mi

栗
音 りつ
訓 くり

音 りつ ri.tsu

こりつ
股栗 因害怕而腳發抖
ko.ri.tsu

訓 くり ku.ri

くり
栗 栗子
ku.ri

くりげ
栗毛 (馬的毛色)栗子色
ku.ri.ge

痢
音 り
訓
常

音 り ri

げり
下痢 拉肚子
ge.ri

せきり
赤痢 痢疾
se.ki.ri

礪
音 れい
訓

音 れい re.i

歴
音 れき
訓
常

音 れき re.ki

れきし
歴史 歷史
re.ki.shi

れきせい
歴世 歷世、代代
re.ki.se.i

れきせん
歴戦 身經百戰
re.ki.se.n

れきだい
歴代 歷代
re.ki.da.i

れきちょう
歴朝 歷代的朝廷、天子
re.ki.cho.o

れきにん
歴任 歷任
re.ki.ni.n

れきほう
歴訪 遍訪
re.ki.ho.o

がくれき
学歴 學歷
ga.ku.re.ki

しょくれき
職歴 工作經歷
sho.ku.re.ki

ゆうれき
遊歴 遊歷
yu.u.re.ki

らいれき
来歴 來歷
ra.i.re.ki

りれきしょ
履歴書 履歷表
ri.re.ki.sho

立
音 りつ りゅう
訓 たつ たてる
常

音 りつ ri.tsu

りつあん
立案 立案
ri.tsu.a.n

りつぞう
立像 立像
ri.tsu.zo.o

きりつ
起立 起立
ki.ri.tsu

こうりつ
公立 公立
ko.o.ri.tsu

せいりつ
成立 成立
se.i.ri.tsu

せつりつ
設立 設立
se.tsu.ri.tsu

ちゅうりつ
中立 中立
chu.u.ri.tsu

どくりつ
独立 獨立
do.ku.ri.tsu

ぶんりつ
分立 分立
bu.n.ri.tsu

りっけんせいじ
立憲政治 立憲政治
ri.k.ke.n.se.i.ji

りっこうほ
立候補 候選人
ri.k.ko.o.ho

りっこく
立国 立國
ri.k.ko.ku

りっしでん
立志伝 勵志傳記
ri.s.shi.de.n

りっしゅん
立春 立春
ri.s.shu.n

りっしんしゅっせ
立身出世 出人頭地
ri.s.shi.n.shu.s.se

りったい
立体 立體
ri.t.tai

りったいこうさ
立体交差 立體交叉（道路）
ri.t.ta.i.ko.o.sa

りっちじょうけん
立地条件 生態環境條件
ri.c.chi.jo.o.ke.n

りっとう
立冬 立冬
ri.t.to.o

りっぱ
立派 豪華、高尚
ri.p.pa

りっぷく
立腹 生氣
ri.p.pu.ku

りっぽう
立法 立法
ri.p.po.o

りっぽう
立方 立方
ri.p.po.o

音 りゅう ryu.u

こんりゅう
建立 * 建（寺院、塔…等）
ko.n.ryu.u

訓 たつ ta.tsu

た
立つ 立、站；冒、升；離開
ta.tsu

た あ
立ち上がる 站起來；開始
ta.chi.a.ga.ru

た あ
立ち会う 出席
ta.chi.a.u

た さ
立ち去る 走開、離開
ta.chi.sa.ru

た ど
立ち止まる 站住、止步
ta.chi.do.ma.ru

た ば
立ち場 立腳地、立場、處境
ta.chi.ba

た よ
立ち寄る 靠近、順便到
ta.chi.yo.ru

訓 たてる ta.te.ru

た
立てる 立、立起、冒、揚起
ta.te.ru

た か
立て替える 代墊
ta.te.ka.e.ru

笠
音 りゅう
訓 かさ

音 りゅう ryu.u

さりゅう
簑笠 蓑笠
sa.ryu.u

訓 かさ ka.sa

かさ
笠 斗笠
ka.sa

かさご
笠子 菖鮋。鮋科海水魚。
ka.sa.go

粒
音 りゅう
訓 つぶ
常

音 りゅう ryu.u

りゅうし
粒子 粒子、顆粒、微粒
ryu.u.shi

りゅうりゅうしんく
粒粒辛苦 粒粒皆辛苦
ryu.u.ryu.u.shi.n.ku

訓 つぶ tsu.bu

つぶ
粒 粒、顆粒
tsu.bu

おおつぶ
大粒 大粒、大顆
o.o.tsu.bu

こつぶ
小粒 小粒、小顆
ko.tsu.bu

こめつぶ
米粒 米粒
ko.me.tsu.bu

めしつぶ
飯粒 飯粒
me.shi.tsu.bu

蠣 音 れい 訓 かき

音 れい re.i

訓 かき ka.ki

かき
牡蠣 牡蠣
ka.ki

隷 音 れい 訓
常

音 れい re.i

れいじゅう
隷従 隷屬、部屬、部下
re.i.ju.u

れいぞく
隷属 隷屬、附屬、從屬
re.i.zo.ku

麗 音 れい 訓 うるわしい
常

音 れい re.i

れいく
麗句 美詞、佳句
re.i.ku

れいじん
麗人 麗人、美人、美女
re.i.ji.n

しゅうれい
秀麗 秀麗
shu.u.re.i

そうれい
壮麗 壯麗
so.o.re.i

たんれい
端麗 端麗
ta.n.re.i

りゅうれい
流麗 流暢而華麗
ryu.u.re.i

訓 うるわしい u.ru.wa.shi.i

うるわ
麗しい 美麗、動人；溫暖的
u.ru.wa.shi.i

捩 音 れい 訓 ねじる ねじれる よじる よじれる

音 れい re.i

訓 ねじる ne.ji.ru

ね
捩じる 扭、擰
ne.ji.ru

訓 ねじれる ne.ji.re.ru

ね
捩じれる 彎曲；個性乖僻
ne.ji.re.ru

訓 よじる yo.ji.ru

よじ
捩る 扭、擰
yo.ji.ru

訓 よじれる yo.ji.re.ru

よじ
捩れる 扭曲、彎曲
yo.ji.re.ru

列 音 れつ 訓
常

音 れつ re.tsu

れつ
列 一一列下
re.tsu

れつでん
列伝 列傳
re.tsu.de.n

ぎょうれつ
行列 隊伍
gyo.o.re.tsu

こうれつ
後列 後列
ko.o.re.tsu

ごれつ
五列 五列
go.re.tsu

さんれつ
参列 參加、列席
sa.n.re.tsu

せいれつ
整列 整隊
se.i.re.tsu

ぜんれつ
前列 前列
ze.n.re.tsu

たいれつ
隊列 行列、隊伍
ta.i.re.tsu

ちょくれつ
直列 直列
cho.ku.re.tsu

どうれつ
同列　同列
do.o.re.tsu

はいれつ
配列　排列
ha.i.re.tsu

ぶんれつ
分列　分列
bu.n.re.tsu

へいれつ
並列　並列
he.i.re.tsu

れっき
列記　開列
re.k.ki

れっきょ
列挙　列舉
re.k.kyo

れっしゃ
列車　列車
re.s.sha

れっせき
列席　列席、出席
re.s.se.ki

れっとう
列島　列島
re.t.to.o

劣
音 れつ
訓 おとる
常

音 れつ re.tsu

れつあく
劣悪　低劣、次、壞
re.tsu.a.ku

れっか
劣化　劣化
re.k.ka

れっせい
劣勢　劣勢
re.s.se.i

れっせい
劣性　劣性、隱性
re.s.se.i

れっとうかん
劣等感　自卑感
re.t.to.o.ka.n

ぐれつ
愚劣　愚蠢、糊塗
gu.re.tsu

げれつ
下劣　下賤、卑鄙
ge.re.tsu

ひれつ
卑劣　卑劣、卑鄙
hi.re.tsu

ゆうれつ
優劣　優劣
yu.u.re.tsu

訓 おとる o.to.ru

おと
劣る　劣、不如、不及
o.to.ru

烈
音 れつ
訓
常

音 れつ re.tsu

れつじつ
烈日　烈日
re.tsu.ji.tsu

きょうれつ
強烈　強烈
kyo.o.re.tsu

げきれつ
激烈　激烈、厲害
ge.ki.re.tsu

そうれつ
壮烈　壯烈
so.o.re.tsu

つうれつ
痛烈　猛烈、激烈
tsu.u.re.tsu

ねつれつ
熱烈　熱烈、熱情
ne.tsu.re.tsu

れっか
烈火　烈火
re.k.ka

れっぷう
烈風　暴風、狂風
re.p.pu.u

猟
音 りょう
訓

音 りょう ryo.o

りょうけん
猟犬　獵犬
ryo.o.ke.n

りょうし
猟師　獵人
ryo.o.shi

りょうじゅう
猟銃　獵槍
ryo.o.ju.u

きんりょう
禁猟　禁止狩獵
ki.n.ryo.o

しゅりょう
狩猟　狩獵
shu.ryo.o

みつりょう
密猟　非法打獵
mi.tsu.ryo.o

裂
音 れつ
訓 さく
さける
常

音 れつ re.tsu

きれつ 亀裂 ki.re.tsu	龜裂、裂縫
けつれつ 決裂 ke.tsu.re.tsu	絕裂、破裂
しりめつれつ 支離滅裂 shi.ri.me.tsu.re.tsu	支離破碎
はれつ 破裂 ha.re.tsu	破裂
ぶんれつ 分裂 bu.n.re.tsu	分裂

訓 さく sa.ku

さ 裂く sa.ku	撕開、切開、劈開

訓 さける sa.ke.ru

さ 裂ける sa.ke.ru	裂開、破裂
さ め 裂け目 sa.ke.me	裂縫、裂口

僚

音 りょう 訓 常

音 りょう ryo.o

りょうゆう 僚友 ryo.o.yu.u	同事、同僚
かんりょう 官僚 ka.n.ryo.o	官僚、官吏
かくりょう 閣僚 ka.ku.ryo.o	內閣閣員、政府官員
どうりょう 同僚 do.o.ryo.o	同事、同僚
ばくりょう 幕僚 ba.ku.ryo.o	幕僚

寮

音 りょう 訓 常

音 りょう ryo.o

りょう 寮 ryo.o	宿舍
りょうか 寮歌 ryo.o.ka	宿舍歌曲
りょうしゃ 寮舎 ryo.o.sha	宿舍
りょうせい 寮生 ryo.o.se.i	住宿生
りょうちょう 寮長 ryo.o.cho.o	舍監
がくせいりょう 学生寮 ga.ku.se.i.ryo.o	學生宿舍
しゃいんりょう 社員寮 sha.i.n.ryo.o	員工宿舍
どくしんりょう 独身寮 do.ku.shi.n.ryo.o	單身宿舍

療

音 りょう 訓 常

音 りょう ryo.o

りょうじ 療治 ryo.o.ji	治療、醫治
りょうほう 療法 ryo.o.ho.o	療法、治法
りょうよう 療養 ryo.o.yo.o	療養、養病
いりょう 医療 i.ryo.o	醫療
しんりょう 診療 shi.n.ryo.o	診療

遼

音 りょう 訓

音 りょう ryo.o

りょうえん 遼遠 ryo.o.e.n	遼遠、遙遠

瞭

音 りょう 訓

音 りょう ryo.o

いちもくりょうぜん
一目瞭然 一目了然
i.chi.mo.ku.ryo.o.ze.n

めいりょう
明瞭 明瞭、明確
me.i.ryo.o

料

音 りょう
訓
常

音 りょう ryo.o

りょうきん
料金 費用
ryo.o.ki.n

りょうり
料理 料理
ryo.o.ri

いりょう
衣料 衣料
i.ryo.o

いんりょう
飲料 飲料
i.n.ryo.o

きゅうりょう
給料 薪水
kyu.u.ryo.o

げんりょう
原料 原料
ge.n.ryo.o

しようりょう
使用料 使用費
shi.yo.o.ryo.o

しりょう
資料 資料
shi.ryo.o

じゅぎょうりょう
授業料 學費
ju.gyo.o.ryo.o

しゅつえんりょう
出演料 演出費
shu.tsu.e.n.ryo.o

しょくりょう
食料 食品、食物
sho.ku.ryo.o

にゅうじょうりょう
入場料 入場費
nyu.u.jo.o.ryo.o

ねんりょう
燃料 燃料
ne.n.ryo.o

むりょう
無料 免費
mu.ryo.o

ゆうりょう
有料 需付費的
yu.u.ryo.o

溜

音 りゅう
訓 たまる
ためる

音 りゅう ryu.u

りゅういん
溜飲 胃酸逆流
ryu.u.i.n

訓 たまる ta.ma.ru

た
溜まり 水窪；休息處、聚集地
ta.ma.ri

た
溜まる 積存、停滯
ta.ma.ru

訓 ためる ta.me.ru

た
溜める 存、積、停滯
ta.me.ru

た いき
溜め息 嘆氣
ta.me.i.ki

劉

音 りゅう
訓

音 りゅう ryu.u

流

音 りゅう
る
訓 ながれる
ながす
常

音 りゅう ryu.u

りゅういき
流域 流域
ryu.u.i.ki

りゅうかん
流感 流行性感冒
ryu.u.ka.n

りゅうけつ
流血 流血
ryu.u.ke.tsu

りゅうこう
流行 流行
ryu.u.ko.o

りゅうせい
流星 流星
ryu.u.se.i

りゅうつう
流通 流通
ryu.u.tsu.u

りゅうどう
流動 流動
ryu.u.do.o

りゅうは
流派 流派
ryu.u.ha

りゅうひょう
流氷 流冰
ryu.u.hyo.o

りゅうぼく
流木 流木
ryu.u.bo.ku

かりゅう
下流 下游
ka.ryu.u

かいりゅう
海流 洋流
ka.i.ryu.u

きゅうりゅう
急流 急流
kyu.u.ryu.u

ごうりゅう
合流 聯合、合併、匯流
go.o.ryu.u

じょうりゅう
上流 上游
jo.o.ryu.u

すいりゅう
水流 水流
su.i.ryu.u

音 る ru

るてん
流転 ＊ 流轉
ru.te.n

訓 ながれる na.ga.re.ru

なが
流れる 流、沖走；變遷；流傳
na.ga.re.ru

なが
流れ 流、水流；過程
na.ga.re

訓 ながす na.ga.su

なが
流し 流、沖
na.ga.shi

なが
流す 使流動、流放、不放在心上
na.ga.su

さすが
特 **流石** 不愧、畢竟
sa.su.ga

はや
特 **流行る** 流行、時髦、(疾病)流行
ha.ya.ru

琉
音 りゅう
訓

音 りゅう ryu.u

りゅうきゅう
琉球 琉球
ryu.u.kyu.u

瑠
音 る
訓

音 る ru

るり
瑠璃 琉璃
ru.ri

留
音 りゅう る
訓 とめる とまる
常

音 りゅう ryu.u

りゅうがく
留学 留學
ryu.u.ga.ku

りゅうがくせい
留学生 留學生
ryu.u.ga.ku.se.i

りゅうにん
留任 留任
ryu.u.ni.n

りゅうほ
留保 保留
ryu.u.ho

きょりゅう
居留 居留
kyo.ryu.u

ざんりゅう
残留 殘留
za.n.ryu.u

じょうりゅう
蒸留 蒸餾
jo.o.ryu.u

ていりゅうじょ
停留所 (公車)車站
te.i.ryu.u.jo

音 る ru

るす
留守 ＊ 看家(的人)；出門
ru.su

るすばん
留守番 ＊ 看家(的人)
ru.su.ba.n

訓 とめる to.me.ru

と
留める 留下、留住
to.me.ru

訓 とまる to.ma.ru

と
留まる 歇、停留；留下(印象、感覺)
to.ma.ru

硫
音 りゅう
訓
常

音 りゅう ryu.u

りゅうさん
硫酸　〔化〕硫酸
ryu.u.sa.n

柳
音 りゅう
訓 やなぎ
常

音 りゅう ryu.u

りゅうび
柳眉　柳眉、柳葉眉
ryu.u.bi

せんりゅう
川柳　川柳(17字的詼諧諷刺短詩)
se.n.ryu.u

訓 やなぎ ya.na.gi

やなぎ
柳　〔植〕柳
ya.na.gi

六
音 りく ろく
訓 む むつ むっつ むい
常

音 りく ri.ku

音 ろく ro.ku

ろく
六　六
ro.ku

ろくがつ
六月　六月
ro.ku.ga.tsu

ろくじ
六時　六點
ro.ku.ji

ろくだい
六台　六台
ro.ku.da.i

ろくにん
六人　六人
ro.ku.ni.n

ろくねん
六年　六年
ro.ku.ne.n

ろっかい
六回　六次
ro.k.ka.i

ろっぽん
六本　六支、六根、六條、六瓶
ro.p.po.n

ろくよう
六曜　六曜，曆書上六個表示吉凶的用語。
ro.ku.yo.o

訓 むい mu.i

むいか
六日＊　(每月的)六日、六號
mu.i.ka

訓 む mu

むさし
六指　遊戲的一種
mu.sa.shi

訓 むつ mu.tsu

む
六つ　六、六個、六歲
mu.tsu

訓 むっつ mu.t.tsu

むっ
六つ　六個、六歲
mu.t.tsu

廉
音 れん
訓
常

音 れん re.n

れんか
廉価　廉價、低價
re.n.ka

れんばい
廉売　廉售、大拍賣
re.n.ba.i

せいれん
清廉　清廉
se.i.re.n

憐
音 れん
訓 あわれむ

音 れん re.n

れんびん
憐憫　憐憫、同情
re.n.bi.n

かれん
可憐　可憐、可愛
ka.re.n

訓 あわれむ a.wa.re.mu

あわ
憐れむ　感覺可憐、憐憫
a.wa.re.mu

漣
音 れん
訓 さざなみ

音 れん re.n

訓 さざなみ sa.za.na.mi

さざなみ
漣 sa.za.na.mi 漣漪

簾 音 れん 訓 すだれ

音 れん re.n

のれん
暖簾 no.re.n 印有商號，掛在店舗簷下的遮陽布簾

訓 すだれ su.da.re

たますだれ
玉簾 ta.ma.su.da.re 珠簾、(植)玉簾

聯 音 れん 訓

音 れん re.n

ちゅうれん
柱聯 chu.u.re.n 柱上的對聯

蓮 音 れん 訓 はす

音 れん re.n

れんげ
蓮華 re.n.ge 蓮花

れんこん
蓮根 re.n.ko.n 蓮藕

すいれん
睡蓮 su.i.re.n 睡蓮

訓 はす ha.su

はす
蓮 ha.su 蓮花

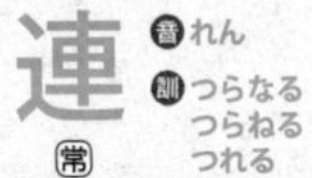
連 常 音 れん 訓 つらなる つらねる つれる

音 れん re.n

れんかん
連関 re.n.ka.n 關聯

れんきゅう
連休 re.n.kyu.u 連休

れんけつ
連結 re.n.ke.tsu 連結

れんこう
連行 re.n.ko.o （把犯人…等）帶走

れんごう
連合 re.n.go.o 聯合

れんざん
連山 re.n.za.n 連綿的山峰

れんじつ
連日 re.n.ji.tsu 連日

れんじゅう
連中 re.n.ju.u 夥伴

れんそう
連想 re.n.so.o 聯想

れんぞく
連続 re.n.zo.ku 連續

れんたい
連帯 re.n.ta.i 連帶

れんぱつ
連発 re.n.pa.tsu 連發

れんぽう
連邦 re.n.po.o 聯邦

れんめい
連盟 re.n.me.i 聯盟

れんめい
連名 re.n.me.i 聯名

れんらく
連絡 re.n.ra.ku 聯絡

いちれん
一連 i.chi.re.n 一連串的

かんれん
関連 ka.n.re.n 關聯

こくれん
国連 ko.ku.re.n 聯合國

じょうれんきゃく
常連客 jo.o.re.n.kya.ku 常客

訓 つらなる tsu.ra.na.ru

つら
連なる 成行、成列、連接
tsu.ra.na.ru

訓 つらねる tsu.ra.ne.ru

つら
連ねる 連成一排、排列成行；連接
tsu.ra.ne.ru

訓 つれる tsu.re.ru

つ
連れる 跟隨、帶領
tsu.re.ru

つ
連れ 同伴、伴侶
tsu.re

鎌
音 れん
訓 かま

音 れん re.n

訓 かま ka.ma

かまくび
鎌首 向前彎曲成鐮刀形的脖子
ka.ma.ku.bi

恋
音 れん
訓 こう
こい
こいしい
常

音 れん re.n

れんあい
恋愛 戀愛
re.n.a.i

れんぼ
恋慕 愛慕、戀慕、依戀
re.n.bo

訓 こう ko.u

こ
恋う 愛慕、戀慕、眷戀
ko.u

訓 こい ko.i

こい
恋 戀愛
ko.i

こいがたき
恋敵 情敵
ko.i.ga.ta.ki

こいごころ
恋心 戀慕心
ko.i.go.ko.ro

こい
恋する 戀愛、愛
ko.i.su.ru

こいびと
恋人 戀人、情人
ko.i.bi.to

こいぶみ
恋文 情書
ko.i.bu.mi

訓 こいしい ko.i.shi.i

こい
恋しい 親愛的、懷念的、眷戀的
ko.i.shi.i

練
音 れん
訓 ねる
常

音 れん re.n

れんしゅう
練習 練習
re.n.shu.u

れんたん
練炭 煤球
re.n.ta.n

くんれん
訓練 訓練
ku.n.re.n

しれん
試練 試煉
shi.re.n

しゅうれん
修練 修練
shu.u.re.n

じゅくれん
熟練 熟練
ju.ku.re.n

せいれん
精練 精練
se.i.re.n

せんれん
洗練 洗鍊
se.n.re.n

ろうれん
老練 老練
ro.o.re.n

訓 ねる ne.ru

ね
練る 鍛鍊、修養
ne.ru

錬
音 れん
訓 ねる
常

音 れん re.n

れんきんじゅつ
錬金術 煉金術
re.n.ki.n.ju.tsu

れんせい
錬成 磨練、鍛鍊(身心)
re.n.se.i

れんま
錬磨 磨練、鍛鍊
re.n.ma

しゅうれん
修錬 修練
shu.u.re.n

たんれん
鍛錬 鍛鍊
ta.n.re.n

訓 ねる ne.ru

ね
錬る 熬煮；鍛造；磨練
ne.ru

煉
音 れん
訓 ねる

音 れん re.n

れんが
煉瓦 磚塊
re.n.ga

訓 ねる ne.ru

ね
煉る 加熱使凝固、攪拌成黏糊狀
ne.ru

林
音 りん
訓 はやし
常

音 りん ri.n

りんかん
林間 林間、樹林裡
ri.n.ka.n

りんぎょう
林業 林木業
ri.n.gyo.o

りんどう
林道 森林裡的道路
ri.n.do.o

りんや
林野 森林原野
ri.n.ya

りんりつ
林立 林立
ri.n.ri.tsu

げんせいりん
原生林 (未經人為破壞過的)原始森林
ge.n.se.i.ri.n

こくゆうりん
国有林 國有的森林
ko.ku.yu.u.ri.n

さんりん
山林 山林
sa.n.ri.n

しぜんりん
自然林 自然森林
shi.ze.n.ri.n

しょくりん
植林 造林
sho.ku.ri.n

のうりん
農林 農林業
no.o.ri.n

みつりん
密林 茂密的森林
mi.tsu.ri.n

訓 はやし ha.ya.shi

はやし
林 林、樹林
ha.ya.shi

ぞうきばやし
雑木林 雜樹林
zo.o.ki.ba.ya.shi

たけばやし
竹林 竹林
ta.ke.ba.ya.shi

まつばやし
松林 松樹林
ma.tsu.ba.ya.shi

淋
音
訓 さびしい

訓 さびしい sa.bi.shi.i

さび
淋しい 寂寞的
sa.bi.shi.i

燐
音 りん
訓

音 りん ri.n

りんか
燐火 燐火、鬼火
ri.n.ka

琳
音 りん
訓

音 りん ri.n

臨
音 りん
訓 のぞむ
常

音 りん ri.n

りんかい
臨海 臨海
ri.n.ka.i

りんき
臨機 臨機
ri.n.ki

りんじ
臨時 臨時
ri.n.ji

りんじゅう
臨終 臨終
ri.n.ju.u

りんしょう
臨床 臨床、治療
ri.n.sho.o

りんせき
臨席 出席
ri.n.se.ki

くんりん
君臨 君臨
ku.n.ri.n

訓 のぞむ no.zo.mu

のぞ
臨む 臨、面臨、遭逢
no.zo.mu

隣
音 りん
訓 となる　となり
常

音 りん ri.n

りんか
隣家 鄰家
ri.n.ka

りんごく
隣国 鄰國、鄰邦
ri.n.go.ku

りんじん
隣人 鄰人、街坊
ri.n.ji.n

りんせつ
隣接 接鄰
ri.n.se.tsu

きんりん
近隣 近鄰、鄰近
ki.n.ri.n

ぜんりん
善隣 睦鄰、友好鄰邦
ze.n.ri.n

訓 となる to.na.ru

とな
隣る 結鄰、相連；交界、接壤
to.na.ru

訓 となり to.na.ri

となり
隣 隔壁、旁邊
to.na.ri

りょうどなり
両隣 左鄰右舍、近鄰
ryo.o.do.na.ri

鱗
音 りん
訓 うろこ

音 りん ri.n

りん
鱗 魚鱗、(助數詞)一條
ri.n

音 うろこ u.ro.ko

うろこ
鱗 魚鱗
u.ro.ko

麟
音 りん
訓

音 りん ri.n

きりん
麒麟 長頸鹿；麒麟
ki.ri.n

賃
音 ちん
訓
常

音 ちん chi.n

ちんあ
賃上げ 租金上漲
chi.n.a.ge

ちんぎん
賃金 租金
chi.n.gi.n

ちんたい
賃貸 租借
chi.n.ta.i

うんちん
運賃 運費
u.n.chi.n

こうちん
工賃 工資
ko.o.chi.n

てまちん
手間賃 工錢
te.ma.chi.n

でんしゃちん
電車賃 電車費
de.n.sha.chi.n

ふなちん
船賃 船費
fu.na.chi.n

やちん
家賃　房租
ya.chi.n

涼　音 りょう　訓 すずしい すずむ　常

音 りょう ryo.o

りょうかん
涼感　涼感
ryo.o.ka.n

こうりょう
荒涼　荒涼、冷落
ko.o.ryo.o

のうりょう
納涼　乘涼、納涼
no.o.ryo.o

訓 すずしい su.zu.shi.i

すず
涼しい　涼爽的
su.zu.shi.i

訓 すずむ su.zu.mu

すず
涼む　乘涼、納涼
su.zu.mu

ゆうすず
夕涼み　傍晚納涼
yu.u.su.zu.mi

糧　音 りょう ろう　訓 かて　常

音 りょう ryo.o

りょうどう
糧道　〔文〕糧道
ryo.o.do.o

しょくりょう
食糧　食糧
sho.ku.ryo.o

音 ろう ro.o

ひょうろう
兵糧 *　兵糧
hyo.o.ro.o

訓 かて ka.te

かて
糧　乾糧、食糧
ka.te

良　音 りょう　訓 よい　常

音 りょう ryo.o

りょうい
良医　名醫
ryo.o.i

りょうこう
良好　良好
ryo.o.ko.o

りょうこう
良港　良港、優良的港口
ryo.o.ko.o

りょうしき
良識　健全的判斷力
ryo.o.shi.ki

りょうしつ
良質　優質
ryo.o.shi.tsu

りょうじつ
良日　好日子、吉日
ryo.o.ji.tsu

りょうしょ
良書　好書
ryo.o.sho

りょうしん
良心　良心
ryo.o.shi.n

りょうでん
良田　良田、肥沃的土地
ryo.o.de.n

りょうひ
良否　好壞、優劣
ryo.o.hi

りょうみん
良民　良民、守法的人民
ryo.o.mi.n

りょうやく
良薬　良藥
ryo.o.ya.ku

りょうゆう
良友　益友
ryo.o.yu.u

かいりょう
改良　改良
ka.i.ryo.o

ふりょう
不良　不良
fu.ryo.o

訓 よい yo.i

よ
良い　好的、優秀的、出色的
yo.i

よ
良し　(表示允許、答應)好、可以
yo.shi

両　音 りょう　訓　常

音 りょう ryo.o

りょうあし
両足 雙腳
ryo.o.a.shi

りょういん
両院 參議院、眾議院
ryo.o.i.n

りょうがえ
両替 兌換、換錢
ryo.o.ga.e

りょうがわ
両側 兩側
ryo.o.ga.wa

りょうがん
両眼 雙眼
ryo.o.ga.n

りょうきょく
両極 兩極、南北極、兩端
ryo.o.kyo.ku

りょうしゃ
両者 兩者
ryo.o.sha

りょうしん
両親 雙親
ryo.o.shi.n

りょうて
両手 雙手
ryo.o.te

りょうほう
両方 雙方
ryo.o.ho.o

りょうめん
両面 兩面
ryo.o.me.n

りょうよう
両用 兩用
ryo.o.yo.o

りょうりつ
両立 兩立
ryo.o.ri.tsu

さんぴりょうろん
賛否両論 贊成與反對兩種意見都有
sa.n.pi.ryo.o.ro.n

しゃりょう
車両 車輛
sha.ryo.o

亮

音 りょう
訓 すけ

音 りょう ryo.o

めいりょう
明亮 明亮
me.i.ryo.o

訓 すけ su.ke

諒

音 りょう
訓

音 りょう ryo.o

りょうかい
諒解 諒解、體諒
ryo.o.ka.i

りょうしょう
諒承 曉得、知道、答應
ryo.o.sho.o

量

音 りょう
訓 はかる
常

音 りょう ryo.o

りょう
量 量
ryo.o

りょうかん
量感 對重量(份量)的感覺
ryo.o.ka.n

りょうさん
量産 量產
ryo.o.sa.n

りょうめ
量目 份量
ryo.o.me

けいりょう
軽量 輕量
ke.i.ryo.o

けいりょう
計量 計量(體重…等)
ke.i.ryo.o

しょうりょう
少量 少量
sho.o.ryo.o

しょうりょう
小量 小量
sho.o.ryo.o

すいりょう
推量 推測
su.i.ryo.o

せいりょう
声量 聲量
se.i.ryo.o

そくりょう
測量 測量
so.ku.ryo.o

てきりょう
適量 適量
te.ki.ryo.o

どりょう
度量 氣度、肚量
do.ryo.o

ぶんりょう
分量 份量
bu.n.ryo.o

りきりょう
力量 力量
ri.ki.ryo.o

訓 はかる ha.ka.ru

はか
量る 量、稱、測量
ha.ka.ru

伶

音 れい
訓

音 れい re.i

れいり
伶俐 伶俐、聰明
re.i.ri

凌

音 りょう
訓 しのぐ

音 りょう ryo.o

りょうが
凌駕 凌駕、超越
ryo.o.ga

りょうじょく
凌辱 凌辱、欺凌、侮辱
ryo.o.jo.ku

訓 しのぐ shi.no.gu

しの
凌ぐ 冒著、凌駕
shi.no.gu

怜

音 れい
訓

音 れい re.i

れいり
怜悧 伶俐、聰明
re.i.ri

玲

音 れい
訓

音 れい re.i

れいろう
玲瓏 玲瓏、晶瑩
re.i.ro.o

苓

音 れい りょう
訓

音 れい re.i

音 りょう ryo.o

ぶくりょう
茯苓 茯苓，草名，亦做中藥使用。
bu.ku.ryo.o

菱

音 りょう
訓 ひし

音 りょう ryo.o

りょうか
菱花 白色菱角花
ryo.o.ka

訓 ひし hi.shi

ひし
菱 菱形、菱角
hi.shi

鈴

常

音 れい りん
訓 すず

音 れい re.i

ぎんれい
銀鈴 銀鈴、清脆的鈴聲
gi.n.re.i

でんれい
電鈴 電鈴
de.n.re.i

よれい
予鈴 提示鈴聲
yo.re.i

音 りん ri.n

ふうりん
風鈴 風鈴
fu.u.ri.n

よ りん
呼び鈴 叫人的鈴、電鈴
yo.bi.ri.n

訓 すず su.zu

すず
鈴 鈴、鈴鐺
su.zu

すずむし
鈴虫 金鐘、金琵琶
su.zu.mu.shi

陵

常

音 りょう
訓 みささぎ

音 りょう ryo.o

りょうぼ 陵墓 ryo.o.bo　陵墓、皇陵

きゅうりょう 丘陵 kyu.u.ryo.o　丘陵

訓 みささぎ mi.sa.sa.gi

みささぎ 陵 mi.sa.sa.gi　(古)天皇、皇后的陵墓

零

音 れい
訓
常

音 れい re.i

れい 零 re.i　零

れいう 零雨 re.i.u　毛毛雨

れいか 零下 re.i.ka　零下、冰點下

れいさい 零細 re.i.sa.i　零碎、零星

れいてん 零点 re.i.te.n　零分；零度

れいど 零度 re.i.do　零度

れいはい 零敗 re.i.ha.i　沒有被打敗的紀錄

れいらく 零落 re.i.ra.ku　草木凋落；掉落

霊

音 れい りょう
訓 たま
常

音 れい re.i

れいえん 霊園 re.i.e.n　公墓、墓園

れいかん 霊感 re.i.ka.n　靈感、神靈的啟示

れいき 霊気 re.i.ki　靈氣、神秘的氣霧

れいきゅうしゃ 霊柩車 re.i.kyu.u.sha　靈車

れいげん 霊験 re.i.ge.n　靈驗、神佛的感應

れいこん 霊魂 re.i.ko.n　靈魂

れいじょう 霊場 re.i.jo.o　聖靈地方、聖地

れいぜん 霊前 re.i.ze.n　靈前；神靈之前

れいちょう 霊長 re.i.cho.o　有靈性、優秀

れいびょう 霊廟 re.i.byo.o　靈廟

れいほう 霊峰 re.i.ho.o　靈山、神聖的山

いれい 慰霊 i.re.i　慰靈、安慰死者之靈

えいれい 英霊 e.i.re.i　英靈

しんれい 心霊 shi.n.re.i　心靈、靈魂

しんれい 神霊 shi.n.re.i　神靈、靈魂、魂靈

せいれい 聖霊 se.i.re.i　聖靈的靈魂、(宗)聖靈

ぼうれい 亡霊 bo.o.re.i　亡靈

ゆうれい 幽霊 yu.u.re.i　幽靈

音 りょう ryo.o

しりょう 死霊 shi.ryo.o　亡靈、怨靈

あくりょう 悪霊 a.ku.ryo.o　惡靈

訓 たま ta.ma

たま 霊 ta.ma　魂、靈魂

齢

音 れい
訓 よわい
常

音 れい re.i

がくれい 学齢 ga.ku.re.i　學齡(六到十五歲)

こうれい
高齢 高齡
ko.o.re.i

じゅれい
樹齢 樹齡
ju.re.i

てきれい
適齢 適齡
te.ki.re.i

ねんれい
年齢 年齡
ne.n.re.i

みょうれい
妙齢 妙齡、荳蔻年華
myo.o.re.i

ろうれい
老齢 高齡
ro.o.re.i

訓 よわい yo.wa.i

よわい
齢 年齡
yo.wa.i

嶺
音 れい
訓

音 れい re.i

かいれい
海嶺 海脊
ka.i.re.i

ぶんすいれい
分水嶺 分水嶺
bu.n.su.i.re.i

領
音 りょう
訓
常

音 りょう ryo.o

りょういき
領域 領域
ryo.o.i.ki

りょうかい
領海 領海
ryo.o.ka.i

りょうくう
領空 領空
ryo.o.ku.u

りょうじ
領事 領事
ryo.o.ji

りょうしゅ
領主 (封建時代的)領主、莊主
ryo.o.shu

りょうしゅう
領収 收到、收取
ryo.o.shu.u

りょうち
領地 領地
ryo.o.chi

りょうど
領土 領土
ryo.o.do

りょうない
領内 領地內
ryo.o.na.i

りょうぶん
領分 領地、領域、範圍
ryo.o.bu.n

りょうゆう
領有 所有
ryo.o.yu.u

しゅりょう
首領 首領
shu.ryo.o

じゅりょう
受領 收領
ju.ryo.o

だいとうりょう
大統領 總統
da.i.to.o.ryo.o

ほんりょう
本領 本領
ho.n.ryo.o

ようりょう
要領 要領
yo.o.ryo.o

令
音 れい
訓
常

音 れい re.i

れいじょう
令状 〔法〕拘票、傳票
re.i.jo.o

れいじょう
令嬢 令嫒
re.i.jo.o

れいしょく
令色 諂媚
re.i.sho.ku

れいそく
令息 令郎
re.i.so.ku

れいめい
令名 聲譽、名聲
re.i.me.i

ごうれい
号令 號令
go.o.re.i

しれい
指令 指令
shi.re.i

しれい
司令 司令
shi.re.i

せいれい
政令 政令
se.i.re.i

でんれい
伝令 傳達命令、傳令
de.n.re.i

はつれい
発令 發令(發布法令、警報…等)
ha.tsu.re.i

ほうれい
法令 法令
ho.o.re.i

めいれい
命令 命令
me.i.re.i

櫨
音 ろ
訓

音 ろ ro

炉
音 ろ
訓
常

音 ろ ro

ろばた
炉端 爐邊
ro.ba.ta

ろへん
炉辺 爐邊
ro.he.n

いろり
囲炉裏 (取暖做飯用的)炕爐
i.ro.ri

かいろ
懐炉 懷爐
ka.i.ro

げんしろ
原子炉 原子爐
ge.n.shi.ro

こうろ
香炉 香爐
ko.o.ro

だんろ
暖炉 暖爐
da.n.ro

櫓
音 ろ
訓 やぐら

音 ろ ro

ろびょうし
櫓拍子 搖櫓的節奏
ro.byo.o.shi

訓 やぐら ya.gu.ra

やぐら
櫓 望樓
ya.gu.ra

虜
音 りょ
訓 とりこ
常

音 りょ ryo

りょしゅう
虜囚 俘虜
ryo.shu.u

ふりょ
俘虜 俘虜
fu.ryo

ほりょ
捕虜 俘虜
ho.ryo

訓 とりこ to.ri.ko

とりこ
虜 俘虜
to.ri.ko

魯
音 ろ
訓

音 ろ ro

ろどん
魯鈍 資質不佳、反應遲鈍
ro.do.n

漉
音 ろく
訓 こす

音 ろく ro.ku

訓 こす ko.su

こ
漉す 濾過
ko.su

禄
音 ろく
訓

音 ろく ro.ku

ふくろく
福禄 福祿
fu.ku.ro.ku

ほうろく
俸禄 俸祿、薪餉
ho.o.ro.ku

ろくだか
禄高 俸祿額
ro.ku.da.ka

賂 音ろ 訓

音 ろ ro

わいろ
賄賂 賄賂
wa.i.ro

路 音ろ 訓じ みち 常

音 ろ ro

ろじ
路地 路地
ro.ji

ろじょう
路上 路上
ro.jo.o

ろせん
路線 路線
ro.se.n

ろめん
路面 路面
ro.me.n

おうろ
往路 去程
o.o.ro

きろ
帰路 回程
ki.ro

けいろ
経路 路線、途徑
ke.i.ro

こうろ
航路 航路
ko.o.ro

しんろ
進路 方向
shi.n.ro

すいろ
水路 水路
su.i.ro

せんろ
線路 線路
se.n.ro

つうろ
通路 通路
tsu.u.ro

どうろ
道路 道路
do.o.ro

りくろ
陸路 陸路
ri.ku.ro

訓 じ ji

いえじ
家路 回家的路
i.e.ji

やまじ
山路 山路
ya.ma.ji

訓 みち mi.chi

録 音ろく 訓 常

音 ろく ro.ku

ろくおん
録音 錄音
ro.ku.o.n

ろくが
録画 錄影
ro.ku.ga

ぎじろく
議事録 會議紀錄
gi.ji.ro.ku

ごろく
語録 (儒者、僧者的)語錄
go.ro.ku

さいろく
再録 記錄、再次錄音
sa.i.ro.ku

さいろく
採録 收錄、記載
sa.i.ro.ku

じつろく
実録 實錄
ji.tsu.ro.ku

じゅうしょろく
住所録 通訊錄
ju.u.sho.ro.ku

しゅうろく
収録 刊載、收錄聲音、影像
shu.u.ro.ku

しゅうろく
集録 收錄、收集記錄
shu.u.ro.ku

とうろく
登録 登錄、登記、註冊
to.o.ro.ku

びぼうろく
備忘録 備忘錄
bi.bo.o.ro.ku

ひつろく
筆録 寫下作為記錄
hi.tsu.ro.ku

ふろく
付録 附錄
fu.ro.ku

もくろく
目録 目錄
mo.ku.ro.ku

陸 音りく 訓 常

音 りく ri.ku

りく
陸
ri.ku
陸地、旱地

りくうん
陸運
ri.ku.u.n
陸運

りくかいくう
陸海空
ri.ku.ka.i.ku.u
陸海空

りくぐん
陸軍
ri.ku.gu.n
陸軍

りくじょう
陸上
ri.ku.jo.o
陸上

りくそう
陸送
ri.ku.so.o
陸路運輸

りくぞく
陸続
ri.ku.zo.ku
陸續

りくち
陸地
ri.ku.chi
陸地

りくろ
陸路
ri.ku.ro
陸路

じょうりく
上陸
jo.o.ri.ku
上陸

すいりく
水陸
su.i.ri.ku
水陸

たいりく
大陸
ta.i.ri.ku
大陸

ちゃくりく
着陸
cha.ku.ri.ku
著陸

りっきょう
陸橋
ri.k.kyo.o
陸橋

露

音 ろ
ろう
訓 つゆ
常

音 ろ ro

ろえい
露営
ro.e.i
露營

ろけん
露見
ro.ke.n
暴露、敗露

ろこつ
露骨
ro.ko.tsu
露骨、直率、毫無顧忌

ろしゅつ
露出
ro.shu.tsu
露出；(照相)曝光

ろだい
露台
ro.da.i
陽台

ろてん
露天
ro.te.n
露天、野地

ろてん
露店
ro.te.n
攤販

かんろ
甘露
ka.n.ro
甘露、美味

けつろ
結露
ke.tsu.ro
結露

とろ
吐露
to.ro
吐露

ばくろ
暴露
ba.ku.ro
曝曬、暴露；風吹雨淋

はつろ
発露
ha.tsu.ro
表露、流露

音 ろう ro.o

ひろう
披露
hi.ro.o
公佈、發表、展示

訓 つゆ tsu.yu

つゆ
露
tsu.yu
露水

よつゆ
夜露
yo.tsu.yu
夜裡的露水

鷺

音 ろ
訓 さぎ

音 ろ ro

うろ
烏鷺
u.ro
烏鴉和鷺；黑和白

訓 さぎ sa.gi

さぎ
鷺
sa.gi
〔鳥〕鷺鷥

鹿

音 ろく
訓 か
しか

音 ろく ro.ku

ろくめい
鹿鳴
ro.ku.me.i
宴會上招待客人之音樂

訓 か ka

か ごしま **鹿児島** ka.go.si.ma	鹿兒島

訓 しか shi.ka

しか **鹿** shi.ka	鹿

麓

音ろく 訓ふもと

音 ろく ro.ku

さんろく **山麓** sa.n.ro.ku	山麓、山腳

訓 ふもと fu.mo.to

ふもと **麓** fu.mo.to	山麓、山腳

碌

音ろく 訓ろくな

音 ろく ro.ku

ろく **碌** ro.ku	正常、令人滿意的
ろく **碌でなし** ro.ku.de.na.shi	無用的人

訓 ろくな ro.ku.na

ろく **碌な** ro.ku.na	（多接否定）不像樣、不好好地

羅

音ら 訓 常

音 ら ra

ら しんばん **羅針盤** ra.shi.n.ba.n	羅盤、指南針
ら れつ **羅列** ra.re.tsu	羅列、排列

螺

音ら 訓

音 ら ra

ら **螺** ra	螺
ら せん **螺旋** ra.se.n	螺旋
特 さざえ **栄螺** sa.za.e	蠑螺

裸

音ら 訓はだか 常

音 ら ra

ら がん **裸眼** ra.ga.n	裸視
ら しん **裸身** ra.shi.n	裸體
ら ぞう **裸像** ra.zo.o	裸體人像
ら たい **裸体** ra.ta.i	裸體

訓 はだか ha.da.ka

はだか **裸** ha.da.ka	裸體
はだかいっかん **裸一貫** ha.da.ka.i.k.ka.n	赤手空拳、白手起家
まるはだか **丸裸** ma.ru.ha.da. ka	一絲不掛；一無所有
特 はだし **裸足** ha.da.shi	裸足

洛

音らく 訓

音 らく ra.ku

き らく **帰洛** ki.ra.ku	（由其它地方）返回京都
じょうらく **上洛** jo.o.ra.ku	（由其他地方）到京都去

絡

音 らく
訓 からむ からまる
常

音 らく ra.ku

れんらく
連絡 聯絡
re.n.ra.ku

みゃくらく
脈絡 脈絡
mya.ku.ra.ku

訓 からむ ka.ra.mu

から
絡む 纏在…上；找碴、糾紛
ka.ra.mu

訓 からまる ka.ra.ma.ru

から
絡まる 纏繞、糾纏、糾紛
ka.ra.ma.ru

落

音 らく
訓 おちる おとす
常

音 らく ra.ku

らくご
落語 (類似相聲)落語
ra.ku.go

らくじつ
落日 落日
ra.ku.ji.tsu

らくじょう
落城 城池淪陷
ra.ku.jo.o

らくせき
落石 落石
ra.ku.se.ki

らくせん
落選 落選
ra.ku.se.n

らくだい
落第 沒有考中、失敗
ra.ku.da.i

らくちゃく
落着 著落、了結
ra.ku.cha.ku

らくちょう
落丁 缺頁
ra.ku.cho.o

らくば
落馬 落馬、墜馬
ra.ku.ba

らくよう
落葉 落葉
ra.ku.yo.o

らくらい
落雷 雷擊
ra.ku.ra.i

しゅうらく
集落 集落
shu.u.ra.ku

そんらく
村落 村落
so.n.ra.ku

だんらく
段落 段落
da.n.ra.ku

ていらく
低落 低落
te.i.ra.ku

てんらく
転落 滾落
te.n.ra.ku

らっか
落下 落下
ra.k.ka

訓 おちる o.chi.ru

お
落ちる 掉落、掉下
o.chi.ru

お こ
落ち込む 掉進、陷入
o.chi.ko.mu

お つ
落ち着き 沉著、穩靜
o.chi.tsu.ki

お つ
落ち着く 沉著、穩重
o.chi.tsu.ku

お ば
落ち葉 落葉
o.chi.ba

訓 おとす o.to.su

お
落とす 投下、扔下
o.to.su

おと もの
落し物 遺失物
o.to.shi.mo.no

酪

音 らく
訓
常

音 らく ra.ku

らくのう
酪農 酪農
ra.ku.no.o

卵

音 らん
訓 たまご
常

音 らん ra.n

らんおう
卵黄 蛋黄
ra.n.o.o

らんし
卵子 卵子
ra.n.shi

らんせい
卵生 卵生
ra.n.se.i

らんそう
卵巣 卵巢
ra.n.so.o

らんぱく
卵白 蛋白
ra.n.pa.ku

けいらん
鶏卵 雞蛋
ke.i.ra.n

さんらん
産卵 產卵
sa.n.ra.n

訓 たまご ta.ma.go

たまご
卵 蛋
ta.ma.go

たまごがた
卵形 蛋型、橢圓形
ta.ma.go.ga.ta

たまごや
卵焼き 煎蛋
ta.ma.go.ya.ki

いしゃ たまご
医者の卵 醫學院的學生、實習醫生
i.sha.no.ta.ma.go

なまたまご
生卵 生雞蛋
na.ma.ta.ma.go

乱
音 らん
訓 みだれる みだす
常

音 らん ra.n

らんざつ
乱雑 雜亂
ra.n.za.tsu

らんし
乱視 亂視
ra.n.shi

らんしゃ
乱射 亂射
ra.n.sha

らんしん
乱心 發狂
ra.n.shi.n

らんせん
乱戦 亂戰、混戰
ra.n.se.n

らんどく
乱読 讀各類的書籍
ra.n.do.ku

らんにゅう
乱入 闖入、闖進
ra.n.nyu.u

らんばい
乱売 拍賣、便宜賣
ra.n.ba.i

らんはんしゃ
乱反射 (光線)散射
ra.n.ha.n.sha

らんぼう
乱暴 粗暴、蠻橫
ra.n.bo.o

らんりつ
乱立 亂立、雜立(廣告牌…等)
ra.n.ri.tsu

らんよう
乱用 亂用
ra.n.yo.o

いっしんふらん
一心不乱 專心一致
i.s.shi.n.fu.ra.n

こんらん
混乱 混亂
ko.n.ra.n

さんらん
散乱 散亂
sa.n.ra.n

せんらん
戦乱 戰亂
se.n.ra.n

そうらん
騒乱 騷動
so.o.ra.n

どうらん
動乱 動亂
do.o.ra.n

ないらん
内乱 內亂
na.i.ra.n

はらん
波乱 波瀾、風波
ha.ra.n

はんらん
反乱 叛亂
ha.n.ra.n

訓 みだれる mi.da.re.ru

みだ
乱れる 散亂、不平靜、騷動
mi.da.re.ru

訓 みだす mi.da.su

みだ
乱す 弄亂、擾亂
mi.da.su

音 りん ri.n

りんじょう
倫常 人倫常理
ri.n.jo.o

りん り
倫理 倫理
ri.n.ri

じんりん
人倫 人倫
ji.n.ri.n

輪 音りん 訓わ 常

音 りん ri.n

りんしょう
輪唱 二部合唱
ri.n.sho.o

りんてん
輪転 旋轉
ri.n.te.n

りんどく
輪読 輪流誦讀
ri.n.do.ku

いちりん
一輪 一朵花；單輪；滿月
i.chi.ri.n

こうりん
後輪 後輪
ko.o.ri.n

ごりん
五輪 奧林匹克的標誌
go.ri.n

さんりんしゃ
三輪車 三輪車
sa.n.ri.n.sha

しゃりん
車輪 車輪
sha.ri.n

ぜんりん
前輪 前輪
ze.n.ri.n

にちりん
日輪 太陽
ni.chi.ri.n

ねんりん
年輪 年輪
ne.n.ri.n

りょうりん
両輪 兩輪
ryo.o.ri.n

訓 わ wa

わ
輪 圈、環、箍
wa

うちわ
内輪 內部；低估、保守
u.chi.wa

うでわ
腕輪 手鐲
u.de.wa

はなわ
花輪 花圈
ha.na.wa

みみわ
耳輪 耳環
mi.mi.wa

ゆびわ
指輪 戒指
yu.bi.wa

論 音ろん 訓 常

音 ろん ro.n

ろんがい
論外 範圍以外、題外；不值一提
ro.n.ga.i

ろんぎ
論議 議論、討論
ro.n.gi

ろんじゅつ
論述 論述、闡述
ro.n.ju.tsu

ろん
論じる 論述、闡述
ro.n.ji.ru

ろんせん
論戦 論戰、辯論
ro.n.se.n

ろんそう
論争 爭論
ro.n.so.o

ろんだい
論題 論題
ro.n.da.i

ろんてん
論点 論點
ro.n.te.n

ろんぴょう
論評 評論
ro.n.pyo.o

ろんぶん
論文 論文
ro.n.bu.n

ろんぽう
論法 邏輯
ro.n.po.o

ろんり
論理 邏輯
ro.n.ri

いろん
異論 異議
i.ro.n

ぎろん
議論 議論
gi.ro.n

くうろん
空論 空談、空話
ku.u.ro.n

けつろん
結論 結論
ke.tsu.ro.n

げんろん
言論 言論
ge.n.ro.n

こうろん
口論 口角
ko.o.ro.n

じろん
持論 一貫的主張
ji.ro.n

じょろん
序論 序論
jo.ro.n

せろん
世論 輿論
se.ro.n

はんろん
反論 反論、異論
ha.n.ro.n

ひょうろん
評論 評論
hyo.o.ro.n

りろん
理論 理論
ri.ro.n

滝 音 訓 たき 常

訓 たき ta.ki

たき
滝 瀑布
ta.ki

籠 音 ろう 訓 かご こもる

音 ろう ro.o

いんろう
印籠 小藥盒；印章盒
i.n.ro.o

とうろう
灯籠 燈籠
to.o.ro.o

訓 かご ka.go

かご
籠 簍、籠、籃
ka.go

訓 こもる ko.mo.ru

こ
籠もる 閉門不出、包含
ko.mo.ru

聾 音 ろう 訓 つんぼ

音 ろう ro.o

ろう
聾 失聰、聽覺障礙
ro.o

訓 つんぼ tsu.n.bo

つんぼ
聾 失聰、聽覺障礙
tsu.n.bo

隆 音 りゅう 訓 常

音 りゅう ryu.u

りゅううん
隆運 運勢昌隆
ryu.u.u.n

りゅうき
隆起 隆起、凸起
ryu.u.ki

りゅうせい
隆盛 隆盛、繁隆
ryu.u.se.i

りゅうりゅう
隆々 (肌肉)隆起；隆盛
ryu.u.ryu.u

竜 音 りゅう 訓 たつ

音 りゅう ryu.u

りゅうず
竜頭 龍頭
ryu.u.zu

訓 たつ ta.tsu

侶 音 りょ ろ 訓

音 りょ ryo

そうりょ
僧侶 僧侶
so.o.ryo

はんりょ
伴侶 伴侶
ha.n.ryo

音 ろ ro

呂 音 りょ ろ 訓

音 りょ ryo

りつりょ
律呂 樂律、音樂的調子
ri.tsu.ryo

音 ろ ro

ろ れつ
呂律 音調、語調
ro.re.tsu

ご ろ
語呂 語調、語氣、腔調
go.ro

屢
音 る
訓 しばしば

音 る ru

る じ
屢次 屢次、接二連三
ru.ji

訓 しばしば shi.ba.shi.ba

しばしば
屢々 屢次、再三、常常
shi.ba.shi.ba

履
音 り
訓 はく
常

音 り ri

り こう
履行 履行、實踐
ri.ko.o

り れき
履歴 履歷、經歷
ri.re.ki

訓 はく ha.ku

は
履く 穿(鞋等)
ha.ku

旅
音 りょ
訓 たび
常

音 りょ ryo

りょかっき
旅客機 客機
ryo.ka.k.ki

りょかく
旅客 旅客
ryo.ka.ku

りょかくき
旅客機 客機
ryo.ka.ku.ki

りょかん
旅館 旅館
ryo.ka.n

りょけん
旅券 護照
ryo.ke.n

りょこう
旅行 旅行
ryo.ko.o

りょじょう
旅情 旅情
ryo.jo.o

りょじん
旅人 旅人
ryo.ji.n

りょ ひ
旅費 旅費
ryo.hi

しゅうがくりょこう
修学旅行 畢業旅行
shu.u.ga.ku.ryo.ko.o

訓 たび ta.bi

たび
旅 旅行、遠出
ta.bi

たびごころ
旅心 旅行的心情
ta.bi.go.ko.ro

たびさき
旅先 旅行地點
ta.bi.sa.ki

たびびと
旅人 旅行者
ta.bi.bi.to

律
音 りつ りち
訓
常

音 りつ ri.tsu

りつどう
律動 律動
ri.tsu.do.o

いちりつ
一律 一律
i.chi.ri.tsu

おんりつ
音律 音調
o.n.ri.tsu

きりつ
規律 規律
ki.ri.tsu

じりつ
自律 自律
ji.ri.tsu

せんりつ
旋律 旋律
se.n.ri.tsu

ちょうりつ
調律 調音
cho.o.ri.tsu

ほうりつ
法律 法律
ho.o.ri.tsu

音 **りち** ri.chi

りちぎ
律義 * 耿直、正直、規規矩矩
ri.chi.gi

慮 音 りょ 訓 おもんぱかる 常

音 **りょ** ryo

えんりょ
遠慮 客氣、顧慮、謝絕
e.n.ryo

くりょ
苦慮 苦思焦慮
ku.ryo

こうりょ
考慮 考慮
ko.o.ryo

じゅくりょ
熟慮 熟慮、深思
ju.ku.ryo

しりょ
思慮 思慮、考慮
shi.ryo

はいりょ
配慮 關照、照料、照顧
ha.i.ryo

ふりょ
不慮 意外、不測
fu.ryo

ゆうりょ
憂慮 憂慮、擔心
yu.u.ryo

訓 **おもんばかる** o.mo.n.ba.ka.ru

おもんばか
慮る 仔細考慮
o.mo.n.ba.ka.ru

率 音 そつ りつ 訓 ひきいる 常

音 **そつ** so.tsu

いんそつ
引率 帶領
i.n.so.tsu

けいそつ
軽率 輕率
ke.i.so.tsu

とうそつ
統率 統率
to.o.so.tsu

そっせん
率先 率先
so.s.se.n

そっちょく
率直 率直
so.c.cho.ku

音 **りつ** ri.tsu

りつ
率 率、比率
ri.tsu

ごうかくりつ
合格率 合格率
go.o.ka.ku.ri.tsu

こうりつ
高率 高比率
ko.o.ri.tsu

しょうりつ
勝率 獲勝率
sho.o.ri.tsu

ぜいりつ
税率 稅率
ze.i.ri.tsu

ていりつ
低率 低率
te.i.ri.tsu

のうりつ
能率 能率
no.o.ri.tsu

ひりつ
比率 比率
hi.ri.tsu

ひゃくぶんりつ
百分率 百分率
hya.ku.bu.n.ri.tsu

りりつ
利率 利率
ri.ri.tsu

訓 **ひきいる** hi.ki.i.ru

ひき
率いる 帶領、率領
hi.ki.i.ru

緑 音 りょく ろく 訓 みどり 常

音 **りょく** ryo.ku

りょくいん
緑蔭 綠蔭
ryo.ku.i.n

りょっか
緑化 綠化
ryo.k.ka

りょくじゅ
緑樹 綠樹
ryo.ku.ju

りょくち
緑地 綠地
ryo.ku.chi

りょくちゃ
緑茶 綠茶
ryo.ku.cha

ようりょくそ
葉緑素 葉綠素
yo.o.ryo.ku.so

しんりょく
新緑 (初夏)新綠
shi.n.ryo.ku

しんりょく
深緑 深綠
shi.n.ryo.ku

音 ろく ro.ku

ろくしょう
緑青 * 銅鏽
ro.ku.sho.o

訓 みどり mi.do.ri

みどり
緑 綠色
mi.do.ri

みどりいろ
緑色 綠色
mi.do.ri.i.ro

掠
音 りゃく りょう
訓 かすめる

音 りゃく rya.ku

音 りょう ryo.o

りょうち
掠笞 用刑具鞭打犯人
ryo.o.chi

訓 かすめる ka.su.me.ru

かす
掠める 掠奪、盜取；掠過
ka.su.me.ru

略
音 りゃく
訓
常

音 りゃく rya.ku

りゃくご
略語 略語
rya.ku.go

りゃくごう
略号 簡稱
rya.ku.go.o

りゃくじ
略字 簡字
rya.ku.ji

りゃくしき
略式 簡便的方式
rya.ku.shi.ki

りゃくしょう
略称 略稱
rya.ku.sho.o

りゃく
略す 簡略、省略
rya.ku.su

りゃくだつ
略奪 掠奪、搶奪
rya.ku.da.tsu

りゃくず
略図 略圖
rya.ku.zu

かんりゃく
簡略 簡略
ka.n.rya.ku

けいりゃく
計略 計策、策略
ke.i.rya.ku

さくりゃく
策略 策略
sa.ku.rya.ku

しょうりゃく
省略 省略
sho.o.rya.ku

しんりゃく
侵略 侵略
shi.n.rya.ku

せんりゃく
戦略 戰略
se.n.rya.ku

たいりゃく
大略 大略
ta.i.rya.ku

割 常 音 かつ 訓 わる わり われる さく

音 かつ ka.tsu

かつあい
割愛 ka.tsu.a.i　割愛

かつじょう
割譲 ka.tsu.jo.o　割讓

ぶんかつ
分割 bu.n.ka.tsu　分割

かっぷく
割腹 ka.p.pu.ku　切腹(自殺)

訓 わる wa.ru

わ
割る wa.ru　割開、打破、(數)除法

訓 わり wa.ri

わりあい
割合 wa.ri.a.i　比例

わ　あ
割り当て wa.ri.a.te　分配、分攤

わ　こ
割り込む wa.ri.ko.mu　擠進去；插嘴

わ　ざん
割り算 wa.ri.za.n　除法

わりだか
割高 wa.ri.da.ka　價格比較貴

わりびき
割引 wa.ri.bi.ki　折扣、減價

わりやす
割安 wa.ri.ya.su　價格比較便宜

訓 われる wa.re.ru

わ
割れる wa.re.ru　裂開；(轉)暴露

わ　もの
割れ物 wa.re.mo.no　破裂物

訓 さく sa.ku

さ
割く sa.ku　切開；騰出(時間)

歌

常 音 か 訓 うた うなう

音 か ka

かげき
歌劇 ka.ge.ki　歌劇

かし
歌詞 ka.shi　歌詞

かしゅ
歌手 ka.shu　歌手

かしゅう
歌集 ka.shu.u　歌集

かじん
歌人 ka.ji.n　創作“和歌”的人

かよう
歌謡 ka.yo.o　歌曲

えんか
演歌 e.n.ka　日本演歌

ぐんか
軍歌 gu.n.ka　軍歌

こうか
校歌 ko.o.ka　校歌

こっか
国歌 ko.k.ka　國歌

さんか
賛歌 sa.n.ka　讚歌

しいか
詩歌 shi.i.ka　詩歌

しょうか
唱歌 sho.o.ka　唱歌

せいか
聖歌 se.i.ka　聖歌

りゅうこうか
流行歌 ryu.u.ko.o.ka　流行歌曲

訓 うた u.ta

うた
歌 u.ta　歌

うたごえ
歌声 u.ta.go.e　歌聲

訓 うたう u.ta.u

うた
歌う u.ta.u　唱歌、吟詠(詩歌)

音 かく ka.ku

かく
格 資格、等級
ka.ku

かくがい
格外 格外、特別
ka.ku.ga.i

かくさ
格差 (價格、等級)差價
ka.ku.sa

かくしき
格式 格式
ka.ku.shi.ki

かくだん
格段 特別、非常
ka.ku.da.n

かくとう
格闘 格鬥
ka.ku.to.o

かくべつ
格別 格外、特別
ka.ku.be.tsu

かくやす
格安 價格便宜
ka.ku.ya.su

かかく
価格 價格
ka.ka.ku

きかく
規格 規格
ki.ka.ku

げんかく
厳格 嚴格
ge.n.ka.ku

ごうかく
合格 合格
go.o.ka.ku

しかく
資格 資格
shi.ka.ku

しっかく
失格 喪失資格
shi.k.ka.ku

じんかく
人格 人格
ji.n.ka.ku

せいかく
性格 性格
se.i.ka.ku

たいかく
体格 體格
ta.i.ka.ku

音 こう ko.o

こうし
格子 * 棋盤格、門窗上的木格
ko.o.shi

蛤

音こう
訓はまぐり

音 こう ko.o

訓 はまぐり ha.ma.gu.ri

はまぐり
蛤 文蛤
ha.ma.gu.ri

閣

音かく
訓
常

音 かく ka.ku

かくいん
閣員 閣員
ka.ku.i.n

かくぎ
閣議 內閣會議
ka.ku.gi

きんかくじ
金閣寺 金閣寺
ki.n.ka.ku.ji

ぎんかくじ
銀閣寺 銀閣寺
gi.n.ka.ku.ji

じんじゃぶっかく
神社仏閣 神社寺院
ji.n.ja.bu.k.ka.ku

そかく
組閣 組閣、組織內閣
so.ka.ku

ぶっかく
仏閣 寺院
bu.k.ka.ku

ろうかく
楼閣 樓臺
ro.o.ka.ku

かっか
閣下 閣下
ka.k.ka

隔

音かく
訓へだてる
へだたる
常

音 かく ka.ku

かくげつ
隔月 隔月
ka.ku.ge.tsu

かくしゅう
隔週 隔週
ka.ku.shu.u

かくじつ
隔日 每隔一日
ka.ku.ji.tsu

かくせい かん
隔世の感 隔世之感
ka.ku.se.i.no.ka.n

かくり
隔離 隔離
ka.ku.ri

かくぜつ
隔絶 隔絕
ka.ku.ze.tsu

えんかく
遠隔 遠距、遠離
e.n.ka.ku

かんかく
間隔 間隔、距離
ka.n.ka.ku

訓 へだてる he.da.te.ru

へだ
隔てる 隔開、隔離
he.da.te.ru

訓 へだたる he.da.ta.ru

へだ
隔たる 隔離；不同、有差異
he.da.ta.ru

革
音 かく
訓 かわ
常

音 かく ka.ku

かくしん
革新 革新
ka.ku.shi.n

かくめい
革命 革命
ka.ku.me.i

えんかく
沿革 沿革
e.n.ka.ku

かいかく
改革 改革
ka.i.ka.ku

ひかく
皮革 皮革
hi.ka.ku

へんかく
変革 變革、改革
he.n.ka.ku

訓 かわ ka.wa

かわ
革 皮革
ka.wa

かわぐつ
革靴 皮鞋
ka.wa.gu.tsu

葛
音 かつ
かち
訓 くず

音 かつ ka.tsu

かっとう
葛藤 糾紛、糾葛；心中的矛盾
ka.t.to.o

音 かち ka.chi

訓 くず ku.zu

くず
葛 〔植〕葛
ku.zu

個
音 こ
訓
常

音 こ ko

ここ
個々 一個個
ko.ko

こしつ
個室 個室
ko.shi.tsu

こじん
個人 個人
ko.ji.n

こじんさ
個人差 個人差異
ko.ji.n.sa

こじんしゅぎ
個人主義 個人主義
ko.ji.n.shu.gi

こじんてき
個人的 個人的
ko.ji.n.te.ki

こすう
個数 個數
ko.su.u

こせい
個性 個性
ko.se.i

こたい
個体 個體
ko.ta.i

こてん
個展 個展
ko.te.n

こべつ
個別 個別
ko.be.tsu

いっこ
一個 一個
i.k.ko

にこ
二個 二個
ni.ko

べっこ
別個 另一個；分開
be.k.ko

ㄍ

各
音 かく
訓 おのおの
常

音 かく ka.ku

かくい
各位 各位
ka.ku.i

かくか
各科 各科
ka.ku.ka

かくかい
各界 各界
ka.ku.ka.i

かくくみ
各組 各組
ka.ku.ku.mi

かくげつ
各月 各月
ka.ku.ge.tsu

かくし
各誌 各類雜誌
ka.ku.shi

かくじ
各自 各自
ka.ku.ji

かくしゃ
各社 各社
ka.ku.sha

かくしゅ
各種 各種
ka.ku.shu

かくしょ
各所 到處
ka.ku.sho

かくじん
各人 各人
ka.ku.ji.n

かくち
各地 各地
ka.ku.chi

かくとう
各党 各黨
ka.ku.to.o

かっこ
各個 各個
ka.k.ko

かっこく
各国 各國
ka.k.ko.ku

訓 おのおの o.no.o.no

おのおの
各々 各自
o.no.o.no

箇
音 か
訓
常

音 か ka

かしょ
箇所 處、處所
ka.sho

かじょうが
箇条書き 逐條文寫
ka.jo.o.ga.ki

該
音 がい
訓
常

音 がい ga.i

がいとう
該当 相當、適合
ga.i.to.o

がいはく
該博 〔文〕淵博
ga.i.ha.ku

改
音 かい
訓 あらためる あらたまる
常

音 かい ka.i

かいあく
改悪 想改好反而改壞了
ka.i.a.ku

かいかく
改革 改革
ka.i.ka.ku

かいけん
改憲 修改憲法
ka.i.ke.n

かいさつ
改札 剪票口
ka.i.sa.tsu

かいしゅう
改修 整修、修復
ka.i.shu.u

かいしん
改新 改新
ka.i.shi.n

かいしん
改心 革心
ka.i.shi.n

かいせい
改正 改正、修正
ka.i.se.i

かいせん
改選 改選
ka.i.se.n

かいぜん
改善 改善
ka.i.ze.n

かいぞう
改造 改造
ka.i.zo.o

かいだい
改題 改題目
ka.i.da.i

かいちく
改築 改建
ka.i.chi.ku

かいてい
改定 改訂、修訂(法律…等)
ka.i.te.i

かいめい
改名 改名
ka.i.me.i

かいてい
改訂 改定、重新修定
ka.i.te.i

かいりょう
改良 改良
ka.i.ryo.o

訓 あらためる a.ra.ta.me.ru

あらた
改める 改變、改革
a.ra.ta.me.ru

あらた
改めて 重新
a.ra.ta.me.te

訓 あらたまる a.ra.ta.ma.ru

あらた
改まる 改變、革新、鄭重其事
a.ra.ta.ma.ru

概
音 がい
訓 おおむね
常

音 がい ga.i

がいきょう
概況 概況
ga.i.kyo.o

がいさん
概算 估計
ga.i.sa.n

がいすう
概数 概數
ga.i.su.u

がいせつ
概説 概說、概論
ga.i.se.tsu

がいねん
概念 概念
ga.i.ne.n

がいよう
概要 概要
ga.i.yo.o

がいりゃく
概略 概略、概況
ga.i.rya.ku

がいろん
概論 概論
ga.i.ro.n

き がい
気概 氣概、氣魄
ki.ga.i

たいがい
大概 大部分、大概
ta.i.ga.i

訓 おおむね o.o.mu.ne

おおむね
概 大意、要旨
o.o.mu.ne

蓋
音 がい
かい
こう
訓 ふた

音 がい ga.i

がい せ
蓋世 蓋世、功績及名聲很大
ga.i.se

てんがい
天蓋 (佛像上的)寶蓋、華蓋寶蓋、華蓋
te.n.ga.i

音 かい ka.i

音 こう ko.o

訓 ふた fu.ta

ふた
蓋 蓋子
fu.ta

給
音 きゅう
訓 たまう
常

音 きゅう kyu.u

きゅうきん
給金 薪資
kyu.u.ki.n

きゅう じ
給仕 雜務、打雜的人
kyu.u.ji

きゅうしょく
給食 (學校…等的)伙食
kyu.u.sho.ku

きゅうすい
給水 供水
kyu.u.su.i

きゅう ゆ
給油 加油
kyu.u.yu

きゅう よ
給与 供給
kyu.u.yo

きゅうりょう
給料 薪資、報酬
kyu.u.ryo.o

きょうきゅう
供給 供給
kyo.o.kyu.u

げっきゅう
月給 月薪
ge.k.kyu.u

げんきゅう
減給 減薪
ge.n.kyu.u

こうきゅう
高給 高薪
ko.o.kyu.u

しきゅう
支給 支付
shi.kyu.u

じきゅう
自給 自給
ji.kyu.u

しゅうきゅう
週給 週薪
shu.u.kyu.u

じゅきゅう
需給 供需
ju.kyu.u

はいきゅう
配給 配給
ha.i.kyu.u

ほきゅう
補給 補給
ho.kyu.u

訓 たまう ta.ma.u

たま
給う 賜與、賞給
ta.ma.u

皐
音 こう
訓

音 こう ko.o

さつき
特 **皐月** 陰曆五月的別名
sa.tsu.ki

膏
音 こう
訓 あぶら

音 こう ko.o

なんこう
軟膏 軟膏
na.n.ko.o

ばんそうこう
絆創膏 OK繃
ba.n.so.o.ko.o

訓 あぶら a.bu.ra

あぶら
膏 (動物的)脂肪、油
a.bu.ra

高
常
音 こう
訓 たかい
たか
たかまる
たかめる

音 こう ko.o

こうえん
高遠 高遠
ko.o.e.n

こうおん
高音 高音
ko.o.o.n

こうか
高価 高價
ko.o.ka

こうきゅう
高級 高級
ko.o.kyu.u

こうけつ
高潔 清高
ko.o.ke.tsu

こうげん
高原 高原
ko.o.ge.n

こうこう
高校 高中
ko.o.ko.o

こうこうせい
高校生 高中生
ko.o.ko.o.se.i

こうざん
高山 高山
ko.o.za.n

こうしせい
高姿勢 高姿態
ko.o.shi.se.i

こうしょ
高所 高處
ko.o.sho

こうしょう
高尚 高尚
ko.o.sho.o

こうせつ
高説 高見
ko.o.se.tsu

こうそう
高層 高層
ko.o.so.o

こうそく
高速 高速
ko.o.so.ku

こうちょう
高潮 高潮、滿潮
ko.o.cho.o

こうてい
高低 高低
ko.o.te.i

こうど
高度 高度
ko.o.do

こうとう
高等 高等
ko.o.to.o

こうとうがっこう
高等学校 高級中學
ko.o.to.o.ga.k.ko.o

こうとく
高徳 德高望重
ko.o.to.ku

こうねん
高年 高齡
ko.o.ne.n

訓 **たかい** ta.ka.i

たか
高い 高的、(價格)貴的
ta.ka.i

訓 **たか** ta.ka

たかね
高値 高價
ta.ka.ne

訓 **たかまる** ta.ka.ma.ru

たか
高まる 提高、升高
ta.ka.ma.ru

訓 **たかめる** ta.ka.me.ru

たか
高める 提高
ta.ka.me.ru

稿 音 こう 訓 常

音 **こう** ko.o

こうりょう
稿料 稿費
ko.o.ryo.o

いこう
遺稿 遺稿
i.ko.o

きこう
寄稿 投稿
ki.ko.o

そうこう
草稿 草稿
so.o.ko.o

だっこう
脱稿 完稿
da.k.ko.o

とうこう
投稿 投稿
to.o.ko.o

縞 音 こう 訓 しま

音 **こう** ko.o

訓 **しま** shi.ma

しま
縞 (布)條紋、格紋
shi.ma

告 音 こく 訓 つげる 常

音 **こく** ko.ku

こくじ
告示 告示
ko.ku.ji

こくち
告知 告知
ko.ku.chi

こくはく
告白 告白
ko.ku.ha.ku

こくはつ
告発 告發
ko.ku.ha.tsu

こくべつ
告別 告別
ko.ku.be.tsu

じょうこく
上告 〔法〕上訴
jo.o.ko.ku

しんこく
申告 申告
shi.n.ko.ku

せんこく
宣告 宣告
se.n.ko.ku

ちゅうこく
忠告 忠告
chu.u.ko.ku

つうこく
通告 通告
tsu.u.ko.ku

ふこく
布告 公告、宣告
fu.ko.ku

ほうこく
報告 報告
ho.o.ko.ku

みっこく
密告 密告
mi.k.ko.ku

よこく
予告 預告
yo.ko.ku

かんこく
勧告 勸告
ka.n.ko.ku

けいこく
警告 警告
ke.i.ko.ku

こうこく
公告 公告
ko.o.ko.ku

こうこく
広告 廣告
ko.o.ko.ku

訓 つげる tsu.ge.ru

つ **告げる** tsu.ge.ru	告訴、通知
つ ぐち **告げ口** tsu.ge.gu.chi	告密

勾

音 こう く
訓

音 こう ko.o

こうばい **勾配** ko.o.ba.i	傾斜
こうりゅう **勾留** ko.o.ryu.u	拘留、看守

音 く ku

溝

音 こう
訓 みぞ
常

音 こう ko.o

かいこう **海溝** ka.i.ko.o	海溝
げ すいこう **下水溝** ge.su.i.ko.o	下水溝
はいすいこう **排水溝** ha.i.su.i.ko.o	排水溝

訓 みぞ mi.zo

みぞ **溝** mi.zo	水溝、溝槽；隔閡

鈎

音 こう
訓 かぎ

音 こう ko.o

訓 かぎ ka.gi

狗

音 こう く
訓 いぬ

音 こう ko.o

音 く ku

く にく **狗肉** ku.ni.ku	狗肉
そう く **走狗** so.o.ku	獵狗；走狗
てん ぐ **天狗** te.n.gu	天狗；自誇

訓 いぬ i.nu

いぬ **狗** i.nu	狗

垢

音 こう く
訓 あか

音 こう ko.o

し こう **歯垢** shi.ko.o	齒垢、牙垢

音 く ku

む く **無垢** mu.ku	(衣服)全是素色；純粹

訓 あか a.ka

あか **垢** a.ka	污垢、水垢

構

音 こう
訓 かまえる かまう
常

音 こう ko.o

こうがい **構外** ko.o.ga.i	(建築物)外面、外圍
こうせい **構成** ko.o.se.i	構成
こうそう **構想** ko.o.so.o	構想
こうぞう **構造** ko.o.zo.o	構造

こうちく
構築 構築
ko.o.chi.ku

こうない
構内 (建築物…等的)場內、境內
ko.o.na.i

き こう
機構 機構
ki.ko.o

けっこう
結構 結構；很
ke.k.ko.o

訓 かまえる ka.ma.e.ru

かま
構える 修築、自立門戶；準備
ka.ma.e.ru

かま
構え 構造、外觀
ka.ma.e

こころがま
心構え (心裡的)準備、覺悟
ko.ko.ro.ga.ma.e

み がま
身構え 架子、姿勢
mi.ga.ma.e

もんがま
門構え 門面
mo.n.ga.ma.e

訓 かまう ka.ma.u

かま
構う (常用於否定)(不)介意、(不)顧
ka.ma.u

購
音 こう
訓
常

音 こう ko.o

こうどく
購読 訂閱（書籍、雜誌）
ko.o.do.ku

こうにゅう
購入 購入、買進
ko.o.nyu.u

こうばい
購買 購買、採購
ko.o.ba.i

乾
音 かん けん
訓 かわく かわかす
常

音 かん ka.n

かんき
乾季 乾旱期、旱季
ka.n.ki

かんそう
乾燥 乾燥
ka.n.so.o

かんでんち
乾電池 乾電池
ka.n.de.n.chi

かんぱい
乾杯 乾杯
ka.n.pa.i

かんぶつ
乾物 乾貨
ka.n.bu.tsu

音 けん ke.n

けんこん
乾坤 （易經）乾坤、天地
ke.n.ko.n

訓 かわく ka.wa.ku

かわ
乾く 乾
ka.wa.ku

訓 かわかす ka.wa.ka.su

かわ
乾かす 弄乾
ka.wa.ka.su

干
音 かん
訓 ほす ひる
常

音 かん ka.n

かんか
干戈 武器；戰爭
ka.n.ka

かんがい
干害 旱災
ka.n.ga.i

かんしょう
干渉 干涉
ka.n.sho.o

かんたく
干拓 (湖沼、海濱等築堤排水)開墾
ka.n.ta.ku

かんちょう
干潮 退潮
ka.n.cho.o

かんてん
干天 天旱、乾旱
ka.n.te.n

かんまん
干満 退潮和滿潮、(潮的)起落
ka.n.ma.n

じゃっかん
若干 若干
ja.k.ka.n

訓 ほす ho.su

ほ
干す 曬乾、晾乾、弄乾
ho.su

ほしくさ
干草 （飼料）乾草
ho.shi.ku.sa

ほしもの
干物 晾乾物、晒乾物
ho.shi.mo.no

訓 **ひる** hi.ru

ひもの
干物 （曬乾的魚貝類）乾貨
hi.mo.no

柑
音 かん
訓

音 **かん** ka.n

かんきつるい
柑橘類 柑橘類
ka.n.ki.tsu.ru.i

みかん
蜜柑 橘子
mi.ka.n

甘
常
音 かん
訓 あまい あまえる あまやかす

音 **かん** ka.n

かんげん
甘言 花言巧語、甜言蜜語
ka.n.ge.n

かんじゅ
甘受 甘心忍受
ka.n.ju

かんみりょう
甘味料 甜的調味料
ka.n.mi.ryo.o

かんび
甘美 甘美、香甜
ka.n.bi

訓 **あまい** a.ma.i

あま
甘い 甜的
a.ma.i

あまとう
甘党 愛吃甜的人
a.ma.to.o

あまくち
甘口 愛吃甜的人；甜言蜜語
a.ma.ku.chi

訓 **あまえる** a.ma.e.ru

あま
甘える 撒嬌；接受（好意）
a.ma.e.ru

訓 **あまやかす** a.ma.ya.ka.su

あま
甘やかす 嬌養、嬌寵
a.ma.ya.ka.su

肝
常
音 かん
訓 きも

音 **かん** ka.n

かんじん
肝心 首要、重要
ka.n.ji.n

かんぞう
肝臓 肝臟
ka.n.zo.o

かんたんあいて
肝胆相照らす 肝膽相照
ka.n.ta.n.a.i.te.ra.su

かんよう
肝要 要緊、重要
ka.n.yo.o

訓 **きも** ki.mo

きもたま
肝っ玉 膽量
ki.mo.t.ta.ma

きもめい
肝に銘じる 銘記在心
ki.mo.ni.me.i.ji.ru

竿
音 かん
訓 さお

音 **かん** ka.n

かんとう
竿頭 竿頭
ka.n.to.o

訓 **さお** sa.o

さお
竿 竹竿、釣竿、晒竿
sa.o

感
常
音 かん
訓

音 **かん** ka.n

かんか
感化 感化
ka.n.ka

かんかく
感覚 感覺
ka.n.ka.ku

かんげき
感激 感激
ka.n.ge.ki

かんしゃ
感謝 感謝
ka.n.sha

かんしょう
感傷 感傷
ka.n.sho.o

かん
感じ 感覺、印象
ka.n.ji

かんしょく
感触 觸感、觸覺
ka.n.sho.ku

かん
感じる 感覺、感動
ka.n.ji.ru

かんむりょう
感無量 感慨無限
ka.n.mu.ryo.o

かんじょう
感情 感情
ka.n.jo.o

かんしん
感心 佩服
ka.n.shi.n

かんせん
感染 感染
ka.n.se.n

かんそう
感想 感想
ka.n.so.o

かんでん
感電 感電
ka.n.de.n

かんど
感度 靈敏性、感度
ka.n.do

かんどう
感動 感動
ka.n.do.o

かんぼう
感冒 感冒
ka.n.bo.o

きょうかん
共感 同感、共鳴
kyo.o.ka.n

こうかん
好感 好感
ko.o.ka.n

じっかん
実感 真實感、實際感受
ji.k.ka.n

どうかん
同感 同感、贊成
do.o.ka.n

りゅうかん
流感 流行感冒
ryu.u.ka.n

敢

音 かん
訓 あえて
常

音 かん ka.n

かんこう
敢行 斷然實行
ka.n.ko.o

かんぜん
敢然 勇敢的、毅然決然的
ka.n.ze.n

かんとう
敢闘 英勇奮鬥
ka.n.to.o

かかん
果敢 果敢
ka.ka.n

ゆうかん
勇敢 勇敢
yu.u.ka.n

訓 あえて a.e.te

あ
敢えて 敢於、(下接否定)決不
a.e.te

幹

音 かん
訓 みき
常

音 かん ka.n

かんせん
幹線 幹線
ka.n.se.n

かんじ
幹事 幹事
ka.n.ji

かんぶ
幹部 幹部
ka.n.bu

こんかん
根幹 根幹
ko.n.ka.n

しゅかん
主幹 主幹
shu.ka.n

訓 みき mi.ki

みき
幹 樹幹、事物的主要部份
mi.ki

紺

音 こん
訓
常

音 こん ko.n

こん
紺 藏青、深藍
ko.n

こんじょう
紺青 深藍
ko.n.jo.o

ㄍ

こんぺき
紺碧 蔚藍、蒼藍
ko.n.pe.ki

根
音 こん
訓 ね
常

音 こん ko.n

こんき
根気 耐性、毅力
ko.n.ki

こんきょ
根拠 根據
ko.n.kyo

こんげん
根源 根源
ko.n.ge.n

こんじ
根治 根治
ko.n.ji

こんじょう
根性 根性、性情
ko.n.jo.o

こんぜつ
根絶 消滅、連根拔起
ko.n.ze.tsu

こんてい
根底 根本、基礎
ko.n.te.i

こんぽん
根本 根本
ko.n.po.n

きゅうこん
球根 球根
kyu.u.ko.n

だいこん
大根 白蘿蔔
da.i.ko.n

びょうこん
病根 病根
byo.o.ko.n

訓 ね ne

ね
根 根、根性
ne

ねまわ
根回し 修根、整根；事先磋商
ne.ma.wa.shi

やね
屋根 屋頂
ya.ne

亘
音 こう
訓 わたる

音 こう ko.o

れんこう
連亘 連綿
re.n.ko.o

訓 わたる wa.ta.ru

艮
音 ごん
訓 うしとら

音 ごん go.n

ごん
艮 （八卦）艮；（方位）東北
go.n

訓 うしとら u.shi.to.ra

うしとら
艮 (八卦)艮、(方位)東北
u.shi.to.ra

剛
音 ごう
訓
常

音 ごう go.o

ごうき
剛毅 剛毅
go.o.ki

ごうけん
剛健 剛強、剛毅
go.o.ke.n

ごうもう
剛毛 豬鬃、硬毛
go.o.mo.o

岡
音 こう
訓 おか

音 こう ko.o

訓 おか o.ka

おかやまけん
岡山県 (日本)岡山縣
o.ka.ya.ma.ke.n

しずおかけん
静岡県 (日本)靜岡縣
shi.zu.o.ka.ke.n

ふくおかけん
福岡県 (日本)福岡縣
fu.ku.o.ka.ke.n

綱
音 こう
訓 つな
常

音 こう ko.o

こうき
綱紀 綱紀、紀律
ko.o.ki

こうりょう
綱領 綱領、提要、方針
ko.o.ryo.o

たいこう
大綱 大綱、綱要、概要
ta.i.ko.o

ようこう
要綱 綱要、綱領、提要
yo.o.ko.o

訓 つな tsu.na

つな
綱 纜繩、粗繩
tsu.na

つなひ
綱引き 拔河
tsu.na.hi.ki

たづな
手綱 韁繩；(轉)限制
ta.zu.na

よこづな
横綱 (力士最高等級)横綱
yo.ko.zu.na

鋼
音 こう
訓 はがね
常

音 こう ko.o

こうかん
鋼管 鋼管
ko.o.ka.n

こうぎょく
鋼玉 金鋼砂、鋼砂
ko.o.gyo.ku

こうざい
鋼材 鋼材
ko.o.za.i

こうてつ
鋼鉄 鋼鐵
ko.o.te.tsu

せいこう
製鋼 製鋼
se.i.ko.o

てっこう
鉄鋼 鋼鐵
te.k.ko.o

訓 はがね ha.ga.ne

はがね
鋼 鋼
ha.ga.ne

港
音 こう
訓 みなと
常

訓 こう ko.o

こうがい
港外 港外
ko.o.ga.i

こうこう
港口 港口
ko.o.ko.o

こうない
港内 港內
ko.o.na.i

かいこう
開港 開闢港口、機場
ka.i.ko.o

がいこう
外港 外港
ga.i.ko.o

きこう
寄港 (中途到某港口)停泊
ki.ko.o

ぎょこう
漁港 漁港
gyo.ko.o

ぐんこう
軍港 軍港
gu.n.ko.o

しょうこう
商港 商港、貿易港
sho.o.ko.o

にゅうこう
入港 入港
nyu.u.ko.o

ようこう
要港 重要港口
yo.o.ko.o

りょうこう
良港 良港、優良的港口
ryo.o.ko.o

訓 みなと mi.na.to

みなと
港 港口、碼頭
mi.na.to

みなとまち
港町 港都
mi.na.to.ma.chi

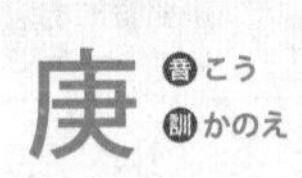

音 こう ko.o

こうご
庚午 十二干支之一
ko.o.go

訓 かのえ ka.no.e

かのえ
庚 (天干第七位)庚
ka.no.e

ㄍ

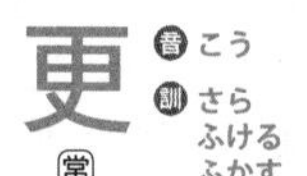

音 こう
訓 さら
ふける
ふかす
常

音 こう ko.o

こういしつ
更衣室 更衣室
ko.o.i.shi.tsu

こうかい
更改 更改
ko.o.ka.i

こうしん
更新 更新
ko.o.shi.n

こうせい
更正 更正
ko.o.se.i

こうてつ
更迭 更換、(人事)調動
ko.o.te.tsu

訓 さら sa.ra

さらち
更地 未開墾的土地、荒地
sa.ra.chi

さら
更に 再、更加
sa.ra.ni

訓 ふける fu.ke.ru

ふ
更ける (秋)深、(夜)闌
fu.ke.ru

訓 ふかす fu.ka.su

ふ
更かす (熬)夜
fu.ka.su

音 こう
訓 たがやす
常

音 こう ko.o

こうさく
耕作 耕作
ko.o.sa.ku

こうぐ
耕具 耕種用的農具
ko.o.gu

こうち
耕地 耕地
ko.o.chi

のうこう
農耕 農耕
no.o.ko.o

ひっこう
筆耕 筆耕、靠寫文章過活的人
hi.k.ko.o

訓 たがやす ta.ga.ya.su

たがや
耕す 耕作
ta.ga.ya.su

梗

音 こう
きょう
訓

音 こう ko.o

こうそく
梗塞 梗塞、堵塞
ko.o.so.ku

音 きょう kyo.o

ききょう
桔梗 桔梗
ki.kyo.o

姑

音 こ
訓 しゅうとめ

音 こ ko

こそく
姑息 姑息
ko.so.ku

訓 しゅうとめ shu.u.to.me

しゅうとめ
姑 婆婆、岳母
shu.u.to.me

孤

音 こ
訓
常

音 こ ko

こぐんふんとう
孤軍奮闘 孤軍奮戰
ko.gu.n.fu.n.to.o

ここう
孤高 孤高
ko.ko.o

こじ
孤児 孤兒
ko.ji

ことう
孤島 孤島
ko.to.o

こどく
孤独 孤獨
ko.do.ku

こりつ
孤立 孤立
ko.ri.tsu

こりつむえん
孤立無援 孤立無援
ko.ri.tsu.mu.e.n

菰
音 こ
訓 こも

音 こ ko

訓 こも ko.mo

鈷
音 こ
訓

音 こ ko

古
音 こ
訓 ふるい ふるす
常

音 こ ko

ここ
古語 古語
ko.go

ここん
古今 古今
ko.ko.n

ここんとうざい
古今東西 古往今來不分東西
ko.ko.n.to.o.za.i

こじ
古事 古事
ko.ji

こじ
古寺 古寺
ko.ji

こしき
古式 古式
ko.shi.ki

こしょ
古書 古書
ko.sho

こじょう
古城 古城
ko.jo.o

こじん
古人 古人
ko.ji.n

こせんじょう
古戰場 古時候的戰場
ko.se.n.jo.o

こだい
古代 古代
ko.da.i

こてん
古典 古典
ko.te.n

こと
古都 古都
ko.to

ことう
古刀 古刀
ko.to.o

こぶん
古文 古文
ko.bu.n

こらい
古来 自古以來
ko.ra.i

ころう
古老 古老
ko.ro.o

こぼく
古木 老樹、古樹
ko.bo.ku

さいこ
最古 最古老的
sa.i.ko

たいこ
太古 史前時代、遠古時代
ta.i.ko

ふっこ
復古 復古
fu.k.ko

訓 ふるい fu.ru.i

ふる
古い 舊的
fu.ru.i

ふるぎ
古着 舊衣物；二手衣
fu.ru.gi

ふるどうぐ
古道具 舊傢俱
fu.ru.do.o.gu

ふるほん
古本 舊書；二手書
fu.ru.ho.n

訓 ふるす fu.ru.su

ふる
古す 弄舊、用舊
fu.ru.su

穀
音 こく
訓
常

音 こく ko.ku

こくそう
穀倉 穀倉
ko.ku.so.o

こくもつ
穀物 穀物
ko.ku.mo.tsu

こくるい
穀類 穀類
ko.ku.ru.i

ごこく
五穀 五穀
go.ko.ku

だっこく
脱穀 去除稻、麥…等的外殼
da.k.ko.ku

べいこく
米穀 米。也可作穀類的總稱
be.i.ko.ku

股
音 こ
訓 もも また

音 こ ko

こかん
股間 胯間
ko.ka.n

しこ
四股 （相撲）足
shi.ko

訓 もも mo.mo

もも
股 大腿
mo.mo

訓 また ma.ta

また
股 股、胯
ma.ta

谷
音 こく
訓 たに
常

音 こく ko.ku

きょうこく
峡谷 峽谷
kyo.o.ko.ku

訓 たに ta.ni

たに
谷 山谷
ta.ni

たにがわ
谷川 山谷的河川、溪流
ta.ni.ga.wa

たにそこ
谷底 谷底
ta.ni.so.ko

たにま
谷間 山谷間
ta.ni.ma

骨
音 こつ
訓 ほね
常

音 こつ ko.tsu

こつにく
骨肉 骨肉
ko.tsu.ni.ku

いこつ
遺骨 遺骨
i.ko.tsu

きこつ
気骨 骨氣
ki.ko.tsu

きょうこつ
胸骨 胸骨
kyo.o.ko.tsu

きんこつ
筋骨 筋骨
ki.n.ko.tsu

じんこつ
人骨 人骨
ji.n.ko.tsu

せっこつ
接骨 接骨
se.k.ko.tsu

てっこつ
鉄骨 鋼筋
te.k.ko.tsu

のうこつ
納骨 納骨、安放骨灰
no.o.ko.tsu

はっこつ
白骨 白骨
ha.k.ko.tsu

はんこつ
反骨 反抗、造反
ha.n.ko.tsu

こっかく
骨格 骨骼
ko.k.ka.ku

こっせつ
骨折 骨折
ko.s.se.tsu

こっとうひん
骨董品 古董
ko.t.to.o.hi.n

訓 ほね ho.ne

ほね
骨 骨頭
ho.ne

ほねお
骨折り 骨折；盡心盡力地投入
ho.ne.o.ri

ほねみ
骨身 身體、全身
ho.ne.mi

鼓
音 こ
訓 つづみ
常

音 こ ko

こすい
鼓吹 ko.su.i 鼓吹、提倡

こてきたい
鼓笛隊 ko.te.ki.ta.i 鼓笛隊

こどう
鼓動 ko.do.o （心臟）跳動；悸動

こぶ
鼓舞 ko.bu 鼓舞

こまく
鼓膜 ko.ma.ku 鼓膜

訓 つづみ tsu.zu.mi

おおつづみ
大鼓 o.o.tsu.zu.mi 大鼓

こつづみ
小鼓 ko.tsu.zu.mi 小鼓

したつづみ
舌鼓 shi.ta.tsu.zu.mi （吃喝美食時）咂嘴

はらつづみ
腹鼓 ha.ra.tsu.zu.mi 生活富足；飽食後心滿意足

固

常

音 こ
訓 かためる かたまる かたい

音 こ ko

こけい
固形 ko.ke.i 固體

こじ
固持 ko.ji 固執、堅持

こしゅ
固守 ko.shu 固守

こてい
固定 ko.te.i 固定

こたい
固体 ko.ta.i 固體

こちゃく
固着 ko.cha.ku 固定、黏著

こていしさん
固定資産 ko.te.i.shi.sa.n 固定資產

こゆう
固有 ko.yu.u 固有

こゆうめいし
固有名詞 ko.yu.u.me.i.shi 固有名詞

かっこ
確固 ka.k.ko 堅定

きょうこ
強固 kyo.o.ko 堅固、牢固

だんこ
断固 da.n.ko 堅決、果斷

訓 かためる ka.ta.me.ru

かた
固める ka.ta.me.ru 使…堅固、鞏固

訓 かたまる ka.ta.ma.ru

かた
固まる ka.ta.ma.ru 凝固、凝結

訓 かたい ka.ta.i

かた
固い ka.ta.i 硬的、牢固的、頑固的

故

常

音 こ
訓 ゆえ

音 こ ko

こい
故意 ko.i 故意

こきょう
故郷 ko.kyo.o 故鄉

ここく
故国 ko.ko.ku 故國

こしょう
故障 ko.sho.o 故障

こじ
故事 ko.ji 故事

こじつ
故実 ko.ji.tsu 古老的儀式、作法

こじらいれき
故事来歴 ko.ji.ra.i.re.ki 故事、典故的來源

こじん
故人 ko.ji.n 故人、舊友

きゅうこ
旧故 kyu.u.ko 老朋友

じこ
事故 ji.ko 事故

ぶっこ
物故 去世
bu.k.ko

訓 ゆえ yu.e

ゆえ
故に 因此、所以
yu.e.ni

雇 音 こ 訓 やとう 常

音 こ ko

こよう
雇用 僱用
ko.yo.o

かいこ
解雇 解雇
ka.i.ko

訓 やとう ya.to.u

やと
雇う 僱用
ya.to.u

ひやと
日雇い 日工
hi.ya.to.i

顧 音 こ 訓 かえりみる 常

音 こ ko

こきゃく
顧客 顧客
ko.kya.ku

こもん
顧問 顧問
ko.mo.n

こりょ
顧慮 顧慮
ko.ryo

あいこ
愛顧 惠顧、光顧
a.i.ko

おんこ
恩顧 關照
o.n.ko

訓 かえりみる ka.e.ri.mi.ru

かえり
顧みる 回頭看、回顧；照顧
ka.e.ri.mi.ru

括 音 かつ 訓 くくる 常

音 かつ ka.tsu

かっこ
括弧 括號、括弧
ka.k.ko

かつやくきん
括約筋 括約肌
ka.tsu.ya.ku.ki.n

がいかつ
概括 概括、總括
ga.i.ka.tsu

そうかつ
総括 總括、概括、總結
so.o.ka.tsu

とうかつ
統括 概括、總括、統括
to.o.ka.tsu

ほうかつ
包括 包括、總括
ho.o.ka.tsu

訓 くくる ku.ku.ru

くくりあご
括顎 雙下巴
ku.ku.ri.a.go

瓜 音 か 訓 うり

音 か ka

かでん
瓜田 瓜田
ka.de.n

訓 うり u.ri

うり
瓜 瓜、香瓜、黃瓜
u.ri

筈 音 かつ 訓 はず

音 かつ ka.tsu

訓 はず ha.zu

はず
筈 箭尾、兩頭繫弦的部份
ha.zu

てはず
手筈 程序、步驟
te.ha.zu

そ はず
其の筈 應當、理所當然
so.no.ha.zu

寡

音 か
訓
常

音 か ka

かさく **寡作** ka.sa.ku	作品很少
かふ **寡婦** ka.fu	寡婦
かぶん **寡聞** ka.bu.n	寡聞
かもく **寡默** ka.mo.ku	沉默寡言
しゅうか **衆寡** shu.u.ka	眾寡、多數與少數
たか **多寡** ta.ka	多寡、多與少

卦

音 け か
訓

音 け ke

けさん **卦算** ke.sa.n	紙鎮的一種
はっけ **八卦** ha.k.ke	八卦

音 か ka

掛

音
訓 かける かかる かかり
常

訓 かける ka.ke.ru

か **掛ける** ka.ke.ru	掛上、戴上；花費
か きん **掛け金** ka.ke.ki.n	分期付款每月所付款項
か ごえ **掛け声** ka.ke.go.e	吆喝聲、吶喊聲
か じく **掛け軸** ka.ke.ji.ku	裱褙的字畫
か ざん **掛け算** ka.ke.za.n	乘法

訓 かかる ka.ka.ru

か **掛かる** ka.ka.ru	懸掛；蓋上；掛心

訓 かかり ka.ka.ri

か **掛かり** ka.ka.ri	花費；結構、開端

罫

音 けい
訓

音 けい ke.i

けい **罫** ke.i	(稿紙或信紙的)格、線、(棋盤的)縱橫線

郭

音 かく
訓
常

音 かく ka.ku

がいかく **外郭** ga.i.ka.ku	外廓、外圍
じょうかく **城郭** jo.o.ka.ku	城郭、屏障
りんかく **輪郭** ri.n.ka.ku	輪廓、概略

鍋

音 か
訓 なべ

音 か ka

訓 なべ na.be

なべ **鍋** na.be	鍋子；火鍋
どなべ **土鍋** do.na.be	砂鍋

国

音 こく
訓 くに
常

音 こく ko.ku

こくおう
国王 國王
ko.ku.o.o

こくがい
国外 國外
ko.ku.ga.i

こくご
国語 國語
ko.ku.go

こくさい
国際 國際
ko.ku.sa.i

こくさん
国産 國產
ko.ku.sa.n

こくせい
国政 國政
ko.ku.se.i

こくせき
国籍 國籍
ko.ku.se.ki

こくてい
国定 國定
ko.ku.te.i

こくてつ
国鉄 國鐵
ko.ku.te.tsu

こくでん
国電 (日本)國有鐵路電車
ko.ku.de.n

こくど
国土 國土
ko.ku.do

こくどう
国道 國道
ko.ku.do.o

こくない
国内 國內
ko.ku.na.i

こくほう
国宝 國寶
ko.ku.ho.o

こくぼう
国防 國防
ko.ku.bo.o

こくりつ
国立 國立
ko.ku.ri.tsu

こくれん
国連 聯合國
ko.ku.re.n

こくみん
国民 國民
ko.ku.mi.n

こくゆう
国有 國有
ko.ku.yu.u

がいこく
外国 外國
ga.i.ko.ku

ぜんこく
全国 全國
ze.n.ko.ku

ちゅうごく
中国 中國
chu.u.go.ku

てんごく
天国 天國
te.n.go.ku

ぼこく
母国 母國
bo.ko.ku

ほんごく
本国 本國
ho.n.go.ku

こっか
国歌 國歌
ko.k.ka

こっか
国家 國家
ko.k.ka

こっかい
国会 國會
ko.k.ka.i

こっき
国旗 國旗
ko.k.ki

こっきょう
国境 國境
ko.k.kyo.o

こっこう
国交 國交、邦交
ko.k.ko.o

訓 くに ku.ni

くに
国 國家
ku.ni

しまぐに
島国 島國
shi.ma.gu.ni

掴

音 かく
訓 つかむ

音 かく ka.ku

訓 つかむ tsu.ka.mu

つか
掴む 抓、抓住、揪住、掌握住
tsu.ka.mu

果

常

音 か
訓 はたす はてる はて

音 か ka

かじつ
果実 果實
ka.ji.tsu

かじゅ
果樹 果樹
ka.ju

けっか
結果 結果
ke.k.ka

こうか
効果 效果
ko.o.ka

せいか
成果 成果
se.i.ka

訓 **はたす** ha.ta.su

は
果たす 完成、實現
ha.ta.su

は
果たして 果然、果真
ha.ta.shi.te

訓 **はてる** ha.te.ru

は
果てる 終、盡、完畢
ha.te.ru

訓 **はて** ha.te

は
果て 盡頭、最後、結局
ha.te

特 くだもの
果物 水果
ku.da.mo.no

菓 常 音 か 訓

音 **か** ka

かし
お菓子 點心、糕餅
o.ka.shi

せいか
製菓 製做糕餅
se.i.ka

ちゃか
茶菓 茶點
cha.ka

ひょうか
氷菓 (冰淇淋…等)冰品
hyo.o.ka

過 常 音 か 訓 すぎる すごす あやまつ あやまち

音 **か** ka

かげき
過激 激進
ka.ge.ki

かこ
過去 過去
ka.ko

かしつ
過失 過失
ka.shi.tsu

かじつ
過日 前幾天
ka.ji.tsu

かしょう
過小 過小
ka.sho.o

かしょう
過少 過少
ka.sho.o

かじょう
過剰 過剩
ka.jo.o

かしん
過信 太過相信
ka.shi.n

かそ
過疎 過稀、過疏
ka.so

かた
過多 過多
ka.ta

かだい
過大 過大
ka.da.i

かてい
過程 過程
ka.te.i

か とうきょうそう
過当競争 過當競爭
ka.to.o.kyo.o.so.o

かねつ
過熱 過熱
ka.ne.tsu

か はんすう
過半数 過半數
ka.ha.n.su.u

かみつ
過密 過密
ka.mi.tsu

かろう
過労 過勞
ka.ro.o

けいか
経過 經過
ke.i.ka

つうか
通過 通過
tsu.u.ka

訓 **すぎる** su.gi.ru

す
過ぎる 經過、(車子)通過；過度
su.gi.ru

訓 **すごす** su.go.su

す
過ごす 生活、過日子
su.go.su

訓 **あやまつ** a.ya.ma.tsu

あやま
過つ 弄錯、搞錯
a.ya.ma.tsu

訓 **あやまち**
a.ya.ma.chi

あやま
過ち 錯誤、過錯
a.ya.ma.chi

音 かい
訓
常

音 **かい** ka.i

かいいん
拐引 誘拐
ka.i.i.n

かいたい
拐帯 拐騙
ka.i.ta.i

ゆうかい
誘拐 誘拐
yu.u.ka.i

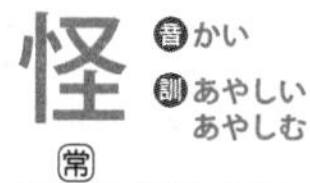
音 かい
訓 あやしい あやしむ
常

音 **かい** ka.i

かいき
怪奇 奇怪、神奇、奇妙
ka.i.ki

かいじゅう
怪獣 怪獸
ka.i.ju.u

かいだん
怪談 怪談、鬼怪故事
ka.i.da.n

かいとう
怪盗 怪盜
ka.i.to.o

かいぶつ
怪物 怪物
ka.i.bu.tsu

かいぶんしょ
怪文書 匿名信
ka.i.bu.n.sho

かいりき
怪力 怪力
ka.i.ri.ki

きかい
奇怪 奇怪、離奇
ki.ka.i

訓 **あやしい**
a.ya.shi.i

あや
怪しい 奇怪、可疑
a.ya.shi.i

訓 **あやしむ**
a.ya.shi.mu

あや
怪しむ 懷疑、覺得可疑
a.ya.shi.mu

けが
特 **怪我** 受傷
ke.ga

音 けい
訓

音 **けい** ke.i

けい
圭 古代中國玉器之一
ke.i

けいかく
圭角 性格和言行不圓滑
ke.i.ka.ku

槻
音
訓 けやき つき

訓 **けやき** ke.ya.ki

訓 **つき** tsu.ki

帰
音 き
訓 かえる かえす
常

音 **き** ki

きえ
帰依 皈依
ki.e

きか
帰化 (國籍)入籍
ki.ka

きかじん
帰化人 移民的人、入外國國籍的人
ki.ka.ji.n

ききょう
帰郷 返鄉
ki.kyo.o

ききょう
帰京 回東京
ki.kyo.o

きけつ
帰結 歸結、結果
ki.ke.tsu

きこう
帰航 返航
ki.ko.o

きこう
帰港 返港
ki.ko.o

きこく
帰国 歸國
ki.ko.ku

きしん
帰心 歸心
ki.shi.n

きせい
帰省 返鄉
ki.se.i

きぞく
帰属 歸屬
ki.zo.ku

きたく
帰宅 回家
ki.ta.ku

きちゃく
帰着 回到
ki.cha.ku

きちょう
帰朝 歸國
ki.cho.o

きろ
帰路 歸途
ki.ro

ふっき
復帰 恢復、復原
fu.k.ki

訓 かえる ka.e.ru

かえ
帰る 回家
ka.e.ru

かえ
帰り 回家
ka.e.ri

かえ みち
帰り道 回家的路
ka.e.ri.mi.chi

訓 かえす ka.e.su

かえ
帰す 打發回去、讓…回去
ka.e.su

珪

音 けい
訓

音 けい ke.i

けいそうど
珪藻土 矽藻土
ke.i.so.o.do

規

音 き
訓
常

音 き ki

きかく
規格 規格、標準
ki.ka.ku

きじゅん
規準 規範、標準、規格
ki.ju.n

きせい
規制 規定、限制
ki.se.i

きそく
規則 規則、規章
ki.so.ku

きてい
規定 規定
ki.te.i

きてい
規程 規程、準則、章程
ki.te.i

きはん
規範 規範、模範
ki.ha.n

きぼ
規模 規模、範圍
ki.bo

きやく
規約 規章、章程、協定
ki.ya.ku

きりつ
規律 規律、程序、秩序
ki.ri.tsu

しんき
新規 新規定
shi.n.ki

せいき
正規 正規
se.i.ki

ないき
内規 內部規章
na.i.ki

ほうき
法規 法規、法律、規章
ho.o.ki

鮭

音 けい かい
訓 さけ

音 けい ke.i

けいそん
鮭鱒 鮭魚與鱒魚
ke.i.so.n

音 かい ka.i

訓 さけ sa.ke

さけ
鮭 鮭魚
sa.ke

亀

音 き
訓 かめ

音 き ki

きれつ
亀裂 龜裂
ki.re.tsu

訓 かめ ka.me

かめ
亀 烏龜
ka.me

うみがめ
海亀 海龜
u.mi.ga.me

軌 音 き 訓 常

音 き ki

きじょう
軌条 軌條、鋼軌
ki.jo.o

きせき
軌跡 軌跡
ki.se.ki

きどう
軌道 軌道
ki.do.o

鬼 音 き 訓 おに 常

音 き ki

きき
鬼気 陰氣、陰森之氣
ki.ki

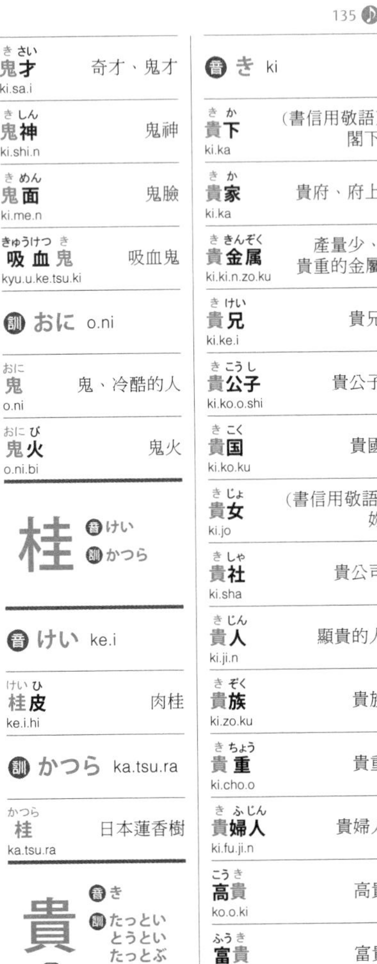

きさい
鬼才 奇才、鬼才
ki.sa.i

きしん
鬼神 鬼神
ki.shi.n

きめん
鬼面 鬼臉
ki.me.n

きゅうけつき
吸血鬼 吸血鬼
kyu.u.ke.tsu.ki

訓 おに o.ni

おに
鬼 鬼、冷酷的人
o.ni

おにび
鬼火 鬼火
o.ni.bi

桂 音 けい 訓 かつら

音 けい ke.i

けいひ
桂皮 肉桂
ke.i.hi

訓 かつら ka.tsu.ra

かつら
桂 日本蓮香樹
ka.tsu.ra

貴 音 き 訓 たっとい とうとい たっとぶ とうとぶ 常

音 き ki

きか
貴下 （書信用敬語）閣下
ki.ka

きか
貴家 貴府、府上
ki.ka

ききんぞく
貴金属 產量少、貴重的金屬
ki.ki.n.zo.ku

きけい
貴兄 貴兄
ki.ke.i

きこうし
貴公子 貴公子
ki.ko.o.shi

きこく
貴国 貴國
ki.ko.ku

きじょ
貴女 （書信用敬語）妳
ki.jo

きしゃ
貴社 貴公司
ki.sha

きじん
貴人 顯貴的人
ki.ji.n

きぞく
貴族 貴族
ki.zo.ku

きちょう
貴重 貴重
ki.cho.o

きふじん
貴婦人 貴婦人
ki.fu.ji.n

こうき
高貴 高貴
ko.o.ki

ふうき
富貴 富貴
fu.u.ki

訓 たっとい ta.t.to.i

たっと
貴い 貴重的、珍貴的
ta.t.to.i

訓 とうとい to.o.to.i

とうと
貴い 貴重、珍貴、寶貴
to.o.to.i

訓 たっとぶ
ta.t.to.bu

たっと
貴ぶ 珍視、重視
ta.t.to.bu

訓 とうとぶ
to.o.to.bu

とうと
貴ぶ 尊敬、愛戴
to.o.to.bu

官
音 かん
訓
常

音 かん ka.n

かん
官 官員、官府
ka.n

かんかい
官界 政界
ka.n.ka.i

かんがく
官学 公立學校
ka.n.ga.ku

かんこうちょう
官公庁 政府和公共團體機關
ka.n.ko.o.cho.o

かんしゃ
官舎 公務員的宿舍
ka.n.sha

かんしょく
官職 官職、公職
ka.n.sho.ku

かんせい
官製 政府製作的
ka.n.se.i

かんせん
官選 政府選任
ka.n.se.n

かんちょう
官庁 政府機關
ka.n.cho.o

かんひ
官費 公費
ka.n.hi

かんみん
官民 政府和民間、官吏和人民
ka.n.mi.n

かんりょう
官僚 官僚、官吏
ka.n.ryo.o

きょうかん
教官 教官
kyo.o.ka.n

きかん
器官 器官
ki.ka.n

けいかん
警官 警官
ke.i.ka.n

こうかん
高官 高官
ko.o.ka.n

ごかん
五官 五官
go.ka.n

さいばんかん
裁判官 法官
sa.i.ba.n.ka.n

さかん
左官 水泥匠
sa.ka.n

しかん
士官 士官
shi.ka.n

しけんかん
試験官 考試官
shi.ke.n.ka.n

じむかん
事務官 事務官
ji.mu.ka.n

じょうかん
上官 上司、上級
jo.o.ka.n

だいかん
代官 (江戶時代)地方官員
da.i.ka.n

ちょうかん
長官 長官
cho.o.ka.n

棺
音 かん
訓
常

音 かん ka.n

かんおけ
棺桶 棺材
ka.n.o.ke

しゅっかん
出棺 出棺
shu.k.ka.n

せっかん
石棺 石棺
se.k.ka.n

のうかん
納棺 入殮
no.o.ka.n

観
音 かん
訓
常

音 かん ka.n

かんきゃく
観客 觀眾
ka.n.kya.ku

かんげき
観劇 觀劇、看戲
ka.n.ge.ki

かんこう
観光 觀光
ka.n.ko.o

かんさつ
観察 觀察
ka.n.sa.tsu

かんしゅう
観衆 觀眾
ka.n.shu.u

かんしょう
観賞 觀賞
ka.n.sho.o

かんせん
観戦 觀戰
ka.n.se.n

かんそく
観測 觀測
ka.n.so.ku

かんてん
観点 觀點
ka.n.te.n

かんねん
観念 觀念
ka.n.ne.n

かんらん
観覧 觀覽
ka.n.ra.n

がいかん
外観 外觀
ga.i.ka.n

きゃっかん
客観 客觀
kya.k.ka.n

けいかん
景観 景觀
ke.i.ka.n

さんかん
参観 參觀
sa.n.ka.n

しゅかん
主観 主觀
shu.ka.n

じんせいかん
人生観 人生觀
ji.n.se.i.ka.n

せいかん
静観 靜觀
se.i.ka.n

ちょっかん
直観 直覺
cho.k.ka.n

ひかん
悲観 悲觀
hi.ka.n

らっかん
楽観 樂觀
ra.k.ka.n

関

音 かん
訓 せき
常

音 かん ka.n

かんけい
関係 關係
ka.n.ke.i

かんさい
関西 (日本)關西地區
ka.n.sa.i

かんしん
関心 關心
ka.n.shi.n

かん
関する 與…有關
ka.n.su.ru

かんぜい
関税 關稅
ka.n.ze.i

かんせつ
関節 關節
ka.n.se.tsu

かんち
関知 知曉、知道、了解
ka.n.chi

かんとう
関東 (日本)關東地區
ka.n.to.o

かんもん
関門 關卡、難關
ka.n.mo.n

かんよ
関与 干預、參與
ka.n.yo

かんれん
関連 關聯
ka.n.re.n

きかん
機関 機關
ki.ka.n

げんかん
玄関 玄關
ge.n.ka.n

ぜいかん
税関 海關
ze.i.ka.n

なんかん
難関 難關
na.n.ka.n

れんかん
連関 關聯
re.n.ka.n

訓 せき se.ki

せきとり
関取 (相撲)力士的敬稱
se.ki.to.ri

管

音 かん
訓 くだ
常

音 かん ka.n

かん
管 管、筆管
ka.n

かんがっき
管楽器 管樂器
ka.n.ga.k.ki

かんげん
管弦 管弦
ka.n.ge.n

かんじょう
管状 管狀
ka.n.jo.o

かんせいとう
管制塔 (機場)管制塔、指揮塔
ka.n.se.i.to.o

かんない
管内 管區內、管轄區內
ka.n.na.i

かんり
管理 管理
ka.n.ri

いかん
移管 移管
i.ka.n

きかん
気管 氣管
ki.ka.n

けっかん
血管 血管
ke.k.ka.n

しけんかん
試験管 〔理〕試管
shi.ke.n.ka.n

すいどうかん
水道管 水管
su.i.do.o.ka.n

てっかん
鉄管 鐵管
te.k.ka.n

ほかん
保管 保管
ho.ka.n

訓 くだ ku.da

くだ
管 管
ku.da

館

音 かん
訓 やかた たち
常

音 かん ka.n

かいかん
会館 會館
ka.i.ka.n

かいかん
開館 (圖書館…等)開館
ka.i.ka.n

かいがかん
絵画館 畫廊
ka.i.ga.ka.n

かんちょう
館長 館長
ka.n.cho.o

えいがかん
映画館 電影院
e.i.ga.ka.n

こうみんかん
公民館 文化館、文化中心
ko.o.mi.n.ka.n

しんかん
新館 新館
shi.n.ka.n

たいしかん
大使館 大使館
ta.i.shi.ka.n

としょかん
図書館 圖書館
to.sho.ka.n

はくぶつかん
博物館 博物館
ha.ku.bu.tsu.ka.n

びじゅつかん
美術館 美術館
bi.ju.tsu.ka.n

へいかん
閉館 閉館
he.i.ka.n

べっかん
別館 別館
be.k.ka.n

ほんかん
本館 本館
ho.n.ka.n

ようかん
洋館 西式建築物
yo.o.ka.n

りょうじかん
領事館 領事館
ryo.o.ji.ka.n

りょかん
旅館 旅館
ryo.ka.n

訓 やかた ya.ka.ta

やかた
館 (貴族住的)公館、宅邸
ya.ka.ta

訓 たち ta.chi

たち
館 (貴族住的)公館、宅邸
ta.chi

音 かん ka.n

かんこんそうさい
冠婚葬祭 婚喪喜慶
ka.n.ko.n.so.o.sa.i

かんすい
冠水 浸水、淹水
ka.n.su.i

いかん
衣冠 衣冠
i.ka.n

えいかん
栄冠 勝利者的榮譽
e.i.ka.n

おうかん
王冠 王冠
o.o.ka.n

じゃっかん
弱冠 弱冠、二十歲
ja.k.ka.n

ほうかん
宝冠 寶冠
ho.o.ka.n

訓 かんむり ka.n.mu.ri

かんむり
冠 冠、冠冕；字頭
ka.n.mu.ri

慣 音 かん 訓 なれる ならす 常

音 かん ka.n

かんこう
慣行 慣例、例行
ka.n.ko.o

かんしゅう
慣習 習慣
ka.n.shu.u

かんせい
慣性 慣性
ka.n.se.i

かんよう
慣用 慣用
ka.n.yo.o

かんようご
慣用語 慣用語
ka.n.yo.o.go

かんれい
慣例 慣例、老規矩
ka.n.re.i

しゅうかん
習慣 習慣
shu.u.ka.n

訓 なれる na.re.ru

な
慣れる 習慣、慣於
na.re.ru

な
慣れ 習慣、熟悉
na.re

訓 ならす na.ra.su

な
慣らす 使慣於、使習慣
na.ra.su

灌 音 かん 訓 そそぐ

音 かん ka.n

かんがい
灌漑 灌溉
ka.n.ga.i

かんぼく
灌木 灌木
ka.n.bo.ku

訓 そそぐ so.so.gu

そそ
灌ぐ 澆、灌入、注入
so.so.gu

貫 音 かん 訓 つらぬく 常

音 かん ka.n

かんつう
貫通 貫通、貫穿、貫徹
ka.n.tsu.u

かんてつ
貫徹 貫徹、貫徹到底
ka.n.te.tsu

かんりゅう
貫流 貫通、流過
ka.n.ryu.u

かんろく
貫禄 威嚴、尊嚴
ka.n.ro.ku

じゅうかん
縦貫 縱貫、南北貫通
ju.u.ka.n

しゅうしいっかん
終始一貫 始終一貫
shu.u.shi.i.k.ka.n

とっかん
突貫 刺穿、刺透
to.k.ka.n

訓 つらぬく tsu.ra.nu.ku

つらぬ
貫く 穿透、貫通、貫徹
tsu.ra.nu.ku

光 音 こう 訓 ひかる ひかり 常

音 こう ko.o

こうえい
光栄 光榮
ko.o.e.i

こうけい
光景 光景
ko.o.ke.i

こうげん
光源 光源
ko.o.ge.n

こうせん
光線 光線
ko.o.se.n

こうたく
光沢 光澤
ko.o.ta.ku

こうねつひ
光熱費 電費和瓦斯費
ko.o.ne.tsu.hi

こうねん
光年 光年
ko.o.ne.n

こうみょう
光明 光明
ko.o.myo.o

えいこう
栄光 榮譽、光榮
e.i.ko.o

かんこう
観光 觀光
ka.n.ko.o

げっこう
月光 月光
ge.k.ko.o

でんこう
電光 閃電、燈光
de.n.ko.o

にっこう
日光 日光
ni.k.ko.o

はっこう
発光 發光
ha.k.ko.o

ふうこう
風光 風光、景色
fu.u.ko.o

やこう
夜光 夜光
ya.ko.o

訓 ひかる hi.ka.ru

ひか
光る 發光、發亮、顯眼
hi.ka.ru

訓 ひかり hi.ka.ri

ひかり
光 光線、光明
hi.ka.ri

広

常

音 こう
訓 ひろい
ひろまる
ひろめる
ひろがる
ひろげる

音 こう ko.o

こういき
広域 廣泛區域、大範圍
ko.o.i.ki

こうかく
広角 廣角
ko.o.ka.ku

こうげん
広言 誇口、誇大
ko.o.ge.n

こうこく
広告 廣告
ko.o.ko.ku

こうだい
広大 廣大
ko.o.da.i

こうほう
広報 宣傳
ko.o.ho.o

こうや
広野 曠野
ko.o.ya

訓 ひろい hi.ro.i

ひろ
広い 寬敞、寬廣
hi.ro.i

ひろの
広野 曠野
hi.ro.no

ひろしま
広島 （日本地名）廣島
hi.ro.shi.ma

ひろば
広場 廣場
hi.ro.ba

ひろま
広間 大廳、寬敞的房間
hi.ro.ma

せびろ
背広 西裝
se.bi.ro

訓 ひろまる hi.ro.ma.ru

ひろ
広まる 擴大、變大
hi.ro.ma.ru

訓 ひろめる hi.ro.me.ru

ひろ
広める 推廣、普及
hi.ro.me.ru

訓 ひろがる hi.ro.ga.ru

ひろ
広がる 增大、擴展
hi.ro.ga.ru

訓 ひろげる hi.ro.ge.ru

ひろ
広げる 擴展、擴大
hi.ro.ge.ru

供 音 きょう く 訓 そなえる とも 常

音 きょう kyo.o

きょうじゅつ
供述 kyo.o.ju.tsu 口供

きょうきゅう
供給 kyo.o.kyu.u 供給

音 く ku

くもつ
供物 * ku.mo.tsu (供給神佛的)供品

くよう
供養 * ku.yo.o 法事、法會；供養

訓 そなえる so.na.e.ru

そな
供える so.na.e.ru (對神佛)上貢；供給

訓 とも to.mo

とも
お供 o.to.mo 陪伴、隨從

こども
子供 ko.do.mo 小孩

音 こう ko.o

こうあん
公安 ko.o.a.n 公共安寧

こうえい
公営 ko.o.e.i 公營

こうえん
公演 ko.o.e.n 公演

こうえん
公園 ko.o.e.n 公園

こうかい
公開 ko.o.ka.i 公開

こうがい
公害 ko.o.ga.i 公害

こうきょう
公共 ko.o.kyo.o 公共

こうじ
公示 ko.o.ji 公告

こうしき
公式 ko.o.shi.ki 公式

こうしゃ
公社 ko.o.sha 國營公司

こうしゅう
公衆 ko.o.shu.u 公眾

こうせい
公正 ko.o.se.i 公正

こうぜん
公然 ko.o.ze.n 公然

こうだん
公団 ko.o.da.n 推動公共事務的團體、法人

こうにん
公認 ko.o.ni.n 公認

こうひょう
公表 ko.o.hyo.o 公佈、發表

こうへい
公平 ko.o.he.i 公平

こうぼ
公募 ko.o.bo 廣大募集

こうむ
公務 ko.o.mu 公務

こうむいん
公務員 ko.o.mu.i.n 公務員

こうめい
公明 ko.o.me.i 公正無私

こうやく
公約 ko.o.ya.ku 公約

こうよう
公用 ko.o.yo.o 公用

こうりつ
公立 ko.o.ri.tsu 公立

しゅじんこう
主人公 shu.ji.n.ko.o 主人翁、主角

音 く ku

くげ
公家 ku.ge 朝廷

訓 おおやけ o.o.ya.ke

おおやけ
公 o.o.ya.ke 公共、公開

功
音 こう、く
訓 いさお
常

音 こう ko.o

こうざい 功罪 ko.o.za.i　功與罪

こうせき 功績 ko.o.se.ki　功績

こうみょう 功名 ko.o.myo.o　功名

こうろう 功労 ko.o.ro.o　功勞

ねんこう 年功 ne.n.ko.o　資歷、經驗

音 く ku

くどく 功徳 * ku.do.ku　功德

訓 いさお i.sa.o

宮
音 きゅう、ぐう、く
訓 みや
常

音 きゅう kyu.u

きゅうじょう 宮城 kyu.u.jo.o　皇宮

きゅうちゅう 宮中 kyu.u.chu.u　宮中

きゅうてい 宮廷 kyu.u.te.i　宮廷

きゅうでん 宮殿 kyu.u.de.n　宮殿

おうきゅう 王宮 o.o.kyu.u　王宮

めいきゅうい 迷宮入り me.i.kyu.u.i.ri　懸案、案情陷入膠著

音 ぐう gu.u

ぐうじ 宮司 gu.u.ji　神社的最高神官

さんぐう 参宮 sa.n.gu.u　參拜伊勢神宮

じんぐう 神宮 ji.n.gu.u　神宮

ちゅうぐうじ 中宮寺 chu.u.gu.u.ji　中宮寺

ないくう 内宮 na.i.ku.u　伊勢的皇大神宮

音 く ku

くないちょう 宮内庁 ku.na.i.cho.o　(皇室的行政機關)宮內廳

訓 みや mi.ya

みやけ 宮家 mi.ya.ke　皇家、皇族

みやまいり 宮参り mi.ya.ma.i.ri　到神社參拜；出生30日前後，初次參拜地方守護神

みや お宮 o.mi.ya　皇宮、皇族的尊稱

工
音 こう、く
訓
常

音 こう ko.o

こういん 工員 ko.o.i.n　工人

こうがく 工学 ko.o.ga.ku　工程學

こうぎょう 工業 ko.o.gyo.o　工業

こうぐ 工具 ko.o.gu　工具

こうげい 工芸 ko.o.ge.i　工藝

こうさく 工作 ko.o.sa.ku　勞作、手工；作業

こうじ 工事 ko.o.ji　施工

こうじょう 工場 ko.o.jo.o　工廠

こうひ 工費 ko.o.hi　工程費

こうふ 工夫 ko.o.fu　工人

かこう
加工 加工
ka.ko.o

しゅこう
手工 手工藝
shu.ko.o

じょこう
女工 女工
jo.ko.o

しょっこう
職工 勞動者、工人
sho.k.ko.o

じんこう
人工 人工
ji.n.ko.o

ずこう
図工 製圖員
zu.ko.o

せっこう
石工 石匠
se.k.ko.o

どこう
土工 土木工、土木工程
do.ko.o

もっこう
木工 木匠
mo.k.ko.o

音 く ku

くかず
工数 （製作手工藝品等）的技術
ku.ka.zu

くふう
工夫 動腦筋、想辦法
ku.fu.u

いしく
石工 石匠
i.shi.ku

さいく
細工 細工、巧手
sa.i.ku

だいく
大工 木工、木匠
da.i.ku

弓

音 きゅう
訓 ゆみ
常

音 きゅう kyu.u

きゅうけい
弓形 弓形
kyu.u.ke.i

きゅうじゅつ
弓術 弓術
kyu.u.ju.tsu

きゅうじょう
弓状 弓狀、弓形
kyu.u.jo.o

きゅうどう
弓道 箭術
kyu.u.do.o

きゅうば
弓馬 箭術和馬術；武術
kyu.u.ba

ごうきゅう
強弓 強弓
go.o.kyu.u

だいきゅう
大弓 大弓
da.i.kyu.u

はんきゅう
半弓 （較短的弓）半弓
ha.n.kyu.u

ようきゅう
洋弓 西式的弓
yo.o.kyu.u

訓 ゆみ yu.mi

ゆみがた
弓形 弓形
yu.mi.ga.ta

ゆみや
弓矢 弓箭
yu.mi.ya

恭

音 きょう
訓 うやうやしい
常

音 きょう kyo.o

きょうが
恭賀 恭賀、謹賀
kyo.o.ga

きょうじゅん
恭順 恭順、順從
kyo.o.ju.n

訓 うやうやしい u.ya.u.ya.shi.i

うやうや
恭しい 恭恭敬敬、彬彬有禮
u.ya.u.ya.shi.i

攻

音 こう
訓 せめる
常

音 こう ko.o

こうげき
攻撃 攻擊、進攻
ko.o.ge.ki

こうしゅ
攻守 攻守
ko.o.shu

こうせい
攻勢 攻勢
ko.o.se.i

こうぼう
攻防 攻守
ko.o.bo.o

こうりゃく
攻略 攻破、攻下
ko.o.rya.ku

しんこう
侵攻 侵犯、侵占
shi.n.ko.o

しんこう
進攻 進攻、攻擊
shi.n.ko.o

せんこう
専攻 主修、專門研究
se.n.ko.o

そっこう
速攻 速攻
so.k.ko.o

訓 **せめる** se.me.ru

せ
攻める 攻擊、攻打、進攻
se.me.ru

肱
音 こう
訓 ひじ

音 **こう** ko.o

訓 **ひじ** hi.ji

かたひじ
片肱 單邊手肘
ka.ta.hi.ji

共
音 きょう
訓 とも
常

音 **きょう** kyo.o

きょうえき
共益 共同利益
kyo.o.e.ki

きょうえん
共演 共同演出
kyo.o.e.n

きょうがく
共学 (男女)同校
kyo.o.ga.ku

きょうかん
共感 同感
kyo.o.ka.n

きょうさい
共催 共同主辦(活動…等)
kyo.o.sa.i

きょうさん
共産 共產
kyo.o.sa.n

きょうぞん
共存 共存、共處
kyo.o.zo.n

きょうつう
共通 共通
kyo.o.tsu.u

きょうどう
共同 共同
kyo.o.do.o

きょうはん
共犯 共犯
kyo.o.ha.n

きょうめい
共鳴 共鳴
kyo.o.me.i

きょうゆう
共有 共有
kyo.o.yu.u

きょうよう
共用 共用
kyo.o.yo.o

きょうわこく
共和国 共和國、民主國家
kyo.o.wa.ko.ku

きょうわ
共和 共和
kyo.o.wa

こうきょう
公共 公共
ko.o.kyo.o

だんじょきょうがく
男女共学 男女同校
da.n.jo.kyo.o.ga.ku

訓 **とも** to.mo

とも
共 一起、共同
to.mo

とも
共に 一起、一同
to.mo.ni

ともばたら
共働き 雙薪家庭
to.mo.ba.ta.ra.ki

ともかせ
共稼ぎ 雙薪家庭
to.mo.ka.se.gi

貢
音 こう
く
訓 みつぐ
常

音 **こう** ko.o

こうけん
貢献 貢獻、進貢
ko.o.ke.n

ちょうこう
朝貢 朝貢、來朝進貢
cho.o.ko.o

らいこう
来貢 前來進貢
ra.i.ko.o

音 **く** ku

ねんぐ
年貢* 年貢;每年的租稅、地租
ne.n.gu

訓 **みつぐ** mi.tsu.gu

ㄍㄨㄥˋ

みつ **貢ぐ** mi.tsu.gu	進貢、獻納
みつぎもの **貢物** mi.tsu.gi.mo.no	貢品

珂 音 か 訓

音 か ka

科 音 か 訓 常

音 か ka

かがく
科学 科學
ka.ga.ku

かもく
科目 科目
ka.mo.ku

がっか
学科 科系
ga.k.ka

がんか
眼科 眼科
ga.n.ka

きょうか
教科 教科
kyo.o.ka

げか
外科 外科
ge.ka

ざいか
罪科 罪、刑罰
za.i.ka

しか
歯科 牙科
shi.ka

じびか
耳鼻科 耳鼻科
ji.bi.ka

しゃかいか
社会科 （學校科目）社會科
sha.ka.i.ka

しょうにか
小児科 小兒科
sho.o.ni.ka

せんか
専科 專科
se.n.ka

ぜんか
前科 前科
ze.n.ka

ぜんか
全科 全科
ze.n.ka

ないか
内科 內科
na.i.ka

ひゃっか
百科 百科
hya.k.ka

りか
理科 理科
ri.ka

音 か ka

かこく
苛酷 嚴苛、苛刻
ka.ko.ku

咳 音 がい 訓 せき

音 がい ga.i

けいがい
謦咳 談笑；清喉嚨
ke.i.ga.i

訓 せき se.ki

せき
咳 咳嗽
se.ki

殻 音 かく 訓 から 常

音 かく ka.ku

こうかく
甲殻 （動物）甲殼
ko.o.ka.ku

ちかく
地殻 地殼
chi.ka.ku

らんかく
卵殻 蛋殼
ra.n.ka.ku

訓 から ka.ra

がら
殻 殼
ga.ra

かいがら
貝殻 貝殼
ka.i.ga.ra

可 音 か 訓 常

音 か ka

ㄎ

音 か ka

か
可 可、及格
ka

かけつ
可決 核准、通過
ka.ke.tsu

かねんせい
可燃性 可燃性
ka.ne.n.se.i

かのう
可能 可能
ka.no.o

かのうせい
可能性 可能性
ka.no.o.se.i

かひ
可否 可否
ka.hi

きょか
許可 許可
kyo.ka

さいか
裁可 (君主的)許可、批准
sa.i.ka

ふか
不可 不可、不行；不合格
fu.ka

ふかのう
不可能 不可能
fu.ka.no.o

渇
音 かつ
訓 かわく
常

音 かつ ka.tsu

かつぼう
渇望 渴望
ka.tsu.bo.o

きかつ
飢渇 飢渴
ki.ka.tsu

こかつ
枯渇 乾涸、枯竭
ko.ka.tsu

かっすい
渇水 缺水
ka.s.su.i

訓 かわく ka.wa.ku

かわ
渇く 渴、渴望
ka.wa.ku

克
音 こく
訓 かつ
常

音 こく ko.ku

こくふく
克服 克服、征服
ko.ku.fu.ku

こくめい
克明 勤懇、認真
ko.ku.me.i

こっき
克己 克己、自制
ko.k.ki

訓 かつ ka.tsu

か
克つ 克服
ka.tsu

刻
音 こく
訓 きざむ
常

音 こく ko.ku

こくいん
刻印 刻印；印章
ko.ku.i.n

こくげん
刻限 限定的時間
ko.ku.ge.n

いっこく
一刻 短暫的時間、一刻
i.k.ko.ku

じこく
時刻 時刻
ji.ko.ku

しんこく
深刻 深刻
shi.n.ko.ku

すんこく
寸刻 片刻
su.n.ko.ku

そっこく
即刻 即刻
so.k.ko.ku

ちこく
遅刻 遲到
chi.ko.ku

ちょうこく
彫刻 雕刻
cho.o.ko.ku

ていこく
定刻 限定的時間
te.i.ko.ku

訓 きざむ ki.za.mu

きざ
刻む 切細；雕刻、刻上刻紋
ki.za.mu

きざきざ
刻刻 雕刻相當細緻清晰的樣子
ki.za.ki.za

こっく
特 **刻苦** 刻苦
ko.k.ku

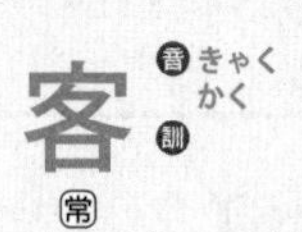

音 きゃく kya.ku

きゃく	客	kya.ku	客人、顧客
きゃくあし	客足	kya.ku.a.shi	(商店…等)來客情形
きゃくしつ	客室	kya.ku.shi.tsu	客廳、客房
きゃくじん	客人	kya.ku.ji.n	客人
きゃくせき	客席	kya.ku.se.ki	客席
きゃくせん	客船	kya.ku.se.n	客船
きゃくま	客間	kya.ku.ma	客廳
じょうきゃく	乗客	jo.o.kya.ku	乘客
せんきゃく	先客	se.n.kya.ku	先來的客人
せんきゃく	船客	se.n.kya.ku	船客
りょきゃく	旅客	ryo.kya.ku	旅客
らいきゃく	来客	ra.i.kya.ku	來客

音 かく ka.ku

かくい	客衣	ka.ku.i	旅行時穿的衣服
かくし	客死	ka.ku.shi	客死異鄉
かくねん	客年	ka.ku.ne.n	去年
りょかっき	旅客機	ryo.ka.k.ki	客機

課
音 か
訓
常

音 か ka

か	課	ka	課、(機關、企業等的)科
かがい	課外	ka.ga.i	課外
かぎょう	課業	ka.gyo.o	課業
かぜい	課税	ka.ze.i	課稅
かだい	課題	ka.da.i	課題
かちょう	課長	ka.cho.o	課長
かてい	課程	ka.te.i	課程
かもく	課目	ka.mo.ku	(學校的)科目
かいけいか	会計課	ka.i.ke.i.ka	會計課
がっか	学課	ga.k.ka	課程
せいか	正課	se.i.ka	正課
にっか	日課	ni.k.ka	每天固定做的事
ほうかご	放課後	ho.o.ka.go	放學後

開
音 かい
訓 ひらく
ひらける
あく
あける
常

音 かい ka.i

かいえん	開演	ka.i.e.n	開演
かいか	開花	ka.i.ka	開花
かいかい	開会	ka.i.ka.i	開會
かいかん	開館	ka.i.ka.n	開館
かいぎょう	開業	ka.i.gyo.o	開業
かいこう	開港	ka.i.ko.o	開港

ㄎ

かいさい
開催 開（會）、舉辦
ka.i.sa.i

かいし
開始 開始
ka.i.shi

かいせつ
開設 開設
ka.i.se.tsu

かいたく
開拓 開墾、開闢
ka.i.ta.ku

かいつう
開通 開通
ka.i.tsu.u

かいてん
開店 開店
ka.i.te.n

かいはつ
開発 開發（土地…等）
ka.i.ha.tsu

かいひょう
開票 （選舉…等）開票
ka.i.hyo.o

かいへい
開閉 開關
ka.i.he.i

かいほう
開放 開放
ka.i.ho.o

かいまく
開幕 開幕
ka.i.ma.ku

かいもん
開門 開門
ka.i.mo.n

こうかい
公開 公開
ko.o.ka.i

訓 ひらく hi.ra.ku

ひら
開く （門）開、（花）開；打開
hi.ra.ku

訓 ひらける hi.ra.ke.ru

ひら
開ける 開化、進步、開始
hi.ra.ke.ru

訓 あく a.ku

あ
開く （門窗）開；開始（營業）；空隙
a.ku

訓 あける a.ke.ru

あ
開ける 打開、挖洞；騰出
a.ke.ru

凱
音 がい
訓

音 がい ga.i

がいせんもん
凱旋門 凱旋門
ga.i.se.n.mo.n

鎧
音 がい
訓 よろい

音 がい ga.i

がいはん
鎧板 防彈鐵板、裝甲
ga.i.ha.n

訓 よろい yo.ro.i

よろい
鎧 盔甲、鎧甲
yo.ro.i

慨
音 がい
訓
常

音 がい ga.i

がいたん
慨嘆 慨歎
ga.i.ta.n

かんがい
感慨 感慨
ka.n.ga.i

尻
音
訓 しり

訓 しり shi.ri

しり
尻 臀部、屁股
shi.ri

しっぽ
尻尾 尾巴
shi.p.po

拷
音 ごう
訓
常

音 ごう go.o

ごうもん
拷問 拷問
go.o.mo.n

考 音こう 訓かんがえる 常

音 こう ko.o

こうあん
考案 思考、發明
ko.o.a.n

こうこうがく
考古学 考古學
ko.o.ko.o.ga.ku

こうさ
考査 考查、調查；考試
ko.o.sa

こうさつ
考察 考察
ko.o.sa.tsu

こうしょう
考証 考證
ko.o.sho.o

こうりょ
考慮 考慮
ko.o.ryo

いっこう
一考 考慮一下、想一想
i.k.ko.o

さいこう
再考 重新考慮
sa.i.ko.o

さんこう
参考 參考
sa.n.ko.o

しこう
思考 思考
shi.ko.o

じゅっこう
熟考 深思熟慮
ju.k.ko.o

せんこう
選考 選拔
se.n.ko.o

びこう
備考 備考
bi.ko.o

訓 かんがえる ka.n.ga.e.ru

かんが
考える 考慮、思考、認為
ka.n.ga.e.ru

かんが
考え 思考、想法
ka.n.ga.e

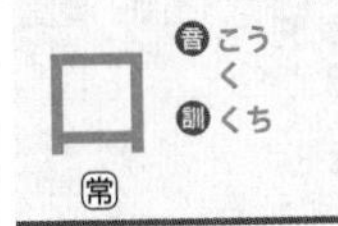

口 音こう く 訓くち 常

音 こう ko.o

こうじつ
口実 藉口
ko.o.ji.tsu

こうじゅつ
口述 口述
ko.o.ju.tsu

こうとう
口頭 口頭
ko.o.to.o

こうろん
口論 爭吵、吵架
ko.o.ro.n

あっこう
悪口 說別人的壞話
a.k.ko.o

かこう
河口 河口
ka.ko.o

かこう
火口 火口
ka.ko.o

じんこう
人口 人口
ji.n.ko.o

へいこう
閉口 無言、沒有辦法
he.i.ko.o

音 く ku

くちょう
口調 語調、音調
ku.cho.o

くでん
口伝 口頭傳達
ku.de.n

訓 くち ku.chi

くち
口 口、嘴、言語
ku.chi

くちぐるま
口車 花言巧語
ku.chi.gu.ru.ma

くちさき
口先 嘴邊；隨口說說
ku.chi.sa.ki

くち
口ずさむ 吟、詠、哼唱
ku.chi.zu.sa.mu

くちび
口火 導火線、起因
ku.chi.bi

くちべに
口紅 口紅
ku.chi.be.ni

いっくち
一口 一口
i.k.ku.chi

ひとくち
一口 一口（吃、喝）
hi.to.ku.chi

い ぐち
入り口 入口
i.ri.gu.chi

で ぐち
出口 出口
de.gu.chi

とぐち
戸口 家門；戶數與人口
to.gu.chi

むくち
無口 話少、寡言
mu.ku.chi

わるくち
悪口 （說別人）壞話
wa.ru.ku.chi

叩 音 こう 訓 たたく

音 こう ko.o

こうとう
叩頭 叩首
ko.o.to.o

訓 たたく ta.ta.ku

たた
叩く 敲、叩；詢問、徵求
ta.ta.ku

かたたた
肩叩き 搥肩膀；有拜託或勸告離職之意
ka.ta.ta.ta.ki

釦 音 こう 訓 ぼたん

音 こう ko.o

訓 ぼたん bo.ta.n

ぼたん
釦 釦子、按鈕
bo.ta.n

刊 音 かん 訓 常

音 かん ka.n

かんこう
刊行 發刊、出版
ka.n.ko.o

きゅうかん
休刊 （報紙、雜誌）停刊
kyu.u.ka.n

きんかん
近刊 近期出版的刊物
ki.n.ka.n

げっかん
月刊 月刊
ge.k.ka.n

しゅうかん
週刊 週刊
shu.u.ka.n

しんかん
新刊 新書
shi.n.ka.n

そうかん
創刊 報紙、雜誌等創刊
so.o.ka.n

ぞうかん
増刊 增刊
zo.o.ka.n

ちょうかん
朝刊 早報
cho.o.ka.n

にっかん
日刊 日刊
ni.k.ka.n

ねんかん
年刊 年刊
ne.n.ka.n

はっかん
発刊 發刊、發行
ha.k.ka.n

勘 音 かん 訓 常

音 かん ka.n

かんあん
勘案 考慮、酌量
ka.n.a.n

かんじょう
勘定 結帳、計算、帳目、估計
ka.n.jo.o

かんどころ
勘所 （弦樂器）指板；關鍵
ka.n.do.ko.ro

かんべん
勘弁 饒恕、寬恕、原諒
ka.n.be.n

やまかん
山勘 憑主觀推估、瞎猜
ya.ma.ka.n

わ　かん
割り勘 分攤費用
wa.ri.ka.n

堪 音 かん 訓 たえる 常

音 かん ka.n

かん
堪 直覺、第六感
ka.n

かんにん
堪忍 容忍、忍耐
ka.n.ni.n

かん にんぶくろ
堪忍袋 忍耐的極限
ka.n.ni.n.bu.ku.ro

訓 たえる ta.e.ru

た
堪える 忍耐
ta.e.ru

侃 音 かん 訓

音 かん ka.n

かんかんがくがく
侃侃諤諤 直言不諱
ka.n.ka.n.ga.ku.ga.ku

檻 音 かん 訓 おり

音 かん ka.n

かんしゃ
檻車 四周用柵檻圍起，載囚犯的車子
ka.n.sha

せっかん
折檻 責罵、體罰
se.k.ka.n

訓 おり o.ri

おり
檻 牢籠、牢房
o.ri

看 音 かん 訓 常

音 かん ka.n

かんか
看過 忽略
ka.n.ka

かんご
看護 看護、照顧(病人)
ka.n.go

かんごふ
看護婦 護士、看護
ka.n.go.fu

かんしゅ
看守 看守
ka.n.shu

かんしゅ
看取 看出、看破
ka.n.shu

かんぱ
看破 看破
ka.n.pa

かんばん
看板 招牌
ka.n.ba.n

かんびょう
看病 護理、看護
ka.n.byo.o

墾 音 こん 訓 常

音 こん ko.n

かいこん
開墾 開墾、開拓
ka.i.ko.n

懇 音 こん 訓 ねんごろ 常

音 こん ko.n

こんい
懇意 懇切、親切
ko.n.i

こんがん
懇願 懇求、懇請
ko.n.ga.n

こんせい
懇請 懇請、請求
ko.n.se.i

こんせつ
懇切 懇切、誠懇
ko.n.se.tsu

こんだん
懇談 懇談
ko.n.da.n

こんもう
懇望 懇請、懇求
ko.n.mo.o

訓 ねんごろ ne.n.go.ro

ねんご
懇ろ 懇切、誠懇；親睦、親密
ne.n.go.ro

肯 音 こう 訓 常

音 こう ko.o

こうてい
肯定 肯定、承認
ko.o.te.i

康 音 こう 訓 常

音 こう ko.o

あんこう
安康 安康
a.n.ko.o

しょうこう
小康 小康
sho.o.ko.o

けんこう
健康 健康
ke.n.ko.o

特 とくがわいえやす
徳川家康 德川家康
to.ku.ga.wa.i.e.ya.su

音 こう ko.o

そうこう
糟糠 糟糠、粗劣食物
so.o.ko.o

訓 ぬか nu.ka

ぬか
糠 米糠；微小、無常
nu.ka

音 こう ko.o

こうぎ
抗議 抗議
ko.o.gi

こうきん
抗菌 抗菌
ko.o.ki.n

こうげん
抗原 抗原
ko.o.ge.n

こうこく
抗告 〔法〕上訴
ko.o.ko.ku

こうせん
抗戦 抗戰
ko.o.se.n

こうそう
抗争 抗爭
ko.o.so.o

こうたい
抗体 抗體
ko.o.ta.i

たいこう
対抗 對抗
ta.i.ko.o

坑 音 こう 訓 常

音 こう ko.o

こうがい
坑外 坑道外、礦井外
ko.o.ga.i

こうどう
坑道 〔礦〕坑道
ko.o.do.o

こうない
坑内 坑道內
ko.o.na.i

訓 ほり ho.ri

ほり
堀 溝、渠
ho.ri

ほりばた
堀端 壕邊、護城河畔
ho.ri.ba.ta

ほりわり
堀割 溝、渠
ho.ri.wa.ri

音 こ ko

こかつ
枯渇 枯竭、乾涸
ko.ka.tsu

こし
枯死 枯死
ko.shi

こたん
枯淡 淡泊
ko.ta.n

こが
木枯らし (晚秋到冬初)寒風
ko.ga.ra.shi

訓 かれる ka.re.ru

か
枯れる 枯萎、凋零
ka.re.ru

訓 からす ka.ra.su

か
枯らす 使…枯萎、乾枯
ka.ra.su

窟

音 くつ こつ
訓

音 くつ ku.tsu

せっくつ 石窟 se.k.ku.tsu	石窟、岩窟
そうくつ 巣窟 so.o.ku.tsu	巢穴
どうくつ 洞窟 do.o.ku.tsu	洞窟

音 こつ ko.tsu

苦

常

音 く
訓 くるしい くるしむ くるしめる にがい にがる

音 く ku

くえき 苦役 ku.e.ki	苦工、苦役
くきょう 苦境 ku.kyo.o	苦境
くしょう 苦笑 ku.sho.o	苦笑
くじょう 苦情 ku.jo.o	苦水、抱怨
くしん 苦心 ku.shi.n	苦心
くせん 苦戦 ku.se.n	苦戰
くつう 苦痛 ku.tsu.u	苦痛
くなん 苦難 ku.na.n	苦難
くのう 苦悩 ku.no.o	苦惱
くはい 苦杯 ku.ha.i	悲苦的經驗
くらく 苦楽 ku.ra.ku	苦樂
くろう 苦労 ku.ro.o	勞苦、辛苦
こんく 困苦 ko.n.ku	困苦
しくはっく 四苦八苦 shi.ku.ha.k.ku	非常辛苦、苦惱
びょうく 病苦 byo.o.ku	疾病的痛苦
ひんく 貧苦 hi.n.ku	貧苦
ろうく 労苦 ro.o.ku	勞苦、辛勞

訓 くるしい ku.ru.shi.i

くる 苦しい ku.ru.shi.i	痛苦的

訓 くるしむ ku.ru.shi.mu

くる 苦しむ ku.ru.shi.mu	痛苦、苦惱

訓 くるしめる ku.ru.shi.me.ru

くる 苦しめる ku.ru.shi.me.ru	使…痛苦、使…為難

訓 にがい ni.ga.i

にが 苦い ni.ga.i	苦的、痛苦的
にが 苦く ni.ga.ku	苦的
にがて 苦手 ni.ga.te	不拿手
にがむし 苦虫 ni.ga.mu.shi	苦情

訓 にがる ni.ga.ru

にが 苦る ni.ga.ru	不痛快、不愉快

庫

常

音 こ く
訓

音 こ ko

がっきゅうぶんこ 学級文庫 ga.k.kyu.u.bu.n.ko	(放在教室)供學童閱讀的藏書
きんこ 金庫 ki.n.ko	金庫

こうこ
公庫 公庫
ko.o.ko

こっこ
国庫 國庫
ko.k.ko

ざいこ
在庫 庫存
za.i.ko

しゅっこ
出庫 (貨品)出庫、出車庫
shu.k.ko

しょこ
書庫 書庫
sho.ko

そうこ
倉庫 倉庫
so.o.ko

にゅうこ
入庫 入庫
nyu.u.ko

ぶんこ
文庫 文庫
bu.n.ko

ほうこ
宝庫 寶庫
ho.o.ko

れいぞうこ
冷蔵庫 冰箱
re.i.zo.o.ko

音 く ku

くり
庫裏 * 寺院的廚房
ku.ri

酷
音 こく
訓
常

音 こく ko.ku

こくじ
酷似 酷似
ko.ku.ji

こくしょ
酷暑 酷暑
ko.ku.sho

こくひょう
酷評 嚴酷的批評
ko.ku.hyo.o

かこく
過酷 嚴酷、過分
ka.ko.ku

れいこく
冷酷 冷酷無情
re.i.ko.ku

こっかん
酷寒 酷寒
ko.k.ka.n

誇
音 こ
訓 ほこる
常

音 こ ko

こだい
誇大 誇大
ko.da.i

こちょう
誇張 誇張
ko.cho.o

訓 ほこる ho.ko.ru

ほこ
誇る 自豪、驕傲
ho.ko.ru

跨
音 こ
訓 またぐ

音 こ ko

こせんきょう
跨線橋 (橫架在鐵道線上的)天橋
ko.se.n.kyo.o

訓 またぐ ma.ta.gu

また
跨ぐ 邁過、跨過
ma.ta.gu

廓
音 かく
訓 くるわ

音 かく ka.ku

かくせい
廓清 完全去除不好的東西、習慣
ka.ku.se.i

訓 くるわ ku.ru.wa

拡
音 かく
訓 ひろげる
常

音 かく ka.ku

かくさん
拡散 擴散
ka.ku.sa.n

かくじゅう
拡充 擴充
ka.ku.ju.u

かくだい
拡大 擴大
ka.ku.da.i

かくちょう
拡張 擴張
ka.ku.cho.o

訓 **ひろげる**
hi.ro.ge.ru

塊
音 かい
訓 かたまり
常

音 **かい** ka.i

きんかい
金塊 金塊
ki.n.ka.i

どかい
土塊 土塊
do.ka.i

ひょうかい
氷塊 冰塊
hyo.o.ka.i

訓 **かたまり**
ka.ta.ma.ri

かたまり
塊 塊、羣、堆
ka.ta.ma.ri

快
音 かい
訓 こころよい
常

音 **かい** ka.i

かいかつ
快活 快活
ka.i.ka.tsu

かいしょう
快勝 輕鬆得勝
ka.i.sho.o

かいしん
快心 好心情
ka.i.shi.n

かいせい
快晴 (天氣)十分晴朗
ka.i.se.i

かいそう
快走 快跑
ka.i.so.o

かいそく
快速 快速；快車
ka.i.so.ku

かいだんじ
快男児 個性爽快的男子
ka.i.da.n.ji

かいちょう
快調 十分順利
ka.i.cho.o

かいてき
快適 舒適、舒服
ka.i.te.ki

かいふく
快復 (病)痊癒
ka.i.fu.ku

かいほう
快方 (病)漸漸好轉、痊癒
ka.i.ho.o

かいほう
快報 好消息
ka.i.ho.o

かいらく
快楽 快樂
ka.i.ra.ku

けいかい
軽快 輕快
ke.i.ka.i

ふかい
不快 不愉快
fu.ka.i

めいかい
明快 明快
me.i.ka.i

訓 **こころよい**
ko.ko.ro.yo.i

こころよ
快い 高興的、愉快的
ko.ko.ro.yo.i

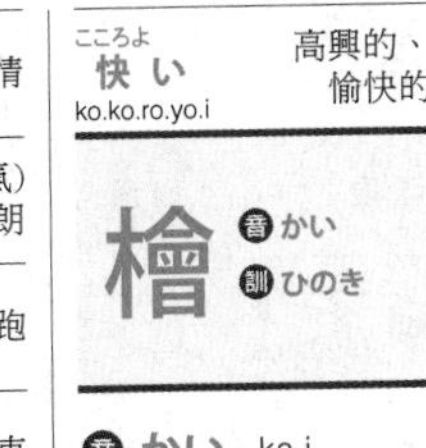

檜
音 かい
訓 ひのき

音 **かい** ka.i

訓 **ひのき** hi.no.ki

ひのき
檜 檜木
hi.no.ki

魁
音 かい
訓 さきがけ

音 **かい** ka.i

かいい
魁偉 (身材)魁梧
ka.i.i

きょかい
巨魁 頭目
kyo.ka.i

しゅかい
首魁 主謀者、罪魁(禍首)
shu.ka.i

訓 **さきがけ**
sa.ki.ga.ke

潰
音 かい
訓 つぶす
つぶれる

ㄎ

音 かい ka.i

かいよう
潰瘍 潰瘍
ka.i.yo.o

訓 つぶす tsu.bu.su

つぶ
潰す 弄碎、壓碎
tsu.bu.su

訓 つぶれる tsu.bu.re.ru

つぶ
潰れる 壓壞、擠壞；倒塌
tsu.bu.re.ru

寛
音 かん
訓
常

音 かん ka.n

かんだい
寛大 寛大
ka.n.da.i

かんよう
寛容 寛容
ka.n.yo.o

款
音 かん
訓
常

音 かん ka.n

ていかん
定款 (公司)章程
te.i.ka.n

しゃっかん
借款 借款
sha.k.ka.n

らっかん
落款 落款、題名
ra.k.ka.n

坤
音 こん
訓

音 こん ko.n

けんこん
乾坤 乾坤、天地
ke.n.ko.n

昆
音 こん
訓
常

音 こん ko.n

こんちゅう
昆虫 昆蟲
ko.n.chu.u

こんぶ
昆布 昆布
ko.n.bu

梱
音 こん
訓

音 こん ko.n

こんぽう
梱包 包裝、打包
ko.n.po.o

困
音 こん
訓 こまる
常

音 こん ko.n

こんきゃく
困却 窘迫、為難
ko.n.kya.ku

こんきゅう
困窮 窮困
ko.n.kyu.u

こんく
困苦 困苦
ko.n.ku

こんなん
困難 困難
ko.n.na.n

こんわく
困惑 困惑
ko.n.wa.ku

ひんこん
貧困 貧困
hi.n.ko.n

訓 こまる ko.ma.ru

こま
困る 困難、為難
ko.ma.ru

匡
音 きょう
訓

音 きょう kyo.o

きょうせい
匡正 匡正、矯正
kyo.o.se.i

狂

音 きょう
訓 くるう
くるおしい
常

音 きょう kyo.o

きょう き
狂気 發瘋、瘋狂
kyo.o.ki

きょう き
狂喜 狂喜
kyo.o.ki

きょうけんびょう
狂犬病 狂犬病
kyo.o.ke.n.byo.o

きょうしん
狂信 狂熱得相信
kyo.o.shi.n

きょうじん
狂人 瘋子
kyo.o.ji.n

きょうぼう
狂暴 兇暴
kyo.o.bo.o

きょうらん
狂乱 狂亂、瘋狂
kyo.o.ra.n

すいきょう
酔狂 好奇；發酒瘋
su.i.kyo.o

はっきょう
発狂 發狂
ha.k.kyo.o

訓 くるう ku.ru.u

くる
狂う 發狂、發瘋
ku.ru.u

訓 くるおしい ku.ru.o.shi.i

くる
狂おしい 瘋狂般的、發瘋似的
ku.ru.o.shi.i

況

音 きょう
訓
常

音 きょう kyo.o

がいきょう
概況 概況
ga.i.kyo.o

かっきょう
活況 盛況
ka.k.kyo.o

きんきょう
近況 近況
ki.n.kyo.o

げんきょう
現況 現況
ge.n.kyo.o

こうきょう
好況 繁榮、景氣好
ko.o.kyo.o

じっきょう
実況 實況
ji.k.kyo.o

じょうきょう
状況 狀況
jo.o.kyo.o

じょうきょう
情況 情況
jo.o.kyo.o

せいきょう
盛況 盛況
se.i.kyo.o

せんきょう
戦況 戰況
se.n.kyo.o

ふ きょう
不況 景氣蕭條
fu.kyo.o

砿

音 こう
訓

音 こう ko.o

鉱

音 こう
訓
常

音 こう ko.o

こうぎょう
鉱業 礦業
ko.o.gyo.o

こうざん
鉱山 礦山
ko.o.za.n

こうせき
鉱石 礦石
ko.o.se.ki

こうせん
鉱泉 溫泉和冷泉的總稱
ko.o.se.n

こうどく
鉱毒 礦毒
ko.o.do.ku

こう ふ
鉱夫 礦工
ko.o.fu

こうぶつ
鉱物 礦物
ko.o.bu.tsu

こうみゃく
鉱脈 礦脈
ko.o.mya.ku

きんこう
金鉱 金礦
ki.n.ko.o

さいこう
採鉱 採礦
sa.i.ko.o

たんこう
炭鉱 煤礦
ta.n.ko.o

てっこう
鉄鉱 鐵礦
te.k.ko.o

空
常
音 くう
訓 そら
あく
あける
から

音 くう ku.u

くうかん
空間 空間
ku.u.ka.n

くうちゅう
空中 空中
ku.u.chu.u

くうき
空気 空氣
ku.u.ki

くうこう
空港 機場
ku.u.ko.o

くうしつ
空室 空房、空屋
ku.u.shi.tsu

くうしゃ
空車 空車
ku.u.sha

くうせき
空席 空位
ku.u.se.ki

くうそう
空想 空想
ku.u.so.o

くうち
空地 空地
ku.u.chi

くうはく
空白 空白
ku.u.ha.ku

くうひ
空費 白費
ku.u.hi

くうふく
空腹 空腹
ku.u.fu.ku

くうゆ
空輸 空運
ku.u.yu

こくう
虚空 虚空
ko.ku.u

こうくう
航空 航空
ko.o.ku.u

じょうくう
上空 上空
jo.o.ku.u

しんくう
真空 真空
shi.n.ku.u

てんくう
天空 天空
te.n.ku.u

訓 そら so.ra

そら
空 天空
so.ra

あおぞら
青空 藍天
a.o.zo.ra

おおぞら
大空 廣大的天空
o.o.zo.ra

訓 あく a.ku

あ
空く 空出來、(時間)騰出來
a.ku

あ
空き 空閑；空隙
a.ki

あきや
空家 空屋
a.ki.ya

訓 あける a.ke.ru

あ
空ける 空出、騰出
a.ke.ru

訓 から ka.ra

から
空 空的、假
ka.ra

から つゆ
空梅雨 梅雨季節不下雨
ka.ra.tsu.yu

から
空っぽ 空
ka.ra.p.po

孔
常
音 こう
訓

音 こう ko.o

こうし
孔子 至聖先師孔子
ko.o.shi

きこう
気孔 〔植〕氣孔
ki.ko.o

どうこう
瞳孔 瞳孔
do.o.ko.o

びこう
鼻孔 鼻孔
bi.ko.o

恐

音 きょう
訓 おそれる
おそろしい
常

音 きょう kyo.o

きょうこう
恐慌 恐慌、經濟危機
kyo.o.ko.o

きょうしゅく
恐縮 唯恐不安、不好意思
kyo.o.shu.ku

きょうふ
恐怖 恐怖
kyo.o.fu

きょうりゅう
恐竜 恐龍
kyo.o.ryu.u

訓 おそれる o.so.re.ru

おそ
恐れる 害怕、敬畏
o.so.re.ru

おそ
恐れ 恐懼、害怕；恐怕會…
o.so.re

訓 おそろしい o.so.ro.shi.i

おそ い
恐れ入る 對不起、出乎意料
o.so.re.i.ru

おそ
恐ろしい 可怕的
o.so.ro.shi.i

控

音 こう
訓 ひかえる
常

音 こう ko.o

こうじょ
控除 扣除
ko.o.jo

こうそ
控訴 控訴
ko.o.so

訓 ひかえる hi.ka.e.ru

ひか
控える 等待；抑制、節制
hi.ka.e.ru

ひか しつ
控え室 等候室、休息室
hi.ka.e.shi.tsu

音 かつ
訓

常

音 かつ ka.tsu

いっかつ
一喝 大喝一聲
i.k.ka.tsu

きょうかつ
恐喝 恐嚇
kyo.o.ka.tsu

だいかつ
大喝 大聲喝斥
da.i.ka.tsu

かっさい
喝采 喝采
ka.s.sa.i

かっぱ
喝破 道破
ka.p.pa

何

音 か
訓 なに
なん

常

音 か ka

きか
幾何 幾何
ki.ka

訓 なに na.ni

なに
何 什麼
na.ni

なに
何か 不知為什麼
na.ni.ka

なにげ
何気ない 若無其事、無意
na.ni.ge.na.i

なにごと
何事 什麼事情
na.ni.go.to

なにさま
何様 哪位、誰
na.ni.sa.ma

なになに
何何 什麼什麼
na.ni.na.ni

なにぶん
何分 請；某種；不管怎樣
na.ni.bu.n

なにもの
何者 誰、什麼人
na.ni.mo.no

訓 なん na.n

なんにん
何人 幾個人
na.n.ni.n

なんかい
何回 幾次
na.n.ka.i

なんじ
何時 幾點
na.n.ji

なん
何だか 沒有原因理由
na.n.da.ka

なん
何で 為什麼
na.n.de

なん
何でも 無論什麼、一切
na.n.de.mo

なん
何と 怎樣、如何
na.n.to

なん
何とか 不管怎樣、總得
na.n.to.ka

なんど
何度 幾次
na.n.do

なんねん
何年 幾年
na.n.ne.n

なんねんせい
何年生 幾年級
na.n.ne.n.se.i

劾

音 がい
訓

常

音 がい ga.i

だんがい
弾劾 彈劾、責問
da.n.ga.i

合

音 ごう
がっ
かっ
訓 あう
あわす
あわせる

常

音 ごう go.o

ごうい
合意 同意、意見一致
go.o.i

ごういつ
合一 二合一
go.o.i.tsu

ごうかく
合格 合格
go.o.ka.ku

ごうぎ
合議 集議、協議
go.o.gi

ごうきん
合金 合金
go.o.ki.n

ごうけい
合計 合計
go.o.ke.i

ごうせい
合成 合成
go.o.se.i

ごうどう
合同 聯合、合併
go.o.do.o

ごうり
合理 合理
go.o.ri

ごうりゅう
合流 (河川)匯流
go.o.ryu.u

ごごうめ
五合目 第五回合
go.go.o.me

かごう
化合 〔化〕化合
ka.go.o

けつごう
結合 結合
ke.tsu.go.o

しゅうごう
集合 集合
shu.u.go.o

とうごう
統合 統合
to.o.go.o

はいごう
配合 配合
ha.i.go.o

れんごう
連合 聯合
re.n.go.o

音 がっ ga

がっさく
合作 合作
ga.s.sa.ku

がっしゅく
合宿 合宿
ga.s.shu.ku

がっしょう
合唱 合唱
ga.s.sho.o

がっそう
合奏 合奏
ga.s.so.o

がっち
合致 一致、吻合
ga.c.chi

がっぺい
合併 合併
ga.p.pe.i

音 かっ ka

かっせん
合戦 * 戰役、交戰
ka.s.se.n

訓 あう a.u

あ
合う 合適
a.u

あいず
合図 信號
a.i.zu

あいま
合間 空閑時間
a.i.ma

ばあい
場合 情況
ba.a.i

訓 あわす a.wa.su

あ
合わす 把…合在一起、配合
a.wa.su

訓 あわせる a.wa.se.ru

あ
合わせる 配合、調和
a.wa.se.ru

和 常

音 わ
お
訓 やわらぐ
やわらげる
なごむ
なごやか

音 わ wa

わえい
和英 日本與英國
wa.e.i

わかい
和解 和解
wa.ka.i

わさい
和裁 和服的裁縫
wa.sa.i

わし
和紙 日本紙
wa.shi

わしき
和式 日式
wa.shi.ki

わしつ
和室 和室
wa.shi.tsu

わしょく
和食 日式料理
wa.sho.ku

わせい
和製 日本製
wa.se.i

わふう
和風 日式
wa.fu.u

わふく
和服 和服
wa.fu.ku

わぶん
和文 日文、日本文字
wa.bu.n

おんわ
温和 溫和
o.n.wa

ちゅうわ
中和 （酸鹼）中和、（個性）溫和
chu.u.wa

ちょうわ
調和 調和
cho.o.wa

へいわ
平和 和平
he.i.wa

音 お o

おしょう
和尚 * 和尚
o.sho.o

訓 やわらぐ ya.wa.ra.gu

やわ
和らぐ 變緩和、緩和起來
ya.wa.ra.gu

やわ
和らげる 使柔和、使緩和
ya.wa.ra.ge.ru

訓 なごむ na.go.mu

なご
和む 穩靜、緩和
na.go.mu

訓 なごやか na.go.ya.ka

なご
和やか 穩靜、溫和、舒適
na.go.ya.ka

核
音 かく
訓
常

音 かく ka.ku

かく
核 （果）核、（細胞）核
ka.ku

かくかぞく
核家族 小家庭
ka.ku.ka.zo.ku

かくじっけん
核実験 原子核實驗
ka.ku.ji.k.ke.n

かくしん
核心 核心
ka.ku.shi.n

かくぶんれつ
核分裂 核子分裂
ka.ku.bu.n.re.tsu

かくへいき
核兵器 核子武器
ka.ku.he.i.ki

けっかく
結核 結核
ke.k.ka.ku

ちかく
地核 地核、地心
chi.ka.ku

ちゅうかく
中核 中心、核心
chu.u.ka.ku

はんかく
反核 反核
ha.n.ka.ku

河
音 か
訓 かわ
常

音 か ka

かこう
河口 河口
ka.ko.o

かすい
河水 河水
ka.su.i

かせん
河川 河川
ka.se.n

かなん
河南 河南
ka.na.n

かほく
河北 河北
ka.ho.ku

うんが
運河 運河
u.n.ga

ぎんが
銀河 銀河
gi.n.ga

さんが
山河 山河
sa.n.ga

たいが
大河 大川、大河
ta.i.ga

ひょうが
氷河 冰河
hyo.o.ga

訓 かわ ka.wa

かわら
河原 河原
ka.wa.ra

ふぐ
特 **河豚** 河豚
fu.gu

禾
音 か
訓

音 か ka

かこく
禾穀 稻
ka.ko.ku

荷

音 か
訓 に
常

音 か ka

しゅっか
出荷 出貨
shu.k.ka

にゅうか
入荷 進貨
nyu.u.ka

ふか
負荷 負荷
fu.ka

訓 に ni

に
荷 貨物；累贅
ni

おもに
重荷 重擔
o.mo.ni

にぐるま
荷車 載貨車
ni.gu.ru.ma

にづくり
荷造り 包裝、捆裝
ni.zu.ku.ri

にぬし
荷主 貨主
ni.nu.shi

にばしゃ
荷馬車 載貨馬車
ni.ba.sha

にもつ
荷物 行李
ni.mo.tsu

にやく
荷役 裝卸貨工作
ni.ya.ku

はつに
初荷 新年第一次送出的貨物
ha.tsu.ni

ふなに
船荷 船貨
fu.na.ni

褐

音 かつ
訓
常

音 かつ ka.tsu

かっしょく
褐色 褐色
ka.s.sho.ku

涸

音 こ
訓 かれる からす

音 こ ko

こかつ
涸渇 乾涸、枯竭
ko.ka.tsu

訓 かれる ka.re.ru

か
涸れる 乾涸、枯竭
ka.re.ru

か　が
涸れ涸れ 乾涸
ka.re.ga.re

か　だに
涸れ谷 乾谷
ka.re.da.ni

訓 からす ka.ra.su

か
涸らす 使乾涸、把水弄乾
ka.ra.su

からざわ
涸沢 乾涸的湖泊
ka.ra.za.wa

賀

音 が
訓
常

音 が ga

がえん
賀宴 祝賀宴席
ga.e.n

がかく
賀客 祝賀的賓客
ga.ka.ku

がし
賀詞 賀詞
ga.shi

がじゅ
賀寿 祝壽
ja.ju

がしゅん
賀春 賀春
ga.shu.n

がしょう
賀正 賀年
ga.sho.o

がじょう
賀状 賀卡
ga.jo.o

しゅくが
祝賀 祝賀
shu.ku.ga

しゅくがかい
祝賀会 賀春
shu.ku.ga.ka.i

ねんが
年賀 賀年、賀壽
ne.n.ga

嚇
音 かく
訓

音 かく ka.ku

いかく
威嚇 威脅
i.ka.ku

鶴
音 かく
訓 つる

音 かく ka.ku

かくしゅ
鶴首 翹首期盼；白髮
ka.ku.shu

訓 つる tsu.ru

つる
鶴 鶴
tsu.ru

還
音 かん
訓
常

音 かん ka.n

かんげん
還元 還原
ka.n.ge.n

かんぷ
還付
ka.n.pu

かんれき
還暦 花甲、滿六十歲
ka.n.re.ki

せいかん
生還 生還、活著回來
se.i.ka.n

そうかん
送還 送還、遣返
so.o.ka.n

へんかん
返還 返還、歸還
he.n.ka.n

骸
音 がい
訓 むくろ

音 がい ga.i

がいこつ
骸骨 骸骨、屍骨
ga.i.ko.tsu

けいがい
形骸 軀殼；建築的骨架
ke.i.ga.i

ざんがい
残骸 殘骸、遺留的屍首
za.n.ga.i

しがい
死骸 屍體、遺骸
shi.ga.i

訓 むくろ mu.ku.ro

むくろ
骸 屍體；胴體；腐朽的樹幹
mu.ku.ro

海
音 かい
訓 うみ
常

音 かい ka.i

かいうん
海運 海運
ka.i.u.n

かいがい
海外 海外
ka.i.ga.i

かいがん
海岸 海岸
ka.i.ga.n

かいきょう
海峡 海峽
ka.i.kyo.o

かいぐん
海軍 海軍
ka.i.gu.n

かいじょう
海上 海上
ka.i.jo.o

かいすい
海水 海水
ka.i.su.i

かいすいよく
海水浴 海水浴
ka.i.su.i.yo.ku

かいそう
海草 海草
ka.i.so.o

かいてい
海底 海底
ka.i.te.i

かいばつ
海抜 海拔
ka.i.ba.tsu

かいよう
海洋 海洋
ka.i.yo.o

かいりゅう
海流 海流
ka.i.ryu.u

かいろ
海路 海路
ka.i.ro

きんかい
近海 近海
ki.n.ka.i

しんかい
深海 深海
shi.n.ka.i

ほっかい
北海 北方的海
ho.k.ka.i

ほっかいどう
北海道 北海道
ho.k.ka.i.do.o

訓 うみ u.mi

うみ
海 海
u.mi

うみせんやません
海千山千 老奸巨猾、老油條
u.mi.se.n.ya.ma.se.n

うみべ
海辺 海邊、海濱
u.mi.be

亥
音 がい
訓 い

音 がい ga.i

しんがい
辛亥 十二干支之一
shi.n.ga.i

訓 い i

害
音 がい
訓
常

音 がい ga.i

がい
害 害
ga.i

がいあく
害悪 危害
ga.i.a.ku

がい
害する 傷害、妨害
ga.i.su.ru

がいちゅう
害虫 害蟲
ga.i.chu.u

がいちょう
害鳥 害鳥
ga.i.cho.o

がいどく
害毒 毒害
ga.i.do.ku

かがい
加害 加害
ka.ga.i

きがい
危害 危害、不好的影響
ki.ga.i

こうがい
公害 公害
ko.o.ga.i

さいがい
災害 災害
sa.i.ga.i

さつがい
殺害 殺害
sa.tsu.ga.i

じがい
自害 自殘、自殺
ji.ga.i

しょうがい
傷害 傷害
sho.o.ga.i

しょうがいぶつ
障害物 障礙物
sho.o.ga.i.bu.tsu

すいがい
水害 水害、水災
su.i.ga.i

そんがい
損害 損害
so.n.ga.i

はくがい
迫害 迫害
ha.ku.ga.i

ぼうがい
妨害 妨害
bo.o.ga.i

むがい
無害 無害
mu.ga.i

ゆうがい
有害 有害
yu.u.ga.i

りがい
利害 利害
ri.ga.i

黒
音 こく
訓 くろ くろい
常

音 こく ko.ku

あんこく
暗黒 黑暗
a.n.ko.ku

こくてん
黒点 黑點
ko.ku.te.n

こくばん
黒板 黑板
ko.ku.ba.n

訓 くろ ku.ro

くろ
黒 黑
ku.ro

くろじ
黒字 黑字
ku.ro.ji

くろしお
黒潮 黑潮
ku.ro.shi.o

くろぼし
黒星 〔相撲〕黑星，表示輸的記號；靶的中心點
ku.ro.bo.shi

くろまく
黒幕 黑幕
ku.ro.ma.ku

くろやま
黒山 人山人海
ku.ro.ya.ma

訓 くろい ku.ro.i

くろ
黒い 黑的
ku.ro.i

壕 音 ごう 訓 ほり

音 ごう go.o

ぼうくうごう
防空壕 防空壕
bo.o.ku.u.go.o

訓 ほり ho.ri

濠 音 ごう 訓 ほり

音 ごう go.o

訓 ほり ho.ri

ほり
濠 壕溝、護城河
ho.ri

豪 音 ごう 訓 常

音 ごう go.o

ごうう
豪雨 豪雨、傾盆大雨
go.o.u

ごうか
豪華 豪華
go.o.ka

ごうかい
豪快 爽快
go.o.ka.i

ごうけつ
豪傑 豪傑
go.o.ke.tsu

ごうご
豪語 說大話
go.o.go

ごうしょう
豪商 富商
go.o.sho.o

ごうせい
豪勢 豪華、講究
go.o.se.i

ごうせつ
豪雪 大雪
go.o.se.tsu

ごうたん
豪胆 〔文〕大膽、勇敢
go.o.ta.n

ごうゆう
豪勇 剛勇、剛強
go.o.yu.u

しゅごう
酒豪 酒豪、海量
shu.go.o

ふごう
富豪 富豪
fu.go.o

ぶんごう
文豪 文豪
bu.n.go.o

好 音 こう 訓 このむ すく 常

音 こう ko.o

あいこう
愛好 愛好
a.i.ko.o

こうい
好意 好意
ko.o.i

こうがく
好学 好學
ko.o.ga.ku

こうき
好機 好機會
ko.o.ki

こうきょう
好況 繁榮、景氣
ko.o.kyo.o

こうじんぶつ
好人物 大好人
ko.o.ji.n.bu.tsu

こうちょう
好調 順利
ko.o.cho.o

こうつごう
好都合 方便、順利
ko.o.tsu.go.o

こうてき
好適 適合的、恰當的
ko.o.te.ki

こうてん
好転 好轉
ko.o.te.n

こうひょう
好評 好評
ko.o.hyo.o

こうぶつ
好物 愛吃的東西
ko.o.bu.tsu

ぜっこう
絶好 極好、絕佳
ze.k.ko.o

どうこう
同好 同好
do.o.ko.o

ゆうこう
友好 友好
yu.u.ko.o

訓 **このむ** ko.no.mu

この
好む 愛、喜歡
ko.no.mu

この
好み 愛、喜歡
ko.no.mi

この
好ましい 可喜、令人滿意
ko.no.ma.shi.i

訓 **すく** su.ku

す
好く 喜好、愛好
su.ku

す
好き 喜愛、喜歡
su.ki

す　きら
好き嫌い 好惡、喜好和憎惡
su.ki.ki.ra.i

す　ず
好き好き 不同的愛好
su.ki.zu.ki

号

音 ごう
訓
常

音 **ごう** go.o

ごうがい
号外 號外
go.o.ga.i

ごうすう
号数 號碼
go.o.su.u

ごうほう
号砲 信號槍
go.o.ho.o

ごうれい
号令 號令
go.o.re.i

あんごう
暗号 暗號
a.n.go.o

しんごう
信号 紅綠燈
shi.n.go.o

ばんごう
番号 號碼
ba.n.go.o

ねんごう
年号 年號
ne.n.go.o

浩

音 こう
訓

音 **こう** ko.o

こうぜん　き
浩然の気 浩然之氣
ko.o.ze.n.no.ki

耗

音 もう
こう
訓
常

音 **もう** mo.o

しょうもう
消耗 * 消耗
sho.o.mo.o

ま もう
磨耗 * 磨損消耗
ma.mo.o

音 **こう** ko.o

侯

音 こう
訓 きみ
うかがう
常

音 **こう** ko.o

おうこう
王侯 王侯
o.o.ko.o

しょこう
諸侯 諸侯
sho.ko.o

訓 **きみ** ki.mi

訓 **うかがう** u.ka.ga.u

喉

音 こう
訓 のど

候

常

音 こう
訓 そうろう

音 こう ko.o

こうとう
喉頭 喉頭
ko.o.to.o

じびいんこうか
耳鼻咽喉科 耳鼻喉科
ji.bi.i.n.ko.o.ka

訓 のど no.do

のど
喉 喉嚨
no.do

音 こう ko.o

きこう
気候 氣候
ki.ko.o

こうほしゃ
候補者 候選者
ko.o.ho.sha

こうほ
候補 候補、候選
ko.o.ho

しこう
伺候 伺候
shi.ko.o

じこう
時候 時候
ji.ko.o

せっこう
斥候 勘察(敵方狀況…等)
se.k.ko.o

そっこうじょ
測候所 氣象觀測站
so.k.ko.o.jo

てんこう
天候 天候
te.n.ko.o

りっこうほ
立候補 提名為候選人
ri.k.ko.o.ho

訓 そうろう so.o.ro.o

いそうろう
居候 食客、吃閒飯的人
i.so.o.ro.o

厚

常

音 こう
訓 あつい

音 こう ko.o

こうい
厚意 厚意、盛情
ko.o.i

こうおん
厚恩 厚恩
ko.o.o.n

こうがん
厚顔 厚顏
ko.o.ga.n

こうし
厚志 厚情、厚誼
ko.o.shi

こうしょう
厚相 衛生署署長
ko.o.sho.o

こうじょう
厚情 盛情、好意
ko.o.jo.o

こうせいしょう
厚生省 衛生署
ko.o.se.i.sho.o

おんこう
温厚 溫和敦厚
o.n.ko.o

しんこう
深厚 深厚
shi.n.ko.o

のうこう
濃厚 濃厚
no.o.ko.o

訓 あつい a.tsu.i

あつ
厚い 厚的
a.tsu.i

あつ
厚かましい 厚臉皮、不害臊
a.tsu.ka.ma.shi.i

あつぎ
厚着 穿多件衣服
a.tsu.gi

あつじ
厚地 厚布料
a.tsu.ji

あつで
厚手 (紙、布、陶器)質地厚
a.tsu.de

后

常

音 こう
訓 きさき

音 こう ko.o

こうひ
后妃 皇后和皇妃
ko.o.hi

たいこう
太后 太后
ta.i.ko.o

りっこう
立后 冊立皇后
ri.k.ko.o

こうごう
皇后 皇后
ko.o.go.o

訓 きさき ki.sa.ki

後 常
音 ご こう
訓 のち うしろ あと おくれる

音 ご go

ご
後 以後
go

ごじつ
後日 後天
go.ji.tsu

しょくご
食後 飯後
sho.ku.go

ぜんご
前後 前後
ze.n.go

音 こう ko.o

こうえん
後援 後援
ko.o.e.n

こうかい
後悔 後悔
ko.o.ka.i

こうき
後期 後期
ko.o.ki

こうしゃ
後者 後者
ko.o.sha

こうせい
後生 後代、後輩
ko.o.se.i

こうぞく
後続 後續
ko.o.zo.ku

こうたい
後退 後退
ko.o.ta.i

こうねん
後年 往後、未來
ko.o.ne.n

こうはい
後輩 後進、低年級學弟妹
ko.o.ha.i

こうはん
後半 後半
ko.o.ha.n

こうぶ
後部 後面
ko.o.bu

こうへん
後編 （書籍、電影）續集
ko.o.he.n

こうほう
後方 後方
ko.o.ho.o

こうれつ
後列 後排、後列
ko.o.re.tsu

訓 のち no.chi

のち
後 後面、過後
no.chi

は　のちくも
晴れ後曇り 晴天轉陰天
ha.re.no.chi.ku.mo.ri

訓 うしろ u.shi.ro

うし
後ろ 後面
u.shi.ro

うし　すがた
後ろ姿 背影
u.shi.ro.su.ga.ta

うし　だて
後ろ盾 後盾
u.shi.ro.da.te

訓 あと a.to

あと
後 後面、之後
a.to

あとあじ
後味 (吃喝後的)口中餘味、(事後的)感受、餘味
a.to.a.ji

あとしまつ
後始末 （事後）收拾、善後
a.to.shi.ma.tsu

あとまわ
後回し 延後
a.to.ma.wa.shi

訓 おくれる o.ku.re.ru

おく
後れる 延誤、耽誤、落後
o.ku.re.ru

含 常
音 がん
訓 ふくむ ふくめる

音 がん ga.n

がんちく
含蓄 含蓄；言外之意
ga.n.chi.ku

がんゆう
含有 含有
ga.n.yu.u

訓 ふくむ fu.ku.mu

ふく
含む 含有、包含
fu.ku.mu

訓 ふくめる fu.ku.me.ru

ㄏ

ふく
含める 包含；囑咐、告知
fu.ku.me.ru

寒

音 かん
訓 さむい
常

音 かん ka.n

かんき
寒気 寒氣、冷空氣
ka.n.ki

かんげつ
寒月 寒月
ka.n.ge.tsu

かんざん
寒山 寒山
ka.n.za.n

かんしょ
寒暑 寒暑
ka.n.sho

かんそん
寒村 荒村
ka.n.so.n

かんたい
寒帯 寒帶
ka.n.ta.i

かんだん
寒暖 冷暖
ka.n.da.n

かんちゅう
寒中 隆冬季節
ka.n.chu.u

かんぱ
寒波 寒流
ka.n.pa

かんばい
寒梅 寒梅
ka.n.ba.i

かんぷう
寒風 冷風
ka.n.pu.u

かんりゅう
寒流 寒流
ka.n.ryu.u

かんれい
寒冷 寒冷
ka.n.re.i

だいかん
大寒 大寒
da.i.ka.n

げんかん
厳寒 嚴寒
ge.n.ka.n

ぼうかん
防寒 防寒
bo.o.ka.n

訓 さむい sa.mu.i

さむ
寒い 寒冷的
sa.mu.i

さむけ
寒気 寒氣；發冷
sa.mu.ke

さむぞら
寒空 冷天氣、冬天
sa.mu.zo.ra

韓

音 かん
訓

音 かん ka.n

かんこく
韓国 韓國
ka.n.ko.ku

翰

音 かん
訓

音 かん ka.n

汗

音 かん
訓 あせ
常

音 かん ka.n

かんがん
汗顔 汗顏、慚愧
ka.n.ga.n

かんせん
汗腺 汗腺
ka.n.se.n

訓 あせ a.se

あせ
汗 汗
a.se

あせみず
汗水 汗水
a.se.mi.zu

ねあせ
寝汗 盜汗
ne.a.se

ひやあせ
冷汗 冷汗
hi.ya.a.se

漢

音 かん
訓
常

音 かん ka.n

かんご
漢語 漢語
ka.n.go

かんじ
漢字 漢字
ka.n.ji

かんぶん
漢文 漢文
ka.n.bu.n

かんぶんがく
漢文学 漢文學
ka.n.bu.n.ga.ku

かんぽうやく
漢方薬 中藥
ka.n.po.o.ya.ku

かんわ
漢和 漢語與日語
ka.n.wa

あっかん
悪漢 惡漢、壞人
a.k.ka.n

こうかん
好漢 好漢
ko.o.ka.n

ねっけつかん
熱血漢 熱血男兒
ne.k.ke.tsu.ka.n

ぼうかん
暴漢 暴徒
bo.o.ka.n

もんがいかん
門外漢 門外漢
mo.n.ga.i.ka.n

憾
音 かん
訓 うらむ
常

音 かん ka.n

いかん
遺憾 遺憾
i.ka.n

訓 うらむ u.ra.mu

痕
音 こん
訓 あと

音 こん ko.n

こんせき
痕跡 痕跡
ko.n.se.ki

けっこん
血痕 血跡
ke.k.ko.n

訓 あと a.to

恨
音 こん
訓 うらむ
うらめしい
常

音 こん ko.n

いこん
遺恨 遺恨、宿怨
i.ko.n

えんこん
怨恨 怨恨
e.n.ko.n

かいこん
悔恨 悔恨
ka.i.ko.n

つうこん
痛恨 痛恨
tsu.u.ko.n

訓 うらむ u.ra.mu

うら
恨み 恨、怨
u.ra.mi

うら
恨む 怨、恨
u.ra.mu

訓 うらめしい
u.ra.me.shi.i

うら
恨めしい 可恨的；感覺遺憾
u.ra.me.shi.i

杭
音 こう
訓 くい

音 こう ko.o

こうしゅう
杭州 杭州
ko.o.shu.u

訓 くい ku.i

くい
杭 樁子
ku.i

航
音 こう
訓
常

音 こう ko.o

こうかい
航海 航海
ko.o.ka.i

こうくう
航空 航空
ko.o.ku.u

こうてい
航程 航程
ko.o.te.i

こうろ
航路 航路
ko.o.ro

こうくうき
航空機 飛機
ko.o.ku.u.ki

こうくうびん
航空便 航空信件
ko.o.ku.u.bi.n

うんこう
運航 運航
u.n.ko.o

きこう
帰航 返航
ki.ko.o

けっこう
欠航 （船、飛機）停航、停飛
ke.k.ko.o

しゅうこう
就航 （船、飛機）首航、初航
shu.u.ko.o

しゅっこう
出航 出航
shu.k.ko.o

なんこう
難航 航行困難；事情進展不順
na.n.ko.o

らいこう
来航 （從國外）坐船前來
ra.i.ko.o

行 常
音 こう ぎょう あん
訓 いく ゆく おこなう

音 こう ko.o

こうい
行為 行為
ko.o.i

こういん
行員 行員
ko.o.i.n

こうしんきょく
行進曲 進行曲
ko.o.shi.n.kyo.ku

こうどう
行動 行動
ko.o.do.o

こうらく
行楽 行樂
ko.o.ra.ku

きゅうこう
急行 急忙趕往；快車
kyu.u.ko.o

ぎんこう
銀行 銀行
gi.n.ko.o

けっこう
決行 決行
ke.k.ko.o

けっこう
血行 血液循環
ke.k.ko.o

ぜんこう
善行 善行
ze.n.ko.o

じっこう
実行 實行
ji.k.ko.o

しんこう
進行 進行
shi.n.ko.o

ちょっこう
直行 直行
cho.k.ko.o

つうこう
通行 通行
tsu.u.ko.o

はっこう
発行 發行
ha.k.ko.o

ひこう
非行 不對的行為
hi.ko.o

ひこうき
飛行機 飛機
hi.ko.o.ki

へいこう
平行 平行
he.i.ko.o

ほこう
歩行 步行
ho.ko.o

やこう
夜行 夜行
ya.ko.o

りゅうこう
流行 流行
ryu.u.ko.o

音 ぎょう kyo.o

ぎょうしょ
行書 （書體之一）行書
gyo.o.sho

ぎょうしょう
行商 行商
gyo.o.sho.o

ぎょうせい
行政 行政
gyo.o.se.i

ぎょうれつ
行列 行列
gyo.o.re.tsu

音 あん a.n

あんか
行火 腳爐、懷爐
a.n.ka

訓 いく i.ku

い
行く 往、去
i.ku

訓 ゆく

ゆくえ
行方 去處、行蹤；將來
yu.ku.e

訓 おこなう o.ko.na.u

おこな
行う 舉行、舉辦
o.ko.na.u

亨 音 こう きょう 訓 とおる 常

音 きょう kyo.o

音 こう ko.o

訓 とおる to.o.ru

恒 音 こう 訓 常

音 こう ko.o

こうきゅう
恒久 長久、恆久
ko.o.kyu.u

こうせい
恒星 恆星
ko.o.se.i

こうれい
恒例 常例、慣例
ko.o.re.i

桁 音 こう 訓 けた

音 こう ko.o

いこう
衣桁 （日式）掛衣架
i.ko.o

訓 けた ke.ta

けた
桁 （數）位數
ke.ta

横 音 おう 訓 よこ 常

音 おう o.o

おうこう
横行 橫行
o.o.ko.o

おうたい
横隊 橫隊
o.o.ta.i

おうだん
横断 橫渡
o.o.da.n

おうてん
横転 橫翻
o.o.te.n

おうぼう
横暴 蠻橫
o.o.bo.o

おうりょう
横領 侵吞
o.o.ryo.o

じゅうおう
縦横 縱橫
ju.u.o.o

訓 よこ yo.ko

よこ
横 橫；旁邊
yo.ko

よこがお
横顔 側面
yo.ko.ga.o

よこが
横書き 橫寫
yo.ko.ga.ki

よこぎ
横切る 穿過、橫穿
yo.ko.gi.ru

よこちょう
横町 胡同、小巷
yo.ko.cho.o

よこづな
横綱 相撲界力士的最高級
yo.ko.zu.na

よこて
横手 旁邊、側面
yo.ko.te

よこなみ
横波 橫波
yo.ko.na.mi

よこみち
横道 岔路、歧路；邪道
yo.ko.mi.chi

よこめ
横目 斜眼瞪
yo.ko.me

衡 音 こう 訓 常

音 こう ko.o

きんこう
均衡 均衡、平衡
ki.n.ko.o

どりょうこう
度量衡 度量衡
do.ryo.o.ko.o

ㄏ

音 こ
訓 か や

音 こ ko

じゅん こ
純乎　純粹
ju.n.ko

訓 か ka

訓 や ya

呼
音 こ
訓 よぶ
常

音 こ ko

こ おう
呼**応**　呼應
ko.o.o

こ き
呼**気**　呼氣、出氣
ko.ki

こ きゅう
呼**吸**　呼吸
ko.kyu.u

こ ごう
呼**号**　大聲呼喊、號召
ko.go.o

こ しょう
呼**称**　名稱、稱為
ko.sho.o

しん こ きゅう
深呼**吸**　深呼吸
shi.n.ko.kyu.u

かん こ
歓呼　歡呼
ka.n.ko

てん こ
点呼　點名
te.n.ko

訓 よぶ yo.bu

よ
呼ぶ　喊；邀請；稱作…
yo.bu

よ か
呼び**掛ける**　招呼、呼籲
yo.bi.ka.ke.ru

よ ごえ
呼び**声**　叫聲
yo.bi.go.e

よ だ
呼び**出し**　叫出
yo.bi.da.shi

よ だ
呼び**出す**　出來；邀請
yo.bi.da.su

よ と
呼び**止める**　叫住、攔住
yo.ni.to.me.ru

よ もの
呼び**物**　受歡迎的、精采的（節目…等）
yo.bi.mo.no

忽
音 こつ
訓 たちまち

音 こつ ko.tsu

こつぜん
忽**然**　忽然
ko.tsu.ze.n

そ こつ
粗忽　疏忽、馬虎
so.ko.tsu

訓 たちまち ta.chi.ma.chi

たちま
忽ち　轉眼間、突然
ta.chi.ma.chi

惚
音 こつ
訓 ほれる

音 こつ ko.tsu

こうこつ
恍惚　出神、銷魂
ko.o.ko.tsu

訓 ほれる ho.re.ru

ほ
惚れる　戀慕、喜愛
ho.re.ru

壺
音 こ
訓 つぼ

音 こ ko

こ ちゅう
壺**中**　壺中
ko.chu.u

どう こ
銅壺　銅罐；滴水式用來計時的銅罐
do.o.ko

訓 つぼ tsu.bo

つぼ
壺　罈、甕
tsu.bo

弧 音こ 訓 常

音 こ ko

こじょう 弧状 ko.jo.o 弧形

えんこ 円弧 e.n.ko 圓弧

かっこ 括弧 ka.k.ko 括弧、括號

湖 音こ 訓みずうみ 常

音 こ ko

こがん 湖岸 ko.ga.n 湖岸

こしょう 湖沼 ko.sho.o 湖沼

こじょう 湖上 ko.jo.o 湖上

こすい 湖水 ko.su.i 湖水

こてい 湖底 ko.te.i 湖底

こめん 湖面 ko.me.n 湖面

かこうこ 火口湖 ka.ko.o.ko 火口湖

かこうげんこ 火口原湖 ka.ko.o.ge.n.ko 火口原湖

訓 みずうみ mi.zu.u.mi

みずうみ 湖 mi.zu.u.mi 湖

狐 音こ 訓きつね

音 こ ko

こぐ 狐疑 ko.gu 懷疑

こり 狐狸 ko.ri 狐狸

訓 きつね ki.tsu.ne

きつね 狐 ki.tsu.ne 狐狸

瑚 音ご 訓

音 ご go

さんご 珊瑚 sa.n.go 珊瑚

糊 音こ 訓のり

音 こ ko

こちゃく 糊着 ko.cha.ku (用漿糊)黏、糊

こと 糊塗 ko.to 敷衍、搪塞

訓 のり no.ri

のり 糊 no.ri 漿糊

胡 音う こ ご 訓

音 う u

うろん 胡乱 u.ro.n 可疑

音 こ ko

こきゅう 胡弓 ko.kyu.u 胡琴

こしょう 胡椒 ko.sho.o 胡椒

音 ご go

ごま
胡麻 芝麻
go.ma

醐
音 ご
訓

音 ご go

だいごみ
醍醐味 （醍醐般）的妙味
da.i.go.mi

鵠
音 こく こう
訓 くぐい

音 こく ko.ku

こうこく
鴻鵠 喻大人物
ko.o.ko.ku

音 こう ko.o

訓 くぐい ku.gu.i

虎
音 こ
訓 とら

音 こ ko

こけつ
虎穴 虎穴、險地
ko.ke.tsu

こしたんたん
虎視眈眈 虎視眈眈
ko.shi.ta.n.ta.n

もうこ
猛虎 猛虎
mo.o.ko

訓 とら to.ra

とら
虎 老虎
to.ra

とらのこ
虎の子 指珍愛的東西（金錢）
ro.ra.no.ko

互
常
音 ご
訓 たがい

音 ご go

ごかく
互角 勢均力敵、不相上下
go.ka.ku

ごじょ
互助 互助
go.jo

ごせん
互選 互選
go.se.n

そうご
相互 互相
so.o.go

訓 たがい ta.ga.i

たが
互い 互相、相互；雙方
ta.ga.i

たが
お互いに 彼此
o.ta.ga.i.ni

戸
常
音 こ
訓 と

音 こ ko

こしゅ
戸主 戶長
ko.shu

こせき
戸籍 戶籍
ko.se.ki

こすう
戸数 戶數
ko.su.u

こがい
戸外 戶外
ko.ga.i

こべつ
戸別 各戶、家家戶戶
ko.be.tsu

もんこ
門戸 門戶
mo.n.ko

訓 と to

と
戸 門、門扇
to

とぐち
戸口 戶口
to.gu.chi

とじま
戸締り 關門、鎖門
to.ji.ma.ri

とだな
戸棚 櫥櫃、壁櫃
to.da.na

とまど
戸惑い 迷失方向
to.ma.do.i

あまど
雨戸 防止雨水潑入的防雨板
a.ma.do

きど
木戸 板門、柵欄門
ki.do

護
音 ご
訓 まもる
常

音 ご go

ごえい
護衛 護衛
go.e.i

ごけん
護憲 護憲
go.ke.n

ごしん
護身 護身
go.shi.n

ごそう
護送 護送
go.so.o

あいご
愛護 愛護
a.i.go

かご
加護 （神佛的）保佑
ka.go

かんご
看護 看護
ka.n.go

きゅうご
救護 救護
kyu.u.go

けいご
警護 警戒、警衛
ke.i.go

しゅご
守護 守護
shu.go

ひご
庇護 庇護
hi.go

べんご
弁護 辯護
be.n.go

ほご
保護 保護
ho.go

ようご
養護 養護
yo.o.go

訓 まもる ma.mo.ru

嘩
音 か
訓

音 か ka

けんか
喧嘩 喧嘩、爭吵
ke.n.ka

花
音 か
訓 はな
常

音 か ka

かげつ
花月 花和月
ka.ge.tsu

かだん
花壇 花圃
ka.da.n

かびん
花瓶 花瓶
ka.bi.n

かふん
花粉 花粉
ka.fu.n

かべん
花弁 花瓣
ka.be.n

かいか
開花 開花
ka.i.ka

めいか
名花 名花
me.i.ka

めんか
綿花 棉花
me.n.ka

訓 はな ha.na

はな
花 花
ha.na

はながた
花形 花形
ha.na.ga.ta

はなぞの
花園 花園
ha.na.zo.no

はなたば
花束 花束
ha.na.ta.ba

はなび
花火 煙火
ha.na.bi

はなふぶき
花吹雪 櫻花如飛雪般散落
ha.na.fu.bu.ki

はなみ
花見 賞花
ka.na.mi

はなびら
花弁 花瓣
ha.na.bi.ra

はなよめ
花嫁 新娘
ha.na.yo.me

はなわ
花輪 花圈
ha.na.wa

くさばな
草花 花草
ku.sa.ba.na

ひばな
火花 火花
hi.ba.na

滑 常
音 かつ こつ
訓 すべる なめらか

音 かつ ka.tsu

えんかつ
円滑 圓滑、順利
e.n.ka.tsu

じゅんかつ
潤滑 潤滑
ju.n.ka.tsu

へいかつ
平滑 平滑
he.i.ka.tsu

かっくう
滑空 滑翔
ka.k.ku.u

かっそう
滑走 滑行
ka.s.so.o

かっそうろ
滑走路 飛機跑道
ka.s.so.o.ro

音 こつ ko.tsu

こっけい
滑稽 滑稽、詼諧
ko.k.ke.i

訓 すべる su.be.ru

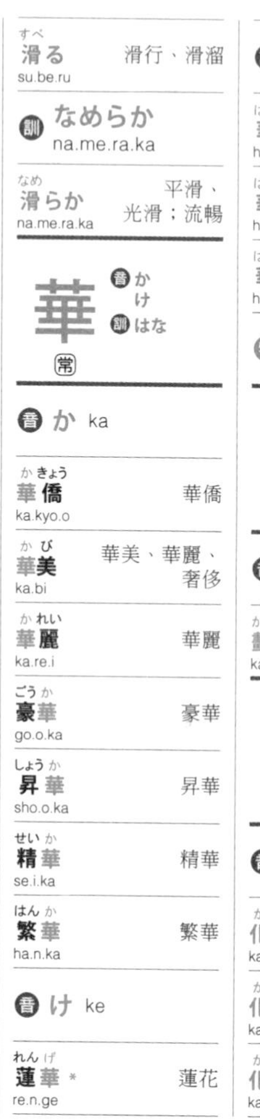

すべ
滑る 滑行、滑溜
su.be.ru

訓 なめらか na.me.ra.ka

なめ
滑らか 平滑、光滑；流暢
na.me.ra.ka

華 常
音 か け
訓 はな

音 か ka

かきょう
華僑 華僑
ka.kyo.o

かび
華美 華美、華麗、奢侈
ka.bi

かれい
華麗 華麗
ka.re.i

ごうか
豪華 豪華
go.o.ka

しょうか
昇華 昇華
sho.o.ka

せいか
精華 精華
se.i.ka

はんか
繁華 繁華
ha.n.ka

音 け ke

れんげ
蓮華 * 蓮花
re.n.ge

訓 はな ha.na

はな
華 繁華、鼎盛時期
ha.na

はなばな
華々しい 華麗、輝煌
ha.na.ba.na.shi.i

はな
華やか 華麗、輝煌
ha.na.ya.ka

きゃしゃ
特 **華奢** 奢華
kya.sha

劃
音 かく
訓

音 かく ka.ku

かく
劃 筆劃
ka.ku

化 常
音 か け
訓 ばける ばかす

音 か ka

かがく
化学 化學
ka.ga.ku

かがくせんい
化学繊維 化學纖維
ka.ga.ku.se.n.i

かごう
化合 〔化〕化合
ka.go.o

かせき
化石 化石
ka.se.ki

かせん
化繊 化學纖維
ka.se.n

かのう
化膿 化膿
ka.no.o

あっか
悪化 惡化
a.k.ka

しょうか
消化 消化；理解、掌握
sho.o.ka

ぶんか
文化 文化
bu.n.ka

へんか
変化 變化
he.n.ka

音 け ke

けしょう
化粧 化妝
ke.sho.o

訓 ばける ba.ke.ru

ば
化ける 變、化裝、改裝
ba.ke.ru

訓 ばかす ba.ka.su

ば
化かす 迷惑、欺騙
ba.ka.su

樺
音 か
訓 かば

音 か ka

訓 かば ka.ba

かば
樺 〔植〕樺樹
ka.ba

画
常
音 が かく
訓

音 が ga

がか
画家 畫家
ga.ka

がしょう
画商 畫商
ga.sho.o

がめん
画面 畫面
ga.me.n

えいが
映画 電影
e.i.ga

かいが
絵画 畫
ka.i.ga

にほんが
日本画 日本畫
ni.ho.n.ga

まんが
漫画 漫畫
ma.n.ga

めいが
名画 名畫
me.i.ga

ようが
洋画 西洋畫
yo.o.ga

音 かく ka.ku

かくいつてき
画一的 一致的
ka.ku.i.tsu.te.ki

かくさく
画策 暗地裡策劃
ka.ku.sa.ku

かくすう
画数 筆劃數
ka.ku.su.u

きかく
企画 企劃
ki.ka.ku

くかく
区画 區劃
ku.ka.ku

けいかく
計画 計畫
ke.i.ka.ku

かっきてき
画期的 劃時代的
ka.k.ki.te.ki

話
常
音 わ
訓 はなす はなし

音 わ wa

わじゅつ
話術 說話技巧
wa.ju.tsu

わだい
話題 話題
wa.da.i

かいわ
会話 會話
ka.i.wa

じつわ
実話 真實的事、真人真事
ji.tsu.wa

しんわ
神話 神話
shi.n.wa

たいわ
対話 對話
ta.i.wa

だんわ
談話 談話
da.n.wa

でんわ
電話 電話
de.n.wa

どうわ
童話 童話
do.o.wa

みんわ
民話 民間故事
mi.n.wa

訓 はなす ha.na.su

はな
話す 說、談
ha.na.su

訓 はなし ha.na.shi

はなし
話 聊天、談話；故事
ha.na.shi

はな あ
話し合い 商量、商議
ha.na.shi.a.i

はな あ
話し合う 對話、商量
ha.na.shi.a.u

はな か
話し掛ける 搭訕、攀談
ha.na.shi.ka.ke.ru

はなしちゅう
話中 正在談話中、（電話）佔線中
ha.na.shi.chu.u

せけんばなし
世間話 閒話家常
se.ke.n.ba.na.shi

わら ばなし
笑い話 笑話
wa.ra.i.ba.na.shi

活

音 かつ
訓 いきる いかす
常

音 かつ ka.tsu

かつじ
活字 活字、鉛字
ka.tsu.ji

かつどう
活動 活動
ka.tsu.do.o

かっぱつ
活発 活潑
ka.p.pa.tsu

かつよう
活用 活用
ka.tsu.yo.o

かつやく
活躍 活躍、活動
ka.tsu.ya.ku

かつりょく
活力 活力
ka.tsu.ryo.ku

かいかつ
快活 快活
ka.i.ka.tsu

しかつ
死活 死活
shi.ka.tsu

じかつ
自活 獨立生活、自食其力
ji.ka.tsu

せいかつ
生活 生活
se.i.ka.tsu

ふっかつ
復活 復活
fu.k.ka.tsu

かっかざん
活火山 活火山
ka.k.ka.za.n

かっき
活気 活力、生氣勃勃
ka.k.ki

訓 いきる i.ki.ru

訓 いかす i.ka.su

火

音 か
訓 ひ ほ
常

音 か ka

かき
火気 火、火勢
ka.ki

かこう
火口 火口
ka.ko.o

かさい
火災 火災
ka.sa.i

かざん
火山 火山
ka.za.n

かじ
火事 火災
ka.ji

かしょう
火傷 燙傷
ka.sho.o

かせい
火星 火星
ka.se.i

かやく
火薬 火藥
ka.ya.ku

かようび
火曜日 星期二
ka.yo.o.bi

かりょく
火力 火力
ka.ryo.ku

いんか
引火 引火
i.n.ka

しゅっか
出火 起火
shu.k.ka

しょうか
消火 消火
sho.o.ka

せいか
聖火 聖火
se.i.ka

たいか
大火 大火
ta.i.ka

てんか
点火 點火
te.n.ka

とうか
灯火 燈火
to.o.ka

はっか
発火 起火
ha.k.ka

訓 ひ hi

ひ
火 火
hi

ひばな
火花 火花
hi.ba.na

はなび
花火 煙火
ha.na.bi

訓 ほ ho

ほかげ
火影 ＊ 火光、燈火
ho.ka.ge

ほや
火屋 ＊ （煤油燈的）玻璃燈罩
ho.ya

やけど
特 **火傷** 燙傷、燒傷
ya.ke.do

惑
音 わく
訓 まどう
常

音 わく wa.ku

わくせい
惑星 行星
wa.ku.se.i

ぎわく
疑惑 疑惑
gi.wa.ku

げんわく
幻惑 蠱惑、迷惑
ge.n.wa.ku

こんわく
困惑 困惑
ko.n.wa.ku

みわく
魅惑 媚惑、誘惑
mi.wa.ku

めいわく
迷惑 麻煩、為難
me.i.wa.ku

ゆうわく
誘惑 誘惑
yu.u.wa.ku

訓 まどう ma.do.u

まど
惑う 困惑、拿不定主意
ma.do.u

獲
音 かく
訓 える
常

音 かく ka.ku

かくとく
獲得 獲得、取得
ka.ku.to.ku

ぎょかく
漁獲 捕魚、漁獲
gyo.ka.ku

ほかく
捕獲 捕獲
ho.ka.ku

訓 える e.ru

え
獲る 獵獲、奪取
e.ru

えもの
獲物 獵獲物
e.mo.no

禍
音 か
訓 わざわい
常

音 か ka

かこん
禍根 禍根
ka.ko.n

訓 わざわい wa.za.wa.i

わざわい
禍 災禍、災難
wa.za.wa.i

穫 音 かく 訓 常

音 かく ka.ku

しゅうかく
収穫 收穫
shu.u.ka.ku

貨 音 か 訓 常

音 か ka

かしゃ
貨車 貨車
ka.sha

かへい
貨幣 貨幣
ka.he.i

かもつ
貨物 貨物
ka.mo.tsu

ひゃっかてん
百貨店 百貨店
hya.k.ka.te.n

がいか
外貨 國外的商品、貨幣
ga.i.ka

きんか
金貨 金幣
ki.n.ka

ぎんか
銀貨 銀幣
gi.n.ka

こうか
硬貨 硬幣
ko.o.ka

ざいか
財貨 財物
za.i.ka

どうか
銅貨 銅幣
do.o.ka

或 音 わく 訓 あるいは ある あるは

音 わく wa.ku

わくもん
或問 （文章修辭）設問
wa.ku.mo.n

訓 あるいは a.ru.i.wa

ある
或いは 或者、或許
a.ru.i.wa

訓 ある a.ru

ある
或 某、有
a.ru

訓 あるは a.ru.wa

ある
或は 有的…、或者
a.ru.wa

懐 音 かい 訓 ふところ なつかしい なつかしむ なつく なつける 常

音 かい ka.i

かいぎ
懐疑 懷疑
ka.i.gi

かいこ
懐古 懷舊
ka.i.ko

かいにん
懐妊 懷孕
ka.i.ni.n

訓 ふところ fu.to.ko.ro

ふところで
懐手 袖手旁觀
fu.to.ko.ro.de

訓 なつかしい na.tsu.ka.shi.i

なつ
懐かしい 懷念的
na.tsu.ka.shi.i

訓 なつかしむ na.tsu.ka.shi.mu

なつ
懐かしむ 思慕、想念
na.tsu.ka.shi.mu

訓 なつく na.tsu.ku

なつ
懐く 親密、接近、馴服
na.tsu.ku

訓 なつける na.tsu.ke.ru

なつ
懐ける 使親密、使接近
na.tsu.ke.ru

壊 音 かい 訓 こわす こわれる 常

音 かい ka.i

かいけつびょう
壊血病 壞血病
ka.i.ke.tsu.byo.o

かいめつ
壊滅 毀滅、殲滅
ka.i.me.tsu

ぜんかい
全壊 （因天災…等房屋）全毀
ze.n.ka.i

そんかい
損壊 損壞、損傷
so.n.ka.i

とうかい
倒壊 倒塌、坍塌
to.o.ka.i

ほうかい
崩壊 崩壞、崩潰、倒塌
ho.o.ka.i

訓 こわす ko.wa.su

こわ
壊す 弄壞、毀壞
ko.wa.su

訓 こわれる ko.wa.re.ru

こわ
壊れる 壞、（房屋…等）倒塌
ko.wa.re.ru

徽

音 き
訓 しるし

音 き ki

きしょう
徽章 紀念章、徽章
ki.sho.o

訓 しるし shi.ru.shi

恢

音 かい
訓

音 かい ka.i

かいふく
恢復 恢復、康復
ka.i.fu.ku

揮

音 き
訓
常

音 き ki

きはつ
揮発 （液體）揮發
ki.ha.tsu

しき
指揮 指揮
shi.ki

はっき
発揮 發揮
ha.k.ki

灰

音 かい
訓 はい
常

音 かい ka.i

こうかい
降灰 （火山爆發後）的火山灰
ko.o.ka.i

せっかい
石灰 石灰
se.k.ka.i

せっかいがん
石灰岩 石灰岩
se.k.ka.i.ga.n

せっかいすい
石灰水 石灰水
se.k.ka.i.su.i

せっかいせき
石灰石 石灰石
se.k.ka.i.se.ki

訓 はい ha.i

はい
灰 灰
ha.i

はいいろ
灰色 灰色
ha.i.i.ro

はいざら
灰皿 煙灰缸
ha.i.za.ra

輝

音 き
訓 かがやく
常

音 き ki

きせき
輝石 輝石
ki.se.ki

こうき
光輝 光輝、榮譽
ko.o.ki

訓 かがやく ka.ga.ya.ku

かがや
輝く 發光；（轉）光榮
ka.ga.ya.ku

回 常
音 かい、え
訓 まわる、まわす

音 かい ka.i

かい
回 ka.i 回、次數

かいきょう
回教 ka.i.kyo.o 回教

かいしゅう
回収 ka.i.shu.u 回收

かいすう
回数 ka.i.su.u 次數

かいすうけん
回数券 ka.i.su.u.ke.n 回數票

かいせい
回生 ka.i.se.i 復活

かいそう
回送 ka.i.so.o （電車、巴士等）空車開往別處

かいそう
回想 ka.i.so.o 回想

かいてん
回転 ka.i.te.n 迴轉

かいとう
回答 ka.i.to.o 回答

かいふく
回復 ka.i.fu.ku 恢復

かいゆう
回遊 ka.i.yu.u 周遊、遊覽

かいらん
回覧 ka.i.ra.n 傳閱

かいろ
回路 ka.i.ro 迴路、電路

さいしゅうかい
最終回 sa.i.shu.u.ka.i 最終回

じかい
次回 ji.ka.i 下次

しょかい
初回 sho.ka.i 初次

すうかい
数回 su.u.ka.i 數次

まいかい
毎回 ma.i.ka.i 每次

音 え e

えこう
回向 ＊ e.ko.o 〔佛〕超度

訓 まわる ma.wa.ru

まわ
回る ma.wa.ru 旋轉、迴轉

まわ
回り ma.wa.ri 迴轉、旋轉

まわ　ぶたい
回り舞台 ma.wa.ri.bu.ta.i 旋轉舞台

まわ　みち
回り道 ma.wa.ri.mi.chi 繞道

訓 まわす ma.wa.su

まわ
回す ma.wa.su 轉；傳遞

廻
音 かい、え
訓 めぐる

音 かい ka.i

かいせん
廻船 ka.i.se.n 接駁船、客貨船

音 え e

えこう
廻向 e.ko.o 超度、祈冥福

訓 めぐる me.gu.ru

めぐ
廻る me.gu.ru 旋轉、繞行

悔 常
音 かい
訓 くいる、くやむ、くやしい

音 かい ka.i

かいご
悔悟 ka.i.go 悔改、悔悟

かいこん
悔恨 ka.i.ko.n 悔恨

こうかい
後悔 ko.o.ka.i 後悔

ついかい
追悔 後悔
tsu.i.ka.i

訓 **くいる** ku.i.ru

く
悔いる 後悔
ku.i.ru

訓 **くやむ** ku.ya.mu

く
悔やむ 後悔；弔唁、哀悼
ku.ya.mu

訓 **くやしい** ku.ya.shi.i

くや
悔しい 令人悔恨、遺憾
ku.ya.shi.i

くや　なみだ
悔し涙 悔恨（氣憤）的眼淚
ku.ya.shi.na.mi.da

会

音 かい、え
訓 あう
常

音 **かい** ka.i

かい
会 會議；時機
ka.i

かいいん
会員 會員
ka.i.i.n

かいかん
会館 會館
ka.i.ka.n

かいぎ
会議 會議
ka.i.gi

かいけい
会計 會計
ka.i.ke.i

かいけん
会見 會見
ka.i.ke.n

かいごう
会合 會合
ka.i.go.o

かいしゃ
会社 公司
ka.i.sha

かいじょう
会場 會場
ka.i.jo.o

かいだん
会談 會談
ka.i.da.n

かいひ
会費 會費
ka.i.hi

かいわ
会話 會話
ka.i.wa

いいんかい
委員会 委員會
i.i.n.ka.i

ぎかい
議会 議會
gi.ka.i

こっかい
国会 國會
ko.k.ka.i

さいかい
再会 再會
sa.i.ka.i

しかい
司会 司儀
shi.ka.i

しゃかい
社会 社會
sha.ka.i

しゅうかい
集会 集會
shu.u.ka.i

たいかい
大会 大會
ta.i.ka.i

にゅうかい
入会 入會
nyu.u.ka.i

めんかい
面会 會面
me.n.ka.i

音 **え** e

いちごいちえ
一期一会 勉人珍惜彼此之間緣份的珍貴
i.chi.go.i.chi.e

えとく
会得 領會
e.to.ku

訓 **あう** a.u

あ
会う 遇見、碰見
a.u

恵

音 けい、え
訓 めぐむ
常

音 **けい** ke.i

けいぞう
恵贈 惠贈
ke.i.zo.o

おんけい
恩恵 恩惠
o.n.ke.i

音 **え** e

えびす
恵比須 惠比壽（七福財神之一）
e.bi.su

えほう
恵方 吉祥方向
e.ho.o

訓 めぐむ me.gu.mu

めぐ
恵む 施恩惠、救助
me.gu.mu

めぐ
恵み 恩惠
me.gu.mi

めぐ
恵まれる 受到恩賜
me.gu.ma.re.ru

慧
音 けい、え
訓

音 けい ke.i

けいびん
慧敏 聰明伶俐
ke.i.bi.n

音 え e

ちえ
智慧 智慧
chi.e

晦
音 かい
訓

音 かい ka.i

かいめい
晦冥 晦冥、昏暗
ka.i.me.i

絵
音 かい、え
訓
常

音 かい ka.i

かいが
絵画 繪畫
ka.i.ga

音 え e

え
絵 畫
e

えし
絵師 畫家
e.shi

えず
絵図 繪圖
e.zu

え ぐ
絵の具 繪圖工具
e.no.gu

えほん
絵本 畫冊
e.ho.n

えまき
絵巻 畫卷
e.ma.ki

ずえ
図絵 圖畫
zu.e

賄
音 わい
訓 まかなう
常

音 わい wa.i

わいろ
賄賂 賄賂
wa.i.ro

しゅうわい
収賄 收受賄賂
shu.u.wa.i

ぞうわい
贈賄 行賄
zo.o.wa.i

訓 まかなう ma.ka.na.u

まかな
賄う 供給；設法安排
ma.ka.na.u

歓
音 かん
訓
常

音 かん ka.n

かんげい
歓迎 歡迎
ka.n.ge.i

かんせい
歓声 歡聲
ka.n.se.i

こうかん
交歓 聯歡
ko.o.ka.n

環
音 かん
訓
常

音 かん ka.n

かんきょう
環境 環境
ka.n.kyo.o

かんきょうはかい
環境破壊 環境破壞
ka.n.kyo.o.ha.ka.i

かんじょう
環状 環狀
ka.n.jo.o

いっかん
一環 一個環節、一環
i.k.ka.n

じゅんかん
循環 循環
ju.n.ka.n

緩 音 かん 訓 ゆるい ゆるやか ゆるむ ゆるめる 常

音 **かん** ka.n

かんきゅう
緩急 緩急、危急
ka.n.kyu.u

かんしょう
緩衝 緩衝
ka.n.sho.o

かんまん
緩慢 緩慢
ka.n.ma.n

かんわ
緩和 緩和
ka.n.wa

訓 **ゆるい** yu.ru.i

ゆる
緩い 鬆弛
yu.ru.i

訓 **ゆるやか** yu.ru.ya.ka

ゆる
緩やか 平緩、緩和
yu.ru.ya.ka

訓 **ゆるむ** yu.ru.mu

ゆる
緩む 鬆、鬆懈
yu.ru.mu

訓 **ゆるめる** yu.ru.me.ru

ゆる
緩める 放鬆、鬆開、緩和
yu.ru.me.ru

喚 音 かん 訓 常

訓 **かん** ka.n

かんき
喚起 引起、喚起
ka.n.ki

かんせい
喚声 歡呼聲、呼喊聲
ka.n.se.i

かんもん
喚問 傳訊、傳問
ka.n.mo.n

きょうかん
叫喚 叫喚
kyo.o.ka.n

しょうかん
召喚 召喚、呼喚、傳喚
sho.o.ka.n

幻 音 げん 訓 まぼろし 常

音 **げん** ge.n

げんえい
幻影 幻影
ge.n.e.i

げんかく
幻覚 幻覺、錯覺
ge.n.ka.ku

げんそう
幻想 幻想
ge.n.so.o

げんちょう
幻聴 幻聽
ge.n.cho.o

げんとう
幻灯 幻燈
ge.n.to.o

げんめつ
幻滅 幻滅
ge.n.me.tsu

げんわく
幻惑 蠱惑、迷惑
ge.n.wa.ku

へんげん
変幻 變幻
he.n.ge.n

訓 **まぼろし** ma.bo.ro.shi

ゆめまぼろし
夢幻 夢幻
yu.me.ma.bo.ro.shi

患 音 かん 訓 わずらう 常

音 **かん** ka.n

かんじゃ
患者 患者、病患
ka.n.ja

きゅうかん
急患 急診病人
kyu.u.ka.n

ㄏ

しっかん
疾患 疾病
shi.k.ka.n

ないゆうがいかん
内憂外患 內憂外患
na.i.yu.u.ga.i.ka.n

訓 わずらう
wa.zu.ra.u

わずら
患う 煩惱、苦惱；患（病）
wa.zu.ra.u

換

音 かん
訓 かえる かわる
常

音 かん ka.n

かんき
換気 通風、空氣流通
ka.n.ki

かんきん
換金 變賣（物品）
ka.n.ki.n

かんこつだったい
換骨奪胎 脫胎換骨、改頭換面
ka.n.ko.tsu.da.t.ta.i

かんさん
換算 換算
ka.n.sa.n

訓 かえる ka.e.ru

か
換える 代替、更換
ka.e.ru

訓 かわる ka.wa.ru

か
換わる 換成
ka.wa.ru

婚

音 こん
訓
常

音 こん ko.n

こんいん
婚姻 婚姻
ko.n.i.n

こんやく
婚約 婚約
ko.n.ya.ku

こんれい
婚礼 婚禮
ko.n.re.i

きこん
既婚 已婚
ki.ko.n

きゅうこん
求婚 求婚
kyu.u.ko.n

さいこん
再婚 再婚
sa.i.ko.n

しんこん
新婚 新婚
shi.n.ko.n

そうこん
早婚 早婚
so.o.ko.n

ばんこん
晩婚 晚婚
ba.n.ko.n

みこん
未婚 未婚
mi.ko.n

りこん
離婚 離婚
ri.ko.n

昏

音 こん
訓

音 こん ko.n

こんすい
昏睡 昏睡、熟睡
ko.n.su.i

こんめい
昏迷 昏迷、糊塗
ko.n.me.i

魂

音 こん
訓 たましい
常

音 こん ko.n

せいこん
精魂 靈魂、魂魄
se.i.ko.n

ちんこん
鎮魂 安魂、收魂、招魂
chi.n.ko.n

とうこん
闘魂 鬥志
to.o.ko.n

にゅうこん
入魂 精心、貫注
nyu.u.ko.n

訓 たましい
ta.ma.shi.i

たましい
魂 靈魂精神、氣魄
ta.ma.shi.i

混

常

音 こん

訓 まじる まざる まぜる

音 こん ko.n

こんけつ
混血 混血
ko.n.ke.tsu

こんこう
混交 混淆
ko.n.ko.o

こんごう
混合 混合
ko.n.go.o

こんざい
混在 混在
ko.n.za.i

こんざつ
混雑 混雜
ko.n.za.tsu

こんせい
混成 混成
ko.n.se.i

こんせん
混戦 混戰
ko.n.se.n

こんどう
混同 混為一談
ko.n.do.o

こんにゅう
混入 混入
ko.n.nyu.u

こんめい
混迷 混亂
ko.n.me.i

こんよう
混用 混用
ko.n.yo.o

こんらん
混乱 混亂
ko.n.yo.o

こんわ
混和 混合
ko.n.wa

訓 まじる ma.ji.ru

ま
混じる 混、夾雜、摻雜
ma.ji.ru

訓 まざる ma.za.ru

ま
混ざる 混雜、摻雜
ma.za.ru

訓 まぜる ma.ze.ru

ま
混ぜる 摻入、加上、攪拌
ma.ze.ru

慌

常

音 こう

訓 あわてる あわただしい

音 こう ko.o

きょうこう
恐慌 恐慌
kyo.o.ko.o

訓 あわてる a.wa.te.ru

あわ
慌てる 慌張、驚慌
a.wa.te.ru

あわ もの
慌て者 慌張鬼、冒失鬼
a.wa.te.mo.no

訓 あわただしい a.wa.ta.da.shi.i

あわただ
慌しい 慌張的、忙亂的
a.wa.ta.da.shi.i

荒

常

音 こう

訓 あらい あれる あらす

音 こう ko.o

こうてん
荒天 暴風雨天氣
ko.o.te.n

こうとうむけい
荒唐無稽 荒唐無稽
ko.o.to.o.mu.ke.i

こうはい
荒廃 荒廢、荒
ko.o.ha.i

こうや
荒野 荒野
ko.o.ya

こうりょう
荒涼 荒涼
ko.o.ryo.o

はてんこう
破天荒 破天荒、史無前例
ha.te.n.ko.o

訓 あらい a.ra.i

あら
荒い 粗暴、暴躁
a.ra.i

あらうみ
荒海 波濤洶湧的海
a.ra.u.mi

あらけず
荒削り 粗刨、粗削的；未經過磨練、不成熟
a.ra.ke.zu.ri

あら
荒っぽい 粗暴；粗糙
a.ra.p.po.i

あらものや
荒物屋 雜貨店
a.ra.mo.no.ya

てあら
手荒 粗暴、粗魯、蠻不講理
te.a.ra

訓 あれる a.re.ru

あ
荒れる 變粗暴、(波浪)洶湧;荒廢
a.re.ru

あれち
荒地 荒地
a.re.chi

訓 あらす a.ra.su

あ
荒らす 毀壞、蹧蹋
a.ra.su

皇

音 こう おう
訓
常

音 こう ko.o

こうい
皇位 皇位
ko.o.i

こうきょ
皇居 皇室居住的地方
ko.o.kyo

こうごう
皇后 皇后
ko.o.go.o

こうしつ
皇室 皇室
ko.o.shi.tsu

こうじょ
皇女 公主
ko.o.jo

こうぞく
皇族 皇族
ko.o.zo.ku

こうたいし
皇太子 皇太子
ko.o.ta.i.shi

こうてい
皇帝 皇帝
ko.o.te.i

音 おう o.o

おうじ
皇子 皇子
o.o.ji

ほうおう
法皇 法王
ho.o.o.o

てんのう
特 **天皇** 天皇
te.n.no.o

煌

音 こう
訓 きらめく かがやく

音 こう ko.o

こうこう
煌煌 亮光、耀眼
ko.o.ko.o

訓 きらめく ki.ra.me.ku

きら
煌めく 閃閃發亮、耀眼
ki.ra.me.ku

きら
煌めき 閃爍、亮光
ki.ra.me.ki

訓 かがやく ka.ga.ya.ku

黃

音 こう おう
訓 き こ
常

音 こう ko.o

こうが
黄河 黃河
ko.o.ga

こうど
黄土 黃土
ko.o.do

こうよう
黄葉 枯黃的葉子
ko.o.yo.o

音 おう o.o

おうごん
黄金 黃金
o.o.go.n

おうしょくじんしゅ
黄色人種 黃種人
o.o.sho.ku.ji.n.shu

おうどう
黄銅 黃銅
o.o.do.o

らんおう
卵黄 蛋黃
ra.n.o.o

訓 き ki

きいろ
黄色 黃色
ki.i.ro

きいろ
黄色い 黃色的
ki.i.ro.i

きみどり
黄緑 黃綠
ki.mi.do.ri

あさぎ
浅黄 淡黃色
a.sa.gi

訓 こ ko

こがね
黄金* 黃金
ko.ga.ne

幌
音 こう
訓 ほろ

音 こう ko.o

訓 ほろ ho.ro

ほろばしゃ
幌馬車 帶篷馬車
ho.ro.ba.sha

さっぽろ
札幌 札幌
sa.p.po.ro

晃
音 こう
訓

音 こう ko.o

こうこう
晃晃 閃閃發光
ko.o.ko.o

轟
音 ごう
訓 とどろく

音 ごう go.o

ごうおん
轟音 轟隆隆的聲音
go.o.o.n

ごうちん
轟沈 （船艦）被炸沉
go.o.chi.n

訓 とどろく to.do.ro.ku

とどろ
轟く 轟隆；（名聲）響亮、激動
to.do.ro.ku

弘
音 こう
訓

音 こう ko.o

こうき
弘毅 度量大意志堅強
ko.o.ki

宏
音 こう
訓

音 こう ko.o

かんこう
寛宏 心胸寬大
ka.n.ko.o

洪
常
音 こう
訓

音 こう ko.o

こうずい
洪水 洪水
ko.o.zu.i

紅
常
音 こう
く
訓 べに
くれない

音 こう ko.o

こういってん
紅一点 萬綠叢中一點紅
ko.o.i.t.te.n

こうがん
紅顔 （年輕人）臉色紅潤
ko.o.ga.n

こうちゃ
紅茶 紅茶
ko.o.cha

こうちょう
紅潮 臉紅；朝陽照在水面上的樣子
ko.o.cho.o

こうばい
紅梅 紅梅
ko.o.ba.i

こうはく
紅白 紅白
ko.o.ha.ku

こうよう
紅葉 楓葉、楓紅
ko.o.yo.o

音 く ku

しんく
真紅* 正紅
shi.n.ku

訓 べに be.ni

しょくべに
食紅 食用紅色素
sho.ku.be.ni

くちべに
口紅 口紅
ku.chi.be.ni

訓 **くれない**
ku.re.na.i

くれない
紅 〔植〕紅花、鮮紅色
ku.re.na.i

もみじ
特 **紅葉** 楓葉；樹葉變紅
mo.mi.ji

紘
音 こう
訓

音 **こう** ko.o

はっこう
八紘 八方、天下、全世界
ha.k.ko.o

虹
音 こう
訓 にじ

音 **こう** ko.o

こうさい
虹彩 〔眼〕虹彩、虹膜
ko.o.sa.i

訓 **にじ** ni.ji

にじ
虹 彩虹
ni.ji

鴻
音 こう
訓

音 **こう** ko.o

こうおん
鴻恩 大恩、宏恩
ko.o.o.n

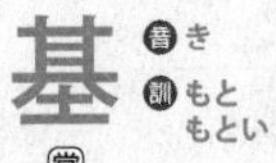

基
音 き
訓 もと もとい
常

音 き ki

きいん
基因 基因
ki.i.n

きかん
基幹 基幹、根本
ki.ka.n

ききん
基金 基金
ki.ki.n

きじゅん
基準 基準
ki.ju.n

きそ
基礎 基礎
ki.so

きち
基地 基地
ki.chi

きばん
基盤 基礎、底座
ki.ba.n

きほん
基本 基本
ki.ho.n

訓 もと mo.to

もと
基 根源、基本、根基
mo.to

もと
基づく 根據、由於
mo.to.zu.ku

訓 もとい mo.to.i

もとい
基 根基、基礎
mo.to.i

姫
音 き
訓 ひめ
常

音 き ki

訓 ひめ hi.me

ひめさま
姫様 公主、千金
hi.me.sa.ma

ひめきょうだい
姫鏡台 小型的鏡台
hi.me.kyo.o.da.i

几
音 き
訓 つくえ おしまずき

音 き ki

きちょうめん
几帳面 一絲不苟、規規矩矩
ki.cho.o.me.n

訓 つくえ tsu.ku.e

つくえ
几 桌子、餐桌
tsu.ku.e

訓 おしまずき o.shi.ma.zu.ki

おしまずき
几 桌子、有扶手的櫈子
o.shi.ma.zu.ki

机
音 き
訓 つくえ
常

音 き ki

きか
机下 寫信時對對方的敬稱
ki.ka

きじょう
机上 桌上
ki.jo.o

訓 つくえ tsu.ku.e

つくえ
机 書桌
tsu.ku.e

機
音 き
訓 はた
常

音 き ki

きうん
機運 時機
ki.u.n

きかい
機械 機械
ki.ka.i

きかい
機会 機會
ki.ka.i

きかん
機関 機關
ki.ka.n

きかんしゃ
機関車 蒸汽火車
ki.ka.n.sha

きこう
機構 機構
ki.ko.o

きじょう
機上 飛機上
ki.jo.o

きたい
機体 機體
ki.ta.i

きちょう
機長 機長
ki.cho.o

きてん
機転 機智、機靈
ki.te.n

きない
機内 機內
ki.na.i

きのう
機能 機能
ki.no.o

きき
危機 危機
ki.ki

きじゅうき
起重機 起重機
ki.ju.u.ki

こうき
好機 良機
ko.o.ki

じき
時機 時機
ji.ki

たいき
待機 等待時機
ta.i.ki

どうき
動機 動機
do.o.ki

ひこうき
飛行機 飛機
hi.ko.o.ki

りんき
臨機 隨機應變
ri.n.ki

訓 はた ha.ta

てばた
手機 織布機
te.ba.ta

激

音 げき
訓 はげしい
常

音 げき ge.ki

げきか
激化 激烈化
ge.ki.ka

げきげん
激減 驟減
ge.ki.ge.n

げきじょう
激情 激情
ge.ki.jo.o

げきしょう
激賞 激賞
ge.ki.sho.o

げきせん
激戦 激戰
ge.ki.se.n

げきぞう
激増 驟增
ge.ki.zo.o

げきつう
激痛 激烈疼痛
ge.ki.tsu.u

げきどう
激動 激動
ge.ki.do.o

げきとつ
激突 劇烈衝撞
ge.ki.to.tsu

げきへん
激変 驟變
ge.ki.he.n

げきむ
激務 非常忙碌的工作
ge.ki.mu

げきれい
激励 激勵
ge.ki.re.i

げきれつ
激烈 激烈
ge.ki.re.tsu

げきろん
激論 激烈爭論
ge.ki.ro.n

かげき
過激 過度激烈
ka.ge.ki

かんげき
感激 感激
ka.n.ge.ki

きゅうげき
急激 驟變
kyu.u.ge.ki

しげき
刺激 刺激
shi.ge.ki

しょうげき
衝激 衝擊
sho.o.ge.ki

ふんげき
憤激 憤怒
fu.n.ge.ki

訓 はげしい ha.ge.shi.i

はげ
激しい 激烈的、強烈的
ha.ge.shi.i

畿

音 き
訓

音 き ki

おうき
王畿 帝王的直轄地
o.u.ki

きんき
近畿 （日本）近畿地方
ki.n.ki

磯
音 き
訓 いそ

音 き ki

訓 いそ i.so

いそべ
磯辺 海岸邊
i.so.be

あらいそ
荒磯 波濤洶湧的海岸
a.ra.i.so

稽
音 けい
訓 かんがえる

音 けい ke.i

けいこ
稽古 學習、練習（技藝等）
ke.i.ko

こっけい
滑稽 滑稽
ko.k.ke.i

むけい
無稽 荒唐無稽
mu.ke.i

訓 かんがえる ka.n.ga.e.ru

積
音 せき
訓 つむ つもる
常

音 せき se.ki

せきうん
積雲 捲積雲
se.ki.u.n

せきせつ
積雪 積雪
se.ki.se.tsu

せきねん
積年 多年
se.ki.ne.n

さんせき
山積 堆積成山
sa.n.se.ki

しゅうせき
集積 集聚
shu.u.se.ki

たいせき
体積 體積
ta.i.se.ki

めんせき
面積 面積
me.n.se.ki

ようせき
容積 容積
yo.o.se.ki

訓 つむ tsu.mu

つ
積む 堆積起來、累積
tsu.mu

つ　た
積み立て 積存
tsu.mi.ta.te

したづ
下積み 堆在底下（的東西）
shi.ta.zu.mi

訓 つもる tsu.mo.ru

つ
積もる 堆積、累積
tsu.mo.ru

箕
音 き
訓 み

音 き ki

ききょ
箕踞 兩腳往前伸長而坐
ki.kyo

訓 み mi

績
音
訓 せき
常

訓 せき se.ki

ぎょうせき
業績 業績
gyo.o.se.ki

こうせき
功績 功績
ko.o.se.ki

じっせき
実績 實績
ji.s.se.ki

せいせき
成績 成績
se.i.se.ki

ぼうせき
紡績 紡織
bo.o.se.ki

肌 音 訓 はだ 常

訓 はだ ha.da

はだ
肌 肌膚
ha.da

はだいろ
肌色 膚色
ha.da.i.ro

はだぎ
肌着 汗衫
ha.da.gi

はだみ
肌身 身體
ha.da.mi

いわはだ
岩肌 裸露的岩石面
i.wa.ha.da

すはだ
素肌 素顏
su.ha.da

とりはだ
鳥肌 雞皮疙瘩
to.ri.ha.da

跡 音 せき 訓 あと 常

音 せき se.ki

きせき
奇跡 奇蹟
ki.se.ki

きせき
軌跡 軌跡
ki.se.ki

きゅうせき
旧跡 舊跡、古蹟
kyu.u.se.ki

けいせき
形跡 形跡
ke.i.se.ki

こせき
古跡 古蹟
ko.se.ki

しせき
史跡 史蹟、古蹟
shi.se.ki

じんせき
人跡 人跡
ji.n.se.ki

ひっせき
筆跡 筆跡
hi.s.se.ki

訓 あと a.to

あと
跡 痕跡、蹤跡
a.to

あとかた
跡形 痕跡、形跡
a.to.ka.ta

あとつ
跡継ぎ 繼承人、嗣子
a.to.tsu.gi

あとめ
跡目 大家長；繼承者
a.to.me

飢 音 き 訓 うえる 常

音 き ki

きが
飢餓 飢餓
ki.ga

ききん
飢饉 飢饉、飢荒
ki.ki.n

訓 うえる u.e.ru

う
飢える 飢餓、渴求
u.e.ru

鶏 音 けい 訓 にわとり とり 常

音 けい ke.i

けいかん
鶏冠 雞冠
ke.i.ka.n

けいしゃ
鶏舎 雞舍
ke.i.sha

けいらん
鶏卵 雞蛋
ke.i.ra.n

とうけい
闘鶏 鬥雞
to.o.ke.i

ようけい
養鶏 養雞
yo.o.ke.i

訓 にわとり ni.wa.to.ri

にわとり
鶏 雞
ni.wa.to.ri

訓 とり to.ri

とりにく
鶏肉 雞肉
to.ri.ni.ku

わかどり
若鶏 小雞
wa.ka.do.ri

即
常
音 そく
訓 すなわち

音 そく so.ku

そくおう
即応 適應、順應
so.ku.o.o

そくざ
即座に 當場、立刻
so.ku.za.ni

そくし
即死 當場死亡
so.ku.shi

そくじ
即時 即時、立刻
so.ku.ji

そくじつ
即日 即日、當日
so.ku.ji.tsu

そく
即する 適應、順應
so.ku.su.ru

そくせき
即席 即席、臨場
so.ku.se.ki

そくせんりょく
即戦力 速戰力
so.ku.se.n.ryo.ku

そくだん
即断 立即下決定
so.ku.da.n

そくとう
即答 立即回答
so.ku.to.o

訓 すなわち su.na.wa.chi

及
常
音 きゅう
訓 およぶ
およぴ
およぼす

音 きゅう kyu.u

きゅうだい
及第 考上、及格
kyu.u.da.i

げんきゅう
言及 言及、說到
ge.n.kyu.u

はきゅう
波及 波及、影響
ha.kyu.u

ふきゅう
普及 普及
fu.kyu.u

訓 およぶ o.yo.bu

およ
及ぶ 及於、波及、達到
o.yo.bu

訓 およぴ o.yo.bi

およ
及び 及、與、和
o.yo.bi

訓 およぼす o.yo.bo.su

およ
及ぼす 波及、受到（影響）
o.yo.bo.su

吉
常
音 きち
きつ
訓

音 きち ki.chi

きち
吉 吉
ki.chi

きちじつ
吉日 良辰、吉日
ki.chi.ji.tsu

だいきち
大吉 大吉
da.i.ki.chi

音 きつ ki.tsu

ふきつ
不吉 不吉
fu.ki.tsu

きっきょう
吉凶 吉凶
ki.k.kyo.o

きっちょう
吉兆 吉兆、好兆頭
ki.c.cho.o

きっぽう
吉報 好消息
ki.p.po.o

嫉
音 しつ
訓 ねたむ

音 しつ shi.tsu

しっと
嫉妬 嫉妒
shi.t.to

音 ねたむ ne.ta.mu

ねた
嫉む 嫉妒、吃醋
ne.ta.mu

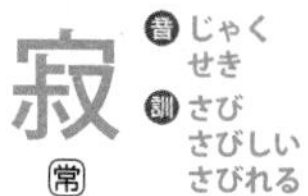

寂
音 じゃく せき
訓 さび さびしい さびれる
常

音 じゃく ja.ku

かんじゃく
閑寂 閑靜、寂靜
ka.n.ja.ku

せいじゃく
静寂 寂靜
se.i.ja.ku

音 せき se.ki

せきぜん
寂然 * 寂寞冷清
se.ki.ze.n

せきばく
寂寞 * 寂寞、冷清
se.ki.ba.ku

せきりょう
寂寥 * 寂寥、寂寞
se.ki.ryo.o

訓 さび sa.bi

さび
寂 古色古香
sa.bi

訓 さびしい sa.bi.shi.i

さび
寂しい 寂寞的
sa.bi.shi.i

訓 さびれる sa.bi.re.ru

さび
寂れる 蕭條、冷清
sa.bi.re.ru

急
音 きゅう
訓 いそぐ
常

音 きゅう kyu.u

きゅう
急 急、急迫
kyu.u

きゅうげき
急激 急劇、驟然
kyu.u.ge.ki

きゅうげん
急減 驟減
kyu.u.ge.n

きゅうこう
急行 急忙趕往；快車
kyu.u.ko.o

きゅうこく
急告 緊急通知
kyu.u.ko.ku

きゅうし
急死 猝死
kyu.u.shi

きゅうしょ
急所 要害
kyu.u.sho

きゅうせい
急性 〔疾病〕急性
kyu.u.se.i

きゅうぞう
急増 驟增
kyu.u.zo.o

きゅうそく
急速 急速
kyu.u.so.ku

きゅう
急に 突然、忽然
kyu.u.ni

きゅうば
急場 緊急情況
kyu.u.ba

きゅうへん
急変 驟變
kyu.u.he.n

きゅうほう
急報 緊急通知
kyu.u.ho.o

きゅうむ
急務 緊急任務、工作
kyu.u.mu

きゅうよう
急用 急事
kyu.u.yo.o

きゅうりゅう
急流 急流
kyu.u.ryu.u

きゅうきゅう
救急 急救
kyu.u.kyu.u

しきゅう
至急 非常緊急
shi.kyu.u

せいきゅう
性急 急性子
se.i.kyu.u

とっきゅう
特急 特快車
to.k.kyu.u

訓 いそぐ i.so.gu

いそ
急ぐ 急、趕快
i.so.gu

扱
音
訓 あつかう
常

訓 あつかう a.tsu.ka.u

あつか
扱う 處理、接待
a.tsu.ka.u

あつか　て
扱い手　仲裁者
a.tsu.ka.i.te

きゃくあつか
客扱い　接待客人的態度、服務態度
kya.ku.a.tsu.ka.i

と　あつか
取り扱い　操作、使用、對待
to.ri.a.tsu.ka.i

撃
音 げき
訓 うつ
常

音 げき ge.ki

げきたい
撃退　擊退
ge.ki.ta.i

げきちん
撃沈　擊沉
ge.ki.chi.n

げきつい
撃墜　擊落、打落
ge.ki.tsu.i

げきめつ
撃滅　擊滅、殲滅
ge.ki.me.tsu

訓 うつ u.tsu

う
撃つ　射擊
u.tsu

極
音 きょく
ごく
訓 きわめる
きわまる
きわみ
常

音 きょく kyo.ku

きょくげん
極限　極限
kyo.ku.ge.n

きょくしょう
極小　極小
kyo.ku.sho.o

きょくたん
極端　極端
kyo.ku.ta.n

きょくち
極地　極地
kyo.ku.chi

きょくてん
極点　極點
kyo.ku.te.n

きょくど
極度　極度
kyo.ku.do

きょくとう
極東　最東方
kyo.ku.to.o

きょくりょく
極力　極力
kyo.ku.ryo.ku

きゅうきょく
究極　究竟
kyu.u.kyo.ku

しゅうきょく
終極　終極
shu.u.kyo.ku

なんきょく
南極　南極
na.n.kyo.ku

ほっきょく
北極　北極
ho.k.kyo.ku

りょうきょく
両極　兩極
ryo.o.kyo.ku

音 ごく go.ku

ごく
極　非常、最
go.ku

ごくあく
極悪　極壞
go.ku.a.ku

ごくじょう
極上　極好
go.ku.jo.o

ごくらく
極楽　極樂
go.ku.ra.ku

ごっかん
極寒　非常冷
go.k.ka.n

訓 きわめる ki.wa.me.ru

きわ
極める　徹底查明、弄清楚
ki.wa.me.ru

きわ
極めて　極為、極其
ki.wa.me.te

訓 きわまる ki.wa.ma.ru

きわ
極まる　達到極限；極其、非常
ki.wa.ma.ru

訓 きわみ ki.wa.mi

きわ
極み　極限、頂點
ki.wa.mi

汲
音 きゅう
訓 くむ

音 きゅう kyu.u

きゅう きゅう
汲汲　孜孜不倦
kyu.u.kyu.u

きゅうすい
汲水 汲水、打水
kyu.u.su.i

訓 くむ ku.mu

く
汲む 汲水、打水
ku.mu

疾
音 しつ
訓
常

音 しつ shi.tsu

しつえき
疾疫 〔醫〕瘟疫、流行病
shi.tsu.e.ki

しつらい
疾雷 〔文〕迅雷
shi.tsu.ra.i

がんしつ
眼疾 眼疾
ga.n.shi.tsu

しっそう
疾走 快跑、疾馳
shi.s.so.o

しっぺい
疾病 疾病
shi.p.pe.i

笈
音 きゅう
訓 おい

音 きゅう kyu.u

しょきゅう
書笈 書箱
sho.kyu.u

ふきゅう
負笈 出外求學
fu.kyu.u

訓 おい o.i

籍
音 せき
訓
常

音 せき se.ki

いせき
移籍 戶口遷移；（球員）轉隊
i.se.ki

がくせき
学籍 學籍
ga.ku.se.ki

げんせき
原籍 本籍、籍貫
ge.n.se.ki

こくせき
国籍 國籍
ko.ku.se.ki

しょせき
書籍 書籍
sho.se.ki

てんせき
転籍 遷移戶籍、學籍
te.n.se.ki

ほんせき
本籍 原籍、籍貫
ho.n.se.ki

級
音 きゅう
訓
常

音 きゅう kyu.u

きゅう
級 等級、班級
kyu.u

きゅうゆう
級友 同年級的朋友
kyu.u.yu.u

かきゅう
下級 下級
ka.kyu.u

かいきゅう
階級 階級
ka.i.kyu.u

がっきゅう
学級 年級
ga.k.kyu.u

こうきゅう
高級 高級
ko.o.kyu.u

しょきゅう
初級 初級
sho.kyu.u

じょうきゅうせい
上級生 高年級生
jo.o.kyu.u.se.i

しんきゅう
進級 晉級
shi.n.kyu.u

ちゅうきゅう
中級 中級
chu.u.kyu.u

ていきゅう
低級 低級
te.i.kyu.u

とうきゅう
等級 等級
to.o.kyu.u

どうきゅうせい
同級生 同年級生
do.o.kyu.u.se.i

脊
音 せき
訓

音 せき se.ki

せきずい
脊髄 脊髓
se.ki.zu.i

せきつい
脊椎 脊椎
se.ki.tsu.i

せきりょう
脊梁 脊樑
se.ki.ryo.o

せきさく
脊索 脊椎
se.ki.sa.ku

音 しゅう shu.u

へんしゅう
編輯 編輯
he.n.shu.u

しゅうごうご
輯合語 複合式語言（語言形式分類之一）
shu.u.go.o.go

しゅうろく
輯録 編輯收錄成冊
shu.u.ro.ku

集 音 しゅう 訓 あつまる あつめる つどう 常

音 しゅう shu.u

しゅうかい
集会 集會
shu.u.ka.i

しゅうきん
集金 集資
shu.u.ki.n

しゅうけい
集計 總計
shu.u.ke.i

しゅうけつ
集結 集結
shu.u.ke.tsu

しゅうごう
集合 集合
shu.u.go.o

しゅうせき
集積 集聚
shu.u.se.ki

しゅうだん
集団 集團
shu.u.da.n

しゅうちゅう
集中 集中
shu.u.chu.u

しゅうはい
集配 （郵件或貨物）集送
shu.u.ha.i

しゅうやく
集約 匯整、統整
shu.u.ya.ku

しゅうらく
集落 部落
shu.u.ra.ku

しゅうろく
集録 收集記錄
shu.u.ro.ku

しゅうか
集荷 集貨
shu.u.ka

かしゅう
歌集 歌集
ka.shu.u

がしゅう
画集 畫集
ga.shu.u

ぐんしゅう
群集 群集
gu.n.shu.u

けっしゅう
結集 結集
ke.s.shu.u

さいしゅう
採集 採集
sa.i.shu.u

ししゅう
詩集 詩集
shi.shu.u

しょうしゅう
招集 召集
sho.o.shu.u

しゅうしゅう
収集 收集
shu.u.shu.u

ぶんしゅう
文集 文集
bu.n.shu.u

ぜんしゅう
全集 全集
ze.n.shu.u

へんしゅう
編集 編輯
he.n.shu.u

みっしゅう
密集 密集
mi.s.shu.u

訓 あつまる a.tsu.ma.ru

あつ
集まる 集會、聚集、集合
a.tsu.ma.ru

あつ
集まり 集會、集合
a.tsu.ma.ri

訓 あつめる a.tsu.me.ru

あつ
集める 把…集在一起、集中
a.tsu.me.ru

訓 つどう tsu.do.u

ㄐ

つど
集う tsu.do.u　聚集、集合、集會

己
音 こ、き　訓 おのれ　常

音 こ ko

じこ
自己 ji.ko　自己

りこ
利己 ri.ko　利己

りこしゅぎ
利己主義 ri.ko.shu.gi　利己主義

音 き ki

ちき
知己 chi.ki　知己

訓 おのれ o.no.re

おのれ
己 o.no.re　（文）自己、（蔑）你

幾
音 き　訓 いく　常

音 き ki

きか
幾何 ki.ka　幾何

訓 いく i.ku

いく
幾つ i.ku.tsu　幾個、幾歲

いくえ
幾重 i.ku.e　幾層、多少層

いくた
幾多 i.ku.ta　許多

いくたび
幾度 i.ku.ta.bi　幾次、許多次

いくぶん
幾分 i.ku.bu.n　一部分、多少

いく
幾ら i.ku.ra　多少錢

伎
音 き、ぎ　訓

音 き ki

かぶき
歌舞伎 ka.bu.ki　歌舞伎

音 ぎ gi

ぎがく
伎楽 gi.ga.ku　（日本最早的）外來歌舞

剤
音 ざい　訓　常

音 ざい za.i

せんざい
洗剤 se.n.za.i　清潔劑

やくざい
薬剤 ya.ku.za.i　藥劑

妓
音 き、ぎ　訓

音 き ki

音 ぎ gi

しょうぎ
娼妓 sho.o.gi　娼妓、妓女

季
音 き　訓　常

音 き ki

きかん
季刊 ki.ka.n　季刊

きせつ
季節 ki.se.tsu　季節

うき
雨季 u.ki　雨季

かき
夏季 ka.ki　夏季

かんき
乾季 乾季
ka.n.ki

しき
四季 四季
shi.ki

しゅうき
秋季 秋季
shu.u.ki

しゅんき
春季 春季
shu.n.ki

とうき
冬季 冬季
to.o.ki

寄
音 き
訓 よる よせる
常

音 き ki

きこう
寄港 （船）途中靠港停泊
ki.ko.o

きしん
寄進 （向神社、寺院）捐贈物品、香油錢
ki.shi.n

きしゅく
寄宿 寄宿
ki.shu.ku

きしゅくしゃ
寄宿舎 宿舍
ki.shu.ku.sha

きせい
寄生 寄生
ki.se.i

きせいちゅう
寄生虫 寄生蟲
ki.se.i.chu.u

きぞう
寄贈 捐贈
ki.zo.o

きたく
寄託 寄託
ki.ta.ku

きふ
寄付 捐款、捐獻
ki.fu

きよ
寄与 貢獻
ki.yo

訓 よる yo.ru

よ
寄る 靠近、聚集；順路
yo.ru

よ
寄り掛かる 憑靠、依靠
yo.ri.ka.ka.ru

訓 よせる yo.se.ru

よ
寄せる 湧過來、逼近、聚集
yo.se.ru

忌
音 き
訓 いむ いまわしい
常

音 き ki

きじつ
忌日 忌日、忌辰
ki.ji.tsu

きちゅう
忌中 居喪
ki.chu.u

きひ
忌避 逃避、迴避
ki.hi

きんき
禁忌 禁忌
ki.n.ki

しゅうき
周忌 忌日
shu.u.ki

訓 いむ i.mu

い
忌む 忌諱、厭惡
i.mu

訓 いまわしい i.ma.wa.shi.i

い
忌まわしい 討厭；不吉利、不祥
i.ma.wa.shi.i

技
音 ぎ
訓 わざ
常

音 ぎ gi

ぎげい
技芸 技藝
gi.ge.i

ぎこう
技巧 技巧
gi.ko.o

ぎし
技師 技師
gi.shi

ぎじゅつ
技術 技術
gi.ju.tsu

ぎのう
技能 技能
gi.no.o

ぎりょう
技量 本領
gi.ryo.o

きゅうぎ
球技 球技
kyu.u.gi

きょうぎ
競技 競技
kyo.o.gi

えんぎ
演技 演技
e.n.gi

こくぎ
国技 一國特有的武術、體育…等技藝
ko.ku.gi

とくぎ
特技 特殊技藝
to.ku.gi

訓 わざ wa.za

わざ
技 技藝、技能
wa.za

既
音 き
訓 すでに
常

音 き ki

き おうしょう
既往症 病史
ki.o.o.sho.o

き かん
既刊 已出版
ki.ka.n

き けつ
既決 已決定、已判決
ki.ke.tsu

き こん
既婚 已婚
ki.ko.n

き せい
既成 既成
ki.se.i

き せい
既製 做好、現成（商品）
ki.se.i

き そん
既存 既存、原有
ki.so.n

き ち
既知 已經知道
ki.chi

き てい
既定 既定
ki.te.i

訓 すでに su.de.ni

すで
既に 已經
su.de.ni

済
音 さい
訓 すむ
すます
常

音 さい sa.i

さいせい
済世 救濟世人
sa.i.se.i

さい ど
済度 超度
sa.i.do

かんさい
完済 繳清、償還完（債務）
ka.n.sa.i

きゅうさい
救済 救濟
kyu.u.sa.i

けっさい
決済 清帳、結算
ke.s.sa.i

へんさい
返済 還償
he.n.sa.i

べんさい
弁済 歸還、還償
be.n.sa.i

訓 すむ su.mu

す
済む 終了、結束
su.mu

訓 すます su.ma.su

す
済ます 弄完、做完、償清
su.ma.su

祭
音 さい
訓 まつる
まつり
常

音 さい sa.i

さいじつ
祭日 節日
sa.i.ji.tsu

さいしゅ
祭主 祭主
sa.i.shu

さいじん
祭神 祭神
sa.i.ji.n

さいてん
祭典 祭典
sa.i.te.n

さいれい
祭礼 祭禮
sa.i.re.i

しゅくさい
祝祭 慶典
shu.ku.sa.i

たいいくさい
体育祭 運動會
ta.i.i.ku.sa.i

たいさい
大祭 大規模的慶典
ta.i.sa.i

ぶんかさい
文化祭 文化慶典
bu.n.ka.sa.i

れいさい
例祭 例行的祭典
re.i.sa.i

訓 まつる ma.tsu.ru

まつ
祭る 祭祀
ma.tsu.ru

訓 まつり ma.tsu.ri

まつ
祭り 祭典、廟會
ma.tsu.ri

紀
音 き
訓
常

音 き

きげん
紀元 紀元
ki.ge.n

きこう
紀行 遊記
ki.ko.u

きしゅう
紀州 紀伊國的別稱
ki.shu.u

ぐんき
軍紀 軍紀
gu.n.ki

こうき
校紀 校紀
ko.o.ki

せいき
世紀 世紀
se.i.ki

ふうき
風紀 風紀
fu.u.ki

継
音 けい
訓 つぐ
常

音 けい ke.i

けいしょう
継承 繼承
ke.i.sho.o

けいそう
継走 接力賽跑
ke.i.so.o

けいぞく
継続 繼續、持續
ke.i.zo.ku

けいふ
継父 繼父
ke.i.fu

けいぼ
継母 繼母
ke.i.bo

訓 つぐ tsu.gu

つ
継ぐ 繼承、繼續；修補
tsu.gu

つ め
継ぎ目 接縫、關節；繼承人
tsu.gi.me

計
音 けい
訓 はかる
はからう
常

音 けい ke.i

けい
計 計量儀器
ke.i

けいかく
計画 計畫
ke.i.ka.ku

けいき
計器 測量儀表
ke.i.ki

けいさん
計算 計算
ke.i.sa.n

けいじょう
計上 計入
ke.i.jo.o

けいりゃく
計略 策略
ke.i.rya.ku

けいりょう
計量 計量
ke.i.ryo.o

おんどけい
温度計 溫度計
o.n.do.ke.i

かいけい
会計 會計
ka.i.ke.i

ごうけい
合計 合計
go.o.ke.i

しゅうけい
集計 總計
shu.u.ke.i

せっけい
設計 設計
se.k.ke.i

たいおんけい
体温計 體溫計
ta.i.o.n.ke.i

とうけい
統計 統計
to.o.ke.i

とけい
時計 時鐘
to.ke.i

訓 はかる ha.ka.ru

はか
計る 測量
ha.ka.ru

訓 はからう
ha.ka.ra.u

はか
計らう 處理、處置；商量
ha.ka.ra.u

音 き
訓 しるす
常

音 き ki

き おく
記憶 記憶
ki.o.ku

き ごう
記号 記號
ki.go.o

き さい
記載 記載、寫上
ki.sa.i

き じ
記事 記事
ki.ji

き しゃ
記者 記者
ki.sha

き じゅつ
記述 記述
ki.ju.tsu

き ちょう
記帳 記帳
ki.cho.o

き にゅう
記入 記入
ki.nyu.u

き ねん
記念 紀念
ki.ne.n

き めい
記名 記名、簽名
ki.me.i

き ろく
記録 記錄
ki.ro.ku

あん き
暗記 背起來、默背
a.n.ki

しゅ き
手記 手札
shu.ki

しょ き
書記 書記
sho.ki

でん き
伝記 傳記
de.n.ki

にっ き
日記 日記
ni.k.ki

りょこう き
旅行記 遊記
ryo.ko.o.ki

訓 しるす shi.ru.su

しる
記す 記載、記錄
shi.ru.su

際

音 さい
訓 きわ
常

音 さい sa.i

さい
際 時候、機會
sa.i

さい かい
際会 際遇
sa.i.ka.i

さい げん
際限 邊際、盡頭
sa.i.ge.n

か さい
買う際 買時
ka.u.sa.i

こう さい
交際 交際
ko.o.sa.i

こく さい
国際 國際
ko.ku.sa.i

じっ さい
実際 實際
ji.s.sa.i

み さい
見る際 看時
mi.ru.sa.i

訓 きわ ki.wa

みず ぎわ
水際 水邊、水濱
mi.zu.gi.wa

音 か
訓 よい
常

音 か ka

か く
佳句 佳句
ka.ku

か きょう
佳境 佳境；有趣之處
ka.kyo.o

か さく
佳作 佳作、優秀作品
ka.sa.ku

かじんはくめい
佳人薄命 紅顏薄命
ka.ji.n.ha.ku.me.i

訓 よい yo.i

加 音 か 訓 くわえる くわわる 常

音 か ka

かがいしゃ
加害者 加害者
ka.ga.i.sha

かげん
加減 加法與減法；斟酌
ka.ge.n

かこう
加工 加工
ka.ko.o

かさん
加算 加法
ka.sa.n

かそく
加速 加速
ka.so.ku

かそくど
加速度 加速度
ka.so.ku.do

かせい
加勢 支援、援助
ka.se.i

かたん
加担 參與幫助
ka.ta.n

かねつ
加熱 加熱
ka.ne.tsu

かにゅう
加入 加入
ka.nyu.u

かひつ
加筆 刪改文章
ka.hi.tsu

かみ
加味 加味
ka.mi

かめい
加盟 加盟
ka.me.i

さんか
参加 參加
sa.n.ka

ぞうか
増加 增加
zo.o.ka

ついか
追加 追加
tsu.i.ka

ばいか
倍加 倍增
ba.i.ka

訓 くわえる ku.wa.e.ru

くわ
加える 添加、增加、加以
ku.wa.e.ru

訓 くわわる ku.wa.wa.ru

くわ
加わる 添加、增加、加入
ku.wa.wa.ru

嘉 音 か 訓 よい

音 か ka

かじつ
嘉日 良辰吉日、好日子
ka.ji.tsu

訓 よい yo.i

家 音 かけ 訓 いえや 常

音 か ka

かおく
家屋 房屋
ka.o.ku

かぎょう
家業 家業
ka.gyo.o

かぐ
家具 家具
ka.gu

かけい
家計 家計、家庭經濟
ka.ke.i

かじ
家事 家事
ka.ji

かぞく
家族 家人
ka.zo.ku

かてい
家庭 家庭
ka.te.i

かちく
家畜 家畜
ka.chi.ku

かない
家内 內人
ka.na.i

いっか
一家 一家
i.k.ka

おんがくか
音楽家 音樂家
o.n.ga.ku.ka

がか
画家 畫家
ga.ka

こっか
国家 國家
ko.k.ka

さっか
作家 作家
sa.k.ka

じっか
実家 老家
ji.k.ka

じゅか
儒家 儒家
ju.ka

しょうせつか
小説家 小說家
sho.o.se.tsu.ka

のうか
農家 農家
no.o.ka

音 け ke

けらい
家来 家臣
ke.ra.i

しゅっけ
出家 出家
shu.k.ke

ぶけ
武家 武士門第
bu.ke

へいけものがたり
平家物語 平家物語
he.i.ke.mo.no.ga.ta.ri

訓 や ya

やちん
家賃 房租
ya.chi.n

やぬし
家主 戶長、一家之主；房東
ya.nu.shi

しゃくや
借家 租的房子
sha.ku.ya

訓 いえ i.e

いえ
家 家
i.e

いえがら
家柄 門第、家世
i.e.ga.ra

いえじ
家路 回家的路、歸途
i.e.ji

いえで
家出 離家出走
i.e.de

袈

音 け
訓

音 け ke

けさ
袈裟 袈裟
ke.sa

おおげさ
大袈裟 誇大；大件的袈裟
o.o.ge.sa

迦

音 か
訓

音 か ka

しゃかむに
釈迦牟尼 釋迦牟尼佛
sha.ka.mu.ni

頬

音 きょう
訓 ほお
ほほ

音 きょう kyo.o

ほうきょう
豊頬 豐頰
ho.o.kyo.o

訓 ほお ho.o

ほお
頬 臉頰
ho.o

ほおひげ
頬髭 落腮鬍
ho.o.hi.ge

ほおぼね
頬骨 顴骨
ho.o.bo.ne

訓 ほほ ho.ho

ほほ
頬 臉頰
ho.ho

仮

音 か
け
訓 かり
常

音 か ka

かし
仮死 假死
ka.shi

かしょう
仮称 暫稱
ka.sho.o

かせつ
仮説 假設
ka.se.tsu

かそう
仮装 偽裝
ka.so.o

かそうぎょうれつ
仮装行列 化妝遊行隊伍
ka.so.o.gyo.o.re.tsu

かてい
仮定 暫定
ka.te.i

かな
仮名 日文假名
ka.na

かなづかい
仮名遣い 假名使用方法
ka.na.zu.ka.i

かぶんすう
仮分数 假分數
ka.bu.n.su.u

かみん
仮眠 閉目養神
ka.mi.n

かめい
仮名 假名
ka.me.i

かめん
仮面 面具
ka.me.n

音 **け** ke

けびょう
仮病 * 裝病
ke.byo.o

訓 **かり** ka.ri

かりそめ
仮初 暫時；輕微；偶然；假設；至少
ka.ri.so.me

かり
仮に 假設、假定；暫時
ka.ri.ni

岬
音 こう
訓 みさき

音 **こう** ko.o

こうかく
岬角 岬角
ko.o.ka.ku

訓 **みさき** mi.sa.ki

みさき
岬 岬角
mi.sa.ki

榎
音 か
訓 えのき

音 **か** ka

訓 **えのき** e.no.ki

えのき
榎 〔植〕樸樹
e.no.ki

甲 常
音 こう かん
訓 かぶと

音 **こう** ko.o

こう
甲 甲、第一名
ko.o

こうおつ
甲乙 第一跟第二；優劣
ko.o.o.tsu

こうかくるい
甲殻類 甲殼類
ko.o.ka.ku.ru.i

こうこつもじ
甲骨文字 甲骨文
ko.o.ko.tsu.mo.ji

こうちゅう
甲虫 甲蟲
ko.o.chu.u

音 **かん** ka.n

かんぱん
甲板 甲板
ka.n.pa.n

訓 **かぶと** ka.bu.to

価 常
音 か
訓 あたい

音 **か** ka

かかく
価格 價格
ka.ka.ku

かち
価値 價值
ka.chi

こうか
高価 高價
ko.o.ka

しか
市価 市價
shi.ka

じか
時価 時價
ji.ka

ㄐ

だいか
代価 代價
da.i.ka

たんか
単価 單價
ta.n.ka

ていか
定価 定價
te.i.ka

とっか
特価 特價
to.k.ka

ばいか
売価 售價
ba.i.ka

ひょうか
評価 評價
hyo.o.ka

ぶっか
物価 物價
bu.k.ka

訓 あたい a.ta.i

あたい
価 價值、〔數〕值
a.ta.i

嫁 音 か 訓 よめ とつぐ 常

音 か ka

てんか
転嫁 轉嫁（責任）
te.n.ka

訓 よめ yo.me

よめ
嫁 新娘、妻子
yo.me

よめい
嫁入り 出嫁、出閣
yo.me.i.ri

はなよめ
花嫁 新娘
ha.na.yo.me

訓 とつぐ to.tsu.gu

とつ
嫁ぐ 出嫁
to.tsu.gu

架 音 か 訓 かける かかる 常

音 か ka

かきょう
架橋 架橋
ka.kyo.o

かくう
架空 空想、虛構
ka.ku.u

かせつ
架設 架設、安裝
ka.se.tsu

かせん
架線 架設電線
ka.se.n

じゅうじか
十字架 十字架
ju.u.ji.ka

たんか
担架 擔架
ta.n.ka

訓 かける ka.ke.ru

か
架ける 架設、安裝
ka.ke.ru

訓 かかる ka.ka.ru

か
架かる 架設、安裝
ka.ka.ru

稼 音 か 訓 かせぐ 常

音 か ka

かぎょう
稼業 （維持生計的）生意、工作
ka.gyo.o

かどう
稼働 勞動；（機器）運轉
ka.do.o

訓 かせぐ ka.se.gu

かせ
稼ぐ 勞動、工作
ka.se.gu

駕 音 が か 訓

音 が ga

らいが
来駕 駕臨、光臨
ra.i.ga

音 か ka

かご
駕籠 轎子
ka.go

接 音せつ 訓つぐ 常

音 せつ se.tsu

せつがん
接岸 靠岸
se.tsu.ga.n

せつごう
接合 接合
se.tsu.go.o

せつぞく
接続 接續
se.tsu.zo.ku

せつぞくし
接続詞 接續詞
se.tsu.zo.ku.shi

おうせつ
応接 接待
o.o.se.tsu

ちょくせつ
直接 直接
cho.ku.se.tsu

めんせつ
面接 面試
me.n.se.tsu

りんせつ
隣接 鄰接、毗鄰
ri.n.se.tsu

せっきゃく
接客 招待客人
se.k.kya.ku

せっきん
接近 接近
se.k.ki.n

せっけん
接見 接見
se.k.ke.n

せっしゅ
接種 接種（疫苗）
se.s.shu

せっしゅう
接収 接收
se.s.shu.u

せっしょく
接触 接觸
se.s.sho.ku

せっ
接する 接觸、相鄰
se.s.su.ru

せったい
接待 接待
se.t.ta.i

せっちゃくざい
接着剤 黏著劑
se.c.cha.ku.za.i

せってん
接点 〔電〕接點；共同點
se.t.te.n

訓 つぐ tsu.gu

つ
接ぐ 次於；接著、繼…之後
tsu.gu

掲 音けい 訓かかげる 常

音 けい ke.i

けいさい
掲載 刊載
ke.i.sa.i

けいじ
掲示 公佈、佈告
ke.i.ji

けいよう
掲揚 高高掛起、懸掛
ke.i.yo.o

訓 かかげる ka.ka.ge.ru

かか
掲げる 高高舉起；刊登、公告
ka.ka.ge.ru

皆 音かい 訓みな 常

音 かい ka.i

かいきしょく
皆既食 （日月）全蝕
ka.i.ki.sho.ku

かいきん
皆勤 全勤
ka.i.ki.n

かいでん
皆伝 （武術…）真傳
ka.i.de.n

かいむ
皆無 全無、毫無
ka.i.mu

かいもく
皆目 完全不…
ka.i.mo.ku

訓 みな mi.na

みな
皆 全部、大家
mi.na

みな
皆さん 大家
mi.na.sa.n

みなさま
皆様 各位
mi.na.sa.ma

街 音がい かい 訓まち 常

訓 がい ga.i

がいとう
街灯 街燈
ga.i.to.o

がいとう
街頭 街頭
ga.i.to.o

がいろ
街路 街路
ga.i.ro

がいろじゅ
街路樹 行道樹
ga.i.ro.ju

しょうてん がい
商店街 商店街
sho.o.te.n.ga.i

音 かい ka.i

かいどう
街道 * 街道
ka.i.do.o

訓 まち ma.chi

まち
街 大街
ma.chi

まちかど
街角 街角、轉角
ma.chi.ka.do

階

音 かい
訓
常

音 かい ka.i

かいか
階下 樓下
ka.i.ka

かいきゅう
階級 階級
ka.i.kyu.u

かいじょう
階上 樓上
ka.i.jo.o

かいそう
階層 階層、地位
ka.i.so.o

かいだん
階段 樓梯
ka.i.da.n

おんかい
音階 音階
o.n.ka.i

さんかい
三階 三樓
sa.n.ka.i

しょっかい
職階 職務階級
sho.k.ka.i

だんかい
段階 階段
da.n.ka.i

ちかい
地階 地下室
chi.ka.i

にかい
二階 二樓
ni.ka.i

傑

音 けつ
訓
常

音 けつ ke.tsu

かいけつ
怪傑 奇人、怪傑
ka.i.ke.tsu

ごうけつ
豪傑 豪傑；（個性）豪邁
go.o.ke.tsu

じょけつ
女傑 女中豪傑
jo.ke.tsu

けっさく
傑作 傑作
ke.s.sa.ku

けっしゅつ
傑出 傑出
ke.s.shu.tsu

劫

音 ごう
こう
きょう
訓

音 ごう go.o

ごうりゃく
劫略 搶奪
go.o.rya.ku

音 こう ko.o

こうだつ
劫奪 強奪
ko.o.da.tsu

音 きょう kyo.o

捷

音 しょう
訓

音 しょう sho.o

しょうけい
捷径 捷徑
sho.o.ke.i

びんしょう
敏捷 敏捷
bi.n.sho.o

櫛

音 しつ
訓 くし

音 しつ shi.tsu

しっぴ
櫛比 〔文〕櫛比
shi.p.pi

訓 くし ku.shi

くし
櫛 梳子；髮簪
ku.shi

潔

音 けつ
訓 いさぎよい
常

音 けつ ke.tsu

かんけつ
簡潔 簡潔
ka.n.ke.tsu

こうけつ
高潔 高尚
ko.o.ke.tsu

じゅんけつ
純潔 純潔
ju.n.ke.tsu

せいけつ
清潔 清潔
se.i.ke.tsu

けっぱく
潔白 潔白
ke.p.pa.ku

けっぺき
潔癖 潔癖
ke.p.pe.ki

訓 いさぎよい i.sa.gi.yo.i

いさぎよ
潔い 純潔的、潔白的
i.sa.gi.yo.i

節

音 せつ
せち
訓 ふし
常

音 せつ se.tsu

せつ
節 節操；季節、時期
se.tsu

せつげん
節減 節省、節約
se.tsu.ge.n

せつでん
節電 節約用電
se.tsu.de.n

せつど
節度 分寸、適度
se.tsu.do

せつぶん
節分 季節轉換之際
se.tsu.bu.n

せつやく
節約 節約
se.tsu.ya.ku

かんせつ
関節 關節
ka.n.se.tsu

きせつ
季節 季節
ki.se.tsu

しょうせつ
章節 章節
sho.o.se.tsu

ちょうせつ
調節 調節
cho.o.se.tsu

音 せち se.chi

せち
節 * 季節、時節；節日
se.chi

訓 ふし fu.shi

ふし
節 節、段；關節
fu.shi

結

音 けつ
訓 むすぶ
ゆう
ゆわえる
常

音 けつ ke.tsu

けつごう
結合 結合
ke.tsu.go.o

けつじつ
結実 結果、收穫
ke.tsu.ji.tsu

けつまつ
結末 結尾
ke.tsu.ma.tsu

けつろん
結論 結論
ke.tsu.ro.n

かんけつ
完結 完結
ka.n.ke.tsu

しゅうけつ
終結 終結
shu.u.ke.tsu

だんけつ
団結 團結
da.n.ke.tsu

ひょうけつ
氷結 結冰
hyo.o.ke.tsu

れんけつ
連結　連結
re.n.ke.tsu

けっか
結果　結果
ke.k.ka

けっかく
結核　結核
ke.k.ka.ku

けっきょく
結局　結果、結局
ke.k.kyo.ku

けっこう
結構　結構；優秀、足夠
ke.k.ko.o

けっこん
結婚　結婚
ke.k.ko.n

けっしょう
結晶　結晶
ke.s.sho.o

けっせい
結成　組成
ke.s.se.i

けっそく
結束　捆束；團結
ke.s.so.ku

訓 むすぶ　mu.su.bu

むす
結ぶ　繫、連結、締結
mu.su.bu

むす
結び　結、打結；結合
mu.su.bi

むす　つ
結び付く　結合、聯合；有關連
mu.su.bi.tsu.ku

むす　つ
結び付ける　結上、結合
mu.su.bi.tsu.ke.ru

訓 ゆう　yu.u

ゆ
結う　繫結、綑紮
yu.u

訓 ゆわえる
yu.wa.e.ru

ゆ
結わえる　繫、綁、綑
yu.wa.e.ru

詰

音 きつ
訓 つめる　つまる　つむ
常

音 きつ　ki.tsu

きつもん
詰問　追問、盤問
ki.tsu.mo.n

訓 つめる
tsu.me.ru

つ
詰める　塞入、擠；節約
tsu.me.ru

つ　えり
詰め襟　立領
tsu.me.e.ri

かんづ
缶詰め　罐頭
ka.n.zu.me

訓 つまる
tsu.ma.ru

つ
詰まる　堵塞、充滿；困窘
tsu.ma.ru

訓 つむ　tsu.mu

つ
詰む　緊密、密實
tsu.mu

姉

音 し
訓 あね
常

音 し　shi

しまい
姉妹　姐妹
shi.ma.i

しまいがいしゃ
姉妹会社　姐妹公司
shi.ma.i.ga.i.sha

しまいへん
姉妹編　(小說、戲劇…等)姐妹作
shi.ma.i.he.n

ちょうし
長姉　大姐
cho.o.shi

訓 あね　a.ne

あね
姉　家姐、姐姐
a.ne

あねご
姉御　〔敬〕姐姐
a.ne.go

あねむこ
姉婿　姐夫
a.ne.mu.ko

解

音 かい　げ
訓 とく　とかす　とける
常

音 かい　ka.i

かいきん
解禁　解禁
ka.i.ki.n

かいけつ
解決 解決
ka.i.ke.tsu

かいさん
解散 解散
ka.i.sa.n

かいしゃく
解釈 解釋
ka.i.sha.ku

かいしょう
解消 消除
ka.i.sho.o

かいじょ
解除 解除
ka.i.jo

かいしょく
解職 免職
ka.i.sho.ku

かいせつ
解説 解說
ka.i.se.tsu

かいとう
解答 解答
ka.i.to.o

かいほう
解放 解放
ka.i.ho.o

かいぼう
解剖 解剖
ka.i.bo.o

かいめい
解明 闡明、弄清楚
ka.i.me.i

けんかい
見解 見解
ke.n.ka.i

べんかい
弁解 辯解
be.n.ka.i

わかい
和解 和解
wa.ka.i

りかい
理解 理解
ri.ka.i

音 げ ge

げどく
解毒 解毒
ge.do.ku

げねつ
解熱 退燒
ge.ne.tsu

訓 とく to.ku

と
解く 解開；廢除
to.ku

訓 とかす to.ka.su

と
解かす 梳（頭髮）
to.ka.su

訓 とける to.ke.ru

と
解ける 鬆開；解除、消除
to.ke.ru

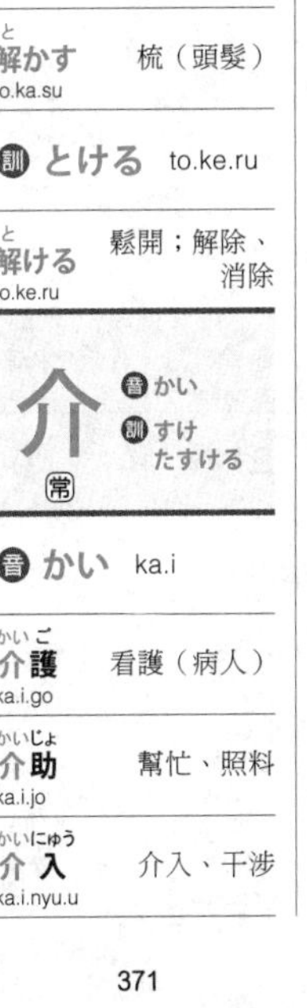

介 常
音 かい
訓 すけ
たすける

音 かい ka.i

かいご
介護 看護（病人）
ka.i.go

かいじょ
介助 幫忙、照料
ka.i.jo

かいにゅう
介入 介入、干涉
ka.i.nyu.u

かいほう
介抱 服侍、照顧
ka.i.ho.o

しょうかい
紹介 介紹
sho.o.ka.i

ちゅうかい
仲介 仲介
chu.u.ka.i

訓 すけ su.ke

訓 たすける
ta.su.ke.ru

ㄐ

借 常
音 しゃく
しゃ
訓 かりる

音 しゃく sha.ku

しゃくち
借地 租地
sha.ku.chi

しゃくや
借家 租的房子
sha.ku.ya

しゃくよう
借用 借用
sha.ku.yo.o

はいしゃく
拝借 〔謙〕借
ha.i.sha.ku

たいしゃく
貸借 借貸
ta.i.sha.ku

しゃっきん
借金 借錢
sha.k.ki.n

音 しゃ sha

しゃもん
借問 〔文〕借問、試問
sha.mo.n

訓 かりる ka.ri.ru

か
借りる 借、租借
ka.ri.ru

か
借り 借、借來的東西
ka.ri

届
常
音
訓 とどく とどける

訓 とどく to.do.ku

とど
届く 達、及；送達
to.do.ku

訓 とどける to.do.ke.ru

とど
届ける 送（信件、物品）；接受
to.do.ke.ru

とど
届け 申請書
to.do.ke

戒
常
音 かい
訓 いましめる

音 かい ka.i

かいげんれい
戒厳令 戒嚴令
ka.i.ge.n.re.i

かいこく
戒告 告誡、警告；懲戒
ka.i.ko.ku

かいりつ
戒律 戒律
ka.i.ri.tsu

はかい
破戒 破戒
ha.ka.i

訓 いましめる i.ma.shi.me.ru

いまし
戒める 訓誡、警告；禁止
i.ma.shi.me.ru

界
常
音 かい
訓

音 かい ka.i

きょうかい
境界 境界
kyo.o.ka.i

げんかい
限界 界限、極限
ge.n.ka.i

せかい
世界 世界
se.ka.i

がいかい
外界 外界
ga.i.ka.i

がっかい
学界 學界
ga.k.ka.i

きゅうかい
球界 球界
kyu.u.ka.i

ぎょうかい
業界 業界
gyo.o.ka.i

げいのうかい
芸能界 演藝圈
ge.i.no.o.ka.i

ざいかい
財界 金融界
za.i.ka.i

しぜんかい
自然界 自然界
shi.ze.n.ka.i

しゃこうかい
社交界 社交圈
sha.ko.o.ka.i

せいかい
政界 政界
se.i.ka.i

芥
音 かい け
訓 からし ごみ あくた

音 かい ka.i

かいし
芥子 芥子
ka.i.shi

かいしいろ
芥子色 芥末色、深黃色
ka.i.shi.i.ro

じんかい
塵芥 垃圾
ji.n.ka.i

音 け ke

訓 からし ka.ra.shi

訓 ごみ go.mi

ごみ
芥 垃圾、灰塵
go.mi

訓 あくた a.ku.ta

あくた
芥 垃圾、灰塵
a.ku.ta

藉
音 しゃ せき
訓

音 しゃ sha

しゃこう
藉口 藉口
sha.ko.o

いしゃ
慰藉 慰藉
i.sha

音 せき se.ki

ろうぜき
狼藉 粗暴；狼籍、亂七八糟
ro.o.ze.ki

交
音 こう
訓 まじわる・まじえる・まじる・まざる・まぜる・かう・かわす
常

音 こう ko.o

こうえき
交易 交易
ko.o.e.ki

こうかん
交換 交換
ko.o.ka.n

こうご
交互 交互
ko.o.go

こうさてん
交差点 十字路口
ko.o.sa.te.n

こうさ
交差 交叉
ko.o.sa

こうさい
交際 交際
ko.o.sa.i

こうしょう
交渉 交涉
ko.o.sho.o

こうじょう
交情 交情
ko.o.jo.o

こうせん
交戦 交戰
ko.o.se.n

こうたい
交替 交替、輪流
ko.o.ta.i

こうつう
交通 交通
ko.o.tsu.u

こうつうきかん
交通機関 交通機構
ko.o.tsu.u.ki.ka.n

こうばん
交番 派出所
ko.o.ba.n

こうふ
交付 發給、交付（文件等）
ko.o.fu

こうりゅう
交流 交流
ko.o.ryu.u

がいこう
外交 外交
ga.i.ko.o

こっこう
国交 邦交
ko.k.ko.o

しゃこう
社交 社交
sha.ko.o

ぜっこう
絶交 絶交
ze.k.ko.o

訓 まじわる ma.ji.wa.ru

まじ
交わる 交叉；交際
ma.ji.wa.ru

訓 まじえる ma.ji.e.ru

まじ
交える 加入、混雜；交換
ma.ji.e.ru

訓 まじる ma.ji.ru

まじ
交じる 混雜、夾雜；交際
ma.ji.ru

訓 まざる ma.za.ru

ま
交ざる 摻雜、混雜
ma.za.ru

訓 まぜる ma.ze.ru

ま
交ぜる 摻入、摻混
ma.ze.ru

訓 かう ka.u

か
交う 交錯、交叉
ka.u

訓 かわす ka.wa.su

か
交わす 交換、交錯
ka.wa.su

ㄐ

教
常
音 きょう
訓 おしえる おそわる

音 きょう kyo.o

きょういく
教育 教育
kyo.o.i.ku

きょういん
教員 教職員工
kyo.o.i.n

きょうか
教科 學科
kyo.o.ka

きょうかしょ
教科書 教科書
kyo.o.ka.sho

きょうかい
教会 教會
kyo.o.ka.i

きょうかん
教官 教官
kyo.o.ka.n

きょうくん
教訓 教訓
kyo.o.ku.n

きょうざい
教材 教材
kyo.o.za.i

きょうし
教師 教師
kyo.o.shi

きょうしつ
教室 教室
kyo.o.shi.tsu

きょうしゅう
教習 教導、講習
kyo.o.shu.u

きょうしょく
教職 教職
kyo.o.sho.ku

きょうよう
教養 教養
kyo.o.yo.o

きょうじゅ
教授 教授
kyo.o.ju

きょう
キリスト教 基督教
ki.ri.su.to.kyo.o

しゅうきょう
宗教 宗教
shu.u.kyo.o

せっきょう
説教 說教
se.k.kyo.o

ぶっきょう
仏教 佛教
bu.k.kyo.o

訓 おしえる o.shi.e.ru

おし
教える 教導、教授
o.shi.e.ru

おし
教え 教導、教誨
o.shi.e

訓 おそわる o.so.wa.ru

おそ
教わる 受教、跟…學習
o.so.wa.ru

焦
常
音 しょう
訓 こげる こがす こがれる あせる

音 しょう sho.o

しょうそう
焦燥 焦燥
sho.o.so.o

しょうてん
焦点 焦點
sho.o.te.n

しょうりょ
焦慮 焦慮
sho.o.ryo

訓 こげる ko.ge.ru

こ
焦げる 烤焦、燒焦
ko.ge.ru

こ ちゃ
焦げ茶 深棕色
ko.ge.cha

訓 こがす ko.ga.su

こ
焦がす 烤焦；焦急
ko.ga.su

訓 こがれる ko.ga.re.ru

こ
焦がれる 渴望、思慕；烤焦
ko.ga.re.ru

訓 あせる a.se.ru

あせ
焦る 著急、急躁
a.se.ru

礁
常
音 しょう
訓

音 しょう sho.o

あんしょう
暗礁 暗礁
a.n.sho.o

サンゴ礁（しょう） 珊瑚礁
sa.n.go.sho.o

蕉
音 しょう
訓

音 しょう sho.o

芭蕉（ばしょう） 〔植〕芭蕉
ba.sho.o

郊
音 こう
訓
常

音 こう ko.o

郊外（こうがい） 郊外
ko.o.ga.i

近郊（きんこう） 近郊
ki.n.ko.o

鮫
音 こう
訓 さめ

音 こう ko.o

訓 さめ sa.me

鮫（さめ） 鯊魚
sa.me

佼
音 こう きょう
訓

音 こう ko.o

音 きょう kyo.o

攪
音 かく こう
訓

音 かく ka.ku

攪拌（かくはん） 攪拌
ka.ku.ha.n

攪乱（かくらん） 引起混亂
ka.ku.ra.n

音 こう ko.o

攪拌（こうはん） 攪拌
ko.o.ha.n

攪乱（こうらん） 引起混亂
ko.o.ra.n

矯
音 きょう
訓 ためる
常

音 きょう kyo.o

矯飾（きょうしょく） 矯飾
kyo.o.sho.ku

矯正（きょうせい） 矯正、糾正
kyo.o.se.i

訓 ためる ta.me.ru

矯める（た） 矯直、弄彎；矯正；扭曲（事實）
ta.me.ru

絞
音 こう
訓 しぼる しめる しまる
常

音 こう ko.o

絞殺（こうさつ） 勒死、絞死
ko.o.sa.tsu

絞首刑（こうしゅけい） 絞刑
ko.o.shu.ke.i

訓 しぼる shi.bo.ru

絞る（しぼ） 擰、榨；苦思
shi.bo.ru

訓 しめる shi.me.ru

絞める（し） 勒、緊
shi.me.ru

訓 しまる shi.ma.ru

絞まる（し） 勒緊
shi.ma.ru

狡

音 こう
訓 ずるい こすい

音 こう ko.o

こうかつ
狡猾 ko.o.ka.tsu 狡猾

訓 ずるい zu.ru.i

ずる
狡い zu.ru.i 狡猾的

訓 こすい ko.su.i

こす
狡い ko.su.i 狡猾的

脚

音 きゃく きゃ
訓 あし
常

音 きゃく kya.ku

きゃくしょく
脚色 kya.ku.sho.ku 角色

きゃくほん
脚本 kya.ku.ho.n 腳本、劇本

に にん さんきゃく
二人三脚 ni.ni.n.sa.n.kya.ku 兩人三腳

音 きゃ kya

きゃたつ
脚立 * kya.ta.tsu 梯子

訓 あし a.shi

あし
脚 a.shi 腳、足

角

音 かく
訓 かど つの
常

音 かく ka.ku

かく
角 ka.ku 角落

かくど
角度 ka.ku.do 角度

さんかくけい
三角形 sa.n.ka.ku.ke.i 三角形

ちょっかく
直角 cho.k.ka.ku 直角

ほうがく
方角 ho.o.ga.ku 方位

訓 かど ka.do

かど
角 ka.do 角、稜角

ま かど
曲がり角 ma.ga.ri.ka.do 轉角

訓 つの tsu.no

つの
角 tsu.no （動物的）角

つのざいく
角細工 tsu.no.za.i.ku 角製工藝品

叫

音 きょう
訓 さけぶ
常

音 きょう kyo.o

ぜっきょう
絶叫 ze.k.kyo.o 大叫、喊叫

訓 さけぶ sa.ke.bu

さけ
叫ぶ sa.ke.bu 呼叫、呼喊

さけ
叫び sa.ke.bi 大叫；提出自己的主張

較

音 かく
訓 くらべる
常

音 かく ka.ku

ひかく
比較 hi.ka.ku 比較

訓 くらべる ku.ra.be.ru

くら
較べる ku.ra.be.ru 比較、競爭

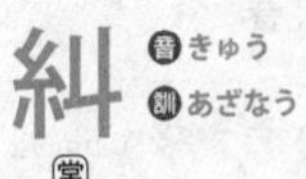

糾 常

音 きゅう
訓 あざなう

音 きゅう kyu.u

きゅうごう 糾合 kyu.u.go.o	糾合、糾集、集合
きゅうだん 糾弾 kyu.u.da.n	彈劾、譴責、抨擊
きゅうめい 糾明 kyu.u.me.i	究明、查明
ふんきゅう 紛糾 fu.n.kyu.u	意見、主張等不同產生的糾紛

訓 あざなう a.za.na.u

あざな 糾う a.za.na.u	（繩子…）交錯

鳩

音 きゅう
訓 はと

音 きゅう kyu.u

きゅうしゃ 鳩舎 kyu.u.sha	鴿舍

訓 はと ha.to

はと 鳩 ha.to	鴿子

久 常

音 きゅう
く
訓 ひさしい

音 きゅう kyu.u

えいきゅう 永久 e.i.kyu.u	永久
じきゅう 持久 ji.kyu.u	持久
ちょうきゅう 長久 cho.o.kyu.u	長久

音 く ku

くおん 久遠 * ku.o.n	永久、久遠

訓 ひさしい hi.sa.shi.i

ひさ 久しい hi.sa.shi.i	許久、好久
ひさ 久しぶり hi.sa.shi.bu.ri	好久不見

九 常

音 きゅう
く
訓 ここの
ここのつ

音 きゅう kyu.u

きゅう 九 kyu.u	九
きゅうかい 九回 kyu.u.ka.i	九次
きゅうしにいっしょう 九死に一生 kyu.u.shi.ni.i.s.sho.o	死裡逃生
さんぱいきゅうはい 三拝九拝 sa.n.pa.i.kyu.u.ha.i	三拜九叩

音 く ku

く 九 ku	九
くく 九九 ku.ku	九九乘法
くぶくりん 九分九厘 ku.bu.ku.ri.n	九成、百分之九十九
きゅうじ 灸治 kyu.u.ji	針灸治療
ここのか 九日 ko.ko.no.ka	（每月）九號、九天
ここのえ 九重 ko.ko.no.e	多層

訓 ここのつ ko.ko.no.tsu

ここの 九つ ko.ko.no.tsu	九個

灸

音 きゅう
訓

音 きゅう kyu.u

ㄐ

訓 ここの ko.ko.no

玖

音 きゅう く
訓

音 きゅう kyu.u

音 く ku

韮

音 きゅう
訓 にら

音 きゅう kyu.u

訓 にら ni.ra

にら
韮 ni.ra 韭菜

酒

常
音 しゅ
訓 さけ さか

音 しゅ shu

しゅえん
酒宴 shu.e.n 酒席

しゅりょう
酒量 shu.ryo.o 酒量

いんしゅ
飲酒 i.n.shu 飲酒

きんしゅ
禁酒 ki.n.shu 禁酒

にほんしゅ
日本酒 ni.ho.n.shu 日本酒

びしゅ
美酒 bi.shu 美酒

ようしゅ
洋酒 yo.o.shu 洋酒

訓 さけ sa.ke

さけぐせ
酒癖 sa.ke.gu.se 酒品

さけ
お酒 o.sa.ke 酒

訓 さか sa.ka

さかぐら
酒蔵 * sa.ka.gu.ra 酒窖、酒庫

さかば
酒場 * sa.ka.ba 酒館

さかや
酒屋 * sa.ka.ya 釀酒、賣酒的（店、人）

厩

音 きゅう
訓 うまや

音 きゅう kyu.u

きゅうしゃ
厩舎 kyu.u.sha 馬圈

訓 うまや u.ma.ya

うまや
厩 u.ma.ya 馬圈

就

常
音 しゅう じゅ
訓 つく つける

音 しゅう shu.u

しゅうがく
就学 shu.u.ga.ku 就學

しゅうぎょう
就業 shu.u.gyo.o 就業

しゅうこう
就航 shu.u.ko.o （船、飛機）首航

しゅうしょく
就職 shu.u.sho.ku 就職

しゅうしん
就寝 shu.u.shi.n 就寢

しゅうにん
就任 shu.u.ni.n 就任

しゅうみん
就眠 shu.u.mi.n 入眠

しゅうろう
就労 shu.u.ro.o 開始工作

音 じゅ ju

じょうじゅ
成就 ＊ 成就
jo.o.ju

訓 つく tsu.ku

つ
就く 從事
tsu.ku

訓 つける tsu.ke.ru

つ
就ける 從事、職業
tsu.ke.ru

救
音 きゅう
訓 すくう
常

音 きゅう kyu.u

きゅうえん
救援 救援
kyu.u.e.n

きゅうきゅうしゃ
救急車 救護車
kyu.u.kyu.u.sha

きゅうさい
救済 救濟
kyu.u.sa.i

きゅうしゅつ
救出 救出
kyu.u.shu.tsu

きゅうじょ
救助 救助
kyu.u.jo

きゅうめい
救命 救命
kyu.u.me.i

訓 すくう su.ku.u

すく
救う 拯救、救濟
su.ku.u

すく
救い 拯救、援助
su.ku.i

旧
音 きゅう
訓 ふるい
常

音 きゅう kyu.u

きゅう
旧 舊、以前
kyu.u

きゅうあく
旧悪 舊時惡行
kyu.u.a.ku

きゅうか
旧家 舊家
kyu.u.ka

きゅうしき
旧式 舊式
kyu.u.shi.ki

きゅうせい
旧制 舊制
kyu.u.se.i

きゅうせい
旧姓 舊姓
kyu.u.se.i

きゅうち
旧知 舊識、老朋友
kyu.u.chi

きゅうねん
旧年 去年
kyu.u.ne.n

きゅうゆう
旧遊 舊地重遊
kyu.u.yu.u

きゅうれき
旧暦 舊曆
kyu.u.re.ki

しんきゅう
新旧 新舊
shi.n.kyu.u

ふっきゅう
復旧 恢復原狀
fu.k.kyu.u

訓 ふるい fu.ru.i

究
音 きゅう
訓 きわめる
常

音 きゅう kyu.u

きゅうきょく
究極 究竟
kyu.u.kyo.ku

がっきゅう
学究 學術研究
ga.k.kyu.u

けんきゅう
研究 研究
ke.n.kyu.u

こうきゅう
考究 考究
ko.o.kyu.u

たんきゅう
探究 探究
ta.n.kyu.u

ついきゅう
追究 追究
tsu.i.kyu.u

ろんきゅう
論究 深入討論
ro.n.kyu.u

訓 きわめる ki.wa.me.ru

きわ
究める 徹底查明
ki.wa.me.ru

臼
音 きゅう
訓 うす

音 きゅう kyu.u

きゅうし
臼歯 臼齒
kyu.u.shi

訓 うす u.su

いしうす
石臼 石磨
i.shi.u.su

鷲
音 しゅう じゅ
訓 わし

音 しゅう shu.u

音 じゅ ju

訓 わし wa.shi

わし
鷲 鷲、鵰
wa.shi

兼
音 けん
訓 かねる
常

音 けん ke.n

けんぎょう
兼業 兼差
ke.n.gyo.o

けんしょく
兼職 兼職
ke.n.sho.ku

けんにん
兼任 兼任
ke.n.ni.n

けんよう
兼用 兼用
ke.n.yo.o

訓 かねる ka.ne.ru

か
兼ねる 兼；兼任、兼職
ka.ne.ru

堅
音 けん
訓 かたい
常

音 けん ke.n

けんご
堅固 堅固
ke.n.go

けんじ
堅持 堅持
ke.n.ji

けんじつ
堅実 可靠、踏實
ke.n.ji.tsu

けんにんふばつ
堅忍不抜 堅忍不拔
ke.n.ni.n.fu.ba.tsu

訓 かたい ka.ta.i

かた
堅い 堅硬的
ka.ta.i

姦
音 かん
訓 かしましい

音 かん ka.n

かんつう
姦通 通姦
ka.n.tsu.u

ごうかん
強姦 強姦
go.o.ka.n

訓 かしましい ka.shi.ma.shi.i

かしま
姦しい 嘈雜、鬧哄哄的
ka.shi.ma.shi.i

尖
音 せん
訓 とがる

音 せん se.n

せんたん
尖端 尖端、頂端、前端
se.n.ta.n

せんとう
尖塔 尖塔
se.n.to.o

ぜっせん
舌尖 舌尖
ze.s.se.n

訓 とがる to.ga.ru

とが
尖る 尖、尖銳；敏感
to.ga.ru

4-3

揃
音 せん
訓 そろえる
そろう

音 せん se.n

訓 そろえる so.ro.e.ru

そろ **揃える** so.ro.e.ru	使…一致、齊全

訓 そろう so.ro.u

そろ **揃う** so.ro.u	齊全、齊聚；一致
そろ **揃い** so.ro.i	齊聚；套、組

煎
音 せん
訓 いる

音 せん se.n

せんべい **煎餅** se.n.be.i	煎餅
せんちゃ **煎茶** se.n.cha	煎茶

訓 いる i.ru

い **煎る** i.ru	〔烹調〕煎

監
音 かん
訓
常

音 かん ka.n

かんごく **監獄** ka.n.go.ku	監獄
かんさ **監査** ka.n.sa	監查
かんし **監視** ka.n.shi	監視
かんとく **監督** ka.n.to.ku	監督；導演

肩
音 けん
訓 かた
常

音 けん ke.n

けんこうこつ **肩甲骨** ke.n.ko.o.ko.tsu	肩胛骨
けんしょう **肩章** ke.n.sho.o	肩章
そうけん **双肩** so.o.ke.n	雙肩；背負的責任

訓 かた ka.ta

かた **肩** ka.ta	肩膀

菅
音 かん
訓 すげ
すが

音 かん ka.n

訓 すげ su.ge

すげがさ **菅笠** su.ge.ga.sa	斗笠

訓 すが su.ga

間
音 かん
けん
訓 あいだ
ま
常

音 かん ka.n

かんかく **間隔** ka.n.ka.ku	間隔
かんしょく **間食** ka.n.sho.ku	點心
きかん **期間** ki.ka.n	期間
くうかん **空間** ku.u.ka.n	空間
じかん **時間** ji.ka.n	時間
しゅうかん **週間** shu.u.ka.n	一週、一星期

ちゅうかん
中間 中間
chu.u.ka.n

ちゅうかん
昼間 中午
chu.u.ka.n

ねんかん
年間 一年中
ne.n.ka.n

音 けん ke.n

せけん
世間 世間
se.ke.n

にんげん
人間 人
ni.n.ge.n

訓 あいだ a.i.da

あいだ
間 間隔、間距；當中
a.i.da

あいだがら
間柄 （親屬）關係；交情
a.i.da.ga.ra

訓 ま ma

ま
間 空隙；空閒
ma

まちが
間違い 錯誤、過失
ma.chi.ga.i

まちが
間違う 弄錯、有誤
ma.chi.ga.u

まちが
間違える 弄錯、失誤
ma.chi.ga.e.ru

まぢか
間近 臨近
ma.ji.ka

まあ
間に合う 派上用場；來得及；夠用
ma.ni.a.u

まな
間も無く 不久、即將
ma.mo.na.ku

いま
居間 客廳
i.ma

たにま
谷間 山谷間
ta.ni.ma

どま
土間 水泥地
do.ma

なかま
仲間 朋友
na.ka.ma

ようま
洋間 西式房間
yo.o.ma

音 けん ke.n

訓 かつお ka.tsu.o

かつお
鰹 鰹魚
ka.tsu.o

音 けん ke.n

けんやく
倹約 節儉、節約
ke.n.ya.ku

音 けん ke.n

けんいん
検印 檢核章
ke.n.i.n

けんえき
検疫 檢疫
ke.n.e.ki

けんえつ
検閲 檢閱、檢查
ke.n.e.tsu

けんおん
検温 量體溫
ke.n.o.n

けんがん
検眼 檢查視力
ke.n.ga.n

けんきょ
検挙
ke.n.kyo

けんさ
検査 檢查
ke.n.sa

けんざん
検算 驗算
ke.n.za.n

けんじ
検事 檢察官
ke.n.ji

けんそく
検束 管束
ke.n.so.ku

けんてい
検定 檢定
ke.n.te.i

讀音	單字	羅馬拼音	中文
けんとう	検討	ke.n.to.o	檢討
けんぶん	検分	ke.n.bu.n	實地調查
たんけんたい	探検隊	ta.n.ke.n.ta.i	探險隊
てんけん	点検	te.n.ke.n	詳細檢查

減

音 げん
訓 へる へらす
常

音 げん ge.n

讀音	單字	羅馬拼音	中文
げんいん	減員	ge.n.i.n	減少人員
げんがく	減額	ge.n.ga.ku	減少（數量或金額）
げんさん	減産	ge.n.sa.n	減少產量
げんしゅう	減収	ge.n.shu.u	收入、收穫量減少
げんしょう	減少	ge.n.sho.o	減少
げんしょく	減食	ge.n.sho.ku	節食、縮食
げんぜい	減税	ge.n.ze.i	減稅
げんたい	減退	ge.n.ta.i	減退

讀音	單字	羅馬拼音	中文
げんてん	減点	ge.n.te.n	扣分
げんぽう	減法	ge.n.po.o	減法
げんりょう	減量	ge.n.ryo.o	減量
かげん	加減	ka.ge.n	加減；分寸、程度
けいげん	軽減	ke.i.ge.n	減輕
さくげん	削減	sa.ku.ge.n	削減
せつげん	節減	se.tsu.ge.n	節儉

訓 へる he.ru

讀音	單字	羅馬拼音	中文
へ	減る	he.ru	減少

訓 へらす he.ra.su

讀音	單字	羅馬拼音	中文
へ	減らす	he.ra.su	減少

簡

音 かん
訓
常

音 かん ka.n

讀音	單字	羅馬拼音	中文
かんい	簡易	ka.n.i	簡易
かんけつ	簡潔	ka.n.ke.tsu	簡潔
かんそ	簡素	ka.n.so	簡單樸素
かんたん	簡単	ka.n.ta.n	簡單
かんべん	簡便	ka.n.be.n	簡便
かんりゃく	簡略	ka.n.rya.ku	簡略

繭

音 けん
訓 まゆ
常

音 けん ke.n

讀音	單字	羅馬拼音	中文
けんし	繭糸	ke.n.shi	繭絲

訓 まゆ ma.yu

讀音	單字	羅馬拼音	中文
まゆ	繭	ma.yu	繭、蠶繭

鹸

音 けん
訓

音 けん ke.n

讀音	單字	羅馬拼音	中文
せっけん	石鹸	se.k.ke.n	肥皂

件 音けん 訓くだり くだん 常

音 けん ke.n

けん
件 事件、事情
ke.n

けんすう
件数 件數
ke.n.su.u

いっけん
一件 一件
i.k.ke.n

じけん
事件 事件
ji.ke.n

じょうけん
条件 條件
jo.o.ke.n

じんけんひ
人件費 人事費用
ji.n.ke.n.hi

ぶっけん
物件 物件
bu.k.ke.n

ようけん
用件 （應做的）事情
yo.o.ke.n

ようけん
要件 要事
yo.o.ke.n

訓 くだり ku.da.ri

くだり
件 （文章的）章、段
ku.da.ri

訓 くだん ku.da.n

くだん
件 之前說過的事
ku.da.n

健 音けん 訓すこやか 常

音 けん ke.n

おんけん
穏健 言行得體、態度表現穩健
o.n.ke.n

けんこう
健康 健康
ke.n.ko.o

けんこうほけん
健康保険 健保
ke.n.ko.o.ho.ke.n

けんざい
健在 健在
ke.n.za.i

けんしょう
健勝 健壯
ke.n.sho.o

けんぜん
健全 健全
ke.n.ze.n

けんとう
健闘 奮鬥
ke.n.to.o

きょうけん
強健 強健
kyo.o.ke.n

ほけん
保健 保健
ho.ke.n

訓 すこやか su.ko.ya.ka

すこ
健やか 健全、健康的
su.ko.ya.ka

剣 音けん 訓つるぎ 常

音 けん ke.n

けんじゅつ
剣術 劍術
ke.n.ju.tsu

けんどう
剣道 劍道
ke.n.do.o

しんけん
真剣 認真的
shi.n.ke.n

とうけん
刀剣 刀劍
to.o.ke.n

訓 つるぎ tsu.ru.gi

つるぎ
剣 刀劍的總稱
tsu.ru.gi

建 音けん こん 訓たてる たつ 常

音 けん ke.n

けんぎ
建議 建議
ke.n.gi

けんこく
建国 建國
ke.n.ko.ku

けんせつ
建設 建設
ke.n.se.tsu

けんぞう
建造 建造
ke.n.zo.o

けんちく
建築 建築
ke.n.chi.ku

けんぱく
建白 （向政府、上級）建議
ke.n.pa.ku

さいけん
再建 重建
sa.i.ke.n

ほうけんてき
封建的 封建的
ho.o.ke.n.te.ki

音 こん ko.n

こんりゅう
建立 * 建立
ko.n.ryu.u

訓 たてる ta.te.ru

た
建てる 建造、建立
ta.te.ru

たてまえ
建前 〔建〕上樑；方針；場面話
ta.te.ma.e

たてもの
建物 建築物
ta.te.mo.no

訓 たつ ta.tsu

た
建つ 建、蓋
ta.tsu

漸 音 ぜん 訓 ようやく 常

音 ぜん ze.n

ぜんげん
漸減 逐漸減少
ze.n.ge.n

ぜんじ
漸次 逐漸、漸漸
ze.n.ji

ぜんしん
漸進 漸進
ze.n.shi.n

ぜんぞう
漸増 漸增
ze.n.zo.o

訓 ようやく yo.o.ya.ku

ようや
漸く 好不容易、終於
yo.o.ya.ku

澗 音 かん けん 訓

音 かん ka.n

かんすい
澗水 山澗、山谷間的小水流
ka.n.su.i

音 けん ke.n

箭 音 せん 訓

音 せん se.n

きゅうせん
弓箭 弓箭
kyu.u.se.n

艦 音 かん 訓 常

音 かん ka.n

かんたい
艦隊 艦隊
ka.n.ta.i

かんちょう
艦長 艦長
ka.n.cho.o

かんてい
艦艇 艦艇
ka.n.te.i

ぐんかん
軍艦 軍艦
gu.n.ka.n

薦 音 せん 訓 すすめる 常

音 せん se.n

じせん
自薦 自薦
ji.se.n

すいせん
推薦 推薦
su.i.se.n

訓 すすめる su.su.me.ru

すす
薦める 推薦
su.su.me.ru

ㄐ

見

音 けん
訓 みる みえる みせる
常

音 けん ke.n

けんかい
見解 見解
ke.n.ka.i

けんがく
見学 見習
ke.n.ga.ku

けんしき
見識 見識
ke.n.shi.ki

けんち
見地 立場、觀點
ke.n.chi

けんとう
見当 方向；估計、預測
ke.n.to.o

けんぶつ
見物 參觀
ke.n.bu.tsu

いけん
意見 意見
i.ke.n

いっけん
一見 乍看之下
i.k.ke.n

かいけん
会見 會見
ka.i.ke.n

がいけん
外見 外表
ga.i.ke.n

はっけん
発見 發現
ha.k.ke.n

訓 みる mi.ru

み
見る 看
mi.ru

み あ
見合い 互看；相親
mi.a.i

み おく
見送り 目送、送行
mi.o.ku.ri

み おく
見送る 目送、送行；觀望
mi.o.ku.ru

み お
見落とす 漏看、疏忽
mi.o.to.su

み お
見下ろす 俯視；瞧不起
mi.o.ro.su

み か
見掛け 外表、外觀
mi.ka.ke

み か
見掛ける 看到、見到
mi.ka.ke.ru

み かた
見方 看的方法；見解
mi.ka.ta

み ぐる
見苦しい 難看的；丟臉的
mi.gu.ru.shi.i

み ごと
見事 美麗；精彩
mi.go.to

み こ
見込み 估計；可能性
mi.ko.mi

み
見せびらかす 賣弄、誇耀
mi.se.bi.ra.ka.su

み もの
見せ物 表演、雜耍
mi.se.mo.no

み だ
見出し 標題；挑選
mi.da.shi

み
見つかる 被發現、被看見；能找出
mi.tsu.ka.ru

み
見つける 發現、找到；看慣
mi.tsu.ke.ru

み つ
見詰める 凝視、注視
mi.tsu.me.ru

み つ
見積もり 估價單
mi.tsu.mo.ri

み とお
見通し 看完、看透；瞭望
mo.to.o.shi

み なお
見直す 重看、重新考慮
mo.na.o.su

み なら
見習う 學習、仿效
mi.na.ra.u

み な
見慣れる 看慣
mi.na.re.ru

み のが
見逃す 忽略、漏看；放任
mi.no.ga.su

み はか
見計らう 估計、斟酌
mi.ha.ka.ra.u

み は
見晴らし 眺望
mi.ha.ra.shi

み ほん
見本 樣品、示範
mi.ho.n

み ま
見舞い 探病、探望
mi.ma.i

み ま
見舞う 探病、探望；遭受(災難等)
mi.ma.u

み わた
見渡す 遠望、瞭望
mi.wa.ta.su

訓 みえる mi.e.ru

み 見える mi.e.ru	看得見

訓 みせる mi.se.ru

み 見せる mi.se.ru	讓…看、給…看

諫

音 かん
訓 いさめる

音 かん ka.n

かんげん 諫言 ka.n.ge.n	諫言
ちょっかん 直諫 cho.k.ka.n	直諫

訓 いさめる i.sa.me.ru

いさ 諫める i.sa.me.ru	規勸、規諫

賎

音 せん
訓 いやしい

音 せん se.n

きせん 貴賎 ki.se.n	貴賤
ひせん 卑賎 hi.se.n	卑賤

訓 いやしい i.ya.shi.i

いや 賎しい i.ya.shi.i	卑賤、卑劣的；寒酸的

践

音 せん
訓
常

音 せん se.n

じっせん 実践 ji.s.se.n	實踐

鍵

音 けん
訓 かぎ

音 けん ke.n

かんけん 関鍵 ka.n.ke.n	關鍵
こっけん 黒鍵 ko.k.ke.n	〔樂〕黑鍵
はっけん 白鍵 ha.k.ke.n	〔樂〕白鍵

訓 かぎ ka.gi

かぎ 鍵 ka.gi	鑰匙；關鍵

鑑

音 かん
訓 かがみ かんがみる
常

音 かん ka.n

かんしょう 鑑賞 ka.n.sho.o	鑑賞、欣賞
かんてい 鑑定 ka.n.te.i	鑑定、判斷
かんべつ 鑑別 ka.n.be.tsu	鑑別、辨別
いんかん 印鑑 i.n.ka.n	印鑑

訓 かがみ ka.ga.mi

訓 かんがみる ka.n.ga.mi.ru

今

音 こん きん
訓 いま
常

音 こん ko.n

こんか 今夏 ko.n.ka	今年夏天
こんかい 今回 ko.n.ka.i	此次
こんがっき 今学期 ko.n.ga.k.ki	本學期

ㄐ

こんげつ
今月 本月
ko.n.ge.tsu

こんばん
今晚 今晚
ko.n.ba.n

こんご
今後 今後
ko.n.go

こんしゅう
今週 本週
ko.n.shu.u

こんど
今度 這次；下次
ko.n.do

こんとう
今冬 今年冬天
ko.n.to.o

こんにち
今日 今日、本日
ko.n.ni.chi

こんねんど
今年度 本年度
ko.n.ne.n.do

こんや
今夜 今夜
ko.n.ya

こんゆう
今夕 今夕、今晚
ko.n.yu.u

げんこん
現今 現今
ge.n.ko.n

ここん
古今 古今
ko.ko.n

音 きん ki.n

きんじょう
今上 現任的天皇
ki.n.jo.o

訓 いま i.ma

いま
今 現在、目前
i.ma

いまどき
今時 如今、這時候
i.ma.do.ki

いま
今に 不久、即將；至今
i.ma.ni

いま
今にも 即將、馬上
i.ma.ni.mo

きょう
特 今日 今天
kyo.o

巾 音 きん 訓

音 きん ki.n

しゅきん
手巾 手帕
shu.ki.n

ずきん
頭巾 頭巾
zu.ki.n

ぞうきん
雑巾 抹巾
zo.o.ki.n

斤 音 きん 訓 常

音 きん ki.n

きんりょう
斤量 重量、分量
ki.n.ryo.o

津 音 しん 訓 つ 常

音 しん shi.n

きょうみしんしん
興味津津 津津有味
kyo.o.mi.shi.n.shi.n

訓 つ tsu

つなみ
津波 海嘯
tsu.na.mi

筋 音 きん 訓 すじ 常

音 きん ki.n

きんこつ
筋骨 筋骨
ki.n.ko.tsu

きんにく
筋肉 肌肉
ki.n.ni.ku

きんりょく
筋力 力量
ki.n.ryo.ku

てっきん
鉄筋 鋼筋
te.k.ki.n

訓 すじ su.ji

すじ
筋 肌肉、筋、血管
su.ji

すじが
筋書き (小說…)情節、大綱
su.ji.ga.ki

すじみち
筋道 條理
su.ji.mi.chi

おおすじ
大筋 內容提要、大綱
o.o.su.ji

がいこうすじ
外交筋 外交程序
ga.i.ko.o.su.ji

ちすじ
血筋 血脈
chi.su.ji

ほんすじ
本筋 正題、本題
ho.n.su.ji

みちすじ
道筋 道路
mi.chi.su.ji

衿
音 きん
訓 えり

音 きん ki.n

かいきん
開衿 開襟
ka.i.ki.n

訓 えり e.ri

えり
衿 衣領；後頸部
e.ri

襟
音 きん
訓 えり
常

音 きん ki.n

きょうきん
胸襟 胸襟
kyo.o.ki.n

訓 えり e.ri

えり
襟 衣領
e.ri

えりもと
襟元 領口
e.ri.mo.to

金
音 きん こん
訓 かね かな
常

音 きん ki.n

きん
金 〔金屬〕黃金
ki.n

きんいろ
金色 金色
ki.n.i.ro

きんか
金貨 金幣
ki.n.ka

きんがく
金額 金額
ki.n.ga.ku

きんぎん
金銀 金銀
ki.n.gi.n

きんぎょ
金魚 金魚
ki.n.gyo

きんげん
金言 金言、格言
ki.n.ge.n

きんこ
金庫 金庫、保險櫃
ki.n.ko

きんこう
金鉱 金礦
ki.n.ko.o

きんせん
金銭 金錢
ki.n.se.n

きんぞく
金属 金屬
ki.n.zo.ku

きんゆう
金融 金融
ki.n.yu.u

きんよう
金曜 星期五
ki.n.yo.o

きんようび
金曜日 星期五
ki.n.yo.o.bi

げんきん
現金 現金
ge.n.ki.n

しきん
資金 資金
shi.ki.n

しゃっきん
借金 借錢
sha.k.ki.n

しゅうきん
集金 集資
shu.u.ki.n

しょうきん
賞金 賞金
sho.o.ki.n

たいきん
大金 巨額
ta.i.ki.n

だいきん
代金 貨款
da.i.ki.n

ちょきん
貯金 存錢
cho.ki.n

ㄐ

ちんぎん
賃金 租金
chi.n.gi.n

へんきん
返金 還錢
he.n.ki.n

よきん
預金 借錢
yo.ki.n

りょうきん
料金 費用
ryo.o.ki.n

音 こん ko.n

こんじき
金色 金色
ko.n.ji.ki

こんどう
金銅 鍍金的銅
ko.n.do.o

おうごん
黄金 黃金
o.o.go.n

訓 かね ka.ne

かねめ
金目 值錢、價值
ka.ne.me

かね
お金 金錢
o.ka.ne

かねも
お金持ち 有錢人
o.ka.ne.mo.chi

訓 かな ka.na

かなぐ
金具 * 金屬零件
ka.na.gu

かなづち
金槌 * 鐵鎚、槌子；不會游泳的人
ka.na.zu.chi

かなもの
金物 * 金屬器具
ka.na.mo.no

僅
音 きん
訓 わずか

音 きん ki.n

きんきん
僅僅 僅僅
ki.n.ki.n

きんさ
僅差 些微的差距
ki.n.sa

きんしょう
僅少 極少、很少
ki.n.sho.o

訓 わずか wa.zu.ka

わず
僅か 很少、僅、稍微
wa.zu.ka

儘
音 じん
訓 まま

音 じん ji.n

訓 まま ma.ma

きまま
気儘 任性、隨便
ki.ma.ma

わ まま
我が儘 任性、放肆
wa.ga.ma.ma

緊
音 きん
訓
常

音 きん ki.n

きんきゅう
緊急 緊急
ki.n.kyu.u

きんちょう
緊張 緊張
ki.n.cho.o

きんぱく
緊迫 緊迫
ki.n.pa.ku

きんみつ
緊密 緊密
ki.n.mi.tsu

謹
音 きん
訓 つつしむ
常

音 きん ki.n

きんがしんねん
謹賀新年 恭賀新年
ki.n.ga.shi.n.ne.n

きんけい
謹啓 〔書信〕敬啟者
ki.n.ke.i

きんしん
謹慎 謹慎
ki.n.shi.n

きんせい
謹製 精心製作
ki.n.se.i

訓 つつしむ tsu.tsu.shi.mu

つつし
謹む 謹慎、慎重
tsu.tsu.shi.mu

錦
音 きん
訓 にしき

音 きん ki.n

きんしゅう
錦繍 精美的絲織品、衣服
ki.n.shu.u

訓 にしき ni.shi.ki

にしき
錦 色彩花紋美麗的絲織品
ni.shi.ki

尽
音 じん
訓 つくす つきる つかす
常

音 じん ji.n

じんりょく
尽力 盡力、努力
ji.n.ryo.ku

む じん
無尽 無盡
mu.ji.n

り ふ じん
理不尽 無理、不講理
ri.fu.ji.n

訓 つくす tsu.ku.su

つ
尽くす 竭盡、盡力
tsu.ku.su

訓 つきる tsu.ki.ru

つ
尽きる 盡、完了
tsu.ki.ru

訓 つかす tsu.ka.su

つ
尽かす 盡、盡頭
tsu.ka.su

晋
音 しん
訓

音 しん shi.n

しん
晋 （中國朝代名）晉
shi.n

浸
音 しん
訓 ひたす ひたる
常

音 しん shi.n

しんしゅつ
浸出 浸出、溶解出
shi.n.shu.tsu

しんしょく
浸食 侵蝕
shi.n.sho.ku

しんすい
浸水 滲水、淹水
shi.n.su.i

しんとう
浸透 滲透
shi.n.to.o

しんにゅう
浸入 滲入
shi.n.nyu.u

訓 ひたす hi.ta.su

ひた
浸す 浸、泡
hi.ta.su

訓 ひたる hi.ta.ru

ひた
浸る 浸、泡；沉浸
hi.ta.ru

禁
音 きん
訓
常

音 きん ki.n

きんえん
禁煙 禁煙
ki.n.e.n

きん し
禁止 禁止
ki.n.shi

きんしゅ
禁酒 禁酒
ki.n.shu

きんせい
禁制 禁止
ki.n.se.i

きんそく
禁足 禁足
ki.n.so.ku

きんもつ
禁物 嚴禁的事物
ki.n.mo.tsu

きんりょう
禁漁 禁止捕漁
ki.n.ryo.o

ㄐ

きんりょう
禁猟 禁止狩獵
ki.n.ryo.o

きんれい
禁令 禁令
ki.n.re.i

かいきん
解禁 解禁
ka.i.ki.n

げんきん
厳禁 嚴禁
ge.n.ki.n

はっきん
発禁 禁止發行、販售
ha.k.ki.n

きん
禁じる 禁止
ki.n.ji.ru

音 **きん** ki.n

きんかい
近海 近海
ki.n.ka.i

きんかん
近刊 近期出版（的書）
ki.n.ka.n

きんがん
近眼 近視
ki.n.ga.n

きんこう
近郊 近郊、郊區
ki.n.ko.o

きんし
近視 近視
ki.n.shi

きんじつ
近日 最近幾天
ki.n.ji.tsu

きんじょ
近所 附近
ki.n.jo

きんせい
近世 近世、近代
ki.n.se.i

きんだい
近代 近代
ki.n.da.i

きんねん
近年 近幾年
ki.n.ne.n

きんぺん
近辺 附近一帶
ki.n.pe.n

さいきん
最近 最近
sa.i.ki.n

せっきん
接近 接近
se.k.ki.n

訓 **ちかい** chi.ka.i

ちか
近い 近的
chi.ka.i

ちか
近く 附近；將近
chi.ka.ku

ちかごろ
近頃 近來、最近
chi.ka.go.ro

ちかぢか
近近 最近、不久
chi.ka.ji.ka

ちかづ
近付く 臨近、靠近
chi.ka.zu.ku

ちかづ
近付ける 使靠近、使接近
chi.ka.zu.ke.ru

ちかよ
近寄る 靠近、親近
chi.ka.yo.ru

進

音 しん
訓 すすむ すすめる
常

音 **しん** shi.n

しんか
進化 進化
shi.n.ka

しんがく
進学 升學
shi.n.ga.ku

しんこう
進攻 進攻
shi.n.ko.o

しんこう
進行 進行
shi.n.ko.o

しんしゅつ
進出 進入、進到
shi.n.shu.tsu

しんたい
進退 進退
shi.n.ta.i

しんてい
進呈 奉送、敬贈
shi.n.te.i

しんてん
進展 進展
shi.n.te.n

しんど
進度 進度
shi.n.do

しんにゅう
進入 進入
shi.n.nyu.u

しんぽ
進歩 進步
shi.n.po

しんもつ
進物 贈品
shi.n.mo.tsu

しんろ
進路 出路、方向
shi.n.ro

こうしん
後進 後進、晚輩
ko.o.shi.n

ぜんしん
前進 前進
ze.n.shi.n

ぞうしん
増進 增進
zo.o.shi.n

訓 すすむ su.su.mu

すす
進む 前進；進步、進展
su.su.mu

すす
進み 前進、進度
su.su.mi

訓 すすめる su.su.me.ru

すす
進める 使前進；提升、晉級
su.su.me.ru

音 しょう sho.o

しょうぎ
将棋 將棋
sho.o.gi

しょうぐん
将軍 將軍
sho.o.gu.n

しょうらい
将来 將來
sho.o.ra.i

しょうらいせい
将来性 未來性
sho.o.ra.i.se.i

しゅしょう
主将 主將
shu.sho.o

しょうしょう
少将 少將
sho.o.sho.o

たいしょう
大将 上將
ta.i.sho.o

ちしょう
知将 足智多謀的大將
chi.sho.o

ぶしょう
武将 武將
bu.sho.o

めいしょう
名将 名將
me.i.sho.o

ゆうしょう
勇将 勇將
yu.u.sho.o

特 おかみ
女将 （旅館等的）老闆娘
o.ka.mi

江 音 こう 訓 え 常

音 こう ko.o

ちょうこう
長江 長江
cho.o.ko.o

訓 え e

えど
江戸 江戶
e.do

音 きょう kyo.o

しんきょう
新疆 （中國）新疆
shi.n.kyo.o

音 しょう sho.o

しょうがくきん
奨学金 獎學金
sho.o.ga.ku.ki.n

しょうれい
奨励 獎勵
sho.o.re.i

かんしょう
勧奨 勸導獎勵
ka.n.sho.o

すいしょう
推奨 推薦
su.i.sho.o

音 しょう ko.o

しょうかいせき
蒋介石 蔣介石
sho.o.ka.i.se.ki

ㄐ

講
音 こう
訓
常

音 こう ko.o

こうえん
講演 演講
ko.o.e.n

こうぎ
講義 講課、講授
ko.o.gi

こうざ
講座 講座
ko.o.za

こうし
講師 講師
ko.o.shi

こうしゅう
講習 講習
ko.o.shu.u

こうどう
講堂 講堂
ko.o.do.o

こうひょう
講評 講評
ko.o.hyo.o

きゅうこう
休講 停課
kyu.u.ko.o

匠
音 しょう
訓 たくみ
常

音 しょう sho.o

きょしょう
巨匠 大師
kyo.sho.o

めいしょう
名匠 名匠
me.i.sho.o

訓 たくみ ta.ku.mi

醤
音 しょう
訓

音 しょう sho.o

しょうゆ
醤油 醬油
sho.o.yu

音 こう ko.o

こうう
降雨 降雨
ko.o.u

こうか
降下 下降
ko.o.ka

こうさん
降参 投降、降服
ko.o.sa.n

こうしゃ
降車 下車
ko.o.sha

こうしょく
降職 降職
ko.o.sho.ku

こうすい
降水 下雨
ko.o.su.i

こうせつ
降雪 下雪
ko.o.se.tsu

いこう
以降 以後
i.ko.o

かこう
下降 下降
ka.ko.o

しょうこう
昇降 升降
sho.o.ko.o

じょうこうきゃく
乗降客 上下車的乘客
jo.o.ko.o.kya.ku

とうこう
投降 投降
to.o.ko.o

訓 おりる o.ri.ru

お
降りる 下（車、船…）；去職
o.ri.ru

訓 おろす o.ro.su

お
降ろす 放下；（讓乘客）下來
o.ro.su

訓 ふる fu.ru

ふ
降る 降、下
fu.ru

京
音 きょう
けい
訓
常

音 きょう kyo.o

きょう
帰京 回東京
ki.kyo.o

きょうと
京都 京都
kyo.o.to

じょうきょう
上京 上東京
jo.o.kyo.o

音 けい ke.i

けいひん
京浜 東京和橫濱
ke.i.hi.n

けいはんしん
京阪神 京都、大阪、神戶
ke.i.ha.n.shi.n

けいよう
京葉 東京和千葉
ke.i.yo.o

晶

音 しょう
訓
常

音 しょう sho.o

すいしょう
水晶 水晶
su.i.sho.o

精

音 せい しょう
訓 くわしい
常

音 せい se.i

せいきん
精勤 勤勉
se.i.ki.n

せいこう
精巧 精巧
se.i.ko.o

せいこん
精根 精力、精神
se.i.ko.n

せいさん
精算 精算、核算
se.i.sa.n

せいぜい
精精 盡力；最多、充其量
se.i.ze.i

せいしん
精神 精神
se.i.shi.n

せいせい
精製 精心製造
se.i.se.i

せいせん
精選 精選
se.i.se.n

せいつう
精通 精通
se.i.tsu.u

せいどく
精読 熟讀
se.i.do.ku

せいまい
精米 白米
se.i.ma.i

せいみつ
精密 精密
se.i.mi.tsu

せいれい
精励 認真專注
se.i.re.i

音 しょう sho.o

しょうじん
精進 * 精進
sho.o.ji.n

ぶしょう
無精 * 懶惰
bu.sho.o

経

音 けい きょう
訓 たつ へる
常

音 けい ke.i

けいい
経緯 經緯度；事件的始末
ke.i.i

けいえい
経営 經營
ke.i.e.i

けいか
経過 經過
ke.i.ka

けいけん
経験 經驗
ke.i.ke.n

けいざい
経済 經濟
ke.i.za.i

けいど
経度 （座標）經度
ke.i.do

けいひ
経費 經費
ke.i.hi

けいゆ
経由 經由
ke.i.yu

けいれき
経歴 經歷
ke.i.re.ki

けいろ
経路 路線
ke.i.ro

しんけい
神経 神經
shi.n.ke.i

へいけいき
閉経期 更年期
he.i.ke.i.ki

音 きょう kyo.o

きょうてん
経典 經典
kyo.o.te.n

きょうもん
経文 經文
kyo.o.mo.n

訓 たつ ta.tsu

た
経つ 經過一段時間、時光流逝
ta.tsu

訓 へる he.ru

へ
経る 經過
he.ru

荊
音 けい
訓

音 けい ke.i

茎
音 けい
訓 くき
常

音 けい ke.i

きゅうけい
球茎 〔植〕球莖
kyu.u.ke.i

こんけい
根茎 根莖
ko.n.ke.i

ちかけい
地下茎 〔植〕根莖
chi.ka.ke.i

訓 くき ku.ki

くき
茎 莖
ku.ki

はぐき
歯茎 牙床、牙齦
ha.gu.ki

驚
音 きょう
訓 おどろく おどろかす
常

音 きょう kyo.o

きょうい
驚異 驚奇、不可思議
kyo.o.i

きょうき
驚喜 驚喜
kyo.o.ki

きょうたん
驚嘆 驚嘆
kyo.o.ta.n

きょうてんどうち
驚天動地 驚天動地
kyo.o.te.n.do.o.chi

訓 おどろく o.do.ro.ku

おどろ
驚く 吃驚、驚嘆
o.do.ro.ku

おどろ
驚き 驚訝、吃驚
o.do.ro.ki

訓 おどろかす o.do.ro.ka.su

おどろ
驚かす 震驚、驚動
o.do.ro.ka.su

鯨
音 げい
訓 くじら
常

音 げい ge.i

げいいんばしょく
鯨飲馬食 大吃大喝
ge.i.i.n.ba.sho.ku

訓 くじら ku.ji.ra

くじら
鯨 鯨魚
ku.ji.ra

井
音 しょう せい
訓 い
常

音 しょう sho.o

てんじょう
天井 * 天花板
te.n.jo.o

音 せい se.i

ゆせい
油井 油井
yu.se.i

訓 い i

いど
井戸 井
i.do

景 音 けい 訓 常

音 けい ke.i

けいかん 景観 ke.i.ka.n	景觀
けいき 景気 ke.i.ki	景氣
けいしょう 景勝 ke.i.sho.o	風景名勝
けいひん 景品 ke.i.hi.n	附贈品、贈品
えんけい 遠景 e.n.ke.i	遠景
こうけい 光景 ko.o.ke.i	光景
じょうけい 情景 jo.o.ke.i	情景
ぜっけい 絶景 ze.k.ke.i	絕景
はいけい 背景 ha.i.ke.i	背景
ふうけい 風景 fu.u.ke.i	風景
やけい 夜景 ya.k.ei	夜景
特 けしき 景色 ke.shi.ki	風景

警 音 けい 訓 常

音 けい ke.i

けいかい 警戒 ke.i.ka.i	警戒
けいかん 警官 ke.i.ka.n	警官
けいく 警句 ke.i.ku	箴言、格言
けいご 警護 ke.i.go	警戒
けいこく 警告 ke.i.ko.ku	警告
けいさつ 警察 ke.i.sa.tsu	警察
けいしちょう 警視庁 ke.i.shi.cho.o	警政署
けいてき 警笛 ke.i.te.ki	警笛
けいび 警備 ke.i.bi	警備
けいぶ 警部 ke.i.bu	(日本警察職級)警部
けいほう 警報 ke.i.ho.o	警報
けんけい 県警 ke.n.ke.i	縣警
ふけい 婦警 fu.ke.i	女警
やけい 夜警 ya.ke.i	值夜勤的警察

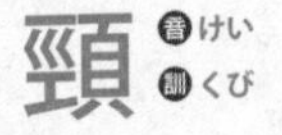

頸 音 けい 訓 くび

音 けい ke.i

けいつい 頸椎 ke.i.tsu.i	頸椎

訓 くび ku.bi

くび 頸 ku.bi	脖子

境 音 きょう けい 訓 さかい 常

音 きょう kyo.o

きょうかい 境界 kyo.o.ka.i	境界
きょうぐう 境遇 kyo.o.gu.u	境遇
きょうち 境地 kyo.o.chi	處境
かきょう 佳境 ka.kyo.o	佳境

かんきょう
環境 環境
ka.n.kyo.o

ぎゃっきょう
逆境 逆境
gya.k.kyo.o

こっきょう
国境 國境
ko.k.kyo.o

しんきょう
心境 心境
shi.n.kyo.o

へんきょう
辺境 邊境
he.n.kyo.o

音 けい ke.i

けいだい
境内 * 境內；神社院內
ke.i.da.i

訓 さかい sa.ka.i

さかい
境 分界；境域
sa.ka.i

さかいめ
境目 交界處、分歧點
sa.ka.i.me

音 けい ke.i

けいろ
径路 經過的路
ke.i.ro

こうけい
口径 口徑
ko.o.ke.i

さんけい
山径 山徑
sa.n.ke.i

しょうけい
小径 小徑
sho.o.ke.i

ちょっけい
直径 直徑
cho.k.ke.i

はんけい
半径 半徑
ha.n.ke.i

敬

音 けい
訓 うやまう
常

音 けい ke.i

けいい
敬意 敬意
ke.i.i

けいぐ
敬具 (書信)謹啟
ke.i.gu

けいご
敬語 敬語
ke.i.go

けいれい
敬礼 敬禮
ke.i.re.i

いけい
畏敬 敬畏
i.ke.i

そんけい
尊敬 尊敬
so.n.ke.i

訓 うやまう u.ya.ma.u

うやま
敬う 尊敬、恭敬
u.ya.ma.u

浄

音 じょう
訓
常

音 じょう jo.o

じょうか
浄化 淨化
jo.o.ka

じょうど
浄土 〔佛〕淨土
jo.o.do

せいじょう
清浄 清潔、潔淨
se.i.jo.o

ふじょう
不浄 不乾淨
fu.jo.o

音 きょう kyo.o

きょうえい
競泳 游泳比賽
kyo.o.e.i

きょうぎ
競技 競技
kyo.o.gi

きょうそう
競争 競爭
kyo.o.so.o

きょうそう
競走 賽跑
kyo.o.so.o

きょうばい
競売 競標、拍賣
kyo.o.ba.i

きょうほ
競歩 競走
kyo.o.ho

音 けい ke.i

けいば
競馬 賽馬
ke.i.ba

けいりん
競輪 自行車競賽
ke.i.ri.n

訓 きそう ki.so.u

きそ
競う 競爭、競賽
ki.so.u

訓 せる se.ru

せ
競る 競爭；競標
se.ru

鏡 音 きょう 訓 かがみ 常

音 きょう kyo.o

きょうだい
鏡台 鏡台
kyo.o.da.i

けんびきょう
顕微鏡 顯微鏡
ke.n.bi.kyo.o

さんめんきょう
三面鏡 三面鏡
sa.n.me.n.kyo.o

ぼうえんきょう
望遠鏡 望遠鏡
bo.o.e.n.kyo.o

訓 かがみ ka.ga.mi

かがみ
鏡 鏡子
ka.ga.mi

てかがみ
手鏡 手拿鏡
te.ka.ga.mi

みずかがみ
水鏡 身影倒映在水面上；水面
mi.zu.ka.ga.mi

めがね
特 **眼鏡** 眼鏡
me.ga.ne

静 音 せい じょう 訓 しず しずか しずまる しずめる 常

音 せい se.i

せいかん
静観 靜觀
se.i.ka.n

せいし
静止 靜止
se.i.shi

せいてき
静的 靜態的、安靜的
se.i.te.ki

せいでんき
静電気 靜電
se.i.de.n.ki

せいよう
静養 靜養
se.i.yo.o

あんせい
安静 安靜
a.n.se.i

れいせい
冷静 冷靜
re.i.se.i

音 じょう jo.o

じょうみゃく
静脈 * 靜脈
jo.o.mya.ku

訓 しず shi.zu

しずこころ
静心 靜心
shi.zu.ko.ko.ro

訓 しずか shi.zu.ka

しず
静か 安靜的
shi.zu.ka

訓 しずまる shi.zu.ma.ru

しず
静まる 寂靜；平息
shi.zu.ma.ru

訓 しずめる shi.zu.me.ru

しず
静める 使安靜；平息；鎮靜
shi.zu.me.ru

靖 音 せい 訓 やすい

音 せい se.i

せいこく
靖国 治理國家維持穩定狀態
se.i.ko.ku

訓 やすい ya.su.i

音 きょ
訓 いる

音 きょ kyo

きょじゅう **居住** kyo.ju.u	居住
きょしょ **居所** kyo.sho	住所、住處
きょたく **居宅** kyo.ta.ku	住宅
きょりゅうち **居留地** kyo.ryu.u.chi	居留地
こうきょ **皇居** ko.o.kyo	皇宮
じゅうきょ **住居** ju.u.kyo	住所、住宅
てんきょ **転居** te.n.kyo	搬家
どうきょ **同居** do.o.kyo	住在一起
べっきょ **別居** be.k.kyo	分開住

訓 いる i.ru

い **居る** i.ru	（人、動物）在、有
いざかや **居酒屋** i.za.ka.ya	居酒屋
いねむ **居眠り** i.ne.mu.ri	打瞌睡
いま **居間** i.ma	客廳

拘

音 こう
訓
常

音 こう ko.o

こうそく **拘束** ko.o.so.ku	拘束；逮捕
こうち **拘置** ko.o.chi	〔法〕拘留
こうでい **拘泥** ko.o.de.i	拘泥

狙

音 そ
訓 ねらう

音 そ so

そげき **狙撃** so.ge.ki	狙擊

訓 ねらう ne.ra.u

ねら **狙う** ne.ra.u	瞄準、把…當目標
ねら **狙い** ne.ra.i	瞄準、目標

裾

音 きょ
訓 すそ

音 きょ kyo

きょしょう **裾礁** kyo.sho.o	岸礁

訓 すそ su.so

すそ **裾** su.so	（衣服）下擺；山麓

駒

音 く
訓 こま

音 く ku

はっく **白駒** ha.k.ku	白馬

訓 こま ko.ma

こま **駒** ko.ma	馬

局

音 きょく
訓 つぼね
常

音 きょく kyo.ku

きょく
局 (機關、部門)局
kyo.ku

きょくげん
局限 侷限
kyo.ku.ge.n

きょくしょ
局所 局部
kyo.ku.sho

きょくち
局地 限定的土地、區域
kyo.ku.chi

きょくない
局内 (郵局…等)局內
kyo.ku.na.i

きょくぶ
局部 局部
kyo.ku.bu

きょくめん
局面 局面
kyo.ku.me.n

じきょく
時局 時局
ji.kyo.ku

しゅうきょく
終局 結局、終結
shu.u.kyo.ku

せいきょく
政局 政局
se.i.kyo.ku

せんきょく
戦局 戰局
se.n.kyo.ku

たいきょく
大局 大局
ta.i.kyo.ku

でんわきょく
電話局 電信局
de.n.wa.kyo.ku

とうきょく
当局 當局
to.o.kyo.ku

ほうそうきょく
放送局 電視台、廣播電台
ho.o.so.o.kyo.ku

やっきょく
薬局 藥局
ya.k.kyo.ku

ゆうびんきょく
郵便局 郵局
yu.u.bi.n.kyo.ku

訓 **つぼね** tsu.bo.ne

掬
音 きく
訓 すくう

音 **きく** ki.ku

いっきく
一掬 一掬、少許
i.k.ki.ku

訓 **すくう** su.ku.u

すく
掬う 汲取、撈
su.ku.u

橘
音 きつ
訓 たちばな

音 **きつ** ki.tsu

かんきつるい
柑橘類 柑橘類
ka.n.ki.tsu.ru.i

訓 **たちばな** ta.chi.ba.na

たちばな
橘 柑橘
ta.chi.ba.na

桔
音 けつ きつ
訓

音 **けつ** ke.tsu

音 **きつ** ki.tsu

ききょう
桔梗 〔植〕桔梗
ki.kyo.o

菊
音 きく
訓
常

音 **きく** ki.ku

きく
菊 菊花
ki.ku

しらぎく
白菊 白色菊花
shi.ra.gi.ku

鞠
音 きく
訓 まり

音 **きく** ki.ku

きくいく
鞠育 養育
ki.ku.i.ku

訓 **まり** ma.ri

まり
鞠 球
ma.ri

けまり
蹴鞠 〔古時貴族遊戲〕踢球
ke.ma.ri

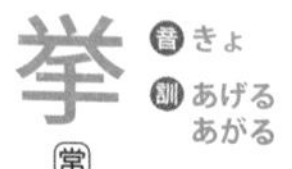

音 きょ kyo

きょこく
挙国 全國
kyo.ko.ku

きょしき
挙式 舉行（結婚）典禮
kyo.shi.ki

きょしゅ
挙手 舉手
kyo.shu

きょとう
挙党 （政黨）全黨
kyo.to.o

きょどう
挙動 舉動
kyo.do.o

いっきょ
一挙 一舉
i.k.kyo

かいきょ
快挙 壯舉
ka.i.kyo

けんきょ
検挙 檢舉
ke.n.kyo

すいきょ
推挙 推舉
su.i.kyo

せんきょ
選挙 選舉
se.n.kyo

ぼうきょ
暴挙 暴行
bo.o.kyo

まいきょ
枚挙 枚舉
ma.i.kyo

れっきょ
列挙 列舉
re.k.kyo

あ
挙げる 舉証；舉行；舉例
a.ge.ru

訓 あがる a.ga.ru

あ
挙がる 舉起、高舉
a.ga.ru

矩
音 く
訓

音 く ku

くけい
矩形 長方形
ku.ke.i

倶
音 ぐ く
訓

音 ぐ gu

ふぐたいてん
不倶戴天 不共戴天之仇
fu.gu.ta.i.te.n

音 く ku

くらぶ
倶楽部 倶樂部
ku.ra.bu

音 ぐ gu

ぐあい
具合 狀態、狀況
gu.a.i

ぐたい
具体 具體
gu.ta.i

あまぐ
雨具 雨具
a.ma.gu

え ぐ
絵の具 畫具
e.no.gu

きぐ
器具 器具
ki.gu

どうぐ
道具 道具
do.o.gu

ばぐ
馬具 （馬鞍…等）馬具
ba.gu

ぶんぼうぐ
文房具 文具
bu.n.bo.o.gu

やぐ
夜具 寢具
ya.gu

ようぐ
用具 用具
yo.o.gu

訓 **そなえる** so.na.e.ru

そな
具える 準備、設置
so.na.e.ru

訓 **そなわる** so.na.wa.ru

そな
具わる 備有、設有
so.na.wa.ru

音 **げき** ge.ki

げき
劇 戲劇
ge.ki

げきえいが
劇映画 劇情片
ge.ki.e.i.ga

げきか
劇化 戲劇化
ge.ki.ka

げきじょう
劇場 劇場
ge.ki.jo.o

げきせん
劇戦 激戰
ge.ki.se.n

げきだん
劇団 劇團
ge.ki.da.n

げきてき
劇的 戲劇性的
ge.ki.te.ki

げきへん
劇変 劇變
ge.ki.he.n

げきやく
劇薬 藥效很強的藥
ge.ki.ya.ku

えんげき
演劇 演劇
e.n.ge.ki

かつげき
活劇 武打戲、動作片
ka.tsu.ge.ki

きげき
喜劇 喜劇
ki.ge.ki

じどうげき
児童劇 兒童劇
ji.do.o.ge.ki

すんげき
寸劇 極短劇
su.n.ge.ki

ひげき
悲劇 悲劇
hi.ge.ki

ほうそうげき
放送劇 廣播劇
ho.o.so.o.ge.ki

句 音 く 訓 常

音 **く** ku

く
句 句子
ku

くき
句切り 文章的段落、章節
ku.ki.ri

くさく
句作 創作俳句
ku.sa.ku

くしゅう
句集 俳句集
ku.shu.u

くてん
句点 句點
ku.te.n

くとうてん
句読点 標點符號
ku.to.o.te.n

いっく
一句 一句
i.k.ku

しく
詩句 詩句
shi.ku

じく
字句 字句
ji.ku

はいく
俳句 俳句
ha.i.ku

もんく
文句 怨言
mo.n.ku

音 **きょ** kyo

きょがく
巨額 巨額
kyo.ga.ku

きょじん
巨人 巨人
kyo.ji.n

きょだい
巨大 巨大
kyo.da.i

きょとう
巨頭 首腦；大人物
kyo.to.o

きょぼく
巨木 巨木
kyo.bo.ku

拒 音 きょ 訓 こばむ 常

音 きょ kyo

きょしょくしょう
拒食症 厭食症
kyo.sho.ku.sho.o

きょひ
拒否 拒絕、否決
kyo.hi

きょぜつ
拒絶 拒絕
kyo.ze.tsu

こうきょ
抗拒 抗拒
ko.o.kyo

訓 こばむ ko.ba.mu

こば
拒む 拒絕；阻攔
ko.ba.mu

据 音 訓 すえる すわる 常

訓 すえる su.e.ru

す
据える 安設；使…坐在
su.e.ru

訓 すわる su.wa.ru

す
据わる 安穩不動；鎮定
su.wa.ru

拠 音 きょ こ 訓 常

音 きょ kyo

きょしゅつ
拠出 撥款
kyo.shu.tsu

きょてん
拠点 據點、基地
kyo.te.n

こんきょ
根拠 根據
ko.n.kyo

音 こ ko

しょうこ
証拠 證據
sho.o.ko

距 音 きょ 訓 常

音 きょ kyo

きょり
距離 距離
kyo.ri

鋸 音 きょ 訓 のこぎり

音 きょ kyo

きょし
鋸歯 鋸齒
kyo.shi

訓 のこぎり no.ko.gi.ri

のこぎり
鋸 鋸子
no.ko.gi.ri

掘 音 くつ 訓 ほる 常

音 くつ ku.tsu

さいくつ
採掘 開採（礦物…）
sa.i.ku.tsu

訓 ほる ho.ru

ほ
掘る 挖、掘
ho.ru

決 音 けつ 訓 きめる きまる 常

音 けつ ke.tsu

けつ
決 決意
ke.tsu

けつい
決意 決意
ke.tsu.i

けつぎ
決議 決議
ke.tsu.gi

けつぜん
決然 決然、斷然
ke.tsu.ze.n

けつだん
決断 決斷
ke.tsu.da.n

けつれつ
決裂 決裂
ke.tsu.re.tsu

かいけつ
解決 解決
ka.i.ke.tsu

かけつ
可決 通過
ka.ke.tsu

さいけつ
採決 表決
sa.i.ke.tsu

たいけつ
対決 對決
ta.i.ke.tsu

たすうけつ
多数決 多數決
ta.su.u.ke.tsu

ひけつ
否決 否決
hi.ke.tsu

けっか
決河 決堤
ke.k.ka

けっこう
決行 決心實行
ke.k.ko.o

けっし
決死 決死、拚命
ke.s.shi

けっさん
決算 結帳、結算
ke.s.sa.n

けっしょう
決勝 決勝
ke.s.sho.o

けっしん
決心 決心
ke.s.shi.n

けっせん
決戦 決戰
ke.s.se.n

けっせんとうひょう
決選投票 投票決選
ke.s.se.n.to.o.hyo.o

けってい
決定 決定
ke.t.te.i

訓 きめる ki.me.ru

き
決める 決定
ki.me.ru

訓 きまる ki.ma.ru

き
決まり 決定；規定
ki.ma.ri

き
決まる 決定、一定
ki.ma.ru

爵
音 しゃく
訓
常

音 しゃく sha.ku

こうしゃく
公爵 公爵
ko.o.sha.ku

はくしゃく
伯爵 伯爵
ha.ku.sha.ku

絶
音 ぜつ
訓 たえる たやす たつ
常

音 ぜつ ze.tsu

ぜつだい
絶大 極大
ze.tsu.da.i

ぜつぼう
絶望 絕望
ze.tsu.bo.o

ぜつむ
絶無 全無
ze.tsu.mu

ぜつめい
絶命 斷氣、死亡
ze.tsu.me.i

ぜつめつ
絶滅 滅絕、根絕
ze.tsu.me.tsu

きぜつ
気絶 昏厥、一時失去意識
ki.ze.tsu

こんぜつ
根絶 杜絕
ko.n.ze.tsu

しゃぜつ
謝絶 謝絕
sha.ze.tsu

だんぜつ
断絶 斷絕
da.n.ze.tsu

ぜっかい
絶海 遠海
ze.k.ka.i

ぜっけい
絶景 絕景
ze.k.ke.i

ぜっこう
絶好 極好、極佳
ze.k.ko.o

ぜっこう
絶交 絕交
ze.k.ko.o

ぜったいぜつめい
絶体絶命 窮途末路
ze.t.ta.i.ze.tsu.me.i

ぜったい
絶対 絶對、一定
ze.t.ta.i

ぜっぱん
絶版 （書籍）絕版
ze.p.pa.n

ぜっぴん
絶品 絕品
ze.p.pi.n

ぜっぺき
絶壁 懸崖
ze.p.pe.ki

訓 たえる ta.e.ru

た
絶える 停止、斷絕
ta.e.ru

訓 たやす ta.ya.su

た
絶やす 滅絕、根除；用盡
ta.ya.su

訓 たつ ta.tsu

た
絶つ 斷絕、結束；戒
ta.tsu

蕨
音 けつ
訓 わらび

音 けつ ke.tsu

訓 わらび wa.ra.bi

わらび
蕨 〔植〕蕨菜
wa.ra.bi

覚
常
音 かく
訓 おぼえる さます さめる

音 かく ka.ku

かくご
覚悟 覺悟
ka.ku.go

かんかく
感覚 感覺
ka.n.ka.ku

さいかく
才覚 機智
sa.i.ka.ku

しかく
視覚 視覺
shi.ka.ku

じかく
自覚 自覺
ji.ka.ku

しゅうかく
臭覚 嗅覺
shu.u.ka.ku

しょっかく
触覚 觸覺
sho.k.ka.ku

ちかく
知覚 知覺
chi.ka.ku

ちょうかく
聴覚 聽覺
cho.o.ka.ku

ちょっかく
直覚 直覺
cho.k.ka.ku

みかく
味覚 味覺
mi.ka.ku

はっかく
発覚 發覺
ha.k.ka.ku

ふかく
不覚 不知不覺、粗心大意
fu.ka.ku

訓 おぼえる o.bo.e.ru

おぼ
覚える 記住、學會
o.bo.e.ru

おぼ
覚え 理解；印象、知覺
o.bo.e

みおぼ
見覚え 似曾相識
mi.o.bo.e

訓 さます sa.ma.su

さ
覚ます 叫醒
sa.ma.su

訓 さめる sa.me.ru

さ
覚める 醒、覺悟
sa.me.ru

訣
音 けつ
訓

音 けつ ke.tsu

けつべつ
訣別 訣別
ke.tsu.be.tsu

ひけつ
秘訣 秘訣
hi.ke.tsu

ようけつ
要訣 要訣
yo.o.ke.tsu

捲
音 けん
訓 まく
まくる

音 けん ke.n

けん ど ちょうらい
捲土重来 捲土重來
ke.n.do.cho.o.ra.i

訓 まく ma.ku

ま
捲く 捲起、纏
ma.ku

訓 まくる ma.ku.ru

まく
捲る 捲起、挽起；不停地…
ma.ku.ru

倦
音 けん
訓 うむ

音 けん ke.n

けんたい
倦怠 倦怠
ke.n.ta.i

ひ けん
疲倦 疲倦
hi.ke.n

訓 うむ u.mu

う
倦む 疲倦、厭倦
u.mu

巻
音 かん
訓 まく
まき
常

音 かん ka.n

かんすう
巻数 （書）冊數、（錄音帶…）捲數
ka.n.su.u

あっかん
圧巻 (書…)最出色的部分
a.k.ka.n

いっかん
一巻 一卷、一冊
i.k.ka.n

げ かん
下巻 （書）最後一冊
ge.ka.n

まんがん
万巻 萬卷
ma.n.ga.n

訓 まく ma.ku

ま
巻く 捲、纏
ma.ku

訓 まき ma.ki

まきがみ
巻紙 捲紙
ma.ki.ga.mi

まきじゃく
巻尺 捲尺
ma.ki.ja.ku

券
音 けん
訓
常

音 けん ke.n

けん
券 （入場券、車票等）票
ke.n

かいすうけん
回数券 回數票
ka.i.su.u.ke.n

かぶけん
株券 股票
ka.bu.ke.n

きゅうこう けん
急行券 快車票
kyu.u.ko.o.ke.n

しょうけん
証券 証券
sho.o.ke.n

じょうしゃ けん
乗車券 乘車券
jo.o.sha.ke.n

にゅうじょうけん
入場券 入場券
nyu.u.jo.o.ke.n

ば けん
馬券 馬券
ba.ke.n

ゆうたいけん
優待券 優待券
yu.u.ta.i.ke.n

りょけん
旅券 護照
ryo.ke.n

わりびきけん
割引券 折價券
wa.ri.bi.ki.ke.n

絹
音 けん
訓 きぬ
常

音 けん ke.n

ㄐ

けんし
絹糸 絲線
ke.n.shi

けんぷ
絹布 綢緞、絲織品
ke.n.pu

じゅんけん
純絹 純絲製品
ju.n.ke.n

じんけん
人絹 人造絲
ji.n.ke.n

ほんけん
本絹 純絲
ho.n.ke.n

訓 きぬ ki.nu

きぬ
絹 絲綢
ki.nu

きぬおりもの
絹織物 絲織品
ki.nu.o.ri.mo.no

君
音 くん
訓 きみ
常

音 くん ku.n

くんし
君子 君子
ku.n.shi

くんしゅ
君主 君主
ku.n.shu

くんしん
君臣 君臣
ku.n.shi.n

くんめい
君命 君命
ku.n.me.i

さいくん
細君 妻子
sa.i.ku.n

しゅくん
主君 君主
shu.ku.n

しょくん
諸君 諸君、各位
sho.ku.n

ふくん
夫君 丈夫
fu.ku.n

ぼうくん
暴君 暴君
bo.o.ku.n

訓 きみ ki.mi

きみ
君 國君、主人；（第二人稱）你
ki.mi

ちちぎみ
父君 父親大人
chi.chi.gi.mi

わかぎみ
若君 年輕的君王
wa.ka.gi.mi

均
音 きん
訓
常

音 きん ki.n

きんこう
均衡 均衡
ki.n.ko.o

きんしつ
均質 等質、均質
ki.n.shi.tsu

きんせい
均整 勻稱
ki.n.se.i

きんとう
均等 均等
ki.n.to.o

きんぶん
均分 均分
ki.n.bu.n

へいきん
平均 平均
he.i.ki.n

へいきんだい
平均台 〔體〕平衡木
he.i.ki.n.da.i

へいきんてん
平均点 平均分數
he.i.ki.n.te.n

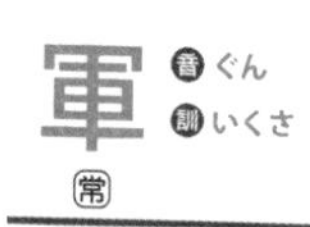

音 ぐん gu.n

ぐん
軍 軍隊
gu.n

ぐんい
軍医 軍醫
gu.n.i

ぐんか
軍歌 軍歌
gu.n.ka

ぐんかん
軍艦 軍艦
gu.n.ka.n

ぐんき
軍記 軍事小說
gu.n.ki

ぐんこう
軍港 軍港
gu.n.ko.o

ぐんじ
軍事 軍事
gu.n.ji

ぐんしゅく
軍縮 軍備縮編
gu.n.shu.ku

ぐんたい
軍隊 軍隊
gu.n.ta.i

ぐん て
軍手 (白色)工作手套
gu.n.te

ぐんとう
軍刀 軍刀
gu.n.to.o

ぐん ば
軍馬 軍馬
gu.n.ba

ぐんぱい
軍配 指揮、調度軍隊
gu.n.ba.i

ぐん び
軍備 軍備
gu.n.bi

ぐんぷく
軍服 軍服
gu.n.pu.ku

しょうぐん
将軍 將軍
sho.o.gu.n

たいぐん
大軍 大軍
ta.i.gu.n

訓 いくさ i.ku.sa

俊

音 しゅん
訓
常

音 しゅん shu.n

しゅんえい
俊英 優秀、高材生
shu.n.e.i

しゅんべつ
俊別 嚴格區別
shu.n.be.tsu

竣

音 しゅん
訓

音 しゅん shu.n

しゅんこう
竣工 完工、落成
shu.n.ko.o

菌

音 きん
訓
常

音 きん ki.n

きん
菌 菌類
ki.n

さっきん
殺菌 殺菌
sa.k.ki.n

びょうげんきん
病原菌 病菌
byo.o.ge.n.ki.n

郡

音 ぐん
訓 こおり
常

音 ぐん gu.n

ぐん
郡 (舊)行政區劃，郡
gu.n

ぐん ぶ
郡部 屬於郡管轄的地區
gu.n.bu

訓 こおり ko.o.ri

駿

音 しゅん
訓

音 しゅん shu.n

しゅん め
駿馬 (跑得快的)馬、駿馬
shu.n.me

七 音 しち 訓 なな ななつ なの 常

音 しち shi.chi

しち
七 — 七
shi.chi

しちじかん
七時間 — 七小時
shi.chi.ji.ka.n

しちなん
七難 — [佛]七種災難
shi.chi.na.n

しちにん
七人 — 七個人
shi.chi.ni.n

しちふくじん
七福神 — 七福神
shi.chi.fu.ku.ji.n

しちや
七夜 — 第七夜
shi.chi.ya

訓 なな na.na

なないろ
七色 — 七種顏色
na.na.i.ro

ななころ やお
七転び八起き — 不屈不撓
na.na.ko.ro.bi.ya.o.ki

訓 ななつ na.na.tsu

なな
七つ — 七個
na.na.tsu

なな どうぐ
七つ道具 — 武士臨陣帶的七種武器
na.na.tsu.do.o.gu

訓 なの na.no

なのか
七日 * — （每月的）七日、七號
na.no.ka

妻 音 さい 訓 つま 常

音 さい sa.i

さいし
妻子 — 妻子
sa.i.shi

さいじょ
妻女 — 妻女
sa.i.jo

さいたいしゃ
妻帯者 — 有婦之夫
sa.i.ta.i.sha

ごさい
後妻 — 後妻
go.sa.i

せいさい
正妻 — 正室
se.i.sa.i

せんさい
先妻 — 前妻
se.n.sa.i

ふさい
夫妻 — 夫妻
fu.sa.i

ぼうさい
亡妻 — 亡妻
bo.o.sa.i

りょうさい
良妻 — 賢妻
ryo.o.sa.i

訓 つま tsu.ma

つま
妻 — 內人、老婆
tsu.ma

つまど
妻戸 — 四角兩扇開的板門
tsu.ma.do

ひとづま
人妻 — 別人的妻子、已婚女性
hi.to.zu.ma

戚 音 せき 訓

音 せき se.ki

しんせき
親戚 — 親戚
shi.n.se.ki

ゆうせき
憂戚 — 憂戚
yu.u.se.ki

棲 音 せい 訓 すむ

音 せい se.i

せいそく
棲息 — （動物）棲息
se.i.so.ku

どうせい
同棲 — （男女）同居
do.o.se.i

訓 すむ su.mu

す
棲む — （動物）棲息、居住
su.mu

欺

音 ぎ
訓 あざむく
常

音 ぎ gi

さぎ 詐欺 sa.gi	詐欺

訓 あざむく a.za.mu.ku

あざむ 欺く a.za.mu.ku	欺騙；不亞於…

漆

音 しつ
訓 うるし
常

音 しつ shi.tsu

しっき 漆器 shi.k.ki	漆器
しっこく 漆黒 shi.k.ko.ku	漆黑

訓 うるし u.ru.shi

うるしぬ 漆塗り u.ru.shi.nu.ri	塗漆；漆工；漆器

凄

音 せい
訓 すさまじい すごい

音 せい se.i

せいぜん 凄然 se.i.ze.n	淒涼

訓 すさまじい su.sa.ma.ji.i

すさ 凄まじい su.sa.ma.ji.i	可怕、驚人；猛烈

訓 すごい su.go.i

すご 凄い su.go.i	可怕的；很、非常

其

音 き
訓 それ

音 き ki

訓 それ so.re

そ 其れ so.re	那個

埼

音 き
訓 さき さい

音 き ki

訓 さき sa.ki

訓 さい sa.i

さいたま 埼玉 sa.i.ta.ma	（日本）埼玉縣

奇

音 き
訓
常

音 き ki

きい 奇異 ki.i	奇異、怪異
きえん 奇縁 ki.e.n	奇緣、巧遇
きかい 奇怪 ki.ka.i	奇怪、離奇
きかん 奇観 ki.ka.n	奇觀、奇景
きせき 奇跡 ki.se.ki	奇蹟
きすう 奇数 ki.su.u	奇數
きみょう 奇妙 ki.myo.o	奇妙、不可思議
こうき 好奇 ko.o.ki	好奇
しんき 新奇 shi.n.ki	新奇
ちんき 珍奇 chi.n.ki	珍奇

岐
音 き
訓
常

音 き ki

きろ
岐路 岔道
ki.ro

崎
音 き
訓 さき
常

音 き ki

きく
崎嶇 崎嶇
ki.ku

訓 さき sa.ki

さき
崎 岬、海角
sa.ki

斉
音 せい さい
訓
常

音 せい se.i

せいしょう
斉唱 齊唱、齊呼
se.i.sho.o

いっせい
一斉 一齊、同時
i.s.se.i

音 さい sa.i

さいとう
斉藤 齊藤（姓氏）
sa.i.to.o

旗
音 き
訓 はた
常

音 き ki

きしゅ
旗手 掌旗手
ki.shu

ぐんき
軍旗 軍旗
gu.n.ki

こうき
校旗 校旗
ko.o.ki

こっき
国旗 國旗
ko.k.ki

せいじょうき
星条旗 美國國旗
se.i.jo.o.ki

にっしょうき
日章旗 日本國旗
ni.s.sho.o.ki

はっき
白旗 白旗
ha.k.ki

はんき
反旗 叛旗
ha.n.ki

はんき
半旗 （表哀悼）降半旗
ha.n.ki

ばんこくき
万国旗 世界各國的國旗
ba.n.ko.ku.ki

ゆうしょうき
優勝旗 優勝錦旗
yu.u.sho.o.ki

訓 はた ha.ta

はた
旗 旗子
ha.ta

はたいろ
旗色 （戰爭的）情勢
ha.ta.i.ro

しらはた
白旗 （表示投降）白旗
shi.ra.ha.ta

てばたしんごう
手旗信号 （用紅白旗子傳達訊息）旗語
te.ba.ta.shi.n.go.o

期
音 き ご
訓
常

音 き ki

きかん
期間 期間
ki.ka.n

きげん
期限 期限
ki.ge.n

きじつ
期日 日期
ki.ji.tsu

きたい
期待 期待
ki.ta.i

きまつ
期末 期末
ki.ma.tsu

えんき
延期 延期
e.n.ki

がっき 学期	ga.k.ki	學期
こうき 後期	ko.o.ki	後期
じき 時期	ji.ki	時期
しゅうき 周期	shu.u.ki	週期
しょき 初期	sho.ki	初期
ぜんき 前期	ze.n.ki	前期
そうき 早期	so.o.ki	早期
たんき 短期	ta.n.ki	短期
ちょうき 長期	cho.o.ki	長期
ていき 定期	te.i.ki	定期
とうき 冬期	to.o.ki	冬季期間
にんき 任期	ni.n.ki	任期
よき 予期	yo.ki	預期

音 ご go

さいご 最期 *	sa.i.go	臨終

棋
音 き 訓 常

音 き ki

きし 棋士	ki.shi	職業棋手
しょうぎ 将棋	sho.o.gi	日本象棋

畦
音 けい 訓 あぜ

音 けい ke.i

けいはん 畦畔	ke.i.ha.n	田間的小路

訓 あぜ a.ze

あぜみち 畦道	a.ze.mi.chi	田梗

碁
音 ご 訓 常

音 ご go

ご 碁	go	圍棋
ごいし 碁石	go.i.shi	（圍棋）棋子
ごばん 碁盤	go.ba.n	（圍棋）棋盤

祁
音 き 訓

音 き ki

きかん 祁寒	ki.ka.n	嚴寒、非常冷
きれんざん 祁連山	ki.re.n.za.n	祁連山（中國山名）

祈
音 き 訓 いのる 常

音 き ki

きがん 祈願	ki.ga.n	祈禱
きとう 祈祷	ki.to.o	祈禱、祈求

訓 いのる i.no.ru

いの 祈る	i.no.ru	祈禱、祈求
いの 祈り	i.no.ri	祈禱

騎
音 き
訓
常

音 き ki

きし
騎士 騎士；騎士(指歐洲中世紀的貴族武士)
ki.shi

きば
騎馬 騎馬
ki.ba

きへい
騎兵 騎兵
ki.he.i

鰭
音 き
訓 ひれ

音 き ki

きじょう
鰭条 鰭刺、鰭條
ki.jo.o

訓 ひれ hi.re

ひれ
鰭 魚鰭
hi.re

ひれざけ
鰭酒 河豚或魟的鰭放入溫清酒內
hi.re.za.ke

乞
音 きつ
こつ
訓 こう

音 きつ ki.tsu

きっかい
乞丐 乞丐
ki.k.ka.i

音 こつ ko.tsu

こじき
乞食 乞食
ko.ji.ki

訓 こう ko.u

こ
乞う 乞求、乞討
ko.u

啓
音 けい
訓
常

音 けい ke.i

けいはつ
啓発 啟發
ke.i.ha.tsu

けいもう
啓蒙 啟蒙
ke.i.mo.o

きんけい
謹啓 (書信的開頭語)敬啟者
ki.n.ke.i

起
音 き
訓 おきる
おこる
おこす
常

音 き ki

きあん
起案 起草、草擬
ki.a.n

きいん
起因 起因
ki.i.n

きげん
起源 起源
ki.ge.n

きこう
起工 動工
ki.ko.o

きしょう
起床 起床
ki.sho.o

きてん
起点 起點
ki.te.n

きふく
起伏 起伏
ki.fu.ku

きよう
起用 起用
ki.yo.o

きりつ
起立 起立
ki.ri.tsu

けっき
決起 奮起
ke.k.ki

さいき
再起 再起
sa.i.ki

ていき
提起 提起
te.i.ki

訓 おきる o.ki.ru

お
起きる 站起、起床；發生
o.ki.ru

訓 おこる o.ko.ru

起こる（お） o.ko.ru　發生

訓 おこす o.ko.su

起こす（お） o.ko.su　豎起；叫起、喚醒；引起

企
音 き
訓 くわだてる たくらむ
常

音 き ki

企画（きかく） ki.ka.ku　計畫

企業（きぎょう） ki.gyo.o　企業

訓 くわだてる ku.wa.da.te.ru

企てる（くわだ） ku.wa.da.te.ru　計畫；企圖、圖謀

訓 たくらむ ta.ku.ra.mu

器
音 き
訓 うつわ
常

音 き ki

器械（きかい） ki.ka.i　機械

器楽（きがく） ki.ga.ku　只有樂器演奏的音樂

器官（きかん） ki.ka.n　器官

器具（きぐ） ki.gu　器具、工具

器材（きざい） ki.za.i　器材

器用（きよう） ki.yo.o　靈巧

器量（きりょう） ki.ryo.o　器量

器物（きぶつ） ki.bu.tsu　器物

楽器（がっき） ga.k.ki　樂器

計器（けいき） ke.i.ki　測量（長度、重量…等）儀器

呼吸器（こきゅうき） ko.kyu.u.ki　呼吸器官（肺、氣管）

酒器（しゅき） shu.ki　酒器

消火器（しょうかき） sho.o.ka.ki　滅火器

消化器（しょうかき） sho.o.ka.ki　消化器官

食器（しょっき） sho.k.ki　餐具

大器（たいき） ta.i.ki　大器、才氣

茶器（ちゃき） cha.ki　茶具

電熱器（でんねつき） de.n.ne.tsu.ki　電熱器

容器（ようき） yo.o.ki　容器

訓 うつわ u.tsu.wa

器（うつわ） u.tsu.wa　容器；（人的）能力、氣度

契
音 けい
訓 ちぎる
常

音 けい ke.i

契機（けいき） ke.i.ki　契機、起端

契約（けいやく） ke.i.ya.ku　契約

訓 ちぎる chi.gi.ru

契る（ちぎ） chi.gi.ru　約定、誓約

憩
音 けい
訓 いこい いこう
常

音 けい ke.i

きゅうけい **休憩** kyu.u.ke.i	(工作、運動中途)休息
しょうけい **小憩** sho.o.ke.i	稍作休息

訓 いこい i.ko.i

いこ **憩い** i.ko.i	休息

訓 いこう i.ko.u

いこ **憩う** i.ko.u	〔文〕休息

棄

音 き
訓 すてる
常

音 き ki

ほうき **放棄** ho.o.ki	放棄
きけん **棄権** ki.ke.n	棄權

訓 すてる su.te.ru

す **棄てる** su.te.ru	遺棄、拋棄

気

音 き け
訓
常

音 き ki

きあつ **気圧** ki.a.tsu	氣壓
きおん **気温** ki.o.n	氣溫
きが **気兼ね** ki.ga.ne	顧慮、客氣
きがる **気軽** ki.ga.ru	輕鬆
ききゅう **気球** ki.kyu.u	氣球
きこう **気候** ki.ko.o	氣候
きこつ **気骨** ki.ko.tsu	骨氣
きざ **気障** ki.za	裝模作樣、討厭
きしつ **気質** ki.shi.tsu	性質、氣質
きしょう **気性** ki.sho.o	氣質、性情
きしょう **気象** ki.sho.o	氣象
きたい **気体** ki.ta.i	氣體
き **気づく** ki.zu.ku	發覺、注意到
き　い **気に入る** ki.ni.i.ru	喜歡、中意
きどく **気の毒** ki.no.do.ku	可憐、悲慘
きひん **気品** ki.hi.n	高雅、文雅
きふう **気風** ki.fu.u	風氣
きぶん **気分** ki.bu.n	心情；身體狀況
きまえ **気前** ki.ma.e	大方、慷慨、氣度
きみ **気味** ki.mi	心情；傾向
きみじか **気短** ki.mi.ji.ka	個性急躁
きも **気持ち** ki.mo.chi	心情、情緒
きらく **気楽** ki.ra.ku	輕鬆
きりゅう **気流** ki.ryu.u	氣流
かっき **活気** ka.k.ki	活潑
くうき **空気** ku.u.ki	空氣
げんき **元気** ge.n.ki	元氣、精神
こんき **根気** ko.n.ki	耐性
てんき **天気** te.n.ki	天氣

でんき
電気 電力、電燈
de.n.ki

びょうき
病気 疾病
byo.o.ki

音 **け** ke

けしき
気色 氣色；臉色、心情
ke.shi.ki

けはい
気配 神情、樣子；（市場）行情
ke.ha.i

汽
音 き
訓
常

音 **き** ki

きせん
汽船 蒸汽船
ki.se.n

きしゃ
汽車 火車
ki.sha

きてき
汽笛 汽笛
ki.te.ki

泣
音 きゅう
訓 なく
常

音 **きゅう** kyu.u

かんきゅう
感泣 感激流涕、深受感動
ka.n.kyu.u

ごうきゅう
号泣 哭號、痛哭
go.o.kyu.u

訓 **なく** na.ku

な
泣く 哭泣
na.ku

な　がお
泣き顔 哭泣的臉
na.ki.ga.o

な　ごえ
泣き声 哭聲
na.ki.go.e

な　ねい
泣き寝入り 忍氣吞聲
na.ki.ne.i.ri

な　むし
泣き虫 愛哭鬼
na.ki.mu.shi

葺
音 しゅう
訓 ふく

音 **しゅう** shu.u

訓 **ふく** fu.ku

ふ
葺く 用木板、茅草、瓦片等蓋屋頂
fu.ku

かやぶ
茅葺き 用茅草蓋的屋頂
ka.ya.bu.ki

迄
音 きつ
訓 まで

音 **きつ** ki.tsu

訓 **まで** ma.de

いままで
今迄 到目前為止
i.ma.ma.de

恰
音 かつ
こう
訓 あたかも

音 **かつ** ka.tsu

かっぷく
恰幅 體格、體態
ka.p.pu.ku

音 **こう** ko.o

訓 **あたかも** a.ta.ka.mo

あたか
恰も 宛如、恰似
a.ta.ka.mo

切
音 せつ
さい
訓 きる
きれる
常

音 **せつ** se.tsu

せつじつ
切実 切身；誠懇、殷切
se.tsu.ji.tsu

せつじょ
切除 切除
se.tsu.jo

ㄑ

せつだん
切断 切斷
se.tsu.da.n

せつ
切ない 苦悶、痛苦的
se.tsu.na.i

せつぼう
切望 渴望
se.tsu.bo.o

せっかい
切開 〔醫〕切開患部
se.k.ka.i

つうせつ
痛切 深切、切身
tsu.u.se.tsu

てきせつ
適切 恰當、適切
te.ki.se.tsu

音 さい sa.i

いっさい
一切 * 一切、全部
i.s.sa.i

訓 きる ki.ru

き
切る 切、割
ki.ru

きって
切手 郵票
ki.t.te

きっぷ
切符 (入場券、車票等)票
ki.p.pu

き
切り 段落;限度
ki.ri

き　か
切り替える 更換、更新
ki.ri.ka.e.ru

訓 きれる ki.re.ru

き
切れる 割傷;中斷、斷絕
ki.re.ru

き　め
切れ目 裂縫
ki.re.me

伽

音 か が
訓 とぎ

音 か ka

音 が ga

がらん
伽藍 僧侶修行之處
ga.ra.n

訓 とぎ to.gi

お とぎばなし
御伽話 童話故事
o.to.gi.ba.na.shi

茄

音 か
訓 なす

音 か ka

ばんか
蕃茄 蕃茄
ba.n.ka

訓 なす na.su

なす
茄子 茄子
na.su

且

常
音 しょ しゃ
訓 かつ しばらく

音 しょ sho

こうしょ
苟且 短暫的;苟且、馬虎
ko.o.sho

音 しゃ sha

訓 かつ ka.tsu

か
且つ 邊…邊…;並且
ka.tsu

訓 しばらく shi.ba.ra.ku

妾

音 しょう
訓 めかけ

音 しょう sho.o

あいしょう
愛妾 愛妾
a.i.sho.o

さいしょう
妻妾 妻妾
sa.i.sho.o

訓 めかけ me.ka.ke

めかけ
妾 妾
me.ka.ke

竊
音 せつ
訓
常

音 せつ se.tsu

せっし
竊視 se.s.shi 偷看

せっしゅ
竊取 se.s.shu 偷拿

せっとう
竊盗 se.t.to.o 竊盜、竊盜者

鍬
音 しょう しゅう
訓 くわ

音 しょう sho.o

音 しゅう shu.u

訓 くわ ku.wa

くわ
鍬 ku.wa 鋤頭

僑
音 きょう
訓

音 きょう kyo.o

かきょう
華僑 ka.kyo.o 華僑

喬
音 きょう
訓

音 きょう kyo.o

きょうぼく
喬木 kyo.o.bo.ku 高大的樹、喬木

樵
音 しょう
訓 きこり

音 しょう sho.o

しょうふ
樵夫 sho.o.fu 樵夫

訓 きこり ki.ko.ri

きこり
樵 ki.ko.ri 伐木、樵夫

橋
音 きょう
訓 はし
常

音 きょう kyo.o

てっきょう
鉄橋 te.k.kyo.o 鐵橋

りっきょう
陸橋 ri.k.kyo.o 陸橋

訓 はし ha.shi

はし
橋 ha.shi 橋

はしわた
橋渡し ha.shi.wa.ta.shi 搭橋；中間人

おおはし
大橋 o.o.ha.shi 大橋

いしばし
石橋 i.shi.ba.shi 石橋

いたばし
板橋 i.ta.ba.shi （東京都北部的區名）板橋

どばし
土橋 do.ba.shi 土橋

ふなはし
船橋 fu.na.ha.shi （兩艘船中間架的木板）浮橋

さんばし
桟橋 sa.n.ba.shi 港口附近的橋

蕎
音 きょう
訓 そば

音 きょう kyo.o

訓 そば so.ba

そば
蕎麦 so.ba 蕎麥麵

巧
音 こう
訓 たくみ
常

音 こう ko.o

こうしゃ
巧者 能靈活巧妙處理事物(的人)
ko.o.sha

ぎこう
技巧 技巧
gi.ko.o

こうみょう
巧妙 巧妙
ko.o.myo.o

せいこう
精巧 精巧、精緻
se.i.ko.o

訓 たくみ ta.ku.mi

たく
巧み 技巧；取巧；巧妙
ta.ku.mi

鞘
音 しょう
そう
訓 さや

音 しょう sho.o

けんしょうえん
腱鞘炎 腱鞘炎
ke.n.sho.o.e.n

音 そう so.o

訓 さや sa.ya

ぎゃくざや
逆鞘 〔經〕反向差幅
gya.ku.za.ya

丘
音 きゅう
く
訓 おか
常

音 きゅう kyu.u

きゅうりょう
丘陵 丘陵
kyu.u.ryo.o

さきゅう
砂丘 砂丘
sa.kyu.u

音 く ku

びく
比丘 〔佛〕比丘、男僧
bi.ku

訓 おか o.ka

おか
丘 山丘、丘陵
o.ka

秋
音 しゅう
訓 あき
常

音 しゅう shu.u

しゅうき
秋季 秋季
shu.u.ki

しゅうしょく
秋色 秋色
shu.u.sho.ku

しゅうぶん
秋分 秋分
shu.u.bu.n

しゅんじゅう
春秋 春秋
shu.n.ju.u

しょしゅう
初秋 初秋
sho.shu.u

せんしゅう
千秋 千秋
se.n.shu.u

ちゅうしゅう
中秋 中秋
chu.u.shu.u

りっしゅう
立秋 立秋
ri.s.shu.u

ばんしゅう
晩秋 晚秋
ba.n.shu.u

訓 あき a.ki

あき
秋 秋天
a.ki

あきかぜ
秋風 秋風
a.ki.ka.ze

あきぐち
秋口 初秋
a.ki.gu.chi

あきばれ
秋晴れ 秋高氣爽
a.ki.ba.re

あきまつ
秋祭り 秋祭
a.ki.ma.tsu.ri

萩
音 しゅう
訓 はぎ

音 しゅう shu.u

訓 はぎ ha.gi

おはぎ
御萩 萩餅
o.ha.gi

鰍
音しゅう
訓かじか

音 しゅう shu.u

しゅうきん
鰍筋 鯨筋
shu.u.ki.n

訓 かじか ka.ji.ka

かじか
鰍 杜父魚
ka.ji.ka

音しゅう
訓
常

音 しゅう shu.u

しゅうじん
囚人 囚犯
shu.u.ji.n

し けいしゅう
死刑囚 死刑犯
shi.ke.i.shu.u

じょしゅう
女囚 女犯人
jo.shu.u

求
音きゅう
訓もとめる
常

音 きゅう kyu.u

きゅうあい
求愛 求愛
kyu.u.a.i

きゅうけい
求刑 〔法〕求刑
kyu.u.ke.i

きゅうこん
求婚 求婚
kyu.u.ko.n

きゅうじん
求人 徵人
kyu.u.ji.n

きゅうしょく
求職 求職
kyu.u.sho.ku

きゅうどう
求道 〔宗〕修行
kyu.u.do.o

せいきゅうしょ
請求書 請款單、繳費通知單
se.i.kyu.u.sho

たんきゅう
探求 探求、尋求
ta.n.kyu.u

ついきゅう
追求 追求
tsu.i.kyu.u

ようきゅう
要求 要求
yo.o.kyu.u

訓 もとめる mo.to.me.ru

もと
求める 要求、尋求
mo.to.me.ru

球
音きゅう
訓たま
常

音 きゅう kyu.u

きゅう
球 球、球形物
kyu.u

きゅうぎ
球技 球技
kyu.u.gi

きゅうけい
球形 球形、球狀
kyu.u.ke.i

きゅうこん
球根 球根
kyu.u.ko.n

きゅうじょう
球場 球場
kyu.u.jo.o

きゅうだん
球団 （職業棒球隊所屬的團體）球團
kyu.u.da.n

がんきゅう
眼球 眼球
ga.n.kyu.u

ききゅう
気球 氣球
ki.kyu.u

すいきゅう
水球 水球
su.i.kyu.u

そうきゅう
送球 送球、傳球
so.o.kyu.u

そっきゅう
速球 快速球
so.k.kyu.u

だきゅう
打球 打球
da.kyu.u

ちきゅう
地球 地球
chi.kyu.u

ちょっきゅう
直球 直球
cho.k.kyu.u

ていきゅう
庭球 網球
te.i.kyu.u

とうきゅう
投球 投球
to.o.kyu.u

はんきゅう
半球 （地球）半球
ha.n.kyu.u

やきゅう
野球 棒球
ya.kyu.u

訓 たま ta.ma

たま
球 球
ta.ma

酋 音しゅう 訓

音 しゅう shu.u

しゅうちょう
酋長 酋長
shu.u.cho.o

千 常 音せん 訓ち

音 せん se.n

せん
千 〔數〕千
se.n

せんえん
千円 一千日圓
se.n.e.n

せんきん
千金 千金
se.n.ki.n

せんこ
千古 千古
se.n.ko

せんごくぶね
千石船 （江戶時代可載一千石米）大木船
se.n.go.ku.bu.ne

せんざい
千載 千載
se.n.za.i

せんさばんべつ
千差万別 差別很大
se.n.sa.ba.n.be.tsu

せんしゅう
千秋 千秋
se.n.shu.u

せんしゅうらく
千秋楽 （戲劇、相撲等演出的）最後一天
se.n.shu.u.ra.ku

せんじゅかんのん
千手観音 千手觀音
se.n.ju.ka.n.no.n

せんにん
千人 千人
se.n.ni.n

せんにんばり
千人針 （千位女性以紅線縫腰帶）祈求士兵平安
se.n.ni.n.ba.ri

せんまん
千万 千萬
se.n.ma.n

せんり
千里 千里
se.n.ri

せんりがん
千里眼 千里眼
se.n.ri.ga.n

せんりょうばこ
千両箱 （江戶時代保管錢幣的）錢盒、錢箱
se.n.ryo.o.ba.ko

せんりょう
千両 千兩、很貴重的
se.n.ryo.o

うみせんやません
海千山千 老油條、老江湖
u.mi.se.n.ya.ma.se.n

訓 ち chi

ちぎ
千木 （日本古建築樣式，屋脊兩邊交叉的）長木頭
chi.gi

ちぐさ
千草 各樣花草
chi.gu.sa

ちどり
千鳥 很多的鳥
chi.do.ri

ちよ
千代 千年
chi.yo

ちよがみ
千代紙 （印有各式花樣的）花紙、彩紙
chi.yo.ga.mi

牽 音けん 訓ひく

音 けん ke.n

けんきょう
牽強 牽強
ke.n.kyo.o

訓 ひく hi.ku

ひ
牽く 牽、拉
hi.ku

謙 音 けん 訓 常

音 けん ke.n

けんきょ
謙虚 謙虛
ke.n.kyo

けんじょう
謙譲 謙讓
ke.n.jo.o

けんそん
謙遜 謙遜、謙恭
ke.n.so.n

きょうけん
恭謙 謙恭
kyo.o.ke.n

遷 音 せん 訓 常

音 せん se.n

せんと
遷都 遷都
se.n.to

させん
左遷 降職
sa.se.n

へんせん
変遷 變遷
he.n.se.n

鉛 音 えん 訓 なまり 常

音 えん e.n

えんどく
鉛毒 鉛毒；鉛中毒
e.n.do.ku

えんぴつ
鉛筆 鉛筆
e.n.pi.tsu

訓 なまり na.ma.ri

なまり
鉛 〔化〕鉛
na.ma.ri

前 音 ぜん 訓 まえ 常

音 ぜん ze.n

ぜんかい
前回 前次
ze.n.ka.i

ぜんき
前記 前記
ze.n.ki

ぜんご
前後 前後
ze.n.go

ぜんじつ
前日 前幾天
ze.n.ji.tsu

ぜんしゃ
前者 前者
ze.n.sha

ぜんしん
前進 前進
ze.n.shi.n

ぜんしん
前身 前身
ze.n.shi.n

ぜんそうきょく
前奏曲 前奏曲
ze.n.so.o.kyo.ku

ぜんだい
前代 前代、從前
ze.n.da.i

ぜんてい
前提 前提
ze.n.te.i

ぜんと
前途 前途
ze.n.to

ぜんはん
前半 前半部、上半部
ze.n.ha.n

ぜんぽう
前方 前方
ze.n.po.o

ぜんや
前夜 前晚
ze.n.ya

ぜんりゃく
前略 前略
ze.n.rya.ku

ぜんれい
前例 前例
ze.n.re.i

ぜんれき
前歴 以前的經歷
ze.n.re.ki

しょくぜん
食前 餐前
sho.ku.ze.n

ちょくぜん
直前 正前方
cho.ku.ze.n

もんぜん
門前 門前
mo.n.ze.n

訓 まえ ma.e

まえ
前 前面；之前
ma.e

まえう
前売り 預售票
ma.e.u.ri

まえお
前置き 前言、開場白
ma.e.o.ki

まえば
前歯 門牙
ma.e.ba

まえ
前もって 事先、預先
ma.e.mo.t.te

なまえ
名前 名字
na.ma.e

潜
音 せん
訓 ひそむ もぐる
常

音 せん se.n

せんこう
潜行 在水裡潛行；臥底
se.n.ko.o

せんざい
潜在 潛在
se.n.za.i

せんすい
潜水 潛水
se.n.su.i

せんすいかん
潜水艦 潛水艇
se.n.su.i.ka.n

せんにゅう
潜入 潛入
se.n.nyu.u

訓 ひそむ hi.so.mu

ひそ
潜む 潛藏起來
hi.so.mu

訓 もぐる mo.gu.ru

もぐ
潜る 潛入、鑽進
mo.gu.ru

銭
音 せん
訓 ぜに
常

音 せん se.n

せんとう
銭湯 澡堂
se.n.to.o

あくせん
悪銭 取之不當的錢、黑錢
a.ku.se.n

きどせん
木戸銭 入場費
ki.do.se.n

きんせん
金銭 金錢
ki.n.se.n

こせん
古銭 古錢
ko.se.n

訓 ぜに ze.ni

こぜに
小銭 零錢
ko.ze.ni

浅
音 せん
訓 あさい
常

音 せん se.n

せんかい
浅海 淺海
se.n.ka.i

せんがく
浅学 淺學
se.n.ga.ku

せんけん
浅見 淺見
se.n.ke.n

しんせん
深浅 深淺
shi.n.se.n

訓 あさい a.sa.i

あさ
浅い 淺的
a.sa.i

あさぎ
浅黄 淡黃色
a.sa.gi

あさせ
浅瀬 淺灘
a.sa.se

あさみどり
浅緑 淺綠色
a.sa.mi.do.ri

とおあさ
遠浅 淺灘
to.o.a.sa

遣
音 けん
訓 つかう つかわす
常

音 けん ke.n

けんとうし
遣唐使 遣唐使(派至中國學習的使節)
ke.n.to.o.shi

訓 つかう tsu.ka.u

つか
遣う 操心、費心
tsu.ka.u

こづか
小遣い 零用錢
ko.zu.ka.i

ことばづか
言葉遣い 措辭
ko.to.ba.zu.ka.i

訓 つかわす tsu.ka.wa.su

つか
遣わす 派遣；賞給、賜與
tsu.ka.wa.su

欠
音 けつ
訓 かける かく
常

音 けつ ke.tsu

けついん
欠員 人數不足
ke.tsu.i.n

けつじょ
欠如 缺少、缺乏
ke.tsu.jo

けつじょう
欠場 未出場
ke.tsu.jo.o

けつぼう
欠乏 缺乏
ke.tsu.bo.o

しゅっけつ
出欠 出缺席
shu.k.ke.tsu

びょうけつ
病欠 因病缺席
byo.o.ke.tsu

ほけつ
補欠 補缺
ho.ke.tsu

けっかん
欠陥 缺陷、缺點
ke.k.ka.n

けっきん
欠勤 缺勤
ke.k.ki.n

けっこう
欠航 （因故船、飛機）停航、停飛
ke.k.ko.o

けっしょく
欠食 沒有吃飯
ke.s.sho.ku

けっせき
欠席 缺席
ke.s.se.ki

けっそん
欠損 虧損
ke.s.so.n

けってん
欠点 缺點
ke.t.te.n

訓 かける ka.ke.ru

か
欠ける 欠缺、不足
ka.ke.ru

訓 かく ka.ku

か
欠く 缺乏、損壞
ka.ku

侵
音 しん
訓 おかす
常

音 しん shi.n

しんがい
侵害 侵犯(他人的權利、所有)
shi.n.ga.i

しんしょく
侵食 侵蝕
shi.n.sho.ku

しんにゅう
侵入 侵入
shi.n.nyu.u

しんりゃく
侵略 侵略
shi.n.rya.ku

訓 おかす o.ka.su

おか
侵す 侵犯
o.ka.su

欽
音 きん
訓

音 きん ki.n

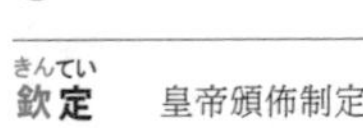

きんてい
欽定 皇帝頒佈制定
ki.n.te.i

親
音 しん
訓 おや したしい したしむ
常

音 しん shi.n

しんあい
親愛 親愛
shi.n.a.i

しんこう
親交 深交
shi.n.ko.o

しんせき
親戚 親戚
shi.n.se.ki

く

しんせつ
親切 親切
shi.n.se.tsu

しんぜん
親善 親善、友好
shi.n.ze.n

しんぞく
親族 親戚
shi.n.zo.ku

しんみ
親身 親人
shi.n.mi

しんみつ
親密 親密
shi.n.mi.tsu

しんゆう
親友 好友
shi.n.yu.u

しんるい
親類 親戚
shi.n.ru.i

りょうしん
両親 雙親
ryo.o.shi.n

訓 おや o.ya

おや
親 父母
o.ya

おやこ
親子 親子
o.ya.ko

おやごころ
親心 父母心
o.ya.go.ko.ro

おやじ
親父 老爸
o.ya.ji

おやぶん
親分 乾爹、乾媽；首領、頭目
o.ya.bu.n

おやゆび
親指 大拇指
o.ya.yu.bi

ちちおや
父親 父親
chi.chi.o.ya

ははおや
母親 母親
ha.ha.o.ya

訓 したしい shi.ta.shi.i

した
親しい 親近、親密
shi.ta.shi.i

訓 したしむ shi.ta.shi.mu

した
親しむ 親近、接近
shi.ta.shi.mu

勤

音 きん、ごん
訓 つとめる、つとまる
常

音 きん ki.n

きんぞく
勤続 （在同一工作單位）持續工作
ki.n.zo.ku

きんべん
勤勉 勤勉
ki.n.be.n

きんむ
勤務 勤務
ki.n.mu

きんろう
勤労 勤勞
ki.n.ro.o

がいきん
外勤 外勤
ga.i.ki.n

けっきん
欠勤 缺勤
ke.k.ki.n

ざいきん
在勤 在職
za.i.ki.n

しゅっきん
出勤 出勤
shu.k.ki.n

じょうきん
常勤 專職、正職
jo.o.ki.n

せいきん
精勤 勤勉
se.i.ki.n

つうきん
通勤 通勤
tsu.u.ki.n

てんきん
転勤 調職
te.n.ki.n

ないきん
内勤 內勤
na.i.ki.n

やきん
夜勤 夜班、夜間值勤
ya.ki.n

音 ごん go.n

ごんぎょう
勤行 * 〔佛〕修行
go.n.gyo.o

訓 つとめる tsu.to.me.ru

つと
勤める 工作、擔任
tsu.to.me.ru

つと
勤め 工作、職務
tsu.to.me

つと さき
勤め先 工作場所
tsu.to.me.sa.ki

訓 つとまる tsu.to.ma.ru

つと
勤まる 能擔任、勝任
tsu.to.ma.ru

琴 音 きん 訓 こと 常

音 きん ki.n

きんせん
琴線 琴弦；內心深處的感情
ki.n.se.n

訓 こと ko.to

こと
琴 琴、古箏
ko.to

たてごと
竪琴 豎琴
ta.te.go.to

禽 音 きん 訓

音 きん ki.n

きんじゅう
禽獣 鳥獸
ki.n.ju.u

やきん
野禽 野鳥
ya.ki.n

秦 音 しん 訓

音 しん shi.n

しん
秦 （春秋時代列國之一）秦
shi.n

芹 音 きん 訓 せり

音 きん ki.n

訓 せり se.ri

せり
芹 芹菜
se.ri

寝 音 しん 訓 ねる ねかす 常

音 しん shi.n

しんしつ
寝室 寢室
shi.n.shi.tsu

しんしょく
寝食 寢食
shi.n.sho.ku

しんだい
寝台 床舖
shi.n.da.i

訓 ねる ne.ru

ね
寝る 睡覺
ne.ru

ねがお
寝顔 睡臉
ne.ga.o

ねごと
寝言 夢話；胡說
ne.go.to

ねぼう
寝坊 睡懶覺
ne.bo.o

ねま
寝巻き 睡衣
ne.ma.ki

訓 ねかす ne.ka.su

ね
寝かす 使躺下、使睡覺
ne.ka.su

槍 音 そう 訓 やり

音 そう so.o

しんそう
真槍 真槍
shi.n.so.o

とうそう
刀槍 刀槍
to.o.so.o

訓 やり ya.ri

てやり
手槍 手槍
te.ya.ri

錆 音 しょう せい 訓 さび

音 しょう sho.o

音 せい se.i

しゅうせい
銹錆 （金屬）鏽
shu.u.se.i

訓 さび sa.bi

さ
錆び （金屬）鏽
sa.bi

さ
錆びる 生鏽
sa.bi.ru

腔
音 こう
訓

音 こう ko.o

きょうこう
胸腔 胸腔
kyo.o.ko.o

ふくこう
腹腔 腹腔
fu.ku.ko.o

鎗
音 そう
訓 やり

音 そう so.o

訓 やり ya.ri

強
常
音 きょう ごう
訓 つよい つよまる つよめる しいる

音 きょう kyo.o

きょう
強 強的
kyo.o

きょうか
強化 強化
kyo.o.ka

きょうけん
強健 強健
kyo.o.ke.n

きょうこ
強固 強固
kyo.o.ko

きょうこう
強行 強行
kyo.o.ko.o

きょうこう
強硬 強硬、不屈服
kyo.o.ko.o

きょうじゃく
強弱 強弱
kyo.o.ja.ku

きょうせい
強制 強制
kyo.o.se.i

きょうだい
強大 強大
kyo.o.da.i

きょうちょう
強調 強調
kyo.o.cho.o

きょうてき
強敵 強敵
kyo.o.te.ki

きょうふう
強風 強風
kyo.o.fu.u

きょうへい
強兵 強兵
kyo.o.he.i

きょうよう
強要 強迫、強行要求
kyo.o.yo.o

きょうりょく
強力 強力
kyo.o.ryo.ku

きょうれつ
強烈 強烈
kyo.o.re.tsu

ふきょう
富強 富強
fu.kyo.o

べんきょう
勉強 學習
be.n.kyo.o

音 ごう go.o

ごういん
強引 強行、強制
go.o.i.n

ごうじょう
強情 頑固、固執
go.o.jo.o

ごうとう
強盜 強盜
go.o.to.o

ごうよく
強欲 貪婪
go.o.yo.ku

訓 つよい tsu.yo.i

つよ
強い 強、強烈
tsu.yo.i

つよき
強気 強硬、強勢
tsu.yo.ki

訓 つよまる tsu.yo.ma.ru

つよ
強まる 強烈起來、強大起來
tsu.yo.ma.ru

訓 つよめる
tsu.yo.me.ru

つよ
強める 加強、增強
tsu.yo.me.ru

訓 しいる shi.i.ru

し
強いる 強迫、強制
shi.i.ru

し
強いて 強迫、強硬
shi.i.te

傾 音 けい 訓 かたむく かたむける 常

音 けい ke.i

けいこう
傾向 傾向、趨勢
ke.i.ko.o

けいしゃ
傾斜 傾斜
ke.i.sha

けいちょう
傾聴 傾聽
ke.i.cho.o

訓 かたむく
ka.ta.mu.ku

かたむ
傾く 傾斜、偏；有…傾向
ka.ta.mu.ku

訓 かたむける
ka.ta.mu.ke.ru

かたむ
傾ける 使…傾斜
ka.ta.mu.ke.ru

卿 音 きょう けい 訓 きみ

音 きょう kyo.o

くぎょう
公卿 公卿
ku.gyo.o

音 けい ke.i

けいしょう
卿相 卿相
ke.i.sho.o

訓 きみ ki.mi

清 音 せい しょう 訓 きよい きよまる きよめる 常

音 せい se.i

せいおん
清音 （日語音節）清音
se.i.o.n

せいけつ
清潔 清潔
se.i.ke.tsu

せいさん
清算 清算
se.i.sa.n

せいしゅ
清酒 清酒
se.i.shu

せいじゅん
清純 清純、純潔
se.i.ju.n

せいしょ
清書 修正後的文章
se.i.sho

せいじょう
清浄 清淨、潔淨
se.i.jo.o

せいしん
清新 清新
se.i.shi.n

せいすい
清水 清澈的水
se.i.su.i

せいそう
清掃 清掃
se.i.so.o

せいだく
清濁 清和濁；善和惡
se.i.da.ku

せいふう
清風 清風
se.i.fu.u

せいりゅう
清流 清流
se.i.ryu.u

せいりょう
清涼 清涼、涼爽
se.i.ryo.o

せいひん
清貧 清貧
se.i.hi.n

けっせい
血清 血清
ke.s.se.i

音 しょう sho.o

訓 きよい ki.yo.i

きよ
清い 清澈的
ki.yo.i

きよ
清らか 清純、純潔
ki.yo.ra.ka

訓 きよまる
ki.yo.ma.ru

きよ
清まる 變乾淨
ki.yo.ma.ru

訓 きよめる
ki.yo.me.ru

きよ
清める 弄乾淨
ki.yo.me.ru

軽 常
音 けい
訓 かるい かろやか

音 けい ke.i

けいおんがく
軽音楽 輕音樂
ke.i.o.n.ga.ku

けいかい
軽快 輕快
ke.i.ka.i

けいげん
軽減 減輕
ke.i.ge.n

けいし
軽視 輕視
ke.i.shi

けいじゅう
軽重 輕重
ke.i.ju.u

けいしょう
軽少 輕微、微少
ke.i.sho.o

けいしょう
軽傷 輕傷
ke.i.sho.o

けいしょく
軽食 輕食、簡單的飲食
ke.i.sho.ku

けいそう
軽装 輕便的裝扮
ke.i.so.o

けいそつ
軽率 輕率
ke.i.so.tsu

けいちょう
軽重 輕重
ke.i.cho.o

けいべつ
軽蔑 輕蔑、輕視
ke.i.be.tsu

けいりょう
軽量 輕量
ke.i.ryo.o

訓 かるい ka.ru.i

かる
軽い 輕便的、輕微的
ka.ru.i

訓 かろやか
ka.ro.ya.ka

かろ
軽やか 輕快、輕鬆
ka.ro.ya.ka

青 常
音 せい しょう
訓 あお あおい

音 せい se.i

せいか
青果 蔬果
se.i.ka

せいしゅん
青春 青春
se.i.shu.n

せいしょうねん
青少年 青少年
se.i.sho.o.ne.n

せいてん
青天 藍天
se.i.te.n

せいねん
青年 青年
se.i.ne.n

音 しょう sho.o

ぐんじょう
群青 ＊ 鮮艷的藍色顏料
gu.n.jo.o

こんじょう
紺青 ＊ 深藍色
ko.n.jo.o

訓 あお a.o

あお
青 藍
a.o

あおうめ
青梅 青梅
a.o.u.me

あおじろ
青白い 青白；(臉色)蒼白
a.o.ji.ro.i

あおじゃしん
青写真 藍圖
a.o.ja.shi.n

あおすじ
青筋 青筋、靜脈
a.o.su.ji

あおぞら
青空 青空
a.o.zo.ra

あおてんじょう
青天井 藍天、露天；無上限
a.o.te.n.jo.o

あおな
青菜 青菜
a.o.na

あおば
青葉 綠葉
a.o.ba

訓 **あおい** a.o.i

あお
青い 藍的
a.o.i

鯖 音 せい 訓 さば

音 **せい** se.i

訓 **さば** sa.ba

あきさば
秋鯖 秋天特別肥美的鯖魚
a.ki.sa.ba

情 常 音 じょう せい 訓 なさけ

音 **じょう** jo.o

じょう
情 感情、同情
jo.o

じょうあい
情愛
jo.o.a.i

じょうかん
情感 情感
jo.o.ka.n

じょうけい
情景 情景
jo.o.ke.i

じょうせい
情勢 情勢
jo.o.se.i

じょうそう
情操 情操
jo.o.so.o

じょうちょ
情緒 情緒；氣氛
jo.o.cho

じょうねつ
情熱 熱情
jo.o.ne.tsu

じょうほう
情報 資訊
jo.o.ho.o

あいじょう
愛情 愛情
a.i.jo.o

かんじょう
感情 感情
ka.n.jo.o

ごうじょう
強情 頑固
go.o.jo.o

じじょう
事情 事情
ji.jo.o

しじょう
詩情 詩情
shi.jo.o

じつじょう
実情 實情
ji.tsu.jo.o

しんじょう
真情 真情、實情
shi.n.jo.o

どうじょう
同情 同情
do.o.jo.o

にんじょう
人情 人情
ni.n.jo.o

ひょうじょう
表情 表情
hyo.o.jo.o

むじょう
無情 無情
mu.jo.o

ゆうじょう
友情 友情
yu.u.jo.o

音 **せい** se.i

ふぜい
風情 * 風趣、情趣；情況、樣子
fu.ze.i

訓 **なさけ** na.sa.ke

なさ
情け 人情、同情；愛情
na.sa.ke

なさ
情けない 可憐的、悲慘的；沒同情心的
na.sa.ke.na.i

なさ ぶか
情け深い 有同情心、善良的
na.sa.ke.bu.ka.i

晴 常 音 せい 訓 はれる はらす

音 **せい** se.i

せいう
晴雨 晴雨、晴天和雨天
se.i.u

せいてん
晴天 晴天
se.i.te.n

いんせい
陰晴 陰天和晴天
i.n.se.i

かいせい
快晴 萬里無雲的好天氣
ka.i.se.i

訓 はれる ha.re.ru

はれる
晴れる ha.re.ru （天）晴；（心情）開朗

はれ
晴れ ha.re 晴天

訓 はらす ha.ra.su

はらす
晴らす ha.ra.su 解除、消除

請 常
音 せい しん しょう
訓 こう うける

音 せい se.i

せいがん
請願 se.i.ga.n 申請、請求；請願

せいきゅう
請求 se.i.kyu.u 請求、索取

しんせい
申請 shi.n.se.i 申請

ようせい
要請 yo.o.se.i 要求、懇求

音 しん shi.n

ふしん
普請 * fu.shi.n 建築、施工

音 しょう sho.o

きしょう
起請 ki.sho.o 發誓；(向上級)上書

訓 こう ko.u

こう
請う ko.u 請求、希望

訓 うける u.ke.ru

うける
請ける u.ke.ru 贖出；承包、承攬（工程）

頃
音 けい
訓 ころ

音 けい ke.i

けいじつ
頃日 ke.i.ji.tsu 〔文〕近來

訓 ころ ko.ro

ころ
頃 ko.ro 時候、時期

慶 常
音 けい
訓 よろこぶ

音 けい ke.i

けいじ
慶事 ke.i.ji 喜事

けいちょう
慶弔 ke.i.cho.o 慶賀弔唁

どうけい
同慶 do.o.ke.i 同慶

訓 よろこぶ yo.ro.ko.bu

よろこぶ
慶ぶ yo.ro.ko.bu 值得慶祝

よろこび
慶び yo.ro.ko.bi 喜事、賀詞

区 常
音 く
訓 さかい

音 く ku

くいき
区域 ku.i.ki 區域

くかく
区画 ku.ka.ku 區域劃分

くかん
区間 ku.ka.n 區間

くぎり
区切り ku.gi.ri 段落

くぎる
区切る ku.gi.ru 分段、劃分

くべつ
区別 ku.be.tsu 區別

くぶん
区分 ku.bu.n 區分

くみん
区民 區民
ku.mi.n

くりつ
区立 區立
ku.ri.tsu

がっく
学区 學區
ga.k.ku

かんく
管区 管區
ka.n.ku

せんきょく
選挙区 選舉區
se.n.kyo.ku

ぜんこっく
全国区 全國區
ze.n.ko.k.ku

ちく
地区 地區
chi.ku

ちほうく
地方区 地方區
chi.ho.o.ku

訓 さかい sa.ka.i

屈
音 くつ
訓
常

音 くつ ku.tsu

くつじょく
屈辱 屈辱、恥辱、侮辱
ku.tsu.jo.ku

くっきょう
屈強 健壯、身強力壯；倔強
ku.k.kyo.o

くっきょく
屈曲 彎曲
ku.k.kyo.ku

くっし
屈指 屈指可數
ku.s.shi

くっしん
屈伸 伸縮、屈伸
ku.s.shi.n

くっせつ
屈折 彎曲、扭曲
ku.s.se.tsu

曲
音 きょく
訓 まがる まげる
常

音 きょく kyo.ku

きょくせつ
曲折 曲折
kyo.ku.se.tsu

きょくせん
曲線 曲線
kyo.ku.se.n

きょくもく
曲目 曲目
kyo.ku.mo.ku

きょくぎ
曲技 雜技、雜耍
kyo.ku.gi

えんぶきょく
円舞曲 圓舞曲
e.n.bu.kyo.ku

かきょく
歌曲 歌曲
ka.kyo.ku

がっきょく
楽曲 樂曲
ga.k.kyo.ku

きょうそうきょく
協奏曲 協奏曲
kyo.o.so.o.kyo.ku

こうしんきょく
行進曲 進行曲
ko.o.shi.n.kyo.ku

さっきょく
作曲 作曲
sa.k.kyo.ku

じょきょく
序曲 序曲
jo.kyo.ku

訓 まがる ma.ga.ru

ま
曲がる 使彎曲；轉彎
ma.ga.ru

訓 まげる ma.ge.ru

ま
曲げる 彎曲、傾斜
ma.ge.ru

躯
音 く
訓 からだ むくろ

音 く ku

くかん
躯幹 軀幹、身體
ku.ka.n

たいく
体躯 身體、體格
ta.i.ku

訓 からだ ka.ra.da

からだ
躯 身體、體格
ka.ra.da

訓 むくろ mu.ku.ro

むくろ
躯 遺骸、屍體
mu.ku.ro

駆
音 く
訓 かける
かる
常

音 く ku

駆使（くし）ku.shi	驅使；運用自如
駆除（くじょ）ku.jo	驅除
駆逐（くちく）ku.chi.ku	驅逐
駆虫（くちゅう）ku.chu.u	驅蟲、殺蟲

訓 かける ka.ke.ru

駆ける（か）ka.ke.ru	快跑
駆け足（か あし）ka.ke.a.shi	快跑

訓 かる ka.ru

駆る（か）ka.ru	追趕、迫使；使快跑

駈
音 く
訓 かける

音 く ku

訓 かける ka.ke.ru

駈ける（か）ka.ke.ru	快跑

渠
音 きょ
訓

音 きょ kyo

暗渠（あんきょ）a.n.kyo	暗渠
河渠（かきょ）ka.kyo	河渠
渠帥（きょすい）kyo.o.su.i	（壞人的）首領、頭目
溝渠（こうきょ）ko.o.kyo	溝渠

麹
音 きく
訓 こうじ

音 きく ki.ku

麹塵（きくじん）ki.ku.ji.n	帶灰色的黃綠色

訓 こうじ ko.o.ji

麹（こうじ）ko.o.ji	麴

取
音 しゅ
訓 とる
常

音 しゅ shu

取捨（しゅしゃ）shu.sha	取捨
取得（しゅとく）shu.to.ku	取得
取材（しゅざい）shu.za.i	取材
進取（しんしゅ）shi.n.shu	進取

訓 とる to.ru

取る（と）to.ru	拿、取
取り上げる（と あ）to.ri.a.ge.ru	拿起；採納
取り扱い（と あつか）to.ri.a.tsu.ka.i	待遇、對待；處理
取り扱う（と あつか）to.ri.a.tsu.ka.u	操作、使用；處理
取り入れる（と い）to.ri.i.re.ru	收進、放入；引進
取替え（とりか）to.ri.ka.e	交換、替換
取り替える（と か）to.ri.ka.e.ru	交換、替換

とりくむ
取り組む 較量；埋頭苦幹
to.ri.ku.mu

とりけす
取り消す 取消、撤消
to.ri.ke.su

とりしまり
取り締り 管理；董事
to.ri.shi.ma.ri

とりしまる
取り締まる 管理、監督
to.ri.shi.ma.ru

とりしらべる
取り調べる 詳細調查
to.ri.shi.ra.be.ru

とりだす
取り出す 拿出、選出
to.ri.da.su

とりたてる
取り立てる 舉出；強制徵收
to.ri.ta.te.ru

とりつぐ
取り次ぐ 轉達
to.ri.tsu.gu

とりつける
取り付ける 安裝；獲得
to.ri.tsu.ke.ru

とりのぞく
取り除く 去除
to.ri.no.zo.ku

とりひき
取引 交易
to.ri.hi.ki

とりまく
取り巻く 圍繞；奉承
to.ri.ma.ku

とりまぜる
取り混ぜる 摻雜、混合
to.ri.na.ze.ru

とりもどす
取り戻す 取回；恢復
to.ri.mo.do.su

とりよせる
取り寄せる 拿來、寄來
to.ri.yo.se.ru

とれる
取れる 脫落、掉下；消除
to.re.ru

去
音 きょ、こ
訓 さる
常

音 きょ kyo

きょねん
去年 去年
kyo.ne.n

しきょ
死去 死去
shi.kyo

じょきょ
除去 除去
jo.kyo

たいきょ
退去 離開
ta.i.kyo

音 こ ko

かこ
過去 過去
ka.ko

訓 さる sa.ru

さる
去る 離去、離開
sa.ru

趣
音 しゅ
訓 おもむき
常

音 しゅ shu

しゅい
趣意 主旨、宗旨
shu.i

しゅこう
趣向 想法、打算；下工夫
shu.ko.o

しゅし
趣旨 宗旨、意思
shu.shi

しゅみ
趣味 趣味；精髓；興趣、嗜好
shu.mi

訓 おもむき o.mo.mu.ki

おもむき
趣 趣味、樣子；要點
o.mo.mu.ki

却
音 きゃく
訓
常

音 きゃく kya.ku

ききゃく
棄却 不採納；(法律用語)駁回
ki.kya.ku

しょうきゃく
償却 償還
sho.o.kya.ku

たいきゃく
退却 退卻
ta.i.kya.ku

ぼうきゃく
忘却 忘卻
bo.o.kya.ku

塙
音 かく、こう
訓 はなわ

音 かく ka.ku

音 こう ko.o

訓 はなわ ha.na.wa

はなわ
塙 地上突起的地方
ha.na.wa

怯 音 きょう 訓 おびえる ひるむ

音 きょう kyo.o

きょうじゃく
怯弱 怯弱
kyo.o.ja.ku

訓 おびえる o.bi.e.ru

おび
怯える 害怕、膽怯
o.bi.e.ru

訓 ひるむ hi.ru.mu

ひる
怯む 畏怯、畏縮
hi.ru.mu

確 常 音 かく 訓 たしか たしかめる

音 かく ka.ku

かくげん
確言 明確地說
ka.ku.ge.n

かくじつ
確実 確實
ka.ku.ji.tsu

かくしょう
確証 確實的證據
ka.ku.sho.o

かくしん
確信 確信
ka.ku.shi.n

かくてい
確定 確定
ka.ku.te.i

かくとう
確答 確實回答
ka.ku.to.o

かくにん
確認 確認
ka.ku.ni.n

かくほ
確保 確保
ka.ku.ho

かくやく
確約 約定
ka.ku.ya.ku

かくりつ
確率 可能性
ka.ku.ri.tsu

かくりつ
確立 確立
ka.ku.ri.tsu

せいかく
正確 正確
se.i.ka.ku

めいかく
明確 明確
me.i.ka.ku

訓 たしか ta.shi.ka

たし
確か 確實
ka.shi.ka

訓 たしかめる ta.shi.ka.me.ru

たし
確かめる 確認、弄清楚
ta.shi.ka.me.ru

雀 音 じゃく 訓 すずめ

音 じゃく ja.ku

じゃくやく
雀躍 非常開心
ja.ku.ya.ku

えんじゃく
燕雀 燕子和麻雀；心胸狹窄的人
e.n.ja.ku

訓 すずめ su.zu.me

すずめ
雀 麻雀
su.zu.me

圏 常 音 けん 訓

音 けん ke.n

けんがい
圏外 範圍之外
ke.n.ga.i

けんない
圏内 範圍之內
ke.n.na.i

ほっきょくけん
北極圏 北極圈
ho.k.kyo.ku.ke.n

ぼうふうけん
暴風圏 暴風圈
bo.o.fu.u.ke.n

全 常
音 ぜん
訓 すべて
まったく

音 **ぜん** ze.n

ぜんいき
全域 全區域
ze.n.i.ki

ぜんいん
全員 全員
ze.n.i.n

ぜんかい
全快 （病、傷口）痊癒
ze.n.ka.i

ぜんがく
全額 全額
ze.n.ga.ku

ぜんきょく
全曲 整首曲子
ze.n.kyo.ku

ぜんこく
全国 全國
ze.n.ko.ku

ぜんしゅう
全集 （作品）全集
ze.n.shu.u

ぜんしょう
全勝 全勝
ze.n.sho.o

ぜんしん
全身 全身
ze.n.shi.n

ぜんじん
全人 （知識、感情、意識）完整的人
ze.n.ji.n

ぜんせい
全盛 全盛、鼎盛
ze.n.se.i

ぜんぜん
全然 完全
ze.n.ze.n

ぜんそくりょく
全速力 全速
ze.n.so.ku.ryo.ku

ぜんたい
全体 整體；全身
ze.n.ta.i

ぜんち
全治 （病）完全治療
ze.n.chi

ぜんちょう
全長 全長
ze.n.cho.o

ぜんど
全土 全國、國土
ze.n.do

ぜんのう
全納 全部繳納
ze.n.no.o

ぜんぱい
全敗 全軍覆沒
ze.n.pa.i

ぜんぱん
全般 全體、整體
ze.n.pa.n

ぜんぶ
全部 全部
ze.n.bu

ぜんめつ
全滅 滅絕、全部消滅
ze.n.me.tsu

ぜんめん
全面 全面
ze.n.me.n

ぜんりょく
全力 全力
ze.n.ryo.ku

かんぜん
完全 完全
ka.n.ze.n

けんぜん
健全 健全
ke.n.ze.n

こうつうあんぜん
交通安全 交通安全
ko.o.tsu.u.a.n.ze.n

訓 **すべて** su.be.te

すべ
全て 全部
su.be.te

訓 **まったく** ma.t.ta.ku

まった
全く （後接否定）全然、完全；簡直
ma.t.ta.ku

拳
音 けん
訓 こぶし

音 **けん** ke.n

けんじゅう
拳銃 手槍
ke.n.ju.u

けんとう
拳闘 拳擊
ke.n.to.o

けんぽう
拳法 拳法
ke.n.po.o

くうけん
空拳 赤手空拳
ku.u.ke.n

音 **こぶし** ko.bu.shi

権 常
音 けん
ごん
訓

音 けん ke.n

けんい
権威 權威
ke.n.i

けんえき
権益 權益
ke.n.e.ki

けんげん
権限 權限
ke.n.ge.n

けんせい
権勢 權勢
ke.n.se.i

けんり
権利 權利
ke.n.ri

けんりょく
権力 權力
ke.n.ryo.ku

じっけん
実権 實權
ji.k.ke.n

しゅけん
主権 主權
shu.ke.n

じんけん
人権 人權
ji.n.ke.n

せいけん
政権 政權
se.i.ke.n

せんきょけん
選挙権 選舉權
se.n.kyo.ke.n

さんせいけん
参政権 參政權
sa.n.se.i.ke.n

とっけん
特権 特權
to.k.ke.n

ゆうせんけん
優先権 優先權
yu.u.se.n.ke.n

音 ごん go.n

ごんげ
権化 ＊（神佛的）化身
go.n.ge

泉

音 せん
訓 いずみ
常

音 せん se.n

せんすい
泉水 泉水
se.n.su.i

おんせん
温泉 溫泉
o.n.se.n

げんせん
源泉 泉源
ge.n.se.n

こうせん
鉱泉 礦泉
ko.o.se.n

せいせん
清泉 清泉
se.i.se.n

れいせん
冷泉 冷泉
re.i.se.n

訓 いずみ i.zu.mi

いずみ
泉 泉水；（事物的）泉源
i.zu.mi

詮

音 せん
訓

音 せん se.n

しょせん
所詮 最後、歸根究底
sho.se.n

犬

音 けん
訓 いぬ
常

音 けん ke.n

けんし
犬歯 犬齒
ke.n.shi

あいけん
愛犬 愛犬
a.i.ke.n

あきたけん
秋田犬 秋田犬
a.ki.ta.ke.n

ばんけん
番犬 看門狗
ba.n.ke.n

めいけん
名犬 名犬
me.i.ke.n

もうけん
猛犬 猛犬
mo.o.ke.n

やけん
野犬 野狗、流浪狗
ya.ke.n

訓 いぬ i.nu

いぬ
犬 狗
i.nu

いぬざむらい
犬侍 武士的敗類
i.nu.za.mu.ra.i

いぬ ちくしょう
犬畜生 畜生
i.nu.chi.ku.sho.o

こいぬ
子犬 幼犬
ko.i.nu

勧
音 かん
訓 すすめる
常

音 かん ka.n

かんこく
勧告 勸告
ka.n.ko.ku

かんゆう
勧誘 勸誘
ka.n.yu.u

訓 すすめる su.su.me.ru

すす
勧める 勸誘
su.su.me.ru

すす
勧め 建議、推薦
su.su.me

群
音 ぐん
訓 むれる むれ むら
常

音 ぐん gu.n

ぐん
群 群、一伙
gu.n

ぐんしゅう
群集 群集
gu.n.shu.u

ぐんしゅう
群衆 群眾
gu.n.shu.u

ぐんしょう
群小 許多微小的東西、微不足道
gu.n.sho.o

ぐんせい
群生 群居
gu.n.se.i

ぐんぞう
群像 群像
gu.n.zo.o

ぐんゆう
群雄 群雄
gu.n.yu.u

ぐんらく
群落 許多村落、（植物）群生
gu.n.ra.ku

いちぐん
一群 一群
i.chi.gu.n

ぎょぐん
魚群 魚群
gyo.gu.n

たいぐん
大群 大群
ta.i.gu.n

訓 むれる mu.re.ru

む
群れる 群聚、聚集在一起
mu.re.ru

訓 むれ mu.re

む
群れ 群體、同伴
mu.re

訓 むら mu.ra

むらくも
群雲 ＊ 堆集的雲彩
mu.ra.ku.mo

窮
音 きゅう
訓 きわめる きわまる
常

音 きゅう kyu.u

きゅうきょく
窮極 畢竟、最終
kyu.u.kyo.ku

きゅうくつ
窮屈 窄小；不自由；(物資)缺乏
kyu.u.ku.tsu

きゅうじょう
窮状 窘境
kyu.u.jo.o

きゅうち
窮地 困境
kyu.u.chi

きゅうぼう
窮乏 窮困
kyu.u.bo.o

訓 きわめる ki.wa.me.ru

きわ
窮める 徹底查明；達到極限
ki.wa.me.ru

訓 きわまる ki.wa.ma.ru

きわ
窮まる 達到極限、極其
ki.wa.ma.ru

吸 音きゅう 訓すう 常

音 きゅう kyu.u

きゅういん
吸引 kyu.u.i.n 吸引

きゅうき
吸気 kyu.u.ki 吸氣

きゅうけつ
吸血 kyu.u.ke.tsu 吸血

きゅうしゅう
吸収 kyu.u.shu.u 吸收

きゅうにゅう
吸入 kyu.u.nyu.u 吸入

きゅうばん
吸盤 kyu.u.ba.n 吸盤

こきゅう
呼吸 ko.kyu.u 呼吸

訓 すう su.u

す
吸う su.u 吸、吸入；吸收（水分）

嬉 音き 訓うれしい

音 き ki

きき
嬉嬉 ki.ki 〔文〕歡喜、高興

訓 うれしい u.re.shi.i

うれ
嬉しい u.re.shi.i 高興

希 音き け 訓まれ 常

音 き ki

ききゅう
希求 ki.kyu.u 希望、渴望

きしょう
希少 ki.sho.o 稀少

きしょうかち
希少価値 ki.sho.o.ka.chi 物以稀為貴

きはく
希薄 ki.ha.ku 稀薄

きぼう
希望 ki.bo.o 希望

こき
古希 ko.ki 七十歲

音 け ke

けう
希有 ke.u 稀少

訓 まれ ma.re

まれ
希 ma.re 稀少

悉 音しつ 訓ことごとく

音 しつ shi.tsu

しっかい
悉皆 shi.k.ka.i 全部、完全

訓 ことごとく ko.to.go.to.ku

ことごと
悉く ko.to.go.to.ku 所有、一切、全部

携 音けい 訓たずさえる たずさわる 常

音 けい ke.i

けいこう
携行 ke.i.ko.o 攜帶前往

けいたい
携帯 ke.i.ta.i （隨身）攜帶

ていけい
提携 te.i.ke.i 提攜、合作

ひっけい
必携 hi.k.ke.i 必攜（的東西）

れんけい
連携 re.n.ke.i 合作、聯合

訓 **たずさえる** ta.zu.sa.e.ru

たずさ
携える 攜帶；偕同、攜手
ta.zu.sa.e.ru

訓 **たずさわる** ta.zu.sa.wa.ru

たずさ
携わる 從事、參與
ta.zu.sa.wa.ru

析
音 せき
訓
常

音 **せき** se.ki

ぶんせき
分析 〔理〕分析、化驗
bu.n.se.ki

かいせき
解析 解析
ka.i.se.ki

栖
音 せい
訓 すむ

音 **せい** se.i

訓 **すむ** su.mu

渓
音 けい
訓
常

音 **けい** ke.i

けいこく
渓谷 溪谷
ke.i.ko.ku

けいせい
渓声 溪流聲音
ke.i.se.i

けいりゅう
渓流 溪流
ke.i.ryu.u

犀
音 せい さい
訓

音 **せい** se.i

もくせい
木犀 木犀、桂花
mo.ku.se.i

音 **さい** sa.i

さいかく
犀角 （藥材）犀牛角
sa.i.ka.ku

犠
音 ぎ
訓
常

音 **ぎ** gi

ぎせい
犠牲 犧牲；犧牲品
gi.se.i

ぎだ
犠打 （棒球）犧牲打
gi.da

稀
音 き け
訓 まれ

音 **き** ki

きしょう
稀少 稀少
ki.sho.o

きはく
稀薄 稀薄；不足、缺乏
ki.ha.ku

音 **け** ke

けう
稀有 稀有、珍貴
ke.u

訓 **まれ** ma.re

まれ
稀 稀少、稀奇
ma.re

膝
音 しつ
訓 ひざ

音 **しつ** shi.tsu

しっか
膝下 膝下；父母的身邊
shi.k.ka

訓 **ひざ** hi.za

ひざ
膝 膝蓋
hi.za

ひざぐ
膝組み 盤腿坐
hi.za.gu.mi

西 常
音 せい さい
訓 にし

音 せい se.i

せいけい
西経 西經
se.i.ke.i

せいほう
西方 西方
se.i.ho.o

せいほくせい
西北西 西北西
se.i.ho.ku.se.i

せいよう
西洋 西洋
se.i.yo.o

せいようじん
西洋人 西洋人
se.i.yo.o.ji.n

せいれき
西暦 西曆
se.i.re.ki

音 さい sa.i

さいゆうき
西遊記 西遊記
sa.i.yu.u.ki

かんさい
関西 （日本）關西地區
ka.n.sa.i

訓 にし ni.shi

にし
西 西邊
ni.shi

にしび
西日 夕陽、夕照
ni.shi.bi

席 常
音 せき せ
訓

音 せき se.ki

せき
席 座位
se.ki

せきじ
席次 席次
se.ki.ji

せきじゅん
席順 座次
se.ki.ju.n

せきじょう
席上 座席上、（宴會…等）席上
se.ki.jo.o

せきりょう
席料 （會場…等的）租金、入場費
se.ki.ryo.o

えんせき
宴席 宴席
e.n.se.ki

かいせき
会席 會場
ka.i.se.ki

ぎせき
議席 議席
gi.se.ki

きゃくせき
客席 客席
kya.ku.se.ki

ざせき
座席 座席
za.se.ki

していせき
指定席 指定席
shi.te.i.se.ki

しゅせき
主席 主席
shu.se.ki

しゅっせき
出席 出席
shu.s.se.ki

ちゃくせき
着席 就座、入座
cha.ku.se.ki

とくとうせき
特等席 特等席
to.ku.to.o.se.ki

ばっせき
末席 末席
ba.s.se.ki

れっせき
列席 列席、出席
re.s.se.ki

音 せ se

よせ
寄席 日本傳統小劇場
yo.se

息 常
音 そく
訓 いき

音 そく so.ku

そくじょ
息女 兒女
so.ku.jo

あんそく
安息 安息
a.n.so.ku

きゅうそく
休息 休息
kyu.u.so.ku

しそく
子息 兒子
shi.so.ku

しょうそく
消息 消息
sho.o.so.ku

りそく
利息 利息
ri.so.ku

れいそく
令息 令郎
re.i.so.ku

訓 いき i.ki

いき
息 呼吸
i.ki

いきぐる
息苦しい 呼吸困難
i.ki.gu.ru.shi.i

はないき
鼻息 鼻息
ha.na.i.ki

むすこ
特 **息子** 兒子
mu.su.ko

惜
音 せき
訓 おしい おしむ
常

音 せき se.ki

せきはい
惜敗 （比賽）輸得可惜
se.ki.ha.i

せきべつ
惜別 惜別
se.ki.be.tsu

訓 おしい o.shi.i

お
惜しい 可惜、遺憾、值得惋惜的
o.shi.i

訓 おしむ o.shi.mu

お
惜しむ 愛惜、珍惜；惋惜、遺憾
o.shi.mu

昔
音 せき しゃく
訓 むかし
常

音 せき se.ki

せきじつ
昔日 昔日
se.ki.ji.tsu

おうせき
往昔 往昔
o.o.se.ki

音 しゃく sha.ku

こんじゃく
今昔 * 現在和過去
ko.n.ja.ku

訓 むかし mu.ka.shi

むかし
昔 以前
mu.ka.shi

むかしがた
昔話り 前塵往事
mu.ka.shi.ga.ta.ri

むかしなじ
昔馴染み 舊識
mu.ka.shi.na.ji.mi

むかしばなし
昔話 前塵往事；傳說、故事
mu.ka.shi.ba.na.shi

むかしふう
昔風 舊式
mu.ka.shi.fu.u

ひとむかし
一昔 往昔
hi.to.mu.ka.shi

習
音 しゅう
訓 ならう
常

音 しゅう shu.u

しゅうかん
習慣 習慣
shu.u.ka.n

しゅうじ
習字 習字
shu.u.ji

しゅうじゅく
習熟 熟練
shu.u.ju.ku

しゅうぞく
習俗 習俗
shu.u.zo.ku

しゅうとく
習得 學會
shu.u.to.ku

えんしゅう
演習 演習
e.n.shu.u

がくしゅう
学習 學習
ga.ku.shu.u

かんしゅう
慣習 習慣
ka.n.shu.u

こうしゅう
講習 講習
ko.o.shu.u

じしゅう
自習 自習
ji.shu.u

じっしゅう
実習 實習
ji.s.shu.u

ふくしゅう
復習 復習
fu.ku.shu.u

ほしゅう
補習 補習
ho.shu.u

よしゅう
予習 預習
yo.shu.u

れんしゅう
練習 練習
re.n.shu.u

訓 ならう na.ra.u

なら
習う 練習；學習
na.ra.u

錫
音 しゃく せき
訓 すず

音 しゃく sha.ku

しゃくじょう
錫杖 〔佛〕錫杖（遊記中唐三藏所持的法器）
sha.ku.jo.o

音 せき se.ki

訓 すず su.zu

すずいし
錫石 錫礦石
su.zu.i.shi

襲
音 しゅう
訓 おそう
常

音 しゅう shu.u

しゅうげき
襲撃 襲擊
shu.u.ge.ki

しゅうらい
襲来 （敵軍、暴風雨…等）來襲
shu.u.ra.i

せしゅう
世襲 世襲
se.shu.u

訓 おそう o.so.u

おそ
襲う 襲擊；突然到來；繼承、世襲
o.so.u

喜
音 き
訓 よろこぶ
常

音 き ki

きえつ
喜悦 喜悅
ki.e.tsu

きげき
喜劇 喜劇
ki.ge.ki

きしゃ
喜捨 〔佛〕施捨
ki.sha

きしょく
喜色 喜色
ki.sho.ku

き ど あいらく
喜怒哀楽 喜怒哀樂
ki.do.a.i.ra.ku

かんき
歓喜 歡喜
ka.n.ki

ひき
悲喜 悲喜
hi.ki

訓 よろこぶ yo.ro.ko.bu

よろこ
喜ぶ 歡喜、高興、喜悅
yo.ro.ko.bu

よろこ
喜び 喜悅；祝賀
yo.ro.ko.bi

洗
音 せん
訓 あらう
常

音 せん se.n

せんがん
洗顔 洗臉
se.n.ga.n

せんがん
洗眼 洗眼
se.n.ga.n

せんざい
洗剤 洗潔劑
se.n.za.i

せんじょう
洗浄 洗淨
se.n.jo.o

せんたく
洗濯 洗衣服
se.n.ta.ku

せんのう
洗脳 洗腦
se.n.no.o

せんめん
洗面 洗臉
se.n.me.n

すいせん
水洗 水洗
su.i.se.n

訓 あらう a.ra.u

あら
洗う 洗滌；調查
a.ra.u

璽 音 じ 訓 常

音 じ ji

ぎょくじ
玉璽 玉璽
gyo.ku.ji

係 音 けい 訓 かかる かかり 常

音 けい ke.i

けいるい
係累 家累
ke.i.ru.i

かんけい
関係 關係
ka.n.ke.i

むかんけい
無関係 毫無關係
mu.ka.n.ke.i

訓 かかる ka.ka.ru

かか
係る 關係到、關連到
ka.ka.ru

訓 かかり ka.ka.ri

かか
係り 負責人員
ka.ka.ri

かかりいん
係員 工作人員
ka.ka.ri.i.n

しんこうがかり
進行係 司儀
shi.n.ko.o.ga.ka.ri

あんないがかり
案内係 接待人員
a.n.na.i.ga.ka.ri

うけつけがかり
受付係 櫃檯人員
u.ke.tsu.ke.ga.ka.ri

かいじょうがかり
会場係 會場人員
ka.i.jo.o.ga.ka.ri

夕 音 せき 訓 ゆう 常

音 せき se.ki

いっちょういっせき
一朝一夕 一朝一夕
i.c.cho.o.i.s.se.ki

訓 ゆう yu.u

ゆうかげ
夕影 夕陽、夕陽照射下的影子
yu.u.ka.ge

ゆうがた
夕方 晚上
yu.u.ga.ta

ゆうかん
夕刊 晚報
yu.u.ka.n

ゆうぎり
夕霧 傍晚時起的霧
yu.u.gi.ri

ゆうぐ
夕暮れ 傍晚
yu.u.gu.re

ゆうしょく
夕食 晚飯
yu.u.sho.ku

ゆうだち
夕立 (夏季)午後雷陣雨
yu.u.da.chi

ゆうづき
夕月 傍晚的月亮
yu.u.zu.ki

ゆうはん
夕飯 晚餐
yu.u.ha.n

ゆう
夕べ 傍晚
yu.u.be

ゆうひ
夕日 夕陽
yu.u.hi

ゆうや
夕焼け 晚霞
yu.u.ya.ke

たなばた
特 七夕 七夕
ta.na.ba.ta

戲 音 ぎ 訓 たわむれる 常

音 ぎ gi

ぎが
戯画 滑稽畫、諷刺畫
gi.ga

ぎきょく
戯曲 劇本
gi.kyo.ku

訓 たわむれる
ta.wa.mu.re.ru

たわむ
戯れる 玩耍；開玩笑；調戲
ta.wa.mu.re.ru

系
音 けい
訓
常

音 けい ke.i

けいとう
系統 系統
ke.i.to.o

けいふ
系譜 家譜
ke.i.fu

いっけい
一系 一系列
i.k.ke.i

かけい
家系 門第、血統
ka.ke.i

たいけい
体系 體系
ta.i.ke.i

たいようけい
太陽系 太陽系
ta.i.yo.o.ke.i

ちょっけい
直系 直系
cho.k.ke.i

ふけい
父系 父系
fu.ke.i

ぼけい
母系 母系
bo.ke.i

細
音 さい
訓 ほそい
ほそる
こまか
こまかい
常

音 さい sa.i

さいきん
細菌 細菌
sa.i.ki.n

さいく
細工 手工
sa.i.ku

さいじ
細事 瑣事
sa.i.ji

さいじ
細字 小字
sa.i.ji

さいしん
細心 細心
sa.i.shi.n

さいそく
細則 細則
sa.i.so.ku

さいだい
細大 大小事
sa.i.da.i

さいぶ
細部 細部
sa.i.bu

さいぶん
細分 細分
sa.i.bu.n

さいぼう
細胞 細胞
sa.i.bo.o

さいみつ
細密 細密
sa.i.mi.tsu

しょうさい
詳細 詳細
sho.o.sa.i

めいさい
明細 明細
me.i.sa.i

訓 ほそい ho.so.i

ほそ
細い 細；狹窄；細小（聲音）
ho.so.i

訓 ほそる ho.so.ru

ほそ
細る 瘦、變細；變小；變弱
ho.so.ru

訓 こまか ko.ma.ka

こま
細か 細緻、精巧；仔細、周到
ko.ma.ka

訓 こまかい ko.ma.ka.i

こま
細かい 細小；詳細、周到；瑣碎
ko.ma.ka.i

繫
音 けい
訓 つなぐ
かける
つながる
かかる

音 けい ke.i

けいぞく
繫属 取得聯繫；〔法〕正在起訴
ke.i.zo.ku

れんけい
連繫 聯繫
re.n.ke.i

訓 つなぐ tsu.na.gu

つな
繫ぐ 繫；接上、連上；維持
tsu.na.gu

訓 かける ka.ke.ru

訓 つながる tsu.na.ga.ru

つな
繋がる 連接、聯繫；有關聯
tsu.na.ga.ru

つな
繋がり 連接、關連
tsu.na.ga.ri

訓 かかる ka.ka.ru

かか
繋る 關係到、關連到
ka.ka.ru

隙
音 げき
訓 すき ひま

音 げき ge.ki

かんげき
間隙 間隙；隔閡
ka.n.ge.ki

くうげき
空隙 （事情的）空隙
ku.u.ge.ki

すんげき
寸隙 極小的縫隙
su.n.ge.ki

訓 すき su.ki

すき
隙 空隙；餘暇；可乘之機
su.ki

すき ま
隙間 縫隙
su.ki.ma

訓 ひま hi.ma

ひま
隙 間隙、隔閡
hi.ma

蝦
音 が
訓 えび

音 が ga

が まぐち
蝦蟇口 蛙口形的小錢包
ga.ma.gu.chi

訓 えび e.bi

さくらえび
桜蝦
sa.ku.ra.e.bi

えぞ
特 蝦夷 北海道的古稱
e.zo

俠
音 きょう
訓

音 きょう kyo.o

きょうかく
俠客 俠客
kyo.o.ka.ku

ぎ きょう
義俠 義俠
gi.kyo.o

峡
音 きょう
訓
常

音 きょう kyo.o

きょうこく
峡谷 峽谷
kyo.o.ko.ku

かいきょう
海峡 海峽
ka.i.kyo.o

挟
音 きょう
訓 はさむ はさまる
常

音 きょう kyo.o

きょうげき
挟撃 夾擊、夾攻
kyo.o.ge.ki

訓 はさむ ha.sa.mu

はさ
挟む 夾；隔
ha.sa.mu

訓 はさまる ha.sa.ma.ru

はさ
挟まる 夾；（兩者）之間、中間人
ha.sa.ma.ru

暇
音 か
訓 ひま いとま
常

音 か ka

きゅう か
休暇 休假
kyu.u.ka

すんか
寸暇 片刻的閒暇
su.n.ka

よか
余暇 餘暇、空閒時間
yo.ka

訓 ひま hi.ma

ひま
暇 閒暇、休假；時間
hi.ma

訓 いとま i.to.ma

いとま
暇 〔文〕閒暇、休假；時間
i.to.ma

狹
音 きょう
訓 せばまる せばめる せまい
常

音 きょう kyo.o

きょうぎ
狭義 狹義
kyo.o.gi

きょうしょう
狭小 狹小
kyo.o.sho.o

きょうりょう
狭量 度量狹小
kyo.o.ryo.o

訓 せまい se.ma.i

せま
狭い 狹窄的、狹小的
se.ma.i

訓 せばめる se.ba.me.ru

せば
狭める （把範圍…等）縮短、縮小
se.ba.me.ru

訓 せばまる se.ba.ma.ru

せば
狭まる （間隔、範圍）縮短、縮小
se.ba.ma.ru

轄
音 かつ
訓
常

音 かつ ka.tsu

しょかつ
所轄 管轄範圍
sho.ka.tsu

ちょっかつ
直轄 直轄、直屬
cho.k.ka.tsu

霞
音 か
訓 かすみ かすむ

音 か ka

うんか
雲霞 雲霞；（人群）聚集
u.n.ka

ばんか
晩霞 晚霞
ba.n.ka

訓 かすみ ka.su.mi

かすみ
霞 彩霞；眼睛模糊
ka.su.mi

訓 かすむ ka.su.mu

かす
霞む 雲霧彌漫、朦朧
ka.su.mu

下
音 か・げ
訓 した・しも・もと さげる・さがる くだる・くだす くださる・おろす・おりる
常

音 か ka

かこう
下降 下降
ka.ko.o

かせん
下線 （文字）下方的線
ka.se.n

かそう
下層 下層
ka.so.o

かりゅう
下流 下游
ka.ryu.u

ちかてつ
地下鉄 地下鐵
chi.ka.te.tsu

てんか
天下 天下
te.n.ka

音 げ ge

げ
下 低劣；末尾
ge

げこう
下校 放學
ge.ko.o

げしゃ
下車 下車
ge.sha

げしゅく
下宿 租房子、住宿
ge.shu.ku

げじゅん
下旬 下旬
ge.ju.n

げた
下駄 木屐
ge.ta

げひん
下品 庸俗、下流
ge.hi.n

げり
下痢 腹瀉
ge.ri

げすい
下水 污水、下水道
ge.su.i

訓 した shi.ta

した
下 下面；低劣
shi.ta

したが
下書き 草稿
shi.ta.ga.ki

したぎ
下着 內衣
shi.ta.gi

したごころ
下心 內心
shi.ta.go.ko.ro

したじ
下地 事物的基礎；才能
shi.ta.ji

したしら
下調べ 事先調查；預習
shi.ta.shi.ra.be

したど
下取り 以舊換新
shi.ta.do.ri

したび
下火 火勢減弱
shi.ta.bi

したまち
下町 都市的工商業區
shi.ta.ma.chi

したやく
下役 下屬
shi.ta.ya.ku

したみ
下見 預先勘查、先瀏覽（書籍、資料）
shi.ta.mi

訓 しも shi.mo

しも
下 後半、下半；下游
shi.mo

かわしも
川下 （河川）下游
ka.wa.shi.mo

訓 もと mo.to

あしもと
足下 腳下
a.shi.mo.to

訓 さげる sa.ge.ru

さ
下げる 降低、降下；提取、提領
sa.ge.ru

訓 さがる sa.ga.ru

さ
下がる （價格、溫度…等）下降、降低
sa.ga.ru

訓 くだる ku.da.ru

くだ
下る 下降、下去
ku.da.ru

くだ
下り 下坡；下行
ku.da.ri

訓 くだす ku.da.su

くだ
下す 降；貶、降低；使投降
ku.da.su

訓 くださる ku.da.sa.ru

くだ
下さる 〔敬〕給、贈
ku.da.sa.ru

訓 おろす o.ro.su

お
下ろす 放下、卸下；讓…下車（船）；卸任
o.ro.su

訓 おりる o.ri.ru

お
下りる （從高處）下來；（從車、船…等）下來
o.ri.ru

特 へた
下手 拙劣、笨拙
he.ta

嚇

音 かく
訓
常

音 かく ka.ku

かくど
嚇怒 勃然大怒
ka.ku.do

いかく
威嚇 威脅、恐嚇
i.ka.ku

夏 音 か げ 訓 なつ 常

音 か ka

かき
夏季 夏季
ka.ki

かき
夏期 夏季時期
ka.ki

しょか
初夏 初夏
sho.ka

ばんか
晩夏 晚夏
ba.n.ka

りっか
立夏 立夏
ri.k.ka

音 げ ge

げし
夏至 * 夏至
ge.shi

訓 なつ na.tsu

なつ
夏 夏天
na.tsu

なつさく
夏作 夏季農作物
na.tsu.sa.ku

なつもの
夏物 夏季服裝、用品
na.tsu.mo.no

なつどり
夏鳥 夏季的候鳥
na.tsu.do.ri

なつやすみ
夏休み 暑假
na.tsu.ya.su.mi

まなつ
真夏 盛夏
ma.na.tsu

些 音 さ 訓 いささか

音 さ sa

さしょう
些少 一點點、少許
sa.sho.o

訓 いささか i.sa.sa.ka

いささ
些か 〔文〕稍微、一點、絲毫
i.sa.sa.ka

協 音 きょう 訓 常

音 きょう kyo.o

きょうかい
協会 協會
kyo.o.ka.i

きょうぎ
協議 協議
kyo.o.gi

きょうさん
協賛 贊助
kyo.o.sa.n

きょうそうきょく
協奏曲 協奏曲
kyo.o.so.o.kyo.ku

きょうちょう
協調 協調
kyo.o.cho.o

きょうてい
協定 協定
kyo.o.te.i

きょうどう
協同 協同
kyo.o.do.o

きょうやく
協約 協約
kyo.o.ya.ku

きょうりょく
協力 協力、幫助
kyo.o.ryo.ku

きょうわ
協和 和諧
kyo.o.wa

だきょう
妥協 妥協
da.kyo.o

叶 音 きょう 訓 かなう

音 きょう kyo.o

訓 かなう ka.na.u

かな
叶う 實現、達到（願望）
ka.na.u

斜 音 しゃ 訓 ななめ はす 常

音 しゃ sha

しゃし
斜視 斜視；斜眼
sha.shi

しゃせん
斜線 斜線
sha.se.n

しゃめん
斜面 傾斜面
sha.me.n

訓 **ななめ**
na.na.me

なな
斜め 斜、歪
na.na.me

訓 **はす** ha.su

はす
斜 傾斜、歪斜
ha.su

脅
音 きょう
訓 おびやかす おどす おどかす
常

音 **きょう** kyo.o

きょうい
脅威 威脅
kyo.o.i

きょうはく
脅迫 脅迫、威脅
kyo.o.ha.ku

訓 **おびやかす**
o.bi.ya.ka.su

おびや
脅かす 恐嚇、威脅
o.bi.ya.ka.su

訓 **おどす** o.do.su

おど
脅す 威脅、嚇唬
o.do.su

訓 **おどかす**
o.do.ka.su

おど
脅かす 威脅、嚇唬、恐嚇
o.do.ka.su

脇
音 きょう
訓 わき

音 **きょう** kyo.o

きょうそく
脇息 （椅子的）扶手
kyo.o.so.ku

訓 **わき** wa.ki

わきばら
脇腹 腹部的側面
wa.ki.ba.ra

わきめ
脇目 往旁邊看；旁觀
wa.ki.me

りょうわき
両脇 兩腋；兩側
ryo.o.wa.ki

邪
音 じゃ
訓 よこしま
常

音 **じゃ** ja

じゃあく
邪悪 邪惡
ja.a.ku

じゃどう
邪道 歧途；不正當的辦法
ja.do.o

じゃま
邪魔 妨礙、打擾；拜訪
ja.ma

むじゃき
無邪気 天真純潔
mu.ja.ki

訓 **よこしま**
yo.ko.shi.ma

よこしま
邪 邪惡、不正當
yo.ko.shi.ma

かぜ
特 **風邪** 感冒
ka.ze

写
音 しゃ
訓 うつす うつる
常

音 **しゃ** sha

しゃじつ
写実 寫實
sha.ji.tsu

しゃしん
写真 相片
sha.shi.n

しゃせい
写生 寫生
sha.se.i

えいしゃ
映写 放映
e.i.sha

ししゃかい
試写会 試映會
shi.sha.ka.i

ふくしゃ
複写 複寫
fu.ku.sha

訓 うつす u.tsu.su

うつ
写す 抄、摹寫；拍照
u.tsu.su

うつ
写し 抄寫、副本
u.tsu.shi

訓 うつる u.tsu.ru

うつ
写る 映、照；（光影）透過來
u.tsu.ru

音 けつ
訓 ち
常

音 けつ ke.tsu

けつあつ
血圧 血壓
ke.tsu.a.tsu

けつえき
血液 血液
ke.tsu.e.ki

けつえん
血縁 血緣
ke.tsu.e.n

けつぞく
血族 有血緣關係的人、血緣
ke.tsu.zo.ku

きゅうけつき
吸血鬼 吸血鬼
kyu.u.ke.tsu.ki

けんけつ
献血 捐血
ke.n.ke.tsu

しけつ
止血 止血
shi.ke.tsu

しゅっけつ
出血 出血、流血
shu.k.ke.tsu

ねっけつ
熱血 熱血、熱情
ne.k.ke.tsu

ひんけつ
貧血 貧血
hi.n.ke.tsu

ゆけつ
輸血 輸血
yu.ke.tsu

りゅうけつ
流血 流血
ryu.u.ke.tsu

れいけつ
冷血 冷血
re.i.ke.tsu

けっかん
血管 血管
ke.k.ka.n

けっき
血気 血氣
ke.k.ki

けっこう
血行 血液循環
ke.k.ko.o

けっせい
血清 血清
ke.s.se.i

けっとう
血統 血統
ke.t.to.o

せっけっきゅう
赤血球 紅血球
se.k.ke.k.kyu.u

はっけっきゅう
白血球 白血球
ha.k.ke.k.kyu.u

訓 ち chi

ち
血 血
chi

ちしお
血潮 血流如注；熱血
chi.shi.o

ちすじ
血筋 血管；血統、血緣關係
chi.su.ji

はなぢ
鼻血 鼻血
ha.na.ji

卸

音
訓 おろし おろす
常

訓 おろし o.ro.shi

おろしね
卸値 批發價
o.ro.shi.ne

おろしどんや
卸問屋 批發商
o.ro.shi.do.n.ya

訓 おろす o.ro.su

おろ
卸す 批發
o.ro.su

屑

音 せつ
訓 くず

音 せつ se.tsu

さいせつ
砕屑 碎屑、碎渣
sa.i.se.tsu

訓 くず ku.zu

くず
屑 殘渣、碎片
ku.zu

かみくず
紙屑 廢紙、碎紙
ka.mi.ku.zu

きくず
木屑 木屑
ki.ku.zu

械
音 かい
訓
常

音 **かい** ka.i

きかい
機械 機械
ki.ka.i

きかい
器械 機械
ki.ka.i

洩
音 えい せつ
訓 もれる もらす

音 **えい** e.i

ろうえい
漏洩 洩露；（液體）漏出
ro.o.e.i

音 **せつ** se.tsu

ろうせつ
漏洩 洩露；（液體）漏出
ro.o.se.tsu

訓 **もれる** mo.re.ru

も
洩れる 漏出；洩漏；流露出；遺漏
mo.re.ru

訓 **もらす** mo.ra.su

も
洩らす 將…漏出、洩漏；表露、流露
mo.ra.su

蟹
音 かい
訓 かに

音 **かい** ka.i

かいこう
蟹甲 螃蟹的甲殼
ka.i.ko.o

かいこう
蟹行 像螃蟹般橫著爬走
ka.i.ko.o

訓 **かに** ka.ni

かに
蟹 螃蟹
ka.ni

かにざ
蟹座 （星座）巨蟹座
na.ni.za

かにたま
蟹玉 （料理）芙蓉蟹
na.ni.ta.ma

謝
音 しゃ
訓 あやまる
常

音 **しゃ** sha

しゃおん
謝恩 謝恩
sha.o.n

しゃざい
謝罪 謝罪
sha.za.i

しゃじ
謝辞 感謝詞
sha.ji

しゃぜつ
謝絶 謝絕
sha.ze.tsu

しゃれい
謝礼 謝禮
sha.re.i

かんしゃ
感謝 感謝
ka.n.sha

しんちんたいしゃ
新陳代謝 新陳代謝
shi.n.chi.n.ta.i.sha

げっしゃ
月謝 （每月的）學費
ge.s.sha

訓 **あやまる** a.ya.ma.ru

あやま
謝る 道歉、賠罪、認錯
a.ya.ma.ru

削
音 さく
訓 けずる
常

音 **さく** sa.ku

さくげん
削減 削減
ka.ku.ge.n

さくじょ
削除 刪除
ka.ku.jo

訓 けずる ke.zu.ru

けず
削る ke.zu.ru 削、刨；刪除；縮減

宵 常 音しょう 訓よい

音 しょう sho.o

しゅんしょう
春宵 shu.n.sho.o 春宵

てっしょう
徹宵 te.s.sho.o 通宵

訓 よい yo.i

よいみや
宵宮 yo.i.mi.ya 日本的大祭典前夜的小祭祀

消 常 音しょう 訓きえる けす

音 しょう sho.o

しょうおん
消音 sho.o.o.n 消音、隔音

しょうか
消化 sho.o.ka 消化

しょうか
消火 sho.o.ka 滅火

しょうきょ
消去 sho.o.kyo 消失、消除

しょうきょくてき
消極的 sho.o.kyo.ku.te.ki 消極的

しょうしつ
消失 sho.o.shi.tsu 消失

しょうそく
消息 sho.o.so.ku 消息

しょうちん
消沈 sho.o.chi.n 消沉

しょうとう
消灯 sho.o.to.o 熄燈

しょうどく
消毒 sho.o.do.ku 消毒

しょうひ
消費 sho.o.hi 消費

しょうぼう
消防 sho.o.bo.o 消防

しょうぼうしょ
消防署 sho.o.bo.o.sho 消防署

しょうもう
消耗 sho.o.mo.o 消耗、減少

かいしょう
解消 ka.i.sho.o 解除

訓 きえる ki.e.ru

き
消える ki.e.ru 消失；（燈、火）熄滅

訓 けす ke.su

け
消す ke.su 弄滅；消除；關閉（開關等）

け
消しゴム ke.shi.go.mu 橡皮擦

硝 常 音しょう 訓

音 しょう sho.o

しょうえん
硝煙 sho.o.e.n 硝煙

しょうさん
硝酸 sho.o.sa.n 〔化〕硝酸

小 常 音しょう 訓ちいさい こ お

音 しょう sho.o

しょう
小 sho.o 小的

しょうがくせい
小学生 sho.o.ga.ku.se.i 小學生

しょうがっこう
小学校 sho.o.ga.k.ko.o 小學

しょうけい
小計 sho.o.ke.i 小計

しょうしみん
小市民 sho.o.shi.mi.n 市井小民

しょうしん
小心 小心
sho.o.shi.n

しょうせつ
小説 小說
sho.o.se.tsu

しょうに
小児 小孩
sho.o.ni

しょうすう
小数 〔數〕小數
sho.o.su.u

しょうにか
小児科 小兒科
sho.o.ni.ka

しょうべん
小便 尿、小便
sho.o.be.n

さいしょう
最小 最小
sa.i.sho.o

じゃくしょう
弱小 弱小
ja.ku.sho.o

訓 **ちいさい** chi.i.sa.i

ちい
小さい 小、微少、低、瑣碎
chi.i.sa.i

ちい
小さな 小
chi.i.sa.na

訓 **こ** ko

こうり
小売 零售
ko.u.ri

こがた
小型 小型
ko.ga.ta

こがら
小柄 個子小；小花紋
ko.ga.ra

こぎって
小切手 支票
ko.gi.t.te

こごえ
小声 小聲
ko.go.e

こさく
小作 佃農
ko.sa.ku

こじま
小島 小島
ko.ji.ma

こぜに
小銭 零錢
ko.ze.ni

こぞう
小僧 小和尚
ko.zo.o

こづか
小遣い 零錢
ko.zu.ka.i

こづつみ
小包 小包裹
ko.zu.tsu.mi

こむぎ
小麦 小麥
ko.mu.gi

こや
小屋 （簡陋的）小屋；狗屋
ko.ya

訓 **お** o

おがわ
小川 小河川
o.ga.wa

暁
音 ぎょう
訓 あかつき
常

音 **ぎょう** gyo.o

ぎょうてん
暁天 拂曉的天空
gyo.o.te.n

つうぎょう
通暁 通曉、精通；通宵
tsu.u.gyo.o

訓 **あかつき** a.ka.tsu.ki

あかつき
暁 黎明時分；（理想、目標等）實現
a.ka.tsu.ki

篠
音 しょう
訓 しの

音 **しょう** sho.o

訓 **しの** shi.no

しのだけ
篠竹 矮竹
shi.no.da.ke

しのぶえ
篠笛 竹笛
shi.no.bu.e

効
音 こう
訓 きく
常

音 **こう** ko.o

こうか
効果 效果
ko.o.ka

こうのう
効能 效能
ko.o.no.o

ㄒ

こうよう
効用 效用
ko.o.yo.o

こうりつ
効率 效率
ko.o.ri.tsu

こうりょく
効力 效力
ko.o.ryo.ku

じっこう
実効 實效
ji.k.ko.o

そっこう
速効 速效
so.k.ko.o

そっこう
即効 立即生效
so.k.ko.o

とっこう
特効 特效
to.k.ko.o

むこう
無効 無效
mu.ko.o

やっこう
薬効 藥效
ya.k.ko.o

ゆうこう
有効 有效
yu.u.ko.o

訓 きく ki.ku

き
効く 有效、見效、起作用
ki.ku

孝 音 こう 訓 常

音 こう ko.o

こうこう
孝行 孝行
ko.o.ko.o

こうし
孝子 孝子
ko.o.shi

こうしん
孝心 孝心
ko.o.shi.n

こうどう
孝道 孝道
ko.o.do.o

ふこう
不孝 不孝
fu.ko.o

おやこうこう
親孝行 孝順
o.ya.ko.o.ko.o

ちゅうこう
忠孝 忠孝
chu.u.ko.o

校 音 こう きょう 訓 常

音 こう ko.o

こうい
校医 校醫
ko.o.i

こうか
校歌 校歌
ko.o.ka

こうがい
校外 校外
ko.o.ga.i

こうき
校旗 校旗
ko.o.ki

こうしゃ
校舎 校舍
ko.o.sha

こうしょう
校章 校徽
ko.o.sho.o

こうせい
校正 校正
ko.o.se.i

こうちょう
校長 校長
ko.o.cho.o

こうてい
校庭 校園
ko.o.te.i

こうもん
校門 校門
ko.o.mo.n

こうゆう
校友 校友
ko.o.yu.u

がっこう
学校 學校
ga.k.ko.o

きゅうこう
休校 停課
kyu.u.ko.o

げこう
下校 放學
ge.ko.o

ざいこう
在校 在校
za.i.ko.o

てんこう
転校 轉學
te.n.ko.o

とうこう
登校 上學
to.o.ko.o

ぶんこう
分校 分校
bu.n.ko.o

ぼこう
母校 母校
bo.ko.o

ほんこう
本校 本校
ho.n.ko.o

音 きょう kyo.o

きょうごう
校合 kyo.o.go.o — 校正、校對

笑 音 しょう 訓 わらう えむ 常

音 しょう sho.o

しょうし
笑止 sho.o.shi — 可笑

いっしょう
一笑 i.s.sho.o — 一笑

くしょう
苦笑 ku.sho.o — 苦笑

たいしょう
大笑 ta.i.sho.o — 大笑

だんしょう
談笑 da.n.sho.o — 談笑

びしょう
微笑 bi.sho.o — 微笑

れいしょう
冷笑 re.i.sho.o — 冷笑

訓 わらう wa.ra.u

わら
笑う wa.ra.u — 笑；（花、果實）開、熟透

わら
笑い wa.ra.i — 笑、笑聲

訓 えむ e.mu

え
笑む e.mu — 微笑；開（花）；（果實）裂開

えがお
笑顔 e.ga.o — 笑臉

肖 音 しょう 訓 常

音 しょう sho.o

しょうぞう
肖像 sho.o.zo.o — 肖像；雕像

酵 音 こう 訓 常

音 こう ko.o

こうそ
酵素 ko.o.so — 酵素、酶

こうぼ
酵母 ko.o.bo — 酵母

はっこう
発酵 ha.k.ko.o — 發酵

休 音 きゅう 訓 やすむ やすまる やすめる 常

音 きゅう kyu.u

きゅうこう
休校 kyu.u.ko.o — 停課

きゅうぎょう
休業 kyu.u.gyo.o — 休業

きゅうか
休暇 kyu.u.ka — 休假

きゅうこう
休講 kyu.u.ko.o — 停課

きゅうそく
休息 kyu.u.so.ku — 休息

きゅうよう
休養 kyu.u.yo.o — 休養

きゅうけい
休憩 kyu.u.ke.i — 休憩

きゅうかい
休会 kyu.u.ka.i — 休會

きゅうせん
休戦 kyu.u.se.n — 休戰

きゅうじつ
休日 kyu.u.ji.tsu — 休息日

きゅうかざん
休火山 kyu.u.ka.za.n — 休火山

きゅうかん
休刊 kyu.u.ka.n — 休刊

きゅうかん
休館 kyu.u.ka.n — 休館

きゅうがく
休学 kyu.u.ga.ku — 休學

きゅうし
休止 休止
kyu.u.shi

しゅうきゅう
週休 週休
shu.u.kyu.u

こうきゅうび
公休日 公休日
ko.o.kyu.u.bi

ほんじつきゅうしん
本日休診 本日休診
ho.n.ji.tsu.kyu.u.shi.n

ねんじゅうむきゅう
年中無休 全年無休
ne.n.ju.u.mu.kyu.u

訓 やすむ ya.su.mu

やす
休む 休息；缺席、缺勤
ya.su.mu

やす
休み 休息、休假
ya.su.mi

訓 やすまる ya.su.ma.ru

やす
休まる 得到休息；（心神）安寧
ya.su.ma.ru

訓 やすめる ya.su.me.ru

やす
休める 讓…休息、停歇；使…停下
ya.su.me.ru

修 音 しゅう しゅ 訓 おさめる おさまる 常

音 しゅう shu.u

しゅうがく
修学 學習
shu.u.ga.ku

しゅうぎょう
修業 修業、學習
shu.u.gyo.o

しゅうし
修士 碩士
shu.u.shi

しゅうしょく
修飾 修飾
shu.u.sho.ku

しゅうしょくご
修飾語 修飾語
shu.u.sho.ku.go

しゅうせい
修正 修正
shu.u.se.i

しゅうぜん
修繕 修繕
shu.u.ze.n

しゅうちく
修築 修築
shu.u.chi.ku

しゅうどういん
修道院 修道院
shu.u.do.o.i.n

しゅうとく
修得 學會、掌握
shu.u.to.ku

しゅうふく
修復 修復
shu.u.fu.ku

しゅうよう
修養 修養
shu.u.yo.o

しゅうり
修理 修理
shu.u.ri

しゅうりょう
修了 （課程）修完、修了
shu.u.ryo.o

しゅうれん
修練 修練
shu.u.re.n

かいしゅう
改修 （道路、建築物）改建、修復
ka.i.shu.u

へんしゅう
編修 編修
he.n.shu.u

音 しゅ shu

しゅぎょう
修行 * （佛教）修行；苦練
shu.gyo.o

訓 おさめる o.sa.me.ru

おさ
修める 修、治、學習
o.sa.me.ru

訓 おさまる o.sa.ma.ru

おさ
修まる （品行）改好
o.sa.ma.ru

朽 音 きゅう 訓 くちる 常

音 きゅう kyu.u

ふきゅう
不朽 不朽
fu.kyu.u

ろうきゅう
老朽 老朽、年邁；破舊
ro.o.kyu.u

訓 くちる ku.chi.ru

く
朽ちる 腐朽、腐爛；終身默默無聞
ku.chi.ru

嗅

音 きゅう
訓 かぐ

音 きゅう kyu.u

きゅうかく
嗅覚 嗅覺
kyu.u.ka.ku

訓 かぐ ka.gu

か
嗅ぐ 聞、嗅；查出
ka.gu

秀

音 しゅう
訓 ひいでる
常

音 しゅう shu.u

しゅういつ
秀逸 優秀、傑出；佳作
shu.u.i.tsu

しゅうさい
秀才 才子；秀才
shu.u.sa.i

しゅうさく
秀作 優秀作品
shu.u.sa.ku

しゅうれい
秀麗 秀麗
shu.u.re.i

訓 ひいでる hi.i.de.ru

ひい
秀でる 卓越、擅長
hi.i.de.ru

繍

音 しゅう
訓

音 しゅう shu.u

ししゅう
刺繍 刺繡（品）
shi.shu.u

袖

音 しゅう
訓 そで

音 しゅう shu.u

しゅうちん
袖珍 袖珍
shu.u.chi.n

訓 そで so.de

そで
袖 袖子
so.de

そでぐち
袖口 袖口
so.de.gu.chi

はんそで
半袖 短袖衣服
ha.n.so.de

仙

音 せん
訓
常

音 せん se.n

せんきょう
仙境 仙境；風景優美的地方
se.n.kyo.o

せんにん
仙人 神仙
se.n.ni.n

先

音 せん
訓 さき
常

音 せん se.n

せん
先 以前；率先
se.n

せんけつ
先決 首先決定
se.n.ke.tsu

せんげつ
先月 上個月
se.n.ge.tsu

せんけん
先見 先見
se.n.ke.n

せんこう
先行 先行、領先
se.n.ko.o

せんこう
先攻 先攻
se.n.ko.o

せんじつ
先日 前幾天
se.n.ji.tsu

せんしゅう
先週 上週
se.n.shu.u

せんせい
先生 老師
se.n.se.i

せんせんげつ
先先月 上上個月
se.n.se.n.ge.tsu

ㄒ

せんせんしゅう
先先週 上上個星期
se.n.se.n.shu.u

せんぞ
先祖 先祖
se.n.zo

せんたん
先端 前端
se.n.ta.n

せんだい
先代 前任、上一代；以前
se.n.da.i

せん
先だって 前陣子、前幾天
se.n.da.t.te

せんちゃく
先着 先到達
se.n.cha.ku

せんて
先手 先下手、先發制人
se.n.te

せんてんてき
先天的 先天的
se.n.te.n.te.ki

せんとう
先頭 最前面
se.n.to.o

せんぱい
先輩 前輩
se.n.pa.i

せんぽう
先方 前方
se.n.po.o

せんれい
先例 先例
se.n.re.i

そせん
祖先 祖先
so.se.n

そっせん
率先 率先
so.s.se.n

ゆうせん
優先 優先
yu.u.se.n

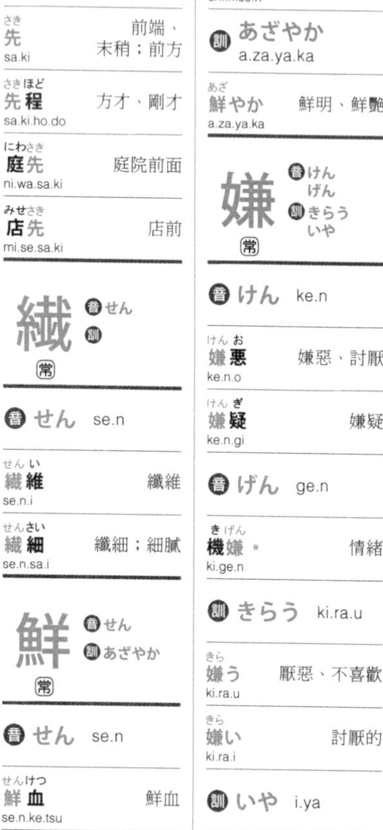

訓 **さき** sa.ki

さき
先 前端、末稍；前方
sa.ki

さきほど
先程 方才、剛才
sa.ki.ho.do

にわさき
庭先 庭院前面
ni.wa.sa.ki

みせさき
店先 店前
mi.se.sa.ki

纖

音 せん
訓
常

音 **せん** se.n

せんい
纖維 纖維
se.n.i

せんさい
纖細 纖細；細膩
se.n.sa.i

鮮

音 せん
訓 あざやか
常

音 **せん** se.n

せんけつ
鮮血 鮮血
se.n.ke.tsu

せんめい
鮮明 鮮明清楚、明確
se.n.me.i

しんせん
新鮮 新鮮
shi.n.se.n

訓 **あざやか** a.za.ya.ka

あざ
鮮やか 鮮明、鮮艷
a.za.ya.ka

嫌

音 けん げん
訓 きらう いや
常

音 **けん** ke.n

けんお
嫌悪 嫌惡、討厭
ke.n.o

けんぎ
嫌疑 嫌疑
ke.n.gi

音 **げん** ge.n

きげん
機嫌 * 情緒
ki.ge.n

訓 **きらう** ki.ra.u

きら
嫌う 厭惡、不喜歡
ki.ra.u

きら
嫌い 討厭的
ki.ra.i

訓 **いや** i.ya

いや
嫌 討厭、不喜歡
i.ya

いや
嫌がる 討厭、不願意
i.ya.ga.ru

いや け
嫌気 不高興、討厭
i.ya.ke

いや み
嫌味 令人討厭（不快）；挖苦、諷刺
i.ya.mi

弦
音 げん
訓 つる
常

音 げん ge.n

げんがっき
弦楽器 弦樂器
ge.n.ga.k.ki

かんげんがく
管弦楽 管弦樂
ka.n.ge.n.ga.ku

かげん
下弦 下弦月
ka.ge.n

じょうげん
上弦 上弦月
jo.o.ge.n

訓 つる tsu.ru

つる
弦 弓弦
tsu.ru

絃
音 げん
訓

音 げん ge.n

舷
音 げん
訓 ふなばた

音 げん ge.n

げんそく
舷側 船舷
ge.n.so.ku

うげん
右舷 （船）右舷
u.ge.n

さげん
左舷 （船）左舷
sa.ge.n

訓 ふなばた fu.na.ba.ta

ふなばた
舷 船舷、船邊
fu.na.ba.ta

賢
音 けん
訓 かしこい
常

音 けん ke.n

けんじゃ
賢者 賢者
ke.n.ja

けんめい
賢明 賢明、高明
ke.n.me.i

せいけん
聖賢 聖賢
se.i.ke.n

りょうさいけんぼ
良妻賢母 賢妻良母
ryo.o.sa.i.ke.n.bo

訓 かしこい ka.shi.ko.i

かしこ
賢い 聰明的、伶俐的；周到
ka.shi.ko.i

閑
音 かん
訓
常

音 かん ka.n

かんじゃく
閑寂 寂靜
ka.n.ja.ku

かんせい
閑静 清靜
ka.n.se.i

かんだん
閑談 聊天
ka.n.da.n

銑
音 せん
訓
常

音 せん se.n

せんてつ
銑鉄 生鐵
se.n.te.tsu

険
音 けん
訓 けわしい
常

音 けん ke.n

けんあく
険悪 險惡
ke.n.a.ku

けんそう
険相 凶相、凶惡的面貌
ke.n.so.o

けんなん
険難 難關
ke.n.na.n

きけん
危険 危險
ki.ke.n

たんけん
探険 探險
ta.n.ke.n

ぼうけん
冒険 冒險
bo.o.ke.n

ほけん
保険 保險
ho.ke.n

訓 けわしい ke.wa.shi.i

けわ
険しい 陡峭、險峻
ke.wa.shi.i

顕
音 けん
訓
常

音 けん ke.n

けんざい
顕在 明顯存在
ke.n.za.i

けんちょ
顕著 顯著、明顯
ke.n.cho

けんびきょう
顕微鏡 顯微鏡
ke.n.bi.kyo.o

憲
音 けん
訓
常

音 けん ke.n

けんしょう
憲章 憲章
ke.n.sho.o

けんせい
憲政 憲政
ke.n.se.i

けんぽう
憲法 憲法
ke.n.po.o

けんぽうきねんび
憲法記念日 行憲紀念日
ke.n.po.o.ki.ne.n.bi

いけん
違憲 違憲
i.ke.n

かけん
家憲 家規、家訓
ka.ke.n

かんけん
官憲 官廳；官員
ka.n.ke.n

ごうけん
合憲 符合憲法
go.o.ke.n

こっけん
国憲 國家憲法
ko.k.ke.n

りっけん
立憲 立憲
ri.k.ke.n

献
音 けん こん
訓
常

音 けん ke.n

けんきん
献金 捐款
ke.n.ki.n

こうけん
貢献 貢獻
ko.o.ke.n

ぶんけん
文献 文獻
bu.n.ke.n

音 こん ko.n

こんだて
献立 * 菜單；準備
ko.n.da.te

現
音 げん
訓 あらわれる あらわす
常

音 げん ge.n

げんじつ
現実 現實
ge.n.ji.tsu

げんざい
現在 現在
ge.n.za.i

げんだい
現代 現代
ge.n.da.i

げんきん
現金 現金
ge.n.ki.n

げんえき
現役 〔軍〕現役
ge.n.e.ki

げんこう
現行 現行
ge.n.ko.o

げんしょう
現象 現象
ge.n.sho.o

げんじょう
現状 現狀
ge.n.jo.o

げんぞう
現像 現像
ge.n.zo.o

げんち
現地 現場；現居住地
ge.n.chi

げん
現に 實際上、事實上
ge.n.ni

げんば
現場 現場
ge.n.ba

しゅつげん
出現 出現
shu.tsu.ge.n

じつげん
実現 實現
ji.tsu.ge.n

さいげん
再現 再現
sa.i.ge.n

ひょうげん
表現 表現
hyo.o.ge.n

訓 **あらわれる** a.ra.wa.re.ru

あらわ
現れる 出現、顯出；暴露、被發現
a.ra.wa.re.ru

あらわ
現れ 出現、成果
a.ra.wa.re

訓 **あらわす** a.ra.wa.su

あらわ
現す 出現
a.ra.wa.su

線

音 せん
訓
常

音 **せん** se.n

せん
線 像線一樣細長的東西
se.n

せんこう
線香 線香
se.n.ko.o

せんろ
線路 線路
se.n.ro

せんせん
戦線 戰線
se.n.se.n

えんせん
沿線 沿線
e.n.se.n

かいがんせん
海岸線 海岸線
ka.i.ga.n.se.n

かんせん
幹線 幹線
ka.n.se.n

きょくせん
曲線 曲線
kyo.ku.se.n

こうせん
光線 光線
ko.o.se.n

しせん
視線 視線
shi.se.n

すいへいせん
水平線 水平線
su.i.he.i.se.n

せいめいせん
生命線 生命線
se.i.me.i.se.n

たんせん
単線 單線、單軌
ta.n.se.n

ちへいせん
地平線 地平線
chi.he.i.se.n

ちゅうおうせん
中央線 中央線
chu.u.o.o.se.n

ちょくせん
直線 直線
cho.ku.se.n

てんせん
点線 點線
te.n.se.n

でんせん
電線 電線
de.n.se.n

どうかせん
導火線 導火線
do.o.ka.se.n

どうせん
銅線 銅線
do.o.se.n

ほうしゃせん
放射線 放射線
ho.o.sha.se.n

むせん
無線 無線
mu.se.n

ろせん
路線 路線
ro.se.n

霰

音 せん さん
訓 あられ

音 **せん** se.n

音 **さん** sa.n

さんだん
霰弾 散彈
sa.n.da.n

きゅうさん
急霰 驟降的霰
kyu.u.sa.n

訓 あられ a.ra.re

あられ
霰 白色的小冰粒，多降於下雪前
a.ra.re

県
音 けん
訓 あがた
常

音 けん ke.n

けん
県 （行政區劃）縣
ke.n

けんえい
県営 縣營事業
ke.n.e.i

けんじん
県人 縣裡的人民
ke.n.ji.n

けんか
県下 縣內
ke.n.ka

けんかい
県会 縣會
ke.n.ka.i

けんぎ
県議 縣議會
ke.n.gi

けんざかい
県境 縣境
ke.n.za.ka.i

けんせい
県政 縣政
ke.n.se.i

けんちょう
県庁 縣政府
ke.n.cho.o

けんどう
県道 縣道
ke.n.do.o

けんみん
県民 縣民
ke.n.mi.n

けんりつ
県立 縣立
ke.n.ri.tsu

ぜんけん
全県 全縣
ze.n.ke.n

どうけんじん
同県人 同縣市的人
do.o.ke.n.ji.n

とどうふけん
都道府県 （日本行政劃分）都道府縣
to.do.o.fu.ke.n

訓 あがた a.ga.ta

あがたぬし
県主 大化革新前日本各縣的首長
a.ga.ta.nu.shi

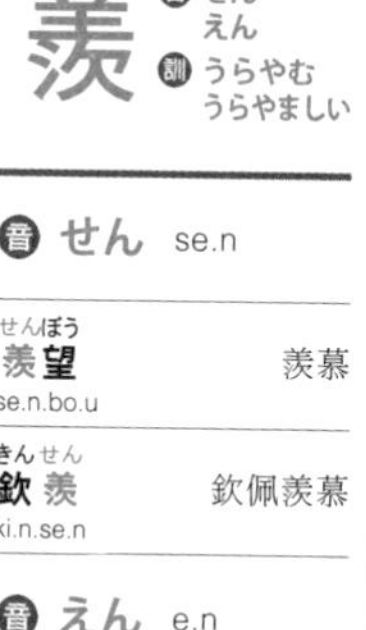

羨
音 せん
えん
訓 うらやむ
うらやましい

音 せん se.n

せんぼう
羨望 羨慕
se.n.bo.u

きんせん
欽羨 欽佩羨慕
ki.n.se.n

音 えん e.n

えんどう
羨道 從墓室到置棺室的通道
e.n.do.o

訓 うらやむ u.ra.ya.mu

うらや
羨む 羨慕；嫉妒
u.ra.ya.mu

訓 うらやましい u.ra.ya.ma.shi.i

うらや
羨ましい 令人羨慕的；令人嫉妒的
u.ra.ya.ma.shi.i

腺
音 せん
訓

音 せん se.n

かんせん
汗腺 汗腺
ka.n.se.n

るいせん
涙腺 淚腺
ru.i.se.n

限
音 げん
訓 かぎる
常

音 げん ge.n

げんかい
限界 界限
ge.n.ka.i

げんてい
限定 限定
ge.n.te.i

げんど
限度 限度
ge.n.do

けんげん
権限 權限
ke.n.ge.n

きげん
期限 期限
ki.ge.n

きょくげん
極限 極限
kyo.ku.ge.n

きょくげん
局限 侷限
kyo.ku.ge.n

こくげん
刻限 限定的時間
ko.ku.ge.n

さいげん
際限 盡頭、止境
sa.i.ge.n

せいげん
制限 限制
se.i.ge.n

ねんげん
年限 年限
ne.n.ge.n

むげん
無限 無限
mu.ge.n

もんげん
門限 門禁
mo.n.ge.n

ゆうげん
有限 有限
yu.u.ge.n

訓 かぎる ka.gi.ru

かぎ
限る 限定範圍；限定、只限於
ka.gi.ru

かぎ
限り 界限、限度；限定範圍內
ka.gi.ri

陥
音 かん
訓 おちいる おとしいれる
常

音 かん ka.n

かんぼつ
陥没 陷落、下陷、凹陷
ka.n.bo.tsu

かんらく
陥落 塌陷、下沉；被攻陷
ka.n.ra.ku

けっかん
欠陥 缺點、缺陷
ke.k.ka.n

訓 おちいる o.chi.i.ru

おちい
陥る 落入、掉進；陷於
o.chi.i.ru

訓 おとしいれる o.to.shi.i.re.ru

おとしい
陥れる 使陷入；陷害；攻陷
o.to.shi.i.re.ru

音 しん shi.n

しんぞう
心臓 心臟
shi.n.zo.o

しんぱい
心配 擔心
shi.n.pa.i

しんり
心理 心理
shi.n.ri

しんじゅう
心中 殉情
shi.n.ju.u

しんじょう
心情 心情
shi.n.jo.o

しんしん
心身 身心
shi.n.shi.n

しんじん
信心 信心
shi.n.ji.n

あんしん
安心 安心
a.n.shi.n

かいしん
改心 悔改、改過
ka.i.shi.n

かくしん
核心 核心
ka.ku.shi.n

かんしん
感心 佩服
ka.n.shi.n

かんしん
関心 關心
ka.n.shi.n

くしん
苦心 苦心
ku.shi.n

けっしん
決心 決心
ke.s.shi.n

しょしん
初心 初學
sho.shi.n

ちゅうしん
中心 中心
chu.u.shi.n

ないしん
内心 內心
na.i.shi.n

ぶようじん
不用心 粗心大意
bu.yo.o.ji.n

ほんしん
本心 本意、良心
ho.n.shi.n

やしん
野心 野心
ya.shi.n

りょうしん
良心 良心
ryo.o.shi.n

訓 こころ ko.ko.ro

こころ
心 內心、心腸、心胸
ko.ko.ro

こころあ
心当たり 頭緒、線索；猜想
ko.ko.ro.a.ta.ri

こころえ
心得 經驗、知識；注意事項
ko.ko.ro.e

こころえ
心得る 理解、同意
ko.ko.ro.e.ru

こころが
心掛け 用意、用心
ko.ko.ro.ga.ke

こころが
心掛ける 留心、注意
ko.ko.ro.ga.ke.ru

こころづよ
心強い 意志堅定、值得依靠
ko.ko.ro.zu.yo.i

こころぼそ
心細い 不安的、寂寞的
ko.ko.ro.bo.so.i

新

常

音 しん

訓 あたらしい
あらた
にい

音 しん shi.n

しんかんせん
新幹線 新幹線
shi.n.ka.n.se.n

しんがた
新型 新型
shi.n.ga.ta

しんきろく
新記録 新記錄
shi.n.ki.ro.ku

しんこう
新興 新興
shi.n.ko.o

しんこん
新婚 新婚
shi.n.ko.n

しんご
新語 新詞
shi.n.go

しんしゃ
新車 新車
shi.n.sha

しんしょ
新書 新書
shi.n.sho

しんじん
新人 新人、後進
shi.n.ji.n

しんせつ
新雪 新雪、剛下的雪
shi.n.se.tsu

しんせつ
新設 新設
shi.n.se.tsu

しんせん
新鮮 新鮮
shi.n.se.n

しんちく
新築 新建
shi.n.chi.ku

しんにゅうせい
新入生 新生
shi.n.nyu.u.se.i

しんねん
新年 新年
shi.n.ne.n

しんぴん
新品 新品、新貨
shi.n.pi.n

しんぶん
新聞 報紙
shi.n.bu.n

しんぶんしゃ
新聞社 報社
shi.n.bu.n.sha

しんぽん
新本 新書
shi.n.po.n

しんまい
新米 新米
shi.n.ma.i

かくしん
革新 革新
ka.ku.shi.n

さいしん
最新 最新
sa.i.shi.n

訓 あたらしい a.ta.ra.shi.i

あたら
新しい 新的
a.ta.ra.shi.i

訓 あらた a.ra.ta

あら
新た 新；重新
a.ra.ta

訓 にい ni.i

にいづま
新妻 新婚的妻子
ni.i.zu.ma

にいぼん
新盆 去世後第一次的盂蘭盆會
ni.i.bo.n

欣
音 きん ごん
訓 よろこぶ

音 きん ki.n

きんかい
欣快 欣快、欣幸
ki.n.ka.i

きんぜん
欣然 欣然
ki.n.ze.n

きんきじゃくやく
欣喜雀躍 欣喜雀躍
ki.n.ki.ja.ku.ya.ku

音 ごん go.n

ごんぐ
欣求 〔佛〕欣然祈求
go.n.gu

訓 よろこぶ yo.ro.ko.bu

芯
音 しん
訓

音 しん shi.n

しん
芯 （鉛筆）芯；中央、核心
shi.n

薪
音 しん
訓 たきぎ
常

音 しん shi.n

しんたん
薪炭 燃料；薪炭
shi.n.ta.n

訓 たきぎ ta.ki.gi

たきぎ
薪 木柴
ta.ki.gi

辛
音 しん
訓 からい つらい
常

音 しん shi.n

しんく
辛苦 辛苦
shi.n.ku

しんしょう
辛勝 （比賽等）險勝
shi.n.sho.o

しんぼう
辛抱 耐心
shi.n.bo.o

しんらつ
辛辣 刻薄、尖酸
shi.n.ra.tsu

訓 からい ka.ra.i

から
辛い 辣的
ka.ra.i

訓 つらい tsu.ra.i

つら
辛い 痛苦、難受
tsu.ra.i

馨
音 けい きょう
訓

音 けい ke.i

けいこう
馨香 （氣味）芳香
ke.i.ko.o

音 きょう kyo.o

信
音 しん
訓
常

音 しん shi.n

しんぎ
信義 信義
shi.n.gi

しんこう
信仰 信仰
shi.n.ko.o

しんごう
信号 信號；紅綠燈
shi.n.go.o

しんじつ
信実 誠信
shi.n.ji.tsu

しん
信じる 相信
shi.n.ji.ru

しんじゃ
信者 信徒
shi.n.ja

しんしょ
信書 書信
shi.n.sho

しんじょう
信条 信條
shi.n.jo.o

しんたく
信託 信託
shi.n.ta.ku

しんにん
信任 信任
shi.n.ni.n

しんねん
信念 信念
shi.n.ne.n

しんよう
信用 信用
shi.n.yo.o

しんらい
信頼 信賴
shi.n.ra.i

かしん
過信 過分相信
ka.shi.n

かくしん
確信 確信
ka.ku.shi.n

じしん
自信 自信
ji.shi.n

じゅしん
受信 （電話…等）接收、收訊；（電子郵件）收信
ju.shi.n

そうしん
送信 發送訊號
so.o.shi.n

つうしん
通信 通信
tsu.u.shi.n

でんしん
電信 電信
de.n.shi.n

はっしん
発信 （電話…等）發送訊號；（電子郵件）寄信
ha.s.shi.n

めいしん
迷信 迷信
me.i.shi.n

湘

音 しょう
訓

音 しょう sho.o

しょうなん
湘南 (日本神奈川縣南部)湘南一帶
sho.o.na.n

相

音 そう しょう
訓 あい
常

音 そう so.o

そう
相 型態、樣子
so.o

そうい
相違 差異、分歧
so.o.i

そうご
相互 互相
so.o.go

そうおう
相応 相稱
so.o.o.o

そうぞく
相続 繼承
so.o.zo.ku

そうたい
相対 相對、面對面
so.o.ta.i

そうだん
相談 商量
so.o.da.n

そうば
相場 市價、行情
so.o.ba

そうとう
相当 相當
so.o.to.o

けっそう
血相 臉色
ke.s.so.o

しんそう
真相 真相
shi.n.so.o

せそう
世相 世道、世態
se.so.o

てそう
手相 手相
te.so.o

にんそう
人相 面相
ni.n.so.o

音 しょう sho.o

しゅしょう
首相 首相
shu.sho.o

ぶんしょう
文相 教育部長
bu.n.sho.o

訓 あい a.i

あいて
相手 對方、對象
a.i.te

すもう
特 **相撲** 相撲
su.mo.o

箱

音 そう
訓 はこ
常

音 そう so.o

きんそう
巾箱 貼著一層布作成的小盒子
ki.n.so.o

訓 はこ ha.ko

はこ
箱 箱子、盒子
ha.ko

はこにわ
箱庭 山水或庭園式盆景
ha.ko.ni.wa

こばこ
小箱 小盒子、小箱子
ko.ba.ko

じゅうばこ
重箱 疊層餐盒
ju.u.ba.ko

ふでばこ
筆箱 鉛筆盒
fu.de.ba.ko

郷

音 きょう ごう
訓 さと
常

音 きょう

きょうしゅう
郷愁 鄉愁
kyo.o.shu.u

きょうど
郷土 故鄉、老家
kyo.o.do

きょうとう
郷党 同鄉的人
kyo.o.to.o

きょうどしょく
郷土色 地方特色
kyo.o.do.sho.ku

きょうり
郷里 故鄉
kyo.o.ri

ききょう
帰郷 返鄉
ki.kyo.o

いきょう
異郷 異鄉
i.kyo.o

どうきょう
同郷 同鄉
do.o.kyo.o

ぼうきょう
望郷 思鄉
bo.o.kyo.o

りそうきょう
理想郷 烏托邦、理想的社會
ri.so.o.kyo.o

音 ごう go.o

ごうがく
郷学 村裡的學校
go.o.ga.ku

訓 さと sa.to

さと
郷 村落、鄉下
sa.to

香

音 こう きょう
訓 か かおり かおる
常

音 こう ko.o

こうき
香気 香氣
ko.o.ki

こうしんりょう
香辛料 薑、胡椒等香辣調味料
ko.o.shi.n.ryo.o

こうすい
香水 香水
ko.o.su.i

せんこう
線香 （燒的）香；蚊香
se.n.ko.o

音 きょう kyo.o

きょうしゃ
香車 ＊ （日本象棋）香車
kyo.o.sha

訓 か ka

いろか
色香 顏色香味；（女人）姿色
i.ro.ka

訓 かおり ka.o.ri

かお
香り 芳香、香氣
ka.o.ri

訓 かおる ka.o.ru

かお
香る 芬芳、散發香氣
ka.o.ru

祥

音 しょう
訓
常

音 しょう sho.o

きっしょう
吉祥 吉利、吉祥
ki.s.sho.o

はっしょう
発祥 發祥、發源
ha.s.sho.o

ふしょうじ
不祥事 醜聞、負面新聞
hu.sho.o.ji

せいしょう
清祥 （書信用語）祝人身體健康
se.i.sho.o

詳
音 しょう
訓 くわしい
常

音 しょう sho.o

しょうさい
詳細 詳情、詳細
sho.o.sa.i

しょうじゅつ
詳述 詳細敘述
sho.o.ju.tsu

しょうせつ
詳説 詳細說明
sho.o.se.tsu

ふしょう
不詳 不詳、不清楚
fu.sho.o

訓 くわしい ku.wa.shi.i

くわ
詳しい 詳細的；熟悉的、精通的
ku.wa.shi.i

享
音 きょう
訓
常

音 きょう kyo.o

きょうじゅ
享受 享受
kyo.o.ju

きょうらく
享楽 享樂
kyo.o.ra.ku

想
音 そう
そ
訓 おもう
常

音 そう so.o

そうき
想起 想起
so.o.ki

そうぞう
想像 想像
so.o.zo.o

そうてい
想定 假想、假設
so.o.te.i

かいそう
回想 回想
ka.i.so.o

かそう
仮想 假想
ka.so.o

かんそう
感想 感想
ka.n.so.o

くうそう
空想 空想
ku.u.so.o

こうそう
構想 構想
ko.o.so.o

しそう
思想 思想
shi.so.o

ちゃくそう
着想 構想、想法
cha.ku.so.o

ついそう
追想 追憶
tsu.i.so.o

はっそう
発想 想法、構想
ha.s.so.o

よそう
予想 預想
yo.so.o

りそう
理想 理想
ri.so.o

れんそう
連想 聯想
re.n.so.o

音 そ so

あいそ
愛想 和藹可親；好感
a.i.so

訓 おもう o.mo.u

おも
想う 想；認為；感覺
o.mo.u

響
音 きょう
訓 ひびく
常

音 きょう kyo.o

こうきょうがく
交響楽 交響樂
ko.kyo.o.ga.ku

えいきょう
影響 影響
e.i.kyo.o

訓 ひびく hi.bi.ku

ひび
響く 響徹；聞名；影響、反響
hi.bi.ku

ひび
響き 聲響、餘音；影響
hi.bi.ki

饗 音きょう 訓あえ

音 きょう kyo.o

きょうえん
饗宴 酒會、宴會
kyo.o.e.n

きょうぜん
饗膳 豐盛的飯茶
kyo.o.ze.n

訓 あえ a.e

あえばこうそん
饗庭篁村 饗庭篁村（小說家、劇評家）
a.e.ba.ko.o.so.n

像 音ぞう 訓 常

音 ぞう zo.o

ぞう
像 姿態；肖像
zo.o

えいぞう
映像 影像
e.i.zo.o

げんぞう
現像 現象
ge.n.zo.o

じがぞう
自画像 自畫像
ji.ga.zo.o

せきぞう
石像 石像
se.ki.zo.o

そうぞう
想像 想像
so.o.zo.o

どうぞう
銅像 銅像
do.o.zo.o

ぶつぞう
仏像 佛像
bu.tsu.zo.o

向 音こう 訓むく むける むかう むこう 常

音 こう ko.o

こうがくしん
向学心 向學心
ko.o.ga.ku.shi.n

こうじょう
向上 向上
ko.o.jo.o

いこう
意向 意圖、打算
i.ko.o

けいこう
傾向 傾向
ke.i.ko.o

しゅっこう
出向 (被派)往
shu.k.ko.o

どうこう
動向 動向
do.o.ko.o

ほうこう
方向 方向
ho.o.ko.o

訓 むく mu.ku

む
向く 向、朝；趨向；適合
mu.ku

む
向き 方位、朝向；傾向
mu.ki

訓 むける mu.ke.ru

む
向ける 向、對著；派遣；挪用
mu.ke.ru

訓 むかう mu.ka.u

む
向かう 向、朝著；往、去
mu.ka.u

む
向かい 對面
mu.ka.i

訓 むこう mu.ko.o

む
向こう 對面；對方
mu.ko.o

巷 音こう 訓ちまた

音 こう ko.o

こうかん
巷間 巷頭街尾
ko.o.ka.n

こうせつ
巷説 巷頭街尾的議論
ko.o.se.tsu

ろうこう
陋巷 狹窄、簡陋的街道
ro.o.ko.o

訓 ちまた chi.ma.ta

ちまた
巷　岔道；熱鬧的街道
chi.ma.ta

象　音 ぞう しょう　訓 かたどる　常

音 ぞう zo.o

ぞう
象　（動物）象
zo.o

ぞうげ
象牙　象牙
zo.o.ge

音 しょう sho.o

しょうけいもじ
象形文字　象形文字
sho.o.ke.i.mo.ji

しょうちょう
象徴　象徵
sho.o.cho.o

いんしょう
印象　印象
i.n.sho.o

きしょう
気象　氣象
ki.sho.o

ぐしょう
具象　具體
gu.sho.o

けいしょう
形象　形象
ke.i.sho.o

げんしょう
現象　現象
ge.n.sho.o

たいしょう
対象　對象
ta.i.sho.o

ばんしょう
万象　萬象
ba.n.sho.o

訓 かたどる ka.ta.do.ru

かたど
象る　仿照、模仿；象徵
ka.ta.do.ru

項　音 こう　訓 うなじ うな　常

音 こう ko.o

こうもく
項目　項目
ko.o.mo.ku

じこう
事項　事項
ji.ko.o

ようこう
要項　要點、重要事項
yo.o.ko.o

訓 うなじ u.na.ji

うなじ
項　脖子後方
u.na.ji

訓 うな u.na

うなだ
項垂れる　（因失望、悲傷…等）低下頭、垂下頭
u.na.da.re.ru

星　音 せい しょう　訓 ほし　常

音 せい se.i

せいざ
星座　星座
se.i.za

せいじょうき
星条旗　美國國旗
se.i.jo.o.ki

えいせい
衛星　衛星
e.i.se.i

こうせい
恒星　恆星
ko.o.sei

ほくとしちせい
北斗七星　北斗七星
ho.ku.to.shi.chi.se.i

ほっきょくせい
北極星　北極星
ho.k.kyo.ku.se.i

りゅうせい
流星　流星
ryu.u.se.i

わくせい
惑星　行星
wa.ku.se.i

音 しょう sho.o

みょうじょう
明星　明星
myo.o.jo.o

訓 ほし ho.shi

ほし
星　星星
ho.shi

ほしじるし
星印　星型標誌
ho.shi.ji.ru.shi

ほしぞら
星空　星空
ho.shi.zo.ra

くろぼし
黒星 〔相撲〕黑星表示輸的記號；靶心
ku.ro.bo.shi

しろぼし
白星 〔相撲〕白星表示勝利的記號
shi.ro.bo.shi

興
音こう きょう
訓おこる おこす
常

音 こう ko.o

こうぎょう
興行 演出
ko.o.gyo.o

こうぎょう
興業 振興產業
ko.o.gyo.o

こうぼう
興亡 興亡
ko.o.bo.o

こうふん
興奮 興奮
ko.o.fu.n

こうこく
興国 興盛國家
ko.o.ko.ku

こうりゅう
興隆 興隆
ko.o.ryu.u

さいこう
再興 復興、重建
sa.i.ko.o

ふっこう
復興 復興
fu.k.ko.o

音 きょう kyo.o

きょうみ
興味 興趣
kyo.o.mi

きょう
興じる 玩得愉快、熱衷
kyo.o.ji.ru

よきょう
余興 餘興
yo.kyo.o

訓 おこる o.ko.ru

おこ
興る 興盛、昌盛
o.ko.ru

訓 おこす o.ko.su

おこ
興す 振興、興辦、使…興盛
o.ko.su

刑
音けい
訓 ●
常

音 けい ke.i

けい
刑 刑罰
ke.i

けいき
刑期 刑期
ke.i.ki

けいじ
刑事 〔法律〕刑警
ke.i.ji

けいばつ
刑罰 刑罰
ke.i.ba.tsu

けいほう
刑法 刑法
ke.i.ho.o

しけい
死刑 死刑
shi.ke.i

型
音けい
訓かた
常

音 けい ke.i

げんけい
原型 原型
ge.n.ke.i

もけい
模型 模型
mo.ke.i

るいけい
類型 類型
ru.i.ke.i

訓 かた ka.ta

かた
型 形狀、樣式
ka.ta

かたがみ
型紙 (裁縫用)紙型
ka.ta.ga.mi

おおがた
大型 大型
o.o.ga.ta

こがた
小型 小型
ko.ga.ta

しんがた
新型 新型
shi.n.ga.ta

形
音けい ぎょう
訓かた かたち
常

音 けい ke.i

けいしき
形式 形式
ke.i.shi.ki

けいせい
形成 形成
ke.i.se.i

けいせい
形勢 形勢
ke.i.se.i

けいたい
形態 形態
ke.i.ta.i

けいようし
形容詞 形容詞
ke.i.yo.shi

けいようどうし
形容動詞 形容動詞
ke.yo.o.do.o.shi

えんけい
円形 圓形
e.n.ke.i

がいけい
外形 外形
ga.i.ke.i

さんかくけい
三角形 三角形
sa.n.ka.ku.ke.i

ずけい
図形 圖形
zu.ke.i

せいほうけい
正方形 正方形
se.i.ho.o.ke.i

ちけい
地形 地形
chi.ke.i

ちょうほうけい
長方形 長方形
cho.o.ho.o.ke.i

ていけい
定形 定形
te.i.ke.i

へんけい
変形 變形
he.n.ke.i

ゆうけい
有形 有形
yu.u.ke.i

音 ぎょう gyo.o

ぎょうそう
形相 表情、面孔
gyo.o.so.o

にんぎょう
人形 人偶
ni.n.gyo.o

訓 かた ka.ta

かたみ
形見 (死者的)遺物；紀念品
ka.ta.mi

訓 かたち ka.ta.chi

かたち
形 形狀、樣子
ka.ta.chi

行 常

音 こう ぎょう あん
訓 いく ゆく おこなう

音 こう ko.o

こうい
行為 行為
ko.o.i

こういん
行員 (銀行)行員、職員
ko.o.i.n

こうしん
行進 (隊伍) 行進
ko.o.shi.n

こうしんきょく
行進曲 進行曲
ko.o.shi.n.kyo.ku

こうどう
行動 行動
ko.o.do.o

こうらく
行楽 行樂
ko.o.ra.ku

きゅうこう
急行 急忙趕往；快車
kyu.u.ko.o

ぎんこう
銀行 銀行
gi.n.ko.o

けっこう
決行 堅決實行
ke.k.ko.o

じっこう
実行 實行
ji.k.ko.o

しんこう
進行 進行
shi.n.ko.o

ぜんこう
善行 善行
ze.n.ko.o

ちょっこう
直行 直行
cho.k.ko.o

つうこう
通行 通行
tsu.u.ko.o

はっこう
発行 發行
ha.k.ko.o

ひこう
非行 不正當的行為
hi.ko.o

ひこうき
飛行機 飛機
hi.ko.o.ki

へいこう
平行 平行
he.i.ko.o

ほこう
歩行 步行
ho.ko.o

やこう
夜行 夜行
ya.ko.o

りゅうこう
流行 流行
ryu.u.ko.o

音 ぎょう gyo.o

ぎょうぎ
行儀 禮儀、舉止
gyo.o.gi

ぎょうじ
行事 儀式、活動
gyo.o.ji

ぎょうしょう
行商 行商
gyo.o.sho.o

ぎょうせい
行政 行政
gyo.o.se.i

ぎょうれつ
行列 行列、隊伍
gyo.o.re.tsu

音 あん a.n

あんか
行火 * 小火爐、腳爐
a.n.ka

訓 いく i.ku

い
行く 去、往；（事物）進行、進展
i.ku

い
行き 去、往
i.ki

い　ちが
行き違い 擦肩而過；意見不合
i.ki.chi.ga.i

訓 ゆく yu.ku

ゆくえ
行方 行蹤；未來方向
yu.ku.e

ゆ
行き 去、往
yu.ki

訓 おこなう o.ko.na.u

おこな
行う 舉行、實行、進行
o.ko.na.u

おこな
行い 行為；品性
o.ko.na.i

醒 音 せい 訓 さめる さます

音 せい se.i

かくせい
覚醒 睡醒；覺醒、覺悟
ka.ku.se.i

けいせい
警醒 警醒
ke.i.se.i

はんせい
半醒 半清醒
ha.n.se.i

訓 さめる sa.me.ru

さ
醒める 醒；醒悟、覺悟
sa.me.ru

訓 さます sa.ma.su

さ
醒ます 弄醒、叫醒
sa.ma.su

倖 音 こう 訓 さいわい

音 こう ko.o

ぎょうこう
僥倖 僥倖
gyo.o.ko.o

訓 さいわい sa.i.wa.i

姓 音 せい しょう 訓 常

音 せい se.i

せい
姓 姓氏
se.i

せいめい
姓名 姓名
se.i.me.i

きゅうせい
旧姓 舊姓（結婚前的姓氏）
kyu.u.se.i

音 しょう sho.o

ひゃくしょう
百姓 農民
hya.ku.sho.o

幸 音 こう 訓 さち さいわい しあわせ 常

ㄒ

音 こう ko.o

こううん 幸運 幸運 ko.o.u.n

こうふく 幸福 幸福 ko.o.fu.ku

ぎょうこう 行幸 (天皇)出巡 gyo.o.ko.o

ふこう 不幸 不幸 fu.ko.o

訓 さち sa.chi

うみのさち 海の幸 海產 u.mi.no.sa.chi

やまのさち 山の幸 山產 ya.ma.no.sa.chi

訓 さいわい sa.i.wa.i

さいわ 幸い 幸運、幸福；幸虧 sa.i.wa.i

訓 しあわせ shi.a.wa.se

しあわ 幸せ 幸福 shi.a.wa.se

性

音 せい しょう
訓
常

音 せい se.i

せい 性 天性、個性 se.i

せいかく 性格 性格 se.i.ka.ku

せいきょういく 性教育 性教育 se.i.kyo.o.i.ku

せいしつ 性質 性質 se.i.shi.tsu

せいのう 性能 (機械)性能；能力 se.i.no.o

せいべつ 性別 性別 se.i.be.tsu

いせい 異性 異性 i.se.i

こせい 個性 個性 ko.se.i

じょせい 女性 女性 jo.se.i

しゅうせい 習性 習性 shu.u.se.i

だんせい 男性 男性 da.n.se.i

ちせい 知性 知性 chi.se.i

ちゅうせい 中性 中性 chu.u.se.i

てんせい 天性 天性 te.n.se.i

ぼせい 母性 母性 bo.se.i

りせい 理性 理性 ri.se.i

やせい 野性 野性 ya.se.i

音 しょう sho.o

しょうね 性根 本性 sho.o.ne

しょうぶん 性分 性格、天性 sho.o.bu.n

きしょう 気性 脾氣、氣質 ki.sho.o

こんじょう 根性 根性 ko.n.jo.o

ほんしょう 本性 本性 ho.n.sho.o

嘘

音 きょ
訓 うそ

音 きょ kyo

すいきょ 吹嘘 吐氣；推薦 su.i.kyo

訓 うそ u.so

うそ 嘘 謊言；不正確、錯誤 u.so

うそ 嘘つき 說謊的人、騙子 u.so.tsu.ki

虚 常
音 きょ・こ
訓 むなしい・うそ・そら・から・うつけ・うつろ・うろ

音 きょ kyo

きょえい 虚栄 kyo.e.i 虛榮

きょこう 虚構 kyo.ko.o 虛構、捏造

きょじゃく 虚弱 kyo.ja.ku 虛弱

きょしん 虚心 kyo.shi.n 虛心

きょだつ 虚脱 kyo.da.tsu 虛脫；失神、呆然若失

けんきょ 謙虚 ke.n.kyo 謙虛

音 こ ko

こくう 虚空 * ko.ku.u 〔佛〕虛空；空間、空中

訓 むなしい mu.na.shi.i

むな 虚しい mu.na.shi.i 空洞的、沒內容的；虛無縹緲

訓 そら so.ra

そらごと 虚言 so.ra.go.to 謊言；謠言

訓 から ka.ra

から 虚 ka.ra （當接頭語）空；假、虛偽

訓 うつけ u.tsu.ke

うつ 虚け u.tsu.ke 呆笨

訓 うつろ u.tsu.ro

うつ 虚ろ u.tsu.ro 空虛；茫然若失、發呆

訓 うろ u.ro

うろ 虚 u.ro 洞、窟窿

需 常
音 じゅ
訓

音 じゅ ju

じゅきゅう 需給 ju.kyu.u 需求和供給

じゅよう 需要 ju.yo.o 需求

おうじゅ 応需 o.u.ju 滿足需要

ひつじゅひん 必需品 hi.tsu.ju.hi.n 必需品

須
音 しゅ・す
訓

音 しゅ shu

しゅよう 須要 shu.yo.o 必要

音 す su

ひっす 必須 hi.s.su 必須、必要

徐 常
音 じょ
訓 おもむろ

音 じょ jo

じょこう 徐行 jo.ko.o （電車、汽車等）慢行

じょじょ 徐々に jo.jo.ni 徐徐的、緩緩的

訓 おもむろ o.mo.mu.ro

おもむろ 徐に o.mo.mu.ro.ni 緩慢地、慢慢地

許 常
音 きょ
訓 ゆるす

ㄒ

音 きよ kyo

きょか
許可 許可
kyo.ka

きょひ
許否 可否
kyo.hi

きょよう
許容 容許
kyo.yo.o

とっきょ
特許 特許
to.k.kyo

めんきょ
免許 許可、駕照
me.n.kyo

訓 ゆるす
yu.ru.su

ゆる
許す 許可；原諒；信任、相信
yu.ru.su

叙

音 じょ
訓
常

音 じょ jo

じょくん
叙勲 授勳
jo.ku.n

じょじゅつ
叙述 敘述
jo.ju.tsu

じじょ
自叙 自傳
ji.jo

へいじょ
平叙 平敘
he.i.jo

婿

音 せい
訓 むこ

音 せい se.i

じょせい
女婿 女婿
jo.se.i

訓 むこ mu.ko

むこ
婿 女婿
mu.ko

むすめむこ
娘婿 女婿
mu.su.me.mu.ko

序

音 じょ
訓
常

音 じょ jo

じょきょく
序曲 序曲
jo.kyo.ku

じょげん
序言 序言
jo.ge.n

じょせつ
序説 序論
jo.se.tsu

じょぶん
序文 序文
jo.bu.n

じょまく
序幕 序幕
jo.ma.ku

じょれつ
序列 按順序排列
jo.re.tsu

じょろん
序論 序論
jo.ro.n

じじょ
自序 自序
ji.jo

じじょ
次序 次序
ji.jo

じゅんじょ
順序 順序
ju.n.jo

ちつじょ
秩序 秩序
chi.tsu.jo

つい
特 序で 順便；順序
tsu.i.de

緒

音 しょ
ちょ
訓 お
常

音 しょ sho

ないしょ
内緒 秘密
na.i.sho

音 ちょ cho

じょうちょ
情緒 * 情趣；情緒
jo.o.cho

訓 お o

はなお
鼻緒 （日本）木屐帶
ha.na.o

音 ぞく zo.ku

ぞくえん **続演** zo.ku.e.n	繼續演出、延長演出
ぞくしゅつ **続出** zo.ku.shu.tsu	不斷發生
ぞくぞく **続続** zo.ku.zo.ku	接連不斷
ぞくはつ **続発** zo.ku.ha.tsu	連續發生
ぞくへん **続編** zo.ku.he.n	續編
えいぞく **永続** e.i.zo.ku	永續
けいぞく **継続** ke.i.zo.ku	繼續
こうぞく **後続** ko.o.zo.ku	後續
じぞく **持続** ji.zo.ku	持續
そうぞく **相続** so.o.zo.ku	繼承
そんぞく **存続** so.n.zo.ku	存續
せつぞく **接続** se.tsu.zo.ku	接續
だんぞく **断続** da.n.zo.ku	斷續
れんぞく **連続** re.n.zo.ku	連續
ぞっこう **続行** zo.k.ko.o	繼續進行

訓 つづく tsu.zu.ku

つづ **続く** tsu.zu.ku	繼續、連續；相連、接著
つづ **続き** tsu.zu.ki	繼續、後續

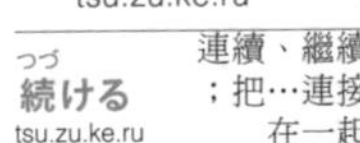

訓 つづける tsu.zu.ke.ru

つづ **続ける** tsu.zu.ke.ru	連續、繼續；把…連接在一起

音 ちく chi.ku

ちくさん **畜産** chi.ku.sa.n	畜產
ちくしゃ **畜舎** chi.ku.sha	畜舍
ちくしょう **畜生** chi.ku.sho.o	畜牲
かちく **家畜** ka.chi.ku	家畜

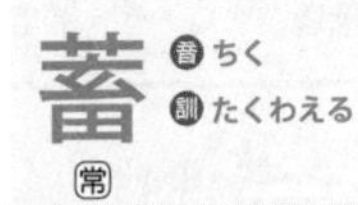

音 ちく chi.ku

ちくせき **蓄積** chi.ku.se.ki	累積、儲存
ちょちく **貯蓄** cho.chi.ku	儲蓄
びちく **備蓄** bi.chi.ku	儲備

訓 たくわえる ta.ku.wa.e.ru

たくわ **蓄える** ta.ku.wa.e.ru	儲藏、儲存

音 か ka

ぐんか **軍靴** gu.n.ka	軍靴

訓 くつ ku.tsu

くつ **靴** ku.tsu	鞋子
くつした **靴下** ku.tsu.shi.ta	襪子

くつ や
靴屋 鞋店
ku.tsu.ya

学
音がく
訓まなぶ
常

音 がく ga.ku

がく
学 學識、知識
ga.ku

がくえん
学園 學園
ga.ku.e.n

がくぎょう
学業 學業
ga.ku.gyo.o

がくげい
学芸 學問和藝術
ga.ku.ge.i

がくし
学士 學士
ga.ku.shi

がくしき
学識 學識
ga.ku.shi.ki

がくしゃ
学者 學者
ga.ku.sha

がくしゅう
学習 學習
ga.ku.shu.u

がくじゅつ
学術 學問和藝術
ga.ku.ju.tsu

がくせい
学生 學生
ga.ku.se.i

がくせつ
学説 學說
ga.ku.se.tsu

がくちょう
学長 大學校長
ga.ku.cho.o

がくどう
学童 學童
ga.ku.do.o

がくない
学内 學校、大學內部
ga.ku.na.i

がくねん
学年 學年
ga.ku.ne.n

がくひ
学費 學費
ga.ku.hi

がくぶ
学部 (大學)系、學院
ga.ku.bu

がくもん
学問 學問
ga.ku.mo.n

がくゆう
学友 同校的朋友
ga.ku.yu.u

がくりょく
学力 學力
ga.ku.ryo.ku

がくれき
学歴 學歷
ga.ku.re.ki

いがく
医学 醫學
i.ga.ku

かがく
科学 科學
ka.ga.ku

しんがく
進学 升學
shi.n.ga.ku

だいがく
大学 大學
da.i.ga.ku

にゅうがく
入学 入學
nyu.u.ga.ku

ぶんがく
文学 文學
bu.n.ga.ku

ほうがく
法学 法律
ho.o.ga.ku

がっか
学科 學科
ga.k.ka

がっかい
学会 學會
ga.k.ka.i

がっき
学期 學期
ga.k.ki

がっきゅう
学級 班級
ga.k.kyu.u

しょうがっこう
小学校 小學
sho.o.ga.k.ko.o

ちゅうがっこう
中学校 中學
chu.u.ga.k.ko.o

訓 まなぶ ma.na.bu

まな
学ぶ 學習；體驗
ma.na.bu

雪
音せつ
訓ゆき
常

音 せつ se.tsu

せつげん
雪原 雪原
se.tsu.ge.n

しんせつ
深雪 深雪
shi.n.se.tsu

せきせつ
積雪 積雪
se.ki.se.tsu

ふうせつ
風雪 風雪
fu.u.se.tsu

ひょうせつ
氷雪 冰雪
hyo.o.se.tsu

訓 ゆき yu.ki

ゆき
雪 雪
yu.ki

ゆきおとこ
雪男 雪男
yu.ki.o.to.ko

ゆきおんな
雪女 雪女
yu.ki.o.n.na

ゆきぐに
雪国 雪國
yu.ki.gu.ni

ゆきみ
雪見 賞雪
yu.ki.mi

ゆきやま
雪山 雪山
yu.ki.ya.ma

おおゆき
大雪 大雪
o.o.yu.ki

こゆき
小雪 小雪
ko.yu.ki

はつゆき
初雪 初雪
ha.tsu.yu.ki

なだれ
特 **雪崩** 雪崩
na.da.re

鱈

音
訓 たら

訓 たら ta.ra

たら
鱈 鱈魚
ta.ra

穴

音 けつ
訓 あな
常

音 けつ

こけつ
虎穴 虎穴
ko.ke.tsu

ぼけつ
墓穴 墓穴
bo.ke.tsu

けっきょ
穴居 穴居
ke.k.kyo

訓 あな a.na

あな
穴 洞穴、坑洞、孔
a.na

あなぐら
穴倉 地窖
a.na.gu.ra

おおあな
大穴 大洞；大虧損
o.o.a.na

おとしあな
落とし穴 陷阱
o.to.shi.a.na

喧

音 けん
訓 かまびすしい　やかましい

音 けん ke.n

けんか
喧嘩 爭吵、打架
ke.n.ka

けんそう
喧噪 嘈雜、喧囂
ke.n.so.o

訓 かまびすしい ka.ma.bi.su.shi.i

かまびす
喧しい （文章體）喧囂的、吵嚷的
ka.ma.bi.su.shi.i

訓 やかましい ya.ka.ma.shi.i

やかま
喧しい 吵鬧、議論紛紛；吹毛求疵
ya.ka.ma.shi.i

宣

音 せん
訓
常

音 せん se.n

せんきょう
宣教 傳教、傳道
se.n.kyo.o

せんげん
宣言 宣言
se.n.ge.n

せんこく
宣告 宣告
se.n.ko.ku

ㄒ

せんせい
宣誓 宣誓
se.n.se.i

せんせん
宣戦 宣戰
se.n.se.n

せんでん
宣伝 宣傳
se.n.de.n

せんぷ
宣布 宣布
se.n.pu

萱
音 けん
訓 かや

音 けん ke.n

けんどう
萱堂 母親的尊稱
ke.n.do.o

音 かや ka.ya

さねかや
さ根萱 有根的萱芒草
sa.ne.ka.ya

軒
音 けん
訓 のき
常

音 けん ke.n

けんこう
軒昂 軒昂
ke.n.ko.o

いっけん
一軒 一棟（房子）；一戶
i.k.ke.n

訓 のき no.ki

のき
軒 屋簷
no.ki

のきした
軒下 屋簷下
no.ki.shi.ta

のきな
軒並み 建築物排列密集；家家戶戶
no.ki.na.mi

懸
音 けん け
訓 かける かかる
常

音 けん ke.n

けんあん
懸案 懸案
ke.n.a.n

けんしょう
懸賞 懸賞
ke.n.sho.o

けんめい
懸命 拼命地
ke.n.me.i

音 け ke

けねん
懸念 * 擔心、惦念
ke.ne.n

けそう
懸想 * 思慕
ke.so.o

訓 かける ka.ke.ru

か
懸ける 掛；架上；蓋、蒙上
ka.ke.ru

訓 かかる ka.ka.ru

か
懸かる 掛著、鉤上、掛上；架（橋）
ka.ka.ru

旋
音 せん
訓
常

音 せん se.n

せんかい
旋回 旋轉；（飛機）改變航向
se.n.ka.i

せんりつ
旋律 旋律
se.n.ri.tsu

あっせん
斡旋 斡旋、居中調停
a.s.se.n

がいせん
凱旋 凱旋
ga.i.se.n

玄
音 げん
訓 くろ
常

音 げん ge.n

げんかん
玄関 玄關（進門後脫鞋子的地方）
ge.n.ka.n

げんまい
玄米 糙米
ge.n.ma.i

訓 くろ ku.ro

くろうと
玄人 內行人
ku.ro.o.to

選 音 せん 訓 えらぶ 常

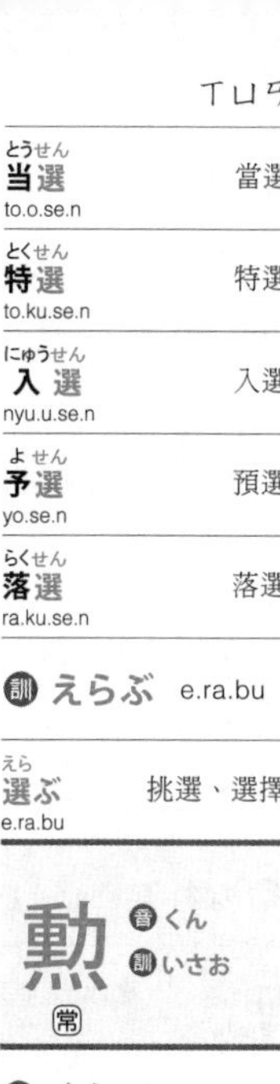

音 **せん** se.n

せんきょ
選挙 選舉
se.n.kyo

せんこう
選考 選拔
se.n.ko.o

せんじゃ
選者 評審
se.n.ja

せんしゅ
選手 選手
se.n.shu

せんしゅう
選集 選集
se.n.shu.u

せんしゅつ
選出 選出
se.n.shu.tsu

せんたく
選択 選擇
se.n.ta.ku

せんてい
選定 選定
se.n.te.i

せんぴょう
選評 選評
se.n.pyo.o

せんべつ
選別 選別
se.n.be.tsu

かいせん
改選 改選
ka.i.se.n

とうせん
当選 當選
to.o.se.n

とくせん
特選 特選
to.ku.se.n

にゅうせん
入選 入選
nyu.u.se.n

よせん
予選 預選
yo.se.n

らくせん
落選 落選
ra.ku.se.n

訓 **えらぶ** e.ra.bu

えら
選ぶ 挑選、選擇
e.ra.bu

勲 音 くん 訓 いさお 常

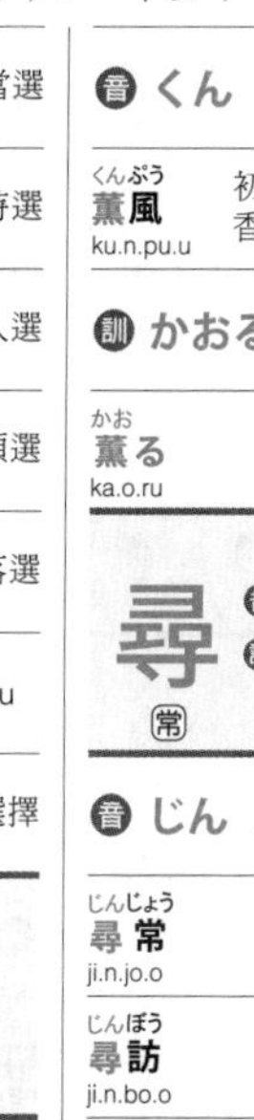

音 **くん** ku.n

くんしょう
勲章 勳章
ku.n.sho.o

訓 **いさお** i.sa.o

いさお
勲 〔文〕功勳、功勞
i.sa.o

薫 音 くん 訓 かおる 常

音 **くん** ku.n

くんぷう
薫風 初夏帶著嫩葉香味清爽的風
ku.n.pu.u

訓 **かおる** ka.o.ru

かお
薫る 芬芳、散發香味
ka.o.ru

尋 音 じん 訓 たずねる 常

音 **じん** ji.n

じんじょう
尋常 普通；正常合理
ji.n.jo.o

じんぼう
尋訪 拜訪
ji.n.bo.o

じんもん
尋問 （法官、警察）盤問
ji.n.mo.n

訓 **たずねる** ta.zu.ne.ru

たず
尋ねる 問、打聽；尋求、探尋
ta.zu.ne.ru

巡 音 じゅん 訓 めぐる 常

音 **じゅん** ju.n

ㄒ

じゅんかい
巡回 巡迴；巡視
ju.n.ka.i

じゅんさ
巡査 警察
ju.n.sa

じゅんし
巡視 巡邏、巡視
ju.n.shi

訓 **めぐる** me.gu.ru

めぐ
巡る 循環；圍繞、環繞
me.gu.ru

循
音 じゅん
訓
常

音 **じゅん** ju.n

じゅんかん
循環 循環
ju.n.ka.n

旬
音 しゅん　じゅん
訓
常

音 **しゅん** shu.n

音 **じゅん** ju.n

げじゅん
下旬 下旬
ge.ju.n

じょうじゅん
上旬 上旬
jo.o.ju.n

しょじゅん
初旬 上旬
sho.ju.n

ちゅうじゅん
中旬 中旬
chu.u.ju.n

馴
音 じゅん
訓 なれる　ならす

音 **じゅん** ju.n

じゅんか
馴化 （為適應風土氣候等的）順化
ju.n.ka

じゅんち
馴致 馴服、使…習慣於
ju.n.chi

訓 **なれる** na.re.ru

な
馴れる （動物）馴服
na.re.ru

な　な
馴れ馴れしい 毫不生疏、過於親暱
na.re.na.re.shi.i

訓 **ならす** na.ra.su

な
馴らす 馴養、馴服
na.ra.su

殉
音 じゅん
訓
常

音 **じゅん** ju.n

じゅんし
殉死 （在君主死後）殉死
ju.n.shi

じゅんしょく
殉職 殉職
ju.n.sho.ku

じゅんなん
殉難 殉難
ju.n.na.n

訊
音 じん
訓 たずねる

音 **じん** ji.n

じんもん
訊問 （法官、警察）盤問
ji.n.mo.n

しんじん
審訊 審問；審訊
shi.n.ji.n

訓 **たずねる** ta.zu.ne.ru

たず
訊ねる 拜訪
ta.zu.ne.ru

訓
音 くん
訓
常

音 **くん** ku.n

くん
訓 解譯；訓誡；訓讀
ku.n

くんこく
訓告 訓告
ku.n.ko.ku

くんじ
訓辞 訓辭、訓話
ku.n.ji

くんじ
訓示 訓示
ku.n.ji

くんどく
訓読 訓讀
ku.n.do.ku

くんれい
訓令 訓令
ku.n.re.i

くんれん
訓練 訓練
ku.n.re.n

くんわ
訓話 訓話
ku.n.wa

きょうくん
教訓 教訓
kyo.o.ku.n

迅 音 じん 訓 常

音 じん ji.n

じんそく
迅速 迅速
ji.n.so.ku

遜 音 そん 訓 へりくだる

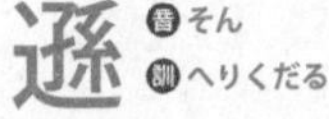

音 そん so.n

けんそん
謙遜 謙遜、謙恭
ke.n.so.n

そんしょく
遜色 遜色
so.n.sho.ku

ふそん
不遜 高傲自大 不懂謙虛
fu.so.n

訓 へりくだる he.ri.ku.da.ru

へりくだ
遜る 謙虛
he.ri.ku.da.ru

兄 音 けい きょう 訓 あに 常

音 けい ke.i

ぎけい
義兄 乾哥哥；大伯、姐夫…等
gi.ke.i

じっけい
実兄 親哥哥
ji.k.ke.i

ふけい
父兄 父親和哥哥
fu.ke.i

音 きょう kyo.o

きょうだい
兄弟 * 兄弟姐妹
kyo.o.da.i

訓 あに a.ni

あに
兄 哥哥
a.ni

あによめ
兄嫁 大嫂
a.ni.yo.me

凶 音 きょう 訓 常

音 きょう kyo.o

きょうあく
凶悪 凶惡的人
kyo.o.a.ku

きょうき
凶器 凶器
kyo.o.ki

きょうさく
凶作 農作物歉收
kyo.o.sa.ku

きょうほう
凶報 凶訊、噩耗
kyo.o.ho.o

胸 音 きょう 訓 むね むな 常

音 きょう kyo.o

きょうい
胸囲 胸圍
kyo.o.i

きょうぞう
胸像 半身的影像或畫像
kyo.o.zo.o

きょうちゅう
胸中 心中
kyo.o.chu.u

きょうぶ
胸部 胸部
kyo.o.bu

きょうり
胸裏 心中
kyo.o.ri

T

どきょう
度胸 膽量、膽識
do.kyo.o

訓 むね mu.ne

むね
胸 胸、胸膛；心
mu.ne

訓 むな mu.na

むなざんよう
胸算用 * 內心盤算
mu.na.za.n.yo.o

むなもと
胸元 * 胸口
mu.na.mo.to

熊 音 ゆう 訓 くま

音 ゆう yu.u

ゆうしょう
熊掌 熊掌
yu.u.sho.o

訓 くま ku.ma

くま
熊 （動物）熊

雄 音 ゆう 訓 お おす
常

音 ゆう yu.u

ゆうし
雄姿 雄姿
yu.u.shi

ゆうべん
雄弁 雄辯
yu.u.be.n

えいゆう
英雄 英雄
e.i.yu.u

訓 お o

おばな
雄花 雄花
o.ba.na

訓 おす o.su

おす
雄 雄性、公
o.su

之 音 し 訓 の これ

音 し shi

訓 の no

とくのしま
徳之島 to.ku.no.shi.ma (鹿兒島縣)德之島

訓 これ ko.re

支 音 し 訓 ささえる 常

音 し shi

しきゅう
支給 shi.kyu.u 供給；支付

しきょく
支局 shi.kyo.ku 分局

しじ
支持 shi.ji 支持

ししゅつ
支出 shi.shu.tsu 支出

ししょう
支障 shi.sho.o 故障

しせん
支線 shi.se.n 支線

したく
支度 shi.ta.ku 準備；打扮

しちゅう
支柱 shi.chu.u 支柱

してん
支店 shi.te.n 分店

しはい
支配 shi.ha.i 支配、左右

しはら
支払い shi.ha.ra.i 支付

しぶ
支部 shi.bu 分部

しりゅう
支流 shi.ryu.u 支流

しゅうし
収支 shu.u.shi 收支

きかんし
気管支 ki.ka.n.shi 支氣管

訓 ささえる sa.sa.e.ru

ささ
支える sa.sa.e.ru 支撐；維持；阻止

枝 音 し 訓 え えだ 常

音 し shi

しようまっせつ
枝葉末節 shi.yo.o.ma.s.se.tsu 細枝末節

訓 え e

え
枝 e 樹枝

訓 えだ e.da

えだ
枝 e.da 樹枝；分支

えだがわ
枝川 e.da.ga.wa 分流、支流

えだまめ
枝豆 e.da.ma.me 毛豆

えだみち
枝道 e.da.mi.chi 岔道；離題

こえだ
小枝 ko.e.da 小樹枝

ほそえだ
細枝 ho.so.e.da 細枝

汁 音 じゅう 訓 しる 常

音 じゅう ju.u

ぼくじゅう
墨汁 bo.ku.ju.u 墨汁

かじゅう
果汁 ka.ju.u 果汁

訓 しる shi.ru

讀音	日文	中文
しる	汁 shi.ru	湯汁；汁液
しるこ	汁粉 shi.ru.ko	紅豆年糕湯
はなじる	鼻汁 ha.na.ji.ru	鼻涕

音 ち chi

讀音	日文	中文
ちえ	知恵 chi.e	智慧
ちき	知己 chi.ki	知己
ちじ	知事 chi.ji	日本都道府縣地方首長
ちしき	知識 chi.shi.ki	知識
ちじん	知人 chi.ji.n	認識的人
ちせい	知性 chi.se.i	知性
ちてき	知的 chi.te.ki	理智的
ちのう	知能 chi.no.o	智力、智能
えいち	英知 e.i.chi	智慧
さいち	才知 sa.i.chi	才智
つうち	通知 tsu.u.chi	通知
みち	未知 mi.chi	未知
よち	予知 yo.chi	預知

訓 しる shi.ru

讀音	日文	中文
し	知る shi.ru	曉得；認識；懂、了解
し	知らせ shi.ra.se	通知；預兆
し	知らせる shi.ra.se.ru	通知
し あ	知り合い shi.ri.a.i	熟人、認識的人

音 しょく sho.ku

讀音	日文	中文
しょくじょ	織女 sho.ku.jo	織女
せんしょく	染織 se.n.sho.ku	染織
しょっき	織機 sho.k.ki	織布機

音 しき shi.ki

讀音	日文	中文
そしき	組織 so.shi.ki	組織

訓 おる o.ru

讀音	日文	中文
お	織る o.ru	織、編
おりもの	織物 o.ri.mo.no	織物、布

肢 音 し 訓 常

音 し shi

讀音	日文	中文
したい	肢体 shi.ta.i	肢體、手足
かし	下肢 ka.shi	下肢
ぎし	義肢 gi.shi	義肢
じょうし	上肢 jo.o.shi	上肢

脂 音 し 訓 あぶら 常

音 し shi

しぼう
脂肪 脂肪
shi.bo.o

だっし
脱脂 脫脂
da.s.shi

ひし
皮脂 皮脂
hi.shi

ゆし
油脂 油脂
yu.shi

訓 あぶら a.bu.ra

あぶら
脂 脂肪、油脂
a.bu.ra

あぶらぐすり
脂薬 藥膏
a.bu.ra.gu.su.ri

あぶらしょう
脂性 油性皮膚
a.bu.ra.sho.o

芝
音 し
訓 しば
常

音 し shi

れいし
霊芝 靈芝
re.i.shi

訓 しば shi.ba

しばい
芝居 戲劇
shi.ba.i

しばふ
芝生 草坪
shi.ba.fu

蜘
音 ち
訓

音 ち chi

ちもう
蜘網 蜘蛛網
chi.mo.o

特 くも
蜘蛛 蜘蛛
ku.mo

隻
音 せき
訓
常

音 せき se.ki

へんげんせきご
片言隻語 隻字片語
he.n.ge.n.se.ki.go

せきわん
隻腕 一隻胳膊
se.ki.wa.n

値
音 ち
訓 ね
あたい
常

音 ち chi

かち
価値 價值
ka.chi

すうち
数値 數值
su.u.chi

へいきんち
平均値 平均值
he.i.ki.n.chi

訓 ね ne

ね
値 價格
ne

ねうち
値打ち 價值、價格；估價
ne.u.chi

ねだん
値段 價格
ne.da.n

ねびき
値引き 減價、打折
ne.bi.ki

うりね
売値 賣價
u.ri.ne

かいね
買値 買價
ka.i.ne

たかね
高値 高價
ta.ka.ne

やすね
安値 平價
ya.su.ne

訓 あたい a.ta.i

あたい
値 價值、價錢
a.ta.i

あたい
値する 有價值、值得
a.ta.i.su.ru

直
音 ちょく
じき
訓 ただちに
なおす
なおる
常

虫

音 ちょく cho.ku

ちょく
直 直接；筆直
cho.ku

ちょくげん
直言 直言
cho.ku.ge.n

ちょくご
直後 之後、緊接著
cho.ku.go

ちょくせつ
直接 直接
cho.ku.se.tsu

ちょくせん
直線 直線
cho.ku.se.n

ちょくぜん
直前 眼看就要…、眼前
cho.ku.ze.n

ちょくそう
直送 直送
cho.ku.so.o

ちょくつう
直通 直通
cho.ku.tsu.u

ちょくめん
直面 面臨
cho.ku.me.n

ちょくゆにゅう
直輸入 平行輸入
cho.ku.yu.nyu.u

ちょくご
直後 之後、緊接著
cho.ku.go

ちょくりゅう
直流 直流；直流電流
cho.ku.ryu.u

ちょっかく
直角 直角
cho.k.ka.ku

ちょっかん
直感 直覺
cho.k.ka.n

ちょっけい
直径 直徑
cho.k.ke.i

音 じき ji.ki

じき
直 直接；筆直
ji.ki

じきじき
直直 直接、親自
ji.ki.ji.ki

しょうじき
正直 誠實、率直
sho.o.ji.ki

訓 ただちに ta.da.chi.ni

ただ
直ちに 立刻；直接
ta.da.chi.ni

訓 なおす na.o.su

なお
直す 修改、矯正、修理
na.o.su

訓 なおる na.o.ru

なお
直る 復原；矯正、修理
na.o.ru

音 しつ shi.tsu

しつむじかん
執務時間 工作時間
shi.tsu.mu.ji.ka.n

こしつ
固執 固執
ko.shi.tsu

へんしつ
偏執 偏執
he.n.shi.tsu

しっけん
執権 掌握政權
shi.k.ke.n

しっこう
執行 執行
shi.k.ko.o

しっぴつ
執筆 撰文者
shi.p.pi.tsu

音 しゅう shu.u

しゅうちゃく
執着 執著、留戀
shu.u.cha.ku

しゅうねん
執念 執著、執意
shu.u.ne.n

訓 とる to.ru

と
執る 執筆；辦理、處理
to.ru

植

常

音 しょく
訓 うえる うわる

音 しょく sho.ku

しょくじゅ
植樹 植樹、種樹
sho.ku.ju

しょくぶつ
植物 植物
sho.ku.bu.tsu

しょくみんち
植民地 殖民地
sho.ku.mi.n.chi

しょくりん
植林 造林
sho.ku.ri.n

いしょく
移植 移植
i.sho.ku

訓 うえる u.e.ru

う
植える 種植、栽
u.e.ru

うえき
植木 （庭院或盆栽內）栽種的樹
u.e.ki

訓 うわる u.wa.ru

う
植わる 栽種、種植著
u.wa.ru

殖

音 しょく
訓 ふえる ふやす
常

音 しょく sho.ku

せいしょく
生殖 生殖、繁殖
se.i.sho.ku

ぞうしょく
増殖 增殖；（生物）繁殖
zo.o.sho.ku

はんしょく
繁殖 繁殖
ha.n.sho.ku

訓 ふえる fu.e.ru

ふ
殖える 增加、增多
fu.e.ru

訓 ふやす fu.ya.su

ふ
殖やす 增加
fu.ya.su

職

音 しょく
訓
常

音 しょく sho.ku

しょく
職 職務、工作；技能
sho.ku

しょくいん
職員 職員
sho.ku.i.n

しょくぎょう
職業 職業
sho.ku.gyo.o

しょくしゅ
職種 職種
sho.ku.shu

しょくせき
職責 職責
sho.ku.se.ki

しょくにん
職人 工匠、行家
sho.ku.ni.n

しょくば
職場 職場
sho.ku.ba

しょくむ
職務 職務
sho.ku.mu

しょくれき
職歴 職場經歷
sho.ku.re.ki

きゅうしょく
求職 求職
kyu.u.sho.ku

きゅうしょく
休職 停職
kyu.u.sho.ku

きょうしょく
教職 教職
kyo.o.sho.ku

げんしょく
現職 現職
ge.n.sho.ku

ざいしょく
在職 在職
za.i.sho.ku

しゅうしょく
就職 就職
shu.u.sho.ku

じゅうしょく
住職 （寺院的）住持
ju.u.sho.ku

たいしょく
退職 退休
ta.i.sho.ku

ないしょく
内職 內勤
na.i.sho.ku

ほんしょく
本職 本職、本業
ho.n.sho.ku

むしょく
無職 無業
mu.sho.ku

音 しつ shi.tsu

しつ
質 品質、本質；素質
shi.tsu

しつぎ
質疑 質疑
shi.tsu.gi

しつもん
質問 質問
shi.tsu.mo.n

あくしつ
悪質 惡質
a.ku.shi.tsu

きしつ
気質 氣質
ki.shi.tsu

じっしつ
実質 實質
ji.s.shi.tsu

せいしつ
性質 性質
se.i.shi.tsu

そしつ
素質 素質
so.shi.tsu

たいしつ
体質 體質
ta.i.shi.tsu

ちしつ
地質 地質
chi.shi.tsu

とくしつ
特質 特質
to.ku.shi.tsu

ひんしつ
品質 品質
hi.n.shi.tsu

ぶっしつ
物質 物質
bu.s.shi.tsu

へんしつ
変質 變質
he.n.shi.tsu

ほんしつ
本質 本質
ho.n.shi.tsu

しっそ
質素 樸素、儉樸
shi.s.so

音 しち shi.chi

しちや
質屋 當鋪
shi.chi.ya

ひとじち
人質 人質
hi.to.ji.chi

音 ち chi

げんち
言質 * 諾言
ge.n.chi

姪

音 てつ
訓 めい

音 てつ te.tsu

しゅくてつ
叔姪 叔姪
shu.ku.te.tsu

訓 めい me.i

めい
姪 姪女、外甥
me.i

只

音 し
訓 ただ

音 し shi

しかんたざ
只管打坐 〔佛〕只顧一昧地打坐
shi.ka.n.ta.za

訓 ただ ta.da

ただ
只 普通；免費
ta.da

ただいま
只今 現在、立刻；剛剛
ta.da.i.ma

ただもの
只者 一般人、普通人
ta.da.mo.no

指

音 し
訓 ゆび さす
常

音 し

しき
指揮 指揮
shi.ki

しじ
指示 指示
shi.ji

してい
指定 指定
shi.te.i

してき
指摘 指摘、指出
shi.te.ki

しどう
指導 指導
shi.do.o

しひょう
指標 指標
shi.hyo.o

しもん
指紋 指紋
shi.mo.n

しれい
指令 指令
shi.re.i

じっし
十指 十指
ji.s.shi

訓 ゆび yu.bi

ゆび
指 手指
yu.bi

ゆびさ
指差す 用手指方向
yu.bi.sa.su

ゆびわ
指輪 戒指
yu.bi.wa

おやゆび
親指 大姆指
o.ya.yu.bi

訓 さす sa.su

さ
指す 指向、指示
sa.su

さしず
指図 吩咐、指使
sa.shi.zu

旨
音 し
訓 むね
常

音 し shi

しゅし
趣旨 意思、宗旨
shu.shi

ようし
要旨 要旨、要點
yo.o.shi

ろんし
論旨 論點
ro.n.shi

訓 むね mu.ne

むね
旨 意思、主旨
mu.ne

止
音 し
訓 とまる
とめる
常

音 し shi

しけつ
止血 止血
shi.ke.tsu

きんし
禁止 禁止
ki.n.shi

せいし
静止 靜止
se.i.shi

せいし
制止 制止
se.i.shi

ちゅうし
中止 中止
chu.u.shi

ていし
停止 停止
te.i.shi

はいし
廃止 廢止
ha.i.shi

へいし
閉止 停止
he.i.shi

訓 とまる to.ma.ru

と
止まる 停止；中斷；止住
to.ma.ru

訓 とめる to.me.ru

と
止める 停；抑止、阻止
to.me.ru

祉
音 し
訓
常

音 し shi

ふくし
福祉 福利
fu.ku.shi

紙
音 し
訓 かみ
常

音 し shi

しじょう
紙上 書面上
shi.jo.o

しへい
紙幣 紙幣
shi.he.i

しへん
紙片 紙片
shi.he.n

しきし
色紙 色紙
shi.ki.shi

しんぶんし
新聞紙 報紙
shi.n.bu.n.shi

がようし
画用紙 圖畫紙
ga.yo.o.shi

にっかんし
日刊紙 日報
ni.k.ka.n.shi

はくし
白紙 白紙
ha.ku.shi

ひょうし
表紙 書皮、封面
hyo.o.shi

ようし
用紙 用紙
yo.o.shi

訓 かみ ka.mi

かみ
紙 紙
ka.mi

かみひとえ
紙一重 毫釐之差
ka.mi.hi.to.e

かみくず
紙屑 紙屑
ka.mi.ku.zu

いろがみ
色紙 色紙
i.ro.ga.mi

てがみ
手紙 信
te.ga.mi

制

音 せい
訓
常

音 せい se.i

せいぎょ
制御 控制
se.i.gyo

せいげん
制限 限制
se.i.ge.n

せいさい
制裁 制裁
se.i.sa.i

せいさく
制作 製作
se.i.sa.ku

せいし
制止 制止
se.i.shi

せい
制する 克制、壓制；控制
se.i.su.ru

せいてい
制定 制定
se.i.te.i

せいど
制度 制度
se.i.do

せいふく
制服 制服
se.i.fu.ku

せいやく
制約 約束
se.i.ya.ku

きゅうせい
旧制 舊制
kyu.u.se.i

くんしゅせい
君主制 君主制
ku.n.shu.se.i

しんせい
新制 新制
shi.n.se.i

じせい
自制 自制
ji.se.i

せんせいせいじ
専制政治 專制政治
se.n.se.i.se.i.ji

たいせい
体制 體制
ta.i.se.i

りっけんせい
立憲制 立憲制
ri.k.ke.n.se.i

志

音 し
訓 こころざす こころざし
常

音 し shi

しこう
志向 志向
shi.ko.o

しぼう
志望 志願
shi.bo.o

しょし
初志 初志
sho.shi

いし
意志 意志
i.shi

いし
遺志 遺志
i.shi

こうし
厚志 盛情、好意
ko.o.shi

たいし
大志 大志
ta.i.shi

ゆうし
雄志 雄心壯志
yu.u.shi

訓 こころざす ko.ko.ro.za.su

こころざ
志す 立志、志願
ko.ko.ro.za.su

訓 こころざし ko.ko.ro.za.shi

こころざし
志 志願；盛情、信念
ko.ko.ro.za.shi

智 音 ち 訓

音 ち chi

めいち
明智 明智、智慧
me.i.chi

治 音 じ ち 訓 おさめる おさまる なおる なおす 常

音 じ ji

こんじ
根治 根治
ko.n.ji

せいじ
政治 政治
se.i.ji

音 ち chi

ちあん
治安 治安
chi.a.n

ちすい
治水 治水
chi.su.i

ちりょう
治療 治療
chi.ryo.o

じち
自治 自治
ji.chi

ぜんち
全治 （疾病、傷口）痊癒
ze.n.chi

とうち
統治 統治
to.o.chi

ほうち
法治 法治
ho.o.chi

訓 おさめる o.sa.me.ru

おさ
治める 平定、治理
o.sa.me.ru

訓 おさまる o.sa.ma.ru

おさ
治まる 平定、平靜
o.sa.ma.ru

訓 なおる na.o.ru

なお
治る 痊癒
na.o.ru

訓 なおす na.o.su

なお
治す 治療
na.o.su

滞 音 たい 訓 とどこおる

音 たい ta.i

たいか
滞貨 滯銷的貨物
ta.i.ka

たいざい
滞在 旅居、逗留
ta.i.za.i

たいのう
滞納 拖欠款項
ta.i.no.o

じゅうたい
渋滞 停滯、阻塞
ju.u.ta.i

訓 とどこおる to.do.ko.o.ru

とどこお
滞る 阻塞、延誤；拖欠
to.do.ko.o.ru

痔 音 じ 訓

音 じ ji

じかく
痔核 〔醫〕痔瘡
ji.ka.ku

秩 音 ちつ 訓 常

音 ちつ chi.tsu

ちつじょ
秩序 秩序、次序
chi.tsu.jo

稚 音 ち 訓 常

音 ち chi

ㄓ

ちぎょ
稚魚 魚苗
chi.gyo

ちせつ
稚拙 幼稚不成熟
chi.se.tsu

ようち
幼稚 年幼；幼稚
yo.o.chi

音 ちっ
訓
常

音 ちつ chi.tsu

ちっそく
窒息 窒息
chi.s.so.ku

置

音 ち
訓 おく
常

音 ち chi

いち
位置 位置
i.chi

じょうち
常置 常設
jo.o.chi

しょち
処置 處置
sho.chi

せっち
設置 設置
se.c.chi

そうち
装置 設備
so.o.chi

はいち
配置 配置
ha.i.chi

ほうち
放置 放置
ho.o.chi

りゅうち
留置 拘留、扣押
ryu.u.chi

訓 おく o.ku

お
置く 放置、設置；間隔
o.ku

至

音 し
訓 いたる
常

音 し shi

しきゅう
至急 十萬火急
shi.kyu.u

しげん
至言 至理名言
shi.ge.n

しとう
至当 適當、適切
shi.to.o

しべん
至便 非常方便
shi.be.n

しほう
至宝 至寶
shi.ho.o

しよう
至要 極為重要
shi.yo.o

げし
夏至 夏至
ge.shi

とうじ
冬至 冬至
to.o.ji

ひっし
必至 必定
hi.s.shi

訓 いたる i.ta.ru

いた
至る 到、來臨；達到
i.ta.ru

致

音 ち
訓 いたす
常

音 ち chi

ちし
致死 致死
chi.shi

ちめいしょう
致命傷 致命傷
chi.me.i.sho.o

しょうち
招致 招攬、招來
sho.o.chi

訓 いたす i.ta.su

いた
致す （「する」的謙讓語）做、辦
i.ta.su

蛭

音 しつ
訓 ひる

音 しつ shi.tsu

訓 ひる hi.ru

ひる
蛭 水蛭
hi.ru

製
音 せい
訓
常

音 せい se.i

せいさく
製作 製作
se.i.sa.ku

せいず
製図 製圖
se.i.zu

せいぞう
製造 製造
se.i.zo.o

せいてつ
製鉄 製鐵
se.i.te.tsu

せいひょう
製氷 製冰
se.i.hyo.o

せいひん
製品 製品
se.i.hi.n

せいほう
製法 製造方法
se.i.ho.o

さくせい
作製 製作
sa.ku.se.i

てせい
手製 自製品、親手作的
te.se.i

とくせい
特製 特製
to.ku.se.i

誌
音 し
訓
常

音 し shi

げっかんし
月刊誌 月刊
ge.k.ka.n.shi

ざっし
雑誌 雜誌
za.s.shi

しゅうかんし
週刊誌 週刊
shu.u.ka.n.shi

にっし
日誌 日誌
ni.s.shi

ほんし
本誌 本刊、本誌
ho.n.shi

札
音 さつ
訓 ふだ
常

音 さつ sa.tsu

さつ
札 紙鈔
sa.tsu

さつたば
札束 一捆鈔票
sa.tsu.ta.ba

さついれ
札入れ 皮夾
sa.tsu.i.re

けんさつ
検札 查票
ke.n.sa.tsu

しゅっさつ
出札 售票
shu.s.sa.tsu

ひょうさつ
表札 門牌
hyo.o.sa.tsu

にゅうさつ
入札 （工程…等）投標
nyu.u.sa.tsu

らくさつ
落札 （工程…等）得標
ra.ku.sa.tsu

訓 ふだ fu.da

ふだ
札 紙、木牌；護身符；入場券
fu.da

き ふだ
切り札 王牌
ki.ri.fu.da

な ふだ
名札 名牌
na.fu.da

に ふだ
荷札 行李吊牌
ni.fu.da

ね ふだ
値札 價目牌
ne.fu.da

まも ふだ
守り札 護身符
ma.mo.ri.fu.da

搾
音 さく
訓 しぼる
常

音 さく sa.ku

さくしゅ
搾取 榨取、剝削
sa.ku.shu

ㄓ

さくにゅう
搾乳 擠奶
sa.ku.nyu.u

あっさく
圧搾 壓榨、壓縮
a.s.sa.ku

訓 しぼる shi.bo.ru

しぼ
搾る 擰、榨、擠
shi.bo.ru

柵
音 さく
訓

音 さく sa.ku

さく
柵 柵欄
sa.ku

てっさく
鉄柵 鐵柵欄
te.s.sa.ku

じょうさく
城柵 城堡周圍的柵欄
jo.o.sa.ku

詐
音 さ
訓
常

音 さ sa

さぎ
詐欺 詐欺、詐騙
sa.gi

さしゅ
詐取 詐取、騙取
sa.shu

遮
音 しゃ
訓 さえぎる
常

音 しゃ sha

しゃこう
遮光 遮光
sha.ko.o

しゃだん
遮断 （交通、電流等）阻斷
sha.da.n

訓 さえぎる sa.e.gi.ru

さえぎ
遮る 遮擋、遮掩；攔截
sa.e.gi.ru

哲
音 てつ
訓
常

音 てつ te.tsu

てつがく
哲学 哲學
te.tsu.ga.ku

てつじん
哲人 智者；哲學家
te.tsu.ji.n

折
音 せつ
訓 おる おり おれる
常

音 せつ se.tsu

きょくせつ
曲折 曲折
kyo.ku.se.tsu

くっせつ
屈折 屈折、難解
ku.s.se.tsu

せっちゅう
折衷 折衷
se.c.chu.u

せっぱん
折半 折半、平分
se.p.pa.n

訓 おり o.ri

お
折り 折、折疊
o.ri

お かえ
折り返す 折回、折返
o.ri.ka.e.su

お がみ
折り紙 折紙
o.ri.ga.mi

お め
折り目 摺痕
o.ri.me

訓 おる o.ru

お
折る 折、彎
o.ru

訓 おれる o.re.ru

お
折れる 彎曲；折斷；轉彎
o.re.ru

摺
音 しょう しゅう
訓 する

音 しょう sho.o

音 しゅう shu.u

訓 する su.ru

すり あし
摺り足 躡手躡腳的走
su.ri.a.shi

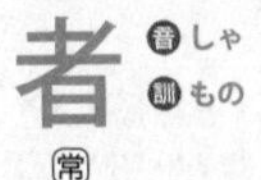

音 しゃ sha

いしゃ
医者 醫生
i.sha

おうじゃ
王者 王者
o.o.ja

かがくしゃ
科学者 科學家
ka.ga.ku.sha

がくしゃ
学者 學者
ga.ku.sha

きしゃ
記者 記者
ki.sha

さくしゃ
作者 作者
sa.ku.sha

ししゃ
死者 死者
shi.sha

ししゃ
使者 使者
shi.sha

しゅっせきしゃ
出席者 出席者
shu.s.se.ki.sha

しょうしゃ
勝者 勝利者
sho.o.sha

しんじゃ
信者 信徒
shi.n.ja

だしゃ
打者 （棒球）打擊者
da.sha

ちょうじゃ
長者 長者、長輩
cho.o.ja

ひんじゃ
貧者 窮人
hi.n.ja

ぶんがくしゃ
文学者 文學家
bu.n.ga.ku.sha

やくしゃ
役者 演員
ya.ku.sha

ろうどうしゃ
労働者 勞動者
ro.o.do.o.sha

訓 もの mo.no

もの
者 者、人
mo.no

わかもの
若者 年輕人
wa.ka.mo.no

わるもの
悪者 壞人
wa.ru.mo.no

柘
音 しゃ
訓

音 しゃ sha

這
音 しゃ
訓 はう

音 しゃ sha

しゃこ
這箇 〔代〕這個、這些
sha.ko

訓 はう ha.u

は
這う 爬；（蟲、蛇）爬行
ha.u

ㄓ

音 ちゃく cha.ku

ちゃくしゅ
着手 著手
cha.ku.shu

ちゃくじつ
着実 著實
cha.ku.ji.tsu

ちゃくしょく
着色 著色
cha.ku.sho.ku

ちゃくせき
着席 就座、入席
cha.ku.se.ki

ちゃくそう
着想 構想
cha.ku.so.o

ちゃくちゃく
着着 進展順利
cha.ku.cha.ku

ちゃくにん
着任 就任
cha.ku.ni.n

ちゃくもく
着目 著眼
cha.ku.mo.ku

ちゃくよう
着用 穿戴
cha.ku.yo.o

ちゃくりく
着陸 著陸
cha.ku.ri.ku

あいちゃく
愛着 摯愛、戀戀不捨
a.i.cha.ku

きちゃく
帰着 回到
ki.cha.ku

とうちゃく
到着 到達
to.o.cha.ku

はっちゃく
発着 出發和到達
ha.c.cha.ku

ふちゃく
付着 附著
fu.cha.ku

みっちゃく
密着 緊密
mi.c.cha.ku

音 **じゃく** ja.ku

訓 **きる** ki.ru

き
着る 穿（衣服）；承受
ki.ru

きが
着替える 換衣服、換裝
ki.ga.e.ru

きかざ
着飾る 盛裝
ki.ka.za.ru

きもの
着物 和服
ki.mo.no

訓 **きせる** ki.se.ru

き
着せる 給…穿上；使蒙受
ki.se.ru

訓 **つく** tsu.ku

つ
着く 到達、抵達；入席
tsu.ku

訓 **つける** tsu.ke.ru

つ
着ける 穿
tsu.ke.ru

著

音 ちょ
訓 あらわす
いちじるしい
常

音 **ちょ** cho

ちょさく
著作 著作
cho.sa.ku

ちょしゃ
著者 著者
cho.sha

ちょしょ
著書 著作
cho.sho

ちょめい
著名 著名
cho.me.i

ちょめい
著明 明顯
cho.me.i

めいちょ
名著 名著
me.i.cho

へんちょ
編著 編著
he.n.cho

訓 **あらわす** a.ra.wa.su

あらわ
著す 著作
a.ra.wa.su

訓 **いちじるしい** i.chi.ji.ru.shi.i

いちじる
著しい 顯著的；非常
i.chi.ji.ru.shi.i

摘

音 てき
訓 つむ
常

音 **てき** te.ki

てきしゅつ
摘出 摘除、取出；指出
te.ki.shu.tsu

てきはつ
摘発 揭發、檢舉
te.ki.ha.tsu

てきよう
摘要 摘要、提要
te.ki.yo.o

訓 **つむ** tsu.mu

つ
摘む 摘、採
tsu.mu

斎 音さい 訓 常

音 さい sa.i

さいじょう
斎場 殯儀館
sa.i.jo.o

しょさい
書斎 書齋
sho.sa.i

宅 音たく 訓 常

音 たく ta.ku

たく
宅 家、住宅
ta.ku

かたく
家宅 住宅、家
ka.ta.ku

きたく
帰宅 回家
ki.ta.ku

したく
私宅 私宅
shi.ta.ku

じたく
自宅 自己的家
ji.ta.ku

しゃたく
社宅 員工宿舍
sha.ta.ku

じゅうたく
住宅 住宅
ju.u.ta.ku

しんたく
新宅 新宅
shi.n.ta.ku

たくはいびん
宅配便 配送到府
ta.ku.ha.i.bi.n

窄 音さく 訓せまい すぼむ すぼめる

音 さく sa.ku

きょうさく
狭窄 狹窄
kyo.o.sa.ku

訓 せまい se.ma.i

せま
窄い 狹小、窄的
se.ma.i

訓 すぼむ su.bo.mu

すぼ
窄む 細窄；癟、萎縮
su.bo.mu

訓 すぼめる su.bo.me.ru

すぼ
窄める 收攏、往…縮
su.bo.me.ru

債 音さい 訓 常

音 さい sa.i

さいけん
債権 債權
sa.i.ke.n

さいむ
債務 債務
sa.i.mu

ふさい
負債 欠債、負債
fu.sa.i

招 音しょう 訓まねく 常

音 しょう sho.o

しょうしゅう
招集 召集
sho.o.shu.u

しょうたい
招待 招待
sho.o.ta.i

しょうち
招致 招致
sho.o.chi

しょうらい
招来 招來
sho.o.ra.i

訓 まねく ma.ne.ku

まね
招く 招呼；邀請；招致
ma.ne.ku

まね
招き 邀請、招待
ma.ne.ki

昭 音しょう 訓 常

ㄓ

音 しょう sho.o

しょうわ
昭和 昭和（西元1926~1988年）
sho.o.wa

朝 音 ちょう 訓 あさ 常

音 ちょう cho.o

ちょうかい
朝会 朝會
cho.o.ka.i

ちょうかん
朝刊 早報
cho.o.ka.n

ちょうしょく
朝食 早餐
cho.o.sho.ku

そうちょう
早朝 早晨
so.o.cho.o

みょうちょう
明朝 明天早上
myo.o.cho.o

訓 あさ a.sa

あさ
朝 早晨、早上
a.sa

あさがお
朝顔 牽牛花
a.sa.ga.o

あさごはん
朝御飯 早餐
a.sa.go.ha.n

あさひ
朝日 朝日
a.sa.hi

あさゆう
朝夕 早晚
a.sa.yu.u

まいあさ
毎朝 每天早上
ma.i.a.sa

沼 音 しょう 訓 ぬま 常

音 しょう sho.o

しょうたく
沼沢 沼澤
sho.o.ta.ku

訓 ぬま nu.ma

ぬま
沼 沼澤
nu.ma

ぬまち
沼地 沼澤地
nu.ma.chi

どろぬま
泥沼 泥沼
do.ro.nu.ma

兆 音 ちょう 訓 きざし きざす 常

音 ちょう cho.o

おくちょう
億兆 億兆
o.ku.cho.o

きっちょう
吉兆 吉兆
ki.c.cho.o

ぜんちょう
前兆 前兆
ze.n.cho.o

訓 きざす ki.za.su

きざ
兆す 萌芽；有預兆、苗頭
ki.za.su

訓 きざし ki.za.shi

きざ
兆し 徵兆、前兆
ki.za.shi

召 音 しょう 訓 めす 常

音 しょう sho.o

しょうかん
召喚 傳喚
sho.o.ka.n

しょうしゅう
召集 召集、召募
sho.o.shu.u

訓 めす me.su

め
召す 〔敬〕召見；吃、喝、穿
me.su

め あ
召し上がる 「食う」、「飲む」的敬語，吃、喝
me.shi.a.ga.ru

照 音 しょう 訓 てる てらす てれる 常

音 しょう sho.o

しょうおう
照応 照應
sho.o.o.o

しょうかい
照会 照會、詢問
sho.o.ka.i

しょうごう
照合 對照、查核
sho.o.go.o

しょうしゃ
照射 照射
sho.o.sha

しょうめい
照明 照明
sho.o.me.i

さんしょう
参照 參照
sa.n.sho.o

ざんしょう
残照 夕陽的餘輝
za.n.sho.o

たいしょう
対照 對照
ta.i.sho.o

訓 てる te.ru

て
照る 照；晴天
te.ru

て　かえ
照り返す （光或熱）反射
te.ri.ka.e.su

訓 てらす te.ra.su

て
照らす 照耀；按照
te.ra.su

訓 てれる te.re.ru

て
照れる 〔俗〕害羞、靦腆
te.re.ru

肇
音 ちょう
訓

音 ちょう cho.o

ちょうこく
肇国 建國
cho.o.ko.ku

詔
音 しょう
訓 みことのり
常

音 しょう sho.o

しょうしょ
詔書 詔書
sho.o.sho

訓 みことのり mi.ko.to.no.ri

みことのり
詔 詔書、敕語
mi.ko.to.no.ri

周
音 しゅう
訓 まわり
常

音 しゅう shu.u

しゅうい
周囲 周圍
shu.u.i

しゅうき
周期 周期
shu.u.ki

しゅうち
周知 眾所皆知
shu.u.chi

しゅうへん
周辺 週邊
shu.u.he.n

しゅうねん
周年 周年
shu.u.ne.n

しゅうゆう
周遊 周遊
shu.u.yu.u

いっしゅう
一周 一周
i.s.shu.u

えんしゅう
円周 圓周
e.n.shu.u

訓 まわり ma.wa.ri

まわ
周り 周圍
ma.wa.ri

州
音 しゅう
訓 す
常

音 しゅう shu.u

しゅう
州 (行政區劃)州
shu.u

おうしゅう
欧州 歐洲
o.o.shu.u

ほんしゅう
本州 本州
ho.n.shu.u

ㄓ

きゅうしゅう
九州 九州
kyu.u.shu.u

訓 す su

さす
砂州 沙洲
sa.su

さんかくす
三角州 三角洲
sa.n.ka.ku.su

洲
音 しゅう
訓

音 しゅう shu.u

粥
音 いく しゅく
訓 かゆ

音 いく i.ku

音 しゅく shu.ku

訓 かゆ ka.yu

かゆ
粥 稀飯
ka.yu

舟
常
音 しゅう
訓 ふね ふな

音 しゅう shu.u

しゅううん
舟運 船運
shu.u.u.n

訓 ふね fu.ne

ふね
舟 船、舟
fu.ne

訓 ふな fu.na

ふなうた
舟歌 ＊ 船歌
fu.na.u.ta

週
常
音 しゅう
訓 す

音 しゅう shu.u

しゅう
週 週、星期
shu.u

しゅうかん
週刊 週刊
shu.u.ka.n

しゅうきゅう
週休 週休
shu.u.kyu.u

しゅうきゅう
週給 週薪
shu.u.kyu.u

しゅうじつ
週日 週日
shu.u.ji.tsu

しゅうばん
週番 按週輪流值班
shu.u.ba.n

しゅうまつ
週末 週末
shu.u.ma.tsu

いっしゅう
一週 一週
i.s.shu.u

じしゅう
次週 下週
ji.shu.u

せんしゅう
先週 上週
se.n.shu.u

まいしゅう
毎週 每週
ma.i.shu.u

らいしゅう
来週 下週
ra.i.shu.u

音 す su

軸
常
音 じく
訓

音 じく ji.ku

じく
軸 軸、轉軸；卷軸
ji.ku

しゅじく
主軸 主軸、中心
shu.ji.ku

しゃじく
車軸 車軸
sha.ji.ku

肘
音 ちゅう
訓 ひじ

音 ちゅう chu.u

せいちゅう
掣肘 牽制、限制
se.i.chu.u

訓 ひじ hi.ji

ひじ
肘 手肘
hi.ji

ひじかけ
肘掛 （椅子的）扶手
hi.ji.ka.ke

呪
音 じゅ
訓 のろう

音 じゅ ju

じゅそ
呪詛 詛咒
ju.so

訓 のろう no.ro.u

のろ
呪う 詛咒
no.ro.u

宙
音 ちゅう
訓
常

音 ちゅう chu.u

ちゅうがえ
宙返り 翻筋斗
chu.u.ga.e.ri

うちゅう
宇宙 宇宙
u.chu.u

昼
音 ちゅう
訓 ひる
常

音 ちゅう chu.u

ちゅうしょく
昼食 午餐
chu.u.sho.ku

ちゅうや
昼夜 中午和晚上
chu.u.ya

はくちゅう
白昼 白天
ha.ku.chu.u

訓 ひる hi.ru

ひる
昼 白天、中午；午餐
hi.ru

ひるごはん
昼御飯 午餐
hi.ru.go.ha.n

ひるしょく
昼食 午餐
hi.ru.sho.ku

ひるね
昼寝 午睡
hi.ru.ne

ひるま
昼間 白天
hi.ru.ma

ひるめし
昼飯 午餐
hi.ru.me.shi

ひるやす
昼休み 午休
hi.ru.ya.su.mi

まひる
真昼 正午
ma.hi.ru

酎
音 ちゅう
訓

音 ちゅう chu.u

しょうちゅう
焼酎 燒酒
sho.o.chu.u

ちゅう
酎ハイ 燒酒加碳酸飲料調合成的飲料
chu.u.ha.i

皺
音 しゅう すう
訓 しわ

音 しゅう shu.u

しゅうきょく
皺曲 〔地〕褶皺
shu.u.kyo.ku

音 すう su.u

訓 しわ shi.wa

しわ
皺 皺紋、皺褶；波紋
shi.wa

しわよ
皺寄せ 殃及
shi.wa.yo.se

展 音 てん 訓 常

音 てん te.n

てんかい
展開 展開
te.n.ka.i

てんじ
展示 展示
te.n.ji

てんらんかい
展覧会 展覽會
te.n.ra.n.ka.i

しんてん
進展 進展
shi.n.te.n

はってん
発展 發展
ha.t.te.n

斬 音 ざん 訓 きる

音 ざん za.n

ざんさつ
斬殺 砍殺
za.n.sa.tsu

ざんしゅ
斬首 斬首
za.n.shu

訓 きる ki.ru

き
斬る 斬
ki.ru

占 音 せん 訓 しめる うらなう 常

音 せん se.n

せんきょ
占拠 佔據、佔領
se.n.kyo

せんゆう
占有 佔有、佔為己有
se.n.yu.u

せんりょう
占領 佔領
se.n.ryo.o

どくせん
独占 獨佔；壟斷
do.ku.se.n

訓 しめる shi.me.ru

し
占める 佔有、佔領
shi.me.ru

訓 うらなう u.ra.na.u

うらな
占う 占卜、算命
u.ra.na.u

戦 音 せん 訓 いくさ たたかう 常

音 せん se.n

せんし
戦士 戰士
se.n.shi

せんか
戦火 戰火
se.n.ka

せんご
戦後 戰後
se.n.go

せんさい
戦災 戰爭所帶來的災難
se.n.sa.i

せんし
戦死 戰死
se.n.shi

せんじゅつ
戦術 戰術
se.n.ju.tsu

せんとう
戦闘 戰鬥
se.n.to.o

せんりゃく
戦略 戰略
se.n.rya.ku

せんしょう
戦勝 戰勝
se.n.sho.o

せんじょう
戦場 戰場
se.n.jo.o

せんりょく
戦力 戰力
se.n.ryo.ku

せんせん
戦線 戰線
se.n.se.n

せんそう
戦争 戰爭
se.n.so.o

せんち
戦地 戰地
se.n.chi

せんゆう
戦友 戰友
se.n.yu.u

せんらん
戦乱 戰亂
se.n.ra.n

くせん
苦戦 苦戰
ku.se.n

こうせん
交戦 交戰
ko.o.se.n

さくせん
作戦 作戰
sa.ku.se.n

訓 いくさ i.ku.sa

いくさ
戦 戰爭、戰鬥
i.ku.sa

訓 たたかう
ta.ta.ka.u

たたか
戦い 戰鬥、鬥爭
ta.ta.ka.i

たたか
戦う 作戰、搏鬥；競賽
ta.ta.ka.u

暫
音 ざん
訓 しばらく
常

音 ざん za.n

ざんじ
暫時 暫時
za.n.ji

ざんてい
暫定 暫定
za.n.te.i

訓 しばらく
shi.ba.ra.ku

しばら
暫く 一會兒；姑且、暫且
shi.ba.ra.ku

桟
音 さん
訓
常

音 さん sa.n

さんどう
桟道 棧道
sa.n.do.o

さんばし
桟橋 棧橋
sa.n.ba.shi

湛
音 たん
訓 たたえる

音 たん ta.n

たんぜん
湛然 〔文〕靜如止水
ta.n.ze.n

たんたん
湛湛 〔文〕水滿溢貌
ta.n.ta.n

訓 たたえる
ta.ta.e.ru

たた
湛える 灌滿、裝滿；洋溢
ta.ta.e.ru

綻
音 たん
訓 ほころびる

音 たん ta.n

はたん
破綻 破裂、失敗；破產
ha.ta.n

訓 ほころびる
ho.ko.ro.bi.ru

ほころ
綻びる 衣服脫線；(花蕾)微開
ho.ko.ro.bi.ru

偵
音 てい
訓
常

音 てい te.i

ていさつ
偵察 偵察
te.i.sa.tsu

たんてい
探偵 偵探、偵察
ta.n.te.i

榛
音 しん
訓 はしばみ

音 しん shi.n

しんぼう
榛莽 草木茂盛的地方
shi.n.bo.o

訓 はしばみ
ha.shi.ba.mi

はしばみ
榛 〔植〕榛木
ha.shi.ba.mi

ㄓ

珍 音 ちん 訓 めずらしい 常

音 ちん chi.n

ちんき
珍奇 chi.n.ki 珍奇、稀奇

ちんぴん
珍品 chi.n.pi.n 珍品、稀有物

訓 めずらしい me.zu.ra.shi.i

めずら
珍しい me.zu.ra.shi.i 珍奇的、罕見的

真 音 しん 訓 ま 常

音 しん shi.n

しんくう
真空 shi.n.ku.u 真空

しんけん
真剣 shi.n.ke.n 認真

しんじつ
真実 shi.n.ji.tsu 真實

しんじゅ
真珠 shi.n.ju 珍珠

しんそう
真相 shi.n.so.o 真相

しんり
真理 shi.n.ri 真理

しゃしん
写真 sha.shi.n 照片

じゅんしん
純真 ju.n.shi.n 純真

訓 ま ma

まうえ
真上 ma.u.e 正上方

まごころ
真心 ma.go.ko.ro 真心

ました
真下 ma.shi.ta 正下方

まじめ
真面目 ma.ji.me 認真、踏實

ましょうめん
真正面 ma.sho.o.me.n 正對面

ま か
真っ赤 ma.k.ka 鮮紅

ま くら
真っ暗 ma.k.ku.ra 漆黑

まなつ
真夏 ma.na.tsu 盛夏

ま くろ
真っ黒 ma.k.ku.ro 烏黑、曬黑

まふゆ
真冬 ma.fu.yu 隆冬

ま さお
真っ青 ma.s.sa.o 蔚藍；臉色蒼白

ま さき
真っ先 ma.s.sa.ki 最先、首先

ま しろ
真っ白い ma.s.shi.ro.i 純白、潔白

ま す
真っ直ぐ ma.s.su.gu 筆直

ま ぷた
真っ二つ ma.p.pu.ta.tsu 分成兩半

まね
真似 ma.ne 模仿、效仿

まね
真似る ma.ne.ru 模仿、效仿

まひる
真昼 ma.hi.ru 正午

まよなか
真夜中 ma.yo.na.ka 深夜

ま なか
真ん中 ma.n.na.ka 正中央

ま まえ
真ん前 ma.n.ma.e 正前方

ま まる
真ん丸い ma.n.ma.ru.i 圓形、球形

砧 音 ちん 訓 きぬた

音 ちん chi.n

てっちん
鉄砧 te.c.chi.n 工業用鐵床

訓 きぬた ki.nu.ta

きぬた
砧 搗衣板
ki.nu.ta

禎
音 てい
訓

音 てい te.i

貞

音 てい
訓
常

音 てい te.i

ていせつ
貞節 貞節
te.i.se.tsu

ていそう
貞操 貞操
te.i.so.o

針

音 しん
訓 はり
常

音 しん shi.n

しんろ
針路 航向、方向
shi.n.ro

ししん
指針 指針
shi.shi.n

じしん
磁針 磁針
ji.shi.n

びょうしん
秒針 秒針
byo.o.shi.n

ほうしん
方針 方針
ho.o.shi.n

訓 はり ha.ri

はり
針 針
ha.ri

はりしごと
針仕事 裁縫
ha.ri.shi.go.to

はりがね
針金 金屬絲、鐵絲；電線
ha.ri.ga.ne

ちゅうしゃばり
注射針 針筒
chu.u.sha.ba.ri

枕
音 ちん
訓 まくら

音 ちん chi.n

ちんとう
枕頭 枕邊
chi.n.to.o

訓 まくら ma.ku.ra

まくら
枕 枕頭
ma.ku.ra

こおりまくら
氷枕 冰枕
ko.o.ri.ma.ku.ra

疹
音 しん
訓

音 しん shi.n

しっしん
湿疹 〔醫〕濕疹
shi.s.shi.n

じんましん
蕁麻疹 〔醫〕蕁麻疹
ji.n.ma.shi.n

診

音 しん
訓 みる
常

音 しん shi.n

しんさつ
診察 〔醫〕診察
shi.n.sa.tsu

しんだん
診断 診斷；分析判斷
shi.n.da.n

しんりょう
診療 診療
shi.n.ryo.o

訓 みる mi.ru

み
診る 診察、看（病）
mi.ru

振
音 しん
訓 ふる ふるう
常

音 しん shi.n

しんこう
振興　振興
shi.n.ko.o

しんどう
振動　振動
shi.n.do.o

訓 ふる fu.ru

ふ
振る　揮、搖
fu.ru

訓 ふるう fu.ru.u

ふ
振るう　揮動；振作
fu.ru.u

朕 音 ちん 訓 常

音 ちん chi.n

ちん
朕　朕（帝王自稱）
chi.n

賑 音 しん 訓 にぎわう にぎやか

音 しん shi.n

しんじゅつ
賑恤　撫恤
shi.n.ju.tsu

いんしん
殷賑　繁華、興旺
i.n.shi.n

訓 にぎわう ni.gi.wa.u

にぎ
賑わう　熱鬧、繁榮
ni.gi.wa.u

訓 にぎやか ni.gi.ya.ka

にぎ
賑やか　熱鬧、繁華
ni.gi.ya.ka

鎮 音 ちん 訓 しずめる しずまる 常

音 ちん chi.n

ちんあつ
鎮圧　鎮壓
chi.n.a.tsu

ちんせい
鎮静　鎮靜
chi.n.se.i

ちんつうざい
鎮痛剤　鎮痛劑
chi.n.tsu.u.za.i

訓 しずめる shi.zu.me.ru

しず
鎮める　使安靜下來；使…平息
shi.zu.me.ru

訓 しずまる shi.zu.ma.ru

しず
鎮まる　安靜；減弱、平息
shi.zu.ma.ru

陣 音 じん 訓 常

音 じん ji.n

じん
陣　軍隊；團體
ji.n

じんえい
陣営　陣營
ji.n.e.i

せんじん
戦陣　陣勢；戰場
se.n.ji.n

震 音 しん 訓 ふるう ふるえる 常

音 しん shi.n

しんさい
震災　地震災害
shi.n.sa.i

しんどう
震動　震動
shi.n.do.o

たいしん
耐震　耐震
ta.i.shi.n

よしん
余震　餘震
yo.shi.n

訓 ふるう fu.ru.u

ふる
震う　震動；發抖
fu.ru.u

訓 ふるえる fu.ru.e.ru

ふる
震える　震動；發抖
fu.ru.e.ru

張
音 ちょう
訓 はる
常

音 ちょう cho.o

ちょうほんにん
張本人　肇事者、罪魁禍首
cho.o.ho.n.ni.n

かくちょう
拡張　擴張
ka.ku.cho.o

きんちょう
緊張　緊張
ki.n.cho.o

こちょう
誇張　誇張
ko.cho.o

しゅっちょう
出張　出差
shu.c.cho.o

しゅちょう
主張　主張
shu.cho.o

訓 はる ha.ru

は
張る　伸展；膨脹；擴伸、展開
ha.ru

は　がみ
張り紙　貼紙、便條紙；海報
ha.ri.ga.mi

は　き
張り切る　拉緊、繃緊；幹勁十足
ha.ri.ki.ru

彰
音 しょう
訓
常

音 しょう sho.o

けんしょう
顕彰　表揚
ke.n.sho.o

ひょうしょう
表彰　表彰、表揚
hyo.o.sho.o

樟
音 しょう
訓 くす

音 しょう sho.o

しょうのう
樟脳　樟腦
sho.o.no.o

訓 くす ku.su

くす
樟　〔植〕樟木
ku.su

章
音 しょう
訓
常

音 しょう sho.o

しょう
章　章節、文章
sho.o

しょうせつ
章節　章節
sho.o.se.tsu

いんしょう
印章　印章
i.n.sho.o

がくしょう
楽章　樂章
ga.ku.sho.o

こうしょう
校章　校徽
ko.o.sho.o

じょしょう
序章　序章
jo.sho.o

ぶんしょう
文章　文章
bu.n.sho.o

わんしょう
腕章　臂章
wa.n.sho.o

掌
音 しょう
訓 てのひら たなごころ
常

音 しょう sho.o

しょうあく
掌握　掌握
sho.o.a.ku

しょうちゅう
掌中　手中
sho.o.chu.u

訓 てのひら te.no.hi.ra

てのひら
掌　手心、掌心
te.no.hi.ra

訓 たなごころ ta.na.go.ko.ro

たなごころ
掌 手心、掌心
ta.na.go.ko.ro

丈
音 じょう
訓 たけ
常

音 じょう jo.o

じょうぶ
丈夫 （身體）健康；堅固
jo.o.bu

訓 たけ ta.ke

たけ
丈 長短、尺吋；身高
ta.ke

せたけ
背丈 身高；衣長
se.ta.ke

帳
音 ちょう
訓
常

音 ちょう cho.o

ちょうぼ
帳簿 帳簿
cho.o.bo

がちょう
画帳 寫生簿
ga.cho.o

きちょう
記帳 記帳
ki.cho.o

だいちょう
台帳 帳簿
da.i.cho.o

てちょう
手帳 記事本
te.cho.o

にっきちょう
日記帳 日記本
ni.k.ki.cho.o

杖
音 じょう
訓 つえ

音 じょう jo.o

じょうけい
杖刑 杖刑
jo.o.ke.i

訓 つえ tsu.e

つえ
杖 拐杖；依靠
tsu.e

脹
音 ちょう
訓 ふくれる
常

音 ちょう cho.o

しゅちょう
腫脹 腫脹
shu.cho.o

ぼうちょう
膨脹 膨脹
bo.o.cho.o

訓 ふくれる fu.ku.re.ru

ふく
脹れる 脹、腫
fu.ku.re.ru

障
音 しょう
訓 さわる
常

音 しょう sho.o

しょうがい
障害 障礙
sho.o.ga.i

しょうじ
障子 日式紙拉門
sho.o.ji

こしょう
故障 故障
ko.sho.o

ほしょう
保障 保障
ho.sho.o

訓 さわる sa.wa.ru

さわ
障る 妨害
sa.wa.ru

争
音 そう
訓 あらそう
常

音 そう so.o

そうぎ
争議 爭議
so.o.gi

そうだつ
争奪 爭奪
so.o.da.tsu

そうらん
争乱 騷亂
so.o.ra.n

きょうそう
競争 競爭
kyo.o.so.o

せんそう
戦争 戰爭
se.n.so.o

とうそう
闘争 鬥爭
to.o.so.o

ろんそう
論争 爭論
ro.n.so.o

訓 **あらそう** a.ra.so.u

あらそ
争う 爭奪、競爭
a.ra.so.u

あらそ
争い 爭奪、糾紛
a.ra.so.i

征
常
音 せい
訓

音 **せい** se.i

せいふく
征服 征服、克服
se.i.fu.ku

えんせい
遠征 遠征
e.n.se.i

しゅっせい
出征 上戰場
shu.s.se.i

徴
常
音 ちょう
訓

音 **ちょう** cho.o

ちょうしゅう
徴収 徵收；收費
cho.o.shu.u

ちょうへい
徴兵 徵兵
cho.o.he.i

しょうちょう
象徴 象徵
sho.o.cho.o

蒸
常
音 じょう
訓 むす
むれる
むらす

音 **じょう**

じょうき
蒸気 蒸氣
jo.o.ki

じょうはつ
蒸発 蒸發
jo.o.ha.tsu

じょうりゅう
蒸留 蒸餾
jo.o.ryu.u

じょうりゅうすい
蒸留水 蒸餾水
jo.o.ryu.u.su.i

訓 **むす** mu.su

む
蒸す 悶熱；蒸
mu.su

む　あつ
蒸し暑い 悶熱的
mu.shi.a.tsu.i

訓 **むれる** mu.re.ru

む
蒸れる 蒸透；（熱氣、濕氣）籠罩
mu.re.ru

訓 **むらす** mu.ra.su

む
蒸らす 燜、蒸
mu.ra.su

鉦
音 せい
しょう
訓 かね

音 **せい** se.i

音 **しょう** sho.o

しょうこ
鉦鼓 〔佛〕鉦鼓
sho.o.ko

訓 **かね** ka.ne

たた　がね
叩き鉦 〔佛〕鉦鼓
ta.ta.ki.ga.ne

整
常
音 せい
訓 ととのえる
ととのう

音 **せい** se.i

せいけい
整形 整形
se.i.ke.i

せいすう
整数 整數
se.i.su.u

せいぜん
整然 井然有序
se.i.ze.n

せいちょう
整調 調整
se.i.cho.o

せいはつ
整髪 整理頭髮
se.i.ha.tsu

せいび
整備 配備；保養、維修
se.i.bi

せいり
整理 整理
se.i.ri

せいれつ
整列 整隊
se.i.re.tsu

ちょうせい
調整 調整
cho.o.se.i

訓 ととのえる
to.to.no.e.ru

ととの
整える 整理；調整；籌備
to.to.no.e.ru

訓 ととのう
to.to.no.u

ととの
整う 整齊、端正；齊全

to.to.no.u

政
常
音 せい しょう
訓 まつりごと

音 せい se.i

せいかい
政界 政界
se.i.ka.i

せいけん
政見 政見
se.i.ke.n

せいけん
政権 政權
se.i.ke.n

せいさく
政策 政策
se.i.sa.ku

せいじ
政治 政治
se.i.ji

せいとう
政党 政黨
se.i.to.o

せいふ
政府 政府
se.i.fu

ぎょうせい
行政 行政
gyo.o.se.i

こくせい
国政 國政
ko.ku.se.i

さんせい
参政 參政
sa.n.se.i

ないせい
内政 內政
na.i.se.i

ぼうせい
暴政 暴政
bo.o.se.i

音 しょう sho.o

せっしょう
摂政 * 攝政
se.s.sho.o

訓 まつりごと
ma.tsu.ri.go.to

まつりごと
政 政治
ma.tsu.ri.go.to

正
常
音 せい しょう
訓 ただしい ただす まさ

音 せい se.i

せい
正 正確、正式；整數
se.i

せいかい
正解 正確答案
se.i.ka.i

せいかく
正確 正確
se.i.ka.ku

せいき
正規 正規
se.i.ki

せいぎ
正義 正義
se.i.gi

せいし
正視 正視
se.i.shi

せいしき
正式 正式
se.i.shi.ki

せいじょう
正常 正常
se.i.jo.o

せいとう
正当 正當
se.i.to.o

せいほうけい
正方形 正方形
se.i.ho.o.ke.i

せいもん
正門 正門
se.i.mo.n

かいせい
改正 改正
ka.i.se.i

こうせい
校正 校正
ko.o.se.i

こうせい
公正 公正
ko.o.se.i

ぜ せい
是正 改正、更正
ze.se.i

音 しょう sho.o

しょうがつ
正月 正月
sho.o.ga.tsu

しょうご
正午 正午12點
sho.o.go

しょうじき
正直 正直
sho.o.ji.ki

しょうたい
正体 原形
sho.o.ta.i

しょうめん
正面 正面
sho.o.me.n

しょうみ
正味 實質內容；淨重、淨價
sho.o.mi

訓 ただしい ta.da.shi.i

ただ
正しい 正確的
ta.da.shi.i

訓 ただす ta.da.su

ただ
正す 改正、端正
ta.da.su

訓 まさ ma.sa

まさゆめ
正夢 將來會應驗的夢
ma.sa.yu.me

症

音 しょう
訓
常

音 しょう sho.o

しょうこうぐん
症候群 症候群
sho.o.ko.o.gu.n

しょうじょう
症状 症狀
sho.o.jo.o

えんしょう
炎症 發炎
e.n.sho.o

か ふんしょう
花粉症 花粉症
ka.fu.n.sho.o

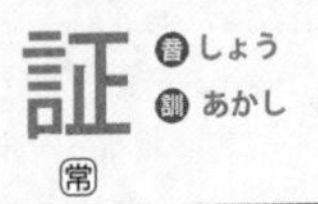

音 しょう sho.o

しょうこ
証拠 證據
sho.o.ko

しょうけん
証券 證券
sho.o.ke.n

しょうげん
証言 證詞
sho.o.ge.n

しょうしょ
証書 證書
sho.o.sho

しょうにん
証人 證人
sho.o.ni.n

しょうめい
証明 證明
sho.o.me.i

じっしょう
実証 實證
ji.s.sho.o

ほしょう
保証 保證
ho.sho.o

りっしょう
立証 證明、證實
ri.s.sho.o

ろんしょう
論証 論證
ro.n.sho.o

訓 あかし a.ka.shi

あかし
証 證據、證明
a.ka.shi

音 しゅ shu

しゅにく
朱肉 紅色印泥
shu.ni.ku

訓 あか a.ka

訓 かぶ ka.bu

かぶ
株 ka.bu 株、殘根；股票

かぶか
株価 ka.bu.ka 股票價格

かぶけん
株券 ka.bu.ke.n 股票

かぶしき
株式 ka.bu.shi.ki 股權、股票

瀦 音 ちょ 訓

音 ちょ cho

猪 音 ちょ 訓 い いのしし

音 ちょ cho

ちょとつもうしん
猪突猛進 cho.to.tsu.mo.o.shi.n 魯莽行事

訓 い i

い
猪 i 豬的總稱

訓 いのしし i.no.shi.shi

いのしし
猪 i.no.shi.shi 野豬

珠 音 しゅ 訓 たま 常

音 しゅ shu

しゅぎょく
珠玉 shu.gyo.ku 珠寶；〔喻〕寶貴

しゅざん
珠算 shu.za.n 珠算

しんじゅ
真珠 shi.n.ju 珍珠

ねんじゅ
念珠 ne.n.ju 念珠

訓 たま ta.ma

たま
珠 ta.ma 寶石、珍珠

諸 音 しょ 訓 もろ 常

音 しょ sho

しょこう
諸侯 sho.ko.o 諸侯

しょこく
諸国 sho.ko.ku 諸國

しょくん
諸君 sho.ku.n 諸君

しょじ
諸事 sho.ji 諸事

しょせつ
諸説 sho.se.tsu 眾說

しょは
諸派 sho.ha 諸派

しょほう
諸方 sho.ho.o 各方

訓 もろ mo.ro

もろもろ
諸々 mo.ro.mo.ro 種種、各樣

燭 音 しょく そく 訓

音 しょく sho.ku

しょくだい
燭台 sho.ku.da.i 燭台

音 そく so.ku

ろうそく
蝋燭 ro.o.so.ku 蠟燭

竹 音 ちく 訓 たけ 常

音 ちく chi.ku

ちくりん
竹林 竹林
chi.ku.ri.n

ばくちく
爆竹 鞭炮
ba.ku.chi.ku

訓 たけ ta.ke

たけ
竹 竹
ta.ke

たけざお
竹竿 竹竿
ta.ke.za.o

あおだけ
青竹 青竹
a.o.da.ke

筑
音 ちく
訓

音 ちく chi.ku

ちくご
筑後 （日本福岡縣）筑後市
chi.ku.go

築
音 ちく
訓 きずく
常

音 ちく chi.ku

ちくじょう
築城 築城
chi.ku.jo.o

かいちく
改築 改建
ka.i.chi.ku

けんちく
建築 建築
ke.n.chi.ku

しんちく
新築 新建的房屋
shi.n.chi.ku

ぞうちく
増築 增建、擴建
zo.o.chi.ku

訓 きずく ki.zu.ku

きず
築く 建造、興築
ki.zu.ku

逐
音 ちく
訓
常

音 ちく chi.ku

ちくいち
逐一 逐一、一個一個地
chi.ku.i.chi

ちくじ
逐次 逐次、依序
chi.ku.ji

くちく
駆逐 驅逐
ku.chi.ku

ほうちく
放逐 放逐、驅逐
ho.o.chi.ku

主
音 しゅ す
訓 ぬし おも
常

音 しゅ shu

しゅ
主 主人；主要的、中心
shu

しゅえん
主演 主演
shu.e.n

しゅかん
主観 主觀
shu.ka.n

しゅぎ
主義 主義
shu.gi

しゅけん
主権 主權
shu.ke.n

しゅご
主語 主語、主詞
shu.go

しゅさい
主催 主辦
shu.sa.i

しゅしょう
主将 主將
shu.sho.o

しゅしょく
主食 主食
shu.sho.ku

しゅじん
主人 主人
shu.ji.n

しゅじんこう
主人公 主人翁、主角
shu.ji.n.ko.o

しゅたい
主体 主體
shu.ta.i

しゅだい
主題 主題
shu.da.i

しゅちょう
主張 主張
shu.cho.o

しゅどう
主導 主導
shu.do.o

しゅにん
主任 主任
shu.ni.n

しゅのう
主脳 主要的論述、重點
shu.no.o

しゅふ
主婦 主婦
shu.fu

しゅやく
主役 主角
shu.ya.ku

しゅよう
主要 主要
shu.yo.o

しゅりょく
主力 主力
shu.ryo.ku

くんしゅ
君主 君主
ku.n.shu

りょうしゅ
領主 領主
ryo.o.shu

音 す su

ぼうず
坊主 * 和尚；光頭；小男孩
bo.o.zu

訓 ぬし nu.shi

ぬし
主 主人、所有者
nu.shi

じぬし
地主 地主
ji.nu.shi

訓 おも o.mo

おも
主 主要的
o.mo

煮
常
音 しゃ
訓 にる にえる にやす

音 しゃ sha

しゃふつ
煮沸 煮沸
sha.fu.tsu

訓 にる ni.ru

に
煮る 煮
ni.ru

訓 にえる ni.e.ru

に
煮える 煮熟
ni.e.ru

訓 にやす ni.ya.su

に
煮やす 煮、煮沸；火上加油
ni.ya.su

渚
音 しょ
訓 なぎさ

音 しょ sho

ていしょ
汀渚 岸邊
te.i.sho

訓 なぎさ na.gi.sa

なぎさ
渚 岸邊
na.gi.sa

貯
常
音 ちょ
訓 たくわえる

音 ちょ cho

ちょきん
貯金 儲金
cho.ki.n

ちょすい
貯水 儲水
cho.su.i

ちょぞう
貯蔵 儲藏
cho.zo.o

ちょちく
貯蓄 儲蓄
cho.chi.ku

訓 たくわえる ta.ku.wa.e.ru

たくわ
貯える 積蓄、儲蓄
ta.ku.wa.e.ru

住
常
音 じゅう
訓 すむ すまう

音 じゅう ju.u

じゅう
住 居住、住所
ju.u

じゅうきょ
住居 住居
ju.u.kyo

じゅうしょ
住所 住所
ju.u.sho

じゅうしょく
住職 (寺院的)住持
ju.u.sho.ku

じゅうしょろく
住所録 通訊錄
ju.u.sho.ro.ku

じゅうたく
住宅 住宅
ju.u.ta.ku

じゅうみん
住民 居民
ju.u.mi.n

いじゅう
移住 移居、遷居
i.ju.u

いしょくじゅう
衣食住 食衣住
i.sho.ku.ju.u

えいじゅう
永住 定居
e.i.ju.u

きょじゅう
居住 居住
kyo.ju.u

訓 すむ su.mu

す
住む 居住
su.mu

訓 すまう su.ma.u

す
住まう 長期居住
su.ma.u

す
住まい 居住、生活
su.ma.i

助

音 じょ
訓 たすける たすかる すけ
常

音 じょ jo

じょきょうじゅ
助教授 助教授
jo.kyo.o.ju

じょげん
助言 忠告、建議
jo.ge.n

じょちょう
助長 助長、促進
jo.cho.o

じょし
助詞 助詞
jo.shi

じょしゅ
助手 助手、助理
jo.shu

じょせい
助勢 助勢
jo.se.i

じょそう
助走 〔體〕助跑
jo.so.o

じょどうし
助動詞 助動詞
jo.do.o.shi

じょめい
助命 救命
jo.me.i

じょりょく
助力 協助、援助
jo.ryo.ku

さんじょ
賛助 贊助
sa.n.jo

ないじょ
内助 妻子、賢內助
na.i.jo

ほじょ
補助 補助
ho.jo

訓 たすける ta.su.ke.ru

たす
助ける 救助、幫忙
ta.su.ke.ru

たす
助け 幫助、援助
ta.su.ke

訓 たすかる ta.su.ka.ru

たす
助かる 得救；減輕負擔
ta.su.ka.ru

訓 すけ su.ke

すけ だち
助太刀 幫手；幫助
su.ke.da.chi

柱

音 ちゅう
訓 はしら
常

音 ちゅう chu.u

ちゅうせき
柱石 支柱、棟樑
chu.u.se.ki

えんちゅう
円柱 圓柱
e.n.chu.u

しちゅう
支柱 支柱
shi.chu.u

すいちゅう
水柱 水柱
su.i.chu.u

せきちゅう
石柱 石柱
se.ki.chu.u

てっちゅう
鉄柱 鐵柱
te.c.chu.u

でんちゅう
電柱 電線桿
de.n.chu.u

ひょうちゅう
氷柱 冰柱
hyo.o.chu.u

もんちゅう
門柱 門柱
mo.n.chu.u

訓 **はしら** ha.shi.ra

はしら
柱 柱、支柱
ha.shi.ra

かいばしら
貝柱 干貝
ka.i.ba.shi.ra

注

音 ちゅう
訓 そそぐ
つぐ
常

音 **ちゅう** chu.u

ちゅう
注 注解
chu.u

ちゅうい
注意 注意、小心
chu.u.i

ちゅうかい
注解 註解
chu.u.ka.i

ちゅうき
注記 註釋
chu.u.ki

ちゅうし
注視 注視
chu.u.shi

ちゅうしゃ
注射 打針
chu.u.sha

ちゅうすい
注水 注水
chu.u.su.i

ちゅうもく
注目 注目、注視
chu.u.mo.ku

ちゅうもん
注文 下訂、訂購
chu.u.mo.n

きゃくちゅう
脚注 註解
kya.ku.chu.u

訓 **そそぐ** so.so.gu

そそ
注ぐ 流入、注入
so.so.gu

訓 **つぐ** tsu.gu

つ
注ぐ 倒入、灌入
tsu.gu

祝

音 しゅく
しゅう
訓 いわう
常

音 **しゅく** shu.ku

しゅくが
祝賀 祝賀
shu.ku.ga

しゅくじ
祝辞 祝詞
shu.ku.ji

しゅくじつ
祝日 國定節日
shu.ku.ji.tsu

しゅくてん
祝典 慶祝典禮
shu.ku.te.n

しゅくでん
祝電 賀電
shu.ku.de.n

しゅくふく
祝福 祝福
shu.ku.fu.ku

音 **しゅう** shu.u

しゅうぎ
祝儀 * 慶祝儀式、婚禮；禮金、賀禮
shu.u.gi

しゅうげん
祝言 * 祝賀、賀詞
shu.u.ge.n

訓 **いわう** i.wa.u

いわ
祝う 祝賀、慶祝
i.wa.u

いわ
お祝い 祝賀、賀禮
o.i.wa.i

箸

音 ちょ
ちゃく
訓 はし

音 **ちょ** cho

音 **ちゃく** cha.ku

訓 **はし** ha.shi

はし
箸 筷子
ha.shi

苧
音 ちょ
訓

音 ちょ cho

ちょま
苧麻 〔植〕苧麻
cho.ma

註
音 ちゅう ちゅ
訓

音 ちゅう chu.u

ちゅうしゃく
註釈 注釋
chu.u.sha.ku

音 ちゅ chu

鋳
音 ちゅう
訓 いる
常

音 ちゅう chu.u

ちゅうぞう
鋳造 鑄造
chu.u.zo.o

訓 いる i.ru

い
鋳る 鑄、鑄造
i.ru

駐
音 ちゅう
訓
常

音 ちゅう chu.u

ちゅうしゃ
駐車 停車
chu.u.sha

ちゅうしゃじょう
駐車場 停車場
chu.u.sha.jo.o

しんちゅう
進駐 進駐外國
shi.n.chu.u

爪
音 そう
訓 つめ つま

音 そう so.o

そうこん
爪痕 指甲的爪痕
so.o.ko.n

訓 つめ tsu.me

つめ
爪 爪、指甲
tsu.me

訓 つま tsu.ma

つまようじ
爪楊枝 牙籤
tsu.ma.yo.o.ji

捉
音 そく
訓 とらえる

音 そく so.ku

はそく
把捉 掌握
ha.so.ku

ほそく
捕捉 捕捉；捉摸
ho.so.ku

訓 とらえる to.ra.e.ru

とら
捉える 擒拿、捉住
to.ra.e.ru

卓
音 たく
訓
常

音 たく ta.ku

たくえつ
卓越 卓越
ka.ku.e.tsu

たくじょう
卓上 桌上
ta.ku.jo.o

しょくたく
食卓 餐桌
sho.ku.ta.ku

でんたく
電卓 計算機
de.n.ta.ku

啄
音 たく
訓 ついばむ

音 たく ta.ku

たくぼくちょう
啄木鳥　啄木鳥
ta.ku.bo.ku.cho.o

訓 ついばむ tsu.i.ba.mu

つい
啄ばむ　啄
tsu.i.ba.mu

拙
音 せつ
訓 つたない
常

音 せつ se.tsu

こうせつ
巧拙　巧拙、優劣
ko.o.se.tsu

ちせつ
稚拙　幼稚不成熟
chi.se.tsu

訓 つたない tsu.ta.na.i

つたな
拙い　拙劣、不高明
tsu.ta.na.i

濁
音 だく
訓 にごる にごす
常

音 だく da.ku

だくおん
濁音　濁音
da.ku.o.n

だくりゅう
濁流　濁流
da.ku.ryu.u

おだく
汚濁　汚濁
o.da.ku

訓 にごる ni.go.ru

にご
濁る　混濁、汚濁
ni.go.ru

にご
濁す　使混濁、弄髒
ni.go.su

濯
音 たく
訓 すすぐ ゆすぐ
常

音 たく ta.ku

せんたく
洗濯　洗衣服
se.n.ta.ku

訓 すすぐ su.su.gu

すす
濯ぐ　洗刷；雪冤
su.su.gu

訓 ゆすぐ yu.su.gu

ゆす
濯ぐ　洗滌
yu.su.gu

灼
音 しゃく
訓 あらたか やく

音 しゃく sha.ku

しゃくねつ
灼熱　（金屬）燒熱；灼熱
sha.ku.ne.tsu

しゃくしゃく
灼灼　美麗閃耀貌
sha.ku.sha.ku

音 あらたか a.ra.ta.ka

あらた
灼か　靈驗；有療效
a.ra.ta.ka

音 やく ya.ku

琢
音 たく
訓

音 たく ta.ku

たくま
琢磨　琢磨
ta.ku.ma

酌
音 しゃく
訓 くむ
常

音 しゃく sha.ku

しゃくりょう
酌量 酌量、斟酌
sha.ku.ryo.o

しんしゃく
斟酌 斟酌
shi.n.sha.ku

訓 **くむ** ku.mu

く
酌む 斟（茶、酒）
ku.mu

追
音 つい
訓 おう
常

音 **つい** tsu.i

ついおく
追憶 追憶
tsu.i.o.ku

ついか
追加 追加
tsu.i.ka

ついき
追記 補寫
tsu.i.ki

ついきゅう
追求 追求
tsu.i.kyu.u

ついきゅう
追及 追究
tsu.i.kyu.u

ついしけん
追試験 補考
tsu.i.shi.ke.n

ついせき
追跡 追緝、追捕
tsu.i.se.ki

ついそう
追想 追憶、回憶
tsu.i.so.o

ついほう
追放 驅逐(出境)、流放
tsu.i.ho.o

訓 **おう** o.u

お
追う 追求；遵循
o.u

お か
追い掛ける 追趕；接連
o.i.ka.ke.ru

お こ
追い越す 趕過、後來居上
o.i.ko.su

お こ
追い込む 逼進、趕進
o.i.ko.mu

お だ
追い出す 趕走、驅逐
o.i.da.su

お つ
追い付く 追上、趕上
o.i.tsu.ku

椎
音 すい
つい
訓 つち
しい

音 **すい** su.i

音 **つい** tsu.i

せきつい
脊椎 脊椎骨
se.ki.tsu.i

ようつい
腰椎 腰椎
yo.o.tsu.i

訓 **つち** tsu.chi

さいづち
才椎 小木槌
sa.i.zu.chi

訓 **しい** shi.i

しいたけ
椎茸 香菇
shi.i.ta.ke

錐
音 すい
訓 きり

音 **すい** su.i

すいじょう
錐状 錐狀
su.i.jo.o

さんかくすい
三角錐 〔數〕三角錐
sa.n.ka.ku.su.i

訓 **きり** ki.ri

きり
錐 錐子
ki.ri

贅
音 ぜい
訓

音 **ぜい** ze.i

ぜいたく
贅沢 奢侈、浪費
ze.i.ta.ku

ぜいにく
贅肉 贅肉
ze.i.ni.ku

墜

音 つい
訓 おちる
常

音 つい tsu.i

ついらく
墜落 墜落
tsu.i.ra.ku

げきつい
撃墜 擊落
ge.ki.tsu.i

訓 おちる o.chi.ru

お
墜ちる 墜落、掉落
o.chi.ru

畷

音 てつ
訓 なわて

音 てつ te.tsu

訓 なわて na.wa.te

なわて
畷 鄉間；筆直的道路
na.wa.te

綴

音 てい てつ
訓 つづる とじる

音 てい te.i

ていじ
綴字 拼音
te.i.ji

てんてい
点綴 點綴
te.n.te.i

音 てつ te.tsu

ほてつ
補綴 補充、修改（文章）
ho.te.tsu

訓 つづる tsu.zu.ru

つづ
綴る 縫補；裝訂
tsu.zu.ru

訓 とじる to.ji.ru

と
綴じる 訂上；縫上
to.ji.ru

専

音 せん
訓 もっぱら
常

音 せん se.n

せんいつ
専一 專一、專心
se.n.i.tsu

せんか
専科 專科
se.n.ka

せんぎょう
専業 專業
se.n.gyo.o

せんこう
専攻 專攻、專門研究
se.n.ko.o

せんしゅう
専修 〔佛〕專修
se.n.shu.u

せんしん
専心 全心全力
se.n.shi.n

せんせい
専制 專制
se.n.se.i

せんにん
専任 專任
se.n.ni.n

せんねん
専念 專心
se.n.ne.n

せんばい
専売 專賣
se.n.ba.i

せんもん
専門 專攻、特長
se.n.mo.n

せんもんか
専門家 專家
se.n.mo.n.ka

せんもんてん
専門店 專門店
se.n.mo.n.te.n

せんゆう
専有 專有、獨佔
se.n.yu.u

せんよう
専用 專用
se.n.yo.o

訓 もっぱら mo.p.pa.ra

もっぱ
専ら 專門；專心
mo.p.pa.ra

転

音 てん
訓 ころがる ころげる ころがす ころぶ うたた
常

音 てん te.n

てんかい
転回 te.n.ka.i — 旋轉；改變方向

てんかん
転換 te.n.ka.n — 轉變、轉換

てんき
転機 te.n.ki — 轉機

てんきょ
転居 te.n.kyo — 遷居、搬家

てんぎょう
転業 te.n.gyo.o — 轉行

てんきん
転勤 te.n.ki.n — 調職

てんこう
転校 te.n.ko.o — 轉學

てんしょく
転職 te.n.sho.ku — 換工作

てん
転じる te.n.ji.ru — 移動、變動；轉動

てんてん
転転 te.n.te.n — 輾轉；滾動

てんにん
転任 te.n.ni.n — 調任

てんらく
転落 te.n.ra.ku — 掉落、滾下

いてん
移転 i.te.n — 遷移

うんてんしゅ
運転手 u.n.te.n.shu — 司機

かいてん
回転 ka.i.te.n — 迴轉

ぎゃくてん
逆転 gya.ku.te.n — 逆轉

こうてん
公転 ko.o.te.n — 公轉

じてんしゃ
自転車 ji.te.n.sha — 腳踏車

訓 ころがる ko.ro.ga.ru

ころ
転がる ko.ro.ga.ru — 滾；倒下

訓 ころげる ko.ro.ge.ru

ころ
転げる ko.ro.ge.ru — 滾；跌倒

訓 ころがす ko.ro.ga.su

ころ
転がす ko.ro.ga.su — 滾動；橫躺

訓 ころぶ ko.ro.bu

ころ
転ぶ ko.ro.bu — 倒、跌倒

訓 うたた u.ta.ta

うたたね
転寝 u.ta.ta.ne — 打瞌睡

伝

常

音 でん

訓 つたわる　つたえる　つたう

音 でん de.n

でんき
伝記 de.n.ki — 傳記

でんごん
伝言 de.n.go.n — 傳話、口信

でんしょう
伝承 de.n.sho.o — 傳承

でんせつ
伝説 de.n.se.tsu — 傳說

でんせん
伝染 de.n.se.n — 傳染

でんたつ
伝達 de.n.ta.tsu — 傳達

でんとう
伝統 de.n.to.o — 傳統

でんらい
伝来 de.n.ra.i — （從國外）傳來

いでん
遺伝 i.de.n — 遺傳

かでん
家伝 ka.de.n — 家傳

せんぞでんらい
先祖伝来 se.n.zo.de.n.ra.i — （祖先）留傳、世襲

せんでん
宣伝 se.n.de.n — 宣傳

ㄓ

れつでん
列伝 列傳
re.tsu.de.n

訓 つたわる tsu.ta.wa.ru

つた
伝わる 沿著；傳入、傳來
tsu.ta.wa.ru

訓 つたえる tsu.ta.e.ru

つた
伝える 傳達、轉告、告訴
tsu.ta.e.ru

訓 つたう tsu.ta.u

つた
伝う 順著、沿
tsu.ta.u

撰
音 せん
訓 えらぶ

音 せん se.n

せんしゅう
撰集 （古語）詩歌、作品選集
se.n.shu.u

せんじゅつ
撰述 著述
se.n.ju.tsu

訓 えらぶ e.ra.bu

准
音 じゅん
訓
常

音 じゅん ju.n

ひじゅん
批准 〔法〕批准
hi.ju.n

準
音 じゅん
訓
常

音 じゅん ju.n

じゅんきゅう
準急 普通快車
ju.n.kyu.u

じゅんけっしょう
準決勝 準決賽
ju.n.ke.s.sho.o

じゅん
準じる 按照、以…為標準；比照
ju.n.ji.ru

じゅんそく
準則 準則
ju.n.so.ku

じゅんび
準備 準備
ju.n.bi

きじゅん
基準 基準
ki.ju.n

ひょうじゅん
標準 標準
hyo.o.ju.n

隼
音 じゅん しゅん
訓 はやぶさ

音 じゅん ju.n

音 しゅん shu.n

訓 はやぶさ ha.ya.bu.sa

はやぶさ
隼 隼科中型鳥
ha.ya.bu.sa

庄
音 しょう
訓

音 しょう sho.o

しょうや
庄屋 江戶時代的村長
sho.o.ya

粧
音 しょう
訓
常

音 しょう sho.o

けしょう
化粧 化妝；裝飾、點綴
ke.sho.o

荘
音 そう しょう
訓
常

音 そう so.o

そうごん
荘厳 莊嚴
so.o.go.n

そうちょう
荘重 莊嚴
so.o.cho.o

べっそう
別荘 別墅
be.s.so.o

㊋ しょう sho.o

装 ㊍ そう しょう ㊋ よそおう 常

㊍ そう so.o

そうしょく
装飾 裝飾
so.o.sho.ku

そうしんぐ
装身具 (戴在身上的)裝飾品
so.o.shi.n.gu

そうち
装置 裝置
so.o.chi

そうてい
装丁 裝訂
so.o.te.i

そうび
装備 裝備
so.o.bi

かそう
仮装 偽裝、喬裝
ka.so.o

かいそう
改装 (建築物內部)改裝
ka.i.so.o

けいそう
軽装 輕便的服裝
ke.i.so.o

じょそう
女装 女裝
jo.so.o

しんそう
新装 新裝潢、重新裝修
shi.n.so.o

せいそう
正装 正式的服裝
se.i.so.o

せいそう
盛装 盛裝
se.i.so.o

だんそう
男装 男裝
da.n.so.o

ふくそう
服装 服裝
fu.ku.so.o

ほうそう
包装 包裝
ho.o.so.o

わそう
和装 穿著和服的模樣
wa.so.o

㊍ しょう sho.o

しょうぞく
装束 裝束、服裝
sho.o.zo.ku

㊋ よそおう yo.so.o.u

よそお
装う 穿戴；裝扮；假裝
yo.so.o.u

状 ㊍ じょう ㊋ 常

㊍ じょう jo.o

じょうきょう
状況 狀況
jo.o.kyo.o

じょうたい
状態 狀態
jo.o.ta.i

がじょう
賀状 賀卡
ga.jo.o

けいじょう
形状 形狀
ke.i.jo.o

げんじょう
現状 現狀
ge.n.jo.o

ざいじょう
罪状 罪狀
za.i.jo.o

じつじょう
実状 實際的情形
ji.tsu.jo.o

しょじょう
書状 書信
sho.jo.o

しょうじょう
賞状 獎狀
sho.o.jo.o

しょうたいじょう
招待状 邀請函
sho.o.ta.i.jo.o

ねんがじょう
年賀状 賀年卡
ne.n.ga.jo.o

はくじょう
白状 坦白、招供
ha.ku.jo.o

れいじょう
礼状 謝函
re.i.jo.o

壮 ㊍ そう ㊋ 常

㊍ そう so.o

ㄓ

そうかん
壮観 壯觀
so.o.ka.n

そうだい
壮大 宏偉
so.o.da.i

そうねん
壮年 壯年
so.o.ne.n

そうれつ
壮烈 壯烈
so.o.re.tsu

撞
音 どう
しゅ
訓 つく

音 どう do.o

どうきゅう
撞球 撞球
do.o.kyu.u

どうちゃく
撞着 撞、碰；矛盾
do.o.cha.ku

音 しゅ shu

しゅもく
撞木 （丁字形）鐘槌
shu.mo.ku

訓 つく tsu.ku

つ
撞く 撞、敲、拍
tsu.ku

中
常
音 ちゅう
訓 なか

音 ちゅう chu.u

ちゅう
中 中間；中途
chu.u

ちゅうおう
中央 中央
chu.u.o.o

ちゅうかん
中間 中間
chu.u.ka.n

ちゅうがっこう
中学校 中學、初中
chu.u.g.ga.ko.o

ちゅうけい
中継 中繼站；實況轉播
chu.u.ke.i

ちゅうこ
中古 中古、二手
chu.u.ko

ちゅうごく
中国 中國
chu.u.go.ku

ちゅうし
中止 中止
chu.u.shi

ちゅうしゅう
中秋 中秋
chu.u.shu.u

ちゅうじゅん
中旬 中旬
chu.u.ju.n

ちゅうしょう
中傷 中傷
chu.u.sho.o

ちゅうしん
中心 中心
chu.u.shi.n

ちゅうすう
中枢 中樞
chu.u.su.u

ちゅうせい
中世 〔歷〕中世紀
chu.u.se.i

ちゅうせい
中性 中性
chu.u.se.i

ちゅうだん
中断 中斷
chu.u.da.n

ちゅうたい
中退 休學、肄業
chu.u.ta.i

ちゅうと
中途 中途
chu.u.to

ちゅうどく
中毒 中毒
chu.u.do.ku

ちゅうねん
中年 中年
chu.u.ne.n

ちゅうふく
中腹 山腰
chu.u.fu.ku

ちゅうりつ
中立 中立
chu.u.ri.tsu

ちゅうわ
中和 酸鹼中和；中正溫和
chu.u.wa

くうちゅう
空中 正直溫和；〔化〕中和
ku.u.chu.u

さいちゅう
最中 正在…的時候
sa.i.chu.u

しゅうちゅう
集中 集中
shu.u.chu.u

てきちゅう
的中 射中、擊中
te.ki.chu.u

ねっちゅう
熱中 熱衷
ne.c.chu.u

訓 なか na.ka

なか
中　內部；中央、中間
na.ka

なかにわ
中庭　中庭
na.ka.ni.wa

なかほど
中程　中途、中間
na.ka.ho.do

なかゆび
中指　中指
na.ka.yu.bi

なかみ
中身　內容（物）
na.ka.mi

せなか
背中　背後
se.na.ka

よなか
夜中　夜裡
yo.na.ka

忠
音 ちゅう
訓
常

音 ちゅう chu.u

ちゅうぎ
忠義　忠義
chu.u.gi

ちゅうげん
忠言　忠言
chu.u.ge.n

ちゅうこう
忠孝　忠孝
chu.u.ko.o

ちゅうこく
忠告　忠告
chu.u.ko.ku

ちゅうしん
忠臣　忠臣
chu.u.shi.n

ちゅうしん
忠心　忠心
chu.u.shi.n

ちゅうじつ
忠実　忠實
chu.u.ji.tsu

ちゅうせい
忠誠　忠誠
chu.u.se.i

ちゅうせつ
忠節　忠心和節義
chu.u.se.tsu

ふちゅう
不忠　不忠
fu.chu.u

終
音 しゅう
訓 おわる
おえる
常

音 しゅう shu.u

しゅうけつ
終結　終結
shu.u.ke.tsu

しゅうし
終止　終止
shu.u.shi

しゅうし
終始　始終
shu.u.shi

しゅうじつ
終日　終日、整日
shu.u.ji.tsu

しゅうせい
終生　終生
shu.u.se.i

しゅうせん
終戦　戰爭結束
shu.u.se.n

しゅうちゃく
終着　終點站
shu.u.cha.ku

しゅうてん
終点　終點
shu.u.te.n

しゅうでんしゃ
終電車　末班電車
shu.u.de.n.sha

しゅうまく
終幕　最後一幕
shu.u.ma.ku

しゅうまつ
終末　最後
shu.u.ma.tsu

しゅうや
終夜　整夜
shu.u.ya

しゅうりょう
終了　終了
shu.u.ryo.o

訓 おわる o.wa.ru

お
終わる　結束、終了
o.wa.ru

お
終わり　終了、結束
o.wa.ri

訓 おえる o.e.ru

お
終える　終止、結束
o.e.ru

衷
音 ちゅう
訓
常

音 ちゅう chu.u

ちゅうしん
衷心　衷心
chu.u.shi.n

鍾
音 しょう
訓 あつめる

音 しょう sho.o

しょうあい
鍾愛 鍾愛
sho.o.a.i

しょうにゅうどう
鍾乳洞 鐘乳洞
sho.o.nyu.u.do.o

訓 あつめる a.tsu.me.ru

鐘
音 しょう
訓 かね
常

音 しょう sho.o

しょうろう
鐘楼 鐘樓
sho.o.ro.o

ばんしょう
晩鐘 （教堂…）晚鐘
ba.n.sho.o

訓 かね ka.ne

かね
鐘 鐘；鐘聲
ka.ne

塚
音
訓 つか
常

訓 つか tsu.ka

つかあな
塚穴 墓穴
tsu.ka.a.na

種
音 しゅ
訓 たね
常

音 しゅ shu

しゅ
種 種類、類別
shu

しゅし
種子 種子
shu.shi

しゅじゅ
種種 種種、各式各樣
shu.ju

しゅぞく
種族 種族
shu.zo.ku

しゅべつ
種別 種別
shu.be.tsu

しゅもく
種目 項目
shu.mo.ku

しゅるい
種類 種類
shu.ru.i

かくしゅ
各種 各種
ka.ku.shu

ぎょうしゅ
業種 業種
gyo.o.shu

しょくしゅ
職種 職種
sho.ku.shu

じんしゅ
人種 人種
ji.n.shu

たしゅ
多種 各式各樣
ta.shu

ひんしゅ
品種 品種
hi.n.shu.u

訓 たね ta.ne

たね
種 種子；題材、話題
ta.ne

腫
音 しゅ
訓 はれる

音 しゅ shu

しゅちょう
腫脹 〔醫〕腫脹
shu.cho.o

すいしゅ
水腫 〔醫〕水腫
su.i.shu

訓 はれる ha.re.ru

は
腫れる 腫起
ha.re.ru

仲
音 ちゅう
訓 なか
常

音 ちゅう chu.u

ちゅうさい
仲裁 仲裁
chu.u.sa.i

ちゅうかい
仲介 仲介
chu.u.ka.i

訓 なか na.ka

なか
仲 交情、情誼
na.ka

なかがい
仲買 仲介
na.ka.ga.i

なかだ
仲立ち 媒介、媒人
na.ka.da.chi

なかなお
仲直り 和好、重修舊好
na.ka.na.o.ri

なかま
仲間 夥伴
na.ka.ma

なかよ
仲良し 好友
na.ka.yo.shi

特 なこうど
仲人 媒人
na.ko.o.do

衆

常
音 しゅう しゅ
訓

音 しゅう shu.u

しゅう
衆 眾人、群眾
shu.u

しゅうぎいん
衆議院 眾議院
shu.u.gi.i.n

かんしゅう
観衆 觀眾
ka.n.shu.u

ぐんしゅう
群衆 群眾
gu.n.shu.u

こうしゅう
公衆 公眾
ko.o.shu.u

たいしゅう
大衆 大眾
ta.i.n.shu.u

みんしゅう
民衆 民眾
mi.n.shu.u

音 しゅ shu

しゅじょう
衆生 ＊ 〔佛〕眾生
shu.jo.o

重

常
音 じゅう ちょう
訓 え おもい かさねる かさなる

音 じゅう ju.u

じゅうし
重視 重視
ju.u.shi

じゅうせき
重責 重責
ju.u.se.ki

じゅうぜい
重税 重稅
ju.u.ze.i

じゅうたい
重体 生命垂危
ju.u.ta.i

じゅうだい
重大 重大
ju.u.da.i

じゅうてん
重点 重點
ju.u.te.n

じゅうにん
重任 重任
ju.u.ni.n

じゅうばこ
重箱 （裝料理用）多層木盒
ju.u.ba.ko

じゅうびょう
重病 重病
ju.u.byo.o

じゅうふく
重複 重複
ju.u.fu.ku

じゅうやく
重役 重要職位
ju.u.ya.ku

じゅうよう
重要 重要
ju.u.yo.o

じゅうりょう
重量 重量
ju.u.ryo.o

じゅうりょく
重力 重力
ju.u.ryo.ku

じゅうざい
重罪 重罪
ju.u.za.i

たいじゅう
体重 體重
ta.i.ju.u

ひじゅう
比重 比重
hi.ju.u

音 ちょう cho.o

ちょうふく
重複 重複
cho.o.fu.ku

ちょうほう
重宝 寶貝、至寶
cho.o.ho.o

きちょう **貴重** ki.cho.o	貴重
しんちょう **慎重** shi.n.cho.o	慎重、謹慎

訓 え e

いくえ **幾重** i.ku.e	幾層；重重、許多層
かみひとえ **紙一重** ka.mi.hi.to.e	毫釐之差

訓 おもい o.mo.i

おも **重い** o.mo.i	重的
おもに **重荷** o.mo.ni	重擔、重責大任
おも **重たい** o.mo.ta.i	重的；沉重、沉悶的
おも **重んじる** o.mo.n.ji.ru	注重、重視

訓 かさねる ka.sa.ne.ru

かさ **重ねる** ka.sa.ne.ru	重疊；重複、反覆

訓 かさなる ka.sa.na.ru

かさ **重なる** ka.sa.na.ru	重疊、重複

吃 音きつ 訓どもる

音 きつ ki.tsu

きつおん
吃音 口吃、結巴
ki.tsu.o.n

訓 どもる do.mo.ru

ども
吃る 口吃、結巴
do.mo.ru

喫 音きつ 訓 常

音 きつ ki.tsu

きつえん
喫煙 吸煙
ki.tsu.e.n

まんきつ
満喫 飽嚐；充份享受
ma.n.ki.tsu

きっさ
喫茶 喝茶
ki.s.sa

きっさてん
喫茶店 咖啡廳
ki.s.sa.te.n

痴 音ち 訓 常

音 ち chi

ちかん
痴漢 色情狂
chi.ka.n

おんち
音痴 音痴
o.n.chi

ぐち
愚痴 怨言
gu.chi

匙 音し 訓さじ

音 し shi

えんし
円匙 小鏟子
e.n.shi

訓 さじ sa.ji

さじ
匙 湯匙
sa.ji

さじかげん
匙加減 斟酌(藥、調味料)的分量
sa.ji.ka.ge.n

こさじ
小匙 小量匙
ko.sa.ji

弛 音し 訓ゆるむ ゆるめる たるむ

音 し shi

しかん
弛緩 鬆弛、渙散
shi.ka.n

訓 ゆるむ yu.ru.mu

ゆる
弛む 鬆懈、鬆弛；緩和
yu.ru.mu

訓 ゆるめる yu.ru.me.ru

ゆる
弛める 放鬆、放慢；降低
yu.ru.me.ru

訓 たるむ ta.ru.mu

たる
弛む 鬆弛、鬆懈、精神不振
ta.ru.mu

たる
弛み 鬆弛
ta.ru.mi

持 音じ 訓もつ 常

音 じ ji

じきゅうせん
持久戦 持久戰
ji.kyu.u.se.n

じきゅうりょく
持久力 持久力
ji.kyu.u.ryo.ku

じさん
持参 帶來（去）
ji.sa.n

じぞく
持続 持續
ji.zo.ku

じびょう **持病** ji.byo.o	宿疾、老毛病
じろん **持論** ji.ro.n	一貫的主張
じやく **持薬** ji.ya.ku	常備藥
しじ **支持** shi.ji	支持
いじ **維持** i.ji	維持
しょじ **所持** sho.ji	持有
ほじ **保持** ho.ji	保持

訓 もつ mo.tsu

も **持つ** mo.tsu	持有、攜帶；維持
も　あ **持ち上げる** mo.chi.a.ge.ru	舉起、抬起
も　き **持ち切り** mo.chi.ki.ri	持續談論某個話題

音 ち chi

ちはん **池畔** chi.ha.n	池畔
ちょすいち **貯水池** cho.su.i.chi	儲水池
でんち **電池** de.n.chi	電池

訓 いけ i.ke

いけ **池** i.ke	池子、池塘
ふるいけ **古池** fu.ru.i.ke	古池
ようすいいけ **用水池** yo.o.su.i.i.ke	用水池

遅

音 ち
訓 おくれる　おくらす　おそい
常

音 ち chi

ちえん **遅延** chi.e.n	遲延、遲誤
ちこく **遅刻** chi.ko.ku	遲到
ちち **遅遅** chi.chi	遲遲（不進展）

訓 おくれる o.ku.re.ru

おく **遅れ** o.ku.re	遲、比預定的時間慢
おく **遅れる** o.ku.re.ru	遲誤；慢

訓 おくらす o.ku.ra.su

おく **遅らす** o.ku.ra.su	延遲

訓 おそい o.so.i

おそ **遅い** o.so.i	慢；晚
おそ **遅くとも** o.so.ku.to.mo	最晚

馳

音 ち
訓 はせる

音 ち chi

ちく **馳駆** chi.ku	馳騁
ちそう **馳走** chi.so.o	（用ご～）表示招待；佳餚
はいち **背馳** ha.i.chi	背道而馳

訓 はせる ha.se.ru

は **馳せる** ha.se.ru	跑、奔馳；名聲遠播

音 しゃく sha.ku

しゃくすん
尺寸 尺寸
sha.ku.su.n

しゃくち
尺地 寸土
sha.ku.chi

しゃくど
尺度 尺度
sha.ku.do

しゃくはち
尺八 蕭
sha.ku.ha.chi

しゅくしゃく
縮尺 比例尺
shu.ku.sha.ku

恥
音 ち
訓 はじる はじ はじらう はずかしい
常

音 ち chi

ちじょく
恥辱 恥辱
chi.jo.ku

はれんち
破廉恥 寡廉鮮恥
ha.re.n.chi

訓 はじる ha.ji.ru

は
恥じる 害羞、羞愧
ha.ji.ru

訓 はじ ha.ji

はじ
恥 恥辱
ha.ji

あかはじ
赤恥 出醜
a.ka.ha.ji

むはじ
無恥 無恥、不害羞
mu.chi

訓 はじらう ha.ji.ra.u

はじ
恥らう 害羞
ha.ji.ra.u

訓 はずかしい ha.zu.ka.shi.i

は
恥ずかしい 羞恥、害羞；慚愧
ha.zu.ka.shi.i

歯
音 し
訓 は
常

音 し shi

しか
歯科 牙科
shi.ka

しつう
歯痛 牙痛
shi.tsu.u

しれつ
歯列 牙齒排列
shi.re.tsu

えいきゅうし
永久歯 恆齒、永久齒
e.i.kyu.u.shi

ぎし
義歯 假牙
gi.shi

にゅうし
乳歯 乳牙
nyu.u.shi

訓 は ha

は
歯 牙齒
ha

はいしゃ
歯医者 牙醫
ha.i.sha

はぐるま
歯車 齒輪
ha.gu.ru.ma

はみが
歯磨き 刷牙
ha.mi.ga.ki

まえば
前歯 門牙
ma.e.ba

むしば
虫歯 蛀牙
mu.shi.ba

勅
音 ちょく
訓
常

音 ちょく cho.ku

ちょくご
勅語 詔敕、詔書
cho.ku.go

ちょくめい
勅命 敕令
cho.ku.me.i

叱
音 しつ
訓 しかる

音 しつ shi.tsu

ㄔ

しっせい
叱声 叫罵聲
shi.s.se.i

しっせき
叱責 叱責、申斥
shi.s.se.ki

訓 しかる shi.ka.ru

しか
叱る 斥責、責備
shi.ka.ru

斥
音 せき
訓 しりぞける
常

音 せき se.ki

し せき
指斥 指責
shi.se.ki

はいせき
排斥 排斥
ha.i.se.ki

訓 しりぞける shi.ri.zo.ke.ru

赤
音 せき しゃく
訓 あか あかい あからむ あからめる
常

音 せき se.ki

せきがいせん
赤外線 紅外線
se.ki.ga.i.se.n

せきじゅうじ
赤十字 紅十字
se.ki.ju.u.ji

せきしん
赤心 赤誠
se.ki.shi.n

せきどう
赤道 赤道
se.ki.do.o

せきはん
赤飯 紅豆飯
se.ki.ha.n

せきめん
赤面 臉紅
se.ki.me.n

せきひん
赤貧 一貧如洗
se.ki.hi.n

にっせき
日赤 日本紅十字會的簡稱
ni.s.se.ki

音 しゃく sha.ku

しゃくどう
赤銅 * 紅銅
sha.ku.do.o

訓 あか a.ka

あか
赤 紅色
a.ka

あか げ
赤毛 紅毛
a.ka.ge

あか ご
赤子 剛出生的嬰兒
a.ka.go

あか じ
赤字 （財務）赤字
a.ka.ji

あかしんごう
赤信号 紅燈
a.ka.shi.n.go.o

あか たにん
赤の他人 毫無關係的人
a.ka.no.ta.ni.n

あかはじ
赤恥 出醜、奇恥大辱
a.ka.ha.ji

あか ぼう
赤ん坊 嬰兒
a.ka.n.bo.o

訓 あかい a.ka.i

あか
赤い 紅的
a.ka.i

訓 あからむ a.ka.ra.mu

あか
赤らむ 變紅
a.ka.ra.mu

訓 あからめる a.ka.ra.me.ru

あか
赤らめる 臉紅
a.ka.ra.me.ru

挿
音 そう
訓 さす
常

音 そう so.o

そう か
挿花 插花
so.o.ka

そうにゅう
挿入 插入
so.o.nyu.u

そう わ
挿話 插話、插曲
so.o.wa

訓 さす sa.su

さ
挿す 插入
sa.su

察 音さつ 訓 常

音 さつ sa.tsu

かんさつ
観察 觀察
ka.n.sa.tsu

かんさつ
監察 監督、檢察
ka.n.sa.tsu

けいさつ
警察 警察
ke.i.sa.tsu

けんさつ
検察 調查
ke.n.sa.tsu

こうさつ
考察 考察
ko.o.sa.tsu

しさつ
視察 視察
shi.sa.tsu

しんさつ
診察 診察
shi.n.sa.tsu

すいさつ
推察 推察、猜想
su.i.sa.tsu

せいさつ
省察 省察
se.i.sa.tsu

めいさつ
明察 明察
me.i.sa.tsu

さっ
察する 推測；體諒
sa.s.su.ru

查 音さ 訓 常

音 さ sa

ささつ
査察 考查、視察
sa.sa.tsu

けんさ
検査 檢查
ke.n.sa

じゅんさ
巡査 巡查
ju.n.sa

しんさ
審査 審查
shi.n.sa

ちょうさ
調査 調查
cho.o.sa

茶 音ちゃ さ 訓 常

音 ちゃ cha

ちゃ
茶 茶、茶葉
cha

ちゃいろ
茶色 棕色
cha.i.ro

ちゃいろ
茶色い 茶色
cha.i.ro.i

ちゃえん
茶園 茶園
cha.e.n

ちゃかい
茶会 茶會
cha.ka.i

ちゃき
茶器 茶器
cha.ki

ちゃしつ
茶室 茶室
cha.shi.tsu

ちゃせき
茶席 茶會的會場
cha.se.ki

ちゃどころ
茶所 產茶的地方
cha.do.ko.ro

ちゃま
茶の間 飯廳
cha.no.ma

ちゃゆ
茶の湯 茶道
cha.no.yu

ちゃばしら
茶柱 茶葉梗
cha.ba.shi.ra

ちゃ
お茶 茶
o.cha

ちゃわん
茶碗 飯碗
cha.wa.n

こうちゃ
紅茶 紅茶
ko.o.cha

しんちゃ
新茶 新茶
shi.n.cha

ばんちゃ
番茶 粗茶
ba.n.cha

まっちゃ
抹茶 抹茶
ma.c.cha

りょくちゃ
緑茶 綠茶
ryo.ku.cha

音 さ sa

さどう
茶道 茶道
sa.do.o

詫
音 た
訓 わびる

音 た ta

訓 わびる wa.bi.ru

わ
詫びる 道歉、賠不是
wa.bi.ru

わ
詫び 道歉、賠罪
wa.bi

車
音 しゃ
訓 くるま
常

音 しゃ sha

しゃこ
車庫 車庫
sha.ko

しゃしょう
車掌 車長
sha.sho.o

しゃりん
車輪 車輪
sha.ri.n

しゃりょう
車両 車輛
sha.ryo.o

しゃたい
車体 車體
sha.ta.i

しゃどう
車道 車道
sha.do.o

きしゃ
汽車 火車
ki.sha

くうしゃ
空車 空車
ku.u.sha

げしゃ
下車 下車
ge.sha

こうしゃ
降車 下車
ko.o.sha

じてんしゃ
自転車 腳踏車
ji.te.n.sha

じどうしゃ
自動車 汽車
ji.do.o.sha

じょうしゃ
乗車 乘車
jo.o.sha

じょうようしゃ
乗用車 房車
jo.o.yo.o.sha

すいしゃ
水車 水車
su.i.sha

ていしゃ
停車 停車
te.i.sha

ばしゃ
馬車 馬車
ba.sha

ふうしゃ
風車 風車
fu.u.sha

れっしゃ
列車 列車
re.s.sha

訓 くるま ku.ru.ma

くるま
車 車、汽車
ku.ru.ma

にぐるま
荷車 貨車
ni.gu.ru.ma

はぐるま
歯車 齒輪
ha.gu.ru.ma

徹
音 てつ
訓
常

音 てつ te.tsu

てつや
徹夜 徹夜、通宵
te.tsu.ya

かんてつ
貫徹 貫徹
ka.n.te.tsu

とうてつ
透徹 透徹；清澈
to.o.te.tsu

てってい
徹底 徹底、透徹；全面
te.t.te.i

てっ
徹する 透徹；從頭至尾
te.s.su.ru

撤
音 てつ
訓
常

音 てつ te.tsu

てっかい
撤回 撤回、撤銷
te.k.ka.i

てっきょ
撤去 拆去、拆除
te.k.kyo

てっしゅう
撤収 拆掉；撤退
te.s.shu.u

てったい
撤退 撤退
te.t.ta.i

てっぱい
撤廃 撤銷、廢除
te.p.pa.i

轍 音てつ 訓わだち

音 てつ te.tsu

きてつ
軌轍 車輪的痕跡；先例、模範
ki.te.tsu

とてつ
途轍 道理
to.te.tsu

訓 わだち wa.da.chi

わだち
轍 車輛行駛的痕跡
wa.da.chi

差 音さ 訓さす 常

音 さ sa

さ
差 差異、差別
sa

さい
差異 差異
sa.i

さがく
差額 差額
sa.ga.ku

さべつ
差別 差別；歧視
sa.be.tsu

かくさ
格差 （價值、等級…）差異
ka.ku.sa

こうさ
交差 交叉
ko.o.sa

ごさ
誤差 誤差
go.sa

じさ
時差 時差
ji.sa

しょうさ
小差 一點點的差距
sho.o.sa

たいさ
大差 很大的差距
ta.i.sa

らくさ
落差 落差
ra.ku.sa

訓 さす sa.su

さ
差す 照射；指、摻和；插
sa.su

さ
差し上げる 高高舉起；獻、呈上
sa.shi.a.ge.ru

さ　だ
差し出す 伸出；送出、提供
sa.shi.da.su

さ　つか
差し支え 故障、防礙
sa.shi.tsu.ka.e

さ　つか
差し支える 發生故障、有防礙
sa.shi.tsu.ka.e.ru

さ　ひ
差し引き 扣除、結算
sa.shi.hi.ki

さ　ひ
差し引く 扣除、減去
sa.shi.hi.ku

柴 音さい 訓しば

音 さい sa.i

さいもん
柴門 用木柴或茅草所做成的門
sa.i.mo.n

訓 しば shi.ba

しば
柴 木柴
shi.ba

抄 音しょう 訓 常

音 しょう sho.o

しょうろく
抄録 摘錄
sho.o.ro.ku

しょうやく
抄訳 摘錄原文重點並將其翻譯
sho.o.ya.ku

ㄔ

超
音 ちょう
訓 こえる こす
常

音 ちょう cho.o

ちょうえつ 超越 超越、超出 cho.o.e.tsu

ちょうおんそく 超音速 超音速 cho.o.o.n.so.ku

ちょうか 超過 超過、超出 cho.o.ka

ちょうのうりょく 超能力 超能力 cho.o.no.o.ryo.ku

訓 こえる ko.e.ru

こ 超える 度過；超過、超越 ko.e.ru

訓 こす ko.su

こ 超す 越、渡；超過 ko.su

巣
音 そう
訓 す
常

音 そう so.o

そうくつ 巣窟 巣穴 so.o.ku.tsu

びょうそう 病巣 身體發生病變的部位 byo.o.so.o

えいそう 営巣 築巣 e.i.so.o

らんそう 卵巣 卵巣 ra.n.so.o

訓 す su

す 巣 巣 su

す だ 巣立ち 離巣、畢業出社會 su.da.chi

す ばな 巣離れ 離巣 su.ba.na.re

あ す 空き巣 空巣 a.ki.su

う す 浮き巣 （浮在水面上的）鳥巣 u.ki.su

ふる す 古巣 舊巣、舊宅 fu.ru.su

朝
音 ちょう
訓 あさ
常

音 ちょう cho.o

ちょうかい 朝会 朝會 cho.o.ka.i

ちょうかん 朝刊 早報 cho.o.ka.n

ちょうしょく 朝食 早餐 cho.o.sho.ku

ちょうせき 朝夕 早晚 cho.o.se.ki

ちょうれい 朝礼 朝會 cho.o.re.i

き ちょう 帰朝 回國 ki.cho.o

そうちょう 早朝 黎明、天剛亮時 so.o.cho.o

みょうちょう 明朝 明天早晨 myo.o.cho.o

訓 あさ a.sa

あさ ひ 朝日 朝日 a.sa.hi

あさがお 朝顔 牽牛花 a.sa.ga.o

あさゆう 朝夕 早晚 a.sa.yu.u

まいあさ 毎朝 每天早上 ma.i.a.sa

潮
音 ちょう
訓 しお
常

音 ちょう cho.o

ちょうすい 潮水 潮水 cho.o.su.i

ちょうりゅう
潮流 潮流
cho.o.ryu.u

さいこうちょう
最高潮 最高潮
sa.i.ko.o.cho.o

しちょう
思潮 思潮
shi.cho.o

ふうちょう
風潮 風潮、時勢
fu.u.cho.o

まんちょう
満潮 滿潮、漲潮
ma.n.cho.o

訓 しお shi.o

しお
潮 潮汐、潮水
shi.o

しおかぜ
潮風 海風
shi.o.ka.ze

しおひが
潮干狩り 退潮時撿貝殼
shi.o.hi.ga.ri

たかしお
高潮 （颱風來時）風浪異常的大
ta.ka.shi.o

ちしお
血潮 血流如注
chi.shi.o

ひ しお
引き潮 退潮
hi.ki.shi.o

抽
音 ちゅう
訓
常

音 ちゅう chu.u

ちゅうしゅつ
抽出 抽出、抽取
chu.u.shu.tsu

ちゅうしょう
抽象 抽象
chu.u.sho.o

ちゅうせん
抽選 抽籤
chu.u.se.n

紬
音 ちゅう
訓 つむぎ

音 ちゅう chu.u

ちゅうぼうし
紬紡糸 絲綢粗線
chu.u.bo.o.shi

訓 つむぎ tsu.mu.gi

おおしまつむぎ
大島紬 日本奄美島特產的絲綢
o.o.shi.ma.tsu.mu.gi

仇
音 きゅう
訓 あだ あだする かたき

音 きゅう kyu.u

きゅうえん
仇怨 冤仇
kyu.u.e.n

きゅうし
仇視 仇視、敵視
kyu.u.shi

きゅうてき
仇敵 仇敵
kyu.u.te.ki

ふっきゅう
復仇 復仇、報復
fu.k.kyu.u

訓 あだ a.da

あだ おん むく
仇を恩で報いる 以德報怨
a.da.o.o.n.de.mu.ku.i.ru

訓 あだする a.da.su.ru

あだ
仇する 加害；作對、反抗
a.da.su.ru

訓 かたき ka.ta.ki

愁
音 しゅう
訓 うれえる うれい
常

音 しゅう shu.u

きょうしゅう
郷愁 鄉愁
kyo.o.shu.u

ゆうしゅう
憂愁 憂愁
yu.u.shu.u

訓 うれえる u.re.e.ru

うれ
愁える 擔心、憂慮
u.re.e.ru

訓 うれい u.re.i

うれ
愁い 憂鬱、憂慮
u.re.i

讐 音 しゅう 訓 あだ

音 しゅう shu.u

しゅうてき
讐敵 仇敵
shu.u.te.ki

ふくしゅう
復讐 復仇
fu.ku.shu.u

訓 あだ a.da

酬 常 音 しゅう 訓 むくいる むくい

音 しゅう shu.u

おうしゅう
応酬 （互相）還擊、回敬
o.o.shu.u

ほうしゅう
報酬 報酬、禮品
ho.o.shu.u

訓 むくいる mu.ku.i.ru

むく
酬いる 報酬、報答
mu.ku.i.ru

訓 むくい mu.ku.i

むく
酬い 報答、報酬；報應
mu.ku.i

丑 音 ちゅう 訓 うし

音 ちゅう chu.u

訓 うし u.shi

うしみつどき
丑三つ時 半夜；凌晨2點～2點半
u.shi.mi.tsu.do.ki

うしのひ
丑の日 丑日
u.shi.no.hi

醜 常 音 しゅう 訓 みにくい

音 しゅう shu.u

しゅうあく
醜悪 醜陋、醜惡
shu.u.a.ku

しゅうたい
醜態 醜態、出醜
shu.u.ta.i

しゅうぶん
醜聞 醜聞
shu.u.bu.n

びしゅう
美醜 美醜
bi.shu.u

訓 みにくい mi.ni.ku.i

みにく
醜い （容貌）醜陋、難看
mi.ni.ku.i

臭 常 音 しゅう 訓 くさい

音 しゅう shu.u

しゅうかく
臭覚 嗅覺
shu.u.ka.ku

しゅうき
臭気 臭氣
shu.u.ki

あくしゅう
悪臭 惡臭、臭氣
a.ku.shu.u

いしゅう
異臭 奇臭、怪味
i.shu.u

だっしゅう
脱臭 除臭
da.s.shu.u

むしゅう
無臭 無臭
mu.shu.u

訓 くさい ku.sa.i

くさ
臭い 臭的
ku.sa.i

禅 常 音 ぜん 訓

音 ぜん ze.n

ぜん
禅 〔佛〕禪、禪宗
ze.n

ざぜん
座禅
za.ze.n
〔佛〕坐禪、打坐

纏
音 てん
訓 まとう まとい まつわる

音 てん te.n

てんそく
纏足
te.n.so.ku
纏足、裹小腳

てんめん
纏綿
te.n.me.n
纏綿；（事情）糾纏

訓 まとう ma.to.u

まと
纏う
ma.to.u
纏住、纏繞

訓 まとい ma.to.i

まと
纏い
ma.to.i
（古時）戰陣中主帥的旗幟

訓 まつわる ma.tsu.wa.ru

まつ
纏わる
ma.tsu.wa.ru
纏繞；糾纏；關聯

蟬
音 せん
訓 せみ

音 せん se.n

せんぜい
蟬蛻
se.n.ze.i
蟬脫下的殼；超然脫俗

訓 せみ se.mi

せみ
蟬
se.mi
蟬

産
常
音 さん
訓 うむ うまれる うぶ

音 さん sa.n

さんがく
産額
sa.n.ga.ku
生產量、生產額

さんきゅう
産休
sa.n.kyu.u
產假

さんぎょう
産業
sa.n.gyo.o
產業

さんご
産後
sa.n.go
產後

さんしゅつ
産出
sa.n.shu.tsu
出產

さんち
産地
sa.n.chi
產地

さんふじんか
産婦人科
sa.n.fu.ji.n.ka
婦產科

さんぷ
産婦
sa.n.pu
產婦

さんぶつ
産物
sa.n.bu.tsu
產物

さんらん
産卵
sa.n.ra.n
產卵

さん
お産
o.sa.n
生產、生小孩

こくさん
国産
ko.ku.sa.n
國產

しゅっさん
出産
shu.s.sa.n
生小孩

すいさん
水産
su.i.sa.n
海產、漁業

せいさん
生産
se.i.sa.n
生產

たさん
多産
ta.sa.n
多產、產量多

どうさん
動産
do.o.sa.n
動產

とくさん
特産
to.ku.sa.n
特產

のうさん
農産
no.o.sa.n
農產

はさん
破産
ha.sa.n
破產

ふどうさん
不動産
fu.do.o.sa.n
不動產

めいさん
名産
me.i.sa.n
名產

ぶっさん
物産
bu.s.sa.n
物產

訓 うむ u.mu

う
産む 生、產；產生
u.mu

訓 うまれる u.ma.re.ru

う
産まれる 產、出生；產生
u.ma.re.ru

訓 うぶ u.bu

うぶぎ
産着 初生嬰兒所穿的衣服
u.bu.gi

うぶごえ
産声 （出生時的）哭聲
u.bu.go.e

うぶゆ
産湯 初生兒第一次洗澡（水）
u.bu.yu

塵 音 じん 訓 ちり

音 じん ji.n

じんあい
塵埃 塵埃；俗世
ji.n.a.i

かいじん
灰塵 灰塵；微不足道的東西
ka.i.ji.n

みじん
微塵 微小；絲毫
mi.ji.n

訓 ちり chi.ri

ちりと
塵取り 畚箕
chi.ri.to.ri

ちりがみ
塵紙 衛生紙
chi.ri.ga.mi

ごみ
特 **塵** 垃圾
go.mi

臣 音 しん じん 訓 常

音 しん shi.n

しんか
臣下 臣下
shi.n.ka

しんみん
臣民 臣民
shi.n.mi.n

かしん
家臣 家臣
ka.shi.n

かんしん
奸臣 奸臣
ka.n.shi.n

じんしん
人臣 家臣、臣下
ji.n.shi.n

ちゅうしん
忠臣 忠臣
chu.u.shi.n

らんしん
乱臣 亂臣、逆臣
ra.n.shi.n

ろうしん
老臣 老臣
ro.o.shi.n

音 じん ji.n

だいじん
大臣 大臣
da.i.ji.n

辰 音 しん 訓 たつ

音 しん shi.n

きっしん
吉辰 吉日、良辰
ki.s.shi.n

たんしん
誕辰 誕辰、生日
ta.n.shi.n

訓 たつ ta.tsu

たつ
辰 十二支的辰；（方向）東南東；時辰
ta.tsu

陳 音 ちん 訓 常

音 ちん chi.n

ちんじゅつ
陳述 陳述、述說
chi.n.ju.tsu

ちんじょう
陳情 陳情
chi.n.jo.o

ちんれつ
陳列 陳列
chi.n.re.tsu

しんちんたいしゃ
新陳代謝 新陳代謝
shi.n.chi.n.ta.i.sha

娼

音 しょう
訓

音 しょう sho.o

しょうぎ
娼妓 娼妓
sho.o.gi

しょうふ
娼婦 娼婦
sho.o.fu

昌

音 しょう
訓

音 しょう sho.o

はんじょう
繁昌 繁榮
ha.n.jo.o

菖

音 しょう
訓

音 しょう sho.o

しょうぶ
菖蒲 〔植〕菖蒲
sho.o.bu

償

音 しょう
訓 つぐなう
常

音 しょう sho.o

しょうかん
償還 償還
sho.o.ka.n

しょうきゃく
償却 償還；折舊
sho.o.kya.ku

ばいしょう
賠償 賠償
ba.i.sho.o

訓 つぐなう tsu.gu.na.u

つぐな
償い 賠償
tsu.gu.na.i

つぐな
償う 賠償；贖罪
tsu.gu.na.u

嘗

音 しょう
じょう
訓 なめる
かつて

音 しょう sho.o

しょうし
嘗試 嘗試
sho.o.shi

がしんしょうたん
臥薪嘗胆 臥薪嘗膽
ga.shi.n.sho.o.ta.n

音 じょう jo.o

しんじょう
新嘗 將秋天收穫的穀物供奉給神明
shi.n.jo.o

訓 なめる na.me.ru

な
嘗める 舔；體驗
na.me.ru

そうな
総嘗め （災害等）波及全部；全部擊敗
so.o.na.me

訓 かつて ka.tsu.te

かつ
嘗て 曾經
ka.tsu.te

常

音 じょう
訓 つね
とこ
常

音 じょう jo.o

じょうきゃく
常客 常客
jo.o.kya.ku

じょうきん
常勤 正職、專職
jo.o.ki.n

じょうしき
常識 常識
jo.o.shi.ki

じょうしゅう
常習 惡習、壞習慣
jo.o.shu.u

じょうじゅう
常住 長期居住；日常
jo.o.ju.u

じょうしょく
常食 常吃的食物、主食
jo.o.sho.ku

じょうじん
常人 一般人
jo.o.ji.n

じょうせつ
常設 常設
jo.o.se.tsu

じょうよう
常用　常用
jo.o.yo.o

じょうれい
常例　慣例
jo.o.re.i

じょうれん
常連　常客
jo.o.re.n

いじょう
異常　異常
i.jo.o

せいじょう
正常　正常
se.i.jo.o

つうじょう
通常　通常
tsu.u.jo.o

にちじょう
日常　日常
ni.chi.jo.o

ひじょう
非常　緊急
hi.jo.o

へいじょう
平常　平常
he.i.jo.o

訓 つね tsu.ne

つね
常に　平時、經常
tsu.ne.ni

つねひごろ
常日頃　平時、日常
tsu.ne.hi.go.ro

訓 とこ to.ko

とこなつ
常夏　常夏
to.ko.na.tsu

腸

音 ちょう
訓 はらわた
わた
常

音 ちょう cho.o

ちょう
腸　腸子
cho.o

ちょうえき
腸液　腸液
cho.o.e.ki

ちょうへき
腸壁　腸壁
cho.o.he.ki

いちょう
胃腸　胃腸
i.cho.o

じゅうにしちょう
十二指腸　十二指腸
ju.u.ni.shi.cho.o

しょうちょう
小腸　小腸
sho.o.cho.o

だいちょう
大腸　大腸
da.i.cho.o

もうちょう
盲腸　盲腸
mo.o.cho.o

訓 はらわた ha.ra.wa.ta

はらわた
腸　腸、內臟
ha.ra.wa.ta

訓 わた wa.ta

わた
腸　腸子、內臟
wa.ta

長

音 ちょう
訓 ながい
常

音 ちょう cho.o

ちょうかん
長官　長官
cho.o.ka.n

ちょうき
長期　長期
cho.o.ki

ちょうし
長子　長子
cho.o.shi

ちょうじゃ
長者　長者、德高望重的人
cho.o.ja

ちょうしょ
長所　長處、優點
cho.o.sho

ちょうじょ
長女　長女
cho.o.jo

ちょうしん
長身　高個子
cho.o.shi.n

ちょうたん
長短　長短
cho.o.ta.n

ちょうなん
長男　長男
cho.o.na.n

ちょうぶん
長文　長篇文章
cho.o.bu.n

ちょうへん
長編　長篇（小說、電影…）
cho.o.he.n

ちょうほうけい
長方形　長方形
cho.o.ho.o.ke.i

ちょうめい
長命 長壽
cho.o.me.i

えきちょう
駅長 車站站長
e.ki.cho.o

かいちょう
会長 會長
ka.i.cho.o

こうちょう
校長 校長
ko.o.cho.o

しんちょう
身長 身高
shi.n.cho.o

そんちょう
村長 村長
so.n.cho.o

ぶちょう
部長 部長
bu.cho.o

訓 ながい na.ga.i

ながい
長い （時間）長；長久的；遠（距離）、長
na.ga.i

ながなが
長々 長時間、長久
na.ga.na.ga

ながびく
長引く 延長、拖長
na.ga.bi.ku

場
音 じょう
訓 ば
常

音 じょう jo.o

じょうがい
場外 場外
jo.o.ga.i

じょうない
場内 場內
jo.o.na.i

うんどうじょう
運動場 運動場
u.n.do.o.jo.o

かいじょう
会場 會場
ka.i.jo.o

げきじょう
劇場 劇場
ge.ki.jo.o

こうじょう
工場 工場
ko.o.jo.o

しけんじょう
試験場 考場
shi.ke.n.jo.o

しゅつじょう
出場 出場
shu.tsu.jo.o

せんじょう
戦場 戰場
se.n.jo.o

とうじょう
登場 登場
to.o.jo.o

にゅうじょう
入場 入場
nyu.u.jo.o

のうじょう
農場 農場
no.o.jo.o

訓 ば ba

ば
場 場所、地方；狀況
ba

ばあい
場合 場合、情況
ba.a.i

ばかず
場数 經驗次數
ba.ka.zu

ばしょ
場所 場所
ba.sho

ばすえ
場末 郊區
ba.su.e

ばめん
場面 （戲劇）場景；情況、狀況
ba.me.n

いちば
市場 市場
i.chi.ba

げんば
現場 現場；工地
ge.n.ba

たちば
立場 立場
ta.chi.ba

廠
音 しょう
訓

音 しょう sho.o

こうしょう
工廠 兵工廠
ko.o.sho.o

せんしょう
船廠 造船廠
se.n.sho.o

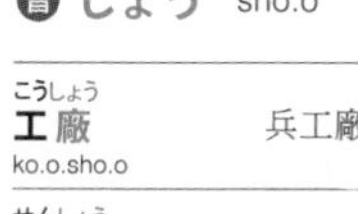

唱
音 しょう
訓 となえる
常

音 しょう sho.o

しょうか
唱歌 唱歌
sho.o.ka

あいしょうか
愛唱歌 愛唱的歌
a.i.sho.o.ka

あんしょう
暗唱 背誦
a.n.sho.o

かしょう
歌唱 歌唱
ka.sho.o

がっしょう
合唱 合唱
ga.s.sho.o

せいしょう
斉唱 齊呼；齊唱
se.i.sho.o

ていしょう
提唱 提倡、發表
te.i.sho.o

にじゅうしょう
二重唱 二重唱
ni.ju.u.sho.o

訓 となえる
to.na.e.ru

とな
唱える 唸誦；高喊、提倡
to.na.e.ru

暢
音 ちょう
訓

音 ちょう cho.o

ちょうげつ
暢月 陰曆11月的異稱
cho.o.ge.tsu

ちょうたつ
暢達 （文章）通順
cho.o.ta.tsu

りゅうちょう
流暢 流暢、流利
ryu.u.cho.o

称
音 しょう
訓 たたえる となえる
常

音 しょう sho.o

しょうごう
称号 名稱、稱號
sho.o.go.o

しょう
称する 稱、名叫…；假稱
sho.o.su.ru

あいしょう
愛称 暱稱、綽號
a.i.sho.o

いしょう
異称 異稱、別稱
i.sho.o

いちにんしょう
一人称 第一人稱、自稱
i.chi.ni.n.sho.o

けいしょう
敬称 尊稱
ke.i.sho.o

そんしょう
尊称 敬稱
so.n.sho.o

つうしょう
通称 一般通用名稱
tsu.u.sho.o

訓 たたえる
ta.ta.e.ru

たた
称える 稱讚、歌頌
ta.ta.e.ru

訓 となえる
to.na.e.ru

とな
称える 大聲唸、朗誦；主張
to.na.e.ru

丞
音 じょう
訓

音 じょう jo.o

じょうしょう
丞相 丞相
jo.o.sho.o

乗
音 じょう
訓 のる のせる
常

音 じょう jo.o

じょういん
乗員 (飛機、列車…等的)工作人員
jo.o.i.n

じょうきゃく
乗客 乘客
jo.o.kya.ku

じょうこう
乗降 上下（車、船）
jo.o.ko.o

じょうしゃ
乗車 乘車
jo.o.sha

じょうせん
乗船 乘船
jo.o.se.n

じょうば
乗馬 騎馬
jo.o.ba

じょうようしゃ
乗用車 小客車
jo.o.yo.o.sha

かげんじょうじょ
加減乗除 加減乘除
ka.ge.n.jo.o.jo

びんじょう
便乘 搭便車（船）；搭順風車、巧妙利用機會
bi.n.jo.o

訓 のる no.ru

の
乗る 坐、騎；登上
no.ru

の
乗り換え 轉乘
no.ri.ka.e

の
乗り換える 轉乘
no.ri.ka.e.ru

の こ
乗り越し 坐過站
no.ri.ko.shi

の こ
乗り込む 乘坐、坐進
no.ri.ko.mu

の もの
乗り物 交通工具
no.ri.mo.no

訓 のせる no.se.ru

の
乗せる （使）乘上、裝上
no.se.ru

呈
音 てい
訓

音 てい te.i

ていしゅつ
呈出 提交、提出；現出
te.i.shu.tsu

ていじょう
呈上 呈上
te.i.jo.o

しんてい
進呈 奉送
shi.n.te.i

ぞうてい
贈呈 贈送
zo.o.te.i

城
音 じょう
訓 しろ
常

音 じょう jo.o

じょうか
城下 城下
jo.o.ka

じょうかく
城郭 城牆
jo.o.ka.ku

じょうがい
城外 城外
jo.o.ga.i

じょうしゅ
城主 城主
jo.o.shu

じょうせき
城跡 城的遺址
jo.o.se.ki

じょうち
城池 護城河
jo.o.chi

じょうない
城内 城內
jo.o.na.i

じょうもん
城門 城門
jo.o.mo.n

こじょう
古城 古城
ko.jo.o

ちくじょう
築城 築城
chi.ku.jo.o

とじょう
登城 進城
to.jo.o

ばんり ちょうじょう
万里の長城 萬里長城
ba.n.ri.no.cho.o.jo.o

めいじょう
名城 名城
me.i.jo.o

らくじょう
落城 城池被敵人攻陷
ra.ku.jo.o

訓 しろ shi.ro

しろ
城 城堡
shi.ro

しろあと
城跡 城的遺址
shi.ro.a.to

徵
音 ちょう
訓 こりる
こらす
こらしめる
常

音 ちょう cho.o

ちょうえき
懲役 〔法〕徒刑
cho.o.e.ki

ちょうかい
懲戒 懲戒、懲罰
cho.o.ka.i

ちょうばつ
懲罰 懲罰
cho.o.ba.tsu

訓 こりる ko.ri.ru

こ
懲りる 吃了苦頭再也不敢做、受了教訓
ko.ri.ru

訓 こらす ko.ra.su

こ
懲らす 懲誡、教訓
ko.ra.su

訓 こらしめる ko.ra.shi.me.ru

こ
懲らしめる 懲罰、教訓
ko.ra.shi.me.ru

成

音 せい じょう
訓 なる なす
常

音 せい se.i

せいいく
成育 成長、發育
se.i.i.ku

せいか
成果 成果
se.i.ka

せいこう
成功 成功
se.i.ko.o

せいじゅく
成熟 成熟
se.i.ju.ku

せいじん
成人 成人
se.i.ji.n

せいせき
成績 成績
se.i.se.ki

せいちょう
成長 成長
se.i.cho.o

せいねん
成年 成年
se.i.ne.n

せいぶん
成分 成分
se.i.bu.n

せいりつ
成立 成立
se.i.ri.tsu

いくせい
育成 培育
i.ku.se.i

かんせい
完成 完成
ka.n.se.i

けいせい
形成 形成
ke.i.se.i

けっせい
結成 組成
ke.s.se.i

ごうせい
合成 合成
go.o.se.i

さくせい
作成 製作
sa.ku.se.i

さんせい
贊成 贊成
sa.n.se.i

らくせい
落成 （建築物）落成
ra.ku.se.i

音 じょう jo.o

じょうじゅ
成就 （事情）進展順利
jo.o.ju

訓 なる na.ru

な ほど
成る程 原來如此
na.ru.ho.do

な
成る 完成、構成；成為
na.ru

な た
成り立つ 成立、構成
na.ri.ta.tsu

訓 なす na.su

な
成す 構成、形成；作為…
na.su

承

音 しょう
訓 うけたまわる
常

音 しょう sho.o

しょうだく
承諾 承諾、許可、認同
sho.o.da.ku

しょうぜん
承前 (文章)承前文
sho.o.ze.n

しょうち
承知 知道；同意、答應
sho.o.chi

しょうにん
承認 承認
sho.o.ni.n

けいしょう
継承 認同
ke.i.sho.o

でんしょう
伝承 傳承
de.n.sho.o

りょうしょう
了承 明白、同意
ryo.o.sho.o

訓 うけたまわる u.ke.ta.ma.wa.ru

うけたまわ
承る 聽、接受
u.ke.ta.ma.wa.ru

橙
音 とう
訓 だいだい

音 とう to.o

とうしょく
橙色 橙色
to.o.sho.ku

訓 だいだい da.i.da.i

だいだいず
橙酢 酸橙汁
da.i.da.i.zu

澄
音 ちょう
訓 すむ すます
常

音 ちょう cho.o

せいちょう
清澄 清澈
se.i.cho.o

訓 すむ su.mu

す
澄む 清澈；像靜止似的
su.mu

訓 すます su.ma.su

す
澄ます 澄清、去掉雜質；專心
su.ma.su

す じる
澄まし汁 清湯
su.ma.shi.ji.ru

程
音 てい
訓 ほど
常

音 てい te.i

ていど
程度 程度
te.i.do

か てい
過程 過程
ka.te.i

きょうてい
教程 教學程序、教科書
kyo.o.te.i

こうてい
工程 工程
ko.o.te.i

こうてい
行程 行程、路程
ko.o.te.i

しゃてい
射程 射程
sha.te.i

どうてい
道程 路程；過程
do.o.te.i

にってい
日程 日程
ni.t.te.i

り てい
里程 里程數
ri.te.i

りょてい
旅程 旅程
ryo.te.i

訓 ほど ho.do

ほど
程 程度、範圍
ho.do

ほどほど
程程 適度、恰如其分
ho.do.ho.do

誠
音 せい
訓 まこと
常

音 せい se.i

せいい
誠意 誠意
se.i.i

せいじつ
誠実 誠實
se.i.ji.tsu

せいしん
誠心 誠心
se.i.shi.n

ちゅうせい
忠誠 忠誠
chu.u.se.i

訓 まこと ma.ko.to

まこと
誠 事實；誠意
ma.ko.to

秤
音 ひょう
訓 はかり

音 ひょう hyo.o

ひょうりょう
秤量 秤重量
hyo.o.ryo.o

訓 はかり ha.ka.ri

はかり
秤 秤
ha.ka.ri

はかりざら
秤皿 秤盤
ha.ka.ri.za.ra

出
音 しゅつ すい
訓 でる だす
常

音 しゅつ shu.tsu

しゅつえん
出演 演出
shu.tsu.e.n

しゅつげん
出現 出現
shu.tsu.ge.n

しゅつじょう
出場 出場
shu.tsu.jo.o

しゅつだい
出題 出題
shu.tsu.da.i

しゅつどう
出動 (軍隊、消防隊)出動
shu.tsu.do.o

しゅつりょう
出漁 出海捕魚
shu.tsu.ryo.o

がいしゅつ
外出 外出
ga.i.shu.tsu

さんしゅつ
産出 出產
sa.n.shu.tsu

しゅっか
出荷 出貨
shu.k.ka

しゅっきん
出勤 出勤、上班
shu.k.ki.n

しゅっけつ
出血 出血；損失、犧牲
shu.k.ke.tsu

しゅっこう
出航 出航
shu.k.ko.o

しゅっこう
出港 出港
shu.k.ko.o

しゅっさん
出産 生（小孩）；出產（貨物）
shu.s.sa.n

しゅっしゃ
出社 到公司上班
shu.s.sha

しゅっしょう
出生 出生
shu.s.sho.o

しゅっしん
出身 出身
shu.s.shi.n

しゅっせ
出世 出人頭地；出生
shu.s.se

しゅっせき
出席 出席
shu.s.se.ki

しゅっちょう
出張 出差
shu.c.cho.o

しゅっぱつ
出発 出發
shu.p.pa.tsu

しゅっぱん
出版 出版（書籍、雜誌）
shu.p.pa.n

しゅっぴ
出費 支出費用、開銷
shu.p.pi

しゅつりょく
出力 (電力)輸出、output
shu.tsu.ryo.ku

音 すい su.i

すいとう
出納 * 出納
su.i.to.o

訓 でる de.ru

で
出る 出去、出來、離開；出現
de.ru

で
出会い 相遇、相識
de.a.i

であ
出会う 邂逅、相遇
de.a.u

でい
出入り 出入、進出；收支
de.i.ri

でいぐち
出入り口 出入口
de.i.ri.gu.chi

でか
出掛ける 外出、出門
de.ka.ke.ru

できあ
出来上がり 完成；成果、成效
de.ki.a.ga.ri

できあ
出来上がる 完成、做完
de.ki.a.ga.ru

できごと
出来事 發生的事情
de.ki.go.to

で
出くわす 偶遇、碰見
ku.wa.su.de

でぐち
出口 出口
de.gu.chi

でなお
出直し 修正、修改
de.na.o.shi

でむか
出迎え 迎接
de.mu.ka.e

でむか
出迎える 出去迎接
de.mu.ka.e.ru

訓 **だす** da.su

だ
出す 拿出、寄出；出現
da.su

初 常
音 しょ
訓 はじめ
はじめて
はつ
うい
そめる

音 **しょ** sho

しょか
初夏 初夏
sho.ka

しょき
初期 初期
sho.ki

しょきゅう
初級 初級
sho.kyu.u

しょしんしゃ
初心者 初學者
sho.shi.n.sha

しょしゅう
初秋 初秋
sho.shu.u

しょしゅん
初春 初春
sho.shu.n

しょじゅん
初旬 初旬、上旬
sho.ju.n

しょたいめん
初対面 初次見面
sho.ta.i.me.n

しょとう
初冬 初冬
sho.to.o

しょにち
初日 （展覽會等）第一天
sho.ni.chi

しょはん
初版 初版、第一版
sho.ha.n

しょほ
初歩 初步
sho.ho

さいしょ
最初 最初
sa.i.sho

とうしょ
当初 當初
to.o.sho

訓 **はじめ** ha.ji.me

はじ
初め 開始、起源
ha.ji.me

訓 **はじめて** ha.ji.me.te

はじ
初めて 初次
ha.ji.me.te

訓 **はつ** ha.tsu

はつこい
初恋 初戀
ha.tsu.ko.i

はつみみ
初耳 初次聽到
ha.tsu.mi.mi

はつゆき
初雪 （冬天）初雪
ha.tsu.yu.ki

訓 **うい** u.i

ういじん
初陣 初上戰場；初次比賽
u.i.ji.n

ういまご
初孫 長孫
u.i.ma.go

訓 **そめる** so.me.ru

そ
初める 開始
so.me.ru

儲
音 ちょ
訓 もうける
もうけ

音 **ちょ** cho

ちょおう
儲王 皇太子
cho.o.o

訓 **もうける** mo.o.ke.ru

もう
儲ける 賺錢、得利
mo.o.ke.ru

訓 **もうけ** mo.o.ke

もう　ぐち
儲け口 賺錢的事、獲利之道
mo.o.ke.gu.chi

もう　やく
儲け役 〔戲劇〕獲得觀眾同情、共鳴的角色
mo.o.ke.ya.ku

厨
音 ちゅう
ず
訓 くりや

音 **ちゅう** chu.u

ㄔ

ちゅうじん
厨人 掌管廚房的人；廚師
chu.u.ji.n

ちゅうぼう
厨房 廚房
chu.u.bo.o

音 ず zu

ずしぼとけ
厨子仏 安置在佛龕裡的佛像
zu.shi.bo.to.ke

訓 くりや ku.ri.ya

くりやがわ
厨川 日本姓氏之一
ku.ri.ya.ga.wa

鋤

音 じょ
訓 すき すく

音 じょ jo

じょれん
鋤簾 〔農〕耙砂土用的耙子
jo.re.n

訓 すき su.ki

すき
鋤 鏟鍬
su.ki

すきくわ
鋤鍬 農業用的器具
su.ki.ku.wa

訓 すく su.ku

す
鋤く 挖地、翻地
su.ku

除

音 じょ じ
訓 のぞく
常

音 じょ jo

じょきょ
除去 除去
jo.kyo

じょがい
除外 除外
jo.ga.i

じょしつ
除湿 除濕
jo.shi.tsu

じょすう
除数 除數
jo.su.u

じょせつ
除雪 除雪
jo.se.tsu

じょそう
除草 除草
jo.so.o

じょほう
除法 除法
jo.ho.o

じょまくしき
除幕式 揭幕儀式
jo.ma.ku.shi.ki

じょめい
除名 除名、開除
jo.me.i

かいじょ
解除 解除
ka.i.jo

じょうじょ
乗除 乘除
jo.o.jo

音 じ ji

そうじ
掃除 打掃
so.o.ji

訓 のぞく no.zo.ku

のぞ
除く 除去；除外
no.zo.ku

樗

音 ちょ
訓

音 ちょ cho

ちょざい
樗材 廢材；無用之材
cho.za.i

雛

音 すう
訓 ひな ひいな

音 すう su.u

いくすう
育雛 孵蛋
i.ku.su.u

訓 ひな hi.na

ひな
雛 雛鳥；女兒節人偶
hi.na

ひなまつ
雛祭り （三月三日）女兒節
hi.na.ma.tsu.ri

訓 ひいな hi.i.na

ひいな
雛 （紙或布製成的）人偶
hi.i.na

杵
音 しょ
訓 きね

音 しょ sho

こんごうしょ
金剛杵 〔法器〕金剛杵
ko.n.go.o.sho

訓 きね ki.ne

きね
杵 搗杵
ki.ne

楚
音 そ
訓

音 そ so

せいそ
清楚 樸素雅緻
se.i.so

さんそ
酸楚 辛酸苦楚
sa.n.so

しめんそか
四面楚歌 四面楚歌
shi.me.n.so.ka

礎
音 そ
訓 いしずえ
常

音 そ so

そせき
礎石 基石；基礎
so.se.ki

きそ
基礎 地基、基礎
ki.so

ていそ
定礎 開工、破土
te.i.so

訓 いしずえ i.shi.zu.e

いしずえ
礎 墊腳石；基礎
i.shi.zu.e

処
音 しょ
訓 ところ
常

音 しょ sho

しょけい
処刑 處刑、處決
sho.ke.i

しょじょ
処女 處女
sho.jo

しょじょさく
処女作 處女作
sho.jo.sa.ku

しょせい
処世 處世
sho.se.i

しょち
処置 處置
sho.chi

しょばつ
処罰 處罰
sho.ba.tsu

しょぶん
処分 處分、作廢
sho.bu.n

しょほう
処方 處方
sho.ho.o

しょり
処理 處理
sho.ri

きょしょ
居処 住處
kyo.sho

ずいしょ
随処 隨處、到處
zu.i.sho

ぜんしょ
善処 妥善處理
ze.n.sho

たいしょ
対処 處理、應付
ta.i.sho

訓 ところ to.ko.ro

触
音 しょく
訓 ふれる さわる
常

音 しょく sho.ku

しょくばい
触媒 〔化〕催化劑
sho.ku.ba.i

しょっかく
触角 觸角
sho.k.ka.ku

しょっかく
触覚 觸覺
sho.k.ka.ku

かんしょく
感触 感覺；感受
ka.n.sho.ku

ていしょく
抵触 牴觸、違犯
te.i.sho.ku

訓 ふれる fu.re.ru

ふ
触れる 摸、觸；接觸、觸及
fu.re.ru

訓 さわる sa.wa.ru

さわ
触る 觸、摸；接觸、參與
sa.wa.ru

吹
音 すい
訓 ふく
常

音 すい su.i

すいそう
吹奏 吹奏
su.i.so.o

こすい
鼓吹 鼓吹、宣傳；鼓舞
ko.su.i

訓 ふく fu.ku

ふ
吹く 颳、吹
fu.ku

ふぶき
特 **吹雪** 暴風雪
fu.bu.ki

炊
音 すい
訓 たく
常

音 すい su.i

すいじ
炊事 烹調
su.i.ji

すいはんき
炊飯器 電鍋
su.i.ha.n.ki

訓 たく ta.ku

た
炊く 煮
ta.ku

垂
音 すい
訓 たれる たらす
常

音 すい su.i

すいし
垂死 垂死
su.i.shi

すいせん
垂線 垂直線
su.i.se.n

すいちょく
垂直 垂直
su.i.cho.ku

いかすい
胃下垂 胃下垂
i.ka.su.i

かすい
下垂 下垂
ka.su.i

訓 たれる ta.re.ru

た
垂れる 下垂；使下垂、懸掛
ta.re.ru

訓 たらす ta.ra.su

た
垂らす 垂、吊；滴、流
ta.ra.su

槌
音 つい
訓 つち

音 つい tsu.i

てっつい
鉄槌 鐵錘
te.t.tsu.i

訓 つち tsu.chi

あいづち
相槌 隨聲附和、幫腔
a.i.zu.chi

かなづち
金槌 鐵錘；旱鴨子
ka.na.zu.chi

錘
音 すい
訓 つむ
常

音 すい su.i

えんすい
鉛錘 鉛錘、鉛塊
e.n.su.i

訓 つむ tsu.mu

つむ
錘 紡錘
tsu.mu

鎚
音 つい
訓 つち

音 つい tsu.i

ついきん
鎚金 金工技法之一
tsu.i.ki.n

訓 つち tsu.chi

きづち
汽鎚 蒸汽槌
ki.zu.chi

川 常
音 せん
訓 かわ

音 せん se.n

かせん
河川 河川
ka.se.n

訓 かわ ka.wa

かわ
川 河川
ka.wa

かわかみ
川上 上游
ka.wa.ka.mi

かわぐち
川口 河口、出海口
ka.wa.gu.chi

かわしも
川下 下游
ka.wa.shi.mo

かわせ
川瀬 水流湍急的淺灘
ka.wa.se

おおかわ
大川 大河川
o.o.ka.wa

おがわ
小川 小河川
o.ga.wa

たにがわ
谷川 溪流
ta.ni.ga.wa

穿
音 せん
訓 うがつ

音 せん se.n

せんこう
穿孔 穿孔
se.n.ko.o

せんさく
穿鑿 鑿穿；追根究底；說長道短
se.n.sa.ku

訓 うがつ u.ga.tsu

うが
穿つ 〔文〕挖、鑿；說穿
u.ga.tsu

釧
音 せん
訓

音 せん se.n

こんせんだいち
根釧台地 根釧高地位於北海道東部
ko.n.se.n.da.i.chi

船 常
音 せん
訓 ふね
ふな

音 せん se.n

せんいん
船員 船員
se.n.i.n

せんしつ
船室 船艙
se.n.shi.tsu

せんたい
船体 船體
se.n.ta.i

せんちょう
船長 船長
se.n.cho.o

せんてい
船底 船底
se.n.te.i

せんない
船内 船內
se.n.na.i

せんぱく
船舶 船舶
se.n.pa.ku

せんび
船尾 船尾
se.n.bi

かもつせん
貨物船 貨船
ka.mo.tsu.se.n

きせん
汽船 輪船
ki.se.n

きゃくせん
客船 客輪
kya.ku.se.n

ぎょせん
漁船 漁船
gyo.se.n

しょうせん
商船 商船
sho.o.se.n

ぞうせん
造船 造船
zo.o.se.n

訓 **ふな** fu.na

ふなで
船出 * 出航
fu.na.de

ふなのり
船乗り * 乘船
fu.na.no.ri

ふなびん
船便 * 船運
fu.na.bi.n

訓 **ふね** fu.ne

ふね
船 船、舟
fu.ne

舛 音 せん 訓 そむく

音 **せん** se.n

訓 **そむく** so.mu.ku

串 音 訓 かん くし

訓 **かん** ka.n

訓 **くし** ku.shi

くしや
串焼き 串燒
ku.shi.ya.ki

かなぐし
金串 燒烤時，用來串起魚肉的金屬叉
ka.na.gu.shi

春 音 しゅん 訓 はる 常

音 **しゅん** shu.n

しゅんき
春季 春季
shu.n.ki

しゅんせつ
春雪 春雪
shu.n.se.tsu

しゅんぶん
春分 春分
shu.n.bu.n

がしゅん
賀春 賀新春
ga.shu.n

しんしゅん
新春 新春、新年
shi.n.shu.n

りっしゅん
立春 立春
ri.s.shu.n

訓 **はる** ha.ru

はる
春 春
ha.ru

はるさき
春先 早春、初春
ha.ru.sa.ki

はるさめ
春雨 春雨；冬粉
ha.ru.sa.me

椿 音 ちん 訓 つばき

音 **ちん** chi.n

ちんじ
椿事 偶發事故、意外變故
chi.n.ji

訓 **つばき** tsu.ba.ki

つばき
椿 〔植〕山茶花
tsu.ba.ki

唇 音 しん 訓 くちびる 常

音 **しん** shi.n

こうしん
口唇 嘴唇
ko.o.shi.n

訓 **くちびる** ku.chi.bi.ru

くちびる
唇 嘴唇
ku.chi.bi.ru

純 音 じゅん 訓 常

音 じゅん ju.n

じゅんきん
純金 純金
ju.n.ki.n

じゅんぎん
純銀 純銀
ju.n.gi.n

じゅんけつ
純潔 純潔
ju.n.ke.tsu

じゅんしん
純真 純真
ju.n.shi.n

じゅんじょう
純情 純情
ju.n.jo.o

じゅんすい
純粋 單純、純真
ju.n.su.i

じゅんぱく
純白 純白
ju.n.pa.ku

せいじゅん
清純 清純
se.i.ju.n

たんじゅん
単純 單純
ta.n.ju.n

ふじゅん
不純 不單純
fu.ju.n

醇
音 じゅん
訓

音 じゅん ju.n

じゅんこう
醇厚 淳厚、淳樸
ju.n.ko.o

ほうじゅん
芳醇 （酒）芳醇
ho.o.ju.n

窓
音 そう
訓 まど
常

音 そう so.o

そうがい
窓外 窗外
so.o.ga.i

しゃそう
車窓 車窗
sha.so.o

しんそう
深窓 深閨、深宅
shi.n.so.o

どうそう
同窓 同窗、同學
do.o.so.o

どうそうかい
同窓会 同學會
do.o.so.o.ka.i

訓 まど ma.do

まど
窓 窗
ma.do

まどぐち
窓口 （銀行、郵局等）窗口
ma.do.gu.chi

てんまど
天窓 天窗
te.n.ma.do

床
音 しょう
訓 とこ ゆか
常

音 しょう sho.o

おんしょう
温床 溫床
o.n.sho.o

かしょう
河床 河床
ka.sho.o

びょうしょう
病床 病床
byo.o.sho.o

訓 とこ to.ko

とこ ま
床の間 壁龕
to.ko.no.ma

とこや
床屋 〔舊〕理髮店
to.ko.ya

かわどこ
河床 河床
ka.wa.do.ko

訓 ゆか yu.ka

ゆか
床 地板
yu.ka

ゆかいた
床板 地板
yu.ka.i.ta

ゆかした
床下 地板下面
yu.ka.shi.ta

創
音 そう
訓
常

音 そう so.o

ㄔ

そうい
創意 創意
so.o.i

そうかん
創刊 創刊
so.o.ka.n

そうぎょう
創業 創業
so.o.gyo.o

そうけん
創建 創建
so.o.ke.n

そうさく
創作 創作
so.o.sa.ku

そうし
創始 創始
so.o.shi

そうせつ
創設 創設
so.o.se.tsu

そうぞう
創造 創造
so.o.zo.o

そうりつ
創立 創立
so.o.ri.tsu

音 じゅう ju.u

じゅうけつ
充血 〔醫〕充血
ju.u.ke.tsu

じゅうじつ
充実 充實、充沛
ju.u.ji.tsu

じゅうそく
充足 充裕、滿足
ju.u.so.ku

じゅうでん
充電 充電
ju.u.de.n

じゅうぶん
充分 足夠、十分、充分
ju.u.bu.n

じゅうまん
充満 充滿
ju.u.ma.n

訓 あてる a.te.ru

あ
充てる 碰、接觸；猜中、推測
a.te.ru

音 しょう sho.o

しょうけい
憧憬 憧憬、嚮往
sho.o.ke.i

音 どう do.o

どうけい
憧憬 憧憬、嚮往
do.o.ke.i

訓 あこがれる a.ko.ga.re.ru

あこが
憧れる 憧憬、嚮往
a.ko.ga.re.ru

あこが
憧れ 憧憬、嚮往
a.ko.ga.re

音 ちゅう chu.u

ちゅうせき
沖積 沖積
chu.u.se.ki

訓 おき o.ki

おき
沖 海上、湖面
o.ki

おきあい
沖合 海上
o.ki.a.i

音 しょう sho.o

しょうげき
衝撃 衝擊、衝撞、打擊
sho.o.ge.ki

しょうどう
衝動 衝動
sho.o.do.o

しょうとつ
衝突 （車、船等）相撞；衝突
sho.o.to.tsu

かんしょう
緩衝 緩衝
ka.n.sho.o

訓 つく tsu.ku

崇
㊠ すう
㊟ あがめる
常

音 すう su.u

すうこう
崇高 崇高
su.u.ko.o

すうはい
崇拝 崇拜
su.u.ha.i

訓 あがめる a.ga.me.ru

あが
崇める 崇拜、恭維
a.ga.me.ru

虫
㊠ ちゅう
㊟ むし
常

音 ちゅう chu.u

えきちゅう
益虫 益蟲
e.ki.chu.u

かいちゅう
回虫 蛔蟲
ka.i.chu.u

がいちゅう
害虫 害蟲
ga.i.chu.u

き せいちゅう
寄生虫 寄生蟲
ki.se.i.chu.u

せいちゅう
成虫 成蟲
se.i.chu.u

ようちゅう
幼虫 幼蟲
yo.o.chu.u

訓 むし mu.shi

むし
虫 昆蟲
mu.shi

むしめがね
虫眼鏡 放大鏡
mu.shi.me.ga.ne

むしば
虫歯 蛀牙
mu.shi.ba

あぶらむし
油虫 蟑螂
a.bu.ra.mu.shi

け むし
毛虫 毛毛蟲
ke.mu.shi

寵
㊠ ちょう
㊟

音 ちょう cho.o

ちょうあい
寵愛 寵愛
cho.o.a.i

おんちょう
恩寵 寵愛
o.n.cho.o

銃
㊠ じゅう
㊟
常

音 じゅう ju.u

じゅう
銃 槍
ju.u

じゅうげき
銃撃 用槍射擊
ju.u.ge.ki

じゅうせい
銃声 槍聲
ju.u.se.i

じゅうだん
銃弾 槍彈
ju.u.da.n

き かんじゅう
機関銃 機關槍
ki.ka.n.ju.u

失

音 しつ
訓 うしなう
常

音 しつ shi.tsu

しつぎょう
失業 失業
shi.tsu.gyo.o

しつげん
失言 失言
shi.tsu.ge.n

しつめい
失明 失明
shi.tsu.me.i

しつめい
失命 喪命
shi.tsu.me.i

しつぼう
失望 失望
shi.tsu.bo.o

しつれい
失礼 失禮
shi.tsu.re.i

しつれん
失恋 失戀
shi.tsu.re.n

かしつ
過失 過失
ka.shi.tsu

しょうしつ
消失 消失
sho.o.shi.tsu

そんしつ
損失 損失
so.n.shi.tsu

りゅうしつ
流失 流失
ryu.u.shi.tsu

しつぎょう
失業 失業
shi.tsu.gyo.o

しっかく
失格 喪失資格
shi.k.ka.ku

しっきゃく
失脚 (政治家等)下台
shi.k.kya.ku

しっけい
失敬 失敬
shi.k.ke.i

しっけん
失権 喪失權利
shi.k.ke.n

しっさく
失策 失策
shi.s.sa.ku

しっこう
失効 失效
shi.k.ko.o

しっしょう
失笑 失笑、不由得發笑
shi.s.sho.o

しっしょく
失職 失職
shi.s.sho.ku

しっしん
失神 失去意識、不省人事
shi.s.shi.n

しっちょう
失調 失去平衡、失常
shi.c.cho.o

しっぱい
失敗 失敗
shi.p.pa.i

訓 うしなう u.shi.na.u

うしな
失う 失去、錯過；喪失
u.shi.na.u

屍

音 し
訓 しかばね

音 し shi

しがい
屍骸 屍體
shi.ga.i

しはん
屍斑 屍斑
shi.ha.n

訓 しかばね shi.ka.ba.ne

しかばね
屍 屍體
shi.ka.ba.ne

師

音 し
訓
常

音 し shi

し
師 老師、師傅
shi

しおん
師恩 師恩
shi.o.n

ししょう
師匠 師傅、老師
shi.sho.o

してい
師弟 師弟
shi.te.i

しはん
師範 模範；老師
shi.ha.n

いし
医師 醫師
i.shi

ぎし
技師 技師、工程師
gi.shi

きょうし
教師 教師
kyo.o.shi

こうし
講師 講師
ko.o.shi

せんきょうし
宣教師 傳教士
se.n.kyo.o.shi

びようし
美容師 美容師
bi.yo.o.shi

ほうし
法師 法師
ho.o.shi

ぼくし
牧師 牧師
bo.ku.shi

やくざいし
薬剤師 藥劑師
ya.ku.za.i.shi

りようし
理容師 理髮師、美容師
ri.yo.o.shi

りょうし
漁師 漁夫
ryo.o.shi

施 音 し せ 訓 ほどこす 常

音 し shi

しこう
施行 實施；〔法〕生效
shi.ko.o

しせい
施政 施政
shi.se.i

しせつ
施設 設施；（兒童、老人）福利設施
shi.se.tsu

音 せ se

せこう
施工 施工
se.ko.o

せしゅ
施主 〔佛〕施主
se.shu

せじょう
施錠 上鎖
se.jo.o

訓 ほどこす ho.do.ko.su

ほどこ
施す 施行；施捨、賑濟
ho.do.ko.su

湿 音 しつ 訓 しめる しめす 常

音 しつ shi.tsu

しつじゅん
湿潤 濕潤、潮濕
shi.tsu.ju.n

しつど
湿度 濕度
shi.tsu.do

しっけ
湿気 濕氣
shi.k.ke

しっち
湿地 濕地
shi.c.chi

訓 しめる shi.me.ru

しめ
湿る 潮濕；（火）熄滅
shi.me.ru

訓 しめす shi.me.su

しめ
湿す 弄濕、浸濕
shi.me.su

獅 音 し 訓

音 し shi

ししまい
獅子舞 舞獅
shi.shi.ma.i

詩 音 し 訓 常

音 し shi

し
詩 詩
shi

しか
詩歌 詩歌
shi.ka

しさく
詩作 作詩
shi.sa.ku

ししゅう
詩集 詩集
shi.shu.u

しじょう
詩情 詩意
shi.jo.o

しじん
詩人 詩人
shi.ji.n

什

音 じゅう
訓

音 じゅう ju.u

じゅうき
什器 家常用具
ju.u.ki

十 常

音 じゅう じっ
訓 とお と

音 じゅう ju.u

じゅうじか
十字架 十字架
ju.u.ji.ka

じゅうじろ
十字路 十字路口
ju.u.ji.ro

じゅうぜん
十全 萬全
ju.u.ze.n

じゅうにしちょう
十二指腸 十二指腸
ju.u.ni.shi.cho.o

じゅうにんといろ
十人十色 各有不同
ju.u.ni.n.to.i.ro

じゅうにんな
十人並み (才能、容貌等)普通、一般
ju.u.ni.n.na.mi

じゅうねんいちじつ
十年一日 十年如一日
ju.u.ne.n.i.chi.ji.tsu

じゅうばい
十倍 十倍
ju.u.ba.i

じゅうはちばん
十八番 拿手好戲
ju.u.ha.chi.ba.n

じゅうぶん
十分 足夠、充裕
ju.u.bu.n

音 じっ ji

じっし
十指 十指
ji.s.shi

じっしんほう
十進法 十進法
ji.s.shi.n.ho.o

じっちゅうはっく
十中八九 十之八九
ji.c.chu.u.ha.k.ku

訓 とお to.o

とお
十 十
to.o

とおか
十日 十天；十號
to.o.ka

訓 と to

とえはたえ
十重二十重 層層、重重
to.e.ha.ta.e

実 常

音 じつ
訓 み みのる

音 じつ ji.tsu

じつ
実 真實、實質；真誠
ji.tsu

じつ
実は 老實說、實際上
ji.tsu.wa

じつぎょうか
実業家 實業家（企業家）
ji.tsu.gyo.o.ka

じつげん
実現 實現
ji.tsu.ge.n

じつざい
実在 實在
ji.tsu.za.i

じつじょう
実情 實情、實際情況
ji.tsu.jo.o

じつぶつ
実物 實物、實品
ji.tsu.bu.tsu

じつ
実に 的確、實在
ji.tsu.ni

じつよう
実用 實用
ji.tsu.yo.o

じつりょく
実力 實力
ji.tsu.ryo.ku

じつれい
実例 實例
ji.tsu.re.i

かくじつ
確実 確實
ka.ku.ji.tsu

かじつ
果実 果實
ka.ji.tsu

けつじつ
結実 成果
ke.tsu.ji.tsu

こうじつ
口実 藉口
ko.o.ji.tsu

じじつ
事実 事實
ji.ji.tsu

じゅうじつ
充実 充實
ju.u.ji.tsu

しんじつ
真実 真實
shi.n.ji.tsu

せつじつ
切実 切身；實實在在
se.tsu.ji.tsu

ちゅうじつ
忠実 忠實
chu.u.ji.tsu

じっか
実家 老家、娘家
ji.k.ka

じっかん
実感 實際感受
ji.k.ka.n

じっけん
実験 實驗
ji.k.ke.n

じっこう
実行 實行
ji.k.ko.o

じっさい
実際 實際
ji.s.sa.i

じっし
実施 實施
ji.s.shi

じっしつ
実質 實質的內容和性質
ji.s.shi.tsu

じっしゅう
実習 實習
ji.s.shu.u

じったい
実態 實際狀況、實情
ji.t.ta.i

じっせん
実践 實踐
ji.s.se.n

じっぴ
実費 實際開銷、費用
ji.p.pi

じっせき
実績 實際成績
ji.s.se.ki

訓 み mi

み
実 果實、種子
mi

みしょう
実生 由種子發芽生長的植物
mi.sho.o

訓 みのる mi.no.ru

みの
実る 〔農〕成熟、結果實；有成績
mi.no.ru

拾
音 しゅう じゅう
訓 ひろう
常

音 しゅう shu.u

しゅうとく
拾得 拾得、撿到
shu.u.to.ku

しゅうしゅう
収拾 收拾、整頓
shu.u.shu.u

音 じゅう ju.u

じゅうまんえん
拾万円 十萬日幣
ju.u.ma.n.e.n

訓 ひろう hi.ro.u

ひろ
拾う 拾、撿；挑選
hi.ro.u

時
音 じ
訓 とき
常

音 じ ji

じか
時価 時價
ji.ka

じかん
時間 時間
ji.ka.n

じかんわり
時間割 時間表
ji.ka.n.wa.ri

じこくひょう
時刻表 時刻表
ji.ko.ku.hyo.o

じき
時期 時期
ji.ki

じこう
時候 時候
ji.ko.o

じこく
時刻 時刻
ji.ko.ku

じさ
時差 時差
ji.sa

じじ
時事 時事
ji.ji

じそく
時速 時速
ji.so.ku

じだい
時代 時代
ji.da.i

とうじ
当時 當時
to.o.ji

どうじ
同時 同時
do.o.ji

訓 とき to.ki

とき
時 時間；時候、場合
to.ki

ときおり
時折 有時、偶爾
to.ki.o.ri

ときどき
時時 偶爾、有時候
to.ki.do.ki

とけい
特 時計 時鐘
to.ke.i

石

常
音 せき しゃく こく
訓 いし

音 せき se.ki

せき
石 石頭
se.ki

せきぞう
石像 石像
se.ki.zo.o

せきたん
石炭 煤炭
se.ki.ta.n

せきひ
石碑 石碑
se.ki.hi

せきぶつ
石仏 石頭做的佛像
se.ki.bu.tsu

せきゆ
石油 石油
se.ki.yu

いんせき
隕石 隕石
i.n.se.ki

かせき
化石 化石
ka.se.ki

がんせき
岩石 岩石
ga.n.se.ki

ほうせき
宝石 寶石
ho.o.se.ki

音 しゃく sha.ku

音 こく ko.ku

こくだか
石高 * 米穀收成量；俸祿
ko.ku.da.ka

せんごくぶね
千石船 * 可載運一千石米的船
se.n.go.ku.bu.ne

訓 いし i.shi

いし
石 石頭
i.shi

いしあたま
石頭 死腦筋、不知變通
i.shi.a.ta.ma

いしく
石工 石匠
i.shi.ku

いしばし
石橋 石橋
i.shi.ba.shi

こいし
小石 小石頭
ko.i.shi

せっけん
特 石鹸 肥皂
se.k.ke.n

蒔

音 じ
訓 まく

音 じ ji

訓 まく ma.ku

ま
蒔く 播種；埋下事因
ma.ku

まきえ
蒔絵 日本的漆器工藝
ma.ki.e

蝕

音 しょく
訓 むしばむ

音 しょく sho.ku

げっしょく
月蝕 月蝕
ge.s.sho.ku

にっしょく
日蝕 日蝕
ni.s.sho.ku

訓 むしばむ mu.shi.ba.mu

むしば
蝕む 蟲蛀；侵蝕、腐蝕
mu.shi.ba.mu

食

常
音 しょく じき
訓 くう くらう たべる

音 しょく sho.ku

しょくえん
食塩 食用鹽
sho.ku.e.n

しょくご
食後 飯後、用完餐後
sho.ku.go

しょくじ
食事 吃飯、飲食
sho.ku.ji

しょくたく
食卓 餐桌
sho.ku.ta.ku

しょくどう
食堂 食堂
sho.ku.do.o

しょくひ
食費 餐飲費、伙食費
sho.ku.hi

しょくひん
食品 食品
sho.ku.hi.n

しょくもつ
食物 食物
sho.ku.mo.tsu

しょくよく
食欲 食慾
sho.ku.yo.ku

しょくりょう
食糧 糧食
sho.ku.ryo.o

しょくりょう
食料 食物
sho.ku.ryo.o

しょくりょうひん
食料品 食品
sho.ku.ryo.o.hi.n

いんしょく
飲食 飲食
i.n.sho.ku

かいきしょく
皆既食 （日、月）全蝕
ka.i.ki.sho.ku

きゅうしょく
給食 （學校、公司所提供的）伙食
kyu.u.sho.ku

げっしょく
月食 月蝕
ge.s.sho.ku

さんしょく
三食 三餐
sa.n.sho.ku

しゅしょく
主食 主食
shu.sho.ku

ぜっしょく
絶食 絕食
ze.s.sho.ku

たいしょく
大食 食量大
ta.i.sho.ku

ちゅうしょく
昼食 中餐
chu.u.sho.ku

ていしょく
定食 套餐
te.i.sho.ku

ようしょく
洋食 西式料理
yo.o.sho.ku

わしょく
和食 日式料理
wa.sho.ku

しょっき
食器 餐具
sho.k.ki

しょっけん
食券 餐券
sho.k.ke.n

音 じき ji.ki

こじき
乞食 ＊ 乞丐
ko.ji.ki

訓 くう ku.u

く
食う 吃
ku.u

く ちが
食い違う 不一致、不合
ku.i.chi.ga.u

訓 くらう ku.ra.u

く
食らう 〔俗〕吃、喝；過日子
ku.ra.u

訓 たべる ta.be.ru

た
食べる 吃；生活
ta.be.ru

た もの
食べ物 食物
ta.be.mo.no

使

音 し
訓 つかう
常

音 し shi

し しゃ
使者 使者
shi.sha

し せつ
使節 使節
shi.se.tsu

し めい
使命 使命
shi.me.i

し よう
使用 使用
shi.yo.o

し ようにん
使用人 使用者；受雇者
shi.yo.o.ni.n

ㄕ

こうし
行使 行使、使用
ko.o.shi

たいし
大使 大使
ta.i.shi

てんし
天使 天使
te.n.shi

とくし
特使 （從國外派來的）特使
to.ku.shi

訓 **つかう** tsu.ka.u

つか
使う 使用
tsu.ka.u

つか　みち
使い道 用法、用途
tsu.ka.i.mi.chi

つか
お使い 使用；出使、使者
o.tsu.ka.i

史 音 し 訓 常

音 **し** shi

しか
史家 歷史學家
shi.ka

しがく
史学 史學
shi.ga.ku

しせき
史跡 史跡
shi.se.ki

こくし
国史 一國的歷史
ko.ku.shi

せかいし
世界史 世界史
se.ka.i.shi

せいようし
西洋史 西洋史
se.i.yo.o.shi

とうようし
東洋史 東洋史
to.o.yo.o.shi

にほんし
日本史 日本史
ni.ho.n.shi

びじゅつし
美術史 美術史
bi.ju.tsu.shi

ぶんかし
文化史 文化史
bu.n.ka.shi

ぶんがくし
文学史 文學史
bu.n.ga.ku.shi

れきし
歴史 歷史
re.ki.shi

始 音 し 訓 はじめる はじまる 常

音 **し** shi

しきゅうしき
始球式 開球儀式
shi.kyu.u.shi.ki

しぎょう
始業 開始工作、開學
shi.gyo.o

しぎょうしき
始業式 開學典禮
shi.gyo.o.shi.ki

しじゅう
始終 始終、自始至終
shi.ju.u

しそ
始祖 始祖
shi.so

しどう
始動 啟動
shi.do.o

しはつ
始発 （電車、公車等）第一班車
shi.ha.tsu

しまつ
始末 始末
shi.ma.tsu

かいし
開始 開始
ka.i.shi

げんし
原始 原始
ge.n.shi

しゅうし
終始 始終
shu.u.shi

そうし
創始 創始
so.o.shi

ねんし
年始 年初
ne.n.shi

訓 **はじめる** ha.ji.me.ru

はじ
始め 開始、最初
ha.ji.me

はじ
始める 開始、開創
ha.ji.me.ru

訓 **はじまる** ha.ji.ma.ru

はじ
始まる 開始；起因
ha.ji.ma.ru

はじ
始まり 開始、開端
ha.ji.ma.ri

音 し shi

いっし 一矢 i.s.shi	一支箭

訓 や ya

や 矢 ya	弓箭
やぐるま 矢車 ya.gu.ru.ma	風車
やじるし 矢印 ya.ji.ru.shi	箭頭
どくや 毒矢 do.ku.ya	毒箭
ゆみや 弓矢 yu.mi.ya	弓箭

屎 音し 訓くそ

音 し shi

しにょう 屎尿 shi.nyo.o	大小便、屎尿

訓 くそ ku.so

こくそ 木屎 ko.ku.so	將木屑混入漆料中，多用來修補漆像等

世 音せい せ 訓よ 常

音 せい se.i

せいき 世紀 se.i.ki	世紀
じせい 時世 ji.se.i	時代
じんせい 人世 ji.n.se.i	人世間
ちゅうせい 中世 chu.u.se.i	〔史〕中世紀

音 せ se

せかい 世界 se.ka.i	世界
せけん 世間 se.ke.n	世間
せたい 世帯 se.ta.i	（自立門戶的）家庭
せだい 世代 se.da.i	世代
せろん 世論 se.ro.n	輿論
せわ 世話する se.wa.su.ru	照顧、幫助
せじ お世辞 o.se.ji	恭維、奉承（話）
きんせい 近世 ki.n.se.i	近世
こうせい 後世 ko.o.se.i	後世
しゅっせ 出世 shu.s.se	出人頭地

訓 よ yo

よ 世 yo	一生；社會、人世間
よろん 世論 yo.ro.n	輿論
よなか 世の中 yo.no.na.ka	世界上

嗜 音し 訓たしなむ

音 し shi

しこう 嗜好 shi.ko.o	嗜好

訓 たしなむ ta.shi.na.mu

たしな 嗜む ta.shi.na.mu	喜好、愛好；謹慎
たしな 嗜み ta.shi.na.mi	興趣、精通；留意

ㄕ

事
音 じ ず
訓 こと
常

音 じ ji

じぎょう
事業 事業
ji.gyo.o

じけん
事件 事件
ji.ke.n

じこ
事故 事故、意外
ji.ko

じこう
事項 事項
ji.ko.o

じじつ
事実 事實
ji.ji.tsu

じじょう
事情 實情、緣由
ji.jo.o

じぜん
事前 事前
ji.ze.n

じたい
事態 事態、情勢
ji.ta.i

じだいしゅぎ
事大主義 趨炎附勢
ji.da.i.shu.gi

じむ
事務 事務
ji.mu

じむしょ
事務所 事務所
ji.mu.sho

じじ
時事 時事
ji.ji

じんじ
人事 人事
ji.n.ji

あくじ
悪事 壞事
a.ku.ji

かじ
火事 火災
ka.ji

ぎょうじ
行事 按慣例舉行的活動
gyo.o.ji

こうつうじこ
交通事故 交通事故
ko.o.tsu.u.ji.ko

ちじ
知事 知事（都、道、府、縣的首長）
chi.ji

ばんじ
万事 萬事、所有的事
ba.n.ji

ひゃっかじてん
百科事典 百科全書
hya.k.ka.ji.te.n

へんじ
返事 回覆
he.n.ji

ようじ
用事 （非做不可的）事情
yo.o.ji

音 ず zu

こうずか
好事家 * 有怪癖的人；好事者
ko.o.zu.ka

訓 こと ko.to

こと
事 事情
ko.to

ことがら
事柄 事情、情況；人品
ko.to.ga.ra

しごと
仕事 工作、職業
shi.go.to

できごと
出来事 事件、變故
de.ki.go.to

みごと
見事 漂亮、好看；出色
mi.go.to

仕
音 し じ
訓 つかえる
常

音 し shi

しあ
仕上がり 成果、成效
shi.a.ga.ri

しあ
仕上がる 做完、完成
shi.a.ga.ru

しあ
仕上げ 做完、完成；修飾
shi.a.ge

しあ
仕上げる 做完、完成
shi.a.ge.ru

しい
仕入れ 買進、採購
shi.i.re

しい
仕入れる 採購、進貨
shi.i.re.ru

しか
仕掛け 製作中；方法、裝置
shi.ka.ke

しか
仕掛ける 開始做；挑釁；安裝
shi.ka.ke.ru

しかた
仕方 做法、方法；舉止
shi.ka.ta

しき
仕切る 隔開；掌管；結算
shi.ki.ru

しく
仕組み 結構
shi.ku.mi

しごと
仕事 工作
shi.go.to

しこ
仕込み 教育、訓練；採購
shi.ko.mi

しだ
仕出し 外送（餐食）
shi.da.shi

した
仕立てる 製作；縫製衣服；教育
shi.ta.te.ru

しよう
仕様 方法；（機械等）構造
shi.yo.o

しゅっし
出仕 出任官職
shu.s.shi

音 じ ji

きゅうじ
給仕 ＊ （公司等）雜務、打雜的人
kyu.u.ji

訓 つかえる tsu.ka.e.ru

つか
仕える 服侍、侍奉；服務
tsu.ka.e.ru

侍
音 じ
訓 さむらい
常

音 じ ji

じい
侍医 御醫
ji.i

じじょ
侍女 女僕
ji.jo

訓 さむらい sa.mu.ra.i

さむらい
侍 武士
sa.mu.ra.i

勢
音 せい
訓 いきおい
常

音 せい se.i

せいりょく
勢力 勢力
se.i.ryo.ku

うんせい
運勢 運勢
u.n.se.i

おおぜい
大勢 許多人
o.o.ze.i

かせい
火勢 火勢
ka.se.i

きせい
気勢 氣勢
ki.se.i

けいせい
形勢 形勢
ke.i.se.i

しせい
姿勢 姿勢
shi.se.i

じせい
時勢 時勢
ji.se.i

たぜい
多勢 人數眾多
ta.ze.i

たいせい
大勢 大勢、大局
ta.i.se.i

たいせい
態勢 態度
ta.i.se.i

ちせい
地勢 地勢
chi.se.i

ゆうせい
優勢 優勢
yu.u.se.i

ぐんぜい
軍勢 軍勢、軍力
gu.n.ze.i

ぶぜい
無勢 人數少
bu.ze.i

訓 いきおい i.ki.o.i

いきお
勢い 力量、氣勢
i.ki.o.i

士
音 し
訓
常

音 し shi

しかん
士官 士官
shi.ka.n

しき
士気 士氣
shi.ki

しぞく
士族 武士家族
shi.zo.ku

うんてんし
運転士 駕駛、司機
u.n.te.n.shi

かいけいし
会計士 會計
ka.i.ke.i.shi

がくし
学士 學士
ga.ku.shi

しゅうし
修士 碩士
shu.u.shi

せんし
戦士 戰士
se.n.shi

ぶし
武士 武士
bu.shi

へいし
兵士 士兵
he.i.shi

べんごし
弁護士 律師
be.n.go.shi

めいし
名士 名人
me.i.shi

ゆうし
勇士 勇士
yu.u.shi

りきし
力士 〔相撲〕力士
ri.ki.shi

室

音 しつ
訓 むろ
常

音 しつ shi.tsu

しつない
室内 室內
shi.tsu.na.i

あんしつ
暗室 暗房
a.n.shi.tsu

おうしつ
王室 王室
o.o.shi.tsu

おんしつ
温室 溫室
o.n.shi.tsu

きゃくしつ
客室 客房
kya.ku.shi.tsu

きょうしつ
教室 教室
kyo.o.shi.tsu

こしつ
個室 單人房
ko.shi.tsu

こうしつ
皇室 皇室
ko.o.shi.tsu

こうちょうしつ
校長室 校長室
ko.o.cho.o.shi.tsu

じむしつ
事務室 辦公室
ji.mu.shi.tsu

しょくいんしつ
職員室 職員室
sho.ku.i.n.shi.tsu

ちかしつ
地下室 地下室
chi.ka.shi.tsu

としょしつ
図書室 圖書室
to.sho.shi.tsu

びょうしつ
病室 病房
byo.o.shi.tsu

べっしつ
別室 另外一間房間
be.s.shi.tsu

ようしつ
洋室 西式房間
yo.o.shi.tsu

わしつ
和室 日式房間
wa.shi.tsu

訓 むろ mu.ro

いしむろ
石室 石室
i.shi.mu.ro

ひむろ
氷室 冰庫
hi.mu.ro

市

音 し
訓 いち
常

音 し shi

し
市 （行政區劃）市
shi

しか
市価 市價
shi.ka

しがい
市街 市街
shi.ga.i

しじょう
市場 市場
shi.jo.o

しちょう
市長 市長
shi.cho.o

しはん
市販 在市場、商店裡出售
shi.ha.n

しみん
市民 市民
shi.mi.n

訓 いち i.chi

いち
市 i.chi　集市、市場

いちば
市場 i.chi.ba　市場、集市

あおものいち
青物市 a.o.mo.no.i.chi　菜市場

式 　音 しき　訓 　常

音 しき shi.ki

しき
式 shi.ki　規定；儀式；樣式

しきじ
式辞 shi.ki.ji　致詞

しきじつ
式日 shi.ki.ji.tsu　舉行典禮的日子

しきじょう
式場 shi.ki.jo.o　舉行典禮的場所

かいかいしき
開会式 ka.i.ka.i.shi.ki　開會儀式

ぎしき
儀式 gi.shi.ki　儀式

けいしき
形式 ke.i.shi.ki　形式

けっこんしき
結婚式 ke.k.ko.n.shi.ki　結婚典禮

こくべつしき
告別式 ko.ku.be.tsu.shi.ki　告別式

せいしき
正式 se.i.shi.ki　正式

せいじんしき
成人式 se.i.ji.n.shi.ki　成人式

そうしき
葬式 so.o.shi.ki　葬禮

にゅうがくしき
入学式 nyu.u.ga.ku.shi.ki　入學典禮

ほうしき
方式 ho.o.shi.ki　方式

拭 　音 しょく しき　訓 ぬぐう ふく

音 しょく sho.ku

ふっしょく
払拭 fu.s.sho.ku　拂拭、消除

音 しき shi.ki

せいしき
清拭 se.i.shi.ki　擦淨；（給臥床的病人）擦澡

訓 ぬぐう nu.gu.u

ぬぐ
拭う nu.gu.u　擦；消除

訓 ふく fu.ku

ふ
拭く fu.ku　擦拭

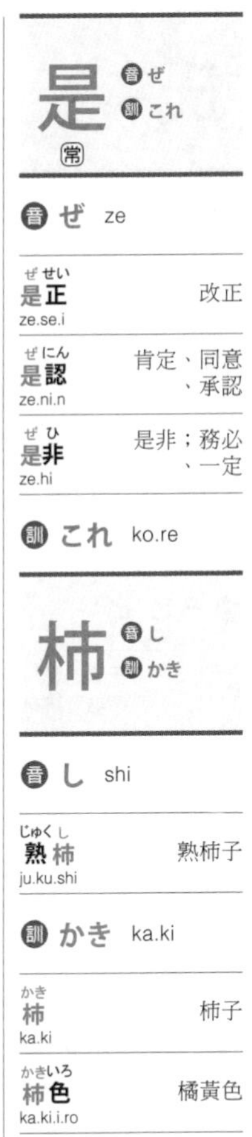

是 　音 ぜ　訓 これ　常

音 ぜ ze

ぜせい
是正 ze.se.i　改正

ぜにん
是認 ze.ni.n　肯定、同意、承認

ぜひ
是非 ze.hi　是非；務必、一定

訓 これ ko.re

柿 　音 し　訓 かき

音 し shi

じゅくし
熟柿 ju.ku.shi　熟柿子

訓 かき ka.ki

かき
柿 ka.ki　柿子

かきいろ
柿色 ka.ki.i.ro　橘黃色

氏

音 し
訓 うじ
常

音 し shi

し
氏 姓氏
shi

しぞく
氏族 氏族
shi.zo.ku

しめい
氏名 姓名
shi.me.i

げんじものがたり
源氏物語 源氏物語
ge.n.ji.mo.no.ga.ta.ri

訓 うじ u.ji

うじがみ
氏神 氏族之神、當地守護神
u.ji.ga.mi

うじこ
氏子 氏族神的子孫；受守護神保佑的人
u.ji.ko

うじすじょう
氏素性 家世、門第
u.ji.su.jo.o

示

音 し
じ
訓 しめす
常

音 し shi

しさ
示唆 暗示、啟發
shi.sa

音 じ ji

じだん
示談 和解
ji.da.n

あんじ
暗示 暗示
a.n.ji

きょうじ
教示 教誨、指教
kyo.o.ji

くんじ
訓示 訓示
ku.n.ji

こうじ
公示 公告
ko.o.ji

こくじ
告示 告示
ko.ku.ji

ていじ
提示 提示
te.i.ji

てんじ
展示 展示
te.n.ji

ないじ
内示 秘密指示
na.i.ji

ひょうじ
表示 表示
hyo.o.ji

ひょうじ
標示 標示
hyo.o.ji

めいじ
明示 明示
me.i.ji

訓 しめす shi.me.su

しめ
示す 呈現、表現；指示
shi.me.su

視

音 し
訓 みる
常

音 し shi

しかい
視界 視野
shi.ka.i

しかく
視覚 視覺
shi.ka.ku

しさつ
視察 視察
shi.sa.tsu

しせん
視線 視線
shi.se.n

してん
視点 觀點
shi.te.n

しや
視野 視野
shi.ya

しりょく
視力 視力
shi.ryo.ku

えんし
遠視 遠視
e.n.shi

きんし
近視 近視
ki.n.shi

けいし
軽視 輕視
ke.i.shi

じゅうだいし
重大視 重視
ju.u.da.i.shi

せいし
正視 正視
se.i.shi

ちゅうし
注視 注視
chu.u.shi

てきし
敵視 敵視
te.ki.shi

どがいし
度外視 置之事外
do.ga.i.shi

むし
無視 無視
mu.shi

訓 **みる** mi.ru

み
視る 看
mi.ru

試 音 し 訓 こころみる ためす 常

音 **し** shi

しあい
試合 比賽
shi.a.i

しけん
試験 考試
shi.ke.n

しこう
試行 試辦、試做
shi.ko.o

しさく
試作 試作
shi.sa.ku

ししょく
試食 試吃
shi.sho.ku

しよう
試用 試用
shi.yo.o

しれん
試練 試練
shi.re.n

にゅうし
入試 入學考試
nyu.u.shi

訓 **こころみる** ko.ko.ro.mi.ru

こころ
試みる 試；試吃、喝
ko.ko.ro.mi.ru

こころ
試み 試、嘗試
ko.ko.ro.mi

訓 **ためす** ta.me.su

ため
試す 試、測試
ta.me.su

誓 音 せい 訓 ちかう 常

音 **せい** se.i

せいし
誓詞 誓詞
se.i.shi

せいやく
誓約 誓約、起誓
se.i.ya.ku

せんせい
宣誓 宣誓
se.n.se.i

訓 **ちかう** chi.ka.u

ちか
誓う 發誓、宣誓
chi.ka.u

識 音 しき 訓 常

音 **しき** shi.ki

しきけん
識見 見識
shi.ki.ke.n

しきしゃ
識者 有見識的人
shi.ki.sha

しきべつ
識別 識別
shi.ki.be.tsu

いしき
意識 意識
i.shi.ki

がくしき
学識 學識
ga.ku.shi.ki

けんしき
見識 見識
ke.n.shi.ki

ちしき
知識 知識
chi.shi.ki

じょうしき
常識 常識
jo.o.shi.ki

にんしき
認識 認識
ni.n.shi.ki

はくしき
博識 博學多聞
ha.ku.shi.ki

ひょうしき
標識 標識
hyo.o.shi.ki

ゆうしき
有識 有學識
yu.u.shi.ki

りょうしき
良識 健全的判斷、思考能力
ryo.o.shi.ki

貰
音
訓 もらう

訓 もらう mo.ra.u

もら
貰う 領受、承蒙；承擔
mo.ra.u

逝
音 せい
訓 ゆく
常

音 せい se.i

せいきょ
逝去 〔敬〕逝世
se.i.kyo

きゅうせい
急逝 驟逝
kyu.u.se.i

訓 ゆく yu.ku

ゆ
逝く 死去
yu.ku

適
音 てき
訓
常

音 てき te.ki

てきおう
適応 適應
te.ki.o.o

てきかく
適格 符合規定的資格
te.ki.ka.ku

てきかく
適確 正確、確切
te.ki.ka.ku

てきぎ
適宜 適宜的、適當的
te.ki.gi

てきごう
適合 適合
te.ki.go.o

てき
適する 適合、適用；有天賦
te.ki.su.ru

てきせい
適正 適當
te.ki.se.i

てきせい
適性 適合性
te.ki.se.i

てきせつ
適切 適切
te.ki.se.tsu

てきちゅう
適中 適中
te.ki.chu.u

てきど
適度 適度
te.ki.do

てきとう
適当 適當
te.ki.to.o

てきにん
適任 適任
te.ki.ni.n

てきやく
適役 適合的角色
te.ki.ya.ku

てきよう
適用 適用
te.ki.yo.o

てきりょう
適量 適量
te.ki.ryo.o

かいてき
快適 舒適
ka.i.te.ki

こうてき
好適 適合的、恰當的
ko.o.te.ki

さいてき
最適 最合適
sa.i.te.ki

釈
音 しゃく
訓
常

音 しゃく sha.ku

しゃくほう
釈放 釋放（人）
sha.ku.ho.o

えしゃく
会釈 點頭、打招呼
e.sha.ku

ちゅうしゃく
注釈 註釋
chu.u.sha.ku

飾
音 しょく
訓 かざる
常

音 しょく sho.ku

しゅうしょく
修飾 修飾
shu.u.sho.ku

そうしょく
装飾 裝飾
so.o.sho.ku

訓 かざる ka.za.ru

かざ
飾る 裝飾、修飾
ka.za.ru

かざ
飾り 裝飾（物）
ka.za.ri

音 さつ sa.tsu

さつい
殺意 殺意
sa.tsu.i

さつがい
殺害 殺害
sa.tsu.ga.i

さつじん
殺人 殺人
sa.tsu.ji.n

あんさつ
暗殺 暗殺
a.n.sa.tsu

じさつ
自殺 自殺
ji.sa.tsu

しゃさつ
射殺 射殺
sha.sa.tsu

じゅうさつ
銃殺 槍殺
ju.u.sa.tsu

そうさつ
相殺 互相殘殺
so.o.sa.tsu

たさつ
他殺 他殺
ta.sa.tsu

どくさつ
毒殺 毒殺
do.ku.sa.tsu

ひっさつ
必殺 必殺
hi.s.sa.tsu

音 さい sa.i

そうさい
相殺 ＊ 相抵
so.o.sa.i

音 せつ se.tsu

せっしょう
殺生 ＊ 〔佛〕殺生；殘酷、狠毒
se.s.sho.o

訓 ころす ko.ro.su

ころ
殺す 殺、消除
ko.ro.su

砂

音 さ しゃ
訓 すな
常

音 さ sa

さてつ
砂鉄 〔礦〕鐵礦砂
sa.te.tsu

さきん
砂金 〔礦〕砂金
sa.ki.n

さきゅう
砂丘 砂丘
sa.kyu.u

さばく
砂漠 沙漠
sa.ba.ku

さとう
砂糖 砂糖
sa.to.o

音 しゃ sha

どしゃ
土砂 砂土
do.sha

じゃり
砂利 砂礫、砂石
ja.ri

訓 すな su.na

すな
砂 沙子
su.na

すなけむり
砂煙 沙塵
su.na.ke.mu.ri

すなはま
砂浜 沙灘
su.na.ha.ma

紗

音 さ しゃ
訓

音 さ sa

ふくさ
袱紗 用來包禮品等的絲綢小方巾
fu.ku.sa

さらさ
更紗 更紗，在織物上畫上多彩的人、動物、花朵等圖様
sa.ra.sa

音 しゃ sha

きんしゃ
金紗 織入金線的絲織品
ki.n.sha

ㄕ

裟
音 さ
訓

音 さ sa

けさ
袈裟 袈裟
ke.sa

舌 常
音 ぜつ
訓 した

音 ぜつ ze.tsu

どくぜつ
毒舌 毒舌
do.ku.ze.tsu

べんぜつ
弁舌 口才、口齒
be.n.ze.tsu

ぜっせん
舌戦 激烈的舌戰
ze.s.se.n

訓 した shi.ta

した
舌 舌頭
shi.ta

したうち
舌打ち 咋舌；試味道或不順心時的動作
shi.ta.u.chi

したさき
舌先 舌尖
shi.ta.sa.ki

ねこじた
猫舌 怕吃熱食、怕燙的人
ne.ko.ji.ta

蛇 常
音 じゃ だ
訓 へび

音 じゃ ja

じゃぐち
蛇口 水龍頭
ja.ku.chi

だいじゃ
大蛇 巨蟒
da.i.ja

どくじゃ
毒蛇 毒蛇
do.ku.ja

音 だ da

だこう
蛇行 蛇行
da.ko.o

だそく
蛇足 多餘、無用的
da.so.ku

訓 へび he.bi

へび
蛇 蛇
he.bi

捨 常
音 しゃ
訓 すてる

音 しゃ sha

きしゃ
喜捨 佈施、施捨
ki.sha

ししゃごにゅう
四捨五入 四捨五入
shi.sha.go.nyu.u

しゅしゃ
取捨 取捨
shu.sha

訓 すてる su.te.ru

す
捨てる 拋棄、扔掉、放棄
su.te.ru

射 常
音 しゃ
訓 いる さす

音 しゃ sha

しゃさつ
射殺 射殺
sha.sa.tsu

しゃてい
射程 射程
sha.te.i

しゃてき
射的 打靶
sha.te.ki

ちゅうしゃ
注射 注射
chu.u.sha

ちょくしゃ
直射 直射
cho.ku.sha

にっしゃ
日射 日照
ni.s.sha

はんしゃ
反射 反射
ha.n.sha

はっしゃ
発射 發射
ha.s.sha

らんしゃ
乱射 亂射
ra.n.sha

訓 **いる** i.ru

い
射る 射；擊中、打中
i.ru

訓 **さす** sa.su

さ
射す 陽光照射
sa.su

摂 音 せつ 訓 とる 常

音 **せつ** se.tsu

せっしゅ
摂取 攝取、吸收
se.s.shu

せっせい
摂生 養生、注意健康
se.s.se.i

訓 **とる** to.ru

渋 音 じゅう 訓 しぶ しぶい しぶる 常

音 **じゅう** ju.u

じゅうたい
渋滞 阻塞
ju.u.ta.i

訓 **しぶ** shi.bu

しぶみ
渋味 澀味；雅緻
shi.bu.mi

訓 **しぶい** shi.bu.i

しぶ
渋い 澀；陰沉、不高興
shi.bu.i

訓 **しぶる** shi.bu.ru

しぶ
渋る 不流暢、遲滯；不願意
shi.bu.ru

渉 音 しょう 訓 常

音 **しょう** sho.o

かんしょう
干渉 干涉；干擾
ka.n.sho.o

こうしょう
交渉 交涉、談判；來往
ko.o.sho.o

社 音 しゃ 訓 やしろ 常

音 **しゃ** sha

しゃがい
社外 公司外面
sha.ga.i

しゃかい
社会 社會
sha.ka.i

しゃこう
社交 社交
sha.ko.o

しゃじ
社寺 神社與佛寺
sha.ji

しゃせつ
社説 社論
sha.se.tsu

しゃたく
社宅 公司宿舍
sha.ta.ku

しゃちょう
社長 老闆
sha.cho.o

しゃない
社内 公司內部
sha.na.i

かいしゃ
会社 公司
ka.i.sha

しゅっしゃ
出社 上班
shu.s.sha

しょうしゃ
商社 商社
sho.o.sha

しんぶんしゃ
新聞社 報社
shi.n.bu.n.sha

じんじゃ
神社 神社
ji.n.ja

たいしゃ
退社 下班；辭職
ta.i.sha

にゅうしゃ
入社 進入公司工作
nyu.u.sha

訓 **やしろ** ya.shi.ro

やしろ
社 神社
ya.shi.ro

音 しゃ sha

きしゅくしゃ
寄宿舎 （學生、員工）宿舍
ki.shu.ku.sha

けいしゃ
鶏舎 雞窩
ke.i.sha

こうしゃ
校舎 校舍
ko.o.sha

へいしゃ
兵舎 軍營、兵營
he.i.sha

音 せつ se.tsu

せつび
設備 設備
se.tsu.bi

せつりつ
設立 設立
se.tsu.ri.tsu

かいせつ
開設 開設
ka.i.se.tsu

けんせつ
建設 建設
ke.n.se.tsu

しせつ
施設 設施
shi.se.tsu

しんせつ
新設 新設
shi.n.se.tsu

そうせつ
創設 創設
so.o.se.tsu

ぞうせつ
増設 增設
zo.o.se.tsu

とくせつ
特設 特別設置、設立
to.ku.se.tsu

せっけい
設計 設計
se.k.ke.i

せっち
設置 設置
se.c.chi

せってい
設定 設定
se.t.te.i

訓 もうける mo.o.ke.ru

もう
設ける 預備、準備；設置
mo.o.ke.ru

音 しゃ sha

しゃめん
赦免 赦免
sha.me.n

おんしゃ
恩赦 〔法〕大赦
o.n.sha

とくしゃ
特赦 特赦
to.ku.sha

ようしゃ
容赦 寬恕、原諒；姑息
yo.o.sha

訓 ゆるす yu.ru.su

晒 音 さい 訓 さらす

音 さい sa.i

訓 さらす sa.ra.su

さら もの
晒し者 在眾人面前出醜；被判遊行示眾的犯人
sa.ra.shi.mo.no

のざら
野晒し 在外任憑風吹雨淋的東西
no.za.ra.shi

音 すい su.i

すいか
誰何 詢問、查問
su.i.ka

訓 だれ da.re

だれ
誰 誰
da.re

だれ
誰か 某人
da.re.ka

梢
音 しょう
訓 こずえ

音 しょう sho.o

まっしょう
末梢 樹梢；末梢、細節
ma.s.sho.o

訓 こずえ ko.zu.e

こずえ
梢 樹梢
ko.zu.e

焼
音 しょう
訓 やく やける
常

音 しょう sho.o

しょうきゃく
焼却 燒毀、焚燒
sho.o.kya.ku

しょうこう
焼香 燒香
sho.o.ko.o

しょうし
焼死 燒死
sho.o.shi

しょうしつ
焼失 燒毀
sho.o.shi.tsu

しょうしん
焼身 自焚
sho.o.shi.n

えんしょう
延焼 （火勢）蔓延
e.n.sho.o

ぜんしょう
全焼 全部燒光、燃燒殆盡
ze.n.sho.o

ねんしょう
燃焼 燃燒
ne.n.sho.o

はんしょう
半焼 燒掉一半
ha.n.sho.o

訓 やく ya.ku

や
焼く 焚燒；〔烹〕烤、炒、燒；曬黑
ya.ku

訓 やける ya.ke.ru

や
焼ける 著火；燒熱、烤熱
ya.ke.ru

蛸
音 しょう
訓 たこ

音 しょう sho.o

訓 たこ ta.ko

たこあし
蛸足 （形似章魚腳的）器物腳；分支、多條
ta.ko.a.shi

たこつぼ
蛸壺 捕章魚用陶罐
ta.ko.tsu.bo

勺
音 しゃく
訓
常

音 しゃく sha.ku

しゃく
勺 勺
sha.ku

杓
音 しゃく ひしゃく
訓

音 しゃく sha.ku

しゃくし
杓子 （飯、湯）勺子
sha.ku.shi

音 ひしゃく hi.sha.ku

ひしゃく
杓 帶柄的杓子
hi.sha.ku

少
音 しょう
訓 すくない すこし
常

音 しょう sho.o

しょうがく
少額 少額
sho.o.ga.ku

しょうじょ
少女 少女
sho.o.jo

ㄕ

しょうしょう
少々 一點點、少許；稍微
sho.o.sho.o

しょうしょく
少食 食量小（的人）
sho.o.sho.ku

しょうすう
少数 少數
sho.o.su.u

しょうねん
少年 少年
sho.o.ne.n

しょうりょう
少量 少量
sho.o.ryo.o

かしょう
過少 過少
ka.sho.o

きしょう
希少 稀少
ki.sho.o

げんしょう
減少 減少
ge.n.sho.o

たしょう
多少 多少
ta.sho.o

ねんしょう
年少 年少
ne.n.sho.o

ようしょう
幼少 幼小
yo.o.sho.o

ろうしょう
老少 老少
ro.o.sho.o

訓 すくない su.ku.na.i

すく
少ない 少的
su.ku.na.i

すく
少なくとも 起碼、至少
su.ku.na.ku.to.mo

訓 すこし su.ko.shi

すこ
少し 稍微、一點
su.ko.shi

すこ
少しも 少許、些許
su.ko.shi.mo

哨

音 しょう
訓

音 しょう sho.o

しょうかい
哨戒 警戒放哨
sho.o.ka.i

しょうへい
哨兵 哨兵
sho.o.he.i

ぜんしょう
前哨 〔軍〕前哨
ze.n.sho.o

紹

音 しょう
訓
常

音 しょう sho.o

しょうかい
紹介 介紹
sho.o.ka.i

収

音 しゅう
訓 おさめる おさまる
常

音 しゅう shu.u

しゅうえき
収益 收益
shu.u.e.ki

しゅうかく
収穫 收穫
shu.u.ka.ku

しゅうし
収支 收支
shu.u.shi

しゅうしゅう
収集 收集
shu.u.shu.u

しゅうしゅく
収縮 收縮
shu.u.shu.ku

しゅうとく
収得 收取、收受
shu.u.to.ku

しゅうにゅう
収入 收入
shu.u.nyu.u

しゅうのう
収納 收納
shu.u.no.o

しゅうよう
収容 收容
shu.u.yo.o

しゅうろく
収録 收錄
shu.u.ro.ku

きゅうしゅう
吸収 吸收
kyu.u.shu.u

げっしゅう
月収 月收入
ge.s.shu.u

にっしゅう
日収 每天的收入
ni.s.shu.u

ねんしゅう
年収 年收入
ne.n.shu.u

ばいしゅう
買収 收買
ba.i.shu.u

訓 **おさめる** o.sa.me.ru

おさ
収める 取得、獲得；收下
o.sa.me.ru

訓 **おさまる** o.sa.ma.ru

おさ
収まる 裝進、納入；平息、解決
o.sa.ma.ru

熟
音 じゅく
訓 うれる
常

音 **じゅく** ju.ku

じゅくぎ
熟議 充分討論
ju.ku.gi

じゅくし
熟視 凝視
ju.ku.shi

じゅくすい
熟睡 熟睡
ju.ku.su.i

じゅくたつ
熟達 熟練
ju.ku.ta.tsu

じゅくち
熟知 熟悉、了解
ju.ku.chi

じゅくどく
熟読 熟讀（文章）
ju.ku.do.ku

じゅくれん
熟練 熟練
ju.ku.re.n

えんじゅく
円熟 （技術、技藝）純熟
e.n.ju.ku

しゅうじゅく
習熟 熟練
shu.u.ju.ku

せいじゅく
成熟 成熟
se.i.ju.ku

そうじゅく
早熟 早熟
so.o.ju.ku

はんじゅく
半熟 半熟
ha.n.ju.ku

ばんじゅく
晩熟 晚熟
ba.n.ju.ku

みじゅく
未熟 還未成熟
mi.ju.ku

訓 **うれる** u.re.ru

う
熟れる 熟、成熟
u.re.ru

守
音 しゅ
す
訓 まもる
もり
常

音 **しゅ** shu

しゅえい
守衛 守衛
shu.e.i

しゅご
守護 守護
shu.go

しゅせい
守勢 守勢、防守
shu.se.i

しゅび
守備 防守、防備
shu.bi

かんしゅ
看守 看守
ka.n.shu

こしゅ
固守 固守
ko.shu

ししゅ
死守 死守
shi.shu

ほしゅ
保守 保守
ho.shu

音 **す** su

るす
留守 * 看家（的人）；不在家
ru.su

訓 **まもる** ma.mo.ru

まも
守る 守護、保護；遵守
ma.mo.ru

訓 **もり** mo.ri

こもり
子守 看護孩子（的人）
ko.mo.ri

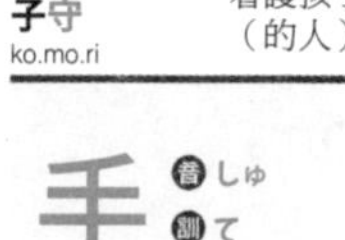

音 **しゅ** shu

しゅき
手記 手記、手札
shu.ki

ㄕ

しゅげい
手芸 手藝
shu.ge.i

しゅこう
手工 手工
shu.ko.o

しゅじゅつ
手術 手術
shu.ju.tsu

しゅだん
手段 手段、方法
shu.da.n

しゅほう
手法 （藝術創作）手法、技巧
shu.ho.o

しゅわん
手腕 手腕
shu.wa.n

うんてんしゅ
運転手 司機
u.n.te.n.shu

かしゅ
歌手 歌手
ka.shu

じょしゅ
助手 助手
jo.shu

せんしゅ
選手 選手
se.n.shu

とうしゅ
投手 投手
to.o.shu

訓 て te

て
手 手
te

て あ
手当て 準備；護理；津貼
te.a.te

て あら
手洗い 洗手、洗手間
te.a.ra.i

て い
手入れ 修整、修補；搜查
te.i.re

て おく
手遅れ 為時已晚
te.o.ku.re

て が
手掛かり 把手；線索、頭緒
te.ga.ka.ri

て が
手掛ける 目前手邊的工作；親自照料
te.ga.ke.ru

て かず
手数 費事、麻煩
te.ka.zu

て がみ
手紙 信紙
te.ga.mi

て がる
手軽 簡單、不費事
te.ga.ru

て ぎわ
手際 技巧、手腕；本領
te.gi.wa

て ぐち
手口 （犯罪…等的）手法、特徵
te.gu.chi

て くび
手首 手腕
te.ku.bi

て さき
手先 指尖
te.sa.ki

て じな
手品 魔術
te.ji.na

て じゅん
手順 次序、步驟
te.ju.n

て じょう
手錠 手銬
te.jo.o

て すう
手数 費事、麻煩
te.su.u

て せい
手製 手製、親手做
te.se.i

て だま
手玉 沙包
te.da.ma

て ぢか
手近 手邊、身旁
te.ji.ka

て ちょう
手帳 記事本
te.cho.o

て つだ
手伝い 助手、幫忙
te.tsu.da.i

て つだ
手伝う 幫忙、協助
te.tsu.da.u

て つづ
手続き 手續
te.tsu.zu.ki

て ぬぐい
手拭 布巾
te.nu.gu.i

て はい
手配 安排、準備
te.ha.i

て はず
手筈 準備、計畫
te.ha.zu

て び
手引き 拉；帶領
te.bi.ki

て ぶくろ
手袋 手套
te.bu.ku.ro

て ほん
手本 範本
te.ho.n

て ま
手間 （所需的）時間和勞力
te.ma

て まえ
手前 面前、這邊；能力
te.ma.e

てまわ
手回し 用手轉動；準備、安排
te.ma.wa.shi

てもと
手元 手邊
te.mo.to

て わ
手分け 分工
te.wa.ke

てあ
お手上げ 束手無策
o.te.a.ge

てつだ
お手伝いさん 傭人
o.te.tsu.da.i.sa.n

あい て
相手 對方
a.i.te

から て
空手 空手
ka.ra.te

きっ て
切手 信紙
ki.t.te

訓 た ta

た づな
手綱 * 韁繩；限制
ta.zu.na

音 しゅ shu

しゅ い
首位 首位、第一位
shu.i

しゅしょう
首相 （日本內閣總理大臣的通稱）首相
shu.sho.o

しゅせき
首席 首席
shu.se.ki

しゅちょう
首長 首長
shu.cho.o

しゅ と
首都 首都
shu.to

しゅのう
首脳 首腦
shu.no.o

しゅ び
首尾 始終
shu.bi

しゅ ふ
首府 首都
shu.fu

しゅりょう
首領 首領
shu.ryo.o

げんしゅ
元首 元首
ge.n.shu

とうしゅ
党首 黨魁
to.o.shu

訓 くび ku.bi

くび
首 脖子
ku.bi

くびかざ
首飾り 項鍊
ku.bi.ka.za.ri

くびすじ
首筋 脖子
ku.bi.su.ji

くび わ
首輪 項鍊；（貓、狗的）項圈
ku.bi.wa

あしくび
足首 腳踝
a.shi.ku.bi

受
音 じゅ
訓 うける うかる
常

音 じゅ ju

じゅけい
受刑 受刑、服刑
ju.ke.i

じゅけん
受験 考試
ju.ke.n

じゅこう
受講 聽講、上課
ju.ko.o

じゅしょう
受賞 獲獎、授賞
ju.sho.o

じゅしん
受信 接收、接聽
ju.shi.n

じゅちゅう
受注 接受訂貨
ju.chu.u

じゅなん
受難 受難
ju.na.n

じゅりょう
受領 受領
ju.ryo.o

じゅ わ き
受話器 聽筒
ju.wa.ki

じゅじゅ
授受 授受
ju.ju

訓 うける u.ke.ru

う
受ける 接受、受到；受歡迎
u.ke.ru

ㄕ

受け入れ (う) u.ke.i.re — 接納；答應、承諾

受け入れる (う) u.ke.i.re.ru — 接受、接納

受け継ぐ (う) u.ke.tsu.gu — 繼承

受付 (うけつけ) u.ke.tsu.ke — 櫃檯、服務枱

受け付ける (う つ) u.ke.tsu.ke.ru — 受理、接納

受け止める (う と) u.ke.to.me.ru — 接住、擋住；理解

受け取り (う と) u.ke.to.ri — 領取、收據

受け取る (う と) u.ke.to.ru — 接受、領取；理解

受身 (うけみ) u.ke.mi — 防守；被動

受け持ち (う も) u.ke.mo.chi — 負責人；導師

受け持つ (う も) u.ke.mo.tsu — 擔任

訓 うかる u.ka.ru

受かる (う) u.ka.ru — （口語）考上

寿

音 じゅ
訓 ことぶき
常

音 じゅ ju

寿命 (じゅみょう) ju.myo.o — 壽命

賀寿 (がじゅ) ga.ju — 祝壽

長寿 (ちょうじゅ) cho.o.ju — 長壽

訓 ことぶき ko.to.bu.ki

寿退社 (ことぶきたいしゃ) ko.to.bu.ki.ta.i.sha — 女性因結婚辭職

特 寿司 (すし) su.shi — 壽司

授

音 じゅ
訓 さずける さずかる
常

音 じゅ ju

授業 (じゅぎょう) ju.gyo.o — 授課

授受 (じゅじゅ) ju.ju — 授受

授賞 (じゅしょう) ju.sho.o — 授獎

教授 (きょうじゅ) kyo.o.ju — 教授

伝授 (でんじゅ) de.n.ju — 傳授

訓 さずける sa.zu.ke.ru

授ける (さず) sa.zu.ke.ru — 授與、授給；傳授

訓 さずかる sa.zu.ka.ru

授かる (さず) sa.zu.ka.ru — 領受、獲得

狩

音 しゅ
訓 かる かり
常

音 しゅ shu

狩猟 (しゅりょう) shu.ryo.o — 狩獵

訓 かる ka.ru

狩る (か) ka.ru — 打獵、捕魚；搜尋

訓 かり ka.ri

狩 (かり) ka.ri — 狩獵、採集

紅葉狩り (もみじが) mo.mi.ji.ga.ri — 觀賞紅葉

獣

音 じゅう
訓 けもの
常

音 じゅう ju.u

じゅうい
獣医 獸醫
ju.u.i

かいじゅう
怪獣 怪獸
ka.i.ju.u

もうじゅう
猛獣 猛獸
mo.o.ju.u

やじゅう
野獣 野獸
ya.ju.u

訓 けもの ke.mo.no

けもの
獣 獸
ke.mo.no

瘦 音 そう 訓 やせる

音 そう so.o

そうこつ
瘦骨 身體瘦小
so.o.ko.tsu

訓 やせる ya.se.ru

や
瘦せる 瘦；（土地）貧瘠
ya.se.ru

山 音 さん 訓 やま 常

音 さん sa.n

さんがく
山岳 山岳
sa.n.ga.ku

さんちょう
山頂 山頂
sa.n.cho.o

さんぷく
山腹 山腰
sa.n.pu.ku

さんみゃく
山脈 山脈
sa.n.mya.ku

さんりん
山林 山林
sa.n.ri.n

かざん
火山 火山
ka.za.n

きんざん
金山 金山
ki.n.za.n

こうざん
鉱山 礦山
ko.o.za.n

ひょうざん
氷山 冰山
hyo.o.za.n

ふじさん
富士山 富士山
fu.ji.sa.n

訓 やま ya.ma

やま
山 山
ya.ma

やまごや
山小屋 山間小屋
ya.ma.go.ya

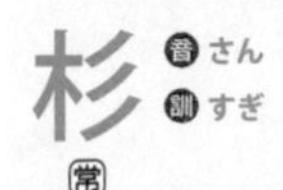
杉 音 さん 訓 すぎ 常

音 さん sa.n

ろうさん
老杉 老杉木
ro.o.sa.n

訓 すぎ su.gi

すぎ
杉 〔植〕杉
su.gi

煽 音 せん 訓 あおる

音 せん se.n

せんじょう
煽情 煽情
se.n.jo.o

せんどう
煽動 搧動、鼓吹
se.n.do.o

訓 あおる a.o.ru

あお
煽る 吹動、用扇子搧；鼓吹
a.o.ru

珊 音 さん 訓

音 さん sa.n

さんご
珊瑚 珊瑚
sa.n.go

さんごしょう
珊瑚礁 珊瑚礁
sa.n.go.sho.o

苫
音 せん
訓 とま

音 せん se.n

訓 とま to.ma

とまぶ
苫葺き 用菅草、茅草製成的屋頂
to.ma.bu.ki

閃
音 せん
訓 ひらめく

音 せん se.n

せんこう
閃光 閃光
se.n.ko.o

せんせん
閃閃 閃耀、閃爍貌
se.n.se.n

いっせん
一閃 一閃
i.s.se.n

訓 ひらめく hi.ra.me.ku

善
音 ぜん
訓 よい
常

音 ぜん ze.n

ぜん
善 善、好
ze.n

ぜんあく
善悪 善惡
ze.n.a.ku

ぜんい
善意 善意
ze.n.i

ぜんしょ
善処 妥善處理
ze.n.sho

ぜんせん
善戦 善戰
ze.n.se.n

ぜんにん
善人 善人
ze.n.ni.n

ぜんりょう
善良 善良
ze.n.ryo.o

かいぜん
改善 改善
ka.i.ze.n

ぎぜん
偽善 偽善
gi.ze.n

訓 よい yo.i

よ
善い 好的、良好的；正確的
yo.i

よ あ
善し悪し 好壞、利弊；有好有壞
yo.shi.a.shi

扇
音 せん
訓 おうぎ
常

音 せん se.n

せんす
扇子 扇子
se.n.su

せんどう
扇動 煽動
se.n.do.o

せんぷうき
扇風機 電風扇
se.n.pu.u.ki

訓 おうぎ o.o.gi

おうぎがた
扇形 扇形
o.o.gi.ga.ta

繕
音 ぜん
訓 つくろう
常

音 ぜん ze.n

しゅうぜん
修繕 修繕、修理
shu.u.ze.n

えいぜん
営繕 修建、修繕
e.i.ze.n

訓 つくろう tsu.ku.ro.u

つくろ
繕う 修補、修理；修飾
tsu.ku.ro.u

膳

音 ぜん
訓

音 ぜん ze.n

ぜん 膳 ze.n	飯菜、食物
ぜんしゅう 膳羞 ze.n.shu.u	佳餚
しょくぜん 食膳 sho.ku.ze.n	飯桌；飯菜

伸

音 しん
訓 のびる のばす
常

音 しん shi.n

しんしゅく 伸縮 shi.n.shu.ku	伸縮
しんちょう 伸長 shi.n.cho.o	伸長、（能力）提高
しんちょう 伸張 shi.n.cho.o	擴張
しんてん 伸展 shi.n.te.n	發展

訓 のびる no.bi.ru

の 伸びる no.bi.ru	變長；（時間）延長

訓 のばす no.ba.su

の 伸ばす no.ba.su	伸展；發揮；擴展

深

音 しん
訓 ふかい ふかまる ふかめる
常

音 しん shi.n

しんえん 深遠 shi.n.e.n	深遠
しんこく 深刻 shi.n.ko.ku	嚴重、重大
しん こきゅう 深呼吸 shi.n.ko.kyu.u	深呼吸
しんざん 深山 shi.n.za.n	深山
しんせん 深浅 shi.n.se.n	深淺
しんど 深度 shi.n.do	深度
しんや 深夜 shi.n.ya	深夜
すいしん 水深 su.i.shi.n	水深

訓 ふかい fu.ka.i

ふか 深い fu.ka.i	深的；（色）濃、深

訓 ふかまる fu.ka.ma.ru

ふか 深まる fu.ka.ma.ru	加深

訓 ふかめる fu.ka.me.ru

ふか 深める fu.ka.me.ru	使加深

申

音 しん
訓 さる もうす
常

音 しん shi.n

しんこく 申告 shi.n.ko.ku	申報
しんせい 申請 shi.n.se.i	申請
ぐしん 具申 gu.shi.n	呈報、具報
じょうしん 上申 jo.o.shi.n	上報、呈報

訓 さる sa.ru

訓 もうす mo.o.su

もう 申す mo.o.su	〔謙〕說、告訴、叫做
もう　あ 申し上げる mo.o.shi.a.ge.ru	「言う（い）」的謙讓語，說

もう　い
申し入れる 提出、要求
mo.o.shi.i.re.ru

もう　こ
申し込み 申請、要求
mo.o.shi.ko.mi

もう　こ
申し込む 提出、申請
mo.o.shi.ko.mu

もう　で
申し出 提出意見、期望
mo.o.shi.de

もう　で
申し出る 提出
mo.o.shi.de.ru

もう　ぶん
申し分 可挑剔的地方、缺點；意見
mo.o.shi.bu.n

もう　わけ
申し訳 辯解；敷衍了事
mo.o.shi.wa.ke

紳
音 しん
訓
常

音 しん shi.n

しんし
紳士 紳士
shi.n.shi

身
音 しん
訓 み
常

音 しん shi.n

しんたい
身体 身體
shi.n.ta.i

しんちょう
身長 身高
shi.n.cho.o

しんぺん
身辺 身邊
shi.n.pe.n

しんみょう
身命 生命
shi.n.myo.o

しんめい
身命 生命
shi.n.me.i

いっしん
一身 一身
i.s.shi.n

じしん
自身 自身
ji.shi.n

しゅっしん
出身 出身
shu.s.shi.n

しんしん
心身 身心
shi.n.shi.n

じんしん
人身 人身
ji.n.shi.n

ぜんしん
全身 全身
ze.n.shi.n

どくしん
独身 單身
do.ku.shi.n

びょうしん
病身 疾病在身
byo.o.shi.n

ぶんしん
分身 分身
bu.n.shi.n

へんしん
変身 變身
he.n.shi.n

訓 み mi

み
身 身體；自己
mi

みうち
身内 全身
mi.u.chi

みぢか
身近 身旁、切身
mi.ji.ka

み
身なり 衣著打扮
mi.na.ri

み　うえ
身の上 境遇、命運
mi.no.u.e

み　まわ
身の回り 生活必備的衣物；身邊、周圍
mi.no.ma.wa.ri

み ぶ
身振り 動作、姿勢
mi.bu.ri

み ぶん
身分 身分
mi.bu.n

み もと
身元 出身、來歷
mi.mo.to

娠
音 しん
訓
常

音 しん shi.n

にんしん
妊娠 懷孕
ni.n.shi.n

神
音 しん
じん
訓 かみ
かん
こう
常

音 しん shi.n

しんがく
神学 神學
shi.n.ga.ku

しんかん
神官 神職人員
shi.n.ka.n

しんけい
神経 神經
shi.n.ke.i

しんせい
神聖 神聖
shi.n.se.i

しんぜん
神前 神前
shi.n.ze.n

しんでん
神殿 神殿
shi.n.de.n

しんどう
神童 神童
shi.n.do.o

しんぴ
神秘 神秘
shi.n.pi

しんぷ
神父 神父
shi.n.pu

しんわ
神話 神話
shi.n.wa

しっしん
失神 失神
shi.s.shi.n

せいしん
精神 精神
se.i.shi.n

音 じん ji.n

じんぐう
神宮 神宮
ji.n.gu.u

じんじゃ
神社 神社
ji.n.ja

てんじん
天神 天神
te.n.ji.n

訓 かみ ka.mi

かみ
神 神、上帝
ka.mi

かみよ
神代 神話時代
ka.mi.yo

訓 かん ka.n

かんなづき
神無月* 〔文〕陰曆十月
ka.n.na.zu.ki

かんぬし
神主* （神社的）主祭
ka.n.nu.shi

訓 こう ko.o

音 しん shi.n

しんぎ
審議 審議
shi.n.gi

しんさ
審査 審查
shi.n.sa

しんぱん
審判 審判；〔體〕裁判
shi.n.pa.n

しんび
審美 審美
shi.n.bi

しんもん
審問 〔法〕審問
shi.n.mo.n

しんり
審理 〔法〕審理、審判
shi.n.ri

ふしん
不審 懷疑
fu.shi.n

沈 音 ちん 訓 しずむ しずめる 常

音 ちん chi.n

ちんか
沈下 （使）沉降、下沉
chi.n.ka

ちんせい
沈静 沈靜
chi.n.se.i

ちんちゃく
沈着 沉著
chi.n.cha.ku

ちんでん
沈殿 沉澱
chi.n.de.n

ちんぼつ
沈没 沉沒；沉溺、酒醉
chi.n.bo.tsu

ふちん
浮沈 浮沉
fu.chi.n

訓 しずむ shi.zu.mu

しず
沈む 沉入、淪落；沉悶
shi.zu.mu

ㄕ

訓 しずめる shi.zu.me.ru

しず
沈める 使…沉下
shi.zu.me.ru

矧 音 しん 訓 はぐ

音 しん shi.n

訓 はぐ ha.gu

は
矧ぐ 造箭
ha.gu

慎 常 音 しん 訓 つつしむ

音 しん shi.n

しんちょう
慎重 小心謹慎
shi.n.cho.o

訓 つつしむ tsu.tsu.shi.mu

つつし
慎む 謹慎、小心慎重
tsu.tsu.shi.mu

滲 音 しん 訓 しみる にじむ

音 しん shi.n

しんしゅつ
滲出 （液體）滲出
shi.n.shu.tsu

訓 しみる shi.mi.ru

し
滲みる 滲透、滲進
shi.mi.ru

訓 にじむ ni.ji.mu

にじ
滲む （液體）滲出、眼淚流出
ni.ji.mu

甚 常 音 じん 訓 はなはだ はなはだしい

音 じん ji.n

じんだい
甚大 極大
ji.n.da.i

訓 はなはだ ha.na.ha.da

はなは
甚だ 非常、很
ha.na.ha.da

訓 はなはだしい ha.na.ha.da.shi.i

はなは
甚だしい 非常
ha.na.ha.da.shi.i

腎 音 じん 訓

音 じん ji.n

じんぞう
腎臓 腎臟
ji.n.zo.o

じんせき
腎石 腎結石
ji.n.se.ki

傷 常 音 しょう 訓 きず いたむ いためる

音 しょう sho.o

しょうがい
傷害 傷害
sho.o.ga.i

しょうしん
傷心 傷心
sho.o.shi.n

しょうびょう
傷病 傷病
sho.o.byo.o

かんしょう
感傷 感傷
ka.n.sho.o

けいしょう
軽傷 輕傷
ke.i.sho.o

さっしょう
殺傷 殺傷
sa.s.sho.o

ししょう
死傷 死傷
shi.sho.o

じゅうしょう
重傷 重傷
ju.u.sho.o

ちゅうしょう
中傷 中傷
chu.u.sho.o

ふしょう
負傷 負傷
fu.sho.o

訓 **きず** ki.zu

きず
傷 傷口、創傷；瑕疵
ki.zu

きずあと
傷跡 傷痕、傷疤
ki.zu.a.to

きずぐち
傷口 傷口
ki.zu.gu.chi

きずつ
傷付く 受傷、受損；傷心
ki.zu.tsu.ku

きずつ
傷付ける 受傷、損壞；傷害
ki.zu.tsu.ke.ru

訓 **いたむ** i.ta.mu

いた
傷む 痛、痛苦；（物品）破損
i.ta.mu

訓 **いためる** i.ta.me.ru

いた
傷める 破壞；傷害、受傷
i.ta.me.ru

商
音 しょう
訓 あきなう
常

音 **しょう** sho.o

しょうぎょう
商業 商業
sho.o.gyo.o

しょうこう
商港 商港
sho.o.ko.o

しょうこうぎょう
商工業 工商業
sho.o.ko.o.gyo.o

しょうしゃ
商社 商社
sho.o.sha

しょうせん
商船 商船
sho.o.se.n

しょうてん
商店 商店
sho.o.te.n

しょうにん
商人 商人
sho.o.ni.n

しょうばい
商売 買賣、交易
sho.o.ba.i

しょうひょう
商標 商標
sho.o.hyo.o

しょうよう
商用 商用
sho.o.yo.o

しょうひん
商品 商品
sho.o.hi.n

し のう こうしょう
士農工商 士農工商
shi.no.o.ko.o.sho.o

つうしょう
通商 通商
tsu.u.sho.o

ぼう えきしょう
貿易商 貿易商
bo.o.e.ki.sho.o

訓 **あきなう** a.ki.na.u

あきな
商う 經商
a.ki.na.u

裳
音 しょう
訓 も

音 **しょう** sho.o

い しょう
衣裳 服裝；戲服
i.sho.o

訓 **も** mo

も すそ
裳裾 下襬；婦女和服的衣襟
mo.su.so

賞
音 しょう
訓
常

音 **しょう** sho.o

しょう
賞 獎賞、獎品
sho.o

しょうきん
賞金 獎金
sho.o.ki.n

しょうさん
賞賛 讚賞
sho.o.sa.n

しょうじょう
賞状 獎狀
sho.o.jo.o

ㄕ

しょうひん
賞品 獎品
sho.o.hi.n

しょうよ
賞与 賞予
sho.o.yo

いっとうしょう
一等賞 特獎
i.t.to.o.sho.o

かんしょう
観賞 觀賞
ka.n.sho.o

さんかしょう
参加賞 參加獎
sa.n.ka.sho.o

じゅしょう
授賞 授獎
ju.sho.o

にゅうしょう
入賞 入選
nyu.u.sho.o

ゆうとうしょう
優等賞 優等獎
yu.u.to.o.sho.o

上 常

音 じょう・しょう
訓 うえ・うわ・かみ・あげる・あがる・のぼる・のぼせる・のぼす

音 じょう jo.o

じょう
上 (程度、價值、等級)高、上等
jo.o

じょうい
上位 上位、(地位、順位)高
jo.o.i

じょうえん
上演 (在舞台上)表演、演出
jo.o.e.n

じょうきゅう
上級 (階級、等級)高
jo.o.kyu.u

じょうくう
上空 上空、高空
jo.o.ku.u

じょうえい
上映 上映
jo.o.e.i

じょうきょう
上京 去東京
jo.o.kyo.o

じょうげ
上下 上下、高低
jo.o.ge

じょうし
上司 上司
jo.o.shi

じょうじゅん
上旬 上旬
jo.o.ju.n

じょうしょう
上昇 上升、升高
jo.o.sho.o

じょうず
上手 高明、擅長
jo.o.zu

じょうたつ
上達 擅長、拿手
jo.o.ta.tsu

じょうとう
上等 上等
jo.o.to.o

じょうひん
上品 高級品；高尚、高雅
jo.o.hi.n

じょうりゅう
上流 上游
jo.o.ryu.u

じょうりく
上陸 上陸
jo.o.ri.ku

いじょう
以上 以上
i.jo.o

かいじょう
海上 海上
ka.i.jo.o

こうじょう
向上 向上
ko.o.jo.o

さいじょう
最上 最高、至上
sa.i.jo.o

ちじょう
地上 地上
chi.jo.o

ちょうじょう
頂上 山頂
cho.o.jo.o

音 しょう sho.o

しょうにん
上人* 〔佛〕上人、對僧侶的敬稱
sho.o.ni.n

訓 うえ u.e

うえ
上 上面、高處
u.e

訓 うわ u.wa

うわ
上* 上面的；(價值、程度)高
u.wa

うわぎ
上着* 上衣、外衣
u.wa.gi

うわまわ
上回る* 超過、超出
u.wa.ma.wa.ru

訓 かみ ka.mi

かみ
上 上游；從前、前半部
ka.mi

かわかみ
川上 上游
ka.wa.ka.mi

訓 あげる a.ge.ru

あ
上げる 舉、抬
a.ge.ru

訓 あがる a.ga.ru

あ
上がる 登、升；進入、進來
a.ga.ru

あ
上がり (價格等)上漲；收益；完成
a.ga.ri

訓 のぼる no.bo.ru

のぼ
上る 登、爬升
no.bo.ru

のぼ
上り 登高；上行列車；上東京
no.bo.ri

訓 のぼせる no.bo.se.ru

のぼ
上せる 提出；記入
no.bo.se.ru

訓 のぼす no.bo.su

のぼ
上す 提出；記入
no.bo.su

尚 音 しょう 訓 なお 常

音 しょう sho.o

しょうこ
尚古 尚古、崇古
sho.o.ko

しょうそう
尚早 (時機等)尚早
sho.o.so.o

おしょう
和尚 和尚
o.sho.o

こうしょう
高尚 高尚；高深
ko.o.sho.o

訓 なお na.o

升 音 しょう 訓 ます 常

音 しょう sho.o

いっしょう
一升 計算體積的單位(一升約為1.8公升)
i.s.sho.o

訓 ます ma.su

ますめ
升目 用斗量的份量
ma.su.me

声 音 せい しょう 訓 こえ こわ 常

音 せい se.i

せいがく
声楽 聲樂
se.i.ga.ku

せいたい
声帯 聲帶
se.i.ta.i

せいぼう
声望 聲望
se.i.bo.o

せいめい
声明 聲明
se.i.me.i

せいりょう
声量 聲量
se.i.ryo.o

おんせい
音声 聲音
o.n.se.i

たいせい
大声 大聲
ta.i.se.i

はっせい
発声 發聲
ha.s.se.i

びせい
美声 美聲
bi.se.i

めいせい
名声 名聲
me.i.se.i

音 しょう sho.o

訓 こえ ko.e

こえ
声 聲音
ko.e

おおごえ
大声 大聲
o.o.go.e

訓 こわ ko.wa

こわいろ
声色* 音色
ko.wa.i.ro

ㄕ

昇

音 しょう
訓 のぼる
常

音 しょう sho.o

しょうかく
昇格 升格、提升
sho.o.ka.ku

しょうきゅう
昇給 加薪
sho.o.kyu.u

しょうこう
昇降 升降
sho.o.ko.o

しょうしん
昇進 晉升
sho.o.shi.n

訓 のぼる no.bo.ru

のぼ
昇る 登、上升；上行
no.bo.ru

牲

音 せい
訓
常

音 せい se.i

ぎせい
犠牲 犧牲
gi.se.i

生

音 せい しょう
訓 いきる・いかす・いける・うまれる・うむ・おう・はえる・はやす・き・なま
常

音 せい se.i

せい
生 生存、生命；生活
se.i

せいいく
生育 生育
se.i.i.ku

せいか
生花 插花
se.i.ka

せいかつ
生活 生活
se.i.ka.tsu

せいき
生気 朝氣
se.i.ki

せいけい
生計 生計
se.i.ke.i

せいご
生後 生後
se.i.go

せいさん
生産 生產
se.i.sa.n

せいし
生死 生死
se.i.shi

せいぞん
生存 生存
se.i.zo.n

せいちょう
生長 生長
se.i.cho.o

せいと
生徒 學生
se.i.to

せいねんがっぴ
生年月日 出生年月日
se.i.ne.n.ga.p.pi

せいぶつ
生物 生物
se.i.bu.tsu

せいり
生理 生理現象；月經
se.i.ri

せいめい
生命 生命
se.i.me.i

がくせい
学生 學生
ga.ku.se.i

じんせい
人生 人生
ji.n.se.i

せんせい
先生 老師；醫生
se.n.se.i

音 しょう sho.o

しょうがい
生涯 終生、生命；時期
sho.o.ga.i

しょう
生じる 生長；發生、出現
sho.o.ji.ru

いっしょう
一生 一生
i.s.sho.o

たんじょうび
誕生日 生日
ta.n.jo.o.bi

訓 いきる i.ki.ru

い
生きる 活著；謀生、生活
i.ki.ru

い い
生き生き 生動、活潑
i.ki.i.ki

い がい
生き甲斐 生存價值
i.ki.i.ga.i

い もの
生き物 生物、動物
i.ki.mo.no

訓 いかす i.ka.su

い
生かす 弄活；有效地利用
i.ka.su

訓 いける i.ke.ru

い
生ける 〔老〕使…生存；插花
i.ke.ru

いけばな
生花 插花
i.ke.ba.na

訓 うまれる u.ma.re.ru

う
生まれる 產、出生；產生
u.ma.re.ru

う
生まれ 出生、誕生；出身
u.ma.re

訓 うむ u.mu

う
生む 生、產；產生
u.mu

訓 おう o.u

お た
生い立ち 成長；成長過程
o.i.ta.chi

訓 はえる ha.e.ru

は
生える 長
ha.e.ru

訓 はやす ha.ya.su

は
生やす 使（草木等）生長
ha.ya.su

訓 き ki

き いと
生糸 生絲
ki.i.to

き じ
生地 質地
ki.ji

き ま じ め
生真面目 非常認真、一本正經
ki.ma.ji.me

訓 なま na.ma

なま
生 生的、新鮮的；直接的
na.ma

なま い き
生意気 狂妄、自以為是
na.ma.i.ki

なまごめ
生米 生米
na.ma.go.me

なまたまご
生卵 生蛋
na.ma.ta.ma.go

なまぐさ
生臭い 腥的、血腥的
na.ma.gu.sa.i

なまぬる
生温い 微溫的；馬虎、不徹底的
na.ma.nu.ru.i

甥

音
訓 おい

訓 おい o.i

おい
甥 姪、外甥
o.i

縄

常
音 じょう
訓 なわ

音 じょう jo.o

じょうもん
縄文 （歷史）繩文
jo.o.mo.n

訓 なわ na.wa

なわ
縄 繩子
na.wa

なわ め
縄目 繩結；被綁
na.wa.me

どろなわ
泥縄 臨陣磨槍
do.ro.na.wa

ひとすじなわ
一筋縄 一條繩子；普通方法
hi.to.su.ji.na.wa

ひ なわ
火縄 火繩
hi.na.wa

省

常
音 せい しょう
訓 かえりみる はぶく

音 せい se.i

せいさつ
省察 省察
se.i.sa.tsu

きせい
帰省 返鄉
ki.se.i

じせい
自省 自省
ji.se.i

はんせい
反省 反省
ha.n.se.i

音 しょう sho.o

しょうりゃく
省略 省略
sho.o.rya.ku

おおくらしょう
大蔵省 財政部
o.o.ku.ra.sho.o

がいむしょう
外務省 外交部
ga.i.mu.sho.o

ほうむしょう
法務省 法務部
ho.o.mu.sho.o

もんぶかがくしょう
文部科学省 教育部
mo.n.bu.ka.ga.ku.sho.o

訓 かえりみる ka.e.ri.mi.ru

かえり
省みる 反省、自省
ka.e.ri.mi.ru

訓 はぶく ha.bu.ku

はぶ
省く 節省、省略；精簡
ha.bu.ku

音 じょう jo.o

じょうよ
剰余 剩餘；〔數〕餘數
jo.o.yo

かじょう
過剰 過剩
ka.jo.o

音 しょう sho.o

しょういん
勝因 勝因
sho.o.i.n

しょうけい
勝景 絕景
sho.o.ke.i

しょうさん
勝算 勝算
sho.o.sa.n

しょうはい
勝敗 勝敗
sho.o.ha.i

しょうぶ
勝負 勝負
sho.o.bu

しょうり
勝利 勝利
sho.o.ri

きしょう
奇勝 出奇制勝
ki.sho.o

せんしょう
戦勝 戰勝
se.n.sho.o

ぜんしょう
全勝 全勝
ze.n.sho.o

たいしょう
大勝 大勝
ta.i.sho.o

たんしょう
探勝 探訪名勝
ta.n.sho.o

ひっしょう
必勝 必勝
hi.s.sho.o

めいしょう
名勝 名勝
me.i.sho.o

ゆうしょう
優勝 優勝
yu.u.sho.o

訓 かつ ka.tsu

か
勝つ 勝、勝過
ka.tsu

か
勝ち 贏、勝利
ka.chi

かって
勝手 任意、任性
ka.t.te

訓 まさる ma.sa.ru

まさ
勝る 勝、勝過
ma.sa.ru

音 せい se.i

せいそう
盛装 盛裝
se.i.so.o

せいすい
盛衰 盛衰
se.i.su.i

せいか
盛夏 盛夏
se.i.ka

せいかい
盛会 盛會
se.i.ka.i

せいだい
盛大 盛大
se.i.da.i

せいきょう
盛況 盛況
se.i.kyo.o

ぜんせい
全盛 全盛
ze.n.se.i

りゅうせい
隆盛 隆盛、繁榮
ryu.u.se.i

音 じょう jo.o

はんじょう
繁盛 * 繁盛
ha.n.jo.o

訓 もる mo.ru

も
盛る 盛滿、裝滿；堆高
mo.ru

も
盛り上がる 盛滿、裝滿；堆高
mo.ri.a.ga.ru

おおも
大盛り 盛滿食物
o.o.mo.ri

訓 さかる sa.ka.ru

さか
盛る 繁榮、旺盛
sa.ka.ru

さか
盛り 全盛時期
sa.ka.ri

訓 さかん sa.ka.n

さか
盛ん 旺盛、繁榮
sa.ka.n

聖
常
音 せい しょう
訓 ひじり

音 せい se.i

せいか
聖火 聖火
se.i.ka

せいか
聖歌 聖歌
se.i.ka

せいじゃ
聖者 聖者
se.i.ja

せいしょ
聖書 聖書
se.i.sho

せいじん
聖人 聖人
se.i.ji.n

せいち
聖地 聖地
se.i.chi

せいてん
聖典 聖典
se.i.te.n

せいどう
聖堂 聖堂
se.i.do.o

せいぼ
聖母 聖母
se.i.bo

しんせい
神聖 神聖
shi.n.se.i

音 しょう sho.o

しょうにん
聖人 〔佛〕聖僧
sho.o.ni.n

訓 ひじり hi.ji.ri

書
常
音 しょ
訓 かく

音 しょ sho

しょさい
書斎 書房
sho.sa.i

しょせき
書籍 書籍
sho.se.ki

しょてん
書店 書店
sho.te.n

しょどう
書道 書法
sho.do.o

しょひょう
書評 書評
sho.hyo.o

しょめい
書名 書名
sho.me.i

しょもつ
書物 書物
sho.mo.tsu

しょるい
書類 文件
sho.ru.i

じしょ
辞書 辭典
ji.sho

じどうしょ
児童書 兒童書籍
ji.do.o.sho

しょうしょ
証書 證書
sho.o.sho

しんしょ
新書 新書
shi.n.sho

としょ
図書 圖書
to.sho

とうしょ
投書 投稿
to.o.sho

どくしょ
読書 讀書
do.ku.sho

ぶんがくしょ
文学書 文學書
bu.n.ga.ku.sho

訓 かく ka.ku

か
書く 寫
ka.ku

かきとめ
書留 「書留郵便（かきとめゆうびん）」的略語，掛號信
ka.ki.to.me

か　と
書き取り 書寫；聽寫
ka.ki.to.ri

か　と
書き取る 記下、抄寫
ka.ki.to.ru

枢
音 すう
訓
常

音 すう su.u

すうじく
枢軸 樞軸；事物的中心
su.u.ji.ku

ちゅうすう
中枢 中樞、中心
chu.u.su.u

殊
音 しゅ
訓 こと
常

音 しゅ shu

しゅくん
殊勲 卓越功勛
shu.ku.n

しゅぐう
殊遇 特殊待遇
shu.gu.u

とくしゅ
特殊 特殊
to.ku.shu

訓 こと ko.to

ことさら
殊更 故意地；特別、尤其
ko.to.sa.ra

こと
殊に 特別、尤其；並且
ko.to.ni

疎
音 そ
訓 うとい うとむ
常

音 そ so

そすい
疎水 疏浚河水
so.su.i

そえん
疎遠 疏遠
so.e.n

そがい
疎外 疏遠、排擠（斥）
so.ga.i

そつう
疎通 溝通
so.tsu.u

かそ
過疎 極度稀少
ka.so

訓 うとい u.to.i

うと
疎い 疏遠的、生疏的
u.to.i

訓 うとむ u.to.mu

うと
疎む 疏遠、冷淡
u.to.mu

疏
音 そ しょ
訓

音 そ so

じょうそ
上疏 向君主、上級陳述意見，上書
jo.o.so

音 しょ sho

輸 音 ゆ 訓 常

音 ゆ yu

ゆけつ
輸血 輸血
yu.ke.tsu

ゆしゅつ
輸出 輸出
yu.shu.tsu

ゆそう
輸送 輸送
yu.so.o

ゆにゅう
輸入 輸入
yu.nyu.u

うんゆ
運輸 運輸
u.n.yu

みつゆ
密輸 走私
mi.tsu.yu

叔 音 しゅく 訓 常

音 しゅく shu.ku

しゅくふ
叔父 叔（姑、舅、姨）父
shu.ku.fu

しゅくぼ
叔母 姑（嬸、姨、舅）母
shu.ku.bo

おじ
特 **叔父** 叔（姑、舅、姨）父
o.ji

おば
特 **叔母** 姑（嬸、姨、舅）母
o.ba

塾 音 じゅく 訓 常

音 じゅく ju.ku

じゅく
塾 補習班
ju.ku

しんがくじゅく
進学塾 升學補習班
shi.n.ga.ku.ju.ku

淑 音 しゅく 訓 しとやか 常

音 しゅく shu.ku

しゅくじょ
淑女 淑女
shu.ku.jo

訓 しとやか shi.to.ya.ka

しと
淑やか 端莊、高雅
shi.to.ya.ka

属 音 ぞく 訓 常

音 ぞく zo.ku

ぞく
属する 屬於
zo.ku.su.ru

ぞくりょう
属領 屬地、領地
zo.ku.ryo.o

きぞく
帰属 歸屬
ki.zo.ku

きんぞく
金属 金屬
ki.n.zo.ku

しょぞく
所属 所屬
sho.zo.ku

せんぞく
専属 專屬
se.n.zo.ku

ちょくぞく
直属 直屬
cho.ku.zo.ku

はいぞく
配属 人員分配
ha.i.zo.ku

ふぞく
付属 附屬
fu.zo.ku

暑 音 しょ 訓 あつい 常

音 しょ sho

しょき
暑気 暑氣
sho.ki

しょちゅうみま
暑中見舞い 盛夏問候
sho.chu.u.mi.ma.i

かんしょ
寒暑 寒暑
ka.n.sho

ㄕ

こくしょ
酷暑 酷暑
ko.ku.sho

ざんしょ
残暑 （立秋後）殘暑
za.n.sho

訓 あつい a.tsu.i

あつ
暑い 熱
a.tsu.i

署
音 しょ
訓
常

音 しょ sho

しょちょう
署長 署長
sho.cho.o

しょめい
署名 署名
sho.me.i

しょうぼうしょ
消防署 消防署
sho.o.bo.o.sho

けいさつしょ
警察署 警察署
ke.i.sa.tsu.sho

ぜいむしょ
税務署 稅務署
ze.i.mu.sho

ぶしょ
部署 部署
bu.sho

ほんしょ
本署 本署
ho.n.sho

薯
音 しょ
　 じょ
訓 いも

音 しょ sho

ばれいしょ
馬鈴薯 馬鈴薯
ba.re.i.sho

音 じょ jo

じねんじょ
自然薯 山藥
ji.ne.n.jo

訓 いも i.mo

お　いも
落とし薯 在味噌湯等湯類中，加入山藥的料理
o.to.shi.i.mo

藷
音 しょ
訓

音 しょ sho

黍
音 しょ
訓 きび

音 しょ sho

しょしょく
黍稷 穀物
sho.sho.ku

訓 きび ki.bi

さとうきび
砂糖黍 甘蔗
sa.to.o.ki.bi

鼠
音 そ
訓 ねずみ

音 そ so

そこうしょう
鼠咬症 〔醫〕鼠咬熱
so.ko.o.sho.o

訓 ねずみ ne.zu.mi

ねずみ
鼠 老鼠
ne.zu.mi

庶
音 しょ
訓
常

音 しょ sho

しょみん
庶民 庶民、平民、老百姓
sho.mi.n

しょむ
庶務 總務
sho.mu

恕
音 じょ
訓

音 じょ jo

かんじょ
寛恕 寬恕
ka.n.jo

ちゅうじょ
忠恕 忠恕
chu.u.jo

りょうじょ
諒恕 體諒、饒恕
ryo.o.jo

数
音 すう
す
訓 かず
かぞえる
常

音 すう su.u

すう
数 數目、數量；算術
su.u

すうかい
数回 數次
su.u.ka.i

すうがく
数学 數學
su.u.ga.ku

すうし
数詞 數詞
su.u.shi

すうじ
数字 數字
su.u.ji

すうじつ
数日 數日
su.u.ji.tsu

すうねん
数年 數年、多年
su.u.ne.n

すうりょう
数量 數量
su.u.ryo.o

かいすう
回数 次數
ka.i.su.u

かはんすう
過半数 過半數
ka.ha.n.su.u

さんすう
算数 算術
sa.n.su.u

しょうすう
少数 少數
sho.o.su.u

たすう
多数 多數
ta.su.u

てんすう
点数 分數
te.n.su.u

にっすう
日数 天數
ni.s.su.u

ねんすう
年数 年數
ne.n.su.u

はんすう
半数 半數
ha.n.su.u

音 す su

にんず
人数 * 人數；許多人
ni.n.zu

訓 かず ka.zu

かず
数 數目、數字
ka.zu

くちかず
口数 說話的次數；人數
ku.chi.ka.zu

ばかず
場数 出場（經驗）的次數
ba.ka.zu

訓 かぞえる ka.zo.e.ru

かぞ
数える 數、計算
ka.zo.e.ru

曙
音 しょ
訓 あけぼの

音 しょ sho

しょこう
曙光 曙光
sho.ko.o

訓 あけぼの a.ke.bo.no

あけぼの
曙 〔文〕曙光、黎明
a.ke.bo.no

束
音 そく
訓 たば
つか
常

音 そく so.ku

そくばく
束縛 束縛
so.ku.ba.ku

けっそく
結束 結束
ke.s.so.ku

けんそく
検束 管束
ke.n.so.ku

こうそく
拘束 拘束
ko.o.so.ku

やくそく
約束 約定
ya.ku.so.ku

訓 たば ta.ba

たば
束 把、捆
ta.ba

たば
束ねる 捆、束；統率
ta.ba.ne.ru

はなたば
花束 花束
ha.na.ta.ba

訓 つか tsu.ka

樹 音 じゅ 訓 き 常

音 じゅ ju

じゅもく
樹木 樹木
ju.mo.ku

じゅりつ
樹立 樹立
ju.ri.tsu

かじゅ
果樹 果樹
ka.ju

がいろじゅ
街路樹 行道樹
ga.i.ro.ju

たいじゅ
大樹 大樹
ta.i.ju

りょくじゅ
緑樹 綠樹
ryo.ku.ju

訓 き ki

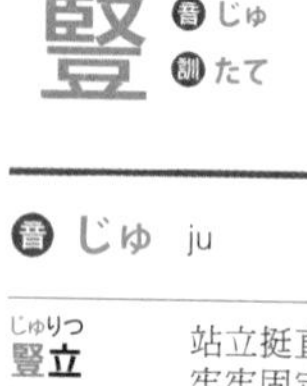

豎 音 じゅ 訓 たて

音 じゅ ju

じゅりつ
豎立 站立挺直、牢牢固定著
ju.ri.tsu

訓 たて ta.te

たて
豎 豎、長；縱
ta.te

術 音 じゅつ 訓 すべ 常

音 じゅつ ju.tsu

じゅつご
術語 術語
ju.tsu.go

いじゅつ
医術 醫術
i.ju.tsu

がくじゅつ
学術 學術
ga.ku.ju.tsu

きじゅつ
奇術 絕活
ki.ju.tsu

ぎじゅつ
技術 技術
gi.ju.tsu

げいじゅつ
芸術 藝術
ge.i.ju.tsu

けんじゅつ
剣術 劍術
ke.n.ju.tsu

しゅじゅつ
手術 手術
shu.ju.tsu

せんじゅつ
戦術 戰術
se.n.ju.tsu

ばじゅつ
馬術 馬術
ba.ju.tsu

びじゅつ
美術 美術
bi.ju.tsu

ぶじゅつ
武術 武術
bu.ju.tsu

訓 すべ su.be

すべ
術 方法、手段
su.be

述 音 じゅつ 訓 のべる 常

音 じゅつ ju.tsu

きじゅつ
記述 記述
ki.ju.tsu

きょうじゅつ
供述 供述
kyo.o.ju.tsu

こうじゅつ
口述 口述
ko.o.ju.tsu

ぜんじゅつ
前述 前述
ze.n.ju.tsu

ちょじゅつ
著述 著述
cho.ju.tsu

ろんじゅつ
論述 論述
ro.n.ju.tsu

訓 のべる no.be.ru

の
述べる 說明、發表
no.be.ru

刷
音 さつ
訓 する
常

音 さつ sa.tsu

いんさつ
印刷 印刷
i.n.sa.tsu

さっしん
刷新 刷新
sa.s.shi.n

訓 する su.ru

す
刷る 印刷
su.ru

説
音 せつ
　 ぜい
訓 とく
常

音 せつ se.tsu

せつ
説 說明、解釋；傳言
se.tsu

せつめい
説明 說明
se.tsu.me.i

せつわ
説話 說話
se.tsu.wa

えんぜつ
演説 演說
e.n.ze.tsu

かいせつ
解説 解說
ka.i.se.tsu

がくせつ
学説 學說
ga.ku.se.tsu

しゃせつ
社説 社論
sha.se.tsu

しょうせつ
小説 小說
sho.o.se.tsu

つうせつ
通説 一般說法
tsu.u.se.tsu

でんせつ
伝説 傳說
de.n.se.tsu

ろんせつ
論説 論說
ro.n.se.tsu

せっきょう
説教 說教
se.k.kyo.o

せっとく
説得 說服
se.t.to.ku

音 ぜい ze.i

ゆうぜい
遊説 * 遊說
yu.u.ze.i

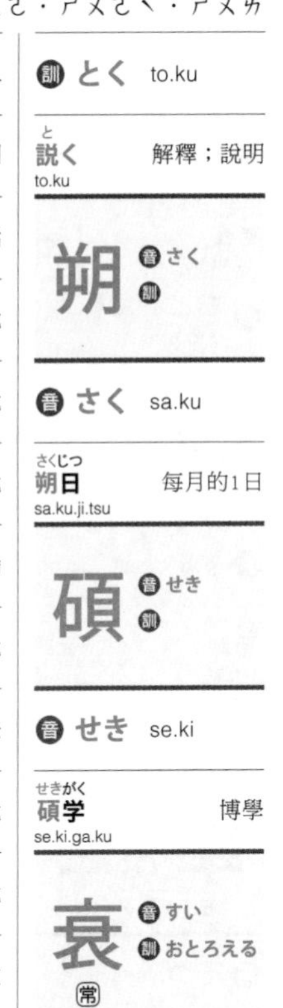

訓 とく to.ku

と
説く 解釋；說明
to.ku

朔
音 さく
訓

音 さく sa.ku

さくじつ
朔日 每月的1日
sa.ku.ji.tsu

碩
音 せき
訓

音 せき se.ki

せきがく
碩学 博學
se.ki.ga.ku

衰
音 すい
訓 おとろえる
常

音 すい su.i

すいじゃく
衰弱 衰弱
su.i.ja.ku

すいたい
衰退 衰退、衰弱
su.i.ta.i

ㄕ

すいぼう
衰亡 衰亡
su.i.bo.o

せいすい
盛衰 盛衰、興衰
se.i.su.i

ろうすい
老衰 衰老
ro.o.su.i

訓 おとろえる o.to.ro.e.ru

帥 音すい 訓 常

音 すい su.i

げんすい
元帥 元帥
ge.n.su.i

とうすい
統帥 統帥
to.o.su.i

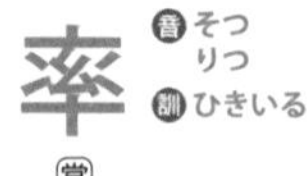
率 音そつ りつ 訓ひきいる 常

音 そつ so.tsu

いんそつ
引率 率領、帶領
i.n.so.tsu

けいそつ
軽率 輕率
ke.i.so.tsu

とうそつ
統率 統率
to.o.so.tsu

そっせん
率先 率先
so.s.se.n

そっちょく
率直 率直
so.c.cho.ku

音 りつ ri.tsu

ごうかくりつ
合格率 合格率
go.o.ka.ku.ri.tsu

ぜいりつ
税率 稅率
ze.i.ri.tsu

のうりつ
能率 效率
no.o.ri.tsu

ひりつ
比率 比率
hi.ri.tsu

ひゃくぶんりつ
百分率 百分率
hya.ku.bu.n.ri.tsu

りりつ
利率 利率
ri.ri.tsu

訓 ひきいる hi.ki.i.ru

ひき
率いる 帶領
hi.ki.i.ru

水 音すい 訓みず 常

音 すい su.i

すいえい
水泳 游泳
su.i.e.i

すいおん
水温 水溫
su.i.o.n

すいどう
水道 自來水管
su.i.do.o

すいげん
水源 水源
su.i.ge.n

すいさん
水産 海產
su.i.sa.n

すいじゅん
水準 水準、水平
su.i.ju.n

すいじょうき
水蒸気 水蒸氣
su.i.jo.o.ki

すいしゃ
水車 水車
su.i.sha

すいせい
水星 水星
su.i.se.i

すいせん
水洗 用水沖洗
su.i.se.n

すいそ
水素 氫氣
su.i.so

すいてき
水滴 水滴
su.i.te.ki

すいとう
水筒 水壺
su.i.to.o

すいぶん
水分 水分
su.i.bu.n

すいでん
水田 水田
su.i.de.n

すいへい
水平 水平
su.i.he.i

すいへいせん
水平線 水平線
su.i.he.i.se.n

すいめん
水面 水面
su.i.me.n

すいよう
水曜 星期三
su.i.yo.o

すいようび
水曜日 星期三
su.i.yo.o.bi

すいりゅう
水流 水流
su.i.ryu.u

すいりょく
水力 水力
su.i.ryo.ku

うすい
雨水 雨水
u.su.i

かいすい
海水 海水
ka.i.su.i

しゅっすい
出水 出水
shu.s.su.i

ちかすい
地下水 地下水
chi.ka.su.i

訓 **みず** mi.zu

みず
水 水
mi.zu

みずぎ
水着 泳衣
mi.zu.gi

みずけ
水気 水分、溼氣
mi.zu.ke

あまみず
雨水 雨水
a.ma.mi.zu

睡
音 すい
訓 ねむる
常

音 **すい** su.i

すいま
睡魔 睡魔
su.i.ma

すいみん
睡眠 睡眠
su.i.mi.n

訓 **ねむる**
ne.mu.ru

税
音 ぜい
訓
常

音 **ぜい** ze.i

ぜい
税 稅金
ze.i

ぜいがく
税額 稅額
ze.i.ga.ku

ぜいかん
税関 海關
ze.i.ka.n

ぜいきん
税金 稅金
ze.i.ki.n

ぜいしゅう
税収 稅收
ze.i.shu.u

ぜいせい
税制 稅制
ze.i.se.i

ぜいほう
税法 稅法
ze.i.ho.o

ぜいむしょ
税務署 國稅局
ze.i.mu.sho

ぜいりつ
税率 稅率
ze.i.ri.tsu

かぜい
課税 課稅
ka.ze.i

かんぜい
関税 關稅
ka.n.ze.i

げんぜい
減税 減稅
ge.n.ze.i

こくぜい
国税 國稅
ko.ku.ze.i

じゅうぜい
重税 重稅
ju.u.ze.i

しょとくぜい
所得税 所得稅
sho.to.ku.ze.i

ぞうぜい
増税 增稅
zo.o.ze.i

だつぜい
脱税 逃稅
da.tsu.ze.i

のうぜい
納税 納稅
no.o.ze.i

栓
音 せん
訓
常

音 **せん** se.n

せん
栓 塞子；開關
se.n

せん ぬ
栓抜き 開瓶器
se.n.nu.ki

しょう か せん
消火栓 消防栓
sho.o.ka.se.n

音 しゅん shu.n

しゅんかん
瞬間 瞬間
shu.n.ka.n

しゅん じ
瞬時 一瞬間
shu.n.ji

訓 またたく ma.ta.ta.ku

またた
瞬く 〔老〕眨眼；閃爍
ma.ta.ta.ku

またた
瞬き 眨眼；閃爍
ma.ta.ta.ki

音 しゅん shu.n

順

音 じゅん
訓
常

音 じゅん ju.n

じゅん
順 順序；正常、合乎道理
ju.n

じゅん い
順位 順位
ju.n.i

じゅんえん
順延 順延
ju.n.e.n

じゅん じ
順次 依次
ju.n.ji

じゅんじゅん
順順 依序
ju.n.ju.n

じゅんじょ
順序 順序
ju.n.jo

じゅんちょう
順調 順利
ju.n.cho.o

じゅんとう
順当 理當、應當
ju.n.to.o

じゅんのう
順応 順應
ju.n.no.o

じゅんばん
順番 順序、輪流
ju.n.ba.n

じゅん ろ
順路 順路
ju.n.ro

じゅうじゅん
柔順 柔順、溫順
ju.u.ju.n

き じゅん
帰順 歸順
ki.ju.n

せきじゅん
席順 座次
se.ki.ju.n

だ じゅん
打順 打擊順序
da.ju.n

て じゅん
手順 程序
te.ju.n

ひつじゅん
筆順 筆順
hi.tsu.ju.n

ふ じゅん
不順 不順
fu.ju.n

みちじゅん
道順 路線
mi.chi.ju.n

音 そう so.o

そう がんきょう
双眼鏡 雙筒望遠鏡
so.o.ga.n.kyo.o

そうけん
双肩 雙肩
so.o.ke.n

訓 ふた fu.ta

ふた ご
双子 雙胞胎
fu.ta.go

霜

音 そう
訓 しも
常

音 そう so.o

そうがい
霜害 霜害
so.o.ga.i

こうそう
降霜 下霜
ko.o.so.o

訓 しも shi.mo

しも
霜 霜；白髮
shi.mo

しもばしら
霜柱 霜柱
shi.mo.ba.shi.ra

爽

音 そう
訓 さわやか

音 そう so.o

そうかい
爽快 清爽
so.o.ka.i

せいそう
清爽 清爽
se.i.so.o

訓 さわやか sa.wa.ya.ka

さわ
爽やか 清爽、爽朗
sa.wa.ya.ka

音 にち ni.chi

にちじ **日時** ni.chi.ji 日期和時間；天數和時間

にちじょう **日常** ni.chi.jo.o 平常、日常

にちべい **日米** ni.chi.be.i 日本和美國

にちや **日夜** ni.chi.ya 日夜

にちよう **日曜** ni.chi.yo.o 星期日

にちようび **日曜日** ni.chi.yo.o.bi 星期日

にちようひん **日用品** ni.chi.yo.o.hi.n 日用品

いちにち **一日** i.chi.ni.chi 一日

こんにち **今日** ko.n.ni.chi 今天

まいにち **毎日** ma.i.ni.chi 每天

みょうにち **明日** myo.o.ni.chi 明天

にっか **日課** ni.k.ka 每天必做的事

にっき **日記** ni.k.ki 日記

にっこう **日光** ni.ko.o 日光、陽光

にっちゅう **日中** ni.c.chu 白天、中午；日本和中國

にってい **日程** ni.t.te.i 行程

にほん **日本** ni.ho.n 日本

音 じつ ji.tsu

きじつ **期日** ki.ji.tsu 日期、期限

きゅうじつ **休日** kyu.u.ji.tsu 休假日

さいじつ **祭日** sa.i.ji.tsu 節日

さくじつ **昨日** sa.ku.ji.tsu 昨天

ぜんじつ **前日** ze.n.ji.tsu 前一天

ほんじつ **本日** ho.n.ji.tsu 本日、今天

訓 ひ hi

ひ **日** hi 太陽；日子、日期

ひあたり **日当たり** hi.a.ta.ri 日照處

ひがえり **日帰り** hi.ga.e.ri 當天往返

ひかげ **日陰** hi.ka.ge 背光處、陰涼處

ひごろ **日頃** hi.go.ro 平日、平常

ひづけ **日付** hi.zu.ke 日期、年月日

ひどり **日取り** hi.do.ri 日期、日子

ひなた **日向** hi.na.ta 日照處

ひのいり **日の入り** hi.no.i.ri 日落

ひので **日の出** hi.no.de 日出

ひのまる **日の丸** hi.no.ma.ru 紅太陽形狀；日本國旗

ひやけ **日焼け** hi.ya.ke 曬黑、日曬

あさひ **朝日** a.sa.hi 朝日

ゆうひ **夕日** yu.u.hi 夕陽

げつようび **月曜日** ge.tsu.yo.o.bi 星期一

訓 か ka

なのか **七日** na.no.ka （每月的）七號

音 ねつ ne.tsu

ねつ
熱 熱、高溫；熱衷
ne.tsu

ねつ
熱する 變熱；加熱；熱衷
ne.s.su.ru

ねつりょう
熱量 熱量
ne.tsu.ryo.o

ねつあい
熱愛 熱愛
ne.tsu.a.i

ねつい
熱意 熱忱、熱情
ne.tsu.i

ねつじょう
熱情 熱情
ne.tsu.jo.o

かねつ
加熱 加熱
ka.ne.tsu

かねつ
過熱 過熱
ka.ne.tsu

げねつ
解熱 退燒
ge.ne.tsu

こうねつ
高熱 高溫
ko.o.ne.tsu

じょうねつ
情熱 熱情
jo.o.ne.tsu

ねっとう
熱湯 熱水
ne.t.to.o

ねっき
熱気 熱氣
ne.k.ki

ねっぷう
熱風 熱風
ne.p.pu.u

ねっしん
熱心 熱心
ne.s.shi.n

ねったい
熱帯 熱帶
ne.t.ta.i

ねっちゅう
熱中 熱中
ne.c.chu.u

訓 あつい a.tsu.i

あつ
熱い 熱的；熱烈的
a.tsu.i

擾
音 じょう
訓

音 じょう jo.o

じょうらん
擾乱 擾亂
jo.o.ra.n

そうじょう
騒擾 騷擾
so.o.jo.o

ふんじょう
紛擾 （國與國之間的）糾紛
fu.n.jo.o

柔
音 じゅう にゅう
訓 やわらか やわらかい
常

音 じゅう ju.u

じゅうじゅん
柔順 溫順、老實
ju.u.ju.n

じゅうどう
柔道 柔道
ju.u.do.o

じゅうなん
柔軟 柔軟；機靈
ju.u.na.n

ゆうじゅうふだん
優柔不断 優柔寡斷
yu.u.ju.u.fu.da.n

音 にゅう nyu.u

にゅうじゃく
柔弱 軟弱
nyu.u.ja.ku

にゅうわ
柔和 柔和、和藹
nyu.u.wa

訓 やわらか ya.wa.ra.ka

やわ
柔らか 柔軟的
ya.wa.ra.ka

訓 やわらかい ya.wa.ra.ka.i

やわ
柔らかい 柔軟的
ya.wa.ra.ka.i

揉
音 じゅう
訓 もむ もめる

音 じゅう ju.u

ㄖ

訓 もむ mo.mu

揉む（も） mo.mu 搓、揉；互相推擠

訓 もめる mo.me.ru

揉める（も） mo.me.ru 發生爭執；心神不定

肉 音 にく 訓 常

音 にく ni.ku

肉（にく） ni.ku 肉、肉類

肉食（にくしょく） ni.ku.sho.ku 肉食

肉親（にくしん） ni.ku.shi.n 骨肉至親

肉体（にくたい） ni.ku.ta.i 肉體

肉類（にくるい） ni.ku.ru.i 肉類

牛肉（ぎゅうにく） gyu.u.ni.ku 牛肉

魚肉（ぎょにく） gyo.ni.ku 魚肉

筋肉（きんにく） ki.n.ni.ku 肌肉

骨肉（こつにく） ko.tsu.ni.ku 骨肉

鶏肉（とりにく） to.ri.ni.ku 雞肉

馬肉（ばにく） ba.ni.ku 馬肉

皮肉（ひにく） hi.ni.ku 諷刺

焼肉（やきにく） ya.ki.ni.ku 烤肉

然 音 ぜん ねん 訓 常

音 ぜん ze.n

全然（ぜんぜん） ze.n.ze.n （接否定）完全（不）

公然（こうぜん） ko.o.ze.n 公然

自然（しぜん） shi.ze.n 自然

当然（とうぜん） to.o.ze.n 當然

必然（ひつぜん） hi.tsu.ze.n 必然

音 ねん ne.n

天然（てんねん） te.n.ne.n 天然

燃 音 ねん 訓 もえる もやす もす 常

音 ねん ne.n

燃焼（ねんしょう） ne.n.sho.o 燃燒

燃料（ねんりょう） ne.n.ryo.o 燃料

可燃（かねん） ka.ne.n 可燃

不燃（ふねん） fu.ne.n 不燃

訓 もえる mo.e.ru

燃える（も） mo.e.ru 燃燒、著火

訓 もやす mo.ya.su

燃やす（も） mo.ya.su 燃燒起、煥發出

訓 もす mo.su

燃す（も） mo.su 燒、焚燒

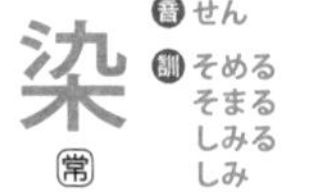

染 音 せん 訓 そめる そまる しみる しみ 常

音 せん se.n

せんしょく
染織 染織
se.n.sho.ku

せんしょく
染色 染色
se.n.sho.ku

せんりょう
染料 染料
se.n.ryo.o

おせん
汚染 污染
o.se.n

かんせん
感染 感染
ka.n.se.n

でんせん
伝染 傳染
de.n.se.n

訓 そめる so.me.ru

そ
染める 染色、著色；面紅耳赤
so.me.ru

訓 そまる so.ma.ru

そ
染まる 染上；沾染
so.ma.ru

訓 しみる shi.mi.ru

し
染みる 滲透；刺痛；染上
shi.mi.ru

訓 しみ shi.mi

し
染み 污垢；老人斑
shi.mi

人

音 じん にん
訓 ひと
常

音 じん ji.n

じんかく
人格 人格
ji.n.ka.ku

じんけん
人権 人權
ji.n.ke.n

じんこう
人口 人口
ji.n.ko.o

じんこう
人工 人工、人造
ji.n.ko.o

じんざい
人材 人才
ji.n.za.i

じんじ
人事 世事；人事
ji.n.ji

じんこうえいせい
人工衛星 人工衛星
ji.n.ko.o.e.i.se.i

じんしゅ
人種 人種
ji.n.shu

じんせい
人生 人生
ji.n.se.i

じんぞう
人造 人造、人工
ji.n.zo.o

じんたい
人体 人體
ji.n.ta.i

じんぶつ
人物 人物
ji.n.bu.tsu

じんぶんかがく
人文科学 人文科學
ji.n.bu.n.ka.ga.ku

じんみん
人民 人民
ji.n.mi.n

じんめい
人命 人命
ji.n.me.i

じんるい
人類 人類
ji.n.ru.i

しゅじん
主人 丈夫
shu.ji.n

がいじん
外人 外人；外國人
ga.i.ji.n

にほんじん
日本人 日本人
ni.ho.n.ji.n

びじん
美人 美人
bi.ji.n

めいじん
名人 名人
me.i.ji.n

ろうじん
老人 老人
ro.o.ji.n

音 にん ni.n

にんぎょう
人形 人偶、玩偶
ni.n.gyo.o

にんげん
人間 人類
ni.n.ge.n

にんじょう
人情 人情
ni.n.jo.o

にんずう
人数 人數
ni.n.zu.u

あくにん
悪人 壞人
a.ku.ni.n

たにん
他人 外人、陌生人
ta.ni.n

はんにん
犯人 犯人
ha.n.ni.n

びょうにん
病人 病人
byo.o.ni.n

訓 **ひと** hi.to

ひと
人 人
hi.to

ひとかげ
人影 人影
hi.to.ka.ge

ひとがら
人柄 人品
hi.to.ga.ra

ひとけ
人気 有人在的樣子
hi.to.ke

ひとご
人込み 人群
hi.to.go.mi

ひとじち
人質 人質
hi.to.ji.chi

ひとで
人手 人手
hi.to.de

たびびと
旅人 旅人
ta.bi.bi.to

ひとどお
人通り 人來人往
hi.to.do.o.ri

ひとめ
人目 世人的目光
hi.to.me

仁

音 じん に
訓
常

音 **じん** ji.n

じんあい
仁愛 仁愛
ji.n.a.i

じんぎ
仁義 仁義
ji.n.gi

じんしゃ
仁者 仁者
ji.n.sha

じんじゅつ
仁術 仁術
ji.n.ju.tsu

じんしん
仁心 仁心
ji.n.shi.n

じんせい
仁政 仁政
ji.n.se.i

じんとく
仁徳 ひき仁德
ji.n.to.ku

音 **に** ni

におう
仁王 * 〔佛〕哼哈二將
ni.o.o

壬

音 じん にん
訓 みずのえ

音 **じん** ji.n

じんしん
壬申 壬申，干支之一
ji.n.shi.n

音 **にん** ni.n

訓 **みずのえ** mi.zu.no.e

みずのえ
壬 壬，天干的第9位
mi.zu.no.e

忍

音 にん
訓 しのぶ しのばせる
常

音 **にん** ni.n

にんじゃ
忍者 忍者
ni.n.ja

にんじゅつ
忍術 隱身術
ni.n.ju.tsu

にんたい
忍耐 忍耐
ni.n.ta.i

ざんにん
残忍 殘忍
za.n.ni.n

訓 **しのぶ** shi.no.bu

しの
忍ぶ 悄悄地、偷偷地；忍耐
shi.no.bu

訓 **しのばせる** shi.no.ba.se.ru

しの
忍ばせる 偷偷地、悄悄地做；暗藏
shi.no.ba.se.ru

稔 音 ねん じん 訓 みのる

音 ねん ne.n

ねんせい
稔性 植物經過授粉，有可能會結成果實
ne.n.se.i

音 じん ji.n

訓 みのる mi.no.ru

みの
稔る 結果實；有成果
mi.no.ru

荏 音 じん 訓 え

音 じん ji.n

じんぜん
荏苒 荏苒、歲月漸漸流逝
ji.n.ze.n

訓 え e

えごま
荏胡麻 紫蘇、荏胡麻，可榨油
e.go.ma

任 音 にん 訓 まかせる まかす 常

音 にん ni.n

にんい
任意 任意
ni.n.i

にんかん
任官 任官
ni.n.ka.n

にんき
任期 任期
ni.n.ki

にんむ
任務 任務
ni.n.mu

にんめい
任命 任命
ni.n.me.i

いにん
委任 委任
i.ni.n

かいにん
解任 解任
ka.i.ni.n

しんにん
信任 信任
shi.n.ni.n

せきにん
責任 責任
se.ki.ni.n

せんにん
専任 專任
se.n.ni.n

ほうにん
放任 放任
ho.o.ni.n

訓 まかせる ma.ka.se.ru

まか
任せる 委託、託付
ma.ka.se.ru

訓 まかす ma.ka.su

まか
任す 委託、託付
ma.ka.su

刃 音 じん にん 訓 は 常

音 じん ji.n

きょうじん
凶刃 殺人凶器
kyo.o.ji.n

じじん
自刃 用利器結束自己的生命
ji.ji.n

音 にん ni.n

にんじょう
刃傷 用刀傷人
ni.n.jo.o

訓 は ha

はもの
刃物 刀、劍等
ha.mo.no

妊 音 にん 訓 常

音 にん ni.n

にんしん
妊娠 懷孕
ni.n.shi.n

にんぷ
妊婦 孕婦
ni.n.pu

認
音 にん
訓 みとめる
常

音 にん ni.n

にんか
認可
ni.n.ka

にんしき
認識 理解、認知
ni.n.shi.ki

にんしょう
認証 認証
ni.n.sho.o

にんち
認知 認知
ni.n.chi

にんてい
認定 認定
ni.n.te.i

かくにん
確認 確認
ka.ku.ni.n

こうにん
公認 公認
ko.o.ni.n

しょうにん
承認 承認
sho.o.ni.n

ひにん
否認 否認
hi.ni.n

もくにん
默認 默認
mo.ku.ni.n

訓 みとめる mi.to.me.ru

みと
認める 允許、准許；承認
mi.to.me.ru

靭
音 じん
訓

音 じん ji.n

じんたい
靭帯 韌帶
ji.n.ta.i

きょうじん
強靭 堅韌
kyo.o.ji.n

穣
音 じょう
訓

音 じょう jo.o

ほうじょう
豊穣 豐收
ho.o.jo.o

壌
音 じょう
訓
常

音 じょう jo.o

どじょう
土壌 土壤
do.jo.o

譲
音 じょう
訓 ゆずる
常

音 じょう jo.o

じょうい
譲位 （君主）讓位
jo.o.i

じょうほ
譲歩 讓步
jo.o.ho

かつじょう
割譲 割讓
ka.tsu.jo.o

けんじょう
謙譲 謙讓
ke.n.jo.o

ごじょう
互譲 互讓
go.jo.o

訓 ゆずる yu.zu.ru

ゆず
譲る 讓給、傳給；讓步
yu.zu.ru

儒
音 じゅ
訓
常

音 じゅ ju

じゅがく
儒学 儒學
ju.ga.ku

濡
音 じゅ
訓 ぬれる ぬらす

音 じゅ ju

訓 ぬれる nu.re.ru

ぬ
濡れる 濡溼、淋溼
nu.re.ru

訓 ぬらす nu.ra.su

ぬ
濡らす 弄溼
nu.ra.su

如 音 じょ にょ 訓 ごとし 常

音 じょ jo

けつじょ
欠如 缺乏、缺少
ke.tsu.jo

とつじょ
突如 突然
to.tsu.jo

やくじょ
躍如 逼真、栩栩如生
ya.ku.jo

音 にょ nyo

にょじつ
如実 真實；〔佛〕真如
nyo.ji.tsu

訓 ごとし go.to.shi

乳 音 にゅう 訓 ち ちち 常

音 にゅう nyu.u

にゅうえき
乳液 乳液
nyu.u.e.ki

にゅうがん
乳癌 乳（腺）癌
nyu.u.ga.n

にゅうぎゅう
乳牛 乳牛
nyu.u.gyu.u

にゅうさんきん
乳酸菌 乳酸菌
nyu.u.sa.n.ki.n

にゅうし
乳歯 乳牙
nyu.u.shi

にゅうじ
乳児 幼兒
nyu.u.ji

にゅうせいひん
乳製品 乳製品
nyu.u.se.i.hi.n

ぎゅうにゅう
牛乳 牛乳
gyu.u.nyu.u

とうにゅう
豆乳 豆漿
to.o.nyu.u

ふんにゅう
粉乳 奶粉
fu.n.nyu.u

ぼにゅう
母乳 母乳
bo.nyu.u

訓 ち chi

ちくび
乳首 乳頭
chi.ku.bi

訓 ちち chi.chi

ちち
乳 乳汁；乳房
chi.chi

ちちいろ
乳色 乳白色
chi.chi.i.ro

汝 音 じょ 訓 なんじ

音 じょ jo

じじょ
爾汝 你、汝
ji.jo

訓 なんじ na.n.ji

なんじ
汝 你、汝
na.n.ji

入 音 にゅう じゅ 訓 いる いれる はいる 常

音 にゅう nyu.u

にゅういん
入院する 住院
nyu.u.i.n.su.ru

にゅうがく
入学 入學
nyu.u.ga.ku

にゅうがく
入学する 入學
nyu.u.ga.ku.su.ru

にゅうじょう
入場 入場
nyu.u.jo.o

にゅうこく
入国 入國
nyu.u.ko.ku

にゅうし
入試 入學考試
nyu.u.shi

にゅうしゃ
入社 進入公司（上班）
nyu.u.sha

にゅうしゅ
入手 取得、到手
nyu.u.shu

にゅうしょう
入賞 得獎
nyu.u.sho.o

にゅうせん
入選 入選
nyu.u.se.n

にゅうどうぐも
入道雲 （夏季的）積雨雲
nyu.u.do.o.gu.mo

にゅうばい
入梅 進入梅雨季節
nyu.u.ba.i

にゅうよく
入浴 入浴
nyu.u.yo.ku

かにゅう
加入 加入
ka.nyu.u

きにゅう
記入 記入
ki.nyu.u

しんにゅう
進入 進入
shi.n.nyu.u

音 じゅ ju

訓 いる i.ru

い
入る 進入；達到某種狀態
i.ru

い ぐち
入り口 入口
i.ri.gu.chi

訓 いれる i.re.ru

い
入れる 放進、裝入
i.re.ru

い もの
入れ物 容器
i.re.mo.no

訓 はいる ha.i.ru

はい
入る 進入；包括在內、添加
ha.i.ru

辱

音 じょく
訓 はずかしめる
常

音 じょく jo.ku

くつじょく
屈辱 屈辱、侮辱
ku.tsu.jo.ku

こくじょく
国辱 國恥
ko.ku.jo.ku

ちじょく
恥辱 恥辱
chi.jo.ku

ぶじょく
侮辱 侮辱
bu.jo.ku

訓 はずかしめる ha.zu.ka.shi.me.ru

はずかし
辱める 侮辱；玷污
ha.zu.ka.shi.me.ru

弱

音 じゃく
訓 よわい
よわる
よわまる
よわめる
常

音 じゃく ja.ku

じゃく
弱 弱；〔數〕不足
ja.ku

じゃくてん
弱点 弱點
ja.ku.te.n

じゃくたい
弱体 體弱
ja.ku.ta.i

じゃくねん
弱年 年輕人
ja.ku.ne.n

じゃくし
弱視 弱視
ja.ku.shi

じゃくしゃ
弱者 弱者
ja.ku.sha

じゃくにくきょうしょく
弱肉強食 弱肉強食
ja.ku.ni.ku.kyo.o.sho.ku

きょうじゃく
強弱 強弱
kyo.o.ja.ku

ひんじゃく
貧弱 貧弱
hi.n.ja.ku

訓 よわい yo.wa.i

よわ
弱い 弱、軟弱；不擅長
yo.wa.i

訓 よわる yo.wa.ru

よわ
弱る 減弱、衰弱；困窘
yo.wa.ru

訓 よわまる
yo.wa.ma.ru

よわ
弱まる 變弱、變衰弱
yo.wa.ma.ru

訓 よわめる
yo.wa.me.ru

よわ
弱める 使之變弱、衰弱
yo.wa.me.ru

若
音 じゃく にゃく
訓 わかい もしくは
常

音 にゃく nya.ku

ろうにゃく
老若 ＊ 老人與年輕人
ro.o.nya.ku

音 じゃく ja.ku

じゃくはい
若輩 年輕人
ja.ku.ha.i

じゃくねん
若年 年紀輕
ja.ku.ne.n

ろうじゃく
老若 老人與年輕人
ro.o.ja.ku

じゃっかん
若干 多少、少許
ja.k.ka.n

訓 わかい wa.ka.i

わか
若い 年輕的
wa.ka.i

わかもの
若者 年輕人
wa.ka.mo.no

わかわか
若若しい 年輕的
wa.ka.wa.ka.shi.i

訓 もしくは
mo.shi.ku.wa

も
若しくは 或者
mo.shi.ku.wa

蕊
音 ずい
訓 しべ

音 ずい zu.i

しずい
雌蕊 〔植〕雌蕊
shi.zu.i

ゆうずい
雄蕊 〔植〕雄蕊
yu.u.zu.i

訓 しべ shi.be

おしべ
雄蕊 雄蕊
o.shi.be

めしべ
雌蕊 雌蕊
me.shi.be

叡
音 えい
訓

音 えい e.i

えいち
叡智 智慧
e.i.chi

瑞
音 ずい
訓 みず

音 ずい zu.i

ずいうん
瑞雲 祥雲
zu.i.u.n

ずいちょう
瑞兆 吉兆
zu.i.cho.o

訓 みず mi.zu

みずほ
瑞穂 飽滿稻穗
mi.zu.ho

鋭
音 えい
訓 するどい
常

音 えい e.i

えいかく
鋭角 銳角
e.i.ka.ku

えいき
鋭気 銳氣、朝氣
e.i.ki

えいびん
鋭敏 敏銳、靈敏
e.i.bi.n

えいり
鋭利 銳利、鋒利；敏銳
e.i.ri

しんえい
新鋭 新銳
shi.n.e.i

訓 **するどい** su.ru.do.i

するど
鋭い 尖銳、銳利；敏銳
su.ru.do.i

軟
常
音 なん
訓 やわらか　やわらかい

音 **なん** na.n

なんきん
軟禁 軟禁
na.n.ki.n

なんこつ
軟骨 軟骨
na.n.ko.tsu

じゅうなん
柔軟 柔軟
ju.u.na.n

訓 **やわらか** ya.wa.ra.ka

やわ
軟らか 柔軟的
ya.wa.ra.ka

訓 **やわらかい** ya.wa.ra.ka.i

やわ
軟らかい 柔軟的、柔和的
ya.wa.ra.ka.i

潤
常
音 じゅん
訓 うるおう　うるおす　うるむ

音 **じゅん** ju.n

じゅんしょく
潤色 潤色、加以渲染
ju.n.sho.ku

しつじゅん
湿潤 濕潤、潮濕
shi.tsu.ju.n

ほうじゅん
豊潤 豐潤、豐富
ho.o.ju.n

訓 **うるおう** u.ru.o.u

うるお
潤う 潤、濕；貼補、受益
u.ru.o.u

訓 **うるおす** u.ru.o.su

うるお
潤す 弄濕、滋潤；使沾光、使受惠
u.ru.o.su

訓 **うるむ** u.ru.mu

うる
潤む 濕潤、朦朧
u.ru.mu

閏
音 じゅん
訓 うるう

音 **じゅん** ju.n

じゅんとう
閏統 非正統的系統、血脈
ju.n.to.o

訓 **うるう** u.ru.u

うるうどし
閏年 閏年
u.ru.u.do.shi

容
常
音 よう
訓

音 **よう** yo.o

ようい
容易 容易
yo.o.i

ようき
容器 容器
yo.o.ki

ようぎ
容疑 嫌疑
yo.o.gi

ようせき
容積 容積
yo.o.se.ki

ようにん
容認 允許、容忍
yo.o.ni.n

ようりょう
容量 容量
yo.o.ryo.o

かんよう
寛容 寬容
ka.n.yo.o

きょよう
許容 容許
kyo.yo.o

けいよう
形容 形容
ke.i.yo.o

しゅうよう
収容 收容
shu.u.yo.o

ないよう
内容 內容
na.i.yo.o

びよう
美容 美容
bi.yo.o

りよう
理容 理容
ri.yo.o

戎

音 じゅう
訓

音 じゅう ju.u

じゅうい
戎衣 出征時所穿的軍服
ju.u.i

栄

常
音 えい
訓 さかえる はえ はえる

音 えい e.i

えいこう
栄光 光榮、榮譽
e.i.ko.o

えいよ
栄誉 榮譽
e.i.yo

えいよう
栄養 營養
e.i.yo.o

こうえい
光栄 光榮
ko.o.e.i

はんえい
繁栄 繁榮
ha.n.e.i

訓 さかえる sa.ka.e.ru

さか
栄える 繁榮、興旺
sa.ka.e.ru

訓 はえ ha.e

は
栄え 光榮、榮譽
ha.e

訓 はえる ha.e.ru

は
栄える 映照；顯得美麗、陪襯
ha.e.ru

溶

常
音 よう
訓 とける とかす とく

音 よう yo.o

ようがん
溶岩 熔岩
yo.o.ga.n

ようえき
溶液 溶液
yo.o.e.ki

ようかい
溶解 〔化〕溶解、溶化
yo.o.ka.i

訓 とける to.ke.ru

と
溶ける （雪、霜等）溶化；溶解
to.ke.ru

と
溶け込む （雪、霜等）溶化；溶解
to.ke.ko.mu

訓 とかす to.ka.su

と
溶かす 溶化、溶解
to.ka.su

訓 とく to.ku

と
溶く 溶解、融合
to.ku

熔

音 よう
訓 とける とかす

音 よう yo.o

ようがん
熔岩 熔岩
yo.o.ga.n

ようせつ
熔接 焊接、熔接
yo.o.se.tsu

訓 とける to.ke.ru

と
熔ける 熔化
to.ke.ru

訓 とかす to.ka.su

と
熔かす （金屬）熔化、熔解
to.ka.su

蓉

音 よう
訓

音 よう yo.o

ふよう
芙蓉 〔植〕荷花、蓮花
fu.yo.o

融

音 ゆう
訓 とける
常

音 ゆう yu.u

ゆうかい
融解 融（溶）化、融解
yu.u.ka.i

ゆうごう
融合 融合
yu.u.go.o

ゆうし
融資 （經濟）通融資金
yu.u.shi

ゆうずう
融通 暢通；融通、挪借
yu.u.zu.u

訓 とける to.ke.ru

と
融ける （雪、霜等）溶化；溶解
to.ke.ru

茸

音 じゅう
訓 たけ
きのこ

音 じゅう ju.u

訓 たけ ta.ke

しいたけ
椎茸 〔植〕香菇
shi.i.ta.ke

訓 きのこ ki.no.ko

冗

音 じょう
訓
常

音 じょう jo.o

じょうだん
冗談 玩笑
jo.o.da.n

じょうちょう
冗長 冗長
jo.o.cho.o

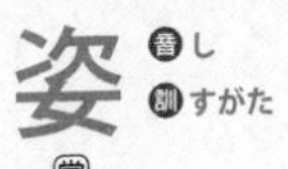

姿

音 し
訓 すがた
常

音 し shi

しせい
姿勢 姿勢
shi.se.i

えいし
英姿 英姿
e.i.shi

ふうし
風姿 風姿
fu.u.shi

ゆうし
雄姿 雄姿
yu.u.shi

ようし
容姿 姿容、風貌
yo.o.shi

訓 すがた su.ga.ta

すがた
姿 身影、姿態
su.ga.ta

すがたみ
姿見 穿衣鏡
su.ga.ta.mi

孜

音 し
訓

音 し shi

しし
孜孜 孜孜不倦
shi.shi

滋

音 じ
訓
常

音 じ ji

じみ
滋味 美味；意味
ji.mi

じよう
滋養 營養
ji.yo.o

諮

音 し
訓 はかる
常

音 し shi

しもん
諮問 諮詢
shi.mo.n

訓 はかる ha.ka.ru

はか
諮る 諮詢
ha.ka.ru

資

音 し
訓
常

音 し shi

しかく
資格 資格
shi.ka.ku

しきん
資金 資金
shi.ki.n

しげん
資源 資源
shi.ge.n

しざい
資材 資材
shi.za.i

しさん
資産 資產
shi.sa.n

ししつ
資質 資質
shi.shi.tsu

しほん
資本 資本
shi.ho.n

しほんしゅぎ
資本主義 資本主義
shi.ho.n.shu.gi

しりょう
資料 資料
shi.ryo.o

しりょく
資力 資力
shi.ryo.ku

とうし
投資 投資
to.o.shi

ぶっし
物資 物資
bu.s.shi

しゅっし
出資 出資
shu.s.shi

髭

音
訓 ひげ

音 ひげ hi.ge

ひげ
髭 鬍鬚
hi.ge

仔
音 し
訓 こ

音 し shi

しさい
仔細 內情、詳情；理由
shi.sa.i

訓 こ ko

こうし
仔牛 小牛
ko.o.shi

子
音 し、す
訓 こ
常

音 し shi

しじょ
子女 子女
shi.jo

しそく
子息 兒子
shi.so.ku

しそん
子孫 子孫
shi.so.n

してい
子弟 子弟
shi.te.i

おうじ
王子 王子
o.o.ji

くんし
君子 君子
ku.n.shi

げんし
原子 原子
ge.n.shi

こうし
孔子 孔子
ko.o.shi

さいし
妻子 妻子
sa.i.shi

さいし
才子 才子
sa.i.shi

しゅし
種子 種子
shu.shi

じょし
女子 女子
jo.shi

だんし
男子 男子
da.n.shi

ちょうし
調子 情緒、身體狀況
cho.o.shi

ふし
父子 父子
fu.shi

りし
利子 利息
ri.shi

音 す su

ようす
様子 樣子
yo.o.su

訓 こ ko

こ
子 兒女
ko

こども
子供 小孩、孩子
ko.do.mo

こ
お子さん 尊稱對方的小孩
o.ko.sa.n

むすこ
息子 兒子
mu.su.ko

梓
音 し
訓 あずさ

音 し shi

じょうし
上梓 刻版、出版
jo.o.shi

訓 あずさ a.zu.sa

あずさ
梓 [植]梓；印版
a.zu.sa

紫
音 し
訓 むらさき
常

音 し shi

しがいせん
紫外線 紫外線
shi.ga.i.se.n

訓 むらさき mu.ra.sa.ki

むらさき
紫 紫色
mu.ra.sa.ki

むらさきいろ
紫色 紫色
mu.ra.sa.ki.i.ro

字
音 じ
訓 あざ
常

音 じ ji

じ
字 字
ji

じたい
字体 字體
ji.ta.i

じてん
字典 字典
ji.te.n

じびき
字引 字典
ji.bi.ki

あかじ
赤字 赤字
a.ka.ji

かんじ
漢字 漢字
ka.n.ji

すうじ
数字 數字
su.u.ji

てんじ
点字 點字
te.n.ji

みょうじ
名字 名字
myo.o.ji

もじ
文字 文字
mo.ji

訓 あざ a.za

おおあざ
大字 日本「町」、「村」之下的行政區劃分
o.o.a.za

漬
音 し
訓 つける つかる
常

音 し shi

しんし
浸漬 慢慢滲透
shi.n.shi

訓 つける tsu.ke.ru

つ
漬ける 醃漬；浸、泡
tsu.ke.ru

訓 つかる tsu.ka.ru

つ
漬かる 醃
tsu.ka.ru

自
音 じ し
訓 みずから おのずから
常

音 じ ji

じえい
自衛 自我防衛
ji.e.i

じが
自我 自我
ji.ga

じかく
自覚 自覺、自知
ji.ka.ku

じがぞう
自画像 自畫像
ji.ga.zo.o

じきゅうじそく
自給自足 自給自足
ji.kyu.u.ji.so.ku

じこ
自己 自己
ji.ko

じざい
自在 自在
ji.za.i

じさつ
自殺 自殺
ji.sa.tsu

じしゅ
自主 自主
ji.shu

じしゅ
自首 自首
ji.shu

じしゅう
自習 自習
ji.shu.u

じしゅてき
自主的 自主的
ji.shu.te.ki

じしん
自信 自信
ji.shi.n

じしん
自身 自己、本身
ji.shi.n

しぜんかがく
自然科学 自然科學
shi.ze.n.ka.ga.ku

じそんしん
自尊心 自尊心
ji.so.n.shi.n

じたく
自宅 自宅
ji.ta.ku

じち
自治 自治
ji.chi

じてん
自転 自轉
ji.te.n

じてんしゃ
自転車 腳踏車
ji.te.n.sha

じどう
自動 自動
ji.do.o

じどうし
自動詞 自動詞
ji.do.o.shi

じどうしゃ
自動車 汽車
ji.do.o.sha

じはつてき
自発的 自發的
ji.ha.tsu.te.ki

じぶん
自分 自己
ji.bu.n

じぶんじしん
自分自身 自己
ji.bu.n.ji.shi.n

じまん
自慢 得意、驕傲
ji.ma.n

じゆう
自由 自由
ji.yu.u

じりつ
自立 自立
ji.ri.tsu

どくじ
独自 獨自
do.ku.ji

音 し shi

しぜん
自然 大自然、天然
shi.ze.n

訓 みずから mi.zu.ka.ra

みずか
自ら 親自、親身；自己
mi.zu.ka.ra

訓 おのずから o.no.zu.ka.ra

おの
自ずから 自然而然地；碰巧
o.no.zu.ka.ra

雑

音 ざつ ぞう
訓
常

音 ざつ za.tsu

ざつ
雑 混雜、各式各樣；隨便
za.tsu

ざつおん
雑音 雜音
za.tsu.o.n

ざつだん
雑談 雜談
za.tsu.da.n

ざつむ
雑務 雜務
za.tsu.mu

ざつよう
雑用 雜用
za.tsu.yo.o

こんざつ
混雑 混雜
ko.n.za.tsu

ふくざつ
複雑 複雜
fu.ku.za.tsu

らんざつ
乱雑 雜亂
ra.n.za.tsu

ざっか
雑貨 雜貨
za.k.ka

ざっき
雑記 雜記
za.k.ki

ざっし
雑誌 雜誌
za.s.shi

ざっそう
雑草 雜草
za.s.so.o

ざっぴ
雑費 雜費
za.p.pi

音 ぞう zo.o

ぞうき
雑木 用來做木柴、木炭的樹木
zo.o.ki

ぞうきん
雑巾 抹布
zo.o.ki.n

ぞうに
雑煮 （日本過新年時吃的）年糕什錦湯
zo.o.ni

則

音 そく
訓
常

音 そく so.ku

きそく
規則 規則
ki.so.ku

げんそく
原則 原則
ge.n.so.ku

こうそく
校則 校規
ko.o.so.ku

ばっそく
罰則 罰則
ba.s.so.ku

はんそく
反則 犯規
ha.n.so.ku

ほうそく
法則 法則
ho.o.so.ku

沢
音 たく
訓 さわ
常

音 **たく** ta.ku

たくさん
沢山 許多、很多
ta.ku.sa.n

こうたく
光沢 光澤
ko.o.ta.ku

ぜいたく
贅沢 奢侈
ze.i.ta.ku

訓 **さわ** sa.wa

さわべ
沢辺 〔文〕沼澤旁
sa.wa.be

責
音 せき
訓 せめる
常

音 **せき** se.ki

せきにん
責任 責任、職責
se.ki.ni.n

せきむ
責務 責任和義務
se.ki.mu

しょくせき
職責 職責
sho.ku.se.ki

訓 **せめる** se.me.ru

せ
責める 責備、責問
se.me.ru

哉
音 さい
訓 かな や

音 **さい** sa.i

かいさい
快哉 心情愉快
ka.i.sa.i

訓 **かな** ka.na

訓 **や** ya

栽
音 さい
訓
常

音 **さい** sa.i

さいしょく
栽植 栽種
sa.i.sho.ku

さいばい
栽培 栽培；養殖（魚類）
sa.i.ba.i

ぼんさい
盆栽 盆栽
bo.n.sa.i

災
音 さい
訓 わざわい
常

音 **さい** sa.i

さいがい
災害 災害
sa.i.ga.i

さいなん
災難 災難
sa.i.na.n

かさい
火災 火災
ka.sa.i

てんさい
天災 天災
te.n.sa.i

訓 **わざわい** wa.za.wa.i

わざわ
災い 災禍、災難
wa.za.wa.i

再
音 さい さ
訓 ふたたび
常

音 **さい** sa.i

さいかい
再開 再開
sa.i.ka.i

さいかい
再会 再會、重逢
sa.i.ka.i

さいけん
再建 重建
sa.i.ke.n

ㄗ

さいげん
再現 再現
sa.i.ge.n

さいこう
再考 重新考慮
sa.i.ko.o

さいさい
再再 屢次、再三
sa.i.sa.i

さいさん
再三 屢次、再三
sa.i.sa.n

さいせい
再生 復活、重生；物品重新利用；播放
sa.i.se.i

さいはつ
再発 再次發生；〔病〕復發
sa.i.ha.tsu

音 さ sa

さらいげつ
再来月 下下個月
sa.ra.i.ge.tsu

さらいしゅう
再来週 下下個星期
sa.ra.i.shu.u

さらいねん
再来年 後年
sa.ra.i.ne.n

訓 ふたたび fu.ta.ta.bi

ふたた
再び 再、再一次
fu.ta.ta.bi

在
音 ざい
訓 ある
常

音 ざい za.i

ざいい
在位 在位
za.i.i

ざいがく
在学 在校學習、上學
za.i.ga.ku

ざいきょう
在京 在東京
za.i.kyo.o

ざいこ
在庫 庫存
za.i.ko

ざいこう
在校 在校
za.i.ko.o

ざいしょく
在職 在職
za.i.sho.ku

ざいたく
在宅 在家
za.i.ta.ku

ざいにん
在任 在任
za.i.ni.n

ざいりゅう
在留 臨時居留
za.i.ryu.u

けんざい
健在 健在
ke.n.za.i

げんざい
現在 現在
ge.n.za.i

じゆうじざい
自由自在 自由自在
ji.yu.u.ji.za.i

そんざい
存在 存在
so.n.za.i

ふざい
不在 不在
fu.za.i

訓 ある a.ru

あ
在る 在、有；位於…
a.ru

載
音 さい
訓 のせる のる
常

音 さい sa.i

きさい
記載 記載
ki.sa.i

けいさい
掲載 登載
ke.i.sa.i

れんさい
連載 連載、連續刊登
re.n.sa.i

訓 のせる no.se.ru

の
載せる （使）乘上、裝上；擺上
no.se.ru

訓 のる no.ru

の
載る 放、擱；刊載
no.ru

賊
音 ぞく
訓
常

音 ぞく zo.ku

ぞくぐん
賊軍 賊軍
zo.ku.gu.n

かいぞく
海賊 海盜
ka.i.zo.ku

ぎぞく
義賊 義賊
gi.zo.ku

さんぞく
山賊 山賊、土匪
sa.n.zo.ku

遭
音 そう
訓 あう
常

音 そう so.o

そうぐう
遭遇 遭遇
so.o.gu.u

そうなん
遭難 遇難
so.o.na.n

訓 あう a.u

あ
遭う 遇見、碰見
a.u

早
音 そう
さっ
訓 はやい
はやまる
はやめる
常

音 そう so.o

そうちょう
早朝 早會
so.o.cho.o

そうしゅん
早春 早春
so.o.shu.n

そうき
早期 早期
so.o.ki

そうたい
早退 早退
so.o.ta.i

そうきゅう
早急 迅速、趕快
so.o.kyu.u

音 さっ sa

さっきゅう
早急 ＊
sa.k.kyu.u

さっそく
早速 ＊ 立刻、馬上
sa.s.so.ku

訓 はやい ha.ya.i

はや
早い 早、不到時候
ha.ya.i

はやくち
早口 說話快
ha.ya.ku.chi

訓 はやまる ha.ya.ma.ru

はや
早まる 提前、加快；著急
ha.ya.ma.ru

訓 はやめる ha.ya.me.ru

はや
早める 提前
ha.ya.me.ru

繰
音
訓 くる
常

訓 くる ku.ru

く
繰る 紡、捻；依次計算
ku.ru

く　あ
繰り上げる 提前、提早；往前移
ku.ri.a.ge.ru

く　かえ
繰り返す 反覆、重覆；翻頁
ku.ri.ka.e.su

藻
音 そう
訓 も
常

音 そう so.o

そうるい
藻類 〔植〕藻類
so.o.ru.i

かいそう
海藻 海藻
ka.i.so.o

訓 も mo

きんぎょも
金魚藻 〔植〕金魚藻
ki.n.gyo.mo

まりも
毬藻 綠球藻
ma.ri.mo

蚤
音 そう
訓 のみ

音 そう so.o

訓 のみ no.mi

のみ
蚤 跳蚤
no.mi

のみ いち
蚤の市 跳蚤市場
no.mi.no.i.chi

燥
音 そう
訓
常

音 そう so.o

かんそう
乾燥 乾燥；枯燥
ka.n.so.o

しょうそう
焦燥 焦躁、焦急
sho.o.so.o

竈
音 そう
訓 かまど

音 そう so.o

訓 かまど ka.ma.do

かまど
竈 爐灶；夥伴
ka.ma.do

造
音 ぞう
訓 つくる
常

音 ぞう zo.o

ぞうえい
造営 營造、興建
zo.o.e.i

ぞうえん
造園 造園
zo.o.e.n

ぞうか
造花 假花
zo.o.ka

ぞうご
造語 造句
zo.o.go

ぞうせい
造成 造成
zo.o.se.i

ぞうせん
造船 造船
zo.o.se.n

ぞうりん
造林 造林
zo.o.ri.n

かいぞう
改造 改造
ka.i.zo.o

けんぞう
建造 建造
ke.n.zo.o

こうぞう
構造 構造
ko.o.zo.o

しゅぞう
酒造 造酒、釀酒
shu.zo.o

じんぞう
人造 人造
ji.n.zo.o

せいぞう
製造 製造
se.i.zo.o

そうぞう
創造 創造
so.o.zo.o

もくぞう
木造 木造
mo.ku.zo.o

もぞう
模造 仿造
mo.zo.o

訓 つくる tsu.ku.ru

つく
造る 建造；培育
zu.ku.ru

いしづく
石造り 建造石桌、石椅等的工匠
i.shi.zu.ku.ri

諏
音 す
しゅ
訓

音 す su

すわこ
諏訪湖 （日本長野縣）諏訪湖
su.wa.ko

音 しゅ shu

走
音 そう
訓 はしる
常

音 そう so.o

そうこう
走行 （車子）行駛
so.o.ko.o

そうしゃ
走者 跑者
so.o.sha

そうほう
走法 跑法
so.o.ho.o

かいそう
快走 快速奔跑
ka.i.so.o

きょうそう
競走 競跑
kyo.o.so.o

はいそう
敗走 戰敗逃跑
ha.i.so.o

ぼうそう
暴走 暴走
bo.o.so.o

訓 **はしる** ha.shi.ru

はし
走る 跑；（車、船）行駛
ha.shi.ru

奏
音 そう
訓 かなでる
常

音 **そう** so.o

そうがく
奏楽 奏樂
so.o.ga.ku

えんそう
演奏 演奏
e.n.so.o

がっそう
合奏 合奏
ga.s.so.o

きょうそうきょく
協奏曲 協奏曲
kyo.o.so.o.kyo.ku

すいそうがく
吹奏楽 吹奏樂
su.i.so.o.ga.ku

ぜんそう
前奏 前奏
ze.n.so.o

どくそう
独奏 獨奏
do.ku.so.o

ばんそう
伴奏 伴奏
ba.n.so.o

訓 **かなでる** ka.na.de.ru

かな
奏でる 演奏
ka.na.de.ru

讚
音 さん
訓

音 **さん** sa.n

さんか
讃歌 讚美歌
sa.n.ka

さんび
讃美 讚美
sa.n.bi

贊
音 さん
訓
常

音 **さん** sa.n

さんい
賛意 贊成之意
sa.n.i

さんじ
賛辞 讚美的話
sa.n.ji

さんじょ
賛助 贊助
sa.n.jo

さんせい
賛成 贊成
sa.n.se.i

さんどう
賛同 贊同
sa.n.do.o

さんぴ
賛否 贊成與否
sa.n.pi

さんび
賛美 讚美、贊美
sa.n.bi

きょうさん
協賛 贊助
kyo.o.sa.n

じさん
自賛 自誇
ji.sa.n

しょうさん
賞賛 讚賞
sho.o.sa.n

ぜっさん
絶賛 讚不絕口
ze.s.sa.n

音 **ぞう** zo.o

ぞうき
臓器 臟器
zo.o.ki

かんぞう
肝臓 肝臟
ka.n.zo.o

ごぞう
五臓 五臟
go.zo.o

ㄗ

しんぞう
心臓 心臟
shi.n.zo.o

ないぞう
内臓 內臟
na.i.zo.o

はいぞう
肺臓 肺臟
ha.i.zo.o

葬 常
音 そう
訓 ほうむる

音 そう so.o

そうぎ
葬儀 葬禮
so.o.gi

そうさい
葬祭 殯葬和祭祀
so.o.sa.i

そうしき
葬式 葬禮
so.o.shi.ki

そうそう
葬送 送葬
so.o.so.o

そうれつ
葬列 送葬的行列
so.o.re.tsu

かそう
火葬 火葬
ka.so.o

どそう
土葬 土葬
do.so.o

まいそう
埋葬 埋葬
ma.i.so.o

訓 ほうむる ho.o.mu.ru

ほうむ
葬る 埋葬；忘卻
ho.o.mu.ru

増 常
音 ぞう
訓 ます
ふえる
ふやす

音 ぞう zo.o

ぞうか
増加 增加
zo.o.ka

ぞうがく
増額 增額
zo.o.ga.ku

ぞうかん
増刊 增刊
zo.o.ka.n

ぞうきょう
増強 增強
zo.o.kyo.o

ぞうげん
増減 增減
zo.o.ge.n

ぞうさん
増産 增產
zo.o.sa.n

ぞうしん
増進 增進
zo.o.shi.n

ぞうぜい
増税 增稅
zo.o.ze.i

ぞうせつ
増設 增設
zo.o.se.tsu

ぞうだい
増大 增大
zo.o.da.i

ぞうちく
増築 增建
zo.o.chi.ku

ぞうちょう
増長 增長
zo.o.cho.o

きゅうぞう
急増 急增
kyu.u.zo.o

げきぞう
激増 激增
ge.ki.zo.o

ぜんぞう
漸増 漸增
ze.n.zo.o

ばいぞう
倍増 倍增
ba.i.zo.o

訓 ます ma.su

ま
増す 增加；增長、增添
ma.su

訓 ふえる fu.e.ru

ふ
増える 增加、增多
fu.e.ru

訓 ふやす fu.ya.su

ふ
増やす 增加、繁殖
fu.ya.su

音 ぞう zo.o

ぞうお
憎悪 厭惡
zo.o.o

あいぞう
愛憎 喜好和憎惡
a.i.zo.o

訓 **にくむ** ni.ku.mu

にく
憎む 憎恨；嫉妒
ni.ku.mu

訓 **にくい** ni.ku.i

にく
憎い 討厭、可恨
ni.ku.i

訓 **にくらしい** ni.ku.ra.shi.i

にく
憎らしい 可恨的、討厭的
ni.ku.ra.shi.i

訓 **にくしみ** ni.ku.shi.mi

にく
憎しみ 憎恨
ni.ku.shi.mi

贈
音 ぞう そう
訓 おくる
常

音 **ぞう** zo.o

ぞうてい
贈呈 贈送
zo.o.te.i

ぞうよ
贈与 贈給
zo.o.yo

きぞう
寄贈 捐贈、贈送
ki.zo.o

けいぞう
恵贈 惠贈
ke.i.zo.o

音 **そう** so.o

訓 **おくる** o.ku.ru

おく
贈る 贈送、授與
o.ku.ru

おく もの
贈り物 禮品、禮物
o.ku.ri.mo.no

租
音 そ
訓
常

音 **そ** so

そぜい
租税 租稅
so.ze.i

ちそ
地租 土地稅
chi.so

のうそ
納租 繳租、納稅
no.o.so

卒
音 そつ
訓
常

音 **そつ** so.tsu

そつぎょう
卒業 畢業
so.tsu.gyo.o

そつぎょうしき
卒業式 畢業典禮
so.tsu.gyo.o.shi.ki

そつぎょうしょうしょ
卒業証書 畢業證書
so.tsu.gyo.o.sho.o.sho

こうそつ
高卒 高中畢業
ko.o.so.tsu

しんそつ
新卒 剛畢業的新人；新兵
shi.n.so.tsu

だいそつ
大卒 大學畢業
da.i.so.tsu

ちゅうそつ
中卒 中學畢業
chu.u.so.tsu

族
音 ぞく
訓
常

音 **ぞく** zo.ku

いぞく
遺族 遺族
i.zo.ku

かぞく
家族 家人
ka.zo.ku

きぞく
貴族 貴族
ki.zo.ku

こうぞく
皇族 皇族
ko.o.zo.ku

しぞく
士族 武士家族
shi.zo.ku

しゅぞく
種族 種族
shu.zo.ku

しんぞく
親族 親戚
shi.n.zo.ku

すいぞくかん
水族館 水族館
su.i.zo.ku.ka.n

みんぞく
民族 民族
mi.n.zo.ku

足
音 そく
訓 あし たりる たる たす
常

音 そく so.ku

そくせき
足跡 腳印
so.ku.se.ki

えんそく
遠足 遠足
e.n.so.ku

げそく
下足 (進屋時)脫下的鞋
ge.so.ku

どそく
土足 沾滿泥土的腳；穿著鞋子的腳
do.so.ku

ふそく
不足 不足
fu.so.ku

ほそく
補足 補足
ho.so.ku

まんぞく
満足 滿足
ma.n.zo.ku

訓 あし a.shi

あし
足 腳
a.shi

あしあと
足跡 腳印
a.shi.a.to

あしおと
足音 腳步聲音
a.shi.o.to

あしだい
足代 交通費
a.shi.da.i

あしな
足並み 步調
a.shi.na.mi

あしばや
足早 腳程快
a.shi.ba.ya

あしもと
足元 腳底下；身邊
a.shi.mo.to

りょうあし
両足 兩腳
ryo.o.a.shi

訓 たりる ta.ri.ru

た
足りる 足夠、夠用；值得
ta.ri.ru

訓 たる ta.ru

た
足る 足夠、值得
ta.ru

訓 たす ta.su

た
足す 增加、補；辦完
ta.su

た　ざん
足し算 加法
ta.shi.za.n

た　び
特 **足袋** (穿和服時用的)短布襪
ta.bi

祖
音 そ
訓
常

音 そ so

そこく
祖国 祖國
so.ko.ku

そせん
祖先 祖先
so.se.n

そふ
祖父 祖父
so.fu

そふぼ
祖父母 祖父母
so.fu.bo

そぼ
祖母 祖母
so.bo

がんそ
元祖 始祖
ga.n.so

きょうそ
教祖 教祖
kyo.o.so

しそ
始祖 始祖
shi.so

組
音 そ
訓 くむ くみ
常

音 そ so

そかく
組閣 組閣
so.ka.ku

そしき
組織 組織
so.shi.ki

そせい
組成 組成
so.se.i

かいそ
改組 改組
ka.i.so

訓 くむ ku.mu

く
組む 把…交叉起來；編、組成
ku.mu

訓 くみ ku.mi

くみ
組 組別、班級
ku.mi

くみあい
組合 組合
ku.mi.a.i

く　あ
組み合わせ 搭配；編組
ku.mi.a.wa.se

く　あ
組み合わせる 合在一起；(比賽)編組
ku.mi.a.wa.se.ru

く　こ
組み込む 排入、編入
ku.mi.ko.mu

く　た
組み立てる 組裝
ku.mi.ta.te.ru

ばんぐみ
番組 節目
ba.n.gu.mi

阻
音 そ
訓 はばむ
常

音 そ so

そがい
阻害 妨礙
so.ga.i

そし
阻止 阻止
so.shi

訓 はばむ ha.ba.mu

はば
阻む 阻撓、阻擋
ha.ba.mu

昨
音 さく
訓
常

音 さく sa.ku

さくじつ
昨日 昨天
sa.ku.ji.tsu

さくしゅう
昨週 上週
sa.ku.shu.u

さくねん
昨年 去年
sa.ku.ne.n

さくばん
昨晩 昨晚
sa.ku.ba.n

さくや
昨夜 昨夜
sa.ku.ya

いっさくじつ
一昨日 前天
i.s.sa.ku.ji.tsu

いっさくねん
一昨年 前年
i.s.sa.ku.ne.n

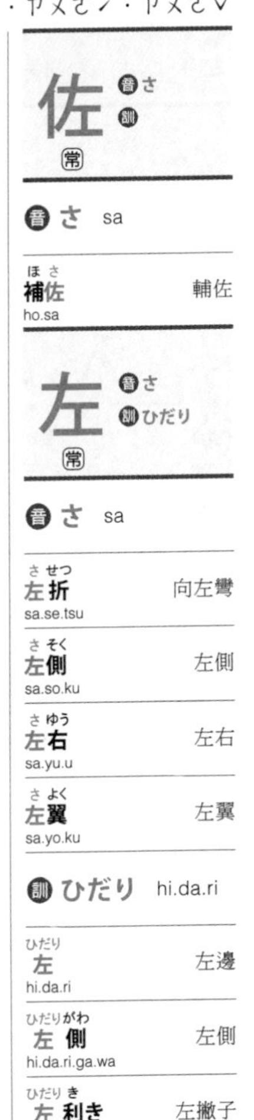

佐
音 さ
訓
常

音 さ sa

ほさ
補佐 輔佐
ho.sa

左
音 さ
訓 ひだり
常

音 さ sa

させつ
左折 向左彎
sa.se.tsu

さそく
左側 左側
sa.so.ku

さゆう
左右 左右
sa.yu.u

さよく
左翼 左翼
sa.yo.ku

訓 ひだり hi.da.ri

ひだり
左 左邊
hi.da.ri

ひだりがわ
左側 左側
hi.da.ri.ga.wa

ひだりき
左利き 左撇子
hi.da.ri.ki.ki

ㄗ

ひだりて
左手 左手
hi.da.ri.te

作
音 さく
さ
訓 つくる
常

音 さく sa.ku

さく
作 做、製作；作品
sa.ku

さくし
作詞 作詞
sa.ku.shi

さくしゃ
作者 作者
sa.ku.sha

さくせい
作成 作成
sa.ku.se.i

さくせい
作製 製作
sa.ku.se.i

さくせん
作戦 作戰
sa.ku.se.n

さくひん
作品 作品
sa.ku.hi.n

さくふう
作風 作品的風格
sa.ku.fu.u

さくぶん
作文 作文
sa.ku.bu.n

さくもつ
作物 作物
sa.ku.mo.tsu

いさく
遺作 遺作
i.sa.ku

こうさく
工作 工作
ko.o.sa.ku

りきさく
力作 精心作品
ri.ki.sa.ku

音 さ sa

さぎょう
作業 作業
sa.gyo.o

さっか
作家 作家
sa.k.ka

さっきょく
作曲 作曲
sa.k.kyo.ku

さほう
作法 作法；法事
sa.ho.o

さよう
作用 作用
sa.yo.o

訓 つくる tsu.ku.ru

つく
作る 作、製作
tsu.ku.ru

つく
作り 製作、樣子；裝扮
tsu.ku.ri

坐
音 ざ
訓 すわる

音 ざ za

ざが
坐臥 坐臥、起居
za.ga

せいざ
静坐 靜坐
se.i.za

訓 すわる su.wa.ru

すわ
坐る 坐；居某種地位
su.wa.ru

座
音 ざ
訓 すわる
常

音 ざ za

ざし
座視 坐視
za.shi

ざしき
座敷 座墊
za.shi.ki

ざせき
座席 座席
za.se.ki

ざぜん
座禅 座禪
za.ze.n

ざだん
座談 座談
za.da.n

ざだんかい
座談会 座談會
za.da.n.ka.i

ざちょう
座長 劇團的團長
za.cho.o

ざひょう
座標 座標
za.hyo.o

ざぶとん
座布団 坐墊
za.bu.to.n

おうざ
王座 王座
o.o.za

こうざ
口座 戶頭
ko.o.za

こうざ
講座 講座
ko.o.za

せいざ
星座 星座
se.i.za

せいざ
正座 正坐、端坐
se.i.za

とうざ
当座 當場
to.o.za

まんざ
満座 滿座
ma.n.za

訓 **すわる** su.wa.ru

すわ
座る 坐；居某種地位
su.wa.ru

酢
音 さく
訓 す
常

音 **さく** sa.ku

さくさん
酢酸 醋酸
sa.ku.sa.n

訓 **す** su

す
酢 醋
su

すさん
酢酸 醋
su.sa.n

うめず
梅酢 梅子醋
u.me.zu

嘴
音 し
訓 くちばし
はし

音 **し** shi

訓 **くちばし**
ku.chi.ba.shi

くちばし
嘴 嘴、喙
ku.chi.ba.shi

訓 **はし** ha.shi

つるはし
鶴嘴 （挖掘土石的工具）十字鎬
tsu.ru.ha.shi

最
音 さい
訓 もっとも
常

音 **さい** sa.i

さいあい
最愛 最愛
sa.i.a.i

さいきん
最近 最近
sa.i.ki.n

さいきょう
最強 最強
sa.i.kyo.o

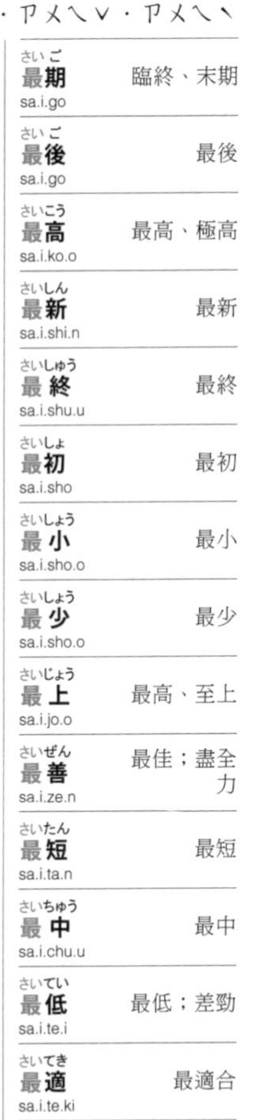

さいご
最期 臨終、末期
sa.i.go

さいご
最後 最後
sa.i.go

さいこう
最高 最高、極高
sa.i.ko.o

さいしん
最新 最新
sa.i.shi.n

さいしゅう
最終 最終
sa.i.shu.u

さいしょ
最初 最初
sa.i.sho

さいしょう
最小 最小
sa.i.sho.o

さいしょう
最少 最少
sa.i.sho.o

さいじょう
最上 最高、至上
sa.i.jo.o

さいぜん
最善 最佳；盡全力
sa.i.ze.n

さいたん
最短 最短
sa.i.ta.n

さいちゅう
最中 最中
sa.i.chu.u

さいてい
最低 最低；差勁
sa.i.te.i

さいてき
最適 最適合
sa.i.te.ki

訓 **もっとも**
mo.t.to.mo

ㄗ

もっと
最も　最
mo.t.to.mo

罪
音 ざい
訓 つみ
常

音 ざい　za.i

ざいあく
罪悪　罪惡
za.i.a.ku

ざいか
罪過　罪過
za.i.ka

ざいにん
罪人　罪人
za.i.ni.n

ざいめい
罪名　罪名
za.i.me.i

しざい
死罪　死罪
shi.za.i

しゃざい
謝罪　謝罪
sha.za.i

じゅうざい
重罪　重罪
ju.u.za.i

だんざい
断罪　定罪
da.n.za.i

はんざい
犯罪　犯罪
ha.n.za.i

むざい
無罪　無罪
mu.za.i

ゆうざい
有罪　有罪
yu.u.za.i

るざい
流罪　流放
ru.za.i

訓 つみ　tsu.mi

つみ
罪　罪過
tsu.mi

酔
音 すい
訓 よう
常

音 すい　su.i

すいたい
酔態　醉態
su.i.ta.i

でいすい
泥酔　酩酊大醉
de.i.su.i

ますい
麻酔　〔醫〕麻醉
ma.su.i

訓 よう　yo.u

よ
酔う　（酒）醉；暈（船等）；陶醉
yo.u

よ　ぱら
酔っ払い　醉鬼
yo.p.pa.ra.i

纂
音 さん
訓

音 さん　sa.n

さんしゅう
纂修　編修
sa.n.shu

へんさん
編纂　編修
he.n.sa.n

尊
音 そん
訓 たっとい
とうとい
たっとぶ
とうとぶ
常

音 そん　so.n

そんけい
尊敬　尊敬
so.n.ke.i

そんげん
尊厳　尊嚴
so.n.ge.n

そんしょう
尊称　尊稱
so.n.sho.o

そんだい
尊大　驕傲自大
so.n.da.i

そんちょう
尊重　尊重
so.n.cho.o

そんぴ
尊卑　尊卑
so.n.pi

じそんしん
自尊心　自尊心
ji.so.n.shi.n

訓 たっとい　ta.t.to.i

たっと
尊い　寶貴；高貴、尊貴
ta.t.to.i

訓 とうとい　to.o.to.i

とうと
尊い 寶貴；高貴、尊貴
to.o.to.i

訓 **たっとぶ**
ta.t.to.bu

たっと
尊ぶ 尊敬；貴重
ta.t.to.bu

訓 **とうとぶ**
to.o.to.bu

とうと
尊ぶ 重視、尊重；尊敬
to.o.to.bu

樽
音 そん
訓 たる

音 **そん** so.n

そんそ
樽俎 宴席
so.n.so

訓 **たる** ta.ru

たるざけ
樽酒 木桶酒
ta.ru.za.ke

遵
音 じゅん
訓
常

音 **じゅん** ju.n

じゅんしゅ
遵守 遵守
ju.n.shu

じゅんぽう
遵法 守法
ju.n.po.o

鱒
音
訓 ます

訓 **ます** ma.su

ます
鱒 鱒魚
ma.su

噂
音
訓 うわさ

訓 **うわさ** u.wa.sa

うわさ
噂 議論、閒話；謠言
u.wa.sa

宗
音 しゅう そう
訓 むね
常

音 **しゅう**

しゅうきょう
宗教 宗教
syu.u.kyu.u

しゅうと
宗徒 教徒
syu.u.to

しゅうは
宗派 宗派
syu.u.ha

音 **そう** so.o

そうけ
宗家 宗家
so.o.ke

訓 **むね** mu.ne

総
音 そう
訓 すべて
常

音 **そう** so.o

そういん
総員 全員
so.o.i.n

そうかい
総会 全會、總會
so.o.ka.i

そうがく
総額 總額
so.o.ga.ku

そうけい
総計 總計
so.o.ke.i

そうごう
総合 總和
so.o.go.o

そうすう
総数 總數
so.o.su.u

そうぜい
総勢 總人數
so.o.ze.i

そうだい
総代 總代表
so.o.da.i

そうで
総出 全體出動
so.o.de

そうどういん
総動員 總動員
so.o.do.o.i.n

そうひょう
総評 總評
so.o.hyo.o

そうむ
総務 總務
so.o.mu

そうりだいじん
総理大臣 首相、總理大臣
so.o.ri.da.i.ji.n

そうりょく
総力 全力
so.o.ryo.ku

訓 すべて su.be.te

音 そう so.o

そうごう
綜合 綜合
so.o.go.o

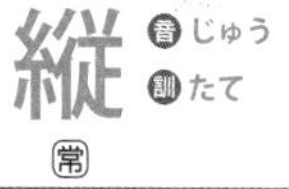

音 じゅう ju.u

じゅうおう
縦横 縱橫
ju.u.o.o

じゅうかん
縦貫 縱貫
ju.u.ka.n

そうじゅう
操縦 操縱
so.o.ju.u

ほうじゅう
放縦 放縱
ho.o.ju.u

訓 たて ta.te

たて
縦 縱、豎
ta.te

たてが
縦書き 直書
ta.te.ga.ki

慈
音 じ
訓 いつくしむ
常

音 じ ji

じあい 慈愛 ji.a.i	慈愛
じぜん 慈善 ji.ze.n	慈善
じひ 慈悲 ji.hi	〔佛〕慈悲；憐恤
じふ 慈父 ji.fu	慈父
じぼ 慈母 ji.bo	慈母

訓 いつくしむ i.tsu.ku.shi.mu

いつく 慈しむ i.tsu.ku.shi.mu	〔文〕憐愛、疼愛、愛惜

磁
音 じ
訓
常

音 じ ji

じき 磁器 ji.ki	瓷器
じき 磁気 ji.ki	磁性
じきょく 磁極 ji.kyo.ku	磁極
じしゃく 磁石 ji.sha.ku	磁鐵
じしん 磁針 ji.shi.n	磁針
じば 磁場 ji.ba	磁場
じりょく 磁力 ji.ryo.ku	磁力

茨
音 し
訓 いばら

音 し shi

ぼうし 茅茨 bo.o.shi	〔植〕白茅和有刺灌木的總稱

訓 いばら i.ba.ra

いばらきけん 茨城県 i.ba.ra.ki.ke.n	（日本）茨城縣

詞
音 し
訓
常

音 し shi

かし 歌詞 ka.shi	歌詞
けいようし 形容詞 ke.i.yo.o.shi	形容詞
さくし 作詞 sa.ku.shi	作詞
じょどうし 助動詞 jo.do.o.shi	助動詞
どうし 動詞 do.o.shi	動詞
めいし 名詞 me.i.shi	名詞

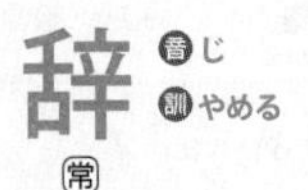

音 じ ji

じしょ 辞書 ji.sho	辭典
じしょく 辞職 ji.sho.ku	辭職
じたい 辞退 ji.ta.i	辭退
じてん 辞典 ji.te.n	辭典
じにん 辞任 ji.ni.n	辭任
じひょう 辞表 ji.hyo.o	辭呈
しゃじ 謝辞 sha.ji	謝詞

ち

訓 やめる ya.me.ru

や
辞める 辭、罷
ya.me.ru

雌
音 し
訓 め
めす
常

音 し shi

しゆう
雌雄 雌雄；勝負
shi.yu.u

訓 め me

め ばな
雌花 雌花
me.ba.na

訓 めす me.su

めす
雌 〔動〕雌
me.su

此
音 し
訓 この
これ

音 し shi

し がん
此岸 〔佛〕塵世、凡間
shi.ga.n

訓 この ko.no

こ まえ
此の前 之前、前陣子
ko.no.ma.e

訓 これ ko.re

あれこれ
彼此 這個那個、種種
a.re.ko.re

刺
音 し
訓 さす
さされる
常

音 し shi

し かく
刺客 刺客
shi.ka.ku

し げき
刺激 刺激、使興奮
shi.ge.ki

し さつ
刺殺 刺殺；（棒球）刺殺
shi.sa.tsu

し しゅう
刺繍 刺繡（品）
shi.shu.u

めい し
名刺 名片
me.i.shi

訓 さす sa.su

さ
刺す 刺；螫、叮
sa.su

訓 さされる sa.sa.ru

さ
刺さる 扎
sa.sa.ru

次
音 じ
し
訓 つぐ
つぎ
常

音 じ ji

じ かい
次回 下次
ji.ka.i

じ き
次期 下期
ji.ki

じ なん
次男 次男
ji.na.n

こん じ
今次 此次、這次
ko.n.ji

じゅん じ
順次 依序、依次
ju.n.ji

せき じ
席次 席次
se.ki.ji

に じ
二次 第二次
ni.ji

もく じ
目次 目次
mo.ku.ji

音 し shi

し だい
次第 順序；全憑、要看
shi.da.i

訓 つぎ tsu.gi

つぎ
次 下一個、接著
tsu.gi

つぎつぎ
次々 接連不斷
tsu.gi.tsu.gi

訓 つぐ tsu.gu

つ
次ぐ 接著；亞於
tsu.gu

賜
音 し
訓 たまわる
常

音 し shi

し はい
賜杯 （天皇賜的）優勝杯
shi.ha.i

おん し
恩賜 恩賜
o.n.shi

か し
下賜 （天皇或皇族）賞賜、賜給
ka.shi

訓 たまわる ta.ma.wa.ru

たまわ
賜る 蒙賜；賞賜
ta.ma.wa.ru

擦
音 さつ
訓 する　すれる　こする
常

音 さつ sa.tsu

ま さつ
摩擦 摩擦；不和睦
ma.sa.tsu

訓 する su.ru

す
擦る 摩擦
su.ru

訓 すれる su.re.ru

す
擦れる 摩擦、磨損
su.re.ru

す ちが
擦れ違い 擦肩而過、錯開
su.re.chi.ga.i

訓 こする ko.su.ru

こす
擦る 擦、蹭
ko.su.ru

側
音 そく
訓 かわ　そば
常

音 そく so.ku

そくめん
側面 側面
so.ku.me.n

訓 かわ ka.wa

うらがわ
裏側 內側、裡面
u.ra.ga.wa

ひだりがわ
左側 左側
hi.da.ri.ga.wa

みぎがわ
右側 右側
mi.gi.ga.wa

りょうがわ
両側 兩側
ryo.o.ga.wa

訓 そば so.ba

そば
側 旁邊、身旁
so.ba

冊
音 さつ　さく
訓
常

音 さつ sa.tsu

ご さつ
五冊 五冊
go.sa.tsu

しょうさつ
小冊 小冊子
sho.o.sa.tsu

たいさつ
大冊 巨冊
ta.i.sa.tsu

べっさつ
別冊 別冊
be.s.sa.tsu

音 さく sa.ku

たんざく
短冊 詩籤
ta.n.za.ku

測
音 そく
訓 はかる
常

音 そく so.ku

そくち
測地 測量土地
so.ku.chi

そくてい
測定 測定
so.ku.te.i

そくりょう
測量 測量
so.ku.ryo.o

かんそく
観測 觀測
ka.n.so.ku

じっそく
実測 實測
ji.s.so.ku

すいそく
推測 推測
su.i.so.ku

ふそく
不測 不測
fu.so.ku

もくそく
目測 目測
mo.ku.so.ku

よそく
予測 預測
yo.so.ku

訓 はかる ha.ka.ru

はか
測る 量、秤；推測
ha.ka.ru

策
音 さく
訓
常

音 さく sa.ku

さく
策 策劃
sa.ku

さくどう
策動 策動
sa.ku.do.o

さくりゃく
策略 策略
sa.ku.rya.ku

かくさく
画策 謀策、策劃
ka.ku.sa.ku

さんさく
散策 〔文〕散步
sa.n.sa.ku

しっさく
失策 失策
shi.s.sa.ku

せいさく
政策 政策
se.i.sa.ku

たいさく
対策 對策
ta.i.sa.ku

とくさく
得策 上策、良策
to.ku.sa.ku

ひさく
秘策 秘策
hi.sa.ku

ほうさく
方策 方法、對策
ho.o.sa.ku

才
音 さい
訓
常

音 さい sa.i

さいき
才気 才氣
sa.i.ki

さいじょ
才女 才女
sa.i.jo

さいじん
才人 才子
sa.i.ji.n

さいのう
才能 才能
sa.i.no.o

しゅうさい
秀才 秀才
shu.u.sa.i

しょうさい
商才 經商的才能
sho.o.sa.i

てんさい
天才 天才
te.n.sa.i

材
音 ざい
訓
常

音 ざい za.i

ざいしつ
材質 材質
za.i.shi.tsu

ざいもく
材木 木材
za.i.mo.ku

ざいりょう
材料 材料
za.i.ryo.o

きょうざい
教材 教材
kyo.o.za.i

じんざい
人材 人材
ji.n.za.i

だいざい
題材 題材
da.i.za.i

てきざい
適材 適合的人材
te.ki.za.i

もくざい
木材 木材
mo.ku.za.i

裁
音 さい
訓 たつ さばく
常

音 さい sa.i

さいけつ
裁決 裁決
sa.i.ke.tsu

さいだん
裁断 裁斷
sa.i.da.n

さいてい
裁定 裁定
sa.i.te.i

さいばん
裁判 裁判、〔法〕審判
sa.i.ba.n

さいばんかん
裁判官 審判官
sa.i.ba.n.ka.n

さいほう
裁縫 裁縫
sa.i.ho.o

せいさい
制裁 制裁
se.i.sa.i

そうさい
総裁 總裁
so.o.sa.i

ちさい
地裁 地方法院
chi.sa.i

ちゅうさい
仲裁 仲裁
chu.u.sa.i

ていさい
体裁 樣子、形式
te.i.sa.i

どくさい
独裁 獨裁
do.ku.sa.i

ようさい
洋裁 西服縫紉技術
yo.o.sa.i

わさい
和裁 和服剪裁與技術
wa.sa.i

訓 たつ ta.tsu

た
裁つ 剪裁
ta.tsu

訓 さばく sa.ba.ku

さば
裁く 裁判、評斷
sa.ba.ku

財
音 ざい さい
訓
常

音 ざい za.i

ざい
財 錢財
za.i

ざいげん
財源 財源
za.i.ge.n

ざいさん
財産 財產
za.i.sa.n

ざいせい
財政 財政
za.i.se.i

ざいだん
財団 財團
za.i.da.n

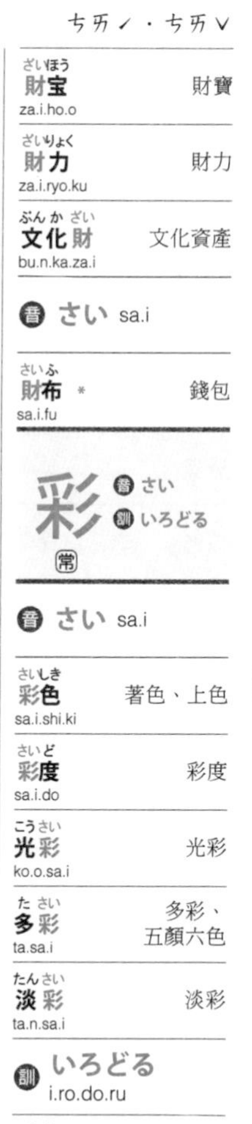

ざいほう
財宝 財寶
za.i.ho.o

ざいりょく
財力 財力
za.i.ryo.ku

ぶんかざい
文化財 文化資產
bu.n.ka.za.i

音 さい sa.i

さいふ
財布 * 錢包
sa.i.fu

彩
音 さい
訓 いろどる
常

音 さい sa.i

さいしき
彩色 著色、上色
sa.i.shi.ki

さいど
彩度 彩度
sa.i.do

こうさい
光彩 光彩
ko.o.sa.i

たさい
多彩 多彩、五顏六色
ta.sa.i

たんさい
淡彩 淡彩
ta.n.sa.i

訓 いろどる i.ro.do.ru

いろど
彩る 上色、著色；點綴
i.ro.do.ru

ㄘ

音 さい
訓 とる
常

音 さい sa.i

さいくつ
採掘 採掘
sa.i.ku.tsu

さいけつ
採決 表決
sa.i.ke.tsu

さいけつ
採血 抽血
sa.i.ke.tsu

さいこう
採光 採光
sa.i.ko.o

さいさん
採算 計算收支
sa.i.sa.n

さいしゅう
採集 採集、搜集
sa.i.shu.u

さいたく
採択 採納、通過
sa.i.ta.ku

さいたん
採炭 挖煤礦
sa.i.ta.n

さいてん
採点 評分數
sa.i.te.n

さいひ
採否 採用與否
sa.i.hi

さいよう
採用 採用
sa.i.yo.o

訓 とる to.ru

と
採る 摘；採集、採用
to.ru

采

音 さい
訓

音 さい sa.i

ふうさい
風采 風采、相貌、儀表
fu.u.sa.i

菜

音 さい
訓 な
常

音 さい sa.i

さいえん
菜園 菜園
sa.i.e.n

さんさい
山菜 山菜
sa.n.sa.i

そうざい
惣菜 家常菜
so.o.za.i

はくさい
白菜 白菜
ha.ku.sa.i

やさい
野菜 蔬菜
ya.sa.i

訓 な na

なたね
菜種 油菜籽
na.ta.ne

なはな
菜の花 油菜花
na.no.ha.na

操

音 そう
訓 みさお
あやつる
常

音 そう so.o

そうこう
操行 操行、品行
so.o.ko.o

そうさ
操作 操作
so.o.sa

そうじゅう
操縦 操縱
so.o.ju.u

じょうそう
情操 情操
jo.o.so.o

せっそう
節操 節操
se.s.so.o

たいそう
体操 體操
ta.i.so.o

ていそう
貞操 貞操
te.i.so.o

訓 みさお mi.sa.o

みさお
操 節操；貞操
mi.sa.o

訓 あやつる a.ya.tsu.ru

あやつ
操る 掌握；操縱
a.ya.tsu.ru

曹 音 そう 訓 常

音 そう so.o

ぐんそう
軍曹 （日本舊陸軍官階）軍曹
gu.n.so.o

ほうそうかい
法曹界 司法界
ho.o.so.o.ka.i

槽 音 そう 訓 常

音 そう so.o

すいそう
水槽 水槽、水箱
su.i.so.o

よくそう
浴槽 浴缸
yo.ku.so.o

漕 音 そう 訓 こぐ

音 そう so.o

そうてい
漕艇 划船
so.o.te.i

きょうそう
競漕 划船比賽
kyo.o.so.o

訓 こぐ ko.gu

こ
漕ぐ 划（船）；踩（自行車）、盪（鞦韆）
ko.gu

草 音 そう 訓 くさ 常

音 そう so.o

そうあん
草案 草案
so.o.a.n

そうげん
草原 草原
so.o.ge.n

そうこう
草稿 草稿
so.o.ko.o

そうしょ
草書 草書
so.o.sho

そうしょく
草食 草食
so.o.sho.ku

そうもく
草木 草木
so.o.mo.ku

かいそう
海草 海草
ka.i.so.o

ざっそう
雑草 雜草
za.s.so.o

ぼくそう
牧草 牧草
bo.ku.so.o

やくそう
薬草 藥草
ya.ku.so.o

訓 くさ ku.sa

くさ
草 草
ku.sa

くさき
草木 草木
ku.sa.ki

くさけいば
草競馬 （鄉村舉辦的）小型賽馬
ku.sa.ke.i.ba

くさばな
草花 花草
ku.sa.ba.na

くさやきゅう
草野球 業餘棒球賽
ku.sa.ya.kyu.u

ななくさ
七草 春天或秋天的七種花草
na.na.ku.sa

みちくさ
道草 路邊的小草、在途中閒晃
mi.chi.ku.sa

わかくさ
若草 嫩草
wa.ka.ku.sa

参 音 さん 訓 まいる 常

音 さん sa.n

さんか
参加 參加
sa.n.ka

さんが
参賀 進宮朝賀
sa.n.ga

さんかい
参会 參加集會
sa.n.ka.i

ㄘ

さんかく
参画 參與策劃
sa.n.ka.ku

さんかん
参観 參觀
sa.n.ka.n

さんぎいん
参議院 參議院
sa.n.gi.i.n

さんぐう
参宮 參拜伊勢神宮
sa.n.gu.u

さんこう
参考 參考
sa.n.ko.o

さんしゅう
参集 聚會、集合
sa.n.shu.u

さんしょう
参照 參照
sa.n.sho.o

さんじょう
参上 拜訪
sa.n.jo.o

さんせいけん
参政権 參政權
sa.n.se.i.ke.n

さんせん
参戦 參戰
sa.n.se.n

さんどう
参道 通往神社、寺廟的道路
sa.n.do.o

さんぱい
参拝 參拜
sa.n.pa.i

さんれつ
参列 參加、列席
sa.n.re.tsu

こうさん
降参 投降、降服
ko.o.sa.n

訓 まいる ma.i.ru

まい
参る （行く、来る的謙讓語）去、來
ma.i.ru

まい
お参り (去神社、寺院)參拜
o.ma.i.ri

餐

音 さん
訓

音 さん sa.n

ごさん
午餐 午餐
go.sa.n

ばんさん
晩餐 晚餐
ba.n.sa.n

残

音 ざん
訓 のこる
のこす
常

音 ざん za.n

ざんがく
残額 餘額、餘量
za.n.ga.ku

ざんぎょう
残業 加班
za.n.gyo.o

ざんきん
残金 餘額、餘款
za.n.ki.n

ざんげつ
残月 〔文〕殘月
za.n.ge.tsu

ざんこく
残酷 殘酷
za.n.ko.ku

ざんしょ
残暑 夏末
za.n.sho

ざんせつ
残雪 殘雪
za.n.se.tsu

ざんぞう
残像 視覺暫留
za.n.zo.o

ざんだか
残高 餘額
za.n.da.ka

ざんにん
残忍 殘忍
za.n.ni.n

ざんねん
残念 遺憾
za.n.ne.n

ざんぱん
残飯 剩飯
za.n.pa.n

ざんぴん
残品 剩餘貨品
za.n.pi.n

ざんぶ
残部 剩餘部份
za.n.bu

はいざん
敗残 戰敗未死
ha.i.za.n

訓 のこる no.ko.ru

のこ
残る 留下、遺留、剩餘
no.ko.ru

のこ
残り 剩餘
no.ko.ri

訓 のこす no.ko.su

のこ
残す 留下、遺留；積存
no.ko.su

蚕

音 さん
訓 かいこ
常

音 さん sa.n

さんぎょう
蚕業 養蠶業
sa.n.gyo.o

さんし
蚕糸 蠶絲
sa.n.shi

ようさん
養蚕 養蠶
yo.o.sa.n

訓 かいこ ka.i.ko

かいこ
蚕 蠶
ka.i.ko

惨

音 さん ざん
訓 みじめ
常

音 さん sa.n

さんか
惨禍 （天災或戰爭等的）慘禍
sa.n.ka

さんじ
惨事 悲慘的事
sa.n.ji

さんじょう
惨状 慘狀
sa.n.jo.o

ひさん
悲惨 悲慘
hi.sa.n

音 ざん za.n

ざんぱい
惨敗 慘敗
za.n.pa.i

ざんさつ
惨殺 殘殺
za.n.sa.tsu

ざんし
惨死 慘死
za.n.shi

訓 みじめ mi.ji.me

みじ
惨め 淒慘、悲慘
mi.ji.me

燦

音 さん
訓

音 さん sa.n

さんさん
燦燦 （陽光等）燦爛
sa.n.sa.n

さんぜん
燦然 燦爛
sa.n.ze.n

倉

音 そう
訓 くら
常

音 そう so.o

そうこ
倉庫 倉庫
so.o.ko

こくそう
穀倉 穀倉
ko.ku.so.o

せんそう
船倉 船倉
se.n.so.o

訓 くら ku.ra

こめぐら
米倉 米倉
ko.me.gu.ra

蒼

音 そう
訓 あおい

音 そう so.o

そうはく
蒼白 蒼白
so.o.ha.ku

訓 あおい a.o.i

あお
蒼い （臉色）發青的
a.o.i

蔵

音 ぞう
訓 くら
常

音 ぞう zo.o

ぞうしょ
蔵書 藏書
zo.o.sho

ぞうしょう
蔵相 財政部長
zo.o.sho.o

しゅうぞう
収蔵　收藏
shu.u.zo.o

ちょぞう
貯蔵　儲藏
cho.zo.o

ひぞう
秘蔵　祕藏
hi.zo.o

ほうぞう
宝蔵　寶藏
ho.o.zo.o

まいぞう
埋蔵　埋藏
ma.i.zo.o

むじんぞう
無尽蔵　取之不盡
mu.ji.n.zo.o

れいぞうこ
冷蔵庫　冰箱
re.i.zo.o.ko

訓 くら ku.ra

くら
蔵　倉庫
ku.ra

おおくらしょう
大蔵省　財政部
o.o.ku.ra.sho.o

あなぐら
穴蔵　地窖
a.na.gu.ra

噌
音 そ、そう
訓

音 そ so

みそしる
味噌汁　味噌湯
mi.so.shi.ru

訓 そう so.o

層
音 そう
訓
常

音 そう so.o

そううん
層雲　層雲
so.o.u.n

かいそう
階層　階層
ka.i.so.o

がくせいそう
学生層　學生層
ga.ku.se.i.so.o

かそう
下層　下層
ka.so.o

こうそう
高層　高層
ko.o.so.o

じょうそう
上層　上層
jo.o.so.o

だんそう
断層　斷層
da.n.so.o

ちそう
地層　地層
chi.so.o

曽
音 そう、ぞ
訓 かつて

音 そう so.o

そうゆう
曽遊　曾經到過
so.o.yu.u

そうそん
曽孫　曾孫
so.o.so.n

そうそふ
曽祖父　曾祖父
so.o.so.fu

そうそぼ
曽祖母　曾祖母
so.o.so.bo

音 ぞ zo

みぞう
未曽有　空前、未曾有過
mi.zo.u

訓 かつて ka.tsu.te

かつ
曽て　曾經
ka.tsu.te

粗
音 そ
訓 あらい
常

音 そ so

そあく
粗悪　（質）差
so.a.ku

そい
粗衣　粗衣
so.i

そざつ
粗雑　粗糙
so.za.tsu

そしな
粗品　〔謙〕薄禮
so.shi.na

そしょく
粗食 粗食
so.sho.ku

そだい
粗大 粗大
so.da.i

そぼう
粗暴 魯莽、粗暴
so.bo.o

そまつ
粗末 粗糙；馬虎、怠慢
so.ma.tsu

そりゃく
粗略 草率、馬虎
so.rya.ku

訓 あらい a.ra.i

あら
粗い 粗糙的；稀疏
a.ra.i

あらすじ
粗筋 概略
a.ra.su.ji

促
音 そく
訓 うながす
常

音 そく so.ku

そくしん
促進 促進
so.ku.shi.n

さいそく
催促 催促
sa.i.so.ku

とくそく
督促 督促、催促
to.ku.so.ku

訓 うながす u.na.ga.su

うなが
促す 催促；促進、促使
u.na.ga.su

蹴
音 しゅう しゅく
訓 ける

音 しゅう shu.u

しゅうきゅう
蹴球 足球
shu.u.kyu.u

音 しゅく shu.ku

訓 ける ke.ru

け
蹴る 踢
ke.ru

け と
蹴飛ばす 踢飛
ke.to.ba.su

磋
音 さ
訓

音 さ sa

せっさ
切磋 切磋
se.s.sa

挫
音 ざ
訓 くじく

音 ざ za

ざしょう
挫傷 挫傷
za.sho.o

ざせつ
挫折 挫折
za.se.tsu

訓 くじく ku.ji.ku

くじ
挫く 挫、扭；挫敗
ku.ji.ku

措
音 そ
訓 おく
常

音 そ so

そち
措置 措施
so.chi

訓 おく o.ku

お
措く 除外
o.ku

撮
音 さつ
訓 とる
常

音 さつ sa.tsu

さつえい
撮影 攝影、拍照
sa.tsu.e.i

くうさつ
空撮 空中拍攝
ku.u.sa.tsu

訓 **とる** to.ru

と
撮る 攝影、拍照
to.ru

錯
音さく
訓
常

音 **さく** sa.ku

さくご
錯誤 錯誤
sa.ku.go

さくらん
錯乱 錯亂
sa.ku.ra.n

さっかく
錯覚 錯覺
sa.k.ka.ku

催
音さい
訓もよおす
常

音 **さい** sa.i

さいそく
催促 催促
sa.i.so.ku

さいみんじゅつ
催眠術 催眠術
sa.i.mi.n.ju.tsu

かいさい
開催 召開（會）、舉辦
ka.i.sa.i

訓 **もよおす** mo.yo.o.su

もよお
催す 舉辦、主辦
mo.yo.o.su

もよお
催し 活動；催促
mo.yo.o.shi

粋
音すい
訓いき
常

音 **すい** su.i

すいじん
粋人 風流雅士
su.i.ji.n

じゅんすい
純粋 純粹；純真
ju.n.su.i

ばっすい
抜粋 （書刊、作品）摘錄
ba.s.su.i

訓 **いき** i.ki

いき
粋 漂亮、俊俏；通曉人情世故
i.ki

翠
音すい
訓みどり

音 **すい** su.i

ひすい
翡翠 〔動〕翠鳥；翡翠
hi.su.i

訓 **みどり** mi.do.ri

みどり
翠 黃綠色
mi.do.ri

脆
音ぜい
訓もろい

音 **ぜい** ze.i

ぜいじゃく
脆弱 脆弱、虛弱
ze.i.ja.ku

訓 **もろい** mo.ro.i

もろ
脆い 脆弱、容易壞
mo.ro.i

村
音そん
訓むら
常

音 **そん** so.n

そんちょう
村長 村長
so.n.cho.o

そんみん
村民 村民
so.n.mi.n

そんらく
村落 村落
so.n.ra.ku

ぎょそん
漁村 漁村
gyo.so.n

さんそん
山村 山村
sa.n.so.n

しちょうそん
市町村 市鎮村
shi.cho.o.so.n

のうそん
農村 農村
no.o.so.n

訓 むら mu.ra

むら
村 村子、〔行政區劃〕村
mu.ra

むらざと
村里 村莊
mu.ra.za.to

むらさめ
村雨 陣雨
mu.ra.sa.me

むらびと
村人 村民
mu.ra.bi.to

むらまつ
村祭り 村子的祭典
mu.ra.ma.tsu.ri

存
音 そん ぞん
訓
常

音 そん so.n

そんざい
存在 存在
so.n.za.i

そんぞく
存続 存續
so.n.zo.ku

そんち
存置 存置
so.n.chi

げんそん
現存 現存
ge.n.so.n

ざんそん
残存 殘存
za.n.so.n

音 ぞん zo.n

ぞんがい
存外 意外
zo.n.ga.i

ぞんぶん
存分 盡情、充分
zo.n.bu.n

ぞんめい
存命 健在
zo.n.me.i

いちぞん
一存 個人的意見
i.chi.zo.n

おんぞん
温存 保存
o.n.zo.n

じつぞん
実存 實際存在
ji.tsu.zo.n

しょぞん
所存 主意、意見
sho.zo.n

せいぞん
生存 生存
se.i.zo.n

ほぞん
保存 保存
ho.zo.n

吋
音 すん とう
訓 いんち

音 すん su.n

音 とう to.o

訓 いんち i.n.chi

いんち
吋 吋
i.n.chi

寸
音 すん
訓
常

音 すん su.n

すんか
寸暇 片刻的閒暇
su.n.ka

すんげき
寸劇 短劇
su.n.ge.ki

すんだん
寸断 寸斷、粉碎
su.n.da.n

すんど
寸土 寸土
su.n.do

すんびょう
寸秒 極短的時間
su.n.byo.o

すんぴょう
寸評 短評
su.n.pyo.o

すんぽう
寸法 尺寸、長短
su.n.po.o

すんわ
寸話 簡短的話
su.n.wa

聡
音 そう
訓 さとい

音 そう so.o

そうびん
聡敏 聰敏
so.o.bi.n

そうめい
聡明 聰明
so.o.me.i

訓 さとい sa.to.i

さと
聡い 聰明的、伶俐的；敏感的
sa.to.i

葱
音 そう
訓 ねぎ

音 そう so.o

訓 ねぎ ne.gi

ねぎ
葱 蔥
ne.gi

たまねぎ
玉葱 洋蔥
ta.ma.ne.gi

叢
音 そう
訓 くさむら

音 そう so.o

そうしょ
叢書 叢書
so.o.sho

そうせい
叢生 草木等叢生
so.o.se.i

訓 くさむら ku.sa.mu.ra

くさむら
叢 草叢
ku.sa.mu.ra

従
音 じゅう　しょう　じゅ
訓 したがう　したがえる
常

音 じゅう ju.u

じゅうぎょういん
従業員 工作人員
ju.u.gyo.o.i.n

じゅうぐん
従軍 從軍
ju.u.gu.n

じゅうけい
従兄 堂兄、表哥
ju.u.ke.i

じゅうじ
従事 從事
ju.u.ji

じゅうしゃ
従者 隨從人員
ju.u.sha

じゅうじゅん
従順 柔順、溫順
ju.u.ju.n

じゅうぞく
従属 附屬
ju.u.zo.ku

じゅうてい
従弟 堂弟、表弟
ju.u.te.i

じゅうらい
従来 從來、以往
ju.u.ra.i

しゅじゅう
主従 主僕
shu.ju.u

せんじゅう
専従 專門從事
se.n.ju.u

ふくじゅう
服従 服從
fu.ku.ju.u

音 しょう sho.o

しょうよう
従容 臨危不亂、從容
sho.o.yo.o

こしょう
扈従 隨從
ko.sho.o

音 じゅ ju

じゅさんみ
従三位 ＊ 日本的官職、功勛的等級
ju.sa.n.mi

訓 したがう shi.ta.ga.u

したが
従う 跟隨；順、沿；依照
shi.ta.ga.u

訓 したがえる shi.ta.ga.e.ru

したが
従える 使服從；率領
shi.ta.ga.e.ru

いとこ
特 **従兄弟** 堂、表兄弟
i.to.ko

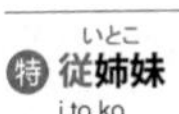

堂、表姐妹

偲 音 し さい 訓 しのぶ

音 し shi

音 さい sa.i

訓 しのぶ shi.no.bu

しの
偲ぶ 追憶、緬懷；欣賞
shi.no.bu

司 音 し 訓 つかさどる 常

音 し shi

し かい
司会 司儀
shi.ka.i

し しょ
司書 圖書館管理員
shi.sho

し ほう
司法 司法
shi.ho.o

し れい
司令 司令
shi.re.i

さい し
祭司 祭司
sa.i.shi

じょう し
上司 上司
jo.o.shi

ゆう し
有司 官吏
yu.u.shi

訓 つかさどる tsu.ka.sa.do.ru

つかさど
司る 管理、掌管
tsu.ka.sa.do.ru

思 音 し 訓 おもう 常

音 し shi

し あん
思案 想法
shi.a.n

し こう
思考 思考
shi.ko.o

し そう
思想 思想
shi.so.o

し ちょう
思潮 思潮
shi.cho.o

し りょ
思慮 思慮、考慮
shi.ryo

い し
意思 意思
i.shi

訓 おもう o.mo.u

おも
思う 想、認為、覺得
o.mo.u

おも が
思い掛けない 意外的、想不到的
o.mo.i.ga.ke.na.i

おも き
思い切り 死心、放棄；盡情地
o.mo.i.ki.ri

おも こ
思い込む 深信；下決心
o.mo.i.ko.mu

おも つ
思い付き 想法、主意
o.mo.i.tsu.ki

おも つ
思い付く 突然想起、回想起
o.mo.i.tsu.ku

おも だ
思い出す 回想起
o.mo.i.da.su

おも で
思い出 回憶
o.mo.i.de

斯 音 し 訓

音 し shi

し かい
斯界 該界（學問、技藝）
shi.ka.i

し どう
斯道 （學問、技藝）這方面
shi.do.o

私 音 し 訓 わたくし 常

音 し shi

し えい
私営 私營
shi.e.i

しがく
私学 私立學校
shi.ga.ku

しざい
私財 私人財產
shi.za.i

しせい
私製 私製
shi.se.i

したく
私宅 私宅
shi.ta.ku

してき
私的 私人的
shi.te.ki

してつ
私鉄 私鐵
shi.te.tsu

しひ
私費 私費
shi.hi

しふく
私服 便服
shi.fu.ku

しぶつ
私物 私物
shi.bu.tsu

しゆう
私有 私有
shi.yu.u

しよう
私用 私用
shi.yo.o

しりつ
私立 私立
shi.ri.tsu

こうし
公私 公私
ko.o.shi

こうへいむし
公平無私 公平無私
ko.o.he.i.mu.shi

訓 わたくし wa.ta.ku.shi

わたくし
私 我
wa.ta.ku.shi

死 音 し 訓 しぬ 常

音 し shi

し
死 死、死亡
shi

しいん
死因 死因
shi.i.n

しかつ
死活 死活
shi.ka.tsu

しき
死期 死期
shi.ki

しきょ
死去 死去
shi.kyo

しけい
死刑 死刑
shi.ke.i

しご
死後 死後
shi.go

ししゃ
死者 死者
shi.sha

ししょう
死傷 死傷
shi.sho.o

しせい
死生 生死
shi.se.i

したい
死体 屍體
shi.ta.i

しにん
死人 死人
shi.ni.n

しびょう
死病 絕症
shi.byo.o

しべつ
死別 死別
shi.be.tsu

しぼう
死亡 死亡
shi.bo.o

しりょく
死力 盡全力、拼命
shi.ryo.ku

きゅうし
急死 暴斃
kyu.u.shi

すいし
水死 溺死
su.i.shi

せんし
戦死 戰死
se.n.shi

ひっし
必死 必死、拼命
hi.s.shi

びょうし
病死 病死
byo.o.shi

訓 しぬ shi.nu

し
死ぬ 死
shi.nu

似 音 じ 訓 にる 常

音 じ ji

ㄙ

ぎ じ
擬似 擬似
gi.ji

きん じ
近似 近似
ki.n.ji

そう じ
相似 相似
so.o.ji

るい じ
類似 類似
ru.i.ji

訓 にる ni.ru

に
似る 像、似
ni.ru

に あ
似合う 適合、相稱
ni.a.u

に がお え
似顔絵 肖像畫
ni.ga.o.e

に かよ
似通う 相似
ni.ka.yo.u

伺 音 し 訓 うかがう 常

音 し shi

ほう し
奉伺 問候；在旁侍候
ho.o.shi

訓 うかがう u.ka.ga.u

うかが
伺う 〔謙〕請教、打聽；拜訪
u.ka.ga.u

嗣 音 し 訓 つぐ 常

音 し shi

こう し
後嗣 繼承人
ko.o.shi

訓 つぐ tsu.gu

つ
嗣ぐ 繼承、接續
tsu.gu

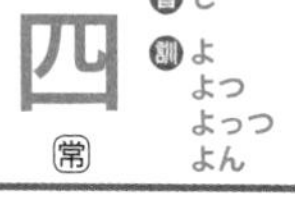

四 音 し 訓 よ よつ よっつ よん 常

音 し shi

し
四 四
shi

し かく
四角 方形；嚴肅
shi.ka.ku

し かく
四角い 四角形的；拘謹的
shi.ka.ku.i

し かくけい
四角形 四角形
shi.ka.ku.ke.i

し がつ
四月 四月
shi.ga.tsu

し き
四季 四季
shi.ki

し しゃ ご にゅう
四捨五入 四捨五入
shi.sya.go.nyu.u

し へん
四辺 四邊
shi.he.n

し ほう
四方 四方
shi.ho.o

訓 よ yo

よ にん
四人 四人
yo.ni.n

訓 よつ yo.tsu

よっ か
四日 (每月)四號、四日；四天
yo.k.ka

よ かど
四つ角 四個角；十字路口
yo.tsu.ka.do

よ ぎ
四つ切り 分為四份
yo.tsu.gi.ri

よつつじ
四辻 十字路口
yo.tsu.tsu.ji

訓 よっつ yo.t.tsu

よっ
四つ 四個
yo.t.tsu

訓 よん yo.n

よん
四 四
yo.n

よんかい
四回 四次
yo.n.ka.i

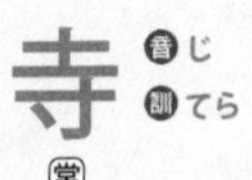

寺 音 じ 訓 てら 常

音 じ ji

じいん **寺院** ji.i.n	寺院
じしゃ **寺社** ji.sha	佛寺和神社
じそう **寺僧** ji.so.o	寺僧
こじ **古寺** ko.ji	古寺

訓 てら te.ra

てら **寺** te.ra	佛寺、寺院

巳 音 し 訓 み

音 し shi

じょうし **上巳** jo.o.shi	3月3日（女兒節）

訓 み mi

みどし **巳年** mi.do.shi	巳年

笥 音 し 訓 け

音 し shi

訓 け ke

け **笥** ke	〔古〕容器、餐具
特 たんす **箪笥** ta.n.su	衣櫥

飼 音 し 訓 かう 常

音 し shi

しいく **飼育** shi.i.ku	飼育
しよう **飼養** shi.yo.o	飼養
しりょう **飼料** shi.ryo.o	飼料

訓 かう ka.u

か **飼う** ka.u	飼養
か ぬし **飼い主** ka.i.nu.shi	飼主

撒 音 さん さつ 訓 まく

音 さん sa.n

さんぷ **撒布** sa.n.pu	散佈、噴、撒

音 さつ sa.tsu

さっすい **撒水** sa.s.su.i	灑水

訓 まく ma.ku

ま **撒く** ma.ku	灑、散佈

洒 音 しゃ さい 訓 すすぐ

音 しゃ sha

しゃれ **お洒落** o.sha.re	打扮漂亮
しゃれ **洒落る** sha.re.ru	打扮漂亮；風趣

訓 さい sa.i

さいそう **洒掃** sa.i.so.o	打掃

ㄙ

訓 すすぐ su.su.gu

すす
洒ぐ 用水刷洗、洗淨
su.su.gu

色
音 しょく
　 しき
訓 いろ
常

音 しょく sho.ku

きしょく
喜色 喜色
ki.sho.ku

けっしょく
血色 臉色、氣色；血紅色
ke.s.sho.ku

こうしょく
好色 好色；美色
ko.o.sho.ku

こくしょく
黒色 黑色
ko.ku.sho.ku

せんしょく
染色 染色
se.n.sho.ku

とくしょく
特色 特色
to.ku.sho.ku

なんしょく
難色 難色
na.n.sho.ku

はいしょく
敗色 敗勢
ha.i.sho.ku

はくしょく
白色 白色
ha.ku.sho.ku

へんしょく
変色 變色
he.n.sho.ku

ほごしょく
保護色 保護色
ho.go.sho.ku

音 しき shi.ki

しきさい
色彩 色彩
shi.ki.sa.i

しきそ
色素 色素
shi.ki.so

しきちょう
色調 色調
shi.ki.cho.o

訓 いろ i.ro

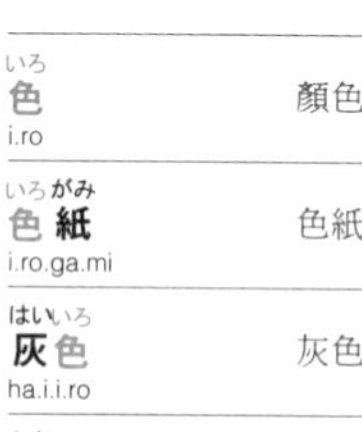

いろ
色 顏色
i.ro

いろがみ
色紙 色紙
i.ro.ga.mi

はいいろ
灰色 灰色
ha.i.i.ro

かおいろ
顔色 臉色、氣色
ka.o.i.ro

塞
音 そく
　 さい
訓 ふさぐ

音 そく so.ku

こうそく
梗塞 不流通
ko.o.so.ku

へいそく
閉塞 閉塞、堵塞
he.i.so.ku

音 さい sa.i

ようさい
要塞 〔軍〕要塞
yo.o.sa.i

訓 ふさぐ fu.sa.gu

ふさ
塞ぐ 鬱悶；閉、堵塞
fu.sa.gu

搔
音 そう
訓 かく

音 そう so.o

そうよう
搔痒 搔癢
so.o.yo.o

訓 かく ka.ku

か
搔く 扒、搔
ka.ku

か　まわ
搔き回す 攪拌；搗亂
ka.ki.ma.wa.su

騷
音 そう
訓 さわぐ
常

音 そう so.o

そうおん
騒音 噪音
so.o.o.n

そうぜん
騒然 吵鬧；混亂不安
so.o.ze.n

そうぞう
騒騒しい 吵鬧的、嘈雜的
so.o.zo.o.shi.i

そうどう
騒動 鬧事、暴亂
so.o.do.o

そうらん
騒乱 騷動
so.o.ra.n

ぶっそう
物騒 （社會上）騷動不安；危險
bu.s.so.o

訓 さわぐ sa.wa.gu

さわ
騒ぐ 吵鬧、喧嚷
sa.wa.gu

さわ
騒ぎ 吵鬧、喧囂；騷動
sa.wa.gi

掃

音 そう
訓 はく
常

音 そう so.o

そうじ
掃除 掃除
so.o.ji

そうしゃ
掃射 （用槍）掃射
so.o.sha

訓 はく ha.ku

は
掃く 掃；（用刷子輕輕）塗抹
ha.ku

捜

音 そう
訓 さがす
常

音 そう so.o

そうさ
捜査 搜查（犯人、罪證）；尋找
so.o.sa

そうさく
捜索 〔法〕搜索；尋找
so.o.sa.ku

訓 さがす sa.ga.su

さが
捜す 尋找、尋求
sa.ga.su

藪

音 そう
訓 やぶ

音 そう so.o

りんそう
林藪 樹林和草、竹叢
ri.n.so.o

訓 やぶ ya.bu

くさやぶ
草藪 草叢
ku.sa.ya.bu

たけやぶ
竹藪 竹叢
ta.ke.ya.bu

三

音 さん
訓 み みつ みっつ
常

音 さん sa.n

さん
三 三
sa.n

さんかい
三回 三次
sa.n.ka.i

さんかく
三角 三角、三角形
sa.n.ka.ku

さんかくけい
三角形 三角形
sa.n.ka.ku.ke.i

さんがつ
三月 三月
sa.n.ga.tsu

さんけんぶんりつ
三権分立 三權分立
sa.n.ke.n.bu.n.ri.tsu

さんさんごご
三々五々 三三兩兩
sa.n.sa.n.go.go

さんじかん
三時間 三小時
sa.n.ji.ka.n

さんじ
三時 三時、三點
sa.n.ji

さんしゅうかん
三週間 三星期
sa.n.shu.u.ka.n

訓 み mi

みかづき
三日月 新月、月牙
mi.ka.zu.ki

訓 みつ mi.tsu

みっか **三日** mi.k.ka	（每月）三號、三日；三天
みっかぼうず **三日坊主** mi.k.ka.bo.o.zu	三分鐘熱度

訓 みっつ mi.t.tsu

みっ **三つ** mi.t.tsu	三個
特 しゃみせん **三味線** sha.mi.se.n	〔樂器〕三味線

傘

音 さん　訓 かさ　常

音 さん sa.n

らっかさん **落下傘** ra.k.ka.sa.n	降落傘

訓 かさ ka.sa

かさ **傘** ka.sa	傘
ひがさ **日傘** hi.ga.sa	陽傘

散

音 さん　訓 ちる ちらす ちらかす ちらかる　常

音 さん sa.n

さんざい **散在** sa.n.za.i	散布
さんざい **散財** sa.n.za.i	揮霍金錢
さんさく **散策** sa.n.sa.ku	散步
さんすいしゃ **散水車** sa.n.su.i.sha	灑水車
さんぷ **散布** sa.n.pu	散布
さんぶん **散文** sa.n.bu.n	散文
さんぽ **散歩** sa.n.po	散步
さんやく **散薬** sa.n.ya.ku	藥粉、散劑
さんらん **散乱** sa.n.ra.n	散亂
いちもくさん **一目散に** i.chi.mo.ku.sa.n.ni	一溜煙地（逃跑）
かいさん **解散** ka.i.sa.n	解散
はっさん **発散** ha.s.sa.n	散發
ぶんさん **分散** bu.n.sa.n	分散

訓 ちる chi.ru

ち **散る** chi.ru	（花）落、謝；分散

訓 ちらす chi.ra.su

ち **散らす** chi.ra.su	分散開、亂扔；散佈、傳播

訓 ちらかす chi.ra.ka.su

ち **散らかす** chi.ra.ka.su	亂扔、使零亂

訓 ちらかる chi.ra.ka.ru

ち **散らかる** chi.ra.ka.ru	零亂、亂七八糟

森

音 しん　訓 もり　常

音 しん shi.n

しんかん **森閑** shi.n.ka.n	寂靜
しんげん **森厳** shi.n.ge.n	森嚴
しんりん **森林** shi.n.ri.n	森林

訓 もり mo.ri

もり **森** mo.ri	森林

喪 音 そう 訓 も 常

音 そう so.o

そうしつ **喪失** so.o.shi.tsu 喪失

訓 も mo

も **喪** mo 服喪；災難

もしゅ **喪主** mo.shu 喪家

もちゅう **喪中** mo.chu.u 服喪期間

もふく **喪服** mo.fu.ku 喪服

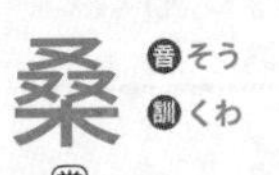

桑 音 そう 訓 くわ 常

音 そう so.o

そうえん **桑園** so.o.e.n 桑田

訓 くわ ku.wa

くわばたけ **桑畑** ku.wa.ba.ta.ke 桑田

僧 音 そう 訓 常

音 そう so.o

そう **僧** so.o 僧侶

そうい **僧衣** so.o.i 袈裟

そういん **僧院** so.o.i.n 〔佛〕寺院

そうりょ **僧侶** so.o.ryo 僧侶

こうそう **高僧** ko.o.so.o 高僧

にそう **尼僧** ni.so.o 尼姑

蘇 音 そ す 訓 よみがえる

音 そ so

そせい **蘇生** so.se.i 復活

しそ **紫蘇** shi.so 〔植〕紫蘇

音 す su

すおう **蘇芳** su.o.o 〔植〕蘇木；深紅色

訓 よみがえる yo.mi.ga.e.ru

よみがえ **蘇る** yo.mi.ga.e.ru 甦醒、復活

俗 音 ぞく 訓 常

音 ぞく zo.ku

ぞくしょう **俗称** zo.ku.sho.o 俗稱；出家前的俗名

しゅうぞく **習俗** shu.u.zo.ku 習慣和風俗

ていぞく **低俗** te.i.zo.ku 下流、庸俗

みんぞく **民俗** mi.n.zo.ku 民俗、民間風俗

塑 音 そ 訓 常

音 そ so

そぞう **塑像** so.zo.o 塑像

そぞう **塑造** so.zo.o 塑造、塑形

ㄙ

夙 音 しゅく 訓 つとに

音 しゅく shu.ku

しゅくせい
夙成 〔文〕老成、早熟
shu.ku.se.i

しゅくや
夙夜 〔文〕夙夜、從早到晚
shu.ku.ya

訓 つとに tsu.to.ni

つと
夙に 〔文〕一大早；老早就
tsu.to.ni

宿 音 しゅく 訓 やど やどる やどす 常

音 しゅく shu.ku

しゅくがん
宿願 宿願
shu.ku.ga.n

しゅくしゃ
宿舍 宿舍
shu.ku.sha

しゅくだい
宿題 功課、作業
shu.ku.da.i

しゅくちょく
宿直 值夜班
shu.ku.cho.ku

しゅくてき
宿敵 宿敵
shu.ku.te.ki

しゅくはく
宿泊 投宿
shu.ku.ha.ku

しゅくぼう
宿望 宿願
shu.ku.bo.o

しゅくめい
宿命 宿命
shu.ku.me.i

がっしゅく
合宿 合宿
ga.s.shu.ku

げしゅく
下宿 租的房子
ge.shu.ku

訓 やど ya.do

やど
宿 住宿的地方、旅館
ya.do

やどちん
宿賃 住宿費
ya.do.chi.n

やどや
宿屋 旅館
ya.do.ya

訓 やどる ya.do.ru

やど
宿る 住宿、投宿；附著
ya.do.ru

あまやど
雨宿り 避雨
a.ma.ya.do.ri

訓 やどす ya.do.su

やど
宿す （內部）保有、藏有；留宿
ya.do.su

粛 音 しゅく 訓 常

音 しゅく shu.ku

しゅくせい
粛正 整頓、整飭
shu.ku.se.i

しゅくせい
粛清 肅清
shu.ku.se.i

しゅくぜん
粛然 肅然；寂靜
shu.ku.ze.n

げんしゅく
厳粛 莊嚴、嚴肅
ge.n.shu.ku

せいしゅく
静粛 靜肅
se.i.sho.ku

素 音 そ す 訓 もと 常

音 そ so

そざい
素材 素材
so.za.i

そしつ
素質 素質
so.shi.tsu

そぼく
素朴 樸實、樸素
so.bo.ku

そよう
素養 素養
so.yo.o

えいようそ
栄養素 營養素
e.i.yo.o.so

かんそ
簡素 簡潔、樸素
ka.n.so

さんそ
酸素 氧氣
sa.n.so

しっそ
質素 質樸
shi.s.so

すいそ
水素 氫
su.i.so

どくそ
毒素 毒素
do.ku.so

へいそ
平素 平常
he.i.so

ようそ
要素 要素
yo.o.so

ようりょくそ
葉緑素 葉綠素
yo.o.ryo.ku.so

音 す su

すあし
素足 赤腳
su.a.shi

すがお
素顔 素顏
su.ga.o

すで
素手 空手
su.de

すどお
素通り 過門而不入
su.do.o.ri

すなお
素直 坦率、直爽
su.do.o.ri

すばや
素早い 敏捷的
su.ba.ya.i

すば
素晴らしい 出色的、優秀的
su.ba.ra.shi.i

訓 もと mo.to

もと
素 原料、材料
mo.to

しろうと
特 **素人** 外行的人
shi.ro.o.to

訴

音 そ
訓 うったえる
常

音 そ so

そしょう
訴訟 訴訟
so.sho.o

そじょう
訴状 起訴書
so.jo.o

きそ
起訴 〔法〕起訴
ki.so

こうそ
控訴 上訴
ko.o.so

しょうそ
勝訴 （法律）勝訴
sho.o.so

はいそ
敗訴 〔法〕敗訴
ha.i.so

訓 うったえる u.t.ta.e.ru

うった
訴える 起訴、控告；申訴
u.t.ta.e.ru

うった
訴え 控告、訴訟
u.t.ta.e

速

音 そく
訓 はやい はやめる すみやか
常

音 そく so.ku

そくせい
速成 速成
so.ku.se.i

そくたつ
速達 〔郵〕限時、快件
so.ku.ta.tsu

そくど
速度 速度
so.ku.do

そくとう
速答 速答
so.ku.to.o

そくほう
速報 速報
so.ku.ho.o

そくりょく
速力 速率、速度
so.ku.ryo.ku

おんそく
音速 音速
o.n.so.ku

かそく
加速 加速
ka.so.ku

かいそく
快速 快速
ka.i.so.ku

こうそく
高速 高速
ko.o.so.ku

じそく
時速 時速
ji.so.ku

ふうそく
風速 風速
fu.u.so.ku

訓 はやい ha.ya.i

はや
速い 快、迅速
ha.ya.i

訓 すみやか su.mi.ya.ka

すみ
速やか 迅速
su.mi.ya.ka

訓 はやめる ha.ya.me.ru

はや
速める 加速、加快
ha.ya.me.ru

遡

音 そ
訓 さかのぼる

音 そ so

そこう
遡行 逆流而上
so.ko.o

訓 さかのぼる sa.ka.no.bo.ru

さかのぼ
遡る 逆流而上；追溯、回溯
sa.ka.no.bo.ru

唆

音 さ
訓 そそのかす
常

音 さ sa

しさ
示唆 暗示、啟發；唆使
shi.sa

きょうさ
教唆 教唆、唆使
kyo.o.sa

訓 そそのかす so.so.no.ka.su

そそのか
唆す 唆使；勸誘
so.so.no.ka.su

縮

音 しゅく
訓 ちぢむ
ちぢまる
ちぢめる
ちぢれる
ちぢらす
常

音 しゅく shu.ku

しゅくげん
縮減 縮減
shu.ku.ge.n

しゅくしょう
縮小 縮小
shu.ku.sho.o

しゅくしゃく
縮尺 縮尺、比例尺
shu.ku.sha.ku

しゅうしゅく
収縮 收縮
shu.u.shu.ku

しゅくず
縮図 縮圖
shu.ku.zu

たんしゅく
短縮 縮短、縮減
ta.n.shu.ku

あっしゅく
圧縮 壓縮
a.s.shu.ku

いしゅく
萎縮 萎縮
i.shu.ku

ぐんしゅく
軍縮 軍隊縮編
gu.n.shu.ku

訓 ちぢむ chi.ji.mu

ちぢ
縮む 縮小；畏縮、縮回
chi.ji.mu

訓 ちぢまる chi.ji.ma.ru

ちぢ
縮まる 縮短、縮小；縮減
chi.ji.ma.ru

訓 ちぢめる chi.ji.me.ru

ちぢ
縮める 使縮小、縮回；削減
chi.ji.me.ru

訓 ちぢれる chi.ji.re.ru

ちぢ
縮れる 起皺；捲曲
chi.ji.re.ru

訓 ちぢらす chi.ji.ra.su

ちぢ
縮らす 弄皺、使捲曲
chi.ji.ra.su

蓑

音 さ さい
訓 みの

音 さ sa

音 さい sa.i

訓 みの mi.no

みの
蓑 蓑衣
mi.no

かく みの
隠れ蓑 隱身蓑衣；掩蓋真相的手段
ka.ku.re.mi.no

所

音 しょ
訓 ところ
常

音 しょ sho

しょもう
所望 所希望
sho.mo.o

しょざい
所在 所在地、下落；所作所為
sho.za.i

しょてい
所定 所規定的
sho.te.i

しょとく
所得 得到；所得、收入
sho.to.ku

しょゆう
所有 所有、擁有
sho.yu.u

きゅうしょ
急所 （身體上的）要害；要點
kyu.u.sho

けんきゅうじょ
研究所 研究所
ke.n.kyu.u.jo

さいばんしょ
裁判所 法院
sa.i.ba.n.sho

じゅうしょ
住所 住處、住址
ju.u.sho

せきしょ
関所 關卡、關口
se.ki.sho

なんしょ
難所 難處、難關
na.n.sho

ばしょ
場所 場所
ba.sho

めいしょ
名所 名勝
me.i.sho

きんじょ
近所 附近
ki.n.jo

べんじょ
便所 廁所
be.n.jo

訓 ところ to.ko.ro

ところ
所 位置、地方
to.ko.ro

ところどころ
所所 到處
to.ko.ro.do.ko.ro

だいどころ
台所 廚房
da.i.do.ko.ro

索

音 さく
訓
常

音 さく sa.ku

さくいん
索引 索引
sa.ku.i.n

けんさく
検索 檢索、查
ke.n.sa.ku

そうさく
捜索 〔法〕搜索；尋找
so.o.sa.ku

あんちゅうもさく
暗中模索 暗中摸索
a.n.chu.u.mo.sa.ku

鎖

音 さ
訓 くさり
常

音 さ sa

さこく
鎖国 鎖國、閉關自守
sa.ko.ku

ふうさ
封鎖 封鎖；〔經〕凍結
fu.u.sa

へいさ
閉鎖 封鎖、關閉
he.i.sa

訓 くさり ku.sa.ri

くさり
鎖 鎖鏈、鏈條；連結
ku.sa.ri

ㄙ

随

音 ずい
訓 したがう
常

音 ずい zu.i

ずいい
随意 隨意、隨便
zu.i.i

ずいじ
随時 隨時；時常
zu.i.ji

ずいひつ
随筆 隨筆
zu.i.hi.tsu

ずいぶん
随分 相當、非常
zu.i.bu.n

訓 したがう shi.ta.ga.u

したが
随う 跟隨；順、沿；依照
shi.ta.ga.u

髄

音 ずい
訓
常

音 ずい zu.i

こつずい
骨髄 骨髓
ko.tsu.zu.i

せいずい
精髄 精髓
se.i.zu.i

のうずい
脳髄 腦髓
no.o.zu.i

歳

音 さい せい
訓
常

音 さい sa.i

さいげつ
歳月 歲月
sa.i.ge.tsu

さいまつ
歳末 歲末、年底
sa.i.ma.tsu

音 せい se.i

せいぼ
歳暮 * 年底、歲末送禮
se.i.bo

砕

音 さい
訓 くだく くだける
常

音 さい sa.i

さいひょう
砕氷 破冰；碎冰
sa.i.hyo.o

ふんさい
粉砕 粉碎、使破碎
fu.n.sa.i

訓 くだく ku.da.ku

くだ
砕く 弄碎、打碎；摧毀
ku.da.ku

訓 くだける ku.da.ke.ru

くだ
砕ける 碎、破碎；（氣勢等）軟化
ku.da.ke.ru

穂

音 すい
訓 ほ
常

音 すい su.i

ばくすい
麦穂 麥穗
ba.ku.su.i

訓 ほ ho

ほ
穂 稻、麥穗
ho

いなほ
稲穂 〔文〕稻穗
i.na.ho

遂

音 すい
訓 とげる つい
常

音 すい su.i

すいこう
遂行 完成、貫徹
su.i.ko.o

みすい
未遂 未遂
mi.su.i

訓 とげる to.ge.ru

と
遂げる 達到、實現
to.ge.ru

訓 つい tsu.i

つい
遂に 終於、終究
tsu.i.ni

酸
音 さん
訓 すい
常

音 さん sa.n

さん
酸 酸味；〔化〕酸
sa.n

さんか
酸化 氧化
sa.n.ka

さんせい
酸性 酸性
sa.n.se.i

さんそ
酸素 氧氣
sa.n.so

さんみ
酸味 酸味
sa.n.mi

いさん
胃酸 胃酸
i.sa.n

にゅうさん
乳酸 乳酸
nyu.u.sa.n

りゅうさん
硫酸 硫酸
ryu.u.sa.n

訓 すい su.i

す
酸い 酸的
su.i

算
音 さん
訓 そろ
常

音 さん sa.n

さんしゅつ
算出 算出
sa.n.shu.tsu

さんすう
算数 算術
sa.n.su.u

さんだん
算段 籌措
sa.n.da.n

さんてい
算定 推算
sa.n.te.i

さんにゅう
算入 計算在內
sa.n.nyu.u

けいさん
計算 計算
ke.i.sa.n

しょうさん
勝算 勝算
sho.o.sa.n

せいさん
清算 清算
se.i.sa.n

せいさん
精算 精算
se.i.sa.n

ださん
打算 打算
da.sa.n

つうさん
通算 總計
tsu.u.sa.n

よさん
予算 預算
yo.sa.n

あんざん
暗算 心算
a.n.za.n

けんざん
検算 驗算
ke.n.za.n

訓 そろ so.ro.

そろばん
算盤 算盤
so.ro.ba.n

蒜
音 さん
訓 ひる

音 さん sa.n

訓 ひる hi.ru

おおびる
大蒜 〔古〕大蒜
o.o.bi.ru

孫
音 そん
訓 まご
常

音 そん so.n

そんし
孫子 孫子
so.n.shi

がいそん
外孫 外孫
ga.i.so.n

しそん
子孫 子孫
shi.so.n

ししそんそん
子々孫々 子子孫孫
shi.shi.so.n.so.n

訓 まご ma.go

まご
孫 孫子（女）
ma.go

そとまご
外孫 外孫
so.to.ma.go

損
音 そん
訓 そこなう そこねる
常

音 そん so.n

そん
損 損失
so.n

そんえき
損益 損益
so.n.e.ki

そんかい
損壊 損壞
so.n.ka.i

そんがい
損害 損害
so.n.ga.i

そんきん
損金 金錢損失
so.n.ki.n

そんしつ
損失 損失
so.n.shi.tsu

そん
損じる 損壞、損害
so.n.ji.ru

そんとく
損得 損益、得失
so.n.to.ku

けっそん
欠損 虧損
ke.s.so.n

はそん
破損 破損
ha.so.n

訓 そこなう
so.ko.na.u

そこ
損なう 損壞、損害
so.ko.na.u

訓 そこねる
so.ko.ne.ru

そこ
損ねる 傷害、損害
so.ko.ne.ru

松
音 しょう
訓 まつ
常

音 しょう sho.o

しょうちくばい
松竹梅 松竹梅
sho.o.chi.ku.ba.i

訓 まつ ma.tsu

まつ
松 松樹
ma.tsu

まつ うち
松の内 新年用松枝裝飾正門的期間
ma.tsu.no.u.chi

かどまつ
門松 新年在門前裝飾用的松枝
ka.do.ma.tsu

嵩
音 すう しゅう
訓 かさ

音 すう su.u

音 しゅう shu.u

訓 かさ ka.sa

かさだか
嵩高 體積大；蠻橫
ka.sa.da.ka

としかさ
年嵩 年齡；年長、高齡
to.shi.ka.sa

聳
音 しょう
訓 そびえる そばだつ そびやかす

音 しょう sho.o

しょうどう
聳動 聳動、震驚
sho.o.do.o

しょうりつ
聳立 〔文〕聳立
sho.o.ri.tsu

訓 そびえる
so.bi.e.ru

そび
聳える 高聳、聳立
so.bi.e.ru

訓 そばだつ
so.ba.da.tsu

そばだ 聳つ so.ba.da.tsu	(高山) 峙立、聳立

訓 そびやかす so.bi.ya.ka.su

そび 聳やかす so.bi.ya.ka.su	聳起(肩膀等)

宋 音 そう 訓

音 そう so.o

そう 宋 so.o	宋朝
なんそう 南宋 na.n.so.o	〔史〕南宋
ほくそう 北宋 ho.ku.so.o	〔史〕北宋

訟 常 音 しょう 訓

音 しょう sho.o

そしょう 訴訟 so.sho.o	訴訟

送 常 音 そう 訓 おくる

音 そう so.o

そうきん 送金 so.o.ki.n	匯款
そうふう 送風 so.o.fu.u	送風
そうべつ 送別 so.o.be.tsu	送別
そうべつかい 送別会 so.o.be.tsu.ka.i	餞別會
そうりょう 送料 so.o.ryo.o	運費
うんそう 運送 u.n.so.o	運送
はっそう 発送 ha.s.so.o	發送、寄出
へんそう 返送 he.n.so.o	送回、寄回
ほうそう 放送 ho.o.so.o	廣播、播放
ゆうそう 郵送 yu.u.so.o	郵寄
ゆそう 輸送 yu.so.o	輸送、運送

訓 おくる o.ku.ru

おく 送る o.ku.ru	送、寄、傳遞
みおく 見送る mi.o.ku.ru	目送
おくがな 送り仮名 o.ku.ri.ga.na	(漢字旁的)日文假名

ㄙ

音 が
訓

音 が ga

がが
峨峨 巍峨
ga.ga

さがの
嵯峨野 日本京都市右京區嵯峨附近的名稱
sa.ga.no

音 が
訓

音 が ga

が
蛾 蛾
ga

音 がく
訓 ひたい
常

音 がく ga.ku

がく
額 數量、金額；匾額
ga.ku

がくぶち
額縁 畫框
ga.ku.bu.chi

がくめん
額面 面額
ga.ku.me.n

かがく
価額 價格
ka.ga.ku

きんがく
金額 金額
ki.n.ga.ku

げつがく
月額 月額
ge.tsu.ga.ku

こうがく
高額 巨額、巨款
ko.o.ga.ku

さがく
差額 差額
sa.ga.ku

しょうがく
少額 金額少
sho.o.ga.ku

ぜいがく
税額 稅額
ze.i.ga.ku

ぜんがく
全額 全額
ze.n.ga.ku

ぞうがく
増額 增額
zo.o.ga.ku

そうがく
総額 總額
so.o.ga.ku

ていがく
定額 定額
te.i.ga.ku

ていがく
低額 低額
te.i.ga.ku

どうがく
同額 同樣金額
do.o.ga.ku

ねんがく
年額 年額
ne.n.ga.ku

訓 ひたい hi.ta.i

ひたい
額 額頭
hi.ta.i

俄

音 が
訓 にわか

音 が ga

がぜん
俄然 突然
ga.ze.n

訓 にわか ni.wa.ka

にわ
俄か 突然、忽然
ni.wa.ka

にわかあめ
俄雨 驟雨
ni.wa.ka.a.me

厄

音 やく
訓
常

音 やく ya.ku

やくうん
厄運 厄運
ya.ku.u.n

やくどし
厄年 厄運之年
ya.ku.do.shi

やくび
厄日 凶日、不祥之日
ya.ku.bi

やくよ
厄除け 消災
ya.ku.yo.ke

悪 音 あく お 訓 わるい 常

音 あく a.ku

あく
悪 壞、惡
a.ku

あくい
悪意 惡意
a.ku.i

あくうん
悪運 惡運
a.ku.u.n

あくぎょう
悪行 惡行
a.ku.gyo.o

あくじ
悪事 壞事
a.ku.ji

あくしつ
悪質 惡劣
a.ku.shi.tsu

あくせい
悪政 惡政
a.ku.se.i

あくせい
悪性 惡性
a.ku.se.i

あくにん
悪人 惡人、壞人
a.ku.ni.n

あくぶん
悪文 拙劣的文章
a.ku.bu.n

あくま
悪魔 惡魔
a.ku.ma

あくめい
悪名 惡名
a.ku.me.i

あくゆう
悪友 壞朋友
a.ku.yu.u

こうあく
好悪 好惡
ko.o.a.ku

音 お o

こうお
好悪 好惡
ko.o.o

ぞうお
憎悪 憎惡
zo.o.o

訓 わるい wa.ru.i

わる
悪い 壞、差、不正確的
wa.ru.i

わるぎ
悪気 惡意
wa.ru.gi

わるくち
悪口 說壞話
wa.ru.ku.chi

わるもの
悪者 壞人
wa.ru.mo.no

鍔 音 訓 つば

訓 つば tsu.ba

つばぎわ
鍔際 刀身和護手相接處；關鍵時刻
tsu.ba.gi.wa

つばびろ
鍔広 帽子寬邊的部份
tsu.ba.bi.ro

顎 音 がく 訓 あご

音 がく ga.ku

がくこつ
顎骨 顎骨
ga.ku.ko.tsu

かがく
下顎 下顎
ka.ga.ku

じょうがく
上顎 上顎
jo.o.ga.ku

訓 あご a.go

あご
顎 顎、下巴
a.go

餓 音 が 訓 うえる 常

音 が ga

がき
餓鬼 〔佛〕餓鬼；〔罵〕小兔崽子
ga.ki

がし
餓死 餓死
ga.shi

きが
飢餓 饑餓
ki.ga

訓 うえる u.e.ru

う
餓える 饑餓；渴求
u.e.ru

鰐 音 がく 訓 わに

音 がく ga.ku

がくぎょ
鰐魚 鱷魚
ga.ku.gyo

訓 わに wa.ni

わにあし
鰐足 走路外八
wa.ni.a.shi

わにがわ
鰐皮 鱷魚皮
wa.ni.ga.wa

哀

音 あい
訓 あわれ　あわれむ
常

音 あい a.i

あいかん
哀感 哀感、悲哀
a.i.ka.n

あいがん
哀願 哀求、懇求
a.i.ga.n

あいしゅう
哀愁 哀愁、悲哀
a.i.shu.u

あいとう
哀悼 哀悼、弔唁
a.i.to.o

訓 あわれ a.wa.re

あわ
哀れ 憐憫、可憐；悽慘
a.wa.re

訓 あわれむ a.wa.re.mu

あわ
哀れむ 同情、憐憫
a.wa.re.mu

挨

音 あい
訓

音 あい a.i

あいさつ
挨拶 問候、寒暄
a.i.sa.tsu

音 あい a.i

あい
愛 愛
a.i

あいいく
愛育 用心養育
a.i.i.ku

あいけん
愛犬 愛犬
a.i.ke.n

あいご
愛護 愛護
a.i.go

あいこう
愛好 愛好
a.i.ko.o

あいこく
愛国 愛國
a.i.ko.ku

あいさい
愛妻 愛妻
a.i.sa.i

あいじ
愛児 愛兒
a.i.ji

あいしょう
愛唱 愛唱
a.i.sho.o

あいしょう
愛称 暱稱
a.i.sho.o

あいじょう
愛情 有感情、愛情
a.i.jo.o

あい
愛する 喜愛、愛好
a.i.su.ru

あいそう
愛想 態度親切、好感
a.i.so.o

あいちゃく
愛着 摯愛、戀戀不捨
a.i.cha.ku

あいちょう
愛鳥 愛鳥
a.i.cho.o

あいどく
愛読 愛讀（的書等）
a.i.do.ku

あいば
愛馬 愛馬
a.i.ba

あいよう
愛用 愛用
a.i.yo.o

けいあい
敬愛 敬愛
ke.i.a.i

さいあい
最愛 最愛
sa.i.a.i

しんあい
親愛 親愛
shi.n.a.i

ねつあい
熱愛 熱愛
ne.tsu.a.i

はくあい
博愛 博愛
ha.ku.a.i

ぼせいあい
母性愛 母愛
bo.se.i.a.i

ゆうあい
友愛 友愛
yu.u.a.i

碍

音 がい
訓 げ

音 がい ga.i

がいし
碍子 絕緣體
ga.i.shi

訓 げ ge

むげ
無碍 沒有阻礙
mu.ge

凹

音 おう
訓 くぼむ　へこむ
常

音 おう o.o

おうとつ
凹凸 凹凸、高低不平
o.o.to.tsu

おうめんきょう
凹面鏡 凹面（反射）鏡
o.o.me.n.kyo.o

訓 くぼむ ku.bo.mu

くぼ
凹む 塌陷
ku.bo.mu

訓 へこむ he.ko.mu

へこ
凹む 凹下；（喻）屈服；赤字
he.ko.mu

襖

音
訓 ふすま

訓 ふすま fu.su.ma

ふすま
襖 （紙）拉門、隔扇
fu.su.ma

奥

音 おう
訓 おく
常

音 おう o.o

おうぎ
奥義 （武術、演技等的）竅門
o.o.gi

しんおう
深奥 深奥；深處
shi.n.o.o

訓 おく o.ku

おく
奥 深處、裡面
o.ku

おくがた
奥方 尊夫人
o.ku.ga.ta

おくさま
奥様 夫人
o.ku.sa.ma

おく
奥さん 夫人、太太
o.ku.sa.n

おくば
奥歯 臼齒
o.ku.ba

おくやま
奥山 深山
o.ku.ya.ma

おくゆき
奥行 房子等的深度；深奥
o.ku.yu.ki

音 おう
訓
常

音 おう o.o

おうしゅう
欧州 歐洲
o.o.shu.u

おうべい
欧米 歐美
o.o.be.i

とうおう
東欧 東歐
to.o.o.o

音 おう
訓 なぐる
常

音 おう o.o

おうだ
殴打 毆打
o.o.da

訓 なぐる na.gu.ru

なぐ
殴る 揍、毆打；忽視
na.gu.ru

鴎
音 おう
訓 かもめ

音 おう o.o

はくおう
白鴎 白鷗
ha.ku.o.o

訓 かもめ ka.mo.me

かもめ
鴎 海鷗
ka.mo.me

偶
音 ぐう
訓 たま
常

音 ぐう gu.u

ぐうすう
偶数 偶數
gu.u.su.u

ぐうぜん
偶然 偶然
gu.u.ze.n

ぐうぞう
偶像 偶像
gu.u.zo.o

ぐうはつ
偶発 偶發
gu.u.ha.tsu

訓 たま ta.ma

たま
偶 偶爾
ta.ma

たまたま
偶偶 偶爾；偶然、碰巧
ta.ma.ta.ma

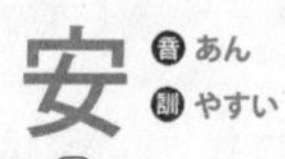

安　音 あん　訓 やすい　常

音 あん a.n

あんい
安易　容易、簡單
a.n.i

あんか
安価　便宜
a.n.ka

あんしん
安心　安心
a.n.shi.n

あんじゅう
安住　安居
a.n.ju.u

あんせい
安静　安靜
a.n.se.i

あんぜん
安全　安全
a.n.ze.n

あんそく
安息　安息
a.n.so.ku

あんち
安置　安置
a.n.chi

あんちょく
安直　廉價
a.n.cho.ku

あんてい
安定　安定
a.n.te.i

あんぴ
安否　安全與否
a.n.pi

あんらく
安楽　安樂
a.n.ra.ku

へいあんじだい
平安時代　平安時代
he.i.a.n.ji.da.i

ほあん
保安　維持治安
ho.a.n

訓 やすい ya.su.i

やす
安い　便宜的
ya.su.i

やすもの
安物　便宜貨
ya.su.mo.no

やす
安っぽい　看起來不值錢；令人瞧不起
ya.su.p.po.i

俺　音 えん　訓 おれ

音 えん e.n

訓 おれ o.re

おれ
俺　俺、我
o.re

岸　音 がん　訓 きし　常

音 がん ga.n

がんぺき
岸壁　靠岸處、碼頭
ga.n.pe.ki

えんがん
沿岸　沿岸
e.n.ga.n

かいがん
海岸　海岸
ka.i.ga.n

たいがん
対岸　對岸
ta.i.ga.n

りょうがん
両岸　兩岸
ryo.o.ga.n

訓 きし ki.shi

きし
岸　岸邊
ki.shi

きしべ
岸辺　岸邊
ki.shi.be

かわぎし
川岸　河岸、河邊
ka.wa.gi.shi

暗　音 あん　訓 くらい　常

音 あん a.n

あんうん
暗雲　烏雲
a.n.u.n

あんき
暗記　默背
a.n.ki

あんごう
暗号　密碼
a.n.go.o

あんこく
暗黒　黑暗
a.n.ko.ku

あんさつ
暗殺 暗殺
a.n.sa.tsu

あんざん
暗算 暗算
a.n.za.n

あんじ
暗示 暗示
a.n.ji

あんしょう
暗唱 暗自哼唱
a.n.sho.o

あんまく
暗幕 黑幕、黑簾
a.n.ma.ku

あんや
暗夜 暗夜
a.n.ya

めいあん
明暗 明暗
me.i.a.n

訓 くらい ku.ra.i

くら
暗い 黑暗；陰鬱、黯淡
ku.ra.i

闇

音 あん
訓 やみ くらい

音 あん a.n

あんや
闇夜 黑夜
a.n.ya

ぎょうあん
曉闇 黎明之前的昏暗
gyo.o.a.n

訓 やみ ya.mi

やみ
闇 黑暗
ya.mi

やみいち
闇市 黑市
ya.mi.i.chi

やみよ
闇夜 (無月光的)黑夜
ya.mi.yo

くらやみ
暗闇 漆黑、黑暗；暗處
ku.ra.ya.mi

むやみ
無闇 胡亂、隨便；過度
mu.ya.mi

ゆうやみ
夕闇 日落後微暗的天色
yu.u.ya.mi

訓 くらい ku.ra.i

くら
闇い 暗、黑暗的
ya.mi

案

音 あん
訓
常

音 あん a.n

あん
案 計劃、草案；桌子
a.n

あんがい
案外 意外、出乎意料
a.n.ga.i

あんけん
案件 案件
a.n.ke.n

あん
案じる 想；思考、擔心
a.n.ji.ru

あんない
案内 陪同、帶領
a.n.na.i

あんないじょう
案内状 通知書
a.n.na.i.jo.o

きあん
起案 起草、草擬
ki.a.n

ぎあん
議案 議案
gi.a.n

げんあん
原案 原案
ge.n.a.n

こうあん
考案 深思熟慮後的想法
ko.o.a.n

しあん
思案 想法
shi.a.n

しゅうせいあん
修正案 修正案
shu.u.se.i.a.n

ずあん
図案 圖案
zu.a.n

ていあん
提案 提案
te.i.a.n

とうあん
答案 答案
to.o.a.n

音 おん o.n

おん
恩
o.n
恩惠、恩情

おんあい
恩愛
o.n.a.i
恩愛

おんがえ
恩返し
o.n.ga.e.shi
報恩

おんぎ
恩義
o.n.gi
恩情

おんきゅう
恩給
o.n.kyu.u
（公務員）養老金、年金

おんけい
恩恵
o.n.ke.i
恩惠

おんし
恩師
o.n.shi
恩師

おんしょう
恩賞
o.n.sho.o
君主賜給的賞賜

おんじょう
恩情
o.n.jo.o
恩情

おんじん
恩人
o.n.ji.n
恩人

おんてん
恩典
o.n.te.n
恩典

こうおん
厚恩
ko.o.o.n
厚恩

しおん
師恩
shi.o.n
師恩

しゃおん
謝恩
sha.o.n
謝恩

だいおん
大恩
da.i.o.n
大恩

ほうおん
報恩
ho.o.o.n
報恩

ぼうおん
忘恩
bo.o.o.n
忘恩

昂

音 こう
訓

音 こう ko.o

こうしん **昂進** ko.o.shi.n	（感情等）亢進、高漲
いきけんこう **意気軒昂** i.ki.ke.n.ko.o	氣宇軒昂

児 音 じ に 訓 こ 常

音 じ ji

じどう
児童 兒童
ji.do.o

あいじ
愛児 愛兒
a.i.ji

いくじ
育児 育兒
i.ku.ji

えんじ
園児 幼稚園的兒童
e.n.ji

じょじ
女児 女兒
jo.ji

だんじ
男児 男兒
da.n.ji

にゅうじ
乳児 〔醫〕嬰兒
nyu.u.ji

ゆうりょうじ
優良児 優生兒
yu.u.ryo.o.ji

ようじ
幼児 幼兒
yo.o.ji

音 に ni

しょうにか
小児科 * 小兒科
sho.o.ni.ka

訓 こ ko

ややこ
稚児 嬰兒
ya.ya.ko

爾 音 じ に 訓 しか なんじ

音 じ ji

じらい
爾来 從那以後
ji.ra.i

じご
爾後 爾後、以後
ji.go

音 に ni

訓 しか shi.ka

訓 なんじ na.n.ji

耳 音 じ 訓 みみ 常

音 じ ji

じびか
耳鼻科 耳鼻科
ji.bi.ka

じもく
耳目 耳目；（眾人）注目
ji.mo.ku

がいじ
外耳 外耳
ga.i.ji

ちゅうじ
中耳 中耳
chu.u.ji

ないじ
内耳 內耳
na.i.ji

訓 みみ mi.mi

みみ
耳 耳朵
mi.mi

餌 音 じ 訓 えさ え

音 じ ji

こうじ
好餌 誘惑的手段
ko.o.ji

ぎじばり
擬餌針 掛假魚餌的魚鉤
gi.ji.ba.ri

訓 え e

えじき
餌食 餌、食物；犧牲品
e.ji.ki

訓 えさ e.sa

えさ
餌 餌、飼料
e.sa

二 音 に 訓 ふた ふたつ 常

九ㄦ

音 に ni

に
二 二
ni

にがっき
二学期 第二學期
ni.ga.k.ki

にがつ
二月 二月
ni.ga.tsu

にじ
二次 第二次、第二位
ni.ji

にじっせいき
二十世紀 二十世紀
ni.ji.s.se.i.ki

にじゅう
二重 兩層、雙層
ni.ju.u

にまい
二枚 兩枚、兩張
ni.ma.i

にまいがい
二枚貝 雙殼貝
ni.ma.i.ga.i

にまいじた
二枚舌 撒謊
ni.ma.i.ji.ta

にぶ
二部 兩部份
ni.bu

にりゅう
二流 二流
ni.ryu.u

むに
無二 唯一
mu.ni

訓 ふた fu.ta

ふたえ
二重 雙重；兩摺
fu.ta.e

ふたり
二人 兩個人
fu.ta.ri

訓 ふたつ fu.ta.tsu

ふた
二つ 兩個
fu.ta.tsu

特 ふつか
二日 二日、二號
fu.tsu.ka

特 はたち
二十歳 二十歲
ha.ta.chi

特 はつか
二十日 二十號
ha.tsu.ka

弐

常

音 に

訓

音 に ni

にしん
弐心 反叛心；疑心
ni.shi.n

にまんえん
弐万円 兩萬日幣
ni.ma.n.e.n

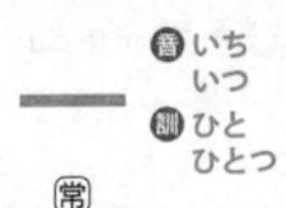

音 いち i.chi

いち
一 一
i.chi

いちえん
一円 一日圓
i.chi.e.n

いちおう
一応 大致、暫且
i.chi.o.o

いちがい
一概に 一概、無區別地
i.chi.ga.i

いちがつ
一月 一月
i.chi.ga.tsu

いちがっき
一学期 第一學期
i.chi.ga.k.ki

いちぎょう
一行 （文章）一行
i.chi.gyo.o

いちぐん
一群 一群
i.chi.gu.n

いちじ
一時 一點鐘
i.chi.ji

いちだん
一段と 更加
i.chi.da.n.to

いちど
一度 一次
i.chi.do

いちど
一度に 同時、一起
i.chi.do

いちどう
一同 大家、全體
i.chi.do.o

いちにち
一日 一天
i.chi.ni.chi

いちばん
一番 第一、最…
i.chi.ba.n

いちぶ
一部 某一部份；一本書
i.chi.bu

いちぶぶん
一部分 某一部份
i.chi.bu.bu.n

いちめん
一面 事物的某一方面
i.chi.me.n

いちもく
一目 看一眼
i.chi.mo.ku

いちよう
一様 同樣、普通
i.chi.yo.o

いちりつ
一律 一律、沒有差別
i.chi.ri.tsu

いちれん
一連 一連串
i.chi.re.n

いちぶしじゅう
一部始終 一五一十
i.chi.bu.shi.ju.u

いちりゅう
一流 一流
i.chi.ryu.u

まんいち
万一 萬一
ma.n.i.chi

音 いつ i.tsu

きんいつ
均一 均一
ki.n.i.tsu

とういつ
統一 統一
to.o.i.tsu

どういつ
同一 相同、同樣
do.o.i.tsu

いっか
一家 一戶
i.k.ka

いっかい
一回 一次
i.k.ka.i

いっき
一気 一口氣
i.k.ki

いっきょ
一挙に 一舉、一次
i.k.kyo

いっけん
一見 乍看之下
i.k.ke.n

いっさい
一切 一切
i.s.sa.i

いっさくじつ
一昨日 前天
i.s.sa.ku.ji.tsu

いっさくねん
一昨年 前年
i.s.sa.ku.ne.n

いっしゅ
一種 一種
i.s.shu

いっしゅう
一周 一周
i.s.shu.u

いっしゅうかん
一週間 一星期
i.s.shu.u.ka.n

いっき
一気に 一口氣
i.k.ki.ni

いっしゅん
一瞬 一瞬間
i.s.shu.n

いっしん
一心 同心；專心
i.s.shi.n

いっせい
一斉 一齊
i.s.se.i

いっせいき
一世紀 一世紀
i.s.se.i.ki

いっせきにちょう
一石二鳥 一石二鳥
i.s.se.ki.ni.cho.o

いっそう
一層 一層；更加
i.s.so.o

いったい
一帯 附近一帶
i.t.ta.i

いったい
一体 一體、一致；究竟
i.t.ta.i

いったん
一旦 暫且、姑且；一旦
i.t.t.an

いっち
一致 一致
i.c.chi

いっちょくせん
一直線 一直線
i.c.cho.ku.se.n

いってい
一定 一定
i.t.te.i

いっとう
一等 第一、最好
i.t.to.o

いっぱん
一般 一般、普通
i.p.pa.n

いっぷん
一分 一分
i.p.pu.n

いっぺん
一変 突然改變
i.p.pe.n

いっぽ
一歩 一步
i.p.po

いっぽう
一方 一方面；一直、越來越
i.p.po.o

いっぽん
一本 一根、一枝
i.p.po.n

訓 ひと hi.to

ひといき
一息 一口氣
hi.to.i.ki

ひとくち
一口 一口
hi.to.ku.chi

ひとこと
一言 一句話
hi.to.ko.to

ひところ
一頃 以前的某時期
hi.to.ko.ro

ひとすじ
一筋 一條、一根；致力於
hi.to.su.ji

ひとつき
一月 一個月
hi.to.tsu.ki

ひととお
一通り 一般；大概、粗略
hi.to.to.o.ri

ひとりひとり
一人一人 人人、每一個人
hi.to.ri.hi.to.ri

ひとやす
一休み 休息一下
hi.to.ya.su.mi

ひとくち
一口 一口
hi.to.ku.chi

ひとり
一人 一個人
hi.to.ri

訓 ひとつ hi.to.tsu

ひと
一つ 一個
hi.to.tsu

伊

音 い
訓

音 い i

いしゅう
伊州 〔舊〕日本三重縣西部
i.shu.u

依

音 い
え
訓 よる
常

音 い i

いぜん
依然 仍舊、仍然
i.ze.n

いそん
依存 依存、依賴
i.so.n

いたく
依託 寄售、委託
i.ta.ku

いらい
依頼 委託；依靠
i.ra.i

音 え e

えこ
依怙 * 偏袒
e.ko

きえ
帰依 * 〔宗〕皈依
ki.e

訓 よる yo.ru

よ
依る 根據、按照；憑…
yo.ru

医
音 い
訓
常

音 い i

いいん
医院 醫院
i.i.n

いがく
医学 醫學
i.ga.ku

いし
医師 醫師
i.shi

いしゃ
医者 醫生
i.sha

いじゅつ
医術 醫術
i.ju.tsu

いやく
医薬 醫藥
i.ya.ku

いりょう
医療 醫療
i.ryo.o

ぐんい
軍医 軍醫
gu.n.i

こうい
校医 校醫
ko.o.i

しかい
歯科医 牙科醫生
shi.ka.i

じょい
女医 女醫生
jo.i

かんぽうい
漢方医 中醫
ka.n.po.o.i

めいい
名医 名醫
me.i.i

壱
音 いち
訓
常

音 いち i.chi

いちまんえん
壱万円 一萬日幣
i.chi.ma.n.e.n

揖
音 ゆう
訓

音 ゆう yu.u

ゆうじょう
揖譲 拱手作揖行禮；天子讓位
yu.u.jo.o

ちょうゆう
長揖 （中國古代行禮）拱手作揖
cho.o.yu.u

衣
音 い
え
訓 ころも
常

音 い i

いしょう
衣装 衣服
i.sho.o

いしょく
衣食 衣食、生活
i.sho.ku

いふく
衣服 衣服
i.fu.ku

いりょう
衣料 衣料
i.ryo.o

いるい
衣類 衣類
i.ru.i

だつい
脱衣 脱衣
da.tsu.i

ちゃくい
着衣 穿衣
cha.ku.i

はくい
白衣 白衣
ha.ku.i

音 え e

ほうえ
法衣 袈裟
ho.o.e

訓 ころも ko.ro.mo

ころもが
衣替え 更衣
ko.ro.mo.ga.e

なつごろも
夏衣 〔文〕夏天的衣服
na.tsu.go.ro.mo

ゆかた
特 **浴衣** 浴衣
yu.ka.ta

儀
音 ぎ
訓
常

音 ぎ gi

ぎしき
儀式 儀式
gi.shi.ki

れいぎ
礼儀 禮節、禮儀
re.i.gi

ぎょうぎ
行儀 舉止、禮節
gyo.o.gi

そうぎ
葬儀 葬禮
so.o.gi

ちきゅうぎ
地球儀 地球儀
chi.kyu.u.gi

夷
音 い
訓 えびす

音 い i

せいい
征夷 征服邊境未開化的人
se.i.i

へいい
平夷 簡單的
he.i.i

訓 えびす e.bi.su

えびす
夷 愛奴族的蔑稱；未開化的人
e.bi.su

飴
音 い
訓 あめ

音 い i

訓 あめ a.me

あめ
飴 糖果、麥芽糖
a.me

わたあめ
綿飴 綿花糖
wa.ta.a.me

宜
音 ぎ
訓 よろしい
常

音 ぎ gi

きぎ
機宜 適合的時機
ki.gi

じぎ
時宜 時宜；時機
ji.gi

てきぎ
適宜 適宜、適當
te.ki.gi

べんぎ
便宜 方便、便利
be.n.gi

訓 よろしい yo.ro.shi.i

よろ
宜しい 妥當、好
yo.ro.shi.i

疑
音 ぎ
訓 うたがう
常

音 ぎ gi

ぎじ
疑似 疑似
gi.ji

ぎてん
疑点 疑點
gi.te.n

ぎねん
疑念 疑心
gi.ne.n

ぎもん
疑問 疑問
gi.mo.n

ぎわく
疑惑 疑惑
gi.wa.ku

しつぎ
質疑 質疑
shi.tsu.gi

はんしんはんぎ
半信半疑 半信半疑
ha.n.shi.n.ha.n.gi

ようぎしゃ
容疑者 嫌疑犯
yo.o.gi.sha

訓 うたがう u.ta.ga.u

うたが
疑う 懷疑、疑惑
u.ta.ga.u

移
音 い
訓 うつす
うつる
常

音 い i

いこう
移行 轉移
i.ko.o

いじゅう
移住 遷居（國外）
i.ju.u

いしゅつ
移出 （國內）運出物資
i.shu.tsu

いしょく
移植 移植
i.sho.ku

いてん
移転 移轉
i.te.n

いどう
移動 遷居；轉讓
i.do.o

いにゅう
移入 （國內）運進物資
i.nyu.u

いみん
移民 移民
i.mi.n

すいい
推移 推移、變遷
su.i.i

てんい
転移 轉移
te.n.i

訓 うつす u.tsu.su

うつ
移す 遷移、搬；度過
u.tsu.su

訓 うつる u.tsu.ru

うつ
移る 遷移；變化、變遷
u.tsu.ru

誼

音 ぎ
訓 よしみ

音 ぎ gi

ゆうぎ
友誼 友誼、友情
yu.u.gi

訓 よしみ yo.shi.mi

よし
誼み 友誼、友情
yo.shi.mi

遺

常

音 ゆい
い
訓 のこす

音 ゆい yu.i

ゆいごん
遺言 * 遺言
yu.i.go.n

音 い i

いかん
遺憾 遺憾
i.ka.n

いこつ
遺骨 遺骨
i.ko.tsu

いさく
遺作 遺作
i.sa.ku

いさん
遺産 遺產
i.sa.n

いし
遺志 遺志
i.shi

いしつ
遺失 遺失
i.shi.tsu

いしょ
遺書 遺書
i.sho

いせき
遺跡 遺跡
i.se.ki

いぞく
遺族 遺族
i.zo.ku

いたい
遺体 遺體
i.ta.i

いでん
遺伝 遺傳
i.de.n

いひん
遺品 遺物
i.hi.n

いぶつ
遺物 遺物
i.bu.tsu

訓 のこす no.ko.su

のこ
遺す 遺留
no.ko.su

乙

常

音 おつ
訓 おと
きのと

音 おつ o.tsu

おつ
乙 乙
o.tsu

おつしゅ
乙種 乙種、第二類
o.tsu.shu

こうおつ
甲乙 優劣差別
ko.o.o.tsu

訓 おと o.to

おと め
乙女 少女
o.to.me

訓 きのと ki.no.to

以
音 い
訓 もって
常

音 い i

い か
以下 以下
i.ka

い がい
以外 以外
i.ga.i

い こう
以降 以後
i.ko.o

い ご
以後 以後
i.go

い じょう
以上 以上
i.jo.o

い しんでんしん
以心伝心 〔佛〕以心傳心、心領神會
i.shi.n.de.n.shi.n

い ぜん
以前 以前
i.ze.n

い ない
以内 以內
i.na.i

い らい
以来 以來
i.ra.i

訓 もって mo.t.te

もっ
以て 用、以；因為、由於
mo.t.te

音 び
訓 お
常

音 び bi

び こう
尾行 跟蹤
bi.ko.o

び よく
尾翼 飛機尾翼
bi.yo.ku

りゅうとう だ び
竜頭蛇尾 虎頭蛇尾
ryu.u.to.o.da.bi

訓 お o

お ね
尾根 山脊
o.ne

しっ ぽ
特 **尻尾** 尾巴；末尾
shi.p.po

椅
音 い
訓

音 い i

い す
椅子 椅子
i.su

蟻
音 ぎ
訓 あり

音 ぎ gi

ぎ しゅう
蟻集 像螞蟻般群集
gi.shu.u

訓 あり a.ri

あり
蟻 螞蟻
a.ri

亦
音 えき
やく
訓 また

音 えき e.ki

音 やく ya.ku

訓 また ma.ta

また
亦 也、亦
ma.ta

億 音 おく 訓 常

音 おく o.ku

おく
億 億
o.ku

おくちょう
億兆 億兆
o.ku.cho.o

おく まんちょうじゃ
億万長者 億萬富翁
o.ku.ma.n.cho.o.ja

いちおくえん
一億円 一億圓
i.chi.o.ku.e.n

刈 音 訓 かる 常

訓 かる ka.ru

か
刈る 割；剪
ka.ru

くさ か
草刈り 割草（的人）
ku.sa.ka.ri

役 音 やく えき 訓 常

音 やく ya.ku

やく
役 任務、職務
ya.ku

やくいん
役員 負責人、幹部
ya.ku.i.n

やくしゃ
役者 演員
ya.ku.sha

やくしょ
役所 政府機關
ya.ku.sho

やくしょく
役職 職務
ya.ku.sho.ku

やく だ
役立つ 有用、起作用
ya.ku.da.tsu

やく た
役に立つ 有用處、有益處
ya.ku.ni.ta.tsu

やくにん
役人 官員
ya.ku.ni.n

やくば
役場 （市、村）公所
ya.ku.ba

やく め
役目 職務
ya.ku.me

やくわり
役割 分派職務
ya.ku.wa.ri

こ やく
子役 兒童角色
ko.ya.ku

じゅうやく
重役 重要職位
ju.u.ya.ku

しゅ やく
主役 主角
shu.ya.ku

じょやく
助役 助手、副手
jo.ya.ku

てきやく
適役 適當的角色
te.ki.ya.ku

音 えき e.ki

く えき
苦役 苦役、苦工
ku.e.ki

げんえき
現役 現役
ge.n.e.ki

せんえき
戦役 戰役
se.n.e.ki

へいえき
兵役 兵役
he.i.e.ki

ふくえき
服役 服役
fu.ku.e.ki

意 音 い 訓 常

音 い i

い
意 心情；意見；意思
i

い がい
意外 意外
i.ga.i

い き
意気 氣勢、熱忱
i.ki

い き ご
意気込む 精神振奮、幹勁十足
i.ki.go.mu

い ぎ
意義 意義
i.gi

いけん
意見 意見
i.ke.n

いこう
意向 打算、意圖
i.ko.o

いし
意思 心意、想法
i.shi

いし
意志 意志
i.shi

いしき
意識 意識
i.shi.ki

いじ
意地 心地
i.ji

いじわる
意地悪 壞心眼、刁難
i.ji.wa.ru

いと
意図 意圖
i.to

いみ
意味 意思
i.mi

いよく
意欲 慾念
i.yo.ku

けいい
敬意 敬意
ke.i.i

けつい
決意 決心
ke.tsu.i

こうい
好意 好意
ko.o.i

ごうい
合意 同意
go.o.i

せいい
誠意 誠意
se.i.i

たいい
大意 大意
ta.i.i

ちゅうい
注意 注意
chu.u.i

てきい
敵意 敵意
te.ki.i

どうい
同意 同意
do.o.i

ぶんい
文意 文意
bu.n.i

ようい
用意 準備
yo.o.i

憶 常
音 おく
訓 おぼえる

音 おく o.ku

おくそく
憶測 猜測、揣測
o.ku.so.ku

きおく
記憶 記憶
ki.o.ku

ついおく
追憶 追憶、回憶
tsu.i.o.ku

訓 おぼえる o.bo.e.ru

おぼ
憶える 記住
o.bo.e.ru

抑 常
音 よく
訓 おさえる

音 よく yo.ku

よくあつ
抑圧 壓抑、壓迫
yo.ku.a.tsu

よくし
抑止 抑制、制止
yo.ku.shi

よくせい
抑制 抑制
yo.ku.se.i

訓 おさえる o.sa.e.ru

おさ
抑える 按壓；遏止、壓制
o.sa.e.ru

易 常
音 えき
い
訓 やさしい

音 えき e.ki

えきしゃ
易者 卜卦人
e.ki.sha

こうえき
交易 交易、交換
ko.o.e.ki

ぼうえき
貿易 貿易
bo.o.e.ki

音 い i

あんい
安易 簡單容易
a.n.i

かんい
簡易 簡易、簡便
ka.n.i

なんい
難易 難易
na.n.i

へいい
平易 平易、簡明
he.i.i

ようい
容易 容易
yo.o.i

訓 **やさしい**
ya.sa.shi.i

やさ
易しい 容易、易懂
ya.sa.shi.i

曳

音 えい
訓 ひく

音 **えい** e.i

えいせん
曳船 拖船、拖輪
e.i.se.n

訓 **ひく** hi.ku

ひ
曳く 拉（車、動物等）
hi.ku

毅

音 き
訓

音 **き** ki

きぜん
毅然 毅然
ki.ze.n

ごうき
剛毅 剛毅
go.o.ki

液

音 えき
訓
常

音 **えき** e.ki

えき
液 液體
e.ki

えきか
液化 液化
e.ki.ka

えきじょう
液状 液體狀
e.ki.jo.o

えきたい
液体 液體
e.ki.ta.i

いえき
胃液 胃液
i.e.ki

けつえき
血液 血液
ke.tsu.e.ki

じゅえき
樹液 樹液
ju.e.ki

にゅうえき
乳液 乳液
nyu.u.e.ki

やくえき
薬液 藥水
ya.ku.e.ki

ようえき
溶液 溶液
yo.o.e.ki

溢

音 いつ
訓 あふれる

音 **いつ** i.tsu

じゅういつ
充溢 充滿、充沛
ju.u.i.tsu

訓 **あふれる**
a.fu.re.ru

あふ
溢れる 溢出；充滿、洋溢
a.fu.re.ru

異

音 い
訓 こと
常

音 **い** i

い
異 不同；奇特的
i

いぎ
異議 異議
i.gi

いきょう
異郷 異鄉
i.kyo.o

いけん
異見 異議
i.ke.n

いこく
異国 異國
i.ko.ku

いさい
異才 傑出的人才
i.sa.i

いじょう
異状 異狀
i.jo.o

いじょう
異常 異常
i.jo.o

いへん
異変 異常變化
i.he.n

いじん
異人 外國人；別人；奇人
i.ji.n

いせい
異性 異性
i.se.i

いぞん
異存 異議
i.zo.n

いどう
異同 異同、差異
i.do.o

いどう
異動 異動
i.do.o

いみょう
異名 異名
i.myo.o

いめい
異名 別名、綽號
i.me.i

いよう
異様 異樣
i.yo.o

いろん
異論 異論
i.ro.n

さい
差異 差異
sa.i

とくい
特異 特殊
to.ku.i

訓 こと ko.to

こと
異 不同、異
ko.to

こと
異なる 不同、不一樣
ko.to.na.ru

疫

音 えき やく
訓
常

音 えき e.ki

えきびょう
疫病 傳染病
e.ki.byo.o

あくえき
悪疫 瘟疫
a.ku.e.ki

けんえき
検疫 檢疫
ke.n.e.ki

ぼうえき
防疫 防疫
bo.o.e.ki

めんえき
免疫 〔醫〕免疫
me.n.e.ki

音 やく ya.ku

やくびょうがみ
疫病神 ＊ 瘟神
ya.ku.byo.o.ga.mi

益

音 えき やく
訓
常

音 えき e.ki

えききん
益金 利潤
e.ki.ki.n

えきちゅう
益虫 益蟲
e.ki.chu.u

えきちょう
益鳥 益鳥
e.ki.cho.o

こうえき
公益 公益
ko.o.e.ki

じつえき
実益 實際利益
ji.tsu.e.ki

しゅうえき
収益 收益
shu.u.e.ki

じゅんえき
純益 〔經〕淨利
ju.n.e.ki

そんえき
損益 損益
so.n.e.ki

むえき
無益 無益
mu.e.ki

ゆうえき
有益 有益
yu.u.e.ki

りえき
利益 利益
ri.e.ki

音 やく ya.ku

やくたい
益体 ＊ 〔古〕有用
ya.ku.ta.i

りやく
ご利益 ＊ 降福；（他人給的）恩惠
go.ri.ya.ku

義 音ぎ 訓 常

音 ぎ gi

ぎけい
義兄 姐夫、大伯
gi.ke.i

ぎてい
義弟 小叔、妹夫
gi.te.i

ぎふ
義父 乾爹；公公、岳父
gi.fu

ぎぼ
義母 乾媽；婆婆、岳母
gi.bo

ぎむ
義務 義務
gi.mu

ぎゆう
義勇 義勇
gi.yu.u

ぎり
義理 人情、情面
gi.ri

いぎ
意義 意義
i.gi

しゅぎ
主義 主義
shu.gi

しんぎ
信義 信義
shi.n.gi

せいぎ
正義 正義
se.i.gi

ちゅうぎ
忠義 忠義
chu.u.gi

どうぎ
道義 道義
do.o.gi

翌 音よく 訓 常

音 よく yo.ku

よくげつ
翌月 隔月
yo.ku.ge.tsu

よくじつ
翌日 隔天
yo.ku.ji.tsu

よくしゅう
翌週 隔週
yo.ku.shu.u

よくしゅん
翌春 明年春天
yo.ku.shu.n

よくちょう
翌朝 隔天早上
yo.ku.cho.o

よくねん
翌年 隔年
yo.ku.ne.n

よくよくじつ
翌々日 後天
yo.ku.yo.ku.ji.tsu

よくよくねん
翌々年 後年
yo.ku.yo.ku.ne.n

翼 音よく 訓つばさ 常

音 よく yo.ku

よくさん
翼賛 協助、輔佐（天子）
yo.ku.sa.n

いちよく
一翼 一翼；左右手、臂膀
i.chi.yo.ku

さよく
左翼 左派、左翼；左外野
sa.yo.ku

しょうしんよくよく
小心翼翼 小心翼翼
sho.o.shi.n.yo.ku.yo.ku

りょうよく
両翼 （鳥、飛機的）兩翼
ryo.o.yo.ku

訓 つばさ tsu.ba.sa

つばさ
翼 翅膀；機翼
tsu.ba.sa

臆 音おく 訓

音 おく o.ku

おくびょう
臆病 膽怯
o.ku.byo.o

芸 音げい 訓 常

音 げい ge.i

げいのうかい
芸能界 演藝圈
ge.i.no.o.ka.i

げいじゅつ
芸術 藝術
ge.i.ju.tsu

げいじゅつか
芸術家 藝術家
ge.i.ju.tsu.ka

げいめい
芸名 藝名
ge.i.me.i

えんげい
園芸 園藝
e.n.ge.i

きょくげい
曲芸 雜技
kyo.ku.ge.i

こうげい
工芸 工藝
ko.o.ge.i

しゅげい
手芸 手藝
shu.ge.i

たげい
多芸 多藝
ta.ge.i

ぶげい
武芸 武藝
bu.ge.i

ぶんげい
文芸 文藝
bu.n.ge.i

音 やく
訓 わけ
常

音 やく ya.ku

やく
訳 翻譯
ya.ku

やくご
訳語 譯語（詞）
ya.ku.go

やくし
訳詩 翻譯的詩
ya.ku.shi

やくしゃ
訳者 譯者
ya.ku.sha

やく
訳す 翻譯
ya.ku.su

やくぶん
訳文 譯文
ya.ku.bu.n

えいやく
英訳 英譯
e.i.ya.ku

ごやく
誤訳 誤譯
go.ya.ku

つうやく
通訳 口譯
tsu.u.ya.ku

ほんやく
翻訳 翻譯
ho.n.ya.ku

わやく
和訳 日譯
wa.ya.ku

訓 わけ wa.ke

わけ
訳 意思；原因
wa.ke

い わけ
言い訳 辯解；道歉
i.i.wa.ke

ことわけ
事訳 理由、緣故
ko.to.wa.ke

詣

音 けい
訓 もうでる

音 けい ke.i

ぞうけい
造詣 造詣
zo.o.ke.i

訓 もうでる mo.o.de.ru

もう
詣でる 參拜
mo.o.de.ru

議

音 ぎ
訓
常

音 ぎ gi

ぎあん
議案 議案
gi.a.n

ぎいん
議員 議員
gi.i.n

ぎかい
議会 議會
gi.ka.i

ぎけつ
議決 議決、表決
gi.ke.tsu

ぎじどう
議事堂 議院
gi.ji.do.o

ぎじょう
議場 會場
gi.jo.o

ぎせき
議席 議席
gi.se.ki

ぎだい
議題 議題
gi.da.i

ぎ ちょう
議長 （會議）主席
gi.cho.o

ぎ ろん
議論 爭論
gi.ro.n

い ぎ
異議 異議
i.gi

かい ぎ
会議 會議
ka.i.gi

きょう ぎ
協議 協議
kyo.o.gi

けつ ぎ
決議 決議
ke.tsu.gi

こっかい ぎ じ どう
国会議事堂 國會議事堂
ko.k.ka.i.gi.ji.do.o

しゅう ぎ いん
衆議院 眾議院
shu.u.gi.i.n

とう ぎ
討議 討論
to.o.gi

ろん ぎ
論議 議論
ro.n.gi

ふ し ぎ
不思議 不可思議
fu.shi.gi

逸

音 いつ
訓 それる
常

音 いつ i.tsu

いつ じ
逸事 軼事
i.tsu.ji

いつだつ
逸脱 離開；遺漏
i.tsu.da.tsu

さんいつ
散逸 （書、文獻）散失
sa.n.i.tsu

しゅういつ
秀逸 傑出；佳作
shu.u.i.tsu

いっぴん
逸品 （美術、骨董等）珍品
i.p.pi.n

訓 それる so.re.ru

そ
逸れる 偏離
so.re.ru

邑

音 おう
ゆう
訓

音 おう o.u

音 ゆう yu.u

きょうゆう
郷邑 村、村里
kyo.o.yu.u

と ゆう
都邑 城鎮
to.yu.u

駅

音 えき
訓
常

音 えき e.ki

えき いん
駅員 車站員
e.ki.i.n

えき しゃ
駅舎 車站宿舍
e.ki.sha

えき ちょう
駅長 站長
e.ki.cho.o

えき べん
駅弁 鐵路便當
e.ki.be.n

し はつえき
始発駅 發車站
shi.ha.tsu.e.ki

しゅうちゃくえき
終着駅 終點站
shu.u.cha.ku.e.ki

圧

音 あつ
訓
常

音 あつ a.tsu

あつりょく
圧力 壓力
a.tsu.ryo.ku

き あつ
気圧 氣壓
ki.a.tsu

けつあつ
血圧 血壓
ke.tsu.a.tsu

こうあつ
高圧 高壓
ko.o.a.tsu

こう き あつ
高気圧 高氣壓
ko.o.ki.a.tsu

すいあつ
水圧 水壓
su.i.a.tsu

てい き あつ
低気圧 低氣壓
te.i.ki.a.tsu

でんあつ
電圧 電壓
de.n.a.tsu

あっかん
圧巻 壓卷、壓軸
a.k.ka.n

あっし
圧死 壓死
a.s.shi

あっしゅく
圧縮 壓縮
a.s.shu.ku

あっしょう
圧勝 壓倒性勝利
a.s.sho.o

あっとう
圧倒 壓倒
a.t.to.o

あっぱく
圧迫 壓迫
a.p.pa.ku

音 おう o.o

おういん
押印 蓋章
o.o.i.n

おうしゅう
押収 扣押、沒收
o.o.shu.u

訓 おす o.su

お
押す 推；按、壓
o.su

お
押し入れ 壁櫥
o.shi.i.re

お き
押し切る 切斷；強硬執行
o.shi.ki.ru

お こ
押し込む 硬塞進；闖進、闖入
o.shi.ko.mu

お よ
押し寄せる 蜂擁而至；推過去
o.shi.yo.se.ru

訓 おさえる o.sa.e.ru

お
押さえる 按壓；遏止、壓制
o.sa.e.ru

音 おう o.u

訓 かも ka.mo

かも
鴨 鴨子
ka.mo

音 がい ga.i

しょうがい
生涯 一生、生涯
sho.o.ga.i

てんがい
天涯 天涯、天邊
te.n.ga.i

きょうがい
境涯 處境、地位
kyo.o.ga.i

音 が ga

にく が
肉芽 肉芽
ni.ku.ga

ばく が
麦芽 麥芽
ba.ku.ga

はつ が
発芽 發芽
ha.tsu.ga

訓 め me

め
芽 芽
me

め
芽ばえ 發芽
me.ba.e

しん め
新芽 新芽
shi.n.me

わか め
若芽 嫩芽
wa.ka.me

音 あ a

あ ねったい
亜熱帯 亞熱帶
a.ne.t.ta.i

あ りゅうさん
亜硫酸 〔化〕亞硫酸
a.ryu.u.sa.n

とう あ
東亜 東亞
to.o.a

訓 つぐ tsu.gu

つ
亜ぐ 亞於
tsu.gu

雅
音 が
訓 みやびやか
常

音 が ga

が ごう
雅号 雅號、筆名
ga.go.o

おん が
温雅 溫雅
o.n.ga

こう が
高雅 高雅
ko.o.ga

てん が
典雅 典雅
te.n.ga

ふう が
風雅 風雅、雅緻
fu.u.ga

訓 みやびやか mi.ya.bi.ya.ka

みやび
雅やか 風流、風雅
mi.ya.bi.ya.ka

耶
音 や
訓

音 や ya

う や む や
有耶無耶 含糊不清、糊裡糊塗
u.ya.mu.ya

や そ
耶蘇 耶穌
ya.so

爺
音 や
訓 じじい

音 や ya

ろう や
老爺 老爺、老翁
ro.o.ya

訓 じじい ji.ji.i

じじい
爺 祖父；老頭子
ji.ji.i

也
音 や
訓 なり

音 や ya

訓 なり na.ri

冶
音 や
訓

音 や ya

や きん
冶金 冶金
ya.ki.n

とう や
陶冶 陶冶
to.o.ya

野
音 や
訓 の
常

音 や ya

や がい
野外 野外
ya.ga.i

や きゅう
野球 棒球
ya.kyu.u

や ぎゅう
野牛 野牛
ya.gyu.u

や さい
野菜 蔬菜
ya.sa.i

や しん
野心 野心
ya.shi.n

や じん
野人 野人
ya.ji.n

やせい
野生 野生
ya.se.i

やせい
野性 野性
ya.se.i

やそう
野草 野草
ya.so.o

やちょう
野鳥 野鳥
ya.cho.o

やとう
野党 在野黨
ya.to.o

やばん
野蛮 野蠻
ya.ba.n

やぼう
野望 奢望、野心
ya.bo.o

がいや
外野 外野
ga.i.ya

げんや
原野 原野
ge.n.ya

こうや
広野 曠野
ko.o.ya

さんや
山野 山野
sa.n.ya

しや
視野 視野
shi.ya

ないや
内野 內野
na.i.ya

ぶんや
分野 範圍、領域
bu.n.ya

へいや
平野 平原
he.i.ya

りんや
林野 林野
ri.n.ya

訓 の no

の
野 原野
no

のぐさ
野草 野草
no.gu.sa

のじゅく
野宿 露宿
no.ju.ku

のはら
野原 原野
no.ha.ra

夜

音 や
訓 よ
よる
常

音 や ya

やがく
夜学 夜校
ya.ga.ku

やかん
夜間 夜間
ya.ka.n

やきん
夜勤 夜勤、夜班
ya.ki.n

やぐ
夜具 寢具
ya.gu

やけい
夜景 夜景
ya.ke.i

やこう
夜行 夜間行走、活動
ya.ko.o

やけい
夜警 夜間值班員警
ya.ke.i

やこう
夜光 夜光
ya.ko.o

やぶん
夜分 半夜
ya.bu.n

こんや
今夜 今夜、今晚
ko.n.ya

さくや
昨夜 昨夜
sa.ku.ya

ぜんや
前夜 昨夜
ze.n.ya

ちゅうや
昼夜 晝夜
chu.u.ya

にちや
日夜 日夜、經常
ni.chi.ya

訓 よ yo

よ
夜 夜晚
yo

よあ
夜明け 天亮
yo.a.ke

よなか
夜中 半夜
yo.na.ka

よばん
夜番 夜班
yo.ba.n

よふ
夜更かし 熬夜
yo.fu.ka.shi

よふ
夜更け 深夜
yo.fu.ke

訓 よる yo.ru

よる
夜 晚上
yo.ru

業
音 ぎょう
ごう
訓 わざ
常

音 ぎょう gyo.o

ぎょうかい
業界 業界
gyo.o.ka.i

ぎょうしゃ
業者 業者
gyo.o.sha

ぎょうしゅ
業種 業種
gyo.o.shu

ぎょうせき
業績 業績
gyo.se.ki

ぎょうむ
業務 業務
gyo.mu

ぎょぎょう
漁業 漁業
gyo.gyo.o

えいぎょう
営業 營業
e.i.gyo.o

かいぎょう
開業 開業
ka.i.gyo.o

かぎょう
家業 職業、家業
ka.gyo.o

がくぎょう
学業 學業
ga.ku.gyo.o

きゅうぎょう
休業 停止營業
kyu.u.gyo.o

こうぎょう
工業 工業
ko.o.gyo.o

さぎょう
作業 作業
sa.gyo.o

さんぎょう
産業 產業
sa.n.gyo.o

じぎょう
事業 事業
ji.gyo.o

しつぎょう
失業 失業
shi.tsu.gyo.o

しゅうぎょう
修業 修業、學習
shu.u.gyo.o

じゅぎょう
授業 上課
ju.gyo.o

しょうぎょう
商業 商業
sho.o.gyo.o

しょくぎょう
職業 職業
sho.ku.gyo.o

すいさんぎょう
水産業 水產業
su.i.sa.n.gyo.o

そつぎょう
卒業 畢業
so.tsu.gyo.o

のうぎょう
農業 農業
no.o.gyo.o

ぶんぎょう
分業 分工
bu.n.gyo.o

りんぎょう
林業 林業
ri.n.gyo.o

音 ごう go.o

ごうはら
業腹 滿腔怒火
go.o.ha.ra

じごうじとく
自業自得 自作自受
ji.go.o.ji.to.ku

訓 わざ wa.za

かるわざ
軽業 （走鋼絲等）雜技
ka.ru.wa.za

てわざ
手業 手工藝
te.wa.za

葉
音 よう
訓 は
常

音 よう yo.o

ようみゃく
葉脈 葉脈
yo.o.mya.ku

ようりょくそ
葉緑素 葉綠素
yo.o.ryo.ku.so

こうよう
紅葉 楓葉
ko.o.yo.o

しよう
枝葉 枝葉
shi.yo.o

らくよう
落葉 落葉
ra.ku.yo.o

訓 は ha

ば
葉 葉子
ba

はがき
葉書 明信片
ha.ga.ki

あおば
青葉 綠葉
a.o.ba

おちば
落葉 落葉
o.chi.ba

わかば
若葉 嫩葉
wa.ka.ba

もみじ
特 **紅葉** 楓葉
mo.mi.ji

謁
音 えつ
訓
常

音 えつ e.tsu

はいえつ
拝謁 謁見
ha.i.e.tsu

えっけん
謁見 謁見、拜見
e.k.ke.n

頁
音 けつ
訓 ページ

音 けつ ke.tsu

けつがん
頁岩 頁岩
ke.tsu.ga.n

訓 ページ pe.i.ji

ページ
頁 頁
pe.i.ji

崖
音 がい
訓 がけ

音 がい ga.i

けんがい
懸崖 懸崖
ke.n.ga.i

だんがい
断崖 斷崖
da.n.ga.i

訓 がけ ga.ke

がけ
崖 懸崖、峭壁
ga.ke

妖
音 よう
訓

音 よう yo.o

ようえん
妖艶 美麗而妖豔
yo.o.e.n

ようかい
妖怪 妖怪
yo.o.ka.i

ようせい
妖精 妖精
yo.o.se.i

腰
音 よう
訓 こし
常

音 よう yo.o

ようぶ
腰部 腰部
yo.o.bu

ようつう
腰痛 腰痛
yo.o.tsu.u

訓 こし ko.shi

こし
腰 腰
ko.shi

こしかけ
腰掛 椅子
ko.shi.ka.ke

こしかけ
腰掛ける 坐下
ko.shi.ka.ke.ru

こしぬ
腰抜け 窩囊廢、膽小鬼
ko.shi.nu.ke

尭
音 ぎょう
訓

音 ぎょう gyo.o

揺
音 よう
訓 ゆれる・ゆる・ゆらぐ・ゆるぐ・ゆする・ゆさぶる・ゆすぶる
常

音 よう yo.o

ようらん
揺籃 搖籃
yo.o.ra.n

訓 ゆれる yu.re.ru

ゆ
揺れる 搖動、搖擺
yu.re.ru

訓 ゆる yu.ru

ゆ
揺る 搖動、擺動
yu.ru

訓 ゆらぐ yu.ra.gu

ゆ
揺らぐ 搖晃；動搖、搖搖欲墜
yu.ra.gu

訓 ゆるぐ yu.ru.gu

ゆ
揺るぐ 動搖
yu.ru.gu

訓 ゆする yu.su.ru

ゆ
揺する 搖動、搖晃
yu.su.ru

訓 ゆさぶる yu.sa.bu.ru

ゆ
揺さぶる 搖動、搖晃；震撼
yu.sa.bu.ru

訓 ゆすぶる yu.su.bu.ru

ゆ
揺すぶる 搖動、搖晃；震撼
yu.su.bu.ru

窯
音 よう
訓 かま
常

音 よう yo.o

ようぎょう
窯業 陶瓷工業
yo.o.gyo.o

訓 かま ka.ma

かまもと
窯元 瓷窟
ka.ma.mo.to

肴
音 こう
訓 さかな

音 こう ko.o

かこう
佳肴 佳肴
ka.ko.o

訓 さかな sa.ka.na

さかな
肴 酒菜、菜肴
sa.ka.na

謡
音 よう
訓 うたい うたう
常

音 よう yo.o

かよう
歌謡 歌謠；歌
ka.yo.o

どうよう
童謡 童謠
do.o.yo.o

みんよう
民謡 民歌
mi.n.yo.o

訓 うたい u.ta.i

じうたい
地謡 伴唱（的人或歌曲）
ji.u.ta.i

すうたい
素謡 清唱歌謠
su.u.ta.i

訓 うたう u.ta.u

うた
謡う 歌唱；吟詠
u.ta.u

遥
音 よう
訓 はるか

音 よう yo.o

しょうよう
逍遥 散步
sho.o.yo.o

訓 はるか ha.ru.ka

はる
遥か 遙遠
ha.ru.ka

銚 音ちょう 訓

音 ちょう cho.o

ちょうし
銚子 長柄的酒器
cho.o.shi

曜 音よう 訓 常

音 よう yo.o

ようび
曜日 星期
yo.o.bi

にちようび
日曜日 星期日
ni.chi.yo.o.bi

げつようび
月曜日 星期一
ge.tsu.yo.o.bi

かようび
火曜日 星期二
ka.yo.o.bi

すいようび
水曜日 星期三
su.i.yo.o.bi

もくようび
木曜日 星期四
mo.ku.yo.o.bi

きんようび
金曜日 星期五
ki.n.yo.o.bi

どようび
土曜日 星期六
do.yo.o.bi

耀 音よう 訓

音 よう yo.o

えいよう
栄耀 榮耀
e.i.yo.o

薬 音やく 訓くすり 常

音 やく ya.ku

やかん
薬缶 燒開水的茶壺
ya.ka.n

やくそう
薬草 藥草
ya.ku.so.o

やくひん
薬品 藥品
ya.ku.hi.n

やくぶつ
薬物 藥物
ya.ku.bu.tsu

やくよう
薬用 藥用
ya.ku.yo.o

いやく
医薬 醫藥
i.ya.ku

かやく
火薬 火藥
ka.ya.ku

かんぽうやく
漢方薬 中藥
ka.n.po.o.ya.ku

がんやく
丸薬 藥丸
ga.n.ya.ku

しんやく
新薬 新藥
shi.n.ya.ku

とうやく
投薬 開藥
to.o.ya.ku

どくやく
毒薬 毒藥
do.ku.ya.ku

ばいやく
売薬 成藥；賣藥
ba.i.ya.ku

ばくやく
爆薬 炸藥
ba.ku.ya.ku

ふくやく
服薬 服藥
fu.ku.ya.ku

訓 くすり ku.su.ri

くすり
薬 藥物
ku.su.ri

くすりだい
薬代 醫藥費
ku.su.ri.da.i

くすりゆび
薬指 無名指
ku.su.ri.yu.bi

要 音よう 訓いる 常

音 よう yo.o

よういん
要因 主要原因
yo.o.i.n

ようじん
要員 （所需）人員
yo.o.i.n

ようきゅう
要求 要求
yo.o.kyu.u

ようけん
要件 要事；必要條件
yo.o.ke.n

ようし
要旨 要旨、要點
yo.o.shi

ようしょ
要所 要地
yo.o.sho

ようしょく
要職 要職
yo.o.sho.ku

ようじん
要人 重要的人
yo.o.ji.n

よう
要する 必需；歸納
yo.o.su.ru

よう
要するに 總歸上面所述、總之
yo.o.su.ru.ni

ようせい
要請 懇求
yo.o.se.i

ようそ
要素 要素
yo.o.so

ようてん
要点 要點
yo.o.te.n

ようぼう
要望 要求、希望
yo.o.bo.o

ようやく
要約 要點、概要
yo.o.ya.ku

ようりょう
要領 要領
yo.o.ryo.o

しゅよう
主要 主要
shu.yo.o

じゅうよう
重要 重要
ju.u.yo.o

しょよう
所要 所需、必要
sho.yo.o

たいよう
大要 要點、摘要
ta.i.yo.o

ひつよう
必要 必要
hi.tsu.yo.o

ほうよう
法要 法事、佛事
ho.o.yo.o

訓 いる i.ru

い
要る 要、需要
i.ru

優

音 ゆう
訓 やさしい すぐれる
常

音 ゆう yu.u

ゆう
優 優雅、溫柔；優秀
yu.u

ゆうい
優位 優勢
yu.u.i

ゆうえつ
優越 優越
yu.u.e.tsu

ゆうえつかん
優越感 優越感
yu.u.e.tsu.ka.n

ゆうが
優雅 優雅
yu.u.ga

ゆうぐう
優遇 優待
yu.u.gu.u

ゆうしゅう
優秀 優秀
yu.u.shu.u

ゆうしょう
優勝 優勝
yu.u.sho.o

ゆうせい
優勢 優勢
yu.u.se.i

ゆうせん
優先 優先
yu.u.se.n

ゆうたい
優待 優待
yu.u.ta.i

ゆうとうせい
優等生 優等生
yu.u.to.o.se.i

ゆうび
優美 優美
yu.u.bi

ゆうりょう
優良 優良
yu.u.ryo.o

ゆうれつ
優劣 優劣
yu.u.re.tsu

じょゆう
女優 女演員
jo.yu.u

せいゆう
声優 配音員
se.i.yu.u

だんゆう
男優 男演員
da.n.yu.u

めいゆう
名優 名演員
me.i.yu.u

はいゆう
俳優 電影演員
ha.i.yu.u

訓 **やさしい** ya.sa.shi.i

やさ
優しい 溫柔、溫和
ya.sa.shi.i

訓 **すぐれる** su.gu.re.ru

すぐ
優れる 優秀、卓越
su.gu.re.ru

幽
音 ゆう
訓
常

音 **ゆう** yu.u

ゆうげん
幽玄 幽玄、奧妙
yu.u.ge.n

ゆうこく
幽谷 幽谷
yu.u.ko.ku

ゆうへい
幽閉 囚禁
yu.u.he.i

ゆうれい
幽霊 幽靈、亡靈
yu.u.re.i

悠
音 ゆう
訓
常

音 **ゆう** yu.u

ゆうきゅう
悠久 悠久、久遠
yu.u.kyu.u

ゆうぜん
悠然 悠然、從容不迫
yu.u.ze.n

ゆうちょう
悠長 不慌不忙、悠閒
yu.u.cho.o

ゆうゆう
悠悠 遙遠、遼闊；悠閒
yu.u.yu.u

ゆうよう
悠揚 從容不迫
yu.u.yo.o

憂
音 ゆう
訓 うれえる
うれい
うい
常

音 **ゆう** yu.u

ゆううつ
憂鬱 憂鬱、鬱悶
yu.u.u.tsu

ゆうこく
憂国 憂國
yu.u.ko.ku

ゆうしゅう
憂愁 憂愁
yu.u.shu.u

ゆうりょ
憂慮 憂慮
yu.u.ryo

訓 **うれえる** u.re.e.ru

うれ
憂える 擔心、憂慮
u.re.e.ru

訓 **うれい** u.re.i

うれ
憂い 憂鬱、掛慮
u.re.i

訓 **うい** u.i

う
憂い 〔文〕憂愁、悶
u.i

尤
音 ゆう
訓 もっとも

音 **ゆう** yu.u

ゆうぶつ
尤物 優異；美人
yu.u.bu.tsu

訓 **もっとも** mo.t.to.mo

もっとも
尤 合理、理所當然；話雖如此
mo.t.to.mo

楢
音 ゆう
しゅう
訓 なら

音 **ゆう** yu.u

音 **しゅう** shu.u

訓 **なら** na.ra

みずなら
水楢 水楢木，常用於建築或器具
mi.zu.na.ra

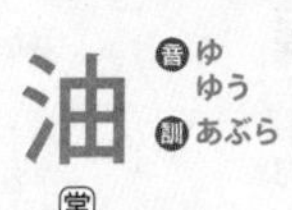

油 音 ゆ ゆう 訓 あぶら 常

音 **ゆ** yu

ゆし
油脂 油脂
yu.shi

ゆせい
油性 油性
yu.se.i

ゆだん
油断 漫不經心、疏忽
yu.da.n

ゆでん
油田 油田
yu.de.n

きゅうゆ
給油 加油、注油
kyu.u.yu

ぎょゆ
魚油 魚油
gyo.yu

げんゆ
原油 原油
ge.n.yu

せきゆ
石油 石油
se.ki.yu

とうゆ
灯油 燈油
to.o.yu

音 **ゆう** yu.u

ゆうぜん
油然 油然
yu.u.ze.n

訓 **あぶら** a.bu.ra

あぶら
油 油
a.bu.ra

あぶらえ
油絵 油畫
a.bu.ra.e

あぶらがみ
油紙 油紙
a.bu.ra.ga.mi

あぶらな
油菜 油菜
a.bu.ra.na

猶 音 ゆう 訓 なお 常

音 **ゆう** yu.u

ゆうよ
猶予 猶豫、遲疑
yu.u.yo

訓 **なお** na.o

なお
猶 還、再；更
na.o

由 音 ゆ ゆう ゆい 訓 よし 常

音 **ゆ** yu

ゆらい
由来 * 由來
yu.ra.i

えんゆ
縁由 * 緣由
e.n.yu

けいゆ
経由 * 經由
ke.i.yu

音 **ゆう** yu.u

りゆう
理由 理由
ri.yu.u

音 **ゆい** yu.i

ゆいしょ
由緒 起源、根源
yu.i.sho

訓 **よし** yo.shi

よし
由 緣由、緣故
yo.shi

遊 音 ゆう ゆ 訓 あそぶ 常

音 **ゆう** yu.u

ゆうえんち
遊園地 遊樂園
yu.u.e.n.chi

ゆうがく
遊学 遊學
yu.u.ga.ku

ゆうせい
遊星 行星
yu.u.se.i

ゆうほ
遊歩 漫步、散步
yu.u.ho

ゆうぼく
遊牧 遊牧
yu.u.bo.ku

ゆうみん
遊民 無業遊民
yu.u.mi.n

ゆうらん
遊覧 觀光、遊覽
yu.u.ra.n

かいゆう
回遊 周遊、環遊
ka.i.yu.u

がいゆう
外遊 出國旅遊
ga.i.yu.u

しゅうゆう
周遊 周遊
shu.u.yu.u

音 **ゆ** yu

ゆさん
遊山 * 遊山（玩水）
yu.sa.n

訓 **あそぶ** a.so.bu

あそ
遊ぶ 玩、遊戲
a.so.bu

あそ
遊び 遊戲、玩
a.so.bi

郵
音 ゆう
訓
常

音 **ゆう** yu.u

ゆうけん
郵券 郵票
yu.u.ke.n

ゆうそう
郵送 郵寄
yu.u.so.o

ゆうぜい
郵税 郵資
yu.u.ze.i

ゆうびん
郵便 郵政、郵件
yu.u.bi.n

ゆうびんきょく
郵便局 郵局
yu.u.bi.n.kyo.ku

ゆうびんちょきん
郵便貯金 郵政儲金
yu.u.bi.n.cho.ki.n

ゆうびんねんきん
郵便年金 郵政年金
yu.u.bi.n.ne.n.ki.n

ゆうびんばんごう
郵便番号 郵遞區號
yu.u.bi.n.ba.n.go.o

ゆうびんぶつ
郵便物 郵件、信件
yu.u.bi.n.bu.tsu

友
音 ゆう
訓 とも
常

音 **ゆう** yu.u

ゆうあい
友愛 友愛
yu.u.a.i

ゆうぐん
友軍 友軍
yu.u.gu.n

ゆうこう
友好 友好
yu.u.ko.o

ゆうじょう
友情 友情
yu.u.jo.o

ゆうじん
友人 友人
yu.u.ji.n

ゆうとう
友党 友黨
yu.u.to.o

ゆうほう
友邦 友邦
yu.u.ho.o

あくゆう
悪友 壞朋友
a.ku.yu.u

きゅうゆう
旧友 老朋友
kyu.u.yu.u

きゅうゆう
級友 同班同學
kyu.u.yu.u

こうゆう
校友 校友
ko.o.yu.u

こうゆう
交友 交友
ko.o.yu.u

しんゆう
親友 好友
shi.n.yu.u

せんゆう
戦友 戰友
se.n.yu.u

訓 **とも** to.mo

とも
友 朋友
to.mo

ともだち
友達 朋友
to.mo.da.chi

有
音 ゆう
う
訓 ある
常

音 **ゆう** yu.u

ゆういぎ
有意義 有意義
yu.u.i.gi

ゆうえき
有益 有益
yu.u.e.ki

ゆうがい
有害 有害
yu.u.ga.i

ゆうき
有機 有機化合物、有機農業
yu.u.ki

ゆうけんしゃ
有権者 有權利者
yu.u.ke.n.sha

ゆうこう
有効 有效、有效果
yu.u.ko.o

ゆう
有する 持有、擁有
yu.u.su.ru

ゆうどく
有毒 有毒
yu.u.do.ku

ゆうのう
有能 有才能
yu.u.no.o

ゆうぼう
有望 有望
yu.u.bo.o

ゆうめい
有名 有名
yu.u.me.i

ゆうりょう
有料 收費
yu.u.ryo.o

ゆうりょく
有力 有力
yu.u.ryo.ku

ゆうり
有利 有利
yu.u.ri

こくゆう
国有 國有
ko.ku.yu.u

しゆう
私有 私有
shi.yu.u

せんゆう
専有 專有
se.n.yu.u

とくゆう
特有 特有
to.ku.yu.u

ほゆう
保有 保有
ho.yu.u

ばんゆういんりょく
万有引力 地心引力
ba.n.yu.u.i.n.ryo.ku

音 う u

うむ
有無 有無
u.mu

訓 ある a.ru

あ
有る 有、具有
a.ru

ありがた
有難い 值得的；難得的、寶貴的
a.ri.ga.ta.i

あ さま
有り様 樣子、情況
a.ri.sa.ma

酉

音 ゆう
訓 とり

音 ゆう yu.u

しんゆう
辛酉 干支之一
shi.n.yu.u

訓 とり to.ri

とり いち
酉の市 11月的酉日在各地鷲神社所舉行的祭典
to.ri.no.i.chi

佑

音 ゆう
訓

音 ゆう yu.u

ゆうじょ
佑助 輔佐
yu.u.jo

てんゆう
天佑 天佑、天助
te.n.yu.u

又

音
訓 また
常

訓 また ma.ta

また
又 再、又；也
ma.ta

また が
又借り 轉借（進來）
ma.ta.ga.ri

また
又は 或者
ma.ta.wa

またいとこ
又従兄弟 堂（表）兄弟
ma.ta.i.to.ko

右 音 う ゆう 訓 みぎ 常

音 う u

うがん
右岸 右岸
u.ga.n

うせつ
右折 向右轉
u.se.tsu

うそく
右側 右側
u.so.ku

うよく
右翼 右翼
u.yo.ku

音 ゆう yu.u

さゆう
左右 左右
sa.yu.u

ざゆうめい
座右の銘 座右銘
za.yu.u.no.me.i

訓 みぎ mi.gi

みぎ
右 右邊
mi.gi

みぎがわ
右側 右側
mi.gi.ga.wa

宥 音 ゆう 訓 なだめる

音 ゆう yu.u

ゆうじょ
宥恕 寬恕
yu.u.jo

ゆうわ
宥和 不計前嫌和好
yu.u.wa

訓 なだめる na.da.me.ru

なだ
宥める 勸解、調停；哄
na.da.me.ru

幼 音 よう 訓 おさない 常

音 よう yo.o

ようじ
幼児 幼兒
yo.o.ji

ようじ
幼時 幼時
yo.o.ji

ようじゃく
幼弱 幼弱
yo.o.ja.ku

ようじょ
幼女 幼女
yo.o.jo

ようしょう
幼少 幼小
yo.o.sho.o

ようち
幼稚 幼稚
yo.o.chi

ようちえん
幼稚園 幼稚園
yo.o.chi.e.n

ようちゅう
幼虫 幼蟲
yo.o.chu.u

ようねん
幼年 幼年
yo.o.ne.n

ちょうよう
長幼 長幼
cho.o.yo.o

ろうよう
老幼 老幼
ro.o.yo.o

訓 おさない o.sa.na.i

おさなごころ
幼心 幼小的心靈
o.sa.na.go.ko.ro

おさなご
幼子 幼兒
o.sa.na.go

おさな
幼い 年幼、不成熟
o.sa.na.i

柚 音 ゆ ゆう 訓

音 ゆ yu

ゆず
柚子 〔植〕柚子
yu.zu

音 ゆう yu.u

ゆう
柚 〔植〕柚子
yu.u

誘

音 ゆう
訓 さそう
常

音 ゆう yu.u

ゆうかい
誘拐 誘拐、拐騙
yu.u.ka.i

ゆうち
誘致 招來、招攬
yu.u.chi

ゆうどう
誘導 誘導、引導
yu.u.do.o

ゆうわく
誘惑 誘惑、引誘
yu.u.wa.ku

かんゆう
勧誘 勸誘
ka.n.yu.u

訓 さそう sa.so.u

さそ
誘う 邀、勸誘
sa.so.u

咽

音 いん
えん
えつ
訓

音 いん i.n

いんこう
咽喉 咽喉、嗓子
i.n.ko.o

音 えん e.n

えんか
咽下 嚥下
e.n.ka

音 えつ e.tsu

おえつ
嗚咽 啜泣聲
o.e.tsu

奄

音 えん
訓

音 えん e.n

きそくえんえん
気息奄奄 奄奄一息
ki.so.ku.e.n.e.n

煙

音 えん
訓 けむい
けむり
けむる
常

音 えん e.n

えんとつ
煙突 煙囪
e.n.to.tsu

えんまく
煙幕 煙幕
e.n.ma.ku

きつえん
喫煙 吸煙
ki.tsu.e.n

ふんえん
噴煙 （火山等）噴煙
fu.n.e.n

訓 けむい ke.mu.i

けむ
煙い 煙嗆人
ke.mu.i

訓 けむり ke.mu.ri

けむり
煙 煙
ke.mu.ri

訓 けむる ke.mu.ru

けむ
煙る 冒煙；朦朧
ke.mu.ru

厳

音 げん
ごん
訓 おごそか
きびしい
常

音 げん ge.n

げんかく
厳格 嚴格
ge.n.ka.ku

げんかん
厳寒 嚴寒
ge.n.ka.n

げんきん
厳禁 嚴禁
ge.n.ki.n

げんくん
厳君 令尊
ge.n.ku.n

げんしゅ
厳守 嚴守
ge.n.shu

げんじゅう
厳重 嚴重
ge.n.ju.u

げんしゅく
厳粛 嚴肅
ge.n.shu.ku

げんせい
厳正 嚴正
ge.n.se.i

げんせん
厳選 嚴選
ge.n.se.n

げんぷ
厳父 嚴父
ge.n.pu

げんみつ
厳密 嚴密
ge.n.mi.tsu

音 ごん go.n

そうごん
荘厳 * 莊嚴
so.o.go.n

訓 おごそか o.go.so.ka

おごそ
厳か 嚴肅、隆重
o.go.so.ka

訓 きびしい ki.bi.shi.i

きび
厳しい 嚴格、嚴厲
ki.bi.shi.i

岩 音 がん 訓 いわ 常

音 がん ga.n

がんえん
岩塩 岩鹽、石鹽
ga.n.e.n

がんせき
岩石 岩石
ga.n.se.ki

がんとう
岩頭 岩石上
ga.n.to.o

がんぺき
岩壁 岩壁
ga.n.pe.ki

かこうがん
花崗岩 花崗岩
ka.ko.o.ga.n

きがん
奇岩 奇岩
ki.ga.n

きょがん
巨岩 巨岩
kyo.ga.n

せっかいがん
石灰岩 石灰岩
se.k.ka.i.ga.n

訓 いわ i.wa

いわ
岩 岩
i.wa

いわや
岩屋 〔文〕石窟、岩洞
i.wa.ya

延 音 えん 訓 のばす のびる のべる 常

音 えん e.n

えんいん
延引 拖延、遲延
e.n.i.n

えんき
延期 延期
e.n.ki

えんしょう
延焼 延燒
e.n.sho.o

えんちょう
延長 延長
e.n.cho.o

えんのう
延納 過期繳納
e.n.no.o

えんめい
延命 延長壽命
e.n.me.i

あつえん
圧延 壓延、軋製（金屬）
a.tsu.e.n

じゅんえん
順延 順延
ju.n.e.n

ちえん
遅延 延遲
chi.e.n

訓 のばす no.ba.su

の
延ばす 伸展；（時間）延長
no.ba.su

訓 のびる no.bi.ru

の
延びる 變長；（時間）延長
no.bi.ru

訓 のべる no.be.ru

の
延べる 伸；（時間）延遲
no.be.ru

の
延べ 壓延的金屬；總計
no.be

の じんいん
延べ人員 總人數
no.be.ji.n.i.n

の にっすう
延べ日数 總天數
no.be.ni.s.su.u

ひ の
日延べ　延期、緩期
hi.no.be

沿
音 えん
訓 そう
常

音 えん e.n

えんかい
沿海　沿海
e.n.ka.i

えんかく
沿革　沿革
e.n.ka.ku

えんがん
沿岸　沿岸
e.n.ga.n

えんせん
沿線　沿線
e.n.se.n

えんどう
沿道　沿道
e.n.do.o

訓 そう so.u

そ
沿う　沿、順；按照
so.u

かわ ぞ
川沿い　沿著河川
ka.wa.zo.i

炎
音 えん
訓 ほのお
常

音 えん e.n

えんえん
炎炎　熊熊（烈火）
e.n.e.n

えんしょ
炎暑　酷暑
e.n.sho

えんしょう
炎症　發炎
e.n.sho.o

い えん
胃炎　〔醫〕胃炎
i.e.n

はいえん
肺炎　肺炎
ha.i.e.n

訓 ほのお ho.no.o

ほのお
炎　火焰
ho.no.o

癌
音 がん
訓

音 がん ga.n

い がん
胃癌　胃癌
i.ga.n

にゅうがん
乳癌　乳癌
nyu.u.ga.n

はいがん
肺癌　肺癌
ha.i.ga.n

塩
音 えん
訓 しお
常

音 えん e.n

えんさん
塩酸　鹽酸
e.n.sa.n

えん そ
塩素　氯
e.n.so

えんでん
塩田　鹽田
e.n.de.n

えんぶん
塩分　鹽分
e.n.bu.n

がんえん
岩塩　岩鹽、石鹽
ga.n.e.n

しょくえん
食塩　食鹽
sho.ku.e.n

せいえん
製塩　製鹽
se.i.e.n

訓 しお shi.o

しお
塩　鹽
shi.o

しおから
塩辛い　鹹
shi.o.ka.ra.i

研
音 けん
訓 とぐ
常

音 けん ke.n

けんきゅう
研究　研究
ke.n.kyu.u

けんきゅうしつ
研究室 研究室
ke.n.kyu.u.shi.tsu

けんさん
研鑽 研究
ke.n.sa.n

けんしゅう
研修 進修
ke.n.shu.u

けんま
研磨 研磨；研究、鑽研
ke.n.ma

訓 とぐ to.gu

と
研ぐ 研磨；擦亮；淘（米）
to.gu

言

音 げん ごん
訓 いう こと
常

音 げん ge.n

げんきゅう
言及 說到
ge.n.kyu.u

げんご
言語 語言
ge.n.go

げんこう
言行 言行
ge.n.ko.o

げんどう
言動 言動、言行
ge.n.do.o

げんめい
言明 說清楚、表明
ge.n.me.i

げんろん
言論 言論
ge.n.ro.n

かくげん
格言 格言
ka.ku.ge.n

じょげん
助言 忠告、建議
jo.ge.n

せんげん
宣言 宣言
se.n.ge.n

だんげん
断言 斷言
da.n.ge.n

はつげん
発言 發言
ha.tsu.ge.n

ほうげん
方言 方言
ho.o.ge.n

ぼうげん
暴言 狂妄無禮的話
bo.o.ge.n

めいげん
名言 名言
me.i.ge.n

よげん
予言 預言
yo.ge.n

音 ごん go.n

でんごん
伝言 傳話
de.n.go.n

むごん
無言 無言
mu.go.n

ゆいごん
遺言 遺言
yu.i.go.n

訓 こと ko.to

ことづ
言付ける 委託別人轉告
ko.to.zu.ke.ru

ことば
言葉 語言、言詞
ko.to.ba

ことばづか
言葉遣い 措辭
ko.to.ba.zu.ka.i

ねごと
寝言 夢話
ne.go.to

訓 いう i.u

い
言う 說、講；稱、叫
i.u

い　だ
言い出す 開口說、說出
i.i.da.su

い　つ
言い付ける 命令；告發；說慣
i.i.tsu.ke.ru

い　わけ
言い訳 辯解；道歉
i.i.wa.ke

い
言わば 可以說是
i.wa.ba

顔

音 がん
訓 かお
常

音 がん ga.n

がんめん
顔面 顏面、臉
ga.n.me.n

がんりょう
顔料 顏料
ga.n.ryo.o

こうがん
紅顔 臉色紅潤
ko.o.ga.n

こうがん
厚顔 ko.o.ga.n 厚臉皮

せんがん
洗顔 se.n.ga.n 洗臉

訓 かお ka.o

かお
顔 ka.o 臉、神情；面子

かおいろ
顔色 ka.o.i.ro 臉色

かおつ
顔付き ka.o.tsu.ki 長相、表情

かおやく
顔役 ka.o.ya.ku 有聲望的人

あさがお
朝顔 a.sa.ga.o 牽牛花

すがお
素顔 su.ga.o 素顏

掩
音 えん
訓 おおう

音 えん e.n

えんご
掩護 e.n.go 掩護

訓 おおう o.o.u

おお
掩う o.o.u 覆蓋、籠罩

演
音 えん
訓
常

音 えん e.n

えんぎ
演技 e.n.gi 演技

えんげき
演劇 e.n.ge.ki 舞台劇、傳統戲劇

えんしゅう
演習 e.n.shu.u 〔軍〕演習；課堂討論

えんしゅつ
演出 e.n.shu.tsu 演出

えん
演じる e.n.ji.ru 扮演；做、招致

えんぜつ
演説 e.n.ze.tsu 演說

えんそう
演奏 e.n.so.o 演奏

かいえん
開演 ka.i.e.n 開演

きょうえん
共演 kyo.o.e.n 共同演出

こうえん
公演 ko.o.e.n 公演

こうえん
講演 ko.o.e.n 演講

じつえん
実演 ji.tsu.e.n 實地演出

しゅつえん
出演 shu.tsu.e.n 演出

じょうえん
上演 jo.o.e.n 上演

眼
音 がん、げん
訓 まなこ
常

音 がん ga.n

がんか
眼科 ga.n.ka 眼科

がんきゅう
眼球 ga.n.kyu.u 眼球

がんこう
眼光 ga.n.ko.o 目光；觀察力

がんしき
眼識 ga.n.shi.ki 眼光、識見

がんぜん
眼前 ga.n.ze.n 眼前

がんびょう
眼病 ga.n.byo.o 眼病

がんもく
眼目 ga.n.mo.ku 重點、要點

がんりき
眼力 ga.n.ri.ki 眼力

きんがん
近眼 ki.n.ga.n 近視

しゅがん
主眼 shu.ga.n 著眼點

せんりがん
千里眼 千里眼
se.n.ri.ga.n

にくがん
肉眼 肉眼
ni.ku.ga.n

りょうがん
両眼 兩眼
ryo.o.ga.n

ろうがん
老眼 老花眼
ro.o.ga.n

音 げん ge.n

えげん
慧眼 * 〔佛〕慧眼
e.ge.n

訓 まなこ ma.na.ko

ちまなこ
血眼 眼睛佈滿血絲；拼命
chi.ma.na.ko

めがね
特 **眼鏡** 眼鏡
me.ga.ne

厭

音 えん おん よう
訓 あきる いとう いや

音 えん e.n

えんせい
厭世 厭世
e.n.se.i

けんえん
倦厭 厭倦、厭煩
ke.n.e.n

音 おん o.n

おんり
厭離 （佛）厭倦被污染的塵世間而離開
o.n.ri

音 よう yo.o

きんよう
禁厭 唸符咒（保平安）
ki.n.yo.o

訓 あきる a.ki.ru

あ
厭きる 厭煩
a.ki.ru

訓 いとう i.to.u

いと
厭う 厭煩
i.to.u

訓 いや i.ya

いや
厭 討厭、厭惡；不喜歡
i.ya

堰

音 えん
訓 せき

音 えん e.n

えんてい
堰堤 堤防；大壩
e.n.te.i

訓 せき se.ki

かこうぜき
河口堰 （設於河口附近）水閘
ka.ko.o.ze.ki

宴

音 えん
訓 うたげ
常

音 えん e.n

えんかい
宴会 宴會
e.n.ka.i

えんせき
宴席 宴席
e.n.se.ki

訓 うたげ u.ta.ge

うたげ
宴 〔文〕宴會
u.ta.ge

彦

音 げん
訓 ひこ

音 げん ge.n

しゅんげん
俊彦 優秀的男子
shu.n.ge.n

訓 ひこ hi.ko

ひこ
彦 （古時男子的美稱）現一般用於人名
hi.ko

焔

音 えん
訓 ほのお

音 えん e.n

かえん
火焔 火焰
ka.e.n

訓 ほのお ho.no.o

ほのお
焔 火焰；怒火、妒火
ho.no.o

燕 音 えん 訓 つばめ

音 えん e.n

えんびふく
燕尾服 燕尾服
e.n.bi.fu.ku

えんきょ
燕居 在家安穩休息
e.n.kyo

訓 つばめ tsu.ba.me

つばめ
燕 燕子
tsu.ba.me

硯 音 けん 訓 すずり

音 けん ke.n

ひっけん
筆硯 毛筆和硯台
hi.k.ke.n

訓 すずり su.zu.ri

すずり
硯 硯台
su.zu.ri

艶 音 えん 訓 なまめかしい つや

音 えん e.n

えんれい
艶麗 艷麗、妖艷
e.n.re.i

のうえん
濃艶 濃艷
no.o.e.n

ようえん
妖艶 妖艷、艷麗
yo.o.e.n

訓 なまめかしい na.ma.me.ka.shi.i

なまめ
艶かしい 艷麗、妖艷
na.ma.me.ka.shi.i

訓 つや tsu.ya

つや
艶 光澤
tsu.ya

諺 音 げん 訓 ことわざ

音 げん ge.n

ぞくげん
俗諺 俗諺
zo.ku.ge.n

訓 ことわざ ko.to.wa.za

ことわざ
諺 成語、諺語
ko.to.wa.za

雁 音 がん 訓 かり

音 がん ga.n

がんこう
雁行 雁的行列
ga.n.ko.o

こがん
孤雁 孤雁
ko.ga.n

訓 かり ka.ri

かり
雁 雁
ka.ri

験 音 けん げん 訓 しるし 常

音 けん ke.n

けんざん
験算 驗算
ke.n.za.n

けいけん
経験 經驗
ke.i.ke.n

しけん
試験 考試
shi.ke.n

じっけん
実験 實驗
ji.k.ke.n

じゅけん
受験 應考
ju.ke.n

たいけん
体験 體驗
ta.i.ke.n

音 げん ge.n

れいげん
霊験 * 靈驗
re.i.ge.n

訓 しるし shi.ru.shi

因

音 いん
訓 よる
常

音 いん i.n

いんが
因果 因果
i.n.ga

いんごう
因業 〔佛〕罪孽
i.n.go.o

いんし
因子 因子
i.n.shi

いんねん
因縁 〔佛〕因緣
i.n.ne.n

いちいん
一因 原因之一
i.chi.i.n

きいん
起因 起因
ki.i.n

げんいん
原因 原因
ge.n.i.n

しょういん
勝因 致勝原因
sho.o.i.n

せいいん
成因 成因
se.i.i.n

はいいん
敗因 敗因
ha.i.i.n

びょういん
病因 病因
byo.o.i.n

ゆういん
誘因 誘因
yu.u.i.n

よういん
要因 主要原因
yo.o.i.n

訓 よる yo.ru

よ
因る 由於、因為
yo.ru

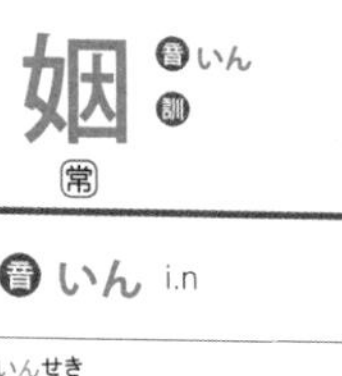

姻

音 いん
訓
常

音 いん i.n

いんせき
姻戚 姻親
i.n.se.ki

こんいん
婚姻 婚姻
ko.n.i.n

陰

音 いん
訓 かげ かげる
常

音 いん i.n

いんえい
陰影 陰影
i.n.e.i

いんき
陰気 陰氣；陰沉、鬱悶
i.n.ki

じゅいん
樹陰 樹蔭
ju.i.n

りょくいん
緑陰 綠蔭（處）
ryo.ku.i.n

訓 かげ ka.ge

かげ
陰 背光處；背後
ka.ge

訓 かげる ka.ge.ru

かげ
陰る 光線被遮住
ka.ge.ru

音

音 おん いん
訓 おと ね
常

音 おん o.n

おん
音 聲音、音色
o.n

おんかい
音階 音階
o.n.ka.i

おんがく
音楽 音樂
o.n.ga.ku

おんかん
音感 音感
o.n.ka.n

おんしん
音信 音信
o.n.shi.n

おんせい
音声 聲音
o.n.se.i

おんそく
音速 音速
o.n.so.ku

おんぱ
音波 音波
o.n.pa

おんりょう
音量 音量
o.n.ryo.o

こうおん
高音 高音
ko.o.o.n

ざつおん
雑音 雜音
za.tsu.o.n

そうおん
騒音 噪音
so.o.o.n

ていおん
低音 低音
te.i.o.n

はつおん
発音 發音
ha.tsu.o.n

音 いん i.n

ぼいん
母音 母音
bo.i.n

訓 おと o.to

あしおと
足音 腳步聲
a.shi.o.to

おと
音 聲響
o.to

訓 ね ne

ね
音 聲音；哭聲；蟲鳴
ne

ねいろ
音色 音色
ne.i.ro

吟
音 ぎん
訓

音 ぎん gi.n

ぎんえい
吟詠 吟誦
ge.n.e.i

ぎんみ
吟味 仔細研究、玩味
gi.n.mi

しんぎん
呻吟 呻吟
shi.n.gi.n

寅
音 いん
訓 とら

音 いん i.n

訓 とら to.ra

とらどし
寅年 寅年
to.ra.do.shi

淫
音 いん
訓 みだら

音 いん i.n

いんとう
淫蕩 淫蕩
i.n.to.o

かんいん
姦淫 姦淫
ka.n.i.n

訓 みだら mi.da.ra

みだ
淫ら 淫亂
mi.da.ra

銀
音 ぎん
訓 しろがね
常

音 ぎん gi.n

ぎん
銀 銀；銀色
gi.n

ぎんいろ
銀色 銀色
gi.n.i.ro

ぎんか
銀貨 銀幣
gi.n.ka

ぎんが
銀河 銀河
gi.n.ga

ぎんがみ
銀紙 鋁箔紙
gi.n.ga.mi

ぎんこう
銀行 銀行
gi.n.ko.o

ぎんざ
銀座 銀座
gi.n.za

ぎんざん
銀山 銀礦山
gi.n.za.n

ぎんせかい
銀世界 雪景
gi.n.se.ka.i

きんぎん
金銀 金銀
ki.n.gi.n

じゅんぎん
純銀 純銀
ju.n.gi.n

すいぎん
水銀 水銀
su.i.gi.n

訓 しろがね shi.ro.ga.ne

しろがね
銀 銀
shi.ro.ga.ne

引
音 いん
訓 ひく ひける
常

音 いん i.n

いんか
引火 引火
i.n.ka

いんそつ
引率 率領、帶領
i.n.so.tsu

いんたい
引退 引退、辭職
i.n.ta.i

いんよう
引用 引用
i.n.yo.o

いんりょく
引力 引力
i.n.ryo.ku

ごういん
強引 強行、強制
go.o.i.n

しょういん
承引 承諾、應允
sho.o.i.n

どういん
導引 導引
do.o.i.n

訓 ひく hi.ku

ひ
引く 拔；查閱；抽選
hi.ku

ひ あ
引き上げる 提升、漲價；取回
hi.ki.a.ge.ru

ひ う
引き受ける 承擔；繼承
hi.ki.u.ke.ru

ひ お
引き起こす 拉起、扶起
hi.ki.o.ko.su

ひ かえ
引き返す 折回、返回
hi.ki.ka.e.su

ひ さ
引き下げる 降價、拉下；撤回
hi.ki.sa.ge.ru

ひ ざん
引き算 〔數〕減法
hi.ki.za.n

ひ
引きずる 拖、強拉；拖延
hi.ki.zu.ru

ひ と
引き止める 叫住、挽留；勸阻
hi.ki.to.me.ru

ひ と
引き取る 離去；領回、取回
hi.ki.to.ru

ひ だ
引き出し 抽屜；拉出、抽出
hi.ki.da.shi

ひ わ
引き分け (比賽等)平手
hi.ki.wa.ke

ひ か
引っ掛かる 卡住、受阻；中了圈套
hi.k.ka.ka.ru

ひ か
引っ掻く 用力抓
hi.k.ka.ku

ひ か
引っ掛ける 掛、披；撞上
hi.k.ka.ke.ru

ひ く かえ
引っ繰り返す 顛倒過來、翻過來；推翻
hi.k.ku.ri.ka.e.su

ひ く かえ
引っ繰り返る 顛倒；逆轉
hi.k.ku.ri.ka.e.ru

ひ こ
引っ越す 搬家
hi.k.ko.su

ひ こ
引っ込む 退隱；縮進、凹陷
hi.k.ko.mu

ひ ぱ
引っ張る 拉、揪；延長
hi.p.pa.ru

訓 ひける hi.ke.ru

ひ
引ける 下班、放學
hi.ke.ru

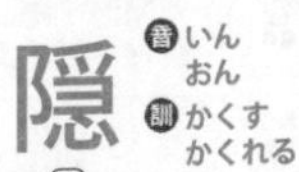

音 いん i.n

いんきょ
隱居 隱居、退休
i.n.kyo

そくいん
惻隱 惻隱
so.ku.i.n

たいいん
退隱 隱退
ta.i.i.n

音 おん o.n

おんみつ
隱密 秘密、暗中
o.n.mi.tsu

訓 かくす ka.ku.su

かく
隱す 隱藏、隱瞞
ka.ku.su

訓 かくれる ka.ku.re.ru

かく
隱れる 躲藏；潛在、隱藏
ka.ku.re.ru

飲
音 いん
訓 のむ
常

音 いん i.n

いんしゅ
飲酒 喝酒
i.n.shu

いんしょく
飲食 飲食
i.n.sho.ku

いんよう
飲用 飲用
i.n.yo.o

いんりょう
飲料 飲料
i.n.ryo.o

ぼういん
暴飲 暴飲
bo.o.i.n

訓 のむ no.mu

の
飲む 喝；（不得已）接受
no.mu

の こ
飲み込む 喝下；理解
no.mi.ko.mu

の もの
飲み物 飲料
no.mi.mo.no

印
音 いん
訓 しるし
常

音 いん i.n

いんかん
印鑑 印章
i.n.ka.n

いんさつ
印刷 印刷
i.n.sa.tsu

いんしょう
印象 印象
i.n.sho.o

けんいん
検印 驗訖章
ke.n.i.n

訓 しるし shi.ru.shi

しるし
印 記號
shi.ru.shi

めじるし
目印 目標、記號
me.ji.ru.shi

胤
音 いん
訓 たね

音 いん i.n

こういん
後胤 後裔、子孫
ko.o.i.n

訓 たね ta.ne

蔭
音 いん
おん
訓 かげ

音 いん i.n

ひいん
庇蔭 照顧；庇護
hi.i.n

音 おん o.n

おんぽ
蔭補 庇蔭
o.n.po

訓 かげ ka.ge

かげ
蔭 背光處、後面
ka.ge

央 音おう 訓 常

音 おう o.o

ちゅうおう
中央 中央
chu.u.o.o

揚 音よう 訓あげる あがる 常

音 よう yo.o

こうよう
高揚 高昂、高漲
ko.o.yo.o

ゆうよう
悠揚 從容不迫
yu.u.yo.o

よくよう
抑揚 （聲調）抑揚；褒貶
yo.ku.yo.o

訓 あげる a.ge.ru

あ
揚げる 炸
a.ge.ru

訓 あがる a.ga.ru

あ
揚がる 油炸
a.ga.ru

楊 音よう 訓やなぎ

音 よう yo.o

ようじ
楊枝 牙籤
yo.o.ji

ようりゅう
楊柳 楊柳
yo.o.ryu.u

訓 やなぎ ya.na.gi

やなぎ
楊 楊柳
ya.na.gi

洋 音よう 訓 常

音 よう yo.o

ようしき
洋式 洋式
yo.o.shi.ki

ようしつ
洋室 西式房間
yo.o.shi.tsu

ようしょ
洋書 西洋書籍
yo.o.sho

ようじょう
洋上 海上
yo.o.jo.o

ようひん
洋品 服飾、飾品配件；舶來品
yo.o.hi.n

ようふう
洋風 西洋式
yo.o.fu.u

ようふく
洋服 西式服裝
yo.o.fu.ku

ようよう
洋々 （水份）充沛
yo.o.yo.o

えんよう
遠洋 遠洋
e.n.yo.o

かいよう
海洋 海洋
ka.i.yo.o

せいよう
西洋 西洋
se.i.yo.o

たいへいよう
太平洋 太平洋
ta.i.he.i.yo.o

たいせいよう
大西洋 大西洋
ta.i.se.i.yo.o

羊 音よう 訓ひつじ 常

音 よう yo.o

ようちょう
羊腸 羊腸
yo.o.cho.o

ようもう
羊毛 羊毛
yo.o.mo.o

ぼくよう
牧羊 牧羊
bo.ku.yo.o

めんよう
綿羊 綿羊
me.n.yo.o

訓 ひつじ hi.tsu.ji

こひつじ
子羊 小羊
ko.hi.tsu.ji

陽
音 よう
訓 ひ
常

音 よう yo.o

ようき
陽気 開朗、活潑
yo.o.ki

ようきょく
陽極 陽極
yo.o.kyo.ku

ようこう
陽光 陽光
yo.o.ko.o

ようせい
陽性 陽性
yo.o.se.i

ようれき
陽暦 陽曆
yo.o.re.ki

しゃよう
斜陽 夕陽
sha.yo.o

しゅんよう
春陽 春天的陽光
shu.n.yo.o

たいよう
太陽 太陽
ta.i.yo.o

訓 ひ hi

ひ
陽 太陽、陽光
hi

ひざ
陽射し 日光
hi.za.shi

仰
音 ぎょう
こう
訓 あおぐ
おおせ
常

音 ぎょう gyo.o

ぎょうが
仰臥 仰臥
gyo.o.ga

ぎょうかく
仰角 〔數〕仰角
gyo.o.ka.ku

ぎょうし
仰視 仰望
gyo.o.shi

ぎょうてん
仰天 非常吃驚
gyo.o.te.n

音 こう ko.o

しんこう
信仰 * 信仰
shi.n.ko.o

訓 あおぐ a.o.gu

あお
仰ぐ 仰望
a.o.gu

訓 おおせ o.o.se

おお
仰せ 吩咐、命令
o.o.se

音 よう yo.o

よういく
養育 養育
yo.o.i.ku

ようぎょ
養魚 養魚
yo.o.gyo

ようご
養護 養護
yo.o.go

ようさん
養蚕 養蠶
yo.o.sa.n

ようし
養子 養子
yo.o.shi

ようじょ
養女 養女
yo.o.jo

ようじょう
養生 養生
yo.o.jo.o

ようせい
養成 培訓、培養
yo.o.se.i

ようふ
養父 養父
yo.o.fu

ようぶん
養分 養分
yo.o.bu.n

ようぼ
養母 養母
yo.o.bo

ようろう
養老 養老
yo.o.ro.o

えいよう
栄養 營養
e.i.yo.o

きゅうよう
休養 休養
kyu.u.yo.o

きょうよう
教養 教養
kyo.o.yo.o

しゅうよう
修養 修養
shu.u.yo.o

せいよう
静養 靜養
se.i.yo.o

訓 やしなう ya.shi.na.u

やしな
養う 扶養、收養；培養
ya.shi.na.u

様 音 よう 訓 さま 常

音 よう yo.o

よう
様 樣子；例如、類似
yo.o

ようしき
様式 樣式
yo.o.shi.ki

ようす
様子 樣子
yo.o.su

ようそう
様相 樣子、情況
yo.o.so.o

いよう
異様 異樣
i.yo.o

いちよう
一様 一樣
i.chi.yo.o

たよう
多様 多樣
ta.yo.o

どうよう
同様 同樣
do.o.yo.o

もよう
模様 模樣
mo.yo.o

りょうよう
両様 兩樣
ryo.o.yo.o

訓 さま sa.ma

さま
様 情況、狀態；(接姓名後)您
sa.ma

さまざま
様様 各式各樣
sa.ma.za.ma

おうさま
王様 對王的尊稱
o.o.sa.ma

かみさま
神様 對神的尊稱
ka.mi.sa.ma

嬰 音 えい 訓

音 えい e.i

えいじ
嬰児 嬰兒
e.i.ji

桜 音 おう 訓 さくら 常

音 おう o.o

おうか
桜花 櫻花
o.o.ka

かんおう
観桜 賞櫻
ka.n.o.o

訓 さくら sa.ku.ra

さくら
桜 櫻樹、櫻花
sa.ku.ra

さくらいろ
桜色 櫻花色
sa.ku.ra.i.ro

やまざくら
山桜 山櫻
ya.ma.za.ku.ra

よざくら
夜桜 夜櫻
yo.za.ku.ra

瑛 音 えい 訓

音 えい e.i

膺 音 よう 訓

音 よう yo.o

ようちょう
膺懲 征伐
yo.o.cho.o

ふくよう
服膺 〔古〕牢記、銘記
fu.ku.yo.o

英 常
音 えい
訓 はなぶさ

音 えい e.i

えいかいわ
英会話 英語會話
e.i.ka.i.wa

えいき
英気 英氣、才氣
e.i.ki

えいご
英語 英語
e.i.go

えいこく
英国 英國
e.i.ko.ku

えいさい
英才 英才
e.i.sa.i

えいさくぶん
英作文 英文作文
e.i.sa.ku.bu.n

えいし
英姿 英姿
e.i.shi

えいじ
英字 英文字
e.i.ji

えいだん
英断 果斷
e.i.da.n

えいち
英知 智慧
e.i.chi

えいぶん
英文 英文文章
e.i.bu.n

えいやく
英訳 英譯
e.i.ya.ku

えいゆう
英雄 英雄
e.i.yu.u

えいわ
英和 英文和日文
e.i.wa

訓 はなぶさ ha.na.bu.sa

はなぶさ
英 花萼
ha.na.bu.sa

鶯
音 おう
訓 うぐいす

音 おう o.o

ばんおう
晩鶯 (晚春至初夏鳴叫的)黃鶯
ba.n.o.o

訓 うぐいす u.gu.i.su

うぐいす
鶯 黃鶯
u.gu.i.su

鷹
音 よう おう
訓 たか

音 よう yo.o

ほうよう
放鷹 利用所飼養的老鷹捕獵鳥獸
ho.o.yo.o

音 おう o.o

おうよう
鷹揚 大方、大氣
o.o.yo.o

訓 たか ta.ka

たかは
鷹派 強硬派、絕不妥協
ta.ka.ha

はげたか
禿鷹 禿鷹
ha.ge.ta.ka

よたか
夜鷹 夜鷹
yo.ta.ka

塋
音 えい
訓 はか

音 えい e.i

せんえい
先塋 祖先的墳墓
se.n.e.i

訓 はか ha.ka

営 常
音 えい
訓 いとなむ

音 えい e.i

えいぎょう
営業 營業
e.i.gyo.o

えいり
営利 營利
e.i.ri

うんえい
運営 主辦、管理
u.n.e.i

けいえい
経営 經營
ke.i.e.i

こくえい
国営 國營
ko.ku.e.i

しえい
私営 民間經營
shi.e.i

へいえい
兵営 軍營
he.i.e.i

訓 いとなむ i.to.na.mu

いとな
営む 經營、辦、做
i.to.na.mu

盈

音 えい
訓

音 えい e.i

えいきょ
盈虚 （月亮）盈虧；盛衰
e.i.kyo

えいまん
盈満 充足圓滿
e.i.ma.n

音 けい ke.i

けいこう
蛍光 螢火蟲的光
ke.i.ko.o

けいこうとう
蛍光灯 日光燈
ke.i.ko.o.to.o

訓 ほたる ho.ta.ru

ほたる
蛍 螢火蟲
ho.ta.ru

蠅

音 よう
訓 はえ

音 よう yo.o

ようとう
蠅頭 細字；一點點的獲利
yo.o.to.o

訓 はえ ha.e

はえ
蠅 蠅、蒼蠅
ha.e

迎

音 げい
訓 むかえる
常

音 げい ge.i

げいしゅん
迎春 迎接新年
ge.i.shu.n

かんげい
歓迎 歡迎
ka.n.ge.i

訓 むかえる mu.ka.e.ru

むか
迎える 迎接
mu.ka.e.ru

むか
迎え 迎接（的人）
mu.ka.e

音 えい e.i

えいきょう
影響 影響
e.i.kyo.o

あんえい
暗影 陰影；不祥之兆
a.n.e.i

いんえい
陰影 陰影處
i.n.e.i

さつえい
撮影 攝影、拍照
sa.tsu.e.i

訓 かげ ka.ge

かげ
影 影子
ka.ge

おもかげ
面影 影像、面貌
o.mo.ka.ge

頴
音 えい
訓

音 えい e.i

えいご
頴悟 聰穎
e.i.go

応
音 おう
訓 こたえる
常

音 おう o.o

おうえん
応援 應援、聲援
o.o.e.n

おうきゅう
応急 應急、搶救
o.o.kyu.u

おう
応じる 回應；適合
o.o.ji.ru

おうせつ
応接 接待
o.o.se.tsu

おうせん
応戦 應戰
o.o.se.n

おうたい
応対 應對
o.o.ta.i

おうとう
応答 回答
o.o.to.o

おうぶん
応分 合乎身分
o.o.bu.n

おうぼ
応募 應募、應徵
o.o.bo

おうよう
応用 應用
o.o.yo.o

いちおう
一応 大致；姑且
i.chi.o.o

こおう
呼応 呼應
ko.o.o

しょうおう
照応 照應
sho.o.o.o

そうおう
相応 適應、相稱
so.o.o.o

たいおう
対応 對應
ta.i.o.o

てきおう
適応 適應
te.ki.o.o

訓 こたえる ko.ta.e.ru

こた
応える 報答；強烈影響
ko.ta.e.ru

映
音 えい
訓 うつる うつす はえる
常

音 えい e.i

えいが
映画 電影
e.i.ga

えいしゃ
映写 放映
e.i.sha

えいぞう
映像 影像
e.i.zo.o

じょうえい
上映 上映
jo.o.e.i

はんえい
反映 反映
ha.n.e.i

訓 うつる u.tsu.ru

うつ
映る 映照、顯像
u.tsu.ru

訓 うつす u.tsu.su

うつ
映す 映照；（電影）放映
u.tsu.su

訓 はえる ha.e.ru

は
映える 映照；陪襯
ha.e.ru

硬
音 こう
訓 かたい
常

音 こう ko.o

こうか
硬貨 硬幣
ko.o.ka

こうちょく
硬直 僵硬；死板、不靈活
ko.o.cho.ku

こうど **硬度** ko.o.do	硬度
せいこう **生硬** se.i.ko.o	生硬、不流暢

訓 かたい ka.ta.i

かた **硬い** ka.ta.i	硬的；呆板、拘束

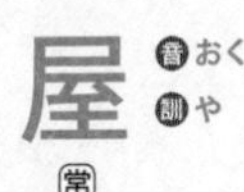
屋 音 おく 訓 や 常

音 おく o.ku

おくじょう **屋上** o.ku.jo.o 屋頂

おくがい **屋外** o.ku.ga.i 屋外

おくない **屋内** o.ku.na.i 屋內

かおく **家屋** ka.o.ku 房屋

しゃおく **社屋** sha.o.ku 公司的辦公樓

訓 や ya

やごう **屋号** ya.go.o 商號、商店名

やしき **屋敷** ya.shi.ki 房屋的建築用地；宅邸

やたい **屋台** ya.ta.i 路邊小吃攤

やね **屋根** ya.ne 屋頂

がくや **楽屋** ga.ku.ya (劇)後臺

こめや **米屋** ko.me.ya 米店

てらこや **寺子屋** te.ra.ko.ya 私塾

とんや **問屋** to.n.ya 批發商(店)

ほんや **本屋** ho.n.ya 書店

汚 音 お 訓 けがす・けがれる・けがらわしい・よごす・よごれる・きたない 常

音 お o

おしょく **汚職** o.sho.ku 貪污

おすい **汚水** o.su.i 污水、髒水

おせん **汚染** o.se.n 污染

おてん **汚点** o.te.n 污垢；污點

おめい **汚名** o.me.i 壞名聲

訓 けがす ke.ga.su

けが **汚す** ke.ga.su 弄髒；玷污

訓 けがれる ke.ga.re.ru

けが **汚れる** ke.ga.re.ru 骯髒；失貞

訓 けがらわしい ke.ga.ra.wa.shi.i

けが **汚らわしい** ke.ga.ra.wa.shi.i 骯髒、討厭的；下流的

訓 よごす yo.go.su

よご **汚す** yo.go.su 弄髒

訓 よごれる yo.go.re.ru

よご **汚れる** yo.go.re.ru 弄髒、污染；丟臉、被玷污

よご **汚れ** yo.go.re 污漬、髒

訓 きたない ki.ta.na.i

きたな **汚い** ki.ta.na.i 骯髒、不乾淨；卑鄙

烏 音 う お 訓 からす

音 う u

うごうのしゅう **烏合の衆** u.go.o.no.shu.u 烏合之眾

うゆう **烏有** u.yu.u 完全沒有

音 お o

おこ
烏滸 〔文〕愚蠢、糊塗
o.ko

訓 からす ka.ra.su

からす
烏 烏鴉
ka.ra.su

呉
音 ご
訓 くれ
常

音 ご go

ごえつどうしゅう
呉越同舟 吳越同舟
go.e.tsu.do.o.shu.u

訓 くれ ku.re

くれぐれ
呉呉 反覆；周到
ku.re.gu.re

吾
音 ご
訓 わが
われ

音 ご go

ごじん
吾人 〔代〕我們
go.ji.n

訓 わが wa.ga

わがはい
吾輩 〔男〕我、我們
wa.ga.ha.i

訓 われ wa.re

梧
音 ご
訓

音 ご go

ごとう
梧桐 梧桐樹
go.to.o

無
音 む
ぶ
訓 ない
常

音 む mu

む
無 無、沒有
mu

むいみ
無意味 無意義、白費
mu.i.mi

むかんしん
無関心 不關心
mu.ka.n.shi.n

むきゅう
無休 無休
mu.kyu.u

むくち
無口 寡言、話少
mu.ku.chi

むけい
無形 無形
mu.ke.i

むげん
無限 無限
mu.ge.n

むこう
無効 無效
mu.ko.o

むごん
無言 無言、沉默
mu.go.n

むし
無私 無私
mu.shi

むし
無視 無視
mu.shi

むじ
無地 素色、素面
mu.ji

むじつ
無実 不是事實
mu.ji.tsu

むじゃき
無邪気 單純、純真
mu.ja.ki

むしょう
無償 無償
mu.sho.o

むしょく
無職 沒有工作
mu.sho.ku

むしょく
無色 無色
mu.sho.ku

むしんけい
無神経 遲鈍、粗線條
mu.shi.n.ke.i

むすう
無数 無數
mu.su.u

むせいぶつ
無生物 無生物
mu.se.i.bu.tsu

むせん
無線 無線
mu.se.n

むだ
無駄 徒勞、白費
mu.da

むだづかい
無駄遣い 亂花錢、浪費
mu.da.zu.ka.i

むだん
無断 擅自、私自
mu.da.n

むちゃ
無茶 胡亂、沒有道理；過份
mu.cha

むちゃくちゃ
無茶苦茶 「無茶」的強調說法
mu.cha.ku.cha

むねん
無念 〔佛〕無念；懊悔
me.ne.n

むのう
無能 無能
mu.no.o

むやみ
無闇 胡亂、輕率；過份
mu.ya.mi

むよう
無用 無用、無需；禁止
mu.yo.o

むり
無理 無理；勉強、很難實現
mu.ri

むち
無知 無知
mu.chi

むよく
無欲 無慾
mu.yo.ku

むりょう
無料 免費
mu.ryo.o

むりょく
無力 無力
mu.ryo.ku

むろん
無論 當然
mu.ro.n

音 ぶ bu

ぶ
無 無、沒有；禁止
bu

ぶきみ
無気味 令人害怕
bu.ki.mi

ぶさた
無沙汰 久未拜訪、久疏連絡
bu.sa.ta

ぶじ
無事 平安無事
bu.ji

ぶなん
無難 平安無事；(雖不特別優異)無缺點
bu.na.n

ぶようじん
無用心 粗心大意
bu.yo.o.ji.n

ぶれい
無礼 無禮、失禮
bu.re.i

訓 ない na.i

な
無い 沒有；不
na.i

蕪

音 む、ぶ
訓 かぶ

音 む mu

音 ぶ bu

こうぶ
荒蕪 荒蕪
ko.o.bu

訓 かぶ ka.bu

あかかぶ
赤蕪 紅蕪菁
a.ka.ka.bu

五

音 ご
訓 いつ、いつつ
常

音 ご go

ごえん
五円 五圓
go.e.n

ごかん
五感 五感(視、聽、嗅、味、觸覺)
go.ka.n

ごぎょう
五行 五行(金、木、水、火、土)
go.gyo.o

ごこく
五穀 五穀
go.ko.ku

ごじっぽひゃっぽ
五十歩百歩 五十步笑百步
go.ji.p.po.hya.p.po

ごじゅうおん
五十音 五十音
go.ju.u.o.n

ごたいりく
五大陸 五大洲
go.ta.i.ri.ku

ごにん
五人 五個人
go.ni.n

ごねんせい
五年生 五年級生
go.ne.n.se.i

ごぶ
五分 一半、五分
go.bu

訓 いつ i.tsu

いつか
五日　（每月的）五號；五天
i.tsu.ka

訓 いつつ i.tsu.tsu

いつ
五つ　五、五個
i.tsu.tsu

伍
音 ご
訓

音 ご go

ごちょう
伍長　〔軍〕下士
go.cho.o

たいご
隊伍　隊伍
ta.i.go

らくご
落伍　落伍、落後；脫隊
ra.ku.go

侮
音 ぶ
訓 あなどる
常

音 ぶ bu

ぶじょく
侮辱　侮辱
bu.jo.ku

ぶべつ
侮蔑　污衊、污辱
bu.be.tsu

けいぶ
軽侮　輕侮、輕視
ke.i.bu

訓 あなどる a.na.do.ru

あなど
侮る　輕視、侮辱
a.na.do.ru

午
音 ご
訓 うま
常

音 ご go

ごご
午後　午後、下午
go.go

ごぜん
午前　上午
go.ze.n

しごせん
子午線　子午線
shi.go.se.n

しょうご
正午　正午
sho.o.go

たんご
端午　端午
ta.n.go

訓 うま u.ma

うま
午　馬
u.ma

武
音 ぶ
む
訓 たけ
常

音 ぶ bu

ぶかん
武官　武官
bu.ka.n

ぶき
武器　武器
bu.ki

ぶけ
武家　武士門第
bu.ke

ぶげい
武芸　武術、武藝
bu.ge.i

ぶこう
武功　戰功
bu.ko.o

ぶし
武士　武士
bu.shi

ぶしどう
武士道　武士道
bu.shi.do.o

ぶじゅつ
武術　武術
bu.ju.tsu

ぶしょう
武将　武將
bu.sho.o

ぶじん
武人　武人
bu.ji.n

ぶそう
武装　武裝
bu.so.o

ぶゆう
武勇　英勇、勇敢
bu.yu.u

ぶりょく
武力　武力
bu.ryo.ku

ぶんぶ
文武　文武
bu.n.bu

音 む mu

むしゃ
武者 武士
mu.sha

訓 たけ ta.ke

舞
音 ぶ
訓 まう まい
常

音 ぶ bu

ぶきょく
舞曲 舞曲
bu.kyo.ku

ぶたい
舞台 舞台
bu.ta.i

ぶよう
舞踊 舞蹈
bu.yo.o

こぶ
鼓舞 鼓舞
ko.bu

訓 まう ma.u

ま
舞う 飛舞；舞蹈
ma.u

訓 まい ma.i

まいひめ
舞姫 〔文〕女舞蹈者
ma.i.hi.me

鵡
音 む
訓

音 む mu

おうむ
鸚鵡 鸚鵡
o.o.mu

務
音 む
訓 つとめる
常

音 む mu

がいむ
外務 外交勤務；外勤
ga.i.mu

ぎむ
義務 義務
gi.mu

きゅうむ
急務 緊急的工作、任務
kyu.u.mu

ぎょうむ
業務 業務、工作
gyo.o.mu

きんむ
勤務 勤務
ki.n.mu

こうむいん
公務員 公務員
ko.o.mu.i.n

ざつむ
雑務 雜務
za.tsu.mu

しょくむ
職務 職務
sho.ku.mu

せきむ
責務 責任和義務
se.ki.mu

にんむ
任務 任務
ni.n.mu

ふくむ
服務 服務、工作
fu.ku.mu

訓 つとめる tsu.to.me.ru

つと
務め 職責、義務
tsu.to.me

つと
務める 擔任
tsu.to.me.ru

勿
音 もち ぶつ
訓 なかれ

音 もち mo.chi

もったいな
勿体無い 浪費的、可惜的
mo.t.ta.i.na.i

音 ぶつ bu.tsu

しぶつ
四勿 (孔子給顏回的)四大戒律，視聽言動
shi.bu.tsu

訓 なかれ na.ka.re

なか
勿れ 勿、莫
na.ka.re

悟
音 ご
訓 さとる
常

音 ご go

かいご
悔悟 悔悟、悔改
ka.i.go

かくご
覚悟 有心理準備、有決心
ka.ku.go

訓 さとる sa.to.ru

さと
悟る 領悟、覺悟；認清
sa.to.ru

音 ぼ bo

ぼしん
戊辰 天干的第5位
bo.shi.n

訓 つちのえ tsu.chi.no.e

つちのえ
戊 戊(天干的第5位)
tsu.chi.no.e

物

音 ぶつ もつ
訓 もの
常

音 ぶつ bu.tsu

ぶつぎ
物議 世人的輿論、議論
bu.tsu.gi

ぶつり
物理 事物的道理；物理
bu.tsu.ri

ぶつりょう
物量 物品的份量
bu.tsu.ryo.o

けんぶつ
見物 遊覽、參觀
ke.n.bu.tsu

さくぶつ
作物 作品
sa.ku.bu.tsu

さんぶつ
産物 產物
sa.n.bu.tsu

じぶつ
事物 事物
ji.bu.tsu

しょくぶつ
植物 植物
sho.ku.bu.tsu

じんぶつ
人物 人物
ji.n.bu.tsu

せいぶつ
生物 生物
se.i.bu.tsu

どうぶつ
動物 動物
do.o.bu.tsu

はくぶつかん
博物館 博物館
ha.ku.bu.tsu.ka.n

めいぶつ
名物 名產
me.i.bu.tsu

ぶっか
物価 物價
bu.k.ka

ぶっさん
物産 物產
bu.s.sa.n

ぶっし
物資 物資
bu.s.shi

ぶっしつ
物質 物質
bu.s.shi.tsu

ぶっそう
物騒 動蕩不安、危險
bu.s.so.o

ぶったい
物体 物體
bu.t.ta.i

ぶっぴん
物品 物品
bu.p.pi.n

音 もつ mo.tsu

さくもつ
作物 農作物
sa.ku.mo.tsu

しょくもつ
食物 食物
sho.ku.mo.tsu

しょもつ
書物 書籍
sho.mo.tsu

にもつ
荷物 貨物、行李
ni.mo.tsu

訓 もの mo.no

もの
物 物品
mo.no

ものおき
物置 倉庫
mo.no.o.ki

ものおと
物音 聲響
mo.no.o.to

ものがたり
物語 故事
mo.no.ga.ta.ri

ものがた
物語る 講、談；說明
mo.no.ga.ta.ru

ものごと
物事 事物
mo.no.go.to

ものさ
物差し 尺；基準
mo.no.sa.shi

ものず
物好き 好奇
mo.no.zu.ki

ものすご
物凄い 可怕的；驚人的
mo.no.su.go.i

ものた
物足りない 不夠滿意、美中不足
mo.no.ta.ri.na.i

あおもの
青物 蔬菜
a.o.mo.no

きもの
着物 衣服；和服
ki.mo.no

しなもの
品物 物品、貨物
shi.na.mo.no

たてもの
建物 建築物
ta.te.mo.no

誤 音 ご 訓 あやまる 常

音 ご go

ごかい
誤解 誤解
go.ka.i

ごき
誤記 筆誤、寫錯
go.ki

ごさ
誤差 誤差
go.sa

ごさん
誤算 算錯；估計錯誤
go.sa.n

ごじ
誤字 錯字
go.ji

ごしん
誤信 誤信
go.shi.n

ごどく
誤読 唸錯
go.do.ku

ごにん
誤認 誤認
go.ni.n

ごほう
誤報 錯誤的報導
go.ho.o

ごやく
誤訳 譯錯
go.ya.ku

訓 あやまる a.ya.ma.ru

あやま
誤る 道歉、賠罪
a.ya.ma.ru

あやま
誤り 錯誤
a.ya.ma.ri

霧 音 む 訓 きり 常

音 む mu

えんむ
煙霧 煙霧
e.n.mu

のうむ
濃霧 濃霧
no.o.mu

訓 きり ki.ri

きり
霧 霧、霧氣
ki.ri

あさぎり
朝霧 晨霧
a.sa.gi.ri

窪 音 わ あ 訓 くぼ

音 わ wa

音 あ a

訓 くぼ ku.bo

くぼ
窪み 凹洞、低窪處
ku.bo.mi

蛙 音 あ 訓 かえる

音 あ a

あせい
蛙声 青蛙叫聲
a.se.i

せいあ
井蛙 井底之蛙
se.i.a

訓 かえる ka.e.ru

かえる
蛙 青蛙
ka.e.ru

瓦 音が 訓かわら

音 が ga

がかい 瓦解 ga.ka.i	瓦解
がれき 瓦礫 ga.re.ki	瓦礫
れんが 煉瓦 re.n.ga	磚塊

訓 かわら ka.wa.ra

かわら 瓦 ka.wa.ra	瓦片
やねがわら 屋根瓦 ya.ne.ga.wa.ra	鋪屋頂用的瓦片

倭 音わ 訓やまと

音 わ wa

わこう 倭寇 wa.ko.o	倭寇
わこく 倭国 wa.ko.ku	對日本的舊稱
わじん 倭人 wa.ji.n	對日本人的舊稱

訓 やまと ya.ma.to

やまと 倭 ya.ma.to	古時的日本國名

渦 音か 訓うず 常

音 か ka

かちゅう 渦中 ka.chu.u	漩渦中；糾紛中
かどう 渦動 ka.do.o	渦動、渦漩

訓 うず u.zu

うず 渦 u.zu	漩渦

我 音が 訓われ わ 常

音 が ga

がまん 我慢 ga.ma.n	忍耐
がよく 我欲 ga.yo.ku	私慾
がり 我利 ga.ri	私利
がりゅう 我流 ga.ryu.u	獨特的風格
じが 自我 ji.ga	自我
ぼうが 忘我 bo.o.ga	忘我

訓 われ wa.re

われ 我 wa.re	我們
われわれ 我我 wa.re.wa.re	〔代〕我們

訓 わ wa

わ 我 wa	〔代〕我；你

握 音あく 訓にぎる 常

音 あく a.ku

あくしゅ 握手 a.ku.shu	握手；和解
あくりょく 握力 a.ku.ryo.ku	握力

訓 にぎる ni.gi.ru

にぎ 握る ni.gi.ru	握、抓；掌握

沃

音 よく よう
訓

音 よく yo.ku

よくど
沃土 肥沃的土地
yo.ku.do

ひよく
肥沃 肥沃
hi.yo.ku

音 よう yo.o

ようか
沃化 碘化
yo.o.ka

ようそ
沃素 〔化〕碘
yo.o.so

臥

音 が
訓 ふす ふせる

音 が ga

がしょう
臥床 床、睡鋪；臥病
ga.sho.o

がしんしょうたん
臥薪嘗胆 臥薪嘗膽
ga.shi.n.sho.o.ta.n

おうが
横臥 横臥
o.o.ga

きが
起臥 日常生活起居
ki.ga

びょうが
病臥 臥病
byo.o.ga

訓 ふす fu.su

ふ
臥す 臥
fu.su

訓 ふせる fu.se.ru

ふ
臥せる （因生病等）臥床
fu.se.ru

斡

音 わつ あつ
訓

音 わつ wa.tsu

音 あつ a.tsu

あっせん
斡旋 居中協調、協助
a.s.se.n

歪

音 わい
訓 ひずむ ゆがむ

音 わい wa.i

わいきょく
歪曲 歪曲、扭曲
wa.i.kyo.ku

訓 ひずむ hi.zu.mu

ひず
歪む 變形、走樣
hi.zu.mu

訓 ゆがむ yu.ga.mu

ゆが
歪む 歪斜；偏激、不正
yu.ga.mu

外

音 がい げ
訓 そと ほか はずす はずれる
常

音 がい ga.i

がいあつ
外圧 外來干涉、壓力
ga.i.a.tsu

がいいん
外因 外來因素
ga.i.i.n

がいか
外貨 外國貨幣；進口商品
ga.i.ka

かいがい
海外 國外
ka.i.ga.i

がいかい
外界 外界
ga.i.ka.i

がいかん
外観 外觀
ga.i.ka.n

がいけい
外形 外形
ga.i.ke.i

がいけん
外見 外表
ga.i.ke.n

がいこう
外交 外交
ga.i.ko.o

がいこく
外国 外國
ga.i.ko.ku

がいこくじん
外国人 外國人
ga.i.ko.ku.ji.n

がいしゅつ
外出 外出
ga.i.shu.tsu

がいしょう
外相 外交部長
ga.i.sho.o

がいしょう
外傷 外傷
ga.i.sho.o

がいじん
外人 外國人；外人
ga.i.ji.n

がいぶ
外部 外側；外人、外界
ga.i.bu

がいむしょう
外務省 外交部
ga.i.mu.sho.o

がいめん
外面 外面、表面
ga.i.me.n

がいゆう
外遊 國外旅遊
ga.i.yu.u

がいらい
外来 外來、從國外來的
ga.i.ra.i

がいらいご
外来語 外來語
ga.i.ra.i.go

あんがい
案外 意料之外
a.n.ga.i

いがい
意外 意外、意想不到
i.ga.i

れいがい
例外 例外
re.i.ga.i

音 **げ** ge

げか
外科 〔醫〕外科
ge.ka

訓 **そと** so.to

そと
外 外面；室外；表面
so.to

訓 **ほか** ho.ka

ほか
外 另外、其他
ho.ka

訓 **はずす** ha.zu.su

はず
外す 摘下、解開；錯過
ha.zu.su

訓 **はずれる** ha.zu.re.ru

はず
外れる 脫落；落空；不合（道理）
ha.zu.re.ru

音 **い** i

いあつ
威圧 欺壓
i.a.tsu

いかく
威嚇 威脅、恐嚇
i.ka.ku

いかつ
威喝 威嚇、嚇唬
i.ka.tsu

いば
威張る 傲慢、擺架子
i.ba.ru

いりょく
威力 威力、威勢
i.ryo.ku

いげん
威厳 威嚴
i.ge.n

けんい
権威 權威、專家
ke.n.i

音 **わい** wa.i

かいわい
界隈 附近、一帶
ka.i.wa.i

訓 **すみ** su.mi

よすみ
四隅 四個角
yo.su.mi

訓 **くま** ku.ma

くまぐま
隈隈 〔文〕各個角落
ku.ma.gu.ma

音 き ki

きがい
危害 危害
ki.ga.i

きき
危機 危機
ki.ki

ききいっぱつ
危機一髪 千鈞一髮
ki.ki.i.p.pa.tsu

ききゅう
危急 危急
ki.kyu.u

きけん
危険 危險
ki.ke.n

きざ
危座 正襟危坐
ki.za

きち
危地 危險的地方、險境
ki.chi

きとく
危篤 病危
ki.to.ku

きなん
危難 災難
ki.na.n

あんき
安危 安危
a.n.ki

訓 あぶない
a.bu.na.i

あぶ
危ない 危險的
a.bu.na.i

訓 あやうい
a.ya.u.i

あや
危うい 〔文〕危險的、差點就…
a.ya.u.i

訓 あやぶむ
a.ya.bu.mu

あや
危ぶむ 擔心
a.ya.bu.mu

唯 音 ゆい い 訓 ただ 常

音 ゆい yu.i

ゆいいつ
唯一 唯一、獨一
yu.i.i.tsu

音 い i

いいだくだく
唯唯諾諾 ＊唯唯諾諾、唯命是從
i.i.da.ku.da.ku

だくい
諾唯 回答別人的話
da.ku.i

訓 ただ ta.da

ただ
唯 唯、只；但是
ta.da

囲 音 い 訓 かこう かこむ 常

音 い i

いご
囲碁 圍棋
i.go

きょうい
胸囲 胸圍
kyo.o.i

しい
四囲 四周圍
shi.i

しゅうい
周囲 周圍
shu.u.i

はんい
範囲 範圍
ha.n.i

ほうい
包囲 包圍
ho.o.i

訓 かこう ka.ko.u

かこ
囲う 圍起來；隱藏、窩藏
ka.ko.u

訓 かこむ ka.ko.mu

かこ
囲む 圍、包圍
ka.ko.mu

微 音 び み 訓 かすか 常

音 び bi

びしょう
微笑 微笑
bi.sho.o

びみょう
微妙 微妙
bi.myo.o

びねつ
微熱 微熱
bi.ne.tsu

びりょう
微量 微量
bi.ryo.o

けんびきょう
顕微鏡 顯微鏡
ke.n.bi.kyo.o

ほほえ
特 **微笑む** 微笑
ho.ho.e.mu

音 み mi

みじん
微塵 微塵；微小、絲毫
mi.ji.n

訓 かすか ka.su.ka

かす
微か 微弱、隱約；貧苦
ka.su.ka

惟
音 い ゆい
訓

音 い i

しい
思惟 思考、思維
shi.i

音 ゆい yu.i

しゆい
思惟 思考、思維
shi.yu.i

維
音 い
訓
常

音 い i

いじ
維持 維持、保養
i.ji

せんい
繊維 纖維
se.n.i

違
音 い
訓 ちがう ちがえる
常

音 い i

いはん
違反 違反
i.ha.n

いわ
違和 身體不適；失調
i.wa

そうい
相違 差異、不同
so.o.i

訓 ちがう chi.ga.u

ちが
違う 不同、不一致；錯誤
chi.ga.u

ちが
違い 差異、不同
chi.ga.i

ちが
違いない 一定、肯定
chi.ga.i.na.i

訓 ちがえる chi.ga.e.ru

ちが
違える 使不一致、違背；弄錯
chi.ga.e.ru

偉
音 い
訓 えらい
常

音 い i

いじん
偉人 偉人
i.ji.n

いだい
偉大 偉大、宏偉
i.da.i

ゆうい
雄偉 雄壯、魁梧
yu.u.i

訓 えらい e.ra.i

えら
偉い 偉大、卓越
e.ra.i

委
音 い
訓 ゆだねる
常

音 い i

いいん
委員 委員
i.i.n

いきょく
委曲 詳情
i.kyo.ku

いさい
委細 詳細、細節
i.sa.i

いじょう
委譲 轉讓
i.jo.o

いたく
委託 委託
i.ta.ku

いにん
委任 委任
i.ni.n

訓 **ゆだねる** yu.da.ne.ru

ゆだ
委ねる 委託、委任；奉獻
yu.da.ne.ru

音 **い** i

いど
緯度 緯度
i.do

けいい
経緯 經緯度；（事情的）原委
ke.i.i

音 **い** i

いしゅく
萎縮 萎縮
i.shu.ku

いび
萎靡 萎靡
i.bi

訓 **しなびる** shi.na.bi.ru

しな
萎びる 枯萎
shi.na.bi.ru

な
萎える 沒精神、委靡；枯萎
na.e.ru

鮪 音 ゆう 訓 まぐろ しび

音 **ゆう** yu.u

訓 **まぐろ** ma.gu.ro

まぐろ
鮪 鮪魚
ma.gu.ro

訓 **しび** shi.bi

位 音 い 訓 くらい 常

音 **い** i

いかい
位階 位階、等級
i.ka.i

いち
位置 位置
i.chi

かい
下位 下級
ka.i

かくい
各位 各位
ka.ku.i

がくい
学位 學位
ga.ku.i

かんい
官位 官位
ka.n.i

ざいい
在位 在位
za.i.i

じょうい
上位 上位、上級
jo.o.i

たいい
退位 （帝王）退位
ta.i.i

ちい
地位 地位
chi.i

ひんい
品位 品格
hi.n.i

訓 **くらい** ku.ra.i

くらい
位 地位、職位；〔數〕位數
ku.ra.i

きぐらい
気位 品格、氣度
ki.gu.ra.i

音 **ぎ** gi

ぎさく
偽作 偽造（的作品）
gi.sa.ku

ぎしょう
偽証 偽證
gi.sho.o

ぎ ぜん
偽善 偽善
gi.ze.n

ぎ ぞう
偽造 假造
gi.zo.o

しん ぎ
真偽 真假
shi.n.gi

訓 いつわる
i.tsu.wa.ru

いつわ
偽る 撒謊、假冒；欺騙
i.tsu.wa.ru

訓 にせ ni.se

にせもの
偽物 冒牌貨
ni.se.mo.no

味 常 音 み 訓 あじ あじわう

音 み mi

み かく
味覚 味覺
mi.ka.ku

み かた
味方 夥伴
mi.ka.ta

み そ
味噌 味噌
mi.so

み どく
味読 仔細閱讀
mi.do.ku

いち み
一味 (壞人)同夥
i.chi.mi

い み
意味 意思
i.mi

か み
加味 調味；加進
ka.mi

き み
気味 心情、情緒
ki.mi

きょう み
興味 興趣
kyo.o.mi

じ み
地味 樸素
ji.mi

しん み
新味 新鮮感
shi.n.mi

む み
無味 沒味道；乏味
mu.mi

訓 あじ a.ji

あじ
味 味道、滋味
a.ji

訓 あじわう
a.ji.wa.u

あじ
味わう 嚐；體驗、玩味
a.ji.wa.u

あじ
味わい (食物)味道、風味；趣味
a.ji.wa.i

尉 常 音 い 訓

音 い i

い かん
尉官 〔軍〕尉官
i.ka.n

しょう い
少尉 〔軍〕少尉
sho.o.i

慰 常 音 い 訓 なぐさむ なぐさめる

音 い i

い あん
慰安 安慰、慰勞
i.a.n

い しゃ
慰藉 慰藉；安慰；慰問道歉
i.sha

い ぶ
慰撫 撫慰
i.bu

い もん
慰問 慰問
i.mo.n

い りゅう
慰留 挽留
i.ryu.u

い ろう
慰労 慰勞、犒勞
i.ro.o

訓 なぐさむ
na.gu.sa.mu

なぐさ
慰む 心情暢快、消遣
na.gu.sa.mu

訓 なぐさめる
na.gu.sa.me.ru

なぐさ
慰める 安慰、使愉快；安撫
na.gu.sa.me.ru

未

音 み び
訓 いまだ ひつじ
常

音 み mi

みかい
未開 未開化
mi.ka.i

みかん
未刊 未出版
mi.ka.n

みかんせい
未完成 未完成
mi.ka.n.se.i

みけつ
未決 未決定
mi.ke.tsu

みこん
未婚 未婚
mi.ko.n

みじゅく
未熟 未成熟
mi.ju.ku

みち
未知 未知
mi.chi

みちすう
未知数 未知數
mi.chi.su.u

みちゃく
未着 未到
mi.cha.ku

みてい
未定 未定
mi.te.i

みのう
未納 未繳
mi.no.o

みまん
未満 未滿
mi.ma.n

みらい
未来 未來
mi.ra.i

みれん
未練 不熟練；依戀
mi.re.n

音 び bi

訓 いまだ i.ma.da

いま
未だ 尚未、至今
i.ma.da

訓 ひつじ hi.tsu.ji

ひつじ
未 （地支）未；未時（下午一點至三點）；（方位）南南西
hi.tsu.ji

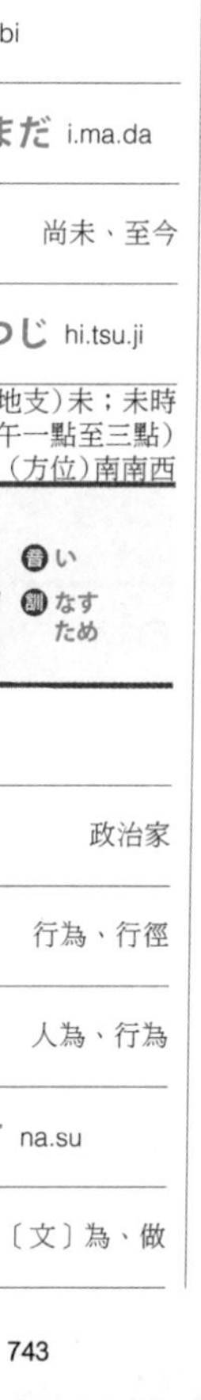

為

音 い
訓 なす ため
常

音 い i

いせいしゃ
為政者 政治家
i.se.i.sha

こうい
行為 行為、行徑
ko.o.i

さくい
作為 人為、行為
sa.ku.i

訓 なす na.su

な
為す 〔文〕為、做
na.su

訓 ため ta.me

ため
為 因為、由於；為了
ta.me

かわせ
特 **為替** 匯票；匯款
ka.wa.se

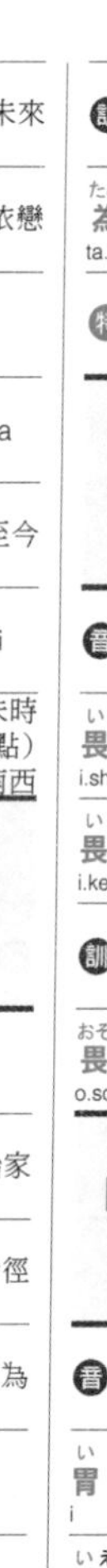

畏

音 い
訓 おそれる

音 い i

いしゅく
畏縮 畏縮
i.shu.ku

いけい
畏敬 敬畏
i.ke.i

訓 おそれる o.so.re.ru

おそ
畏れる 害怕；擔心
o.so.re.ru

胃

音 い
訓
常

音 い i

い
胃 胃
i

いえき
胃液 胃液
i.e.ki

ㄨ

いさん
胃酸 胃酸
i.sa.n

いちょう
胃腸 胃腸
i.cho.o

いびょう
胃病 胃病
i.byo.o

いへき
胃壁 胃壁
i.he.ki

音 い うつ
訓

音 い i

音 うつ u.tsu

うつぜん
蔚然 草木茂盛；旺盛
u.tsu.ze.n

音 えい
訓
常

音 えい e.i

えいせい
衛星 衛星
e.i.se.i

えいせい
衛生 衛生
e.i.se.i

えいへい
衛兵 衛兵
e.i.he.i

ごえい
護衛 護衛
go.e.i

じえい
自衛 自衛
ji.e.i

しゅえい
守衛 守衛
shu.e.i

じんこうえいせい
人工衛星 人工衛星
ji.n.ko.o.e.i.se.i

ぜんえい
前衛 (作風、風格)前衛；前鋒
ze.n.e.i

ぼうえい
防衛 防衛
bo.o.e.i

謂
音 い
訓 いう

音 い i

訓 いう i.u

い
謂う 說、叫做；聽說
i.u

音 わん
訓
常

音 わん wa.n

わん
湾 海灣
wa.n

きょうわん
峡湾 峽灣
kyo.o.wa.n

こうわん
港湾 港灣
ko.o.wa.n

わんがん
湾岸 海灣的沿岸
wa.n.ga.n

丸
音 がん
訓 まる まるい まるめる
常

音 がん ga.n

がんやく
丸薬 藥丸
ga.n.ya.ku

だんがん
弾丸 槍彈、砲彈
da.n.ga.n

ほうがん
砲丸 砲彈；鉛球
ho.o.ga.n

訓 まる ma.ru

まるきばし
丸木橋 獨木橋
ma.ru.ki.ba.shi

まるきぶね
丸木舟 獨木舟
ma.ru.ki.bu.ne

まる
丸ごと 完整、全部
ma.ru.go.to

まるまど
丸窓 圓窗
ma.ru.ma.do

まるまる
丸丸 某某；圓滾滾；全部
ma.ru.ma.ru

まるや
丸焼け 全燒光
ma.ru.ya.ke

まるや ね
丸屋根 半圓形的屋頂
ma.ru.ya.ne

ひ まる
日の丸 日本國旗
hi.no.ma.ru

訓 **まるい** ma.ru.i

まる
丸い 圓的、球形的
ma.ru.i

訓 **まるめる** ma.ru.me.ru

まる
丸める 弄圓、揉成圓
ma.ru.me.ru

完

音 かん
訓
常

音 **かん** ka.n

かんけつ
完結 完結、結束
ka.n.ke.tsu

かんこう
完工 完工
ka.n.ko.o

かんさい
完済 還清（債務等）
ka.n.sa.i

かんしょう
完勝 全勝
ka.n.sho.o

かんせい
完成 完成
ka.n.se.i

かんぜん
完全 完全
ka.n.ze.n

かんのう
完納 全部繳納
ka.n.no.o

かんぱい
完敗 徹底失敗
ka.n.pa.i

かんび
完備 完備、完善
ka.n.bi

かん
完ぺき 完美
ka.n.pe.ki

かんりょう
完了 完畢、完了
ka.n.ryo.o

み かん
未完 未完
mi.ka.n

玩

音 がん
訓 もてあそぶ

音 **がん** ga.n

がんぐ
玩具 玩具
ga.n.gu

がんみ
玩味 體會；品味
ga.n.mi

しょうがん
賞玩 欣賞、玩賞；品嚐
sho.o.ga.n

訓 **もてあそぶ** mo.te.a.so.bu

もてあそ
玩ぶ 玩弄、欣賞
mo.te.a.so.bu

頑

音 がん
訓 かたくな
常

音 **がん** ga.n

がんこ
頑固 頑固、固執
ga.n.ko

がんば
頑張る 加油、努力
ga.n.ba.ru

がんめい
頑迷 冥頑、固執
ga.n.me.i

がんきょう
頑強 頑強
ga.n.kyo.o

がんじょう
頑丈 堅固；（身體）強壯
ga.n.jo.o

訓 **かたくな** ka.ta.ku.na

かたく
頑な 頑固
ka.ta.ku.na

挽

音 ばん
訓 ひく

音 **ばん** ba.n

ばんかい
挽回 挽回
ba.n.ka.i

訓 **ひく** hi.ku

ひ
挽く 鋸、旋
hi.ku

晩
音 ばん
訓
常

音 ばん ba.n

ばん
晩 夜晩
ba.n

ばんごはん
晩御飯 晚餐
ba.n.go.ha.n

ばんこん
晩婚 晚婚
ba.n.ko.n

ばんしゅう
晩秋 晚秋
ba.n.shu.u

ばんしゅん
晩春 晚春
ba.n.shu.n

ばんしょう
晩鐘 晚鐘
ba.n.sho.o

ばんねん
晩年 晚年
ba.n.ne.n

あさばん
朝晩 早晚
a.sa.ba.n

こんばん
今晩 今晚
ko.n.ba.n

さくばん
昨晩 昨晚
sa.ku.ba.n

みょうばん
明晩 明晚
myo.o.ba.n

宛
音 えん
訓 あて
ずつ
あたかも

音 えん e.n

えんぜん
宛然 宛若、相似
e.n.ze.n

えんてん
宛転 流暢；圓滑的曲線
e.n.te.n

訓 あて a.te

あてな
宛名 收信人的姓名、地址
a.te.na

あ
宛てる 寄給、發給
a.te.ru

訓 ずつ zu.tsu

訓 あたかも
a.ta.ka.mo

あたか
宛も 宛若、恰似；正好
a.ta.ka.mo

婉
音 えん
訓

音 えん e.n

えんきょく
婉曲 婉轉、委婉
e.n.kyo.ku

えんぜん
婉然 婀娜多姿
e.n.ze.n

椀
音 わん
訓

音 わん wa.n

わん
椀 木製的碗
wa.n

碗
音 わん
訓

音 わん wa.n

ちゃわん
茶碗 茶杯、飯碗
cha.wa.n

莞
音 かん
訓

音 かん ka.n

かんじ
莞爾 微笑
ka.n.ji

万
音 まん
ばん
訓 よろず
常

音 まん ma.n

まん
万 萬；非常多
ma.n

まんいち
万一 萬一
ma.n.i.chi

まんねんひつ
万年筆 鋼筆
ma.n.ne.n.hi.tsu

まんねんゆき
万年雪 長年積雪
ma.n.ne.n.yu.ki

まんびょう
万病 各種疾病
ma.n.byo.o

いちまんえん
一万円 一萬圓
i.chi.ma.n.e.n

おくまん
億万 億萬
o.ku.ma.n

じゅうまんねん
十万年 十萬年
ju.u.ma.n.ne.n

音 ばん ba.n

ばんこく
万国 世界各國
ba.n.ko.ku

ばんざい
万歳 萬歲
ba.n.za.i

ばんさく
万策 所有方法
ba.n.sa.ku

ばんじ
万事 萬事
ba.n.ji

ばんぜん
万全 萬全
ba.n.ze.n

ばんなん
万難 種種困難
ba.n.na.n

ばんにん
万人 萬人、眾多的人
ba.n.ni.n

ばんのう
万能 萬能
ba.n.no.o

ばんぶつ
万物 萬物
ba.n.bu.tsu

ばんみん
万民 所有人民
ba.n.mi.n

訓 よろず yo.ro.zu

よろず
万 萬、成千上萬；萬事
yo.ro.zu

翫

音 がん
訓 もてあそぶ

音 がん ga.n

がんしょう
翫賞 欣賞（藝術作品、風景）
ga.n.sho.o

訓 もてあそぶ mo.te.a.so.bu

もてあそ
翫ぶ 賞玩、欣賞；玩弄
mo.te.a.so.bu

腕

常

音 わん
訓 うで

音 わん wa.n

わんしょう
腕章 臂章
wa.n.sho.o

わんりょく
腕力 腕力；暴力
wa.n.ryo.ku

やくわん
扼腕 扼腕
ya.ku.wa.n

訓 うで u.de

うで
腕 手臂、腕力；本領
u.de

うでまえ
腕前 本事、能力
u.de.ma.e

かたうで
片腕 一隻胳臂；得力助手
ka.ta.u.de

温

常

音 おん
訓 あたたか
あたたかい
あたたまる
あたためる

音 おん o.n

おんこう
温厚 溫厚
o.n.ko.o

おんしつ
温室 溫室
o.n.shi.tsu

おんじょう
温情 溫情
o.n.jo.o

おんせん
温泉 溫泉
o.n.se.n

おんぞん
温存 好好保存
o.n.zo.n

おんたい
温帯 溫帶
o.n.ta.i

おんだん
温暖 溫暖
o.n.da.n

おんど
温度 溫度
o.n.do

おんわ
温和 溫和
o.n.wa

きおん
気温 氣溫
ki.o.n

けんおん
検温 檢查體溫
ke.n.o.n

こうおん
高温 高溫
ko.o.o.n

すいおん
水温 水溫
su.i.o.n

たいおん
体温 體溫
ta.i.o.n

たいおんけい
体温計 體溫計
ta.i.o.n.ke.i

ていおん
低温 低溫
te.i.o.n

訓 あたたか
a.ta.ta.ka

あたた
温か 溫暖
a.ta.ta.ka

訓 あたたかい
a.ta.ta.ka.i

あたた
温かい 暖和的、溫和的
a.ta.ta.ka.i

訓 あたたまる
a.ta.ta.ma.ru

あたた
温まる 暖和、取暖
a.ta.ta.ma.ru

訓 あたためる
a.ta.ta.me.ru

あたた
温める 溫、熱
a.ta.ta.me.ru

文

常

音 ぶん もん
訓 ふみ

音 ぶん bu.n

ぶん
文 文章、句子
bu.n

ぶんあん
文案 文案；草案
bu.n.a.n

ぶんか
文化 文化
bu.n.ka

ぶんかざい
文化財 文化財產
bu.n.ka.za.i

ぶんがく
文学 文學
bu.n.ga.ku

ぶんぐ
文具 文具
bu.n.gu

ぶんけい
文型 句型
bu.n.ke.i

ぶんげい
文芸 文藝
bu.n.ge.i

ぶんけん
文献 文獻、參考資料
bu.n.ke.n

ぶんこ
文庫 書庫
bu.n.ko

ぶんご
文語 文章用語
bu.n.go

ぶんしゅう
文集 文集
bu.n.shu.u

ぶんしょ
文書 文書
bu.n.sho

ぶんしょう
文章 文章
bu.n.sho.o

ぶんたい
文体 文體、文章的形式
bu.n.ta.i

ぶんぶつ
文物 文物
bu.n.bu.tsu

ぶんぽう
文法 文法
bu.n.po.o

ぶんぼうぐ
文房具 文具
bu.n.bo.o.gu

ぶんみゃく
文脈 文章的脈絡
bu.n.mya.ku

ぶんめい
文明 文明
bu.n.me.i

えいぶん
英文 英文
e.i.bu.n

さくぶん
作文 作文
sa.ku.bu.n

たんぶん
短文 短文
ta.n.bu.n

音 もん mo.n

もんく
文句 詞句；牢騷
mo.n.ku

もんよう
文様 花紋、花樣
mo.n.yo.o

てんもんがく
天文学 天文學
te.n.mo.n.ga.ku

訓 ふみ fu.mi

こいぶみ
恋文 情書
ko.i.bu.mi

もじ
特 **文字** 文字
mo.ji

紋
音 もん
訓
常

音 もん mo.n

かもん
家紋 家徽
ka.mo.n

しもん
指紋 指紋
shi.mo.n

しょうもん
掌紋 掌紋
sho.o.mo.n

せいもん
声紋 聲波
se.i.mo.n

はんもん
斑紋 斑紋
ha.n.mo.n

聞
音 ぶん もん
訓 きく きこえる
常

音 ぶん bu.n

いぶん
異聞 奇聞
i.bu.n

がいぶん
外聞 外界的傳聞
ga.i.bu.n

けんぶん
見聞 見聞
ke.n.bu.n

しんぶん
新聞 報紙
shi.n.bu.n

でんぶん
伝聞 傳聞
de.n.bu.n

はくぶん
博聞 博聞
ha.ku.bu.n

音 もん mo.n

ぜんだいみもん
前代未聞 前所未聞
ze.n.da.i.mi.mo.n

訓 きく ki.ku

き
聞く 聽；問、打聽
ki.ku

き い
聞き入る 專心聽
ki.ki.i.ru

き
聞き取り 聽懂、聽取
ki.ki.to.ri

訓 きこえる ki.ko.e.ru

き
聞こえる 聽得見
ki.ko.e.ru

蚊
音 ぶん
訓 か
常

音 ぶん bu.n

ひぶんしょう
飛蚊症 飛蚊症
hi.bu.n.sho.o

訓 か ka

か
蚊 蚊子
ka

吻
音 ふん
訓 くちさき

音 ふん fu.n

ふんごう
吻合 吻合；（手術）傷口癒合
fu.n.go.o

こうふん
口吻 口吻、語氣
ko.o.fu.n

せっぷん
接吻 接吻
se.p.pu.n

訓 くちさき
ku.chi.sa.ki

穩
音 おん
訓 おだやか
常

音 おん o.n

おんけん
穩健 穩健
o.n.ke.n

せいおん
静穏 穩定、平靜
se.i.o.n

ふおん
不穏 不穩、險惡
fu.o.n

へいおん
平穏 平靜、平安
he.i.o.n

訓 おだやか
o.da.ya.ka

おだ
穏やか 平穩、溫和
o.da.ya.ka

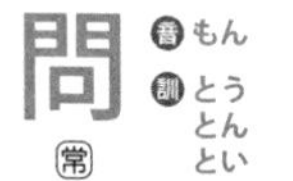
音 もん
訓 とう
とん
とい
常

音 もん mo.n

もんだい
問題 問題
mo.n.da.i

もんどう
問答 問答
mo.n.do.o

がくもん
学問 學問
ga.ku.mo.n

ぎもん
疑問 疑問
gi.mo.n

けんもん
検問 查問
ke.n.mo.n

しつもん
質問 疑問、提問
shi.tsu.mo.n

じもん
自問 自問
ji.mo.n

せつもん
設問 出問題
se.tsu.mo.n

なんもん
難問 難題
na.n.mo.n

はんもん
反問 反問
ha.n.mo.n

ほうもん
訪問 拜訪
ho.o.mo.n

訓 とう to.u

と
問う 問、打聽；追查
to.u

訓 とん to.n

とんや
問屋 ＊ 批發商(店)
to.n.ya

訓 とい to.i

とい
問 問題、發問
to.i

と　あ
問い合わせ 詢問
to.i.a.wa.se

と　あ
問い合わせる 詢問
to.i.a.wa.se.ru

亡
音 ぼう
もう
訓 ない
常

音 もう mo.o

もうじゃ
亡者 ＊ 亡者、死者
mo.o.ja

音 ぼう bo.o

ぼうくん
亡君 亡君
bo.o.ku.n

ぼうこく
亡国 亡國
bo.o.ko.ku

ぼうふ
亡父 亡父
bo.o.fu

ぼうぼ
亡母 亡母
bo.o.bo

ぼうめい
亡命 亡命
bo.o.me.i

ぼうれい
亡霊 亡靈
bo.o.re.i

こうぼう
興亡 興亡
ko.o.bo.o

しぼう
死亡 死亡
shi.bo.o

そんぼう
存亡 存亡
so.n.bo.o

とうぼう
逃亡 逃亡
to.o.bo.o

めつぼう
滅亡 滅亡
me.tsu.bo.o

訓 ない na.i

な
亡い 沒有
na.i

な
亡くす 死去、喪失
na.ku.su

な
亡くなる 去世
na.ku.na.ru

音 おう o.o

おう
王 君主、國王
o.o

おう い
王位 王位
o.o.i

おう ざ
王座 王位
o.o.za

おうさま
王様 國王
o.o.sa.ma

おうしつ
王室 王室
o.o.shi.tsu

おう じ
王子 王子
o.o.ji

おうじゃ
王者 王者
o.o.ja

おうじょ
王女 公主
o.o.jo

おうぞく
王族 王族
o.o.zo.ku

おうちょう
王朝 王朝
o.o.cho.o

おうどう
王道 最簡單的方法；（儒家）治國之道
o.o.do.o

こくおう
国王 國王
ko.ku.o.o

じょおう
女王 女王
jo.o.o

だいおう
大王 大王
da.i.o.o

往
音 おう
訓 ゆく
常

音 おう o.o

おうおう
往々 往往
o.o.o.o

おうしん
往診 （醫生到患者家中）出診
o.o.shi.n

おう じ
往時 往昔
o.o.ji

おうじょう
往生 〔佛〕往生
o.o.jo.o

おうねん
往年 往年
o.o.ne.n

おうふく
往復 往返
o.o.fu.ku

おうらい
往来 （人、車）來來往往；馬路
o.o.ra.i

おう ろ
往路 去路
o.o.ro

う おう さ おう
右往左往 東奔西跑
u.o.o.sa.o.o

訓 ゆく yu.ku

ゆ
往く 去、往、到
yu.ku

音 もう mo.o

もう ら
網羅 網羅
mo.o.ra

ぎょもう
魚網 魚網
gyo.mo.o

訓 あみ a.mi

あみ
網 網子
a.mi

音 もう ぼう
訓
常

音 もう mo.o

もうげん
妄言 狂妄的話
mo.o.ge.n

もうそう
妄想 妄想
mo.o.so.o

音 ぼう bo.o

ぼうたん
妄誕 荒謬
bo.o.ta.n

ぼうだん
妄断 任意斷定
bo.o.da.n

忘

音 ぼう
訓 わすれる
常

音 ぼう bo.o

ぼうおん
忘恩 忘恩
bo.o.o.n

ぼうきゃく
忘却 忘卻
bo.o.kya.ku

ぼうしつ
忘失 遺失、忘記
bo.o.shi.tsu

ぼうねんかい
忘年会 尾牙
bo.o.ne.n.ka.i

けんぼうしょう
健忘症 健忘症
ke.n.bo.o.sho.o

訓 わすれる wa.su.re.ru

わす
忘れる 忘記、遺忘
wa.su.re.ru

わす　もの
忘れ物 遺失物
wa.su.re.mo.no

ものわす
物忘れ 忘記
mo.no.wa.su.re

望

音 ぼう もう
訓 のぞむ
常

音 ぼう bo.o

ぼうえんきょう
望遠鏡 望遠鏡
bo.o.e.n.kyo.o

ぼうきょう
望郷 思鄉
bo.o.kyo.o

ぼうけん
望見 眺望
bo.o.ke.n

がんぼう
願望 願望
ga.n.bo.o

き ぼう
希望 希望
ki.bo.o

しつぼう
失望 失望
shi.tsu.bo.o

じんぼう
人望 人望
ji.n.bo.o

せつぼう
切望 渴望
se.tsu.bo.o

ぜつぼう
絶望 絕望
ze.tsu.bo.o

たいぼう
待望 期待
ta.i.bo.o

てんぼうだい
展望台 展望台
te.n.bo.o.da.i

や ぼう
野望 野心
ya.bo.o

ゆうぼう
有望 有前途
yu.u.bo.o

ようぼう
要望 要求
yo.o.bo.o

よくぼう
欲望 欲望
yo.ku.bo.o

音 もう mo.o

たいもう
大望 大志
ta.i.mo.o

ほんもう
本望 夙願
ho.n.mo.o

訓 のぞむ no.zo.mu

のぞ
望む 希望、期望；眺望
no.zo.mu

のぞ
望ましい 所希望的
no.zo.ma.shi.i

のぞ
望み 希望、期望
no.zo.mi

音 おう o.o

ふとうおう
不倒翁 不倒翁
fu.to.o.o.o

ろうおう
老翁 老翁
ro.o.o.o

訓 おきな o.ki.na

おきな
翁 〔文〕老翁
o.ki.na

迂

音 う
訓

音 う u

うえん
迂遠 繞彎、拐彎抹角
u.e.n

うかい
迂回 迂迴、繞遠
u.ka.i

うきょく
迂曲 曲折、迂迴
u.kyo.ku

うぐ
迂愚 愚笨、糊塗
u.gu

余

音 よ
訓 あまる あます
常

音 よ yo

よきょう
余興 餘興節目
yo.kyo.o

よそ
余所 別處、別人家；漠不關心
yo.so

よそみ
余所見 往旁邊看；視而不見
yo.so.mi

よか
余暇 閒暇時間
yo.ka

よけい
余計 多餘
yo.ke.i

よこう
余光 餘暉；（先人的）餘德
yo.ko.o

よざい
余罪 其他罪行
yo.za.i

よせい
余生 餘生、晚年
yo.se.i

よだん
余談 題外話
yo.da.n

よち
余地 餘地
yo.chi

よねん
余念 其他想法
yo.ne.n

よは
余波 餘波
yo.ha

よはく
余白 空白、留白
yo.ha.ku

よびょう
余病 併發症
yo.byo.o

よぶん
余分 剩餘
yo.bu.n

よほど
余程 頗、相當
yo.ho.do

よめい
余命 餘命
yo.me.i

よゆう
余裕 充裕、從容
yo.yu.u

よりょく
余力 餘力
yo.ryo.ku

訓 あまる a.ma.ru

あま
余る 剩餘；超過
a.ma.ru

あまり
余 剩餘；不太…
a.ma.ri

訓 あます a.ma.su

あま
余す 留下、保留；剩餘
a.ma.su

娯

音 ご
訓
常

音 ご go

ごらく
娯楽 娛樂
go.ra.ku

愉

音 ゆ
訓 たのしむ
常

音 ゆ yu

ゆえつ
愉悦 愉快、喜悅
yu.e.tsu

ゆかい
愉快 愉快、有趣
yu.ka.i

ゆらく
愉楽 愉悅、快樂
yu.ra.ku

訓 たのしむ ta.no.shi.mu

たの
愉しむ 享樂、快樂；玩賞
ta.no.shi.mu

愚
常
音 ぐ
訓 おろか

音 ぐ gu

ぐ ち
愚痴 怨言
gu.chi

ぐ どん
愚鈍 愚鈍、愚蠢
gu.do.n

ぐ みん
愚民 愚民
gu.mi.n

訓 おろか o.ro.ka

おろ
愚か 愚蠢
o.ro.ka

於
音 お よ
訓 おいて

音 お o

お
於ける 在、於
o.ke.ru

音 よ yo

訓 おいて o.i.te

お
於いて 於…、在…
o.i.te

漁
常
音 ぎょ りょう
訓

音 ぎょ gyo

ぎょ か
漁家 漁家
gyo.ka

ぎょ か
漁火 漁火
gyo.ka

ぎょ き
漁期 捕魚旺季
gyo.ki

ぎょぎょう
漁業 漁業
gyo.gyo.o

ぎょこう
漁港 漁港
gyo.ko.o

ぎょせん
漁船 漁船
gyo.se.n

ぎょそん
漁村 漁村
gyo.so.n

ぎょ ふ
漁夫 漁夫
gyo.fu

ぎょみん
漁民 漁民
gyo.mi.n

音 りょう ryo.o

りょう し
漁師 漁夫
ryo.o.shi

しゅつりょう
出漁 出海捕魚
shu.tsu.ryo.o

たいりょう
大漁 漁獲豐收
ta.i.ryo.o

虞
常
音 ぐ
訓 おそれ

音 ぐ gu

ぐ はん
虞犯 有犯罪傾向的少年
gu.ha.n

ゆう ぐ
憂虞 憂慮
yu.u.gu

訓 おそれ o.so.re

おそれ
虞 害怕；有…危險、恐怕會…
o.so.re

輿
音 よ
訓 こし

音 よ yo

よ ち
輿地 大地、全世界
yo.chi

よ しゃ
輿車 車、轎（交通工具）
yo.sha

よ ろん
輿論 社會輿論
yo.ro.n

訓 こし ko.shi

たま こし
玉の輿 （貴族所乘坐的）轎子
ta.ma.no.ko.shi

隅
音 ぐう
訓 すみ
常

音 ぐう gu.u

いちぐう
一隅 一角
i.chi.gu.u

へんぐう
辺隅 邊境
he.n.gu.u

訓 すみ su.mi

すみ
隅 角落
su.mi

すみずみ
隅隅 到處、每個角落
su.mi.zu.mi

かたすみ
片隅 一隅、角落
ka.ta.su.mi

魚
音 ぎょ
訓 うお さかな
常

音 ぎょ gyo

ぎょるい
魚類 魚類
gyo.ru.i

きんぎょ
金魚 金魚
ki.n.gyo

しんかいぎょ
深海魚 深海魚
shi.n.ka.i.gyo

せんぎょ
鮮魚 新鮮的魚
se.n.gyo

にんぎょ
人魚 人魚
ni.n.gyo

ようぎょ
養魚 （人工）養殖魚
yo.o.gyo

訓 うお u.o

うお
魚 魚
u.o

うおいちば
魚市場 魚市場
u.o.i.chi.ba

訓 さかな sa.ka.na

さかな
魚 魚
sa.ka.na

かわざかな
川魚 河川的魚
ka.wa.za.ka.na

与
音 よ
訓 あたえる
常

音 よ yo

よとう
与党 執政黨；同黨
yo.to.o

かんよ
関与 參與；相關
ka.n.yo

きゅうよ
給与 提供、給與
kyu.u.yo

さんよ
参与 參與
sa.n.yo

しょよ
所与 所予、給予的
sho.yo

訓 あたえる a.ta.e.ru

あた
与える 給予、提供；使蒙受…
a.ta.e.ru

予

音 よ
訓 あらかじめ
常

音 よ yo

よかん
予感 預感
yo.ka.n

よき
予期 預期
yo.ki

よけん
予見 預見
yo.ke.n

よげん
予言 預言
yo.ge.n

よこう
予行 預演
yo.ko.o

よこく
予告 預告
yo.ko.ku

よさん
予算 預算
yo.sa.n

よしゅう
予習 預習
yo.shu.u

よせん
予選 預選
yo.se.n

よそう
予想 預想
yo.so.o

よそく
予測 預測
yo.so.ku

よち
予知 預知
yo.chi

よてい
予定 預定、安排
yo.te.i

よび
予備 預備
yo.bi

よほう
予報 預報
yo.ho.o

よぼう
予防 預防
yo.bo.o

よやく
予約 預約
yo.ya.ku

よかく
予覚 預先查覺
yo.ka.ku

てんきよほう
天気予報 天氣預報
te.n.ki.yo.ho.o

訓 **あらかじめ** a.ra.ka.ji.me

あらかじ
予め 事前、事先
a.ra.ka.ji.me

宇

音 う
訓
常

音 **う** u

うだい
宇内 天下、世界
u.da.i

うちゅう
宇宙 宇宙
u.chu.u

うちゅうりょこう
宇宙旅行 宇宙旅行
u.chu.u.ryo.ko.o

きう
気宇 氣宇
ki.u

羽

音 う
訓 はね
は
常

音 **う** u

うもう
羽毛 羽毛
u.mo.o

訓 **はね** ha.ne

はね
羽 羽毛；翅膀
ha.ne

訓 **は** ha

はおと
羽音 鳥蟲的振翅聲
ha.o.to

はおり
羽織 穿在和服外面的短外罩
ha.o.ri

はごいた
羽子板 羽毛毽拍
ha.go.i.ta

はね
羽根 翅膀
ha.ne

語

音 ご
訓 かたる
かたらう
常

音 **ご** go

ご
語 語言、單字
go

ごい
語彙 詞彙
go.i

ごがく
語学 語學
go.ga.ku

ごき
語気 語氣
go.ki

ごく
語句 詞句、詞語
go.ku

ごげん
語源 詞源、語源
go.ge.n

ごちょう
語調 語調
go.cho.o

えいご
英語 英語
e.i.go

がいこくご
外国語 外國語
ga.i.ko.ku.go

がいらいご
外来語 外來語
ga.i.ra.i.go

げんご
言語 語言
ge.n.go

こくご
国語 國語
ko.ku.go

じゅくご
熟語 複合詞；習慣用語
ju.ku.go

たんご
単語 單字
ta.n.go

にほんご
日本語 日語
ni.ho.n.go

ひょうご
標語 標語
hyo.o.go

ひょうじゅんご
標準語 標準語
hyo.o.ju.n.go

らくご
落語 相聲
ra.ku.go

りゃくご
略語 略語
rya.ku.go

訓 かたる ka.ta.ru

かた
語る 說、談
ka.ta.ru

ものがたり
物語 故事
mo.no.ga.ta.ri

訓 かたらう ka.ta.ra.u

かた
語らう 交談、談心；邀請
ka.ta.ra.u

雨

音 う
訓 あま あめ
常

音 う u

うき
雨季 雨季
u.ki

うてん
雨天 雨天
u.te.n

うりょう
雨量 雨量
u.ryo.o

ばいう
梅雨 梅雨
ba.i.u

ふうう
風雨 風雨
fu.u.u

ぼうふうう
暴風雨 暴風雨
bo.o.fu.u.u

音 あま a.ma

あまぐ
雨具 雨具
a.ma.gu

あまぐも
雨雲 烏雲
a.ma.gu.mo

あまど
雨戸 擋雨板
a.ma.do

あまみず
雨水 雨水
a.ma.mi.zu

あまやど
雨宿り 避雨
a.ma.ya.do.ri

訓 あめ a.me

あめ
雨 雨
a.me

おおあめ
大雨 大雨
o.o.a.me

ながあめ
長雨 陰雨連綿
na.ga.a.me

はるさめ
特 **春雨** 春雨；冬粉
ha.ru.sa.me

つゆ
特 **梅雨** 梅雨
tsu.yu

域

音 いき
訓
常

音 いき i.ki

いきない
域内 區域內
i.ki.na.i

おんいき
音域 音域
o.n.i.ki

くいき
区域 區域
ku.i.ki

せいいき
聖域 神聖之地
se.i.i.ki

せいいき
声域 聲域
se.i.i.ki

ちいき
地域 地域、地區
chi.i.ki

りゅういき
流域 流域
ryu.u.i.ki

りょういき
領域 領域
ryo.o.i.ki

寓
音 ぐう
訓

音 ぐう gu.u

ぐうきょ
寓居 寄居、暫住；〔謙〕寒舍
gu.u.kyo

ぐうげん
寓言 寓言
gu.u.ge.n

ぐうわ
寓話 寓言
gu.u.wa

御
音 ぎょ ご
訓 おん
常

音 ぎょ gyo

ぎょしゃ
御者 車夫
gyo.sha

せいぎょ
制御 操縱、駕馭
se.i.gyo

とうぎょ
統御 統治
to.o.gyo

音 ご go

ごくう
御供 供品
go.ku.u

ごしゅじん
御主人 稱呼對方的丈夫
go.syu.ji.n

ごちそう
御馳走 款待、宴請
go.chi.so.o

ごぶさた
御無沙汰 久疏問候
go.bu.sa.ta

ごめん
御免 允許、准許；對不起
go.me.n

ごらん
御覧 看，「見る」的尊敬語
go.ra.n

ごてん
御殿 豪華的宅邸
go.te.n

ごはん
御飯 飯
go.ha.n

にょうご
女御 妃子
nyo.o.go

訓 おん o.n

おんちゅう
御中 啟、敬啟
o.n.chu.u

おんぞうし
御曹司 名門子弟、公子哥
o.n.zo.o.shi

愈
音 ゆ
訓 いよいよ

音 ゆ yu

訓 いよいよ i.yo.i.yo

いよいよ
愈 越來越…；終於

慾
音 よく
訓

音 よく yo.ku

じょうよく
情慾 情慾
jo.o.yo.ku

鬱
音 うつ
訓

音 うつ u.tsu

いんうつ
陰鬱 陰沉、鬱悶
i.n.u.tsu

そううつ
躁鬱 躁鬱
so.o.u.tsu

ゆううつ
憂鬱 憂鬱
yu.u.u.tsu

欲
音 よく
訓 ほっする ほしい
常

音 よく yo.ku

よっきゅう
欲求 欲求
yo.k.kyu.u

よくとく
欲得 貪婪、貪心
yo.ku.to.ku

よくば
欲張り 貪得無厭
yo.ku.ba.ri

よくふか
欲深い 貪婪的
yo.ku.fu.ka.i

よくぼう
欲望 欲望
yo.ku.bo.o

い よく
意欲 熱情、積極
i.yo.ku

し よく
私欲 私欲
shi.yo.ku

しょくよく
食欲 食慾
sho.ku.yo.ku

ち しき よく
知識欲 求知慾
chi.shi.ki.yo.ku

む よく
無欲 無慾
mu.yo.ku

り よく
利欲 利慾
ri.yo.ku

訓 ほっする ho.s.su.ru

ほっ
欲する 想要得到
ho.s.su.ru

訓 ほしい ho.shi.i

ほ
欲しい 希望得到的
ho.shi.i

浴
音 よく
訓 あびる あびせる
常

音 よく yo.ku

よくしつ
浴室 浴室
yo.ku.shi.tsu

よくじょう
浴場 澡堂
yo.ku.jo.o

よくよう
浴用 浴用
yo.ku.yo.o

かいすい よくじょう
海水浴場 海水浴場
ka.i.su.i.yo.ku.jo.o

にゅう よく
入浴 入浴
nyu.u.yo.ku

訓 あびる a.bi.ru

あ
浴びる 浴、淋；曬
a.bi.ru

訓 あびせる a.bi.se.ru

あ
浴びせる 潑、澆；施加；照射
a.bi.se.ru

特 ゆかた
浴衣 夏天穿的輕薄和服
yu.ka.ta

音 ごく go.ku

ごくしゃ
獄舎 監獄、牢房
go.ku.sha

かんごく
監獄 監獄
ka.n.go.ku

じ ごく
地獄 地獄
ji.go.ku

しゅつごく
出獄 出獄
shu.tsu.go.ku

れんごく
煉獄 煉獄
re.n.go.ku

玉
音 ぎょく
訓 たま
常

音 ぎょく gyo.ku

ぎょくがん
玉顔 美麗的臉
gyo.ku.ga.n

ぎょくはい
玉杯 玉杯、酒杯
gyo.ku.ha.i

ぎょくろ
玉露 玉露
gyo.ku.ro

ほうぎょく
宝玉 寶玉
ho.o.gyo.ku

訓 たま ta.ma

たま
玉 珠、玉石；球狀物
ta.ma

たま あせ
玉の汗 汗珠
ta.ma.no.a.se

あくだま
悪玉 壞蛋、壞人
a.ku.da.ma

あめだま
飴玉 圓球狀糖果
a.me.da.ma

ぜんだま
善玉 好人
ze.n.da.ma

みずたま
水玉 水珠；圓點
mi.zu.ta.ma

癒

音 ゆ
訓 いえる
いやす
常

音 ゆ yu

ゆ ごう
癒合 癒合
yu.go.o

かい ゆ
快癒 痊癒
ka.i.yu

ぜん ゆ
全癒 痊癒
ze.n.yu

ち ゆ
治癒 治癒
chi.yu

訓 いえる i.e.ru

い
癒える 〔文〕痊癒
i.e.ru

訓 いやす i.ya.su

いや
癒す 〔文〕醫治、療癒
i.ya.su

禦

音 ぎょ
訓 ふせぐ

音 ぎょ gyo

せいぎょ
制禦 操縱、駕馭
se.i.gyo

ぼうぎょ
防禦 防禦
bo.o.gyo

訓 ふせぐ fu.se.gu

ふせ
禦ぐ 防禦；防止、預防
fu.se.gu

育

音 いく
訓 そだつ
そだてる
常

音 いく i.ku

いくえい
育英 作育英才
i.ku.e.i

いくじ
育児 育兒
i.ku.ji

いくせい
育成 培育
i.ku.se.i

あいいく
愛育 用心養育
a.i.i.ku

きょういく
教育 教育
kyo.o.i.ku

くんいく
訓育 訓育
ku.n.i.ku

せいいく
生育 生育
se.i.i.ku

たいいく
体育 體育
ta.i.i.ku

とくいく
徳育 德育
to.ku.i.ku

はついく
発育 發育
ha.tsu.i.ku

ほいくえん
保育園 托兒所
ho.i.ku.e.n

よういく
養育 養育
yo.o.i.ku

訓 そだつ so.da.tsu

そだ
育つ 成長、生長；長進
so.da.tsu

そだ
育ち 生長；家教、教養
so.da.chi

訓 そだてる so.da.te.ru

そだ
育てる 養育；培養
so.da.te.ru

芋

音 う
訓 いも
常

音 う u

かい う
海芋　〔植〕海芋
ka.i.u

訓 いも i.mo

さといも
里芋　芋頭
sa.to.i.mo

裕　音 ゆう　訓　常

音 ゆう yu.u

ゆうふく
裕福　富裕
yu.u.fu.ku

ふ ゆう
富裕　富裕、富有
fu.yu.u

よ ゆう
余裕　從容、沉著；餘裕
yo.yu.u

誉　音 よ　訓 ほまれ　常

音 よ yo

えい よ
栄誉　榮譽
e.i.yo

せい よ
声誉　聲譽、名望
se.i.yo

めい よ
名誉　名譽
me.i.yo

訓 ほまれ ho.ma.re

ほまれ
誉　名譽、榮譽；豐功偉業
ho.ma.re

諭　音 ゆ　訓 さとす　常

音 ゆ yu

ゆ こく
諭告　通知、報告
yu.ko.ku

ゆ し
諭旨　教誨、勸告
yu.shi

きょう ゆ
教諭　（中、小學）教師
kyo.o.yu

くん ゆ
訓諭　訓誨、教導
ku.n.yu

訓 さとす sa.to.su

さと
諭す　教導、告誡
sa.to.su

遇　音 ぐう　訓 あう　常

音 ぐう gu.u

き ぐう
奇遇　奇遇
ki.gu.u

きょうぐう
境遇　境遇、處境
kyo.o.gu.u

そうぐう
遭遇　遭遇
so.o.gu.u

ふ ぐう
不遇　遭遇不佳、不得志
fu.gu.u

ゆうぐう
優遇　優待
yu.u.gu.u

れいぐう
礼遇　禮遇、特殊待遇
re.i.gu.u

訓 あう a.u

あ
遇う　遇見、碰見
a.u

郁　音 いく　訓

音 いく i.ku

ふくいく
馥郁　馥郁、芳香
fu.ku.i.ku

いくいく
郁郁　氣味芬芳
i.ku.i.ku

預　音 よ　訓 あずける あずかる　常

音 よ yo

よきん
預金 存款
yo.ki.n

よたく
預託 寄存、保管
yo.ta.ku

訓 あずける
a.zu.ke.ru

あず
預ける 寄存、寄放
a.zu.ke.ru

訓 あずかる
a.zu.ka.ru

あず
預かる 收存、保管
a.zu.ka.ru

約
音 やく
訓
常

音 やく ya.ku

やく
約 約定；簡短、大約
ya.ku

やくすう
約数 〔數〕約數
ya.ku.su.u

やくそく
約束 約定
ya.ku.so.ku

やくぶん
約分 〔數〕約分
ya.ku.bu.n

かいやく
解約 解約
ka.i.ya.ku

きやく
規約 規章、章程
ki.ya.ku

けんやく
倹約 節儉
ke.n.ya.ku

こうやく
公約 公約
ko.o.ya.ku

じょうやく
条約 條約
jo.o.ya.ku

せいやく
制約 制約、限制
se.i.ya.ku

せつやく
節約 節約
se.tsu.ya.ku

ばいやく
売約 買賣契約
ba.i.ya.ku

よやく
予約 預約
yo.ya.ku

ようやく
要約 要點、概要
yo.o.ya.ku

岳
音 がく
訓 たけ
常

音 がく ga.ku

さんがく
山岳 山岳
sa.n.ga.ku

訓 たけ ta.ke

みたけ
御岳 御岳山
mi.ta.ke

悦
音 えつ
訓
常

音 えつ e.tsu

えつらく
悦楽 歡樂、喜悅
e.tsu.ra.ku

きえつ
喜悦 喜悅
ki.e.tsu

ゆえつ
愉悦 愉快、喜悅
yu.e.tsu

月
音 げつ がつ
訓 つき
常

音 げつ ge.tsu

げつ
月 月亮；月份
ge.tsu

げつがく
月額 每月的定額
ge.tsu.ga.ku

げつまつ
月末 月底
ge.tsu.ma.tsu

げつめん
月面 月球表面
ge.tsu.me.n

げつようび
月曜日 星期一
ge.tsu.yo.o.bi

こんげつ
今月 本月
ko.n.ge.tsu

しんげつ
新月 新月
shi.n.ge.tsu

せんげつ
先月 上個月
se.n.ge.tsu

ねんげつ
年月 年月
ne.n.ge.tsu

まいげつ
毎月 每月
ma.i.ge.tsu

まんげつ
満月 滿月
ma.n.ge.tsu

らいげつ
来月 下個月
ra.i.ge.tsu

げっかん
月刊 月刊
ge.k.ka.n

げっきゅう
月給 月薪
ge.k.kyu.u

げっこう
月光 月光
ge.k.ko.o

げっしょく
月食 月蝕
ge.s.sho.ku

げっしゃ
月謝 月酬（多指學費）
ge.s.sha

げっぷ
月賦 按月分攤、付款
ge.p.pu

音 がつ ga.tsu

しょうがつ
正月 正月、新年
sho.o.ga.tsu

訓 つき tsu.ki

つき
月 月亮
tsu.ki

つきずえ
月末 月底
tsu.ki.zu.e

つきづき
月々 每個月
tsu.ki.zu.ki

つきなみ
月並み 每月例行（的事）
tsu.ki.na.mi

つきひ
月日 日月；歲月
tsu.ki.hi

つきみ
月見 賞月
tsu.ki.mi

まいつき
毎月 每月
ma.i.tsu.ki

越

音 えつ
訓 こす
こえる
常

音 えつ e.tsu

せんえつ
僭越 逾分、冒昧、過分
se.n.e.tsu

たくえつ
卓越 卓越
ta.ku.e.tsu

ちょうえつ
超越 超越、超出
cho.o.e.tsu

ゆうえつ
優越 優越
yu.u.e.tsu

訓 こす ko.su

こ
越す 越、渡；（時間）經過；超過
ko.su

訓 こえる ko.e.ru

こ
越える 越過、渡過；超越
ko.e.ru

躍

音 やく
訓 おどる
常

音 やく ya.ku

やくしん
躍進 躍進
ya.ku.shi.n

やくどう
躍動 跳動
ya.ku.do.o

いちやく
一躍 一躍
i.chi.ya.ku

かつやく
活躍 活躍
ka.tsu.ya.ku

ひやく
飛躍 跳躍；飛躍
hi.ya.ku

訓 おどる o.do.ru

おど
躍る 跳躍；搖晃、顛簸
o.do.ru

閲

音 えつ
訓 けみする
常

音 えつ e.tsu

えつどく
閲読 閱讀
e.tsu.do.ku

えつらん
閲覧 閱覽
e.tsu.ra.n

えつれき
閲歴 經歷、履歷
e.tsu.re.ki

けんえつ
検閲 審核、檢查
ke.n.e.tsu

訓 けみする
ke.mi.su.ru

けみ
閲する 檢閱、審查
ke.mi.su.ru

淵
音 えん
訓 ふち

音 えん e.n

えんげん
淵源 淵源、起源
e.n.ge.n

えんそう
淵藪 事物的聚集地
e.n.so.o

かいえん
海淵 海溝的最深處
ka.i.e.n

しんえん
深淵 深淵
shi.n.e.n

訓 ふち fu.chi

ふち
淵 深水處；痛苦的境地
fu.chi

鳶
音 えん
訓 とび

音 えん e.n

えんけん
鳶肩 寬肩膀
e.n.ke.n

訓 とび to.bi

とびしょく
鳶職 從事建築、土木的工匠
to.bi.sho.ku

鴛
音 えん
訓

音 えん e.n

えんおう
鴛鴦 鴛鴦
e.n.o.o

元 常
音 げん がん
訓 もと

音 げん ge.n

げんき
元気 精神
ge.n.ki

げんごう
元号 年號
ge.n.go.o

げんしゅ
元首 元首
ge.n.shu

げんそ
元素 元素
ge.n.so

げんろう
元老 元老
ge.n.ro.o

きげんぜん
紀元前 紀元前
ki.ge.n.ze.n

ちゅうげん
中元 中元節
chu.u.ge.n

ふくげん
復元 恢復原狀
fu.ku.ge.n

音 がん ga.n

がんきん
元金 本金、本錢
ga.n.ki.n

がんじつ
元日 元旦
ga.n.ji.tsu

がんそ
元祖 始祖
ga.n.so

がんねん
元年 元年
ga.n.ne.n

がんぽん
元本 本金；財產
ga.n.po.n

がんらい
元来 本來
ga.n.ra.i

がんり
元利 本金和利息
ga.n.ri

訓 もと mo.to

もと
元 起源、根源
mo.to

もとで
元手 資本、資金
mo.to.de

もともと
元元 本來、原來
mo.to.mo.to

ねもと
根元 根源、根本
ne.mo.to

ひ もと
火の元 起火點
hi.no.mo.to

みもと
身元 出身、來歷
mi.mo.to

原 音 げん 訓 はら
常

音 げん ge.n

げんあん
原案 原案
ge.n.a.n

げんいん
原因 原因
ge.n.i.n

げんか
原価 原價
ge.n.ka

げんけい
原形 原形
ge.n.ke.i

げんけい
原型 原型、模型
ge.n.ke.i

げんこう
原稿 原稿
ge.n.ko.o

げんご
原語 原文
ge.n.go

げんさく
原作 原作
ge.n.sa.ku

げんさん
原産 原產
ge.n.sa.n

げんし
原子 原子
ge.n.shi

げんし
原始 起源；原始
ge.n.shi

げんじゅうみん
原住民 原住民
ge.n.ju.u.mi.n

げんしょ
原書 原書
ge.n.sho

げんじん
原人 原始人
ge.n.ji.n

げんそく
原則 原則
ge.n.so.ku

げんてん
原点 原點、出發點
ge.n.te.n

げんてん
原典 原作、原著
ge.n.te.n

げんばく
原爆 原子彈爆炸
ge.n.ba.ku

げんどうりょく
原動力 原動力
ge.n.do.o.ryo.ku

げんぶん
原文 原文
ge.n.bu.n

げんぼく
原木 （未加工）原木
ge.n.bo.ku

げんぽん
原本 根本；原書
ge.n.po.n

げんや
原野 原野
ge.n.ya

げんゆ
原油 原油
ge.n.yu

げんり
原理 原理
ge.n.ri

げんりょう
原料 原料
ge.n.ryo.o

こうげん
高原 高原
ko.o.ge.n

そうげん
草原 草原
so.o.ge.n

へいげん
平原 平原
he.i.ge.n

訓 はら ha.ra

はら
原 平原；荒野
ha.ra

はら
原っぱ 雜草叢生的空地
ha.ra.p.pa

のはら
野原 原野
no.ha.ra

音 いん i.n

いんがい
員外 編制外的人員
i.n.ga.i

いいん
委員 委員
i.i.n

かいいん
会員 會員
ka.i.i.n

かいしゃいん
会社員 職員
ka.i.sha.i.n

ぎいん
議員 議員
gi.i.n

きょういん
教員 教師
kyo.o.i.n

ぎんこういん
銀行員 銀行職員
gi.n.ko.o.i.n

けついん
欠員 缺人
ke.tsu.i.n

こういん
工員 工人
ko.o.i.n

じむいん
事務員 行政人員
ji.mu.i.n

じんいん
人員 人員
ji.n.i.n

ていいん
定員 規定的人數
te.i.i.n

てんいん
店員 店員
te.n.i.n

まんいん
満員 客滿
ma.n.i.n

やくいん
役員 負責人員、幹部
ya.ku.i.n

園

音 えん
訓 その
常

音 えん e.n

えんげい
園芸 園藝
e.n.ge.i

えんじ
園児 幼稚園園童
e.n.ji

えんち
園地 園地
e.n.chi

えんちょう
園長 園長
e.n.cho.o

えんゆうかい
園遊会 園遊會
e.n.yu.u.ka.i

がくえん
学園 學園
ga.ku.e.n

かじゅえん
果樹園 果園
ka.ju.e.n

こうえん
公園 公園
ko.o.e.n

さいえん
菜園 菜園
sa.i.e.n

しょくぶつえん
植物園 植物園
sho.ku.bu.tsu.e.n

ていえん
庭園 庭園
te.i.e.n

でんえん
田園 田園
de.n.e.n

どうぶつえん
動物園 動物園
do.o.bu.tsu.e.n

のうえん
農園 農園
no.o.e.n

ほいくえん
保育園 托兒所
ho.i.ku.e.n

ゆうえんち
遊園地 遊樂園
yu.u.e.n.chi

ようちえん
幼稚園 幼稚園
yo.o.chi.e.n

らくえん
楽園 樂園
ra.ku.e.n

訓 その so.no

はなぞの
花園 花園
ha.na.zo.no

円

音 えん
訓 まるい
常

音 えん e.n

えんかつ
円滑 圓滑
e.n.ka.tsu

えんけい
円形 圓形
e.n.ke.i

えんしゅう
円周 〔數〕圓周
e.n.shu.u

えんしん
円心 圓心
e.n.shi.n

えんちゅう
円柱 圓柱
e.n.chu.u

えんとう
円筒 圓筒
e.n.to.o

えんばん
円盤 圓盤
e.n.ba.n

えんまん
円満 圓滿
e.n.ma.n

ちょうえん
長円 橢圓
cho.o.e.n

どうしんえん
同心円 同心圓
do.o.shi.n.e.n

はんえん
半円 半圓
ha.n.e.n

ひゃくえん
百円 百圓
hya.ku.e.n

ほうえん
方円 方形和圓形
ho.o.e.n

訓 **まるい** ma.ru.i

まる
円い 圓的、球形的
ma.ru.i

垣
音
訓 かき
常

訓 **かき** ka.ki

かきね
垣根 籬笆、柵欄
ka.ki.ne

いしがき
石垣 石牆
i.shi.ga.ki

ひとがき
人垣 人牆
hi.to.ga.ki

援
音 えん
訓 たすける
常

音 **えん** e.n

えんご
援護 援救
e.n.go

えんじょ
援助 援助、幫助
e.n.jo

おうえん
応援 援助；（比賽）聲援
o.o.e.n

きゅうえん
救援 救援
kyu.u.e.n

しえん
支援 支援
shi.e.n

せいえん
声援 聲援、助威
se.i.e.n

むえん
無援 孤立無援
mu.e.n

訓 **たすける** ta.su.ke.ru

たす
援ける 援助、幫忙
ta.su.ke.ru

源
音 げん
訓 みなもと
常

音 **げん** ge.n

げんせん
源泉 源泉
ge.n.se.n

げんりゅう
源流 源流、起源
ge.n.ryu.u

きげん
起源 起源
ki.ge.n

こうげん
光源 光源
ko.o.ge.n

ごげん
語源 語源
go.ge.n

こんげん
根源 根源
ko.n.ge.n

ざいげん
財源 財源
za.i.ge.n

しげん
資源 資源
shi.ge.n

すいげん
水源 水源
su.i.ge.n

でんげん
電源 電源
de.n.ge.n

ねつげん
熱源 熱源
ne.tsu.ge.n

ほんげん
本源 根源
ho.n.ge.n

訓 みなもと mi.na.mo.to

みなもと **源** mi.na.mo.to	水源； 根源、泉源

猿
音 えん
訓 さる
常

音 えん e.n

けんえん **犬猿** ke.n.e.n	關係不和
やえん **野猿** ya.e.n	野生猿猴

訓 さる sa.ru

さる **猿** sa.ru	猿猴

縁
音 えん
訓 ぶち
常

音 えん e.n

えん **縁** e.n	緣份
えんがわ **縁側** e.n.ga.wa	日式房屋外 的走廊
えんぎもの **縁起物** e.n.gi.mo.no	吉祥物
えんだん **縁談** e.n.da.n	說媒、 介紹婚事
きえん **機縁** ki.e.n	機會、 時機；機緣
けつえん **血縁** ke.tsu.e.n	血緣
しゅうえん **周縁** shu.u.e.n	周邊
むえん **無縁** mu.e.n	無緣分

訓 ぶち bu.chi

ぶち **縁** bu.chi	緣、邊、框
がくぶち **額縁** ga.ku.bu.chi	框、畫框

媛
音 えん
訓 ひめ

音 えん e.n

さいえん **才媛** sa.i.e.n	才女
めいえん **名媛** me.i.e.n	名媛

訓 ひめ hi.me

えひめ **愛媛** e.hi.me	（日本地名） 愛媛

遠
音 えん
おん
訓 とおい
常

音 えん e.n

えいえん **永遠** e.i.e.n	永遠
えんいん **遠因** e.n.i.n	遠因
えんえい **遠泳** e.n.e.i	長泳
えんかい **遠海** e.n.ka.i	遠海
えんきん **遠近** e.n.ki.n	遠近
えんけい **遠景** e.n.ke.i	遠景
えんごく **遠国** e.n.go.ku	遠國
えんそく **遠足** e.n.so.ku	遠足
えんだい **遠大** e.n.da.i	遠大
えんぼう **遠望** e.n.bo.o	眺望
えんぽう **遠方** e.n.po.o	遠方
えんりょ **遠慮** e.n.ryo	客氣、謝絕

えんよう
遠洋 遠洋
e.n.yo.o

えんろ
遠路 遠路
e.n.ro

けいえん
敬遠 敬而遠之
ke.i.e.n

しんえん
深遠 深遠
shi.n.e.n

そえん
疎遠 疏遠
so.e.n

訓 おん o.n

くおん
久遠 * 久遠
ku.o.n

訓 とおい to.o.i

とお
遠い （距離）遠；（時間）長久
to.o.i

とお
遠く 遠、遠處
to.o.ku

とお
遠ざかる 遠離、疏遠
to.o.za.ka.ru

とおまわ
遠回り 繞遠路
to.o.ma.wa.ri

怨
音 えん おん
訓 うらむ

音 えん e.n

えんこん
怨恨 怨恨
e.n.ko.n

きゅうえん
仇怨 寃仇
kyu.u.e.n

音 おん o.n

おんてき
怨敵 仇人、仇敵
o.n.te.ki

おんねん
怨念 怨恨
o.n.ne.n

訓 うらむ u.ra.mu

うら
怨む 恨、懷恨；埋怨
u.ra.mu

苑
音 えん おん
訓 その

音 えん e.n

ぎょえん
御苑 御花園、宮苑
gyo.e.n

音 おん o.n

しおん
紫苑 〔植〕紫苑
shi.o.n

訓 その so.no

その
苑 庭園
so.no

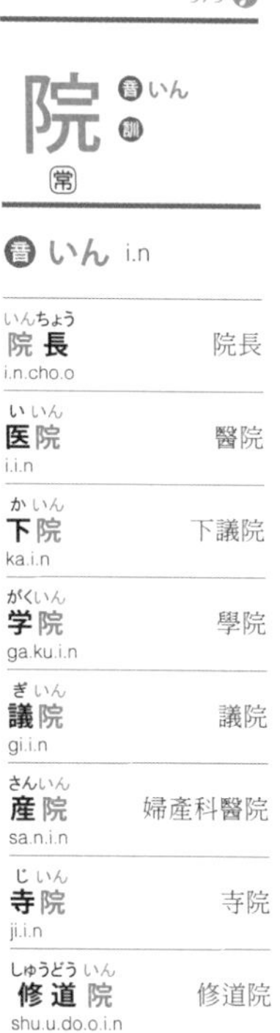

院
音 いん
訓
常

音 いん i.n

いんちょう
院長 院長
i.n.cho.o

いいん
医院 醫院
i.i.n

かいん
下院 下議院
ka.i.n

がくいん
学院 學院
ga.ku.i.n

ぎいん
議院 議院
gi.i.n

さんいん
産院 婦產科醫院
sa.n.i.n

じいん
寺院 寺院
ji.i.n

しゅうどういん
修道院 修道院
shu.u.do.o.i.n

たいいん
退院 出院
ta.i.i.n

だいがくいん
大学院 研究所
da.i.ga.ku.i.n

とういん
登院 （議員）出席議會
to.o.i.n

にゅういん
入院 入院
nyu.u.i.n

びよういん
美容院 美容院
bi.yo.o.i.n

びょういん
病院 醫院
byo.o.i.n

ようろういん
養老院 養老院
yo.o.ro.o.i.n

願 音がん 訓ねがう 常

音 がん ga.n

がんい
願意 請求、請願
ga.n.i

がんしょ
願書 申請書
ga.n.sho

がんぼう
願望 願望
ga.n.bo.o

しがん
志願 志願
shi.ga.n

しゅくがん
宿願 宿願
shu.ku.ga.n

ねんがん
念願 願望
ne.n.ga.n

訓 ねがう ne.ga.u

ねが
願う 請求、祈求、願望
ne.ga.u

ねが
願い 願望、期望；請求
ne.ga.i

云 音うん 訓いう

音 うん u.n

うんぬん
云々 前略；說這說那、評論
u.n.nu.n

訓 いう i.u

い
云う 說、叫做；聽說
i.u

雲 音うん 訓くも 常

音 うん u.n

うんかい
雲海 雲海
u.n.ka.i

あんうん
暗雲 烏雲
a.n.u.n

訓 くも ku.mo

くも
雲 雲
ku.mo

にゅうどうぐも
入道雲 (夏季的)積雨雲
nyu.u.do.o.gu.mo

ひこうきぐも
飛行機雲 飛機雲
hi.ko.o.ki.gu.mo

允 音いん 訓

音 いん i.n

いんか
允可 允許、許可
i.n.ka

いんきょ
允許 允許、許可
i.n.kyo

運 音うん 訓はこぶ 常

音 うん u.n

うん
運 命運、運氣
u.n

うんえい
運営 主辦、主持
u.n.e.i

うんが
運河 運河
u.n.ga

うんきゅう
運休 停駛、停航
u.n.kyu.u

うんこう
運航 飛行
u.n.ko.o

うんそう
運送 運送
u.n.so.o

うんせい
運勢 運勢
u.n.se.i

うんてんしゅ
運転手 駕駛、司機
u.n.te.n.shu

うんちん
運賃 運費
u.n.chi.n

うんてん
運転 駕駛
u.n.te.n

うんどう
運動 運動
u.n.do.o

うんぱん
運搬 搬運
u.n.pa.n

うんめい
運命 命運
u.n.me.i

うんゆ
運輸 運輸
u.n.yu

うんよう
運用 運用
u.n.yo.o

あくうん
悪運 惡運
a.ku.u.n

かいうん
海運 海運
ka.i.u.n

こううん
幸運 幸運
ko.o.u.n

ひうん
非運 厄運、不幸
hi.u.n

ふうん
不運 不幸
fu.u.n

訓 はこぶ ha.ko.bu

はこ
運ぶ 搬運；進行、進展
ha.ko.bu

韻
音 いん
訓
常

音 いん i.n

おういん
押韻 押韻
o.o.i.n

ふういん
風韻 風情、風趣
fu.u.i.n

よいん
余韻 餘韻、餘味
yo.i.n

傭
音 よう
訓 やとう

音 よう yo.o

ようへい
傭兵 傭兵、雇用軍
yo.o.he.i

しよう
私傭 傭人（專服侍一個人）
shi.yo.o

訓 やとう ya.to.u

やと
傭う 雇、雇用
ya.to.u

庸
音 よう
訓
常

音 よう yo.o

ようくん
庸君 平庸、平凡的君王
yo.o.ku.n

ぼんよう
凡庸 庸碌、平凡、平庸
bo.n.yo.o

勇
音 ゆう
訓 いさむ
常

音 ゆう yu.u

ゆうかん
勇敢 勇敢
yu.u.ka.n

ゆうき
勇気 勇氣
yu.u.ki

ゆうし
勇士 勇士
yu.u.shi

ゆうし
勇姿 英姿
yu.u.shi

ゆうしゃ
勇者 勇者
yu.u.sha

ゆうしょう
勇将 勇將
yu.u.sho.o

ゆうたい
勇退 勇退
yu.u.ta.i

ゆうだん
勇断 果斷
yu.u.da.n

ゆうぶ
勇武 勇武
yu.u.bu

ゆうめい
勇名 威名
yu.u.me.i

訓 **いさむ** i.sa.mu

いさ
勇む 奮勇、振作、踴躍
i.sa.mu

いさ
勇ましい 勇敢的、英勇的
i.sa.ma.shi.i

擁
音 よう
訓
常

音 **よう** yo.o

ようりつ
擁立 擁立（君主）
yo.o.ri.tsu

ほうよう
抱擁 擁抱
ho.o.yo.o

永
音 えい
訓 ながい
常

音 **えい** e.i

えいえん
永遠 永遠
e.i.e.n

えいきゅう
永久 永久
e.i.kyu.u

えいきゅうし
永久歯 恆齒
e.i.kyu.u.shi

えいじゅう
永住 定居
e.i.ju.u

えいぞく
永続 永續
e.i.zo.ku

えいたい
永代 長期、永久
e.i.ta.i

えいみん
永眠 長眠、死亡
e.i.mi.n

訓 **ながい** na.ga.i

なが
永い 長久的、長遠的
na.ga.i

泳
音 えい
訓 およぐ
常

音 **えい** e.i

えんえい
遠泳 長泳
e.n.e.i

きょうえい
競泳 游泳比賽
kyo.o.e.i

すいえい
水泳 游泳
su.i.e.i

はいえい
背泳 仰式
ha.i.e.i

りきえい
力泳 用力游泳
ri.ki.e.i

訓 **およぐ** o.yo.gu

およ
泳ぐ 游泳
o.yo.gu

およ
泳ぎ 游泳
o.yo.gi

涌
音 よう
ゆう
訓 わく

音 **よう** yo.o

音 **ゆう** yu.u

ゆうしゅつ
涌出 湧現出、噴出
yu.u.shu.tsu

訓 **わく** wa.ku

わ
涌く 冒出、湧現
wa.ku

湧
音 ゆう
よう
訓 わく

音 **ゆう** yu.u

ゆうしゅつ
湧出 湧出、噴出
yu.u.shu.tsu

音 **よう** yo.o

ようせん
湧泉 湧泉
yo.o.se.n

訓 わく wa.ku

わ
湧く 湧出、冒出、噴出
wa.ku

詠 音えい 訓よむ 常

音 えい e.i

えいか
詠歌 〔古〕作、吟「和歌」
e.i.ka

えいたん
詠嘆 詠嘆；讚嘆
e.i.ta.n

ぎんえい
吟詠 吟詠（詩歌）
gi.n.e.i

ろうえい
朗詠 朗誦
ro.o.e.i

訓 よむ yo.mu

よ
詠む 誦、詠（散文等）
yo.mu

踊 音よう 訓おどる おどり 常

音 よう yo.o

ようやく
踊躍 開心得蹦蹦跳跳
yo.o.ya.ku

ぶよう
舞踊 舞蹈
bu.yo.o

訓 おどる o.do.ru

おど
踊る 跳舞
o.do.ru

訓 おどり o.do.ri

おど
踊り 舞蹈；跳動
o.do.ri

用 音よう 訓もちいる 常

音 よう yo.o

よう
用 用途；工作、事情
yo.o

ようい
用意 準備
yo.o.i

ようぐ
用具 用具
yo.o.gu

ようけん
用件 應做的事
yo.o.ke.n

ようご
用語 用語
yo.o.go

ようし
用紙 用紙
yo.o.shi

ようじ
用事 （應辦的）事情
yo.o.ji

ようじん
用心 留神、小心
yo.o.ji.n

ようすい
用水 用水
yo.o.su.i

ようち
用地 用地
yo.o.chi

ようと
用途 用途
yo.o.to

ようひん
用品 用品
yo.o.hi.n

ようほう
用法 用法
yo.o.ho.o

ようりょう
用量 （藥）用量
yo.o.ryo.o

いんよう
引用 引用
i.n.yo.o

きゅうよう
急用 急用
kyu.u.yo.o

こうよう
公用 公事、公務
ko.o.yo.o

ざつよう
雑用 雜事、瑣事
za.tsu.yo.o

さよう
作用 作用
sa.yo.o

しんよう
信用 信用
shi.n.yo.o

にちようひん
日用品 日常用品
ni.chi.yo.o.hi.n

にゅうよう
入用 需要
nyu.u.yo.o

ひ よう **費用** hi.yo.o	費用
ゆうよう **有用** yu.u.yo.o	有用
らんよう **乱用** ra.n.yo.o	濫用
り よう **利用** ri.yo.o	利用
ようれい **用例** yo.o.re.i	實例、例子

訓 **もちいる**
mo.chi.i.ru

もち **用いる** mo.chi.i.ru	使用；錄用；採用

附錄 常見的和製漢字

在日語的漢字裡有些字中文字典找不到，這些字都是日本人自己創造出來的，本附錄將常出現的和製漢字列表整理出來，並加上解釋，使讀者更容易明白。

円 音 エン 訓 まるい おだやか

音 エン en.n

訓 まるい ma.ru.i

円窓（まるまど） ma.ru.ma.do　圓窗

訓 おだやか o.da.ya.ka

圓的、圓滿的、日幣單位。

匁 音 訓 もんめ

訓 もんめ mo.n.me

舊時日幣一兩的六十分之一。

匂 音 訓 におう

訓 におう ni.o.u

顏色美艷、有香味。

匂桜（においざくら） ni.o.i.za.ku.ra　芳櫻，櫻花的一種

枠 音 訓 わく

訓 わく wa.ku

框子、界限、範圍、（書等的）邊緣。

枠組（わくぐみ） wa.ku.gu.mi　框架；輪廓、事物的結構

払 音 フツ 訓 はらう

音 フツ fu.tsu

訓 はらう ha.ra.u

付錢、拂（灰、土等）。

払い込み（はらいこみ） ha.ra.i.ko.mi　繳付

丼 音 トン 訓 どんぶり

音 トン to.n

訓 どんぶり do.n.bu.ri

大碗、大碗蓋飯。

丼勘定（どんぶりかんじょう） do.n.bu.ri.ka.n.jo.o　粗略的計算收支

凧 音 訓 たこ

訓 たこ ta.ko

風箏。

とんびだこ
鳶凧 to.n.bi.da.ko 鳶形風箏

辻

音
訓 つじ

訓 つじ tsu.ji

十字路口、街頭、路旁。

つじつま
辻褄 tsu.ji.tsu.ma 道理、邏輯、條理

凪

音
訓 なぎ
な

訓 なぎ na.gi

訓 な na

風平浪靜、無風無浪。

凩

音
訓 こがらし

訓 こがらし ko.ga.ra.shi

秋風、寒風。

杢

音
訓 もく

訓 もく mo.ku

樹木、木頭。

迚

音
訓 とても

訓 とても to.te.mo

無論如何也…、非常。

咲

音 ショウ
訓 さく
わら

音 ショウ sho.o

訓 さく sa.ku

訓 わら wa.ra

開。

峠

音
訓 とうげ

訓 とうげ to.o.ge

山頂、頂點。

栃

音
訓 とち

訓 とち to.chi

七葉樹。

とちぎけん
栃木県 to.chi.gi.ke.n 栃木縣，位於日本關東地區北部

匏

音
訓 ひさご

訓 ひさご hi.sa.go

葫蘆。

捗

音
訓 はかどる
おさめる

訓 はかどる
ha.ka.do.ru

訓 おさめる
o.sa.me.ru

（工作）進展。

雫

音
訓 しずく

訓 しずく
shi.zu.ku

水點、水滴、點滴。

しずくいし
雫石
shi.zu.ku.i.shi
雫石町。日本岩手縣西部。

掴

音 カク
訓 つかむ

音 カク ka.ku

訓 つかむ
tsu.ka.mu

抓住、揪住。

つか どころ
掴み所
tsu.ka.mi.do.ko.ro
把手、抓的地方；要領

椛

音
訓 かば
もみじ

訓 かば
ka.ba

訓 もみじ
mo.mi.ji

楓樹。

笹

音
訓 ささ

訓 ささ
sa.sa

竹葉、小竹。

ささはら
笹原
sa.sa.ha.ra
竹林

裃

音
訓 かみしも

訓 かみしも
ka.mi.shi.mo

武士的禮服。

迫

音
訓 さこ

訓 さこ sa.ko

山谷、山澗。

閊

音
訓 つかえる

訓 つかえる
tsu.ka.e.ru

發生障礙、停滯、堵塞不通。

つか
閊え
tsu.ka.e
阻礙、堵塞；心中難受

喰

音 ショク
訓 くう
くらう

音 ショク sho.ku

訓 くう
ku.u

訓 くらう
ku.ra.u

吃、生活、受騙。

觚

音 コ
訓 さかずき かど

音 コ ko

訓 さかずき sa.ka.zu.ki

訓 かど ka.do

酒杯。

鋲

音 ビョウ
訓

音 ビョウ byo.o

大頭釘、圖釘、鞋釘。

画鋲（がびょう） ga.byo.o　圖釘

躾

音
訓 しつけ

訓 しつけ shi.tsu.ke

教養、禮貌。

櫛

音 シツ
訓 くし くしけずる

音 シツ shi.tsu

訓 くし ku.shi

訓 くしけずる ku.shi.ke.zu.ru

梳子、梳。

櫛形（くしがた） ku.shi.ga.ta　半月形、梳子形

隲

音 シツ シチ
訓 のぼる

音 シツ shi.tsu

音 シチ shi.chi

訓 のぼる no.bo.ru

攀登、上漲、升級。

鯱

音
訓 しゃち

訓 しゃち sha.chi

在屋頂上虎頭魚身的裝飾用磚瓦。

鰯

音
訓 いわし

訓 いわし i.wa.shi

沙丁魚

鰯雲（いわしぐも） i.wa.shi.gu.mo　卷積雲的別稱

鱇

音 コウ
訓 あんこう

音 コウ ko.o

訓 あんこう a.n.ko.o

鮟鱇魚

筆劃索引

10劃

11劃

12劃

13劃

14劃

音檔索引